Rhea lebt auf der Nordseeinsel Amrum. Sie sorgt auf besondere Weise für die Unterhaltung der Feriengäste, denn sie betreibt eine Minigolfanlage, die Geschichten erzählt. Jede Bahn ist eine Szene aus dem Leben der Insel und ihrer Gäste.

Ihren Vater hat Rhea nie kennengelernt. Dafür wurde sie von ihren Mitschülern gehänselt und zur Außenseiterin erklärt. Auch heute noch ist ihr größter Wunsch, herauszufinden, wer ihr Vater ist. Niemand außer ihrer Mutter hat ihn je gesehen, und nicht einmal diese kennt seinen wirklichen Namen.

Als Rhea achtzehn wird, zeigt ihr die Mutter einen Brief, den er hinterlassen hat. Ein Satz darin geht Rhea nicht aus dem Sinn. In diesem beschreibt ihr Vater, wie man seine große Liebe erkennen kann. Rhea macht sich in die Ferne auf, ihren Vater mit Hilfe dieses Satzes zu suchen – und um ihre große Liebe zu finden. Doch schon bald sehnt sie sich nach dem Geruch von Tang, Salz und Leben in der lichterfüllten Weite des Watts zurück. Wird sie dennoch etwas über ihren Vater erfahren? Und stimmt es, was er über die große Liebe gesagt hat?

Patricia Koelle ist eine Berliner Autorin mit Leidenschaft fürs Meer – und fürs Schreiben, in dem sie ihr immerwährendes Staunen über das Leben, die Menschen und unseren sagenhaften, unwahrscheinlichen Planeten zum Ausdruck bringt.

Bei FISCHER Taschenbuch lieferbar ist die Ostseetrilogie mit den Bänden ›Das Meer in deinem Namen‹, ›Das Licht in deiner Stimme‹ und ›Der Horizont in deinen Augen‹, außerdem der alleinstehende Roman ›Die eine, große Geschichte‹. ›Wenn die Wellen leuchten‹ ist der erste Band ihrer Nordseetrilogie, die auf Amrum spielt.

Weitere Informationen finden Sie auf www.fischerverlage.de

Patricia Koelle

Wenn die Wellen leuchten

Roman

FISCHER Taschenbuch

MIX
Papier aus verantwortungsvollen Quellen
FSC® C083411
www.fsc.org

Originalausgabe
Erschienen bei FISCHER Taschenbuch
Frankfurt am Main, Juli 2017

Satz: Fotosatz Amann, Memmingen
Druck und Bindung: CPI books GmbH, Leck
Printed in Germany
ISBN 978-3-596-29761-0

Für alle, die sich vom Alltag
nicht die Zeit nehmen lassen,
die verborgenen Schätze in ihrem
Leben aufzuspüren.

Und für alle, die lange nicht mehr
daran gedacht haben, danach zu suchen.

Prolog
Die Sage vom Töveree Fisk

Im Wattenmeer
1748

Der Novemberorkan fegte über die Inseln, riss Reet von den Dächern und jagte die Büschel in den Himmel wie geisterhafte Vögel. Die Böen ließen Wände erzittern und pfiffen durch die Fenster, hinter denen sich Menschen duckten und einander Geschichten gegen die Angst erzählten. Das aufgepeitschte Meer nagte an den Stränden, bis die Sturmflut ganze Stücke verschlang.

Draußen auf See klammerte sich der Steuermann an das Ruder und versuchte, durch die Tropfen zu blinzeln, die ihm wie Nadeln ins Gesicht fuhren. War es der Wolkenbruch oder Seewasser? Er versuchte mit aller Kraft, nicht den Halt zu verlieren, und dachte an seine Katharina und den kleinen Emil zu Hause in Hamburg. Bis heute hatte er stets Glück gehabt, aber diesmal zweifelte er, ob er sie wiedersehen würde.

Der Kapitän in seiner Kajüte fuhr ratlos mit dem Finger über die Seekarte und starrte finster auf den Kompass, der sich benahm wie der Koch, wenn er wieder mal heimlich zu viel Rum getrunken hatte. Der Himmel, wusste er, würde heute keine Sterne anbieten, an denen er sich orientieren konnte. Er kannte die Route genau und hatte einen scharfen Instinkt, doch diese Gewässer waren tückisch und änderten ihr Gesicht schneller, als

Seekarten gezeichnet werden konnten. Sein rechtes Schulterblatt schmerzte. Das war ein untrügliches Zeichen für Gefahr.

Von unten drang dumpfes Poltern herauf. Der Kapitän runzelte die Stirn. Wenn die Ladung der *Thalea* verrutschte, konnten sie innerhalb von Augenblicken verloren sein. Die wertvollen Kupferstäbe aus dem Harz, die für Brügge bestimmt waren, wogen schwer und trugen die Schuld an dem gefährlichen Tiefgang des alten Frachtseglers. Er hätte diesen Auftrag nicht annehmen sollen. Aber er benötigte den Verdienst dringend, und auf dem Rückweg würde die *Thalea* das berühmte flandrische Tuch in den Heimathafen bringen, und auch das versprach lohnenden Gewinn.

Doch nun konnte ihnen nur noch ein Wunder helfen, diese Nacht zu überstehen. Der Kapitän wusste, dass sie vom Kurs abgekommen waren. Er spürte, dass der Meeresgrund viel zu nahe unter dem Rumpf lag.

Um wenigstens dem Steuermann Gesellschaft zu leisten, hangelte er sich an Deck. Dort war es so finster, dass er von seinem alten Freund kaum den Umriss erahnen konnte. Er versuchte, ein Gespräch anzufangen, doch der Sturm heulte und pfiff in der Takelage, und die Wellen klatschten so laut gegen den Rumpf, dass eine menschliche Stimme hier ein Nichts war gegen die Gewalten.

Der Kapitän fuhr mit der Hand unter sein Ölzeug und sein durchnässtes Leinenhemd. Seine Faust schloss sich um das Amulett, das er trug, seit er zum ersten Mal zur See gefahren war. Es war ein Familienerbstück. Auch wenn er an das dazugehörige sagenhafte Seemannsgarn nicht glaubte, schaden würde es gewiss nicht.

Da! Er hatte die Gefahr gespürt. Für einen Moment blitzte hinter der unerbittlichen Wand aus Regen und Schaumkronen steuerbords viel zu nahe ein Licht auf, ehe es wieder vom Wasser verschluckt wurde. In diesem kurzen, grellen Augenblick sah er die Panik im Gesicht des Steuermannes. Er sah auch den Matrosen, der sich längst vom Ausguck im Mastkorb heruntergerettet hatte und nun am Bug die Reling umklammerte. Selbst wenn er rechtzeitig ein Hindernis erblickt hätte, niemand hätte seine Warnung hören können.

Da! Noch ein Licht. Diesmal vor ihnen. Leuchtfeuer! Was der Kapitän befürchtet hatte, war eingetreten. Das Unwetter hatte sie zwischen die Inseln getrieben, wo sie jederzeit auf eine Sandbank laufen konnten.

Die nasse, spannungsgeladene Luft roch nach Schlick und Schwefel. Er spürte, wie die Kanten des Amuletts scharf in seine geschwollenen Finger drückten. Das Schiff neigte sich gefährlich. Die Ladung! Wenn die Gurte nicht hielten… …

»Jetzt bräuchten wir das Wunder«, murmelte er. »Jetzt!«

Der Steuermann sah es zuerst, packte den Kapitän am Arm und deutete aufgeregt nach Backbord. Ein bläulicher Schimmer stieg aus der Tiefe herauf. Der Kapitän hangelte sich auf die Seite und spähte vorsichtig hinunter, hoffend, dass die nächste Welle seine klammen Fäuste nicht von der Reling reißen würden.

Und dann sah er es.

Der Fisch schwamm an der Seite der *Thalea*. Er war riesig, vielleicht vier Meter lang. In der Form ähnelte er einem Rochen, mit zwei wie Flügel ausgebreiteten Flossen, die sich gemächlich auf und ab bewegten. Anders als ein Rochen besaß er jedoch zusätzlich eine geschwungene Rückenflosse, die in knochigen Strahlen auslief, und einen spitzen, verlängerten Oberkiefer, beinahe wie ein Schwertfisch. Das blaue Leuchten ging von seiner Haut aus, die dunkel war, auf der jedoch eine Anzahl ringförmiger, blausilbern schimmernder Schuppen saß. Das Leuchten wurde stärker, erhellte nicht mehr nur die aufgewühlte Meeresoberfläche und die Seitenwand des Schiffes, sondern nun auch den Meeresgrund.

Der Kapitän sah die Felsen, die Sandbank dahinter, erfasste blitzschnell die Lage. Er wandte sich um und schrie wild gestikulierend: »Steuerbord! Hart Steuerbord!«, und der Steuermann hörte es, denn auf einmal herrschte Stille.

Die Stille schien sich mit dem Licht auszubreiten. Der Sturm hielt die Luft an, der Wind schwieg, und die Wellen beruhigten sich, als hätte ihnen der sanfte, gewaltige Flügelschlag in der Tiefe eine Weisung gegeben. Selbst das Stöhnen der Planken und das Knarren in der Takelage verstummten.

Auch die Mannschaft hielt den Atem an. Die *Thalea* fuhr dicht an den scharfkantigen Steinen vorbei, die nicht enden wollten, und glitt endlich in offenes Wasser. Der Weg war nun frei, alle an Bord sahen die sicheren Tiefen in dem rätselhaften Licht vor sich liegen. Ein Blick aus einem großen, dunkelblauen Auge traf den des Kapitäns, dann tauchte der Fisch ab, das Leuchten erlosch allmählich, hing noch einen Moment in der Zeit wie der letzte Ton eines Liedes, der nicht verklingen will.

Dann erst kehrte der Sturm zurück, auch die Bewegung in den Wellen, doch nicht mehr mit der alten Wucht.

Der Matrose stolperte hastig über das Deck. »Herr Kapitän, Herr Kapitän, was war das nur für'n Töveree Fisk?«

»Töveree?«

»Der Junge spricht Plattdeutsch, Kapitän«, erklärte der Steuermann. »Töveree bedeutet Zauberei. Ja, was war das für ein Zauberfisch? Auch ich wüsste es gern. Das Tier hat uns vor den Felsen bewahrt. Das glaubt uns keiner, dass das kein Seemannsgarn ist! Nicht einmal meine Katharina.«

Der Kapitän zog das Amulett unter seinem Hemd hervor und betrachtete es gedankenverloren.

Ringförmig lag es in seiner Hand, schimmerte oben dunkler, unten heller, bläulich wie die Federn eines Eisvogels, wie der Himmel in einer klaren Winterdämmerung. Er wusste nicht, woraus es bestand, aber es war überraschend leicht, wog nicht mehr als die Schuppe eines Fisches.

Rhea

1965

Nordseeinsel Amrum

1

Von namenlosen Wassermännern

»Da! Da ist es, das Kraabniinje! Es denkt, wir sehen es nicht, wenn es im Dreck hockt.«

»Es ist eben dumm, das Kraabniinje.«

»Dabei soll es schon acht Jahre sein. Acht Jahre und so dumm!«

»Das ist eben so, wenn man 'nen Wassermann zum Vater hat.«

Die johlende Kindermeute umringte das Mädchen, das im Sand hockte, dort, wo die Ebbe schwarzen Schlick in einer Pfütze hinterlassen hatte. Es hatte die Arme um die Knie geschlungen und balancierte geschickt auf seinen bloßen Zehen. Dadurch wirkte die kleine Gestalt seltsam leicht in ihrem Gleichgewicht zwischen Sand und Himmel. Ihre Haltung erinnerte tatsächlich an die Kaninchen, die in den Dünen zu Hause waren. Sogar ihre dunklen Locken, die nicht einen, sondern zwei Wirbel hatten, ließ der Wind wie Kaninchenohren hochstehen.

»Da hockt es und tut so unschuldig!« Ein Junge trat heftig mit dem Fuß in den Sand und ließ feuchte Brocken so hoch fliegen, dass sie das Mädchen am Rücken trafen. »Dabei ist der Kutter vom Henner Fredriksson nur wegen ihm gesunken! Wär es nicht hier, wär der Sturm nicht gekommen und der Otto hätte seinen Vater noch.«

»Was meinst du, Björn, wenn wir es in der nächsten Flut versenken, ob dann kein Sturm mehr kommt?«, fragte ein anderer.

Der Spitzname machte Rhea keine Angst. »Niinje« hatten Kinder die Kaninchen schon immer genannt. Auch ihre Mutter Filine nannte sie manchmal zärtlich so. »Keine Angst, mein Niinje!« Und auch das »Kraab«, das man nun davorgesetzt hatte, war für Rhea kein Schimpfwort. Die Strandkrabben waren ihre Freunde, vor allem die jungen, daumennagelgroßen, die sich in den Muschelhaufen im Watt versteckten und deren Existenz nur die wenigsten bemerkten. Für Rhea waren es ihre Spielkameraden, die Freunde, auf die sie sich immer verlassen konnte, und dort zu Hause, wo auch sie zu Hause war.

Jede der winzigen Krabben trug ein anderes Muster auf dem Panzer. Manche hatten die Farbe des Sandes, andere waren schwarz wie der Schlick. Am spannendsten war, dass auf jedem Panzer kleine dunkle Kreuze, winzige weiße Pfeile, Striche und Punkte zu sehen waren. Als trüge jedes der kleinen Wesen eine Botschaft.

Es schien, dass die kleinen Krabben Rheas Zuneigung erwiderten. Als Rhea sie das erste Mal in einem Miesmuschelhaufen entdeckt hatte, waren sie noch schüchtern gewesen und hatten das Weite gesucht oder sich tief in die Muscheln verkrochen. Von da an saß Rhea ganz still und beobachtete nur, bis die zarten Wesen Zutrauen fassten und sich so bewegten, als wäre sie gar nicht da.

Und tatsächlich, nach einiger Zeit gab es unter den Krabben einzelne, die sogar über ihren Fuß liefen oder eine Pause machten und Rhea nachdenklich mit ihren winzigen intelligenten Knopfaugen betrachteten. Rhea gewöhnte sich an, ihnen ihre Sorgen zu erzählen und ihre Freuden mit ihnen zu teilen.

Einmal sollten die Kinder in der Schule über etwas berichten, was sie interessant fanden. Rhea erzählte von ihren Freunden, den winzigen Krabben. Niemand verstand sie, selbst die Lehrerin lächelte spöttisch. Seitdem galt Rhea nicht nur ihrer Herkunft wegen als »anders«.

Es störte sie nicht weiter. Sie machte es wie ihre wahren Gefährten, die Krabben und die Muscheln, und zog sich in sich zurück, bis wieder Ruhe war. Zwar hatte Rhea keine Schale und keinen Panzer, aber sie entdeckte, dass man sich auch in der Stille verkriechen konnte. Ihr Schweigen verunsicherte die Angreifer oder langweilte sie, bis sie verschwanden. Die Stille schützte Rhea wie ein Krabbenpanzer, aber sie war nicht so eng. Innen war sie weit wie das Meer, und Rhea war frei darin, frei von allem, was bedrückte.

Doch noch nie hatte ihr jemand die Schuld an etwas so Großem wie einem Sturm und dem Tod eines Menschen gegeben. Rhea zog den Kopf ein und wusste nicht, ob die Stille tief genug war, um ihr auch diesmal helfen zu können.

»Eine gute Idee, Hans«, sagte Björn. »Wir werfen sie am besten bei Nacht in die See, damit sie nicht ein anderer Dummer wieder herauszieht. Oder gar ihre dreckigen Krabbenfreunde.« Er setzte einen großen, schweren Schuh auf eine Krabbe, die unvorsichtig genug gewesen war, sich nicht in den Muschelhaufen zurückzuziehen.

Rhea, die sich bisher nicht bewegt hatte, sprang blitzschnell auf und schleuderte eine scharfe Muschelschale mitten in Björns Gesicht. Verblüfft blickte der Junge in große graue Augen unter entschlossenen Brauen. In ihnen war ein Sturm unterwegs. Björn war größer und auch älter als Rhea, aber er sprang zurück und fasste sich an die Nase. Aus einem kleinen Schnitt tropfte Blut. »Da seht ihr, wie gefährlich die Wassermanngöre ist!«, jammerte er.

Hans packte Rhea und drehte ihr die Arme nach hinten. »Was soll ich mit ihr machen?« Er riss sie an den Haaren. »Haare abschneiden? Oder wollen wir sie gleich ertränken?«

Sie stand reglos und wehrte sich nicht. Aber sie sah, dass die kleine Krabbe sich wieder aus dem Sand gearbeitet und den sicheren Muschelhaufen erreicht hatte.

Björn hielt sich noch immer ein Taschentuch an die Nase. »Versenken wir sie jetzt. Je eher, desto besser! Mein Vater sagt auch, das Bastardgör taugt nichts, genau wie ihre Mutter.«

In diesem Augenblick fegte eine Bö vom Meer her über den Kniepsand, nahm dort über der sonnenwarmen flachen Weite Fahrt auf und begann, sich zu drehen. Sand wirbelte mannshoch auf und trieb direkt in Richtung der Kindergruppe.

»Au!« Die Jungen kniffen die Augen zu und rissen die Arme schützend hoch. Nadelstichscharf prasselte der Sand auf ihre Haut. Endlich wanderte der Wirbelwind weiter, entriss Björn das Taschentuch und trug es mit sich davon. Wie ein spöttisches Winken einer unsichtbaren Hand flatterte es Richtung Dünen.

»Lass sie los, Hans!«, sagte Sonja, eines der größeren Mädchen. »Wenn sie wirklich die Tochter eines Wassermanns ist, wird er zornig sein und erst recht einen Sturm schicken. Aber ich denke, sie ist einfach nur ein Waschlappen und nicht ganz richtig im Kopf. Lass sie los, wir haben Wichtigeres zu tun.«

Hans, dem der plötzliche Wirbelwind nicht geheuer schien, ließ sich das nicht zweimal sagen. Er stieß Rhea von sich, so dass sie mit den Knien in den Schlick stürzte. Johlend rannte die Meute davon.

Rhea blieb sitzen. Der weiche Schlick an ihren Knien war angenehm. Die kleine Krabbe wagte sich wieder hervor und brachte zwei Geschwister mit. Wie um Rhea zu trösten, veranstalteten sie ein Tauziehen um ein kleines grünes Stück Blasentang.

Eine Bewegung ließ Rhea aufblicken. War einer der Jungen zurückgekommen?

Nein, es war Lilani, die vor ihr stand und sie anlächelte. Lilani kniete sich ebenfalls hin und zeichnete mit dem Finger ein Wort in den Sand, den die Ebbe an dieser Stelle so glatt wie eine Tafel zurückgelassen hatte.

Idioten!

Rhea lächelte zurück. Lilanis Gegenwart tat ihr gut. Lilani war ein Wesen, das in Rheas Welt ebenso gut passte wie die Krabben.

Lilani sprach nie, deswegen schrieb sie in den Sand. Auch sie kannte die Kraft der Stille. Der Arzt sagte, sie könnte sprechen, wenn sie wollte, doch da wären Geheimnisse in ihrer Vergangenheit, die niemand kannte, und Lilani leide wohl an einer Angst, die sie stumm machte. Rhea glaubte nicht, dass Lilani Angst vor etwas hatte. Sie wirkte so sicher, als könnte nichts ihr etwas anhaben. Bestimmt, weil auch sie in der Stille wohnte, noch viel mehr als Rhea, die sich nur manchmal dort hineinflüchtete.

Lilani, das Nachtkind. Man nannte sie so, weil sie so dunkel war – ihre Haut, ihre Haare, ihre Augen. Nicht nur das, sie liebte es auch, nachts umherzustreifen. Man hatte sie schon für einen Klabautermann oder den Geist des berüchtigten Hark Olufs gehalten, des legendären Amrumer Seefahrers, der angeblich ein Wiedergänger war. Es war kein Wunder, dass der eine oder andere erschrak, wenn er im Mondlicht nur ihr weißes Nachthemd und ihre blitzenden Zähne in der Dunkelheit gewahrte.

Bei Tag sah man in ihren ruhigen Augen nur sich selbst. Sie waren zu dunkel, als dass man einen Ausdruck darin hätte lesen können. Wie ein Spiegel waren sie, wie ein tiefer See, wie der Nachthimmel. Manchen war das unheimlich, andere zog es an. Diese Menschen störte es nicht, dass Lilani nicht sprach. Denn wenn man in ihre Augen sah, fing man an zu denken, Dinge, die einem sonst nie in den Kopf gekommen wären, und hatte genug damit zu tun.

Kapitän Reuwers und seine Frau hatten das Kind vor einigen Jahren in einem fernen Ozean auf einer Insel gefunden, nur mit einer Schwimmweste bekleidet und mutterseelenallein. Am Arm trug sie eine Binde, auf die jemand ihren Vornamen gekritzelt hatte. Von woher sie stammte, ließ sich nicht feststellen. Lena Reuwers konnte sich nicht mehr von dem kleinen Mädchen trennen, und so brachten sie es auf nicht ganz legalem Wege mit nach Hause. Abgesehen davon, dass sie nicht sprach, fügte Lilani sich gut ein. Am liebsten aber blieb sie für sich. Nur an Rheas Gesellschaft schien ihr etwas zu liegen.

Jetzt fügte sie zu dem Wort, das sie in den Sand geschrieben hatte, noch eines hinzu.

Egal!

»Du hast recht.« Rhea nickte ihr zu und schob den Gedanken an die wütenden Jungen beiseite. Mit der harten Schale einer Islandmuschel begann sie, einen geschwungenen Graben auszuheben. Sie beobachtete, wie das Wasser hineinlief und dem von ihr vorgegebenen Weg folgte. Schon immer fand sie es faszinierend, wie sich die Dinge gegenseitig beeinflussten. Der Wind beeinflusste den Weg der Wolken. Der Sand gab den Weg des Wassers vor. Ein Hindernis wie eine Muschel änderte den Weg, den der Sand nahm, wenn der Wind ihn über das Watt pustete. Die Schnecken mussten Hindernisse und Gräben überwinden. Die Welt war wie ein Wollknäuel aus Wegen, aber sie lag nicht still wie ein Wollknäuel. Alle Fäden waren ständig in Bewegung. Rhea wurde nie müde, dieses wilde Geschehen zu beobachten und zu ergründen und manchmal selbst einen Faden zu ziehen.

Aber heute konnte sie sich nicht darauf konzentrieren. Wider Willen bedrückten sie die Worte, die ihr der große Björn in die Ohren gesetzt hatte. Sie musste an Otto denken, der nun keinen Vater mehr hatte, weil der im Sturm ertrunken war.

Was, wenn es wirklich ihre Schuld war? Sie konnte sich zwar nicht vorstellen, wie es dazu gekommen sein könnte, aber so voller Geheimnisse, wie die Welt war, hielt sie alles für möglich.

»Rhea! Du hast wieder dein Brot vergessen.«

Rhea zuckte beim Klang der Stimme zusammen, aber es waren nicht die Jungen, die zurückkamen. Es war Filine.

Auch das unterschied Rhea von den anderen Kindern auf der Insel. Sie nannte ihre Mutter beim Vornamen. Filine wollte es so, und Rhea erschien es logisch, denn Filine war nicht wie andere Mütter.

Auch jetzt betrachtete sie ihre Tochter, die von oben bis unten voller Schlick war und auch so roch, mit einem Lächeln. Niemals hätte sie wegen ein bisschen Dreck an den Kleidern geschimpft. Sie wischte nur eine nasse Haarsträhne aus Rheas Gesicht und reichte ihr das Brot. Rhea wusste, dass zwischen den duftenden, frisch gebackenen Hälften außer frischer Butter auch ein paar Körner brauner Zucker verborgen waren.

»Hier!« Filine gab auch Lilani ein Brot. Statt eines »Danke« strich eine kleine dunkle Hand sanft Filines Arm entlang.

Die Kinder setzten sich auf einen angeschwemmten Baumstamm und kauten eifrig. Filine hockte sich dazwischen und summte vor sich hin, während sie die langen Beine ausstreckte und versonnen zum Horizont blickte.

Eine der Eigenschaften, die Filine von anderen Müttern unterschied, war, dass sie nie in Eile war. Sie war immer ganz und genau da, wo sie gerade war, und nie mit den Gedanken schon woanders, bei der Wäsche oder beim Kochen oder der Feldarbeit.

Rhea konnte nicht warten, bis sie heruntergeschluckt hatte, und stellte ihrer Mutter mit vollem Mund die Frage, die ihr auf der Seele brannte. »Filine, warum sagen die anderen, ich bin schuld an dem Sturm?«

»Das sagen sie?« Filine lachte hellauf, wurde aber sofort ernst, als sie die bekümmerten Augen ihrer Tochter sah.

»Sie sagen, ich bin schuld, dass Ottos Vater ertrunken ist, weil mein Vater ein Wassermann ist und der Sturm deswegen gekommen ist. Ist mein Papa ein Wassermann, Filine?«

Filine sprang vom Baumstamm und setzte sich im Schneidersitz vor die Kinder. »Ihr treibt euch doch so oft bei Elvar und Skem herum. Haben die Onkels euch denn nie die Sage erzählt, wie die Amrumer Dünen entstanden sind?«

»Nein. Aber eine Sage ist eine sehr alte Geschichte mit einem Kern, der wahr ist, meint die Lehrerin. Dann gibt es wirklich einen Wassermann?«

»Das mit dem wahren Kern ist so eine Sache. Also, pass auf,

die Sage geht so: In den alten Zeiten war die Insel flach wie ein Blatt Papier. Nicht die kleinste Düne weit und breit. Eines Tages wurde ein Toter angeschwemmt. Man hatte Mitleid und gab ihm ein anständiges Begräbnis.«

»Auf dem Friedhof der Namenlosen?« Das war einer von Rheas geheimen Lieblingsplätzen, auch wenn er gruselig war.

»Ja. Aber man hatte nicht bemerkt, dass der Tote kein Landmensch war. Er war ein Wassermann. Und das Meer wollte ihn zurückhaben, weil ein Wassermann nun mal ins Wasser gehört und nicht an Land, auch wenn er tot ist. Darum kam ein Sturm, und der Wind und die Wellen warfen den Sand hin und her, um den Toten zu finden und zurückzuholen. So türmte sich der Sand auf, und die Dünen entstanden. Weil bald Strandhafer darauf wuchs und den Sand festhielt, blieben sie bis heute erhalten.«

»Hat denn der Sturm den Wassermann gefunden?« Rhea vergaß, ihr Brot weiterzuessen. Sie sah die wütende See mit ihren langen Wellenfingern, die die Insel absuchten, deutlich vor sich.

»Das hat niemand je herausgefunden. Das Meer hat sich irgendwann beruhigt. Es beruhigt sich immer, egal, was passiert. Daran können wir Menschen uns ein Beispiel nehmen.«

»Aber Filine, war denn mein Papa nun auch so ein Wassermann?«

Alles, was Rhea über ihren Vater wusste, war, das er »auf der Durchreise« gewesen war.

»Dein Papa rauchte Pfeife und trug Stiefel. Glaubst du, ein Wassermann würde Stiefel tragen? Und wie sollte er Pfeife rauchen?«

Rhea stellte sich das vor. Nein, ein Wassermann würde gewiss barfuß gehen wie Skem Rossmonith, den noch nie jemand in Schuhen gesehen hatte. Rhea lief selbst auch am liebsten barfuß. Unter Wasser konnte man bestimmt erst recht keine Schuhe gebrauchen. Und das mit dem Pfeiferauchen ging schon gar nicht.

»Aber warum sagen sie das dann?«

»Hast du schon mal einen Wassermann gesehen?«, fragte Filine.

»Nein.«

»Siehst du. Und niemand hier außer mir hat deinen Vater gesehen. Darum sagen sie das.«

»Wie hat er denn ausgesehen, Filine?«

Filine wuschelte ihr über den Kopf. »Er hatte Haare wie du. Die immer aussahen, als ob der Wind drin wohnt, sogar wenn gar kein Wind wehte.«

»Ich bin froh, dass er kein Wassermann ist. Die Geschichte ist unheimlich.«

Filine stand auf. »Vor Geschichten muss man keine Angst haben. Es kommt immer darauf an, was man im Kopf daraus macht. Wäre es nicht schön, wenn es da draußen Wassermänner gäbe? Sie würden vielleicht, wenn der Mond scheint, Lieder von den Tiefen singen. Und sind nicht eigentlich alle Fischer Wassermänner, die auf den Wellen unterwegs sind und Wind und Wetter trotzen, um Krabben und Fische zu fangen?« Sie steckte die leere Brotbüchse wieder ein. »Ich muss zurück an die Arbeit. Viel Spaß euch noch.«

Rhea aß nachdenklich ihr Brot zu Ende. Der braune Zucker knirschte wunderbar zwischen ihren Zähnen. Lilani war verschwunden. Sie war wie die Wolken. Entweder war sie da oder eben nicht. Das Nachtkind kam und ging ohne Abschied oder Gruß, und das so leise, dass man es selten bemerkte.

Rhea kehrte zurück zu ihrem Graben, doch die Flut war inzwischen aufgelaufen und hatte ihn verschluckt, mitsamt den Miesmuschelhaufen und den Krabben. Sie würde warten müssen, bis wieder Ebbe war, ehe sie ihre winzigen Gefährten wiedersah.

Ärgerlich blickte sie auf die zerbrochenen Muschelschalen, Tangfetzen und Treibholzstücke, die am Flutsaum lagen. Wenn sie dort doch nur endlich das entdecken würde, was Filine sich so sehr wünschte, schon seit sie selbst ein kleines Mädchen gewesen war. Von dem Tag an, als Filine ihr davon erzählt hatte, suchte Rhea danach. Wenn sie das kleine Wunderding nur für ihre Mutter finden könnte, dann würde Filine ihr sicher mehr von dem Mann erzählen, den niemand gesehen hatte und der ihr Vater war. Aber die Wellen wollten und wollten es nicht hergeben.

Sie ließ das Meer allein und lief durch die Dünen ins Kiefernwäldchen. Dort pflückte sie Löwenzahnblüten, Klee und Margeriten. Vorsichtig schlüpfte sie durch das Tor in den Friedhof der Namenlosen, wo man alle die beerdigte, die am Strand angespült wurden, ohne dass man je erfuhr, wer sie waren und woher sie kamen. Der Rost an der Klinke färbte Rheas Finger rot.

Zwei lange Reihen Holzkreuze standen da, die unter dem Gewicht der Zeit alle ein wenig schief geworden waren, mit nichts als einem hineingeschnitzten Datum darauf. Efeu bedeckte die vielen Hügel so dicht, dass man keine Erde mehr darunter sah, außer bei den beiden neuesten Gräbern. Hier war es unheimlich und wunderbar friedlich zugleich. Selten war an diesem Ort jemand, selbst die Vögel schienen ihn zu meiden, und die dichten Büsche hielten den Wind ab.

Rhea legte behutsam auf jeden Hügel eine Blüte, genau in die Mitte vor das Kreuz. Sie achtete sorgfältig darauf, dass sie keinen einzigen der Namenlosen ausließ.

Nur falls ihr Vater doch ein Wassermann war und vielleicht hier unter den grünen Ranken gefangen lag, weil das Meer ihn nicht gefunden hatte.

Rhea

1979

2

Besuch aus einem Tagtraum

»Niinje? Wo bist du?«

Das wilde Kaninchen, das gerade mit Hingabe eine Mohrrübe aus Rheas Hand fraß, erschrak. Es hielt mitten im Kauen inne und saß für einen Augenblick wie versteinert da, die Augen aufgerissen. Nur das rechte Ohr bewegte sich ein wenig in die Richtung, aus welcher der Seewind Filines Stimme um die Ecke des Schuppens getrieben hatte.

Rhea lächelte. Wenn ihre Mutter den alten Kindernamen benutzte, obwohl Rhea inzwischen zweiundzwanzig war, dann ging es um etwas Wichtiges. »Diesem Ruf muss ich folgen«, sagte sie zu dem Kaninchen, das an Rheas sanfte Stimme gewöhnt war und wieder eifrig zu mümmeln begann, bevor sie auf die Idee kam, ihm die Mohrrübe fortzunehmen.

»Keine Angst, ich lasse sie dir hier.« Rhea legte den Leckerbissen auf ein Grasbüschel, damit er nicht zu sandig wurde, und stand langsam auf, um das Tier nicht noch einmal zu erschrecken.

Auf der Minigolfanlage war an diesem milden Septembertag wenig los, nur eine Familie mit drei Kindern schlug mit Gelächter die bunten Bälle durch die Bahnen.

»Mir ist der Pinsel aus der Hand gefallen. Würdest du bitte einen Lappen holen, ich habe dabei einen Fleck auf die Bahn gemacht.« Filine lächelte entschuldigend zu ihrer Tochter auf. Sie hatte es zwar geschafft, den Pinsel wieder aufzuheben, aber bis sie mit dem Rollstuhl im Schuppen und zurück gewesen wäre, hätte sich der Spritzer Grün auf dem blauen Beton nicht mehr entfernen lassen. Im Seewind trocknete alles so schnell.

»Ach was. Gib mal den Pinsel.« Rhea tauchte ihn erst in die grüne Farbe, dann in die gelbe. »Wir machen einfach eine Insel aus dem Fleck, so. In der Mitte Palmen, und außen herum Sandstrand. Sieht doch gut aus!« Rhea legte den Kopf schief und betrachtete das gemeinsame Werk. »Also ich finde, genau diese Insel hat in der Geschichte noch gefehlt. Mir gefällt's.«

»Mir auch. Streichst du den Rest der Bahn fertig? Meine Hände sind müde.« Filine lehnte sich zurück.

»Gern. Fehlt ja nicht viel.«

Die Sonne hatte das Blau ausgeblichen, welches das Meer um Neuseeland darstellte. Rhea legte kräftige Pinselstriche darüber. Es war die Bahn Nummer drei. Die Hindernisse, an denen man dort den Ball vorbeibekommen musste, stellten verschiedene Inseln und Kontinente dar. Die Stelle, von der aus man den Ball abschlug, war selbstverständlich die Insel Amrum. Sie war aus Modelliermasse geformt und sandfarben gestrichen. Danach folgte ein Hindernis in der Form von Afrika, danach Sizilien, schließlich Neuseeland. Dazwischen fuhren mehrere Schiffe, an denen der Ball ebenfalls vorbeimusste.

»Ich weiß noch, wie verrückt man deine Idee damals fand, mit jeder Minigolfbahn eine Geschichte zu erzählen«, sagte Filine und blickte in den Himmel auf, über den ganze Herden von Schäfchenwolken zogen, als wäre Sommer und nicht Herbst. »Und jetzt sind sie so eine Attraktion.«

Rhea blickte von ihrem Werk auf und lächelte, als sie sah, dass Filine den Rollstuhl versonnen vor- und zurückbewegte. Müde oder nicht, Filine war ihr Leben lang in Bewegung gewesen. Auch der Rollstuhl konnte daran nichts ändern. Sie sprühte immer noch vor Energie. Die Sonne glänzte auf ihren langen braunen Haaren, die sie mit einem bunten Seidentuch zusammengebunden hatte.

»Was ist eigentlich mit dem Feriengast aus Nürnberg, der in den letzten Wochen immer wieder hier aufgetaucht ist und mit dir ausgehen wollte?«, erkundigte sich Rhea beiläufig, während sie noch ein paar Schaumkronen auf das Meer pinselte.

Filine zuckte mit den Schultern. »Er ist abgereist. Der war nett, aber mehr auch nicht.«

»Hättest du nicht Lust, dich mal richtig zu verlieben?« Diese Frage hatte Rhea ihrer Mutter schon lange stellen wollen, aber aus irgendeinem Grunde wagte sie es gerade heute. Vielleicht weil der übermütige Herbstwind so launig die Blätter über den Boden kreiseln ließ, die tiefe Sonne allem einen goldenen Anstrich gab oder weil jetzt, am Ende der Saison, alles entspannter war und gleichzeitig wehmütig. Es würde noch viele Sommer geben, aber dieser hier kam niemals wieder.

Filine macht eine wegwerfende Handbewegung. »Wozu? Ich habe wunderbare Freunde.«

»Freunde meine ich nicht, das weißt du genau. Möchtest du nicht auch einmal dieses ganz besondere Gefühl erleben?«

»Ich habe es nie vermisst. Es kann kein größeres Gefühl geben als das, was ich hatte, als ich dir zum ersten Mal in die Augen geblickt habe.«

Filine streckte etwas mühsam den Arm aus und zupfte ihre

Tochter zärtlich an einer ihrer aufmüpfigen Locken. »Aber *dir* würde ich es wünschen!«

»Ach, ich. Ich hab doch noch so viel Zeit!« Rhea wusch den Pinsel unnötig heftig in dem Glas mit Terpentin aus. Ein paar Spritzer flogen auf die Bahn, lösten die Farbe an und bildeten Ringe, als wäre dort gerade ein großer Fisch untergetaucht. Sie hätte wissen müssen, dass ihre Frage nach hinten losgehen würde.

»Ja, das denkt man immer. Mit zwanzig und auch mit vierzig, und später gewiss auch noch.« Filine schlug mit dem Fuß gegen das Rad ihres Stuhls. »Aber man sollte sich nicht darauf verlassen.«

Rhea ahnte, an wen sie dachte.

»Wann ist eigentlich die letzte Postkarte von Oma und Opa gekommen?«, fragte sie, um Filines Gedanken eine fröhlichere Richtung zu geben. »Da ich gerade ihre Geschichte male, gibt es etwas, das ich noch ergänzen sollte?«

»Ach ja, ich habe ganz vergessen, sie dir zu zeigen. Sie kam gestern. Deswegen habe ich ja angefangen, gerade diese Bahn frisch zu streichen, weil ich so sehr an die beiden denken musste. Du kannst noch ein paar Vögel auf Neuseeland draufmalen.« Filine wies auf das Loch, das das Ziel für den Ball darstellte und mitten in Neuseeland lag. »Deine verrückten Großeltern arbeiten seit ein paar Monaten in einem Reservat für Kakapos!«

Rheas Pinsel hing einen Moment fragend in der Luft. »Reservat für was?«

»Ein Kakapo ist eine Art flugunfähiger Papagei, der nach Honig duftet und vom Aussterben bedroht ist.«

»Toll! Ich wusste nicht, dass es duftende Vögel gibt.« Rhea

malte einen Papagei. Leider sah er eher aus wie ein grünes Huhn. »Das mit dem Maori-Museum ist also vorbei?«

»Dort haben sie es ziemlich lange ausgehalten. Meine Eltern hören nie auf, mich zu überraschen. Möchtest du sie nicht doch einmal besuchen?«

Bloß nicht. Rhea wusste, dass allein die Flugkosten ihre gesamten Ersparnisse auffressen würden. Sie sparte für ihren Traum, da war an anderes nicht zu denken. »Irgendwann werden sie wiederkommen.«

»Sicher. Irgendwann kommen sie alle wieder. Aber bei ihnen würde ich mich nicht darauf verlassen, dass es bald ist! Komm, wir haben uns einen Tee verdient. Diese Bahn sieht jetzt gut aus. Morgen mache ich mich an die nächste, hoffentlich ohne Flecken.«

»Ich muss noch kurz die Kiefernzapfen auf Bahn fünf wegfegen.« Rhea sah sich um und kniff die Augen zusammen. »Sag mal, der ältere Herr da hinten, der gehört gar nicht zu der Familie mit den drei Kindern, oder? Er sieht aus, als ob es ihm nicht gutgeht.«

»Ja, der ist allein gekommen. Aber er ist nicht alt. Er hat bloß graue Schläfen und sieht müde aus.«

Rhea hob die Augenbrauen. »Du scheinst ihn ja ziemlich genau angesehen zu haben«, neckte sie ihre Mutter.

Filine warf ein Kieselsteinchen nach ihr. »Er war mir eben sympathisch. Ich mache einen Tee für ihn mit. Schaust du mal nach ihm?«

»Mach ich.«

Rhea stellte den Besen weg und ging hinüber zur Bahn Nummer dreizehn, wo sich der Herr an einer Kiefer festhielt.

Als sie näher kam, hielt sie den Atem an. Für einen Augenblick war ihr, als ob die Erde unter ihren Füßen schwankte, bevor der Boden wieder fest wurde. Das konnte doch nicht sein!

Sie kannte diesen Mann – und doch wieder nicht.

Unendlich oft hatte sie ihn in ihrer Phantasie gesehen, seit sie klein war, hatte mit ihm gesprochen, ihn um Antworten gebeten und sie sich selbst in seinem Namen gegeben, hatte sich vorgestellt, er würde sie bei der Hand nehmen und mit ihr einen Ausflug machen. Ihr eine Geschichte vorlesen. Mit ihr Drachen bauen.

Ihr Vater – so, wie sie ihn sich wünschte!

Da es in ihrem Leben keinen Vater gab, hatte sie sich einen erschaffen, wenn auch nur in ihrer Vorstellung. Sie war fünf, als sie damit anfing, und er hatte sich im Laufe der Jahre nur wenig verändert, bis er ihr so vertraut war, dass sie sich manchmal selbst daran erinnern musste, dass er nicht existierte, jedenfalls nicht so.

Ein Mann mit breiten Schultern, nicht zu groß, bodenständig, mit grauen Schläfen und einem jungenhaften Lächeln, einer, der Vernunft und Verlässlichkeit ausstrahlte und vor allem absolut keine Ähnlichkeit mit einem Wassermann hatte. Sie wusste nicht genau, wie ein Wassermann aussah, aber sie stellte ihn sich lang und dünn und irgendwie unsolide vor, etwas durchsichtig, mit Zahnlücken, grünen Strähnen und einer tropfenden Nase.

Und nun stand ein völlig Fremder einfach so an einem beliebigen Septembertag auf der Minigolfanlage und wirkte dermaßen vertraut! Er ähnelte ihrem Phantasievater so genau, als wäre er geradewegs aus ihren Gedanken in die Wirklichkeit spaziert.

Für einen Moment fühlte sich Rhea schuldig, als ob ihr ein Fehler unterlaufen wäre.

Was für ein Blödsinn. Sie war nun wirklich alt genug, um nicht mehr an Tagträume zu glauben.

Er war tatsächlich nicht alt, stellte sie fest, als sie sich zusammenriss und auf ihn zuging. Vielleicht um die fünfzig. Als er aufsah und sie musterte, kam sie sich auf einmal schäbig vor in ihren ausgefransten Jeans, dem alten T-Shirt mit den Farbflecken und mit Spuren von dem schwarzen Schlick an den Beinen, in dem sie vorhin noch gewatet war. Er trug ein Marken-Polohemd, eine edle Uhr und italienische Schuhe, und seine Brille wirkte auch sehr teuer.

Als sie ihren Vater erfunden hatte, hatte sie nie über seine Kleidung nachgedacht. Jetzt war sie erstaunt über seinen Geschmack und musste ein Kichern unterdrücken, weil sie diesen Gedanken so komisch fand.

»Hallo. Ist Ihnen nicht gut?«, fragte sie, als sie ihre Beherrschung wiedergewonnen hatte.

»Nur ein wenig schwindelig. Ich habe mich zu oft nach dem Ball bücken müssen, weil ich so ungeschickt bin. Ich habe dieses Spiel noch nie gespielt, wissen Sie. Dabei hat es mir so gutgetan. Ich hätte das nicht für möglich gehalten. Man vergisst alle Sorgen dabei.« Selbst seine Stimme entsprach genau der in Rheas Vorstellung.

Sie hoffte, dass ihre eigene Stimme nicht zitterte. »Das freut mich! Kommen Sie. Meine Mutter macht gerade Tee. Setzen Sie sich zu uns und trinken Sie einen Schluck, dann geht es Ihnen sicher wieder gut.«

»Ach, Sie sind die Tochter von dieser bezaubernden Dame,

die mich eingelassen und so geduldig instruiert hat? Angenehm! Mein Name ist Tilmans, Severin Tilmans.« Sie konnte seine Sprechweise nicht einordnen. Eine Sprachmelodie, die ihr fremd war. Sein Händedruck war kräftig, aber nicht schmerzhaft übertrieben. Rhea nahm das sehr genau. Einen laschen Händedruck fand sie abstoßend, hasste es aber auch, wenn man ihr die Finger quetschte. Sein Blick war offen, aus warmen grauen Augen, die sehr genau hinsahen und trotzdem freundlich wirkten. Diese Augen waren Rheas eigenen recht ähnlich. Kurz ertappte sie sich bei dem Gedanken: Was, wenn er wirklich mein Vater ist?

Für den Bruchteil eines Augenblicks begann ihr Herz zu klopfen, ehe sie sich selbst streng ausbremste und tief durchatmete. Er konnte es nicht sein. Filine und er hatten sich eindeutig nie zuvor gesehen.

Verstohlen betrachtete sie ihn genauer. In seinen etwas zu langen Haaren saßen die Jahre wie der Raureif im Oktober am Dünengras, aber Filine hatte recht gehabt. Die eisgrauen Schläfen täuschten. Er war nicht alt, er sah nur erschöpft aus.

»Ihre Mutter sagte mir, Sie seien der kreative Kopf, der hinter der ungewöhnlichen Gestaltung dieser Bahnen steckt und so unterhaltsame Herausforderungen daraus gemacht hat«, sagte er, als sie langsam nebeneinander auf das Tickethäuschen zugingen, vor dem Filine gerade eine dampfende Kanne auf den Tisch stellte. »Erzählen Sie mir später etwas darüber?«

»Wenn Sie möchten. Vorsicht!«

Etwas Buntes schoss hinter einem Busch hervor und machte sich vor Herrn Tilmans Füßen breit. Fast wäre er darüber gefallen.

»Na servus! Ein Fasan!«, sagte er verdutzt.

Jetzt fiel es ihr ein. Herr Tilmans musste Österreicher sein! Seine Art »Na so was« zu sagen kannte sie von einer Familie, die im Vorjahr hier gewesen war. Rhea wedelte mit den Armen. »Lass das, Björn! Husch!« Widerstrebend erhob sich der große Vogel und begab sich aufreizend langsam hinter den nächsten Busch.

»Er hat nur Unfug im Kopf. Erschreckt gern die Gäste. Tut mir leid.«

»Kein Problem. Ein schönes Tier. Warum Björn?«

»Er erinnert mich an einen Jungen, der mich als Kind gepiesackt hat. Der hat sich genauso aufgeblasen und anderen aufgelauert. So, nun setzen Sie sich erst einmal. Herrn Tilmans war schwindelig«, sagte sie zu Filine.

»Es geht schon wieder.« Dankbar nahm er die Tasse entgegen und roch daran. »Ist dies etwa einer von den wunderbaren Friesentees, schwarz wie die Sünde und mit einer ganzen Handvoll dieser braunen Kandiszuckerstücke darin, in denen die Sonne leuchtet wie an einem warmen Nachmittag?«

»Eine Handvoll nicht, aber Sie können gern noch welche dazugeben. Das bringt Ihren Kreislauf wieder in Schwung.« Filine reichte ihm lächelnd ein Schälchen mit genau diesen Kandiszuckerstücken, die Rhea als Kind so gern genascht hatte. Manchmal lutschte sie die immer noch.

»Ich bin zur Kur hier, wissen Sie. Aber ich bin es nicht gewohnt, untätig zu sein. Der Arzt hat gesagt, ich soll mich nach meinem Schlaganfall erholen und üben, mich zu entspannen. Doch es ist leichter, ein Hotel zu führen, als dieses Entspannen zu lernen! Es ist mir so fremd.« Die Lachfältchen in seinen Augenwinkeln gefielen Rhea. Seine Kleidung und die Art, wie er sie trug, hatten ihn mit einer Aura von Distanz umgeben, doch jetzt wirkte er anders. Nahbar und verletzlich.

Sie konnte sich nicht daran gewöhnen, dass hier jemand neben ihr saß, der so aussah wie ihr Traumvater persönlich. So nett er auch war, Rhea hoffte, er würde bald wieder gehen. Er brachte sie völlig durcheinander.

»Ich weiß«, sagte Filine mit Nachdruck. »Es ist schwer, aber man kann fast alles lernen, wenn man muss. Ich weiß, wovon ich spreche.«

»Sie waren nicht immer an den Rollstuhl gefesselt, richtig?« Er sagte es ohne Mitleid, aber mit ehrlichem Interesse. Rhea begann, sich immer mehr für ihn zu erwärmen.

»Stimmt. Aber gefesselt würde ich es nicht nennen. Er ist ein nützliches Hilfsmittel. Ich lasse mich von nichts fesseln.« Filine grinste ihn spitzbübisch an. »Ich weiß nicht, woher Sie stammen, aber hier auf der Insel, umgeben von Himmel, Watt und Meer, bleibt man immer frei, egal, was passiert.«

»Hmm. Das ist nachvollziehbar, aber ich glaube, es gehört eine gewisse Stärke dazu«, sagte Herr Tilmans. »Glauben Sie, ich kann mir das auch aneignen?«

»Sicher. Sie scheinen mir durchaus das Zeug dazu zu haben.« Filine schenkte ihm nach und gab unaufgefordert Kandis dazu. »Sie dürfen nur nicht in die Selbstmitleidsfalle geraten. Manche neigen dazu. Ich vermute, Sie nicht.«

Er betrachtete sie anerkennend. »Ich glaube, wenn doch, würden Sie mir heraushelfen.«

»Sollte es nötig sein, gern. Besser ist, man schafft es von sich aus. Bleiben Sie länger?«

»Mein Arzt hat mir vier Wochen verordnet. Aber ich muss

sagen, ich komme mir verloren vor. Ein so flaches Land hatte ich noch nie um mich. Ich habe hier das Gefühl, die Erde ist vielleicht doch eine Scheibe und ich könnte vom Rand fallen.«

»Sie waren also noch nie auf Amrum?«, fragte Rhea. Sie musste es einfach wissen. Sicherheitshalber.

»Nein. Von Deutschland kannte ich bisher nur München.«

»Woher kommen Sie denn?«, erkundigte sich Rhea. Auch wenn er nicht ihr Vater sein konnte, er machte sie neugierig, dieser Mann, der so anders war als die anderen Feriengäste. Und der trotz seines eleganten und selbstbewussten Auftretens schutzbedürftig und einsam wirkte.

»Aus Kärnten in Österreich. Meine Mutter war aus Deutschland. Sie machte dort Urlaub und heiratete den Hotelbesitzer, meinen Vater. Jetzt führe ich das Hotel. Aber erzählen Sie mir doch lieber, wie Sie auf die Gestaltung Ihrer Minigolfbahnen kamen, die mich so wunderbar von meinen Kümmernissen abgelenkt haben.« Er wies auf die frisch gestrichene Bahn Nummer drei. »Wie kommen Sie auf diese Motive? Ich hatte übrigens einige Mühe, am Horn von Afrika vorbeizukommen. Ich fühlte mich wie ein Kapitän eines der Schiffe.«

»Jede Bahn erzählt eine Geschichte«, sagte Rhea. »Meine Mutter und mein Onkel brachten mir bei, dass Geschichten das wahre Geschenk sind. Ohne die dazugehörigen Geschichten sind alle Dinge wertlos. Diese Bahn erzählt von meinen Großeltern. Sie sind eines Tages ihrer Abenteuerlust gefolgt, haben einige Zeit in Afrika verbracht, dann auf Sizilien, und leben nun auf Neuseeland. Viele Amrumer packt eines Tages die Wanderlust.«

»Sie nicht?«, fragte Herr Tilmans und sah Rhea dabei wieder

mit diesem offenen, durchdringenden Blick an, der ihr das Gefühl gab, dass er sich im Augenblick für nichts anderes interessierte.

Rhea schüttelte abwehrend den Kopf.

»Auf gar keinen Fall. Ich bin genau da, wo ich sein möchte!« Sie beschrieb einen Bogen mit ihren Händen, die den Himmel, die endlose Weite des Kniepsands, die Heide, den Leuchtturm, die Dünen sowie alle Kaninchen, Krabben, Eiderenten und sämtliche Bewohner des Watts einschloss.

Herr Tilmans wartete, ob da noch mehr kam, doch Rhea fand ihre Erklärung vollständig.

»Waren Sie denn schon einmal fort von der Insel?«, hakte er nach.

»Ich habe mein ganzes Leben hier verbracht und bin noch immer nicht fertig damit, alles zu entdecken, was um mich herum ist. Das Watt und das Meer sind voller Geheimnisse. Es ist ein Privileg, hier sein zu dürfen.«

»Sind Sie gar nicht neugierig auf den Rest der Welt?«

Rhea bückte sich, um ein paar Kiefernnadeln von der Bahn Nummer eins zu wischen, die der Wind dorthin getragen hatte. Ein einziger Krümel genügte, um einen Ball aus der Bahn zu werfen. »Neugierig kann man überall sein!«

Herr Tilmans betrachtete nachdenklich den Ball in seiner Hand.

»Vielleicht strahlen Sie deshalb so eine Ruhe aus. Weil Sie Ihr ganzes Leben an einem Ort verbracht haben, ohne unzufrieden zu sein. Ich wünschte, mein Sohn hätte etwas von dieser Beständigkeit!«

In seiner Stimme lagen Trauer und Ratlosigkeit. Rhea war

überrascht. Bis eben hatte er noch geklungen wie jemand, der es gewohnt ist, seinen Willen zu bekommen und Menschen zu führen.

Hoffentlich wusste dieser Sohn, was für ein Glück er mit seinem Vater hatte!

3

Neugier

»Wie alt ist denn Ihr Sohn?«

»Ungefähr so wie Sie. Vielleicht zwei, drei Jahre älter. Er ist voller Unruhe. Weiß nicht, was er will. Hockt meist in seiner Käscha auf dem Berg.« Er fing Rheas ratlosen Blick auf. »Verzeihung. Käscha ist Mundart für ›Alte Hütte‹.«

Rhea schenkte ihm ihr bestes Lächeln. Doch er sah es nicht, sondern stand auf. »Ich muss gehen. Darf ich morgen wiederkommen? Es tut mir gut, mit Ihnen zu plaudern. Eine Kur bedeutet doch auch, dass die Seele heilen soll, nicht wahr?«

Die beiden Frauen sahen ihm nach.

»Etwas quält ihn«, sagte Filine.

Und Rhea fragte sich, warum sich in ihr der Wunsch festsetzte, diesem Mann zu helfen, obwohl ihr sein freundliches Interesse ein wenig unheimlich war. Ebenso unheimlich wie die Tatsache, dass es sich anfühlte, als hätte sie einen Geist heraufbeschworen.

Am nächsten Nachmittag kam der ungewöhnliche Gast wieder und löste ein Ticket. Heute sah er weniger traurig und erschöpft aus. Den Schläger und den Ball lehnte er jedoch ab.

»Wenn Sie nicht spielen, müssen Sie keinen Eintritt bezahlen!«, protestierte Rhea.

»Doch. Denn auch wenn ich nicht spiele, so wünsche ich mir doch, dass Sie mir den Rest der Bahnen erklären! Ich möchte jede einzelne Geschichte hören.« Er nahm ihre Hand und zog ihren Arm durch seinen. Normalerweise konnte Rhea solche Vertraulichkeiten nicht ausstehen, doch er tat es mit einer so liebevoll väterlichen Art, dass sie ihm nicht böse sein konnte. »Sie sagten, Geschichten sind ein Geschenk. Nun, bitte beschenken Sie mich!«

So schlenderten sie von einer Bahn zur anderen, während die Sonne tiefer sank, die letzten Grillen lauter zirpten und der Wind ein paar sterbende Blätter von den Bäumen pflückte. Rhea erzählte von Hark Olufs, dem berühmten seefahrenden Sohn der Insel. »Er wurde mit sechzehn Jahren auf dem Schiff seines Vaters von türkischen Seeräubern gefangen genommen und als Sklave verkauft. Bei seinem Herrn diente er sich zum Schatzmeister hoch, wurde Führer einer Reiterei und dann Leibgardist. Er war geschickt, klug und wagemutig und kehrte nach über zwölf Jahren als freier und reicher Mann nach Amrum zurück, wo er Strandvogt und Austernkommissar wurde.«

»Wie spannend und heldenhaft«, sagte Herr Tilmans. »Kein Wunder, dass Sie ihm eine Bahn gewidmet haben.«

»Ja … Er soll aber seinerzeit auch für seinen Herrn den einen oder anderen Mord begangen haben. Man munkelt, er sei ein Wiedergänger, also einer, der nach seinem Tod spukt. Weil nicht einmal die Seeräuber und die Sklaverei ihn umbrachten, konnte es simples Herzversagen auch nicht, so nahm man wohl an. Hin und wieder will ihn einer im Watt gesehen haben, auch jetzt noch, über zweihundertfünfzig Jahre nach seinem Tod.«

»Ich staune, was auf dieser Insel alles passiert ist, die so unberührt und friedlich erscheint. Nun bin ich gespannt auf die Themen der anderen Bahnen.«

Er war ein guter Zuhörer, und so erzählte Rhea weiter, von Wikingergräbern und Salzsiedern und Strandräubern.

»Tadelwantsch!«, sagte er nach der letzten Bahn.

Rhea lachte hellauf. »Was heißt das denn?«

Er schmunzelte. »Das ist unser Ausdruck für ›sehr gut gemacht‹.«

Ob er das zu seinem Sohn auch schon einmal gesagt hatte? Rhea wusste selbst nicht, warum sie der Gedanke beschäftigte. Wohl weil sie sich selbst einen Vater wie Herrn Tilmans wünschte, kam sie mit der Vorstellung nicht zurecht, dass Vater und Sohn sich nicht verstanden.

»Ich habe den Tee bereits fertig«, sagte Filine, als sie den Rundgang beendet hatten. Sie hielt ein großes Tablett auf dem Schoß, goss drei Tassen ein und vergaß auch den Kandis nicht.

»Ihre Tochter ist ein besonderer Mensch«, sagte Herr Tilmans.

»Ich weiß«, sagte Filine, die noch nie etwas von höflicher Bescheidenheit gehalten hatte.

»Bei ungewöhnlichen Menschen frage ich mich immer, was sie dazu gemacht hat. Bei Ihrer Tochter ist das möglicherweise die Landschaft, in der sie aufwuchs. Stimmt das, Rhea? Ich darf doch Rhea sagen? Ich kann Sie ja schlecht beide mit Frau Jessen anreden.«

»Sie dürfen Rhea sagen, aber ich bin ganz sicher kein besonderer Mensch. Wenn Sie welche suchen, werden Sie hier auf der Insel allerdings mit Sicherheit fündig.«

Er war an den Bahnen ein angenehmer Zuhörer gewesen und hatte kluge Fragen gestellt, doch nun ärgerte sich Rhea. Was glaubte er, nach so kurzer Zeit über sie zu wissen? Und warum machte er ein solches Aufheben um eine Zufallsbekanntschaft?

Doch er ließ nicht locker. »Bestimmt haben Sie recht. Aber jetzt interessiere ich mich für Sie. Woher haben Sie Ihr vielfältiges Wissen, von dem ich mich gerade überzeugen konnte?«

»Ich hatte gute Lehrer. Außerhalb der Schule. Zuallererst meine Mutter. Sie ist tatsächlich ein außergewöhnlicher Mensch.«

Filine war davongerollt, um sich um einen Kunden zu kümmern. Herr Tilmans sah ihr bewundernd nach. »Zweifellos. Ich bin mir sicher, dass es auch ein Geschenk wäre, die Geschichte Ihrer Mutter zu hören. Erzählen Sie sie mir?«

Jetzt wurde es Rhea zu bunt. Was wollte er noch alles?

»Bestimmt nicht. Ich kenne Sie kaum. Wenn Sie etwas von meiner Mutter wissen wollen, fragen Sie sie selbst!«

Er lehnte sich auf dem Gartenstuhl zurück, der viel zu klein für seine breitschultrige, kompakte Gestalt war. »Verzeihung. Sie haben natürlich recht. Das werde ich tun. Bitte nehmen Sie mir meine Neugier nicht übel. Ich sagte ja, das mit der Entspannung und Ablenkung muss ich noch üben. Sie beide sind eine so angenehme Ablenkung.«

Man konnte ihm nicht böse sein, wenn er so entschuldigend lächelte.

Rhea schob ihm den Keksteller hin.

»Nein, danke.« Stattdessen bückte er sich, hob einen Kieselstein auf und spielte gedankenverloren damit. »Und Ihr Vater? Hat er Sie auch so viel gelehrt?«

Rhea holte tief Luft. Sie war es müde, die Frage nach ihrem Vater zu hören, in welchem Zusammenhang auch immer. »Er spielt keine Rolle.«

»Aha. Also wer noch? Was für Lehrer außer Ihrer Mutter hatten Sie?«

Rhea war erleichtert, dass er wegen ihres Vaters nicht weiterbohrte. Sie schmunzelte. »Da war zum Beispiel Skem Rossmonith. Er ist der Cousin meiner Mutter, also eine Art Onkel für mich. Skem ist sehr verschlossen, aber wenn er etwas sagt, dann immer, was er wirklich denkt. Niemand, den ich kenne, selbst unter den Amrumern, ist dermaßen verbunden mit dem Watt und dem Meer und allem, was darin lebt. Er ist ebenso ein Exzentriker wie Elvar von Sommerreich, den ich auch als meinen Lehrer betrachte. Wenn Sie außergewöhnliche Menschen kennenlernen wollen, dann sind Sie bei den beiden an der richtigen Adresse.«

»Soso. Und was hat es mit diesem Satz auf der Postkarte auf sich?«, fragte ihr wissbegieriges Gegenüber und überrumpelte Rhea völlig, indem er mit einem Zeigefinger auf die Karten zeigte, die in einem Ständer vor dem Häuschen zum Verkauf standen.

Rhea fuhr sich mit den Fingern durch die Locken, die danach ebenso wild umherstanden wie zuvor. »Warum wollen Sie das alles wissen?«

Er legte den Kopf schief. »Schenken Sie einem einsamen alternden Mann eine letzte Geschichte an diesem schönen Tag!« Er blickte wie die Kaninchen, wenn sie nach Mohrrüben bettelten. Rhea musste wider Willen lachen. Die Beschreibung »einsamer alternder Mann« passte so wenig zu ihm wie der wackelige Stuhl.

Sie zeigte auf den Kieselstein in Herrn Tilmans Hand. »Eine Angewohnheit von Ihnen?«

Er blickte verblüfft darauf. »Ja. Das ist es wohl. Es beruhigt.«

»Da habe ich etwas Besseres für Sie. Warten Sie.« Rhea lief ins Häuschen und nahm etwas aus einer Schachtel. Auf dem Rückweg stieß sie unauffällig mit der Schulter gegen den Postkartenständer, so dass er sich drehte und nur noch die unverfänglichen Allerweltsfotos der Insel zu sehen waren.

»Hier.« Sie legte etwas in Herrn Tilmans Hand. Erstaunt betrachtete er es. »Das ist wunderschön. Und fühlt sich gut an. Sind das Sandkörner?«

»Ja. Eine hohle hölzerne Kugel, auf die Sandkörner geklebt sind, mit einer Pinzette, nach Farben sortiert. Dann wurden mehrere Lackschichten aufgebracht und poliert, bis diese Glätte zustande kam.«

Bewundernd betrachtete er die Kugel und fuhr zärtlich mit dem Daumen darüber. »Die Sandkörner bilden wunderschöne Muster! Welch unglaubliche Liebe zum Detail und welche Geduld darin stecken muss! Ist das Ihr Kunstwerk?«

»Nein. Elvar von Sommerreich stellt sie in mehreren Varianten her.«

»Jener Lehrer, den Sie erwähnten?«

»Genau der.«

Herr Tilmans hielt die Kugel an sein Ohr und schüttelte sie leicht. »Irre ich mich, oder ist ein Flüstern darin?«

»Mag sein. Die Kugel soll Ihnen Glück bringen.«

»Glauben Sie an Glücksbringer?«

»Ja. Aus einem ganz bestimmten Grund. Es ist eine Familientradition. Wir glauben an eine alte Sage, die mit einem solchen zu tun hat.«

»Ihre Augen leuchten, wenn Sie davon sprechen. Sie glauben

tatsächlich daran!« Er bewegte die Kugel zärtlich in seiner Hand wie vorher den Kieselstein und mochte sie offensichtlich gar nicht mehr loslassen. »Es handelt sich dabei aber nicht um diese Kugel, sondern um etwas anderes, nicht wahr?«

»Ja. Aber davon erzähle ich Ihnen nicht. Es ist, wie gesagt, eine Familiensache.«

Er ließ wenigstens das auf sich beruhen. »Aber die Kugel ist ein Kunstwerk. Darf ich sie bezahlen?«

»Nein. Es ist ein Geschenk. Vielleicht kann es Ihre Gesundung unterstützen.«

»Ist es nicht!« Er zwinkerte ihr zu. »Es ist Bestechung. Damit ich vergesse, Sie nach dem Satz auf der Postkarte zu fragen, die Sie gerade so verstohlen außer Sichtweite gebracht haben.«

»Ihnen entgeht wohl nichts.«

»Nein. Wenn mir Dinge entgehen würden, wäre ich kein guter Hotelier. Im Übrigen habe ich sehr wohl gesehen, dass Sie diesen Satz auch hinten auf die Eintrittskarten gedruckt haben. Das hätten Sie nicht getan, wenn Sie nicht wollten, dass er gesehen wird.« Er wedelte mit dem gelben Stück Papier, das auf der Vorderseite die Eintrittskarte war und auf der Rückseite die Tabelle trug, auf der man seine Punkte eintragen konnte. Ganz unten, unter der leeren Zeile für das Endergebnis, stand der Satz in Kursivschrift.

Eines leuchtenden Tages wirst du jemandem begegnen, der dich meerestiefhimmelweitsommerhell lebendig macht.

»Fragen Sie danach, weil Sie diesen Satz kennen?«, fragte Rhea hoffnungsvoll. Vielleicht interessierte er sich darum so für sie!

»Nein. Er gefällt mir, und ich kann mir gut vorstellen, was damit gemeint ist. Aber er ist mir eben zum ersten Mal begegnet. Ich frage danach, weil ich glaube, dass er einer der Schlüssel zu Ihrer Persönlichkeit ist.«

Schade. Rhea fühlte Traurigkeit in sich aufsteigen. Wenn er den Satz gekannt hätte, wäre er möglicherweise doch eine Verbindung zu ihrem Vater gewesen.

»Dieser Satz ist fast das Einzige, was mein Vater uns hinterlassen hat. Wir kennen nicht einmal seinen Namen.« Die Traurigkeit musste wohl in ihrer Stimme mitgeschwungen haben, denn Herrn Tilmans eigene Stimme wurde sanfter und sein Blick auch.

»Und nun hoffen Sie, dass er selbst oder jemand, der ihn kennt, sich beim Anblick dieser Worte zu erkennen gibt?«

Rhea zuckte mit den Schultern. »Eine bessere Idee hatte ich bisher nicht. Außerdem ist es ein schöner Satz, über den man nachdenken kann. Er macht den Menschen Freude.«

»Und ist auch eine Art Denkmal für Ihren Vater«, sagte Herr Tilmans verständnisvoll.

»Vielleicht. Irgendwie. Ja.« Rheas Ärger war verflogen. Es war so leicht, sich mit ihm zu unterhalten. Sie wunderte sich über sich selbst. Sie war Fremden gegenüber sonst nicht so aufgeschlossen. Es musste wohl daran liegen, dass sie in ihren Träumen schon so oft mit ihm – oder vielmehr seinem Ebenbild – gesprochen hatte. »Haben Sie dieses Gefühl, von dem der Satz spricht, schon einmal gehabt?«

»Ja. Doch meine Frau ist schon vor vielen Jahren gestorben.«

»Das tut mir leid.« Rhea fühlte sich hilflos, als sie die schweren Wolken in seiner Stimme hörte.

Herr Tilmans beugte sich vor. »Ja, aber wissen Sie, was? Wenn man einmal von jemandem dieses Geschenk bekommt, geht es niemals wieder verloren. Auch dann nicht, wenn dieser Jemand nicht mehr da ist. Es ist ein Geschenk für immer. Ihre Mutter kann Ihnen das sicher bestätigen.« Wieder blickte er zu Filine hinüber, die dabei war, Bälle und Schläger einzusammeln, denn es war Abend geworden, und sie mussten die Anlage für den Tag schließen.

»Ich weiß nicht.« Auch Rheas Blick folgte Filine. »Ich glaube nicht, dass es für sie so gewesen ist.«

»Nicht? Nun, wenn nicht, wird es sicher noch geschehen.« Herr Tilmans lehnte sich zurück und betrachtete den Satz auf der Eintrittskarte. »Ein originelles Erbe, so ein Satz. Hat die Geschichte Ihres Vaters etwas mit der einzigen Bahn zu tun, die Sie mir nicht erklären wollten, weil sie zu persönlich ist?«

»Vielleicht.«

Er verfiel in Schweigen und starrte mit gerunzelter Stirn vor sich hin. Irgendwo im Watt rief eine Möwe, und eine zweite antwortete vom Wriakhörnsee her. Ein Windstoß streute ein paar Birkenblätter wie goldenes Konfetti über die Anlage, und in der Ferne wisperte die aufkommende Flut am Strand.

»Was macht denn Ihr Sohn? Ist er auch in Ihrem Hotel tätig?«

»Ja. Er hat Hotelfach gelernt. Und das, obwohl ich ihm immer und immer wieder gesagt habe, dass er das nicht mir zuliebe machen muss. Er soll tun, was er möchte. Aber er redet nicht mit mir!«

»Vielleicht ist es ja wirklich das, was er möchte?«, schlug Rhea vor.

Doch Herr Tilman machte eine heftige, abwehrende Handbewegung, die fast die Zuckerschale über den Tisch fliegen ließ. »Niemals! Er hat schon so viele Interessen gehabt. Heute dies, morgen das. Hotelfach war nie dabei, bis seine Mutter starb. Seit dem Tag will er mir alles recht machen.«

»Aber das ist doch nett von ihm.«

»Ich finde es furchtbar. Ich weiß gar nicht mehr, wer er ist! Wie soll er denn so glücklich werden?«

»Wenn Sie erholt von der Kur zurückkommen, versuchen Sie doch noch einmal, mit ihm zu reden. Dann sind Sie vielleicht entspannter und geduldiger.«

»Sie meinen, ich verschrecke ihn, weil ich zu ungeduldig bin? Da könnten Sie recht haben. Ich mache mir eben Sorgen, wissen Sie. Der Junge hat auch keine richtigen Freunde. Haben Sie Freunde?« Fragend sah er sie an.

»Als Kind habe ich am liebsten mit den Krabben gespielt und geredet. Und es hat mir nicht geschadet.«

»Aber mein Sohn ist kein Kind mehr.« Er seufzte und stand auf. »Würden Sie mir beschreiben, wie ich die Herren Elvar von Sommerreich und Skem Rossmonith finden kann?«

»Elvar wohnt dort den Weg herunter, in einer renovierten Scheune. Sie können sie nicht verfehlen. Skem finden Sie draußen auf dem Kniepsand in einer Holzhütte. Das ist ein weiter Weg. Sie sollten sich das nicht zumuten.« An Skem würde er ohnehin scheitern. Skem war viel zu abweisend. Doch bei Elvar war sich Rhea nicht sicher, was er alles ausplaudern würde. Er liebte es, auch mit Fremden über dieses und jenes zu plachandern, wie er es nannte.

Herr Tilmans lächelte Rhea an. »Das muss ich aber! Sie sagten, es seien Ihre Lehrer gewesen. Ich möchte diese beiden kennenlernen und gründlich über Sie ausfragen.« Er hob entschuldigend die Hände. »Ich weiß, das ist schrecklich ungehörig und Sie halten mich für seltsam und aufdringlich. Aber ich bin im Begriff, Ihnen eine Stelle anzubieten. Einen Auftrag. Und ich stelle niemals jemanden ein, ohne möglichst viel von ihm zu wissen! Deshalb hoffe ich, die Herren erzählen mir, wie Sie als Kind waren und was Sie zu dem Menschen gemacht hat, der Sie sind.«

Rhea

1967

4

Inselkind

Der Frühlingswind zog unternehmungslustig an den Ärmeln von Rheas Sommerkleid. Hinter den Dünen lag lichtblau der weite Himmel. Er versprach einen Vormittag, der allein dafür gemacht war, auf nackten Kinderfüßen durch das Watt zu toben. Rheas Füße wollten dem Weg daher nicht gehorchen und stapften immer langsamer in den schweren Schuhen. Auch der Ranzen drückte auf ihren schmalen Schultern. Schließlich warf sie ihn zur Seite, streifte die lästigen Stiefel ab und bohrte ihre nackten Zehen in den weichen Boden. Es duftete nach jungem Gras. Zwei Bienen summten eifrig auf der Suche nach dem ersten Klee.

Rhea kniete sich hin und vergrub auch die Finger im Sand. Oben war er warm, wo er frühe Sonne eingefangen hatte. Darunter fühlte er sich kühl und geheimnisvoll an. Rheas Hände schoben die trockene Schicht beiseite und formten einen Berg aus den feuchten Körnern darunter, die im ersten Licht des Tages glitzerten wie ein Schatz. Sie schob und klopfte und drückte und türmte auf, bis die dunklen Locken an ihrer Schläfe schweißnass waren. Sie vergaß restlos die Zeit, und ebenso restlos war sie glücklich.

Schließlich war Rhea zufrieden und suchte in ihrer Tasche nach einer Glasmurmel, mit der sie nun die Bahn testete, die sie rund um ihren Sandberg angelegt hatte. Mit angehaltenem Atem beobachtete sie, wie die Kugel über die Stufen und durch die Tore rollte und über Hindernisse sprang, um schließlich mit einem befriedigenden Plumps am Ziel anzukommen. Rhea hatte immer eine Murmel bei sich, die sie Wege und Abhänge und schiefe Baumstämme herunterrollen ließ, um herauszufinden, was wie ihren Lauf beeinflusste.

»Müsstest du nicht in der Schule sein?« Unsanft aus ihrer Welt zurückgeholt, zuckte Rhea zusammen und sah an den langen Beinen herauf, die in grauen Hosen mit ordentlichen Bügelfalten steckten. Sie hatte auf ihrem Weg auf den Boden gesehen und gar nicht bemerkt, dass sie nahe der Scheune angehalten hatte, um sich ihrem spontanen Bauwerk zu widmen.

Sie erschrak jedoch kaum, denn in der Stimme Elvar von Sommerreichs war kein Ärger und nichts Tadelndes gewesen. Vor Elvar hatte sie keine Angst. Mit der Antwort hatte sie es nicht eilig. Angelegentlich rieb sie mit übertriebener Sorgfalt den Sand von ihren Fingern.

»Ich habe doch heute Geburtstag. Ich werde zehn!« Sie stellte sich diese neue, doppelte Zahl vor. Viel beeindruckender als die schlichte neun und die acht davor und all die anderen, die so allein und wehrlos dagestanden hatten. In der Zehn waren zwei Zahlen, also war keine davon allein. Das machte ihr Mut. Sie war auch breiter, diese neue Zahl, wenn man sie groß in den Sand schrieb. Wenn sie aufrecht stünde, könnte Rhea sich dahinter verstecken.

»Betrachtest du einen Geburtstag als einen Grund, nicht in der Schule zu erscheinen?«

»Wenn man Geburtstag hat, steht das an der Tafel, und man

muss nach vorne gehen, und die anderen singen ein Lied.« Bei der bloßen Vorstellung wurde Rheas Brustkorb eng, und ihr Atem hatte nicht mehr genug Platz. Die Kinder würden bei ihr absichtlich falsch singen wie im letzten Jahr, so dass ihr die Töne in den Ohren weh taten. Björn und die blonde Katrin würden höhnisch grinsen und Grimassen schneiden, und andere würden ihr die Zunge herausstrecken, wenn die Lehrerin gerade nicht hinsah. Und all die vielen Blicke würden sich wie Brennnesseln auf ihrer Haut anfühlen.

»Aha, und vorne ist kein guter Platz für dich?« Das Gute an Elvar war, dass man ihm nicht viel erklären musste, obwohl er ein Erwachsener war. »Tritt einen Moment herein, ich habe etwas für dich. Ein Geburtstagsgeschenk.«

In der Scheune war es kühl und dämmrig. Elvar wohnte hier. Er hatte das zerfallende Gebäude von einem Bauern gekauft, der seinen Hof aufgegeben hatte. Die Felder waren längst verschwunden. Nun wucherten hier Heide, Schachtelhalm, Gras und junge Birken. Den Teil unter dem Heuboden der Scheune hatte Elvar ausgebaut und mit einer Tür versehen. Dort hatte er sein Schlafzimmer und sein Badezimmer. Niemand durfte hinein. Doch der Rest und auch der Heuboden standen allen offen, vor allem den Kindern. Es gab eine kleine Küche und eine riesige Sitzecke mit einem Sammelsurium von alten Sesseln, Hockern, Stühlen und sogar einer Hängematte. Überfüllte Bücherregale bewohnten die Ecken. Auf dem Heuboden war eine Art Museum entstanden, zu dem jeder beitragen konnte. Kinder und Touristen brachten ihre Funde dort unter, ob es merkwürdige Steine waren oder Treibholz, Vogelknochen oder Muscheln.

Elvar kramte auf einem Tisch herum und legte etwas in Rheas

Hand. »Herzlichen Glückwunsch zum zehnten Geburtstag«, sagte er ernsthaft.

Auf ihrer Handfläche lag eine blaue Kugel, etwa so groß wie ihre größte Murmel. Oben hatte sie eine Öse, durch die ein Lederband lief, so dass man sie um den Hals hängen konnte. Außen herum verlief an der dicksten Stelle eine zartgezeichnete Landschaft aus Dünen. Dahinter konnte man das Meer erkennen.

»Halte sie an deine Ohren.«

Neugierig hielt Rhea die Kugel an ihr Ohr und schüttelte sie ein wenig. Ein feines Wispern war darin zu hören, so wie wenn man an einem Sommertag in den Dünen liegt und hört, wie der Sand langsam den Abhang herunterrieselt. Rhea mochte solche Augenblicke, wenn die Welt um sie herum versank und nur noch der Himmel da war und dieses warme Flüstern um sie herum.

»Ist da Sand drin, Elvar?«

»Ja. Da ist zunächst Stille darin. Stille ist eine Kraft, aus der du selbst Stärke gewinnen kannst. Das wirst du noch lernen. Außerdem ist Sand aus diesen unseren Dünen enthalten. So hast du deren Stimme immer bei dir, egal, wohin es dich verschlagt und was dir geschieht. Wenn du Angst hast, hörst du ihr einfach zu. Oder du verlässt dich auf die Stille.«

Elvar drückte sich oft ein wenig merkwürdig aus. Vornehm, sagte Filine. Das kam daher, dass er einmal adlig gewesen und auf einem Schloss aufgewachsen war. Das Schloss war jetzt verloren. Rhea verstand nicht ganz, wie man ein Schloss verlieren konnte, aber es war wohl gut so, sonst wäre Elvar ja nicht hier.

Rheas Hand schloss sich fest um die Kugel mit dem Geheimnis im Inneren. Niemand würde wissen, was darin war, außer

Elvar und ihr. Das bedeutete, dass auch niemand das Geheimnis und die Stille und Stimme der Dünen klauen oder kaputtmachen würde.

»Ist da auch Wind drin?«

»Nein. Der Wind bist du. Nur wenn man etwas bewegt, kann man etwas ändern! Und nun ab mit dir in die Schule.« Er legte ihr das Band um den Hals. Das bemalte Holz, aus dem die Kugel gedrechselt war, fühlte sich erst kühl auf ihrer Haut an, dann wurde es warm, wie ein Teil von ihr.

»Danke, Elvar!«

Der Tag hatte doch gut angefangen. Die Murmel war wunderbar gerollt, ohne an einem Hindernis zu scheitern, und nun hatte Elvar ihr die Stimme der Dünen geschenkt, und sie konnte sie mit in die Schule nehmen.

Am liebsten wäre Rhea noch viel länger in der Scheune geblieben, wo es so schön nach frischen Sägespänen und Farbe und Rührei roch und niemand sie verspottete.

Filine hatte ihr erklärt, warum die Schule wichtig war. Dass man so viel lernen muss wie möglich, weil es lebendig und stark macht, Dinge zu wissen. Aber richtig klar war Rhea der Sinn der Schule trotzdem nicht. Bei Elvar von Sommerreich lernte sie viel mehr und viel interessantere Dinge. Draußen im Watt auch und auf dem Kniep und in den Dünentälern. Die Lehrerin hatte vieles nicht verstanden, fand Rhea. Und die Spuren, die die Flut und der Wind jeden Tag neu auf die flache Weite des Watts schrieben und wieder verwischten, waren tausendmal interessanter als das, was in der Schule auf der Tafel stand und wieder abgewischt wurde.

Die Sandflächen waren ja auch viel größer und heller als die dumme kleine schwarze Tafel. Kein Wunder, dass die kein Kribbeln in Rheas Bauch auslösen konnte, ganz anders als alles, was es draußen zu fühlen und zu entdecken gab.

Natürlich kam sie viel zu spät. Sie öffnete die Tür leise einen Spalt und versuchte, unbemerkt hindurchzuschlüpfen.

»Rhea Jessen! Du nimmst wohl nicht im Ernst an, dass du zum Unterricht auftauchen kannst, wann es dir passt, nur weil du Geburtstag hast?« Die Lehrerin zog die Augenbrauen so hoch, dass sie unter ihren Haaren verschwanden. Dadurch wirkten ihre Augen nackt, und Rhea sah deutlich, wie ärgerlich Frau Hitzelmann war. Sie bestimmte hier die Regeln und mochte es nicht, wenn jemand ihr nicht genau folgte.

»Nein. Entschuldigung«, murmelte Rhea und wollte schnell auf ihren Platz neben Lilani schlüpfen.

»Halt, halt! Wir wollen mal nicht so sein. Du bekommst trotzdem dein Ständchen, wie es sich gehört. Komm nach vorn!«

An der Tafel stand Rheas Name mit einer schrecklichen rosafarbenen Kreide geschrieben, und daneben hatte Frau Hitzelmann eine Blume gezeichnet. Sie hatte es bestimmt gut gemeint, aber die Blume sah so steif aus, dass sie Rhea leidtat. Die Blume fühlte sich bestimmt genauso unwohl wie sie selbst.

»Und nun singen wir«, ordnete Frau Hitzelmann an, und die Klasse fing an, das Lied herunterzuleiern, das sie so oft im Jahr singen mussten. »Hoch soll sie leben, hoch soll sie leben, dreimal …«

»Haha, guckt euch das Kraabniinje an!«, unterbrach da Björn die lustlosen Stimmen und zeigte auf Rheas Füße. »Das hat keine Schuhe an!«

Rhea fühlte, wie sie rot wurde. Erschrocken blickte sie auf ihre Füße. Ihre Schuhe standen noch bei Elvar!

»Und schaut mal. Ich glaube, sie hat Schwimmhäute zwischen den Zehen. Seht ihr das auch?«, kicherte Katrin.

Selbst Frau Hitzelmann sah neugierig auf Rheas Füße, und auch Rhea starrte auf die Haut zwischen ihren Zehen. Diese kleinen Häutchen gab es doch bei allen Kinderfüßen – oder? Waren sie bei ihr größer? Sie hatte gehofft, die anderen hätten den Vorwurf, ihr Vater sei ein Wassermann, inzwischen vergessen. Nun war diese Behauptung wieder da, so plötzlich aufgetaucht, wie gelegentlich ein uraltes Schiffswrack draußen im Watt freigespült wurde. Für einen Augenblick kam ihr sogar der Boden unsicher vor. War ihr Vater doch ein Wassermann? Warum nur erzählte Filine nichts über ihn?

»Wie oft habe ich dir gesagt, dass in der Schule Schuhe getragen werden?«, fragte Frau Hitzelmann. Nun waren ihre Augenbrauen wieder da. Dicht zusammengezogen, unterstrichen sie die Falten auf ihrer Stirn. »So geht das nicht! Karl, du läufst zu Frau Jessen und holst Rheas Schuhe.«

»Das kann ich doch selber«, sagte Rhea hastig.

»Nein. *Du* bleibst hier und löst die Mathematikaufgaben, die ich dir stellen werde! Karl ist Klassenbester, der muss nicht üben. Das fehlt noch, dass du zur Belohnung einen zweiten Spaziergang machst an diesem Morgen.«

Frau Hitzelmann klang, als hätte sie selbst gern einen Spaziergang gemacht. Stattdessen legte sie mit spitzen Fingern einen Zettel voller Zahlen auf Rheas leeren Platz. Rhea hasste Zahlen.

Trotz allem musste sie an der Tafel stehen bleiben und die

Blicke der anderen auf ihren Zehen ertragen, während das Lied zu Ende gesungen wurde und Karl erfreut aus der Tür lief.

Lilani sang nicht. Sie lächelte Rhea zu, und die Stille in diesem Lächeln war so groß, dass sie das höhnisch falsche Singen und die Grimassen der anderen verschluckte. Rhea hielt sich an diesem Lächeln fest und an dem Schweigen des Sandes in der Kugel an ihrem Hals. Nachher würde sie der Wind sein und den Sand zum Flüstern bringen, aber jetzt war ihr gerade die lautlose Gegenwart ein Trost.

Verzweifelt kritzelte Rhea auf ihrem Aufgabenzettel herum, bis Karl eine halbe Stunde später zurückkam. Nicht mit Rheas Schuhen, aber dafür mit Filine.

Filine kam nicht nur mit leeren Händen, sondern auch mit nackten Füßen, auf denen sie so aufrecht ging, dass sie noch größer und schlanker wirkte als sonst.

Karl verdrückte sich rasch auf seinen Platz. In der Klasse wurde es still. Filine schloss die Tür und blieb dort stehen, die Arme hinter dem Rücken.

»Ich frage mich, ob Sie der Meinung sind, dass Kinder zum Denken Schuhe benötigen?«, fragte Filine höflich.

Ein Kichern lief durch die Bänke und verstummte eilig.

»Es gehört zum guten Ton, in der Schule Schuhe zu tragen.« Frau Hitzelmann lächelte nicht. »Wo kommen wir denn da hin, wenn jeder hier auftaucht, wie er will?«

Karl musste unterwegs erzählt haben, was vorgefallen war, denn Filine marschierte zum Schrank und wühlte darin herum. »Ohne Schuhe kommt man genau dahin, wo man auch mit Schuhen hinkommt, jedenfalls im Kopf.« Sie zog eine Karte heraus, rollte sie auf und hängte sie an den Kartenständer. »Ich dachte mir schon, dass das gute alte Lehrmaterial immer noch hier ist. Anhand dieser Darstellung hat mir schon mein Lehrer damals gezeigt, was Schwimmhäute sind.« Filine nahm den Zeigestock aus der Ecke und wies auf das Bild eines Frosches mit gespreiztem Hinterfuß. »Ich denke, hier kann jeder deutlich sehen, wie Schwimmhäute aussehen. Schade, dass Sie keinen Gebrauch von diesen alten Karten machen. Dann wüssten Ihre Schüler das!«

Filine stellte den Zeigestock zurück. »Und wenn Sie schon dabei sind, könnten Sie den Kindern auch beibringen, was ein Sturmtief ist und wie es entsteht. Aus irgendeinem Grund scheinen Ihre Schüler immer noch zu glauben, dass die See auf der Suche nach einem Wassermann an Land kommt, wenn es ein Unwetter gibt. Und das in diesem Alter!« Filine kramte noch einmal im Schrank und drückte der verblüfften Frau Hitzelmann eine andere Karte in die Hand, auf der geheimnisvolle Linien eingezeichnet waren und etwas von Meteorologie stand. »Da Sie kein Kind ohne Schuhe in der Schule dulden, nehme ich Rhea mit nach Hause. Ich werde sie heute selbst unterrichten.«

Rhea sprang auf. Der Sand in der Kugel flüsterte leise seine Freude an ihrem Hals, als er in Bewegung geriet.

»Das geht nicht. Dann müssen Sie eine Entschuldigung schreiben!« Frau Hitzelmanns Stimme rutschte eine Oktave höher.

»Warum? Ich möchte mich doch gar nicht entschuldigen.« Filine öffnete die Tür und marschierte hinter Rhea hinaus. Sie schloss die Tür leise. Filine wurde nie unhöflich. Trotzdem tat sie, was sie wollte. Rhea wünschte sich, sie wäre genauso mutig. Aber dazu musste man wohl erst erwachsen werden.

Zusammen wanderten sie am Strand entlang nach Hause. Filine war schweigsam.

»Es tut mir leid. Ich hab die Schuhe einfach nur vergessen«, sagte Rhea schließlich vorsichtig.

»Schon gut. Wir wissen beide, dass man zum Lernen keine Schuhe braucht.«

»Aber warum ist es dann eine Regel, dass man sie in der Schule tragen muss?«

Filine hob einen Kieselstein auf und warf ihn in das flache Wasser, das gerade ablief. Er hüpfte dreimal, ehe er versank. »Manche Menschen brauchen viele Regeln, damit sie sich daran festhalten können, weißt du. Für Menschen wie Frau Hitzelmann sind Regeln wie ein Treppengeländer für die Seele. Versuch halt einfach, so nett zu sein und an deine Schuhe zu denken, damit sie sich nicht unnötig aufregen muss. Das ist besser für euch beide.«

»Du meinst, aus Rücksicht?«

Filine legte den Arm um sie. »Genau. Aus Rücksicht. Und im Übrigen sind viele Regeln auch sehr nützlich und sehr wichtig. Man sollte nur nicht zu faul sein, immer zu überlegen, welche sinnvoll sind und welche nicht. Frau Hitzelmann ist vom Festland. Da gibt es Regeln, die für Inselkinder eben nicht so wichtig sind.«

»Skem trägt auch keine Schuhe.«

»Stimmt. Und dümmer ist er davon nicht geworden.« Filine warf mit ihren Zehen eine Muschel in die Höhe. »Es ist schön, wenn man das Leben auch mit den Füßen spüren kann. Sand, Wasser, Gras. Kalt, warm, hart, weich. Die Formen der Kiesel und der Sandriffel im Watt. Herrlich! Ich bin froh, dass wir nicht in der Stadt wohnen müssen.« Filine sprang über einen Priel und drehte eine fröhliche Pirouette.

»Filine, hab ich wirklich keine Schwimmhäute?«

»Nö.« Filine stellte ihre Füße neben Rheas und spreizte die Zehen. »Siehste. Diese Häute habe ich genauso und alle die Kinder in deiner Schule, die so dumme Sachen behaupten, auch. Im Übrigen ist an Schwimmhäuten nichts Schlimmes. Die Tiere, von denen wir abstammen, hatten wahrscheinlich welche. Aber auf gar keinen Fall hast du welche von deinem Vater geerbt.«

»Warum erzählst du mir nichts über ihn, Filine?«

Filine hockte sich hin und nahm Rheas Hände in ihre.

»Geschichten, vor allem die, die mit dem eigenen Leben zu tun haben, sind ein Geschenk, weißt du. Ein Schatz. Die bekommt man nicht einfach so nebenbei. Der Zeitpunkt muss stimmen und alles andere auch. Die wichtigen Geschichten sind etwas ganz Besonderes. Aber weißt du, was? Du hast ja heute Geburtstag. Und weil wir sowieso schon Schule schwänzen, bekommst du dein Geschenk gleich jetzt. Es hat nämlich etwas mit deinem Vater zu tun!«

Rhea machte große Augen.

»Eine Geschichte?«

»Auch. Aber es gehört noch etwas dazu, das du jeden Tag ansehen kannst. Ich habe extra bis zu deinem zehnten Geburtstag damit gewartet.«

Rhea hüpfte auf und ab. »Wo ist es, Filine?«

»Zu Hause. Komm, wir rennen. Wer zuerst da ist, bekommt nachher das größere Eis.«

Rhea

1979

5

Fragen

»Wie kommt dieser Herr Tilmans bloß darauf, mir eine Stelle anzubieten?« Rhea polierte die Minigolfschläger unnötig heftig. »Das heißt, er hat das noch nicht getan, aber er hat es angedroht. Ich brauche keinen Job! Ich mache genau das, was ich will! Außerdem möchte ich nicht weg von hier. Was ist das überhaupt für ein Wort für eine Arbeit – Stelle? Meine Stelle ist hier. Diese Insel.«

Lilani lehnte sich in der Hollywoodschaukel zurück und zog die kleine Schiefertafel aus der Tasche, die sie benutzte, wenn sie sich unterhalten wollte. Rhea hatte ihr vor Jahren angeboten, mit ihr zusammen Gebärdensprache zu lernen, doch Lilani lehnte das entschieden ab. Sie fand, es gab zu wenige Leute auf Amrum, die die Gebärdensprache konnten. Sie schrieb wieselflink auf ihrer Tafel, und so konnte jeder sie verstehen. Ihre Schrift war geschwungen und lebendig wie die Wellen und das Dünengras. Sie zog den Blick an, man las sie gern.

Warum regst du dich auf? Du musst den Job nicht annehmen.

»Nein, natürlich muss ich das nicht!« Rhea stellte den fertig gesäuberten Schläger in den Ständer zurück und nahm sich den nächsten.

Aber der Österreicher gefällt dir.

»Meiner Mutter gefällt er. Sonst wäre sie nicht gerade mit ihm unterwegs. Er führt sie fein aus.«

Drei Tage lang war von Herrn Tilmans nichts zu sehen gewesen. Als er dann auftauchte, hatte er Rhea kaum eines Blickes gewürdigt, sondern Filine gefragt, ob sie mit ihm essen gehen würde. Und Filine, die auf solche Fragen sonst ausweichend antwortete, hatte einfach ja gesagt und ihre Jacke angezogen.

»Übrigens«, sagte Herr Tilmans im Gehen über die Schulter hinweg zu Rhea, »mit Herrn Elvar von Sommerreich habe ich mich hervorragend unterhalten. Wir haben den einen oder anderen Pharisäer miteinander getrunken, und als ich zu später Stunde seine hochinteressante Unterkunft wieder verlassen habe, war ich in jeder Hinsicht schlauer.«

Das hatte sie befürchtet.

Herr Tilmans machte nicht den Fehler, Filines Rollstuhl schieben zu wollen, sondern passte sein Schritttempo geschickt ihrer Geschwindigkeit an, während sie über den unebenen Sandpfad manövrierte.

»Ich glaube, Filine freut sich wirklich über diese Einladung«, bemerkte Rhea, die immer noch verwundert war.

Lilani lächelte nur. Dieses Lächeln hatte ihr eine Anstellung in einer Boutique eingebracht. Es machte nichts, dass sie nicht sprach. Wenn sie einer Kundin ein Kleidungsstück mit diesem Lächeln anbot, kaufte diese es meistens, zumal Lilani ein untrügliches Stilgefühl hatte. Die Kundin verließ das Geschäft mit der Überzeugung, dass sie in dem gekauften Kleid aussehen würde wie Lilani.

»Ich habe nichts dagegen«, erklärte Rhea hastig. »Ich bin froh, wenn Filine ausgeht. Bisher hielt sie von keinem ihrer Verehrer viel, aber den Herrn Tilmans mag sie.«

Und Björn mag DICH.

»Natürlich mag er mich. Sonst würde er nicht immer hier herumhängen. Ich habe mal den Fehler gemacht, ihn zu füttern. Liebe geht eben durch den Magen. Jetzt ärgert er die Gäste zu oft. Ich mag ihn auch, aber er wird lästig.«

Lilani lachte. Sie gab dabei kein Geräusch von sich, trotzdem war es eindeutig ein schallendes Lachen. Selbst ihre Schrift hüpfte, als sie etwas kritzelte und Rhea die Tafel vor die Nase hielt.

Rhea ließ vor Schreck den Lappen in den Sand fallen und kniff die Augen zusammen. Hatte Lilani wirklich geschrieben, was sie da gelesen hatte?

Ich meine nicht den Fasan. Ich meine den Björn, nach dem du den Vogel benannt hast! Hast du beim Sommerfest nicht gesehen, wie er dich ansieht?

»Spinnst du? Der doch nicht! Und selbst wenn, er kann gucken, soviel er will. Der interessiert mich ganz bestimmt nicht.« Rhea schüttelte wild den Sand aus dem Lappen.

Er hat sich geändert.

»Er ist einer, der auf Krabben tritt.«

Vielleicht wäre es gut, wenn du eine Zeitlang fortgehst. Hier scheint sich nicht zu erfüllen, was du dir wünschst. Jetzt war Lilani wieder ernst.

»Was soll das heißen?«

Es war doch immer dein Wunsch, eine eigene Familie zu gründen.

»Fängst du jetzt auch damit an? Hast du dich mit meiner Mutter abgesprochen? So ein Unfug. Ich habe doch noch reichlich Zeit. Ich wette, wenn ich mich morgen mit Björn verloben würde, würden mir alle empört einreden, es sei viel zu früh.«

Man weiß nie, wie viel Zeit man hat. Wenn Familie dein Ziel ist, solltest du es nicht aus den Augen verlieren. Du warst noch nicht einmal verknallt. Nie.

Rhea hörte auf, den Schläger zu polieren, und zielte mit dem Stiel auf Lilani. »Und was ist dein Ziel, Lilani?«

Für mich ist leben genug. Für dich nicht.

Ein Pärchen kam durch das Tor in der Hecke geschlendert und blieb unschlüssig vor dem Tickethäuschen stehen. Rhea sprang auf, froh über die Unterbrechung. Gäste begrüßen, Tickets aushändigen, Schläger, Bälle und eine Spielanleitung. Die Routine half ihr, ihre Ruhe wiederzugewinnen. Sie konnte sich in keiner Weise vorstellen, dies einmal nicht mehr zu tun. Die Minigolfanlage war längst ihr eigenes Ding geworden, ihre Leidenschaft. Die von ihr gestalteten Bahnen sorgten dafür, dass Kinder lachten, dass Familien etwas zusammen taten, das allen Spaß machte. Während sie sich drauf konzentrierten, das jeweilige Ziel zu erreichen, vergaßen die Menschen ihre Alltagssorgen völlig. Sie fragten nach den Geschichten, die die Bahnen darstellten, und Rhea erzählte sie ihnen und verkaufte auf Wunsch das Heft, in dem sie diese aufgeschrieben hatte. Viele Feriengäste kamen jedes Jahr wieder und freuten sich, dass sie besser wurden und weniger Schläge brauchten.

Und wenn niemand da war, übte Rhea selbst den perfekten Schlag, der den kürzesten Weg ins Loch fand, die Hindernisse umging oder die ideale Flugbahn beschrieb. So eine gelungene Kurve ordnete alle ihre Gedanken, die dann friedlich wurden wie der Wriakhörnsee bei Windstille, wenn er das Abendrot spiegelte.

Natürlich wäre es spannend, einmal die Berge zu sehen, dachte Rhea widerstrebend, während sie das Kleingeld in die Kasse legte. Sie sah sich um. Überall die vertraute Weite, Heide, Wald, Salzwiesen, hinter den Dünen der unendliche Kniepsand, das Watt, das Meer und in der Ferne der Horizont, der in den Himmel überging. Wie es sich wohl anfühlte, wenn man in einem Tal stand und den Himmel nur sehen konnte, wenn man den Kopf in den Nacken legte, weil man von den Bergen eingeschlossen war? Und wie, auf einem Gipfel zu stehen und auf die Welt herunterzublicken? Bei der bloßen Vorstellung wurde ihr schwindelig.

Sie holte für sich und Lilani einen Saft aus dem Kühlschrank und lauschte dabei dem Kreischen der Möwen hinter dem Deich und dem Flüstern der auflaufenden Flut. Was würde man in Österreich hören? Die Berge würden schweigen, vielleicht zu laut schweigen. Und was für Vögel gab es dort wohl? Adler vielleicht?

Rhea schüttelte den Kopf. Bestimmt würde sie niemals einschlafen können, ohne zu wissen, dass das Meer um sie war, mit seinem ewigen, unerschütterlichen Rhythmus von Ebbe und Flut.

Ist es, weil du Filine nicht alleine lassen willst? Möchtest du darum nicht fort?, hielt ihr Lilani vor die Nase, als Rhea ihr das Glas hinstellte.

»Nein. Sie hat schon immer gesagt, wir können eine Hilfe einstellen, wenn ich fortwollte. Um Filine muss sich niemand Sorgen machen. Ich kann mich an keine Situation erinnern, mit der sie nicht zurechtkam. Nein, das ist es nicht! Sag mal, willst du mich loswerden?«

Nein. Ich bin nur neugierig. Ich finde es immer spannend, wie Men-

schen funktionieren. Dich kenne ich am besten und weiß von dir trotzdem am allerwenigsten.

»Na, dann muss ich doch hierbleiben, damit du etwas zu rätseln hast.« Rhea ließ sich neben Lilani in die Schaukel fallen, lehnte sich zurück und schloss die Augen. Die Herbstsonne lag milde auf ihrer Stirn und zauberte Farben hinter ihre geschlossenen Lider.

Herr Tilmans war auch ein Rätsel, dachte sie. Was fiel ihm ein, hier aufzutauchen, als hätte sie ihn herbeigeträumt, und das fünfzehn Jahre zu spät? Jetzt war sie erwachsen und brauchte keinen Phantasievater mehr. Auch nicht, wenn er sie so herzlich mit seinem warmen Blick anlächelte, aus grauen Augen, die ihren so ähnlich waren, und mit Locken, denen man an einigen Stellen noch ansah, dass sie einmal ebenso dunkel gewesen waren wie ihre.

Aus den Lachfältchen in seinen Augenwinkeln und der Art, wie er Elvars Kugel in seiner Hand bewegte, schloss sie, dass er mit kleinen Mädchen wunderbar umgehen konnte. Wenn sie seine Tochter gewesen wäre, hätte er ihr Gutenachtgeschichten erzählt, mit ihr Fußball gespielt, wäre Schlauchboot gefahren, hätte ihr die Vögel im Watt erklärt und sie getröstet, wenn sie sich an Muscheln schnitt. Er hätte sie gegen ihre Peiniger verteidigt und nicht über schlechte Zensuren geschimpft, sondern mit den Hausaufgaben geholfen und ihr hinterher einen Kakao gemacht. Die Jungs hätten sie niemals ausgelacht, wenn sie an seiner Hand durch das Dorf spaziert wäre, denn ein Blick von ihm hätte genügt, um ihnen Respekt einzuflößen.

Rhea öffnete schnell die Augen, als sie sich bei diesen Vorstellungen ertappte. Skem hatte ihr doch die Vögel erklärt. Elvar war mit ihr Schlauchboot gefahren. Filine hatte ihr Gutenachtgeschichten erzählt und sie getröstet, wenn sie sich an Muscheln schnitt, Filine hatte sie gegen ihre Peiniger verteidigt und nicht über schlechte Zensuren geschimpft. Nichts hatte ihr gefehlt, gar nichts, also warum jammerte sie hier herum?

»Nur weil dieser Mensch hier auftaucht und so aussieht, wie ich ihn mir mal vorgestellt habe!« Sie hatte es versehentlich halblaut vor sich hin gesagt und nahm verlegen einen großen Schluck Saft, als sie sah, dass Lilani sie belustigt betrachtete. Prompt verschluckte sie sich und musste husten. Lilani klopfte ihr auf den Rücken und griff wieder zur Tafel.

Was glaubst du, ist das für eine Arbeit, die er dir geben möchte?

»Keine Ahnung. Ich nehme an, er hat gehört, dass ich im Winter im Restaurant kellnere, wenn die Bahn geschlossen ist. Ich wüsste nicht, wofür er mich sonst in seinem Hotel brauchen könnte.«

Den Kellnerjob bei einem befreundeten Gastwirt hatte einst Filine gehabt, um im Winter das dringend benötigte Geld zu verdienen. Seit Filine nicht mehr laufen konnte, hatte Rhea ihn übernommen. Das brachte Geld ein und gab ihr die Gelegenheit, den Satz ihres Vaters – ihres wirklichen Vaters – an viele Feriengäste zu verteilen, indem sie ihn unten auf die Rechnungen stempelte, wenn sie abkassierte. Den Stempel mit dem Satz anfertigen zu lassen, hatte sie einiges gekostet, aber das war es ihr wert gewesen. Bis auf ein Lächeln hin und wieder hatte das noch keinen Erfolg gebracht, aber was nicht war, konnte ja noch werden. Es war wenigstens ein Versuch und eine Hoffnung.

Wenn Herrn Tilmans' Hotel so groß war, wie seine Kleidung vermuten ließ, gab es dort wahrscheinlich sehr viel mehr Gäste als in dem kleinen Restaurant. Das wäre natürlich eine Gelegenheit, dafür zu sorgen, dass dieser Satz viel mehr Menschen begegnete – und vielleicht, vielleicht wäre ja unter ihnen einer, der ihren Vater kannte? Daran hatte Rhea noch gar nicht gedacht. Diese Chance durfte sie eigentlich nicht ausschlagen.

Düster starrte sie vor sich hin. Als sie aufblickte, war Lilani verschwunden. Sie hatte noch immer diese Eigenschaft zu kommen und zu gehen, ohne dass man es bemerkte. Im Sand stand: *Ich gehe, damit du Zeit hast, deinen Gedanken zuzuhören.*

Mit zusammengezogenen Brauen trank Rhea ihren Saft aus. Der Fasan schlich sich von hinten an und ließ sich wie zum Trost neben ihrem Fuß nieder.

»Ich brauche meinen Gedanken nicht zuzuhören«, sagte Rhea zu ihm. »Im Grunde weiß ich ganz genau, warum ich hier nicht wegmöchte. Aber das kann ich niemandem erklären. Lilani vielleicht, Filine auch, aber ganz bestimmt nicht Herrn Tilmans.«

Die Suche war der wahre Grund. Aber nicht die Suche nach ihrem Vater.

Nein, es war die Suche nach einem besonderen Gegenstand, die seit Generationen Familientradition war und nicht nur Filine und Rhea auf besondere Weise miteinander verband, seit sich Rhea erinnern konnte. Mit der Geschichte, die sich darum rankte, war sie als kleines Kind eingeschlafen, und aus Träumen davon war sie morgens aufgewacht. Bei Tag und bei Nacht hatte sie im Watt und am Strand danach gesucht, immer in der Hoffnung, dass sich alles zum Guten wenden würde, wenn sie das Ding nur fand.

Diese Geschichte war der rote Faden, der sich durch ihr Leben zog und ihm Halt gab. Sogar mit ihrem fernen Onkel Pinswin verband Rhea diese Suche, denn er ging ihr auf seine Weise nach. Und auch Skems dunkles, schuldbeladenes Geheimnis, das ihn so verschlossen machte und manchmal so bedrückte, hing mit dieser Geschichte zusammen.

Herr Tilmans würde das alles für ein Hirngespinst halten und mich für dumm, dachte Rhea.

Anders als die Geschichten, Sagen und Legenden, die von Generation zu Generation auf der Insel weitergereicht wurden, anders als das Seemannsgarn, das bei einem Grog in der Kneipe erzählt wurde, hatte diese einen sehr wahren Kern. Nicht wie das Gerücht, dass Hark Olufs ein Wiedergänger war. Den hatten nur Leute nach einem Grog zu viel erblickt. Nein, die Geschichte vom Töveree Fisk war durch mehrere Quellen belegt.

Da waren handschriftliche Aufzeichnungen, da war ein alter Schlüssel in einem ungewöhnlichen Schloss, und es gab noch andere Hinweise, die tief und eindeutig in der Wirklichkeit wurzelten, in der stürmischen, launischen, wilden Wirklichkeit der Nordsee. Onkel Pinswin schließlich war Wissenschaftler und jagte auf der anderen Seite des Meeres demselben Kern der Geschichte nach, nur auf andere Weise.

Immer wenn es Rhea nicht gutging, wenn sie bedrückt am Strand entlangwanderte oder im Watt zwischen den Prielen herumstreunte, dann spürte sie ganz tief im Inneren, dass es ihre Bestimmung war, auch dem Anfang und dem Ende der Geschichte auf den Grund zu gehen.

Sie war nicht bereit, diese Suche aufzugeben, und sie war sich sicher, dass sie anders als Onkel Pinswin dieser Suche nur hier vor Ort nachgehen konnte.

Und wenn sie sich jemals verlieben würde, dann nur in jemanden, der nicht auf Krabben trat. Jemanden, der Rhea nicht auslachte und der respektierte, dass auch Phänomene, die unwirklich erscheinen, einen realen Hintergrund haben können und dass es sich lohnt, daran zu glauben.

Doch solche Menschen sind selten.

In den Bergen würde Rhea unendlich weit fort vom Meer sein, so weit, dass sie Angst hatte, die Geschichte könnte ihr dort tatsächlich nur noch wie Seemannsgarn aus alten Zeiten erscheinen. Davor hatte sie Angst. Womöglich würde der Zauber ihr für immer verlorengehen.

Sie hatte die Anlage längst geschlossen, alle Schläger und Bälle fortgeräumt, den Postkartenständer in die Hütte geschoben und die Abrechnung gemacht. Jetzt saß sie wieder in der Hollywoodschaukel. Lauschte den Grillen, die irgendwo im Dünengras den Sommer endgültig verabschiedeten. Sah den Mond über dem Watt aufgehen. Genoss es, wie er sich in den vielen Prielen spiegelte und die weite Fläche in ein Meer aus silberglänzenden Formen verwandelte. Schlug nach den Mücken, die in ihren Ohren summten, und fragte sich, ob Filine heute überhaupt noch zurückkehren würde.

Schließlich hörte sie das Knirschen der Räder auf dem Sand und sah den Lichtkegel der Fahrradlampe, die am Rollstuhl montiert war. Fröhlich pfeifend bog Filine um die Ecke. Rhea sprang auf. »Hat er dich nicht begleitet?«

»Wozu? Ich kenne den Weg besser als er.« Filine zog die Bremse und streckte etwas mühsam und müde, aber genüsslich, die Beine von sich. »So ein wundervoller Abend! Ich habe mich lange nicht mehr so gut unterhalten. Severin ist wohltuend unkompliziert. Und er hat ungewöhnlich interessante Gedanken.«

»Severin?«

»Ja, nach dem dritten ›Blauen Seepferdchen‹ hat er mir das Du angeboten. Ohne Kuss, falls dich das beruhigt.« Sie gähnte ausgiebig und zufrieden. »Lass uns nach Hause gehen. Übrigens, nur damit du dich nicht wunderst, falls er dich darauf anspricht: Ich habe ihm alles erzählt. Vom Töveree Fisk und wie meine – unsere – Suche anfing.«

Rhea war froh, dass Filine in der Dunkelheit nicht sehen konnte, wie entgeistert sie ihre Mutter anstarrte. »Du hast ihm erzählt, was du als Kind gesehen hast?«

Filine

1943

6

Ein alter Zauber

»Dieses Seemannsgarn deines Großvaters glaubst du aber nicht wirklich, oder?«

Filine wachte von der Stimme ihres Vaters und seinem ungläubigen Lachen auf und blinzelte durch den Rauch in der Hafenkneipe. Sie war auf der Bank eingeschlafen, in der Ecke zwischen ihrem Vater und seinem Geschäftsfreund. Er hatte seine Jacke über sie gebreitet und ihr seinen Schal unter den Kopf geschoben. Der roch nach ihm und damit angenehm vertraut in dieser fremden Welt.

Sie war so stolz, dass er sie aufs Festland mitgenommen hatte. Nur sie! Ihr Zwillingsbruder Pinswin litt ebenso wie ihre Mutter unter einer fiebrigen Erkältung. Darum hatte Mutter den Vater gebeten, Filine mitzunehmen, damit sie sich in ihrem Zustand nicht um gleich zwei Achtjährige kümmern musste, die den ganzen Tag Fragen stellten.

Ein bisschen Angst hatte sie schon vor all diesen lauten Männern, die vom Krieg redeten und von Dingen, die sie nicht verstand. Es ging um Tee und Zucker und Tabak, das Wort »Front« fiel immer wieder, und es war von »Gefallenen« die Rede. Filine überlegte, ob das die Leute waren, die den Zucker verkauften, und wo sie wohl heruntergefallen waren. Sicher von einem Schiff.

Zusammengerollt in ihrer Ecke, hörte sie zwar die Männerstimmen und das Klirren von Gläsern und Bierhumpen, aber sie konnte die Gesichter nicht sehen, nur die Tischplatte von unten. Jemand hatte ein schiefes Herz dorthin gemalt, mit den Buchstaben H und F darin. Ein Bonbon klebte daneben, aber es musste schon sehr lange dort kleben, denn es war schwarz und voller Fusseln. Ob es wohl einmal so glänzend rot gewesen war wie die Bonbons, die Filine zu ihrem fünften Geburtstag bekommen hatte? Seitdem gab es keine mehr, auch das hing mit dem Krieg zusammen. Filine versuchte, sich an den Geschmack zu erinnern.

Es war ein langer, anstrengender Tag gewesen. An der Hand ihres Vaters war sie über den Markt und in dieses und jenes Kontor gegangen. Auch in der Apotheke waren sie gewesen, wo Filine dem Apotheker zusehen durfte, wie er mit dem Mörser und verschiedenen Trichtern und Fläschchen hantierte, um für ihre Mutter und Pinswin etwas zusammenzumischen. Er sah aus wie ein Zauberer und machte Filine Angst. Jetzt war sie schläfrig und wäre wieder eingedöst, wenn der Seemann, mit dem ihr Vater sprach, nicht mit der Faust auf den Tisch geschlagen hätte. Das Holz erzitterte, die Gläser hüpften und die Messer auch, und Filine war hellwach. Vor Schreck blieb sie aber ruhig liegen und spitzte nur die Ohren.

»Das ist kein Seemannsgarn! Mein Großvater war nicht der Einzige, der den Töveree Fisk gesehen hat! Sein Urgroßvater erzählte ebenso davon. Und auch in anderen Familien gab es solche Geschichten. Sie stimmen alle überein!«

»Ach ja? Und wann hat man diesen Wunderfisch das letzte Mal gesehen?«

»Nun ja. Es ist schon fast fünfzehn Jahre her. Und auch da war es nur ein Schimmern in der Ferne. Aber ich sage dir, bis zum Ende des letzten Jahrhunderts hat er immer wieder Schiffe gerettet! Und nicht nur das – wer eine seiner merkwürdigen Schuppen besitzt, hat immer Glück gehabt im Leben! Man nennt sie *Lokkich*. Glücklich. Schau mich an. Schon dreimal ist ein Schiff untergegangen, auf dem ich angeheuert habe, und jedes Mal bin ich mit dem Leben davongekommen!«

»Willst du behaupten, du hast eine solche Schuppe in deinem Besitz? So ein *Lokkich*? Du willst mir doch nur etwas Wertloses schmackhaft machen, um es mir dann anzudrehen!« Die Stimme ihres Vaters klang ungeduldig. Er war wohl auch müde und hatte keine Zeit für Geschichten. Filine dagegen fand gerade diese Geschichte sehr spannend. Was war ein Töveree Fisk?

»Um nichts in der Welt würde ich sie verkaufen!« Die Stimme des Seemanns war voller Empörung. Filine richtete sich ein wenig auf und linste mit einem Auge über die Tischplatte. Zwischen dem Salz- und dem Pfefferstreuer hindurch sah sie, wie der Seemann zögernd um sich blickte, dann an seinem dicken Pullover herumzerrte und ein Lederband darunter hervorzog, das er um den Hals trug.

Vielleicht kam es Filine nur so vor, aber ihr schien, als ob das Stimmengewirr, Stühlerücken und Füßescharren in der Gaststube leiser wurde. Der Lärm zog sich in die Ecken zurück wie das Wasser, wenn Ebbe war. Staunend betrachtete sie das runde Ding, das an dem abgewetzten Band baumelte. Es schimmerte blau. Die Flammen der Kerzen auf dem Tisch spiegelten sich darin und wurden zu vielen Flammen, die wie ein kühles Feuer darin zu tanzen schienen. Das Licht rührte aber nicht nur daher. Es ging auch von dem Ding selbst aus. Es war etwa so groß wie eine Kastanie, aber flach, und geformt wie ein breiter Ring. Filine, die jetzt hellwach war, setzte sich auf und wollte danach greifen. Sie konnte nicht anders. Ihr war, als ob das geheimnisvolle Leuchten tief in ihr selbst ein zweites Licht weckte, das in ihr brannte und von dem sie nichts gewusst hatte.

Aber der Seemann zog das Amulett weg und steckte es hastig wieder unter seinen Pullover.

»Nie im Leben gebe ich es fort!«, wiederholte er. »Ich habe es geerbt. Es gibt nur sehr wenige davon. Mein Urgroßvater hat es beim Glücksspiel gewonnen. Man soll auch welche im Watt finden können, aber das geschieht nur sehr selten. Ich muss los. War schön, geplaudert zu haben, und danke für das Bier!« Er brach eilig auf, sah sich noch einmal misstrauisch um, ob auch keiner Anstalten machte, ihm zu folgen. Doch in der Kneipe war jeder mit seinen eigenen Angelegenheiten beschäftigt, und niemand hatte das Zauberding gesehen.

Auch Boje Jessen schob seinen Stuhl zurück und zog seine Jacke an. »Los, mein Mädchen, wir müssen den Dampfer erwischen!«

»Papa, kann man wirklich so ein Lokkich vom Töveree-Fisch finden?«, fragte Filine, als sie dick eingemummelt an der Reling des Dampfers stand, der sie zurück auf die Insel trug. Jetzt war Flut, das Wasser stand hoch. Aber wenn es ablief, war da wieder das Watt, und in Filines Vorstellung brauchte sie nur richtig zu suchen, dann würde sie ihren eigenen Glücksbringer finden, ganz sicher!

Ihr Vater stand hinter ihr, um den Wind abzufangen, die Arme um sie gelegt, damit sie nicht von Bord gefegt wurde. Kein Sturm würde jemals Boje Jessen umwerfen, trotz seines Holzbeins, das ihn davor bewahrt hatte, in den Krieg zu müssen. »Boje« nannten sie ihn, weil er gern leuchtend bunte Hemden trug, die weithin sichtbar waren. Filine mochte das, weil sie ihren Vater dadurch in einer Menschenmenge leicht wiederfand.

Auf das Meer senkte sich die Dämmerung, ein erster Stern blinkte auf und dann das Leuchtfeuer von Amrum, alle sieben Sekunden, das sie nach Hause rief.

»Den Töveree gibt es nicht. Das ist ein Märchen. Ein schönes Märchen, aber mehr nicht«, sagte er. »Das Amulett des Seemanns war aus billigem Metall. Die Leute brauchen etwas, an das sie glauben können, gerade wenn die Zeiten hart sind oder es einsam und stürmisch ist draußen auf dem Meer. Manche glauben an Gott, manche an Glücksbringer. Sie tun das, damit ihre Seele nicht untergeht.« Er zog ihr die Mütze fester über die kalten Ohren. Der Wind wurde lauter und Vaters Stimme auch, damit Filine ihn noch verstehen konnte. »Ich persönlich glaube nur an die Liebe deiner Mutter! Aber auch das funktioniert nicht immer. Das wirst du erst verstehen, wenn du älter bist.«

Filine schwieg. Sie hatte keine Lust, gegen den Wind anzubrüllen, und müde war sie auch. Aber sie hatte die Schuppe des Töveree gesehen und das Schimmern und den Zauber darin. Egal, was ihr Vater sagte, sie wusste, diese Schuppe stammte von der Haut dieses magischen Fisches, und wenn es ihn nicht mehr gab, hatte es ihn ganz bestimmt gegeben. Und sie würde so eine finden, egal, wie lange es dauerte. Pinswin würde ihr dabei helfen.

Abends ging sie Oma Hilla dabei zur Hand, Möhren für den Eintopf zu schneiden. Oma Hilla war nicht ihre richtige Oma, sondern ein alte Freundin der Familie, die als Köchin in der Pension half und dabei oft auf die Kinder aufpasste.

»Oma Hilla, weißt du, ob es den Töveree Fisk wirklich gibt?«, fragte sie.

Oma Hilla blickte über ihre Brille, während sie Kartoffeln vom Brett in den Topf schob. »Der Töveree? Das ist nur eine Geschichte. So wie die von Hark Olufs oder von dem Wassermann.«

»Aber der Hark Olufs hat doch wirklich gelebt!« Jedes Kind kannte die Lebensgeschichte von Hark Olufs.

»Ja, aber dass er als Wiedergänger spukt, das ist nur eine Geschichte.« Oma Hilla wischte sich den Dampf von der Brille. Der Eintopf blubberte gemütlich.

»Wie sieht der Töveree aus, Oma Hilla? In der Geschichte?«

»Er ist groß wie ein kleiner Walfisch, und auf jeder Seite hat er eine flügelähnliche Flosse, einem Rochen gleich. Er kann sogar aus dem Wasser springen, dann wirkt es, als ob er fliegt. Auch auf dem Rücken hat er eine Flosse, die in knochigen Strahlen ausläuft …« Filine lauschte gebannt und stellte sich vor, wie sich das majestätische Wesen aus dem Wasser erhob.

»Auf seiner dunklen Haut sitzen angeblich ringförmige Schuppen, die blau schimmern«, fuhr Oma Hilla fort. »Es laufen ein paar Seemänner herum, die behaupten, ein solches Lokkich gefunden oder erhandelt zu haben, doch die sind nur aus Metall. Glück sollen sie bringen, genau wie der Fisch. Der soll durch sein blaues Leuchten die See so erhellt haben, das die Schiffe in Unwettern Hindernissen ausweichen konnten. So, du kannst schon mal den Tisch für uns drei decken. Deiner Mutter und deinem Bruder bringe ich die Suppe hinauf.«

»Kann ich wieder zu Pinswin rein?«

»Er ist fieberfrei. Morgen kannst du zu ihm, hat der Arzt gesagt.«

»Oma Hilla? Bist du sicher, dass der Töveree nur eine Geschichte ist? Kennst du gar keinen, der ihn mal gesehen hat?«

Oma Hilla hielt kurz mit dem Rühren inne. »Man munkelt, Skem Rossmonith hätte ihn gesehen, als er ein Kind war. Er kam aufgeregt nach Hause und erzählte etwas von einem blauen Schimmer in den Wellen und einem riesigen Fisch mit Flügeln. Man lachte ihn aus und sagte, er habe wohl den Geist des Töveree gesehen. Deswegen nennt man ihn ja Skem – Schimmer.«

»Wie heißt er denn wirklich?«

Oma Hilla runzelte die Stirn. »Skem? Merkwürdig. Ich kann mich nicht erinnern, wie er getauft wurde. Jetzt aber genug von den Märchen. Geh, ruf deinen Vater.«

Filine konnte nicht einschlafen. Immer wieder knipste sie ihre Taschenlampe an und sah auf die Uhr. Um Mitternacht stand sie auf. Jetzt war ja morgen, oder? Sie schlüpfte leise in Pinswins Zimmer und richtete die Taschenlampe auf sein Gesicht. Er war auch wach, setzte sich sofort auf und schaltete die Nachttischlampe an. »Bloß gut, dass du kommst! Ich langweile mich schrecklich.«

Er war dünner geworden, aber seine Augen blickten munter. Die Langeweile war gut, dachte Filine, als sie sich auf seine Bettkante hockte und vom Töveree erzählte. Sonst hatte er nicht immer Zeit für seine Schwester und hörte oft nicht so genau zu.

»Töveree? Davon habe ich noch nie was gehört. Und auch nicht gelesen«, fügte er hinzu. Pinswin hatte früh lesen gelernt und verschlang alles, was Buchstaben hatte.

»Papa sagt, es ist nur ein Märchen. Aber ich hab die Oma Hilla gefragt. Sie sagt auch, es ist nur eine Geschichte, aber eine gute Geschichte, und sie hat mir mehr erzählt.« Filine krabbelte ganz auf das Bett, rollte sich zusammen und berichtete. »Und vorne hat er eine Art Spitze, wie ein Schwertfisch. Von dem war ein Bild im Lexikon, das haben wir doch mal angeguckt«, endete sie schließlich.

»Donnerwetter!«, sagte Pinswin beeindruckt. Auch er war anders getauft, aber alle nannten ihn Pinswin, das hieß Igel, weil er wie Filine und seine Mutter drei Wirbel hatte, so dass seine Haare wild hochstanden, egal, wie sehr man sie bürstete. Filine trug ihre Haare lang, da fiel das nicht weiter auf. Wenn Pinswin aufgeregt war wie jetzt, standen sie noch mehr in die Höhe.

»Und ich hab so eine Schuppe gesehen!«, sagte Filine triumphierend. »Der Seemann hatte die, und sie hat wirklich toll geschimmert. Ich will unbedingt eine finden. Nein, ich *muss* sie finden. Machst du mit?«

»Ist ja wohl klar!« Pinswins Augen leuchteten. »Wenn eine davon im Watt rumliegt, dann finden wir die auch.«

»Wenn du wieder gesund bist, suchen wir, ja?«

»Wir machen einen Pakt!«, verkündete Pinswin ernsthaft. »Ich verspreche, nicht mit der Suche aufzuhören, bevor wir dir eine Töveree-Schuppe gefunden haben!«

Ernsthaft gaben sie sich die Hand darauf.

»Warte, das ist nicht feierlich genug. Hier.« Pinswin fischte eine Nadel und ein Stück Löschpapier aus dem Nachttisch. »Wir machen es wie in den Büchern, wenn man Blutsbrüderschaft schwört.« Er stach sich in die Fingerkuppe und ließ einen Tropfen Blut auf das Papier fallen.

Um den Giebel fegte der Wind. Draußen im Flur knarzten die alten Balken, als ob sie antworteten. Dann war es wieder still, so still, dass Filine die Holzwürmer im Schrank knispern hörte.

»Jetzt du«, sagte Pinswin und fasste ihren Ringfinger. Filine fürchtete sich nicht vor dem kleinen Stich. Interessiert sah sie zu, wie sich der rote Tropfen auf dem Papier ausbreitete und mit dem ersten Tropfen zusammenfloss. Er lief ein wenig in die Länge aus. Fast wie ein springender Fisch. »Und das ist für den Töveree«, sagte Pinswin und schüttelte einen Tropfen blaue Tinte aus seinem Federhalter dazu.

Nun nahm der daumennagelgroße Fisch auf dem Löschpapier einen tiefdunkelblauen Farbton an.

»Wir vergraben das Papier morgen in den Dünen, an unserem Lieblingsplatz«, sagte Pinswin.

Draußen fiel eine Sternschnuppe irgendwo ins Watt und warf für einen Moment einen Schimmer in die Priele unter dem Nachthimmel.

Aber sie mussten warten. Darauf, dass Pinswin zu Kräften kam. Darauf, dass bei Nacht zur richtigen Zeit Ebbe war. Sie waren Inselkinder, sie wussten, wann man ins Watt hinauslaufen durfte und wann es gefährlich war. Wenn die Flut zurückkam, kam sie zuerst heimlich und füllte die Priele so langsam, dass man es nicht bemerkte, bis sie so tief waren, dass sie einem den Weg abschnitten. Das passierte Fremden, aber niemals einem Amrumer.

Es war ja klar, dass sie die Glücksschuppe des Töveree nur im

Dunkeln finden würden, wenn man ihren blauen Schimmer sehen konnte. Bei der ersten Gelegenheit kletterten die Zwillinge über die alte Birke zum Fenster hinaus, wie sie es schon oft getan hatten. Es war Juli. Die Nacht war warm und sternklar und der Mond hell genug, dass sie sehen konnten, wo sie liefen.

»Vielleicht ist der zu hell«, meinte Pinswin.

»Nö. Wenn da ein Lokkich ist, seh ich es auch.« Filine konnte ihm dieses Gefühl nicht erklären, das sie gehabt hatte, als der Seemann das Wunderding unter seinem Pullover hervorgeholt hatte. Das Schimmern zog sie an wie ein Magnet. Als ob es zu ihr gehörte.

Sie liefen kreuz und quer durch den flachen Priel und über den Sand, in den das ablaufende Wasser Muster aus Riffeln geformt hatte. Sie wühlten in Tangklumpen und Muschelhaufen.

»Da!«, rief Pinswin. Sie liefen hin. Filine bückte sich nach dem silbernen Ding und kicherte. »Ein toter Fisch.«

Auch auf gestrandete Quallen fielen sie herein, auf nasse Kieselsteine mit Glimmer darin und auf eine große blaue Miesmuschel.

Langsam kühlte die Luft ab, und jetzt trieb gelegentlich ein Nebelfetzen über den Sand. Es war so schön hier draußen und so aufregend, im Mondlicht unter den Sternen Dinge zu finden, dass Filine fast vergaß, warum sie hier waren. Pinswin schien es ähnlich zu gehen.

»Sieh mal, hier sind Zeichen drauf. Das sieht aus wie eine Scherbe von der alten Vase, die ich neulich runtergeworfen habe. Aber die hatte ein anderes Muster. Das hier sieht beinahe aus wie Buchstaben, findest du nicht?« Sie beugten sich über seinen Fund.

Als Filine wieder aufsah, bemerkte sie eine Gestalt, die aus dem Dunst auftauchte und auf die Kinder zukam. Filine packte Pinswin am Arm. »Hark Olufs!«, flüsterte sie. Ihr lief ein Schauder den Rücken herunter, und die Haare auf ihren bloßen Armen stellten sich auf. Die Figur trug nur ein weißes, weites Hemd. Ein Totenhemd!

Pinswin atmete scharf ein und dann erleichtert wieder aus. »Nein. Das ist Skem!«

Skem war ihr Cousin. Er war fünfzehn Jahre älter als sie. Dreiundzwanzig! Das erschien ihnen uralt. Sie hatten Respekt vor Skem, der von der Mehrheit der Amrumer als verschrobener Einzelgänger betrachtet wurde. Er war Krabbenfischer, aber oft ließ er das Fischen einfach sein. Im Sommer lebte er weit draußen auf dem Kniepsand in einer Hütte aus Treibholz. Von dort kam er jetzt wohl. Sie hatten nicht damit gerechnet, dass jemand sie nachts hier erwischen würde. Daran, dass Skem sie von seiner Hütte aus sehen musste, hatten sie nicht gedacht. Er war wohl schon im Bett gewesen, dadurch erklärte sich das flatternde weiße Hemd, unter dem er nur ein paar kurze Hosen trug.

»Was macht ihr hier draußen im Dunkeln?«, fragte Skem streng. Er war ebenso barfuß wie die Kinder. Fasziniert betrachtete Filine seine riesigen Füße.

»Wir suchen eine Schuppe vom Töveree«, sagte Pinswin geradeheraus. Skem war jemand, dem man die Wahrheit sagte. Es ging irgendwie nie anders.

Skem blieb ganz still stehen und schwieg.

»Ist der Töveree ein Märchen, Skem?«, fragte Filine. Skem musste es wissen, er hatte ihn laut Oma Hilla ja gesehen. Oder wenigstens seinen Geist.

Irgendwo schrie eine Möwe kurz im Schlaf. Im Sand hörte man die Muscheln und Schnecken arbeiten.

»Nein! Der Töveree ist kein Märchen«, sagte Skem schließlich. Seine Stimme hallte laut über das Watt.

Als hätte er sich selbst erschrocken, wurde er nun leiser. »Aber es gibt ihn nicht mehr.« Er klang unendlich traurig. Filine bekam wieder eine Gänsehaut. Die Nacht war auf einmal dunkler. Kam das von Skems Traurigkeit, oder war der Mond hinter eine Wolke gewandert? Filine griff unwillkürlich nach Skems Hand, um ihn zu trösten. Dabei wurde sie selbst traurig. Es *musste* den Töveree einfach geben! Sie spürte die Hornhaut auf Skems Handfläche. Das kam von seiner Arbeit mit den Tauen und Netzen.

»Aber warum gibt es ihn nicht mehr?«, fragte sie.

»Nun, eben weil er *kein* Märchen ist. Im Märchen heißt es doch: Und wenn sie nicht gestorben sind, dann leben sie noch heute. Aber der Töveree *ist* gestorben. Alles, was wirklich lebt, stirbt irgendwann.«

Er klang so sicher, dass Filine nicht wagte zu fragen, woher er wusste, dass der Töveree nicht mehr lebendig war. Auch Pinswin schwieg.

»Dann will ich wenigstens ein Lokkich finden. Es müssen doch noch welche da sein!«

»Im Meer kann man alles finden, aber manchmal ist es besser, nicht danach zu suchen«, sagte Skem. »Mancher Zauber ist zu groß für die Menschen. Oder zu zerbrechlich.«

Filine wusste nicht, was er meinte. Das war ein Erwachsenenspruch. Sie würde ihn später fragen, wenn sie älter war.

»Guck mal, Skem, was ist das?«, fragte Pinswin und reichte ihm die Tonscherbe.

Skem drehte sie hin und her. »So etwas findet man gelegentlich. Vor fast dreihundert Jahren, in einer Sturmflut, die man die *Grote Mandränke* nannte, sind hier viele Siedlungen untergegangen. Das war einmal eine Schüssel oder ein Becher, aus dem vor vielen hundert Jahren jemand getrunken hat. Oder er trieb Handel mit solcher Keramik.« Skem gab Pinswin die Scherbe zurück. Der betrachtete sie fasziniert und steckte sie dann behutsam ein, als sei sie aus Gold.

»Das ist doch kaputt. Bloß eine Scherbe«, sagte Filine, die lieber die Schuppe vom Töveree gefunden hätte.

»Wichtig ist nicht die Scherbe, wichtig ist die Geschichte, die sie erzählt«, sagte Skem. »Es sind nicht die Dinge, sondern die Geschichten dazu, die das Geschenk sind. Stell dir vor, du würdest deine Schuppe finden. Wäre sie irgendetwas wert, wenn du nicht wüsstest, dass sie zum Töveree gehört und was er ist?«

Filine dachte nach. Da hatte er wohl recht.

»Was ist der Krieg, Skem?«, fragte sie, während er nun auch Pinswin an die Hand nahm und die Kinder zum Strand führte.

»Etwas Dummes, Fernes. Euch wird nichts geschehen hier auf der Insel.«

»Musst du da auch hin, Skem?«

»Ja, wahrscheinlich muss ich da auch bald hin. So, jetzt ab mit euch nach Hause.«

Sie waren bei den Dünen angekommen. Er gab ihnen einen sanften Schubs.

Filine blieb noch einmal stehen. »Skem, hast du den Töveree mal gesehen?«

Auch Skem blieb einen Moment stehen, doch er schwieg. Dann drehte er sich um und stapfte hastig ins Watt hinaus.

Die Schuppe des Töveree hatten sie in dieser Nacht nicht gefunden. Aber Filine entmutigte das nicht. So einfach konnte etwas so Besonderes ja gar nicht zu finden sein.

Sie waren erst acht und der Sommer noch endlos.

7

Entdeckung

Skem verpetzte sie nicht. Die Eltern merkten nichts von den nächtlichen Ausflügen der Zwillinge. Sie waren zu sehr in der Gaststube beschäftigt. Und spätabends fielen sie todmüde ins Bett.

Außerdem wurde es wahr: Skem musste in den Krieg, den dummen, fernen Krieg.

Ein Flugzeug hatte eine Bombe geworfen, die auf der Insel eingeschlagen war und ein Haus getroffen hatte. Doch es hieß, die Bombe sei nur zufällig verloren worden, und niemandem war etwas passiert. So machten sich die Kinder weiterhin nicht allzu viele Gedanken über den Krieg.

Als Skem jedoch kam, um sich zu verabschieden, weinte seine Tante Beeke, Filines und Pinswins Mutter. Skem hatte seine Eltern früh verloren, und Beeke hatte sich an ihrer Stelle um den Jungen gekümmert, soweit er das zuließ. Die Tränen ihrer Mutter beeindruckten Filine mehr als das zerstörte Haus, und auf einmal war der Krieg gar nicht mehr so fern.

»Wir wissen halt nicht, ob wir ihn je wiedersehen!«, erklärte Beeke ihre Tränen, als Skem fort war.

Filine musste daran denken, dass sie neulich im Watt geglaubt hatte, Skem trüge ein Totenhemd. Auf einmal war ihr kalt, obwohl die Hundstage über der Insel lagen und der August noch lange nicht zu Ende war.

Wochen später schreckte Filine aus dem Schlaf auf. Sie meinte, sie hätte Skem in dem weißen Hemd in ihrem Zimmer stehen sehen. Sie zog hastig an der Schnur ihrer kleinen Lampe und schrie auf, als sie die Pfütze vor ihrem Bett sah. Fast wäre sie darin ausgerutscht, als sie zitternd aufsprang, in Pinswins Zimmer rannte und zu ihm unter die Decke kroch. Verschlafen schaltete auch er sein Licht ein. »Was ist denn los?«

Mit schreckgeweiteten Augen starrte sie ihn an.

»Ich habe einen Gunger gesehen! Skem war als Gunger hier! Auf dem Boden vor meinem Bett ist eine Pfütze, genau wie alle sagen!«

Immer wieder erzählten die Alten davon, dass einer einen Gunger erblickt hatte: einen seefahrenden Sohn oder Mann, der nachts in tropfendem Gewand vor ihrem Bett stand. Morgens war dort eine Pfütze zu sehen. Einige Tage später erfuhr man dann, dass das Schiff verloren und derjenige ertrunken war.

»Glaub ich nicht.« Pinswin tastete nach ihren Füßen. Die waren tatsächlich nass. Pinswin ging den Dingen gern auf den Grund und war manchmal altklug. »Der wird Wissenschaftler«, prophezeite sein Vater gelegentlich.

»Komm mit.« Ihr Zwillingsbruder nahm Filine bei der Hand und zog sie zurück in ihr Zimmer. Dort hockte er sich hin und betrachtete die Pfütze, spähte unters Bett. »Hier! Du hast dein Glas umgestoßen!« Triumphierend zog er das umgefallene Wasserglas hervor, das in das Dunkel darunter gerollt war. »Du hast schlecht geträumt und es im Schlaf vom Tisch geschmissen. Ich wette, Skem ist putzmunter.«

Filine jedoch war erst beruhigt, als Wochen später ein Feldpostbrief eintraf.

Normalerweise war sie nicht so ängstlich. Aber jetzt, da die Gäste mehr und mehr fernblieben und so viele Zimmer in dem großen alten Haus leer standen, war eben alles ein wenig unheimlich. Die Eltern trugen Sorgenfalten auf der Stirn. Alle Hosen und Kleider wurden den Kindern zu kurz, und genug zu essen hatten sie nur, weil es in den Dünen so viele Kaninchen gab und weil die Familie noch ein wenig Vieh und Felder besaß. Die hatte Boje Jessen geerbt.

Es war Beekes Vater, der alte Alrik Rossmonith, gewesen, der im Jahre 1900 das Haus gebaut hatte. Damals hatte er das Haus »Hotel« genannt, eines der ersten auf der Insel. Viele davon gab es zu jener Zeit noch nicht. Inzwischen standen größere Hotels auf der Insel, und »Alriks Kwaas« konnte nur noch als »Pension« bezeichnet werden.

Der alte Alrik war der Sohn eines Krabbenfischers gewesen, der von ihm erwartete, dass er ebenfalls Krabbenfischer wurde. Doch Alrik litt an Seekrankheit. Nicht nur das: Er fürchtete sich vor dem Meer. Er, ein Inselkind! Sein Vater begriff es nie. Doch Alrik mochte ein Angsthase sein, die Sturheit aber hatte er von seinem Vater geerbt. Man munkelte, dass er als Pirat oder Strandräuber an das kleine Vermögen gekommen war, das ihm früh erlaubte, das Hotel zu bauen. Das war aber zu jener Zeit durchaus üblich und galt nicht als unehrenhaft. Aus Trotz nannte er das Haus »Alriks Kwaas«, was so viel wie »Alriks Fischerboot« bedeutete. »Es fährt nicht zur See, aber es ernährt meine Familie«, pflegte er zu sagen.

Für einen guten Architekten war das Geld zu knapp. Das Haus wurde nicht elegant, aber dafür praktisch. Das Reetdach war später irgendwann Opfer eines Sturms geworden und durch inzwischen billigere Ziegel ersetzt worden. Anbauten hier und da hatten das Haus nicht schöner gemacht. Aber es war, wie Alrik sagte: Es gab der Familie ein Zuhause und ernährte sie obendrein. Selbst sein Vater verstummte, als er feststellte, wie erfolgreich Alrik und seine tüchtige Frau zwar nicht die Krabben aus dem Meer, jedoch das Geld aus den Taschen der Gäste fischten. Die kamen, um Bratkartoffeln mit Krabben und die Friesentorte zu essen und dann in den gemütlichen Stuben zu schlafen. So konnten sie ihr Alltagsleben in der Stadt vergessen, während draußen die Nordsee rauschte. Sie kamen zwar aus irgendeinem Grunde selten ein zweites Mal, aber da immer mehr und immer neue Erholungssuchende auf die Insel reisten, machte das nichts.

Als der Erste Weltkrieg ausbrach und die Gäste fortblieben, musste Alrik notgedrungen eine Zeitlang im Hafen arbeiten gehen.

Jetzt, in einem neuen Krieg, waren es die Felder der Jessens, die die Familie noch ernährten. Die Zimmer in »Alriks Kwaas« standen wieder leer. Die Holzwürmer unterhielten sich dort mit den knarrenden Dielen und Balken, wenn der Wind durch die Fenster pfiff.

So trieben sich die Kinder lieber draußen herum und setzten ihre Suche fort, in diesem Sommer und auch im nächsten, mal bei Tag, mal bei Nacht. Sie waren ja ohnehin im Watt zu Hause. Wenn der Boden schlickig wurde und jeder Fremde in dem Morast tief eingesunken wäre, wussten die Inselkinder, wie man die Fußsohlen auf der Oberfläche ließ und einfach vorwärtsrutschte, als hätte man Bretter unter den Füßen.

»Filine! Sieh mal!« Pinswin hielt ein Büschel Tang hoch, seine Stimme quietschte vor Aufregung. In dem Büschel steckte etwas Helles, das er von den Schlingpflanzen zu befreien versuchte. Filine kam ihm zu Hilfe, doch erschrocken sprang sie zurück. Eine leere Augenhöhle starrte sie an. Das Ding war so lang wie Pinswins Arm und hatte einen langen Schnabel mit Zähnen darin.

»Was ist … was war das für ein Vogel?«

Aus dem Rest Tang, der wie eine schräge Perücke darauf hing, grinste sie der Schädel an. Pinswin entfernte den Tang. »Kein Vogel. Vögel haben keine Zähne. Das ist ein Fisch.«

»Der Töveree hat einen langen schmalen Kiefer wie ein Schwertfisch, hat Tante Hilla gesagt.« Die Zwillinge sahen sich an.

»Glaubst du, dass der Töveree Kinder hatte?«, fragte Filine. Darüber hatte sie noch nie nachgedacht.

»Weiß nicht. Sie reden immer nur von *einem* Töveree, oder? Von *dem* Töveree. Pegasus zum Beispiel gab es ja auch nur einmal. Oder den Minotaurus.« Pinswin kannte sich aus mit römischen und griechischen Göttern. Er fand alles spannend, was alt war. Sie hatten seit seinem ersten Fund noch einiges an Keramikscherben und anderen seltsamen Dingen gefunden. Pinswin putzte alles sorgfältig und legte es in seine »Schatzkiste«.

»Das ist ein Hornhecht«, sagte der Vater zu Filines Beruhigung, als sie ihm den Fund zeigten.

Kein Tövereejunges also. Zum Glück. Und auch schade. Es wäre ein Beweis gewesen.

»Hört mal, wie wäre es, wenn ich euch im Gastraum ein Regal aufstelle, eine Vitrine, und da könnt ihr alle interessanten Funde ausstellen – all die Muscheln und Scherben, Hühnergötter und Versteinerungen und Knochen. Das würde die Gäste sicher interessieren«, schlug der Vater vor.

Welche Gäste?, dachte Filine.

»Nach dem Krieg, wenn sie wiederkommen«, fügte Boje hastig hinzu.

Pinswin war begeistert. »Ein Museumsregal!«, verkündete er.

Bevor der Schädel des Hornhechts seinen Ehrenplatz im Regal bekam, nahmen sie ihn mit in die Schule. Er wurde von Pult zu Pult gereicht, durch alle neun Klassen, die der eine Raum beherbergte. Fünfundvierzig Paar Hände, die den Fund mit Neugier und leichtem Grusel betrachteten und Witze darüber rissen. Filine traute sich nicht, den Namen Töveree in den Mund zu nehmen oder gar den Lehrer danach zu fragen. Ein Hornhecht war ein Hornhecht. Und doch blieb in ihr ein Unbehagen. Wenn der Töveree wirklich nicht mehr am Leben war, dann mussten seine Knochen auch herumliegen, mit leeren Augenhöhlen, irgendwo auf dem Meeresgrund. Das konnte sie nicht glauben.

Der dicke Friedrich wollte Pinswins Fund gar nicht wieder hergeben.

Filine reckte sich zu ihrer ganzen, schon beträchtlichen Größe auf und streckte gebieterisch die Hand danach aus. »Der gehört uns!«

»Na und, du Pfuhlschnepfe?«

Das schüchterte Filine nicht ein. Sie war es gewöhnt, aufgrund ihrer langen dünnen Beine nach irgendeinem Vogel benannt zu werden. Für sie war das kein Schimpfwort. Sie liebte sie alle, die Sandregenpfeifer und die Austernfischer, die Seeschwalben und auch die Pfuhlschnepfen. Sie trat Friedrich vors Schienbein und nutzte den Moment seiner Überraschung, um den Schädel an sich zu reißen. Rasch versenkte sie ihn in ihrem Ranzen, geschützt zwischen dem Schwamm und der Schiefertafel.

An einem besonders heißen Tag Ende August kletterten die Zwillinge wieder einmal aus dem Fenster und an der Birke herunter. Es war viel zu warm, um zu schlafen. Unter dem Fenster der Gaststube blieben sie einen Moment sitzen. Es stand offen, so dass sie die Stimmen der Eltern hören konnten.

»Ich will das nicht mein Leben lang machen, Boje«, sagte ihre Mutter. »Nicht auf leere Zimmer aufpassen. Und auch nicht auf die Fremden darin. Wenn wieder Frieden ist, Lieber, und die Kinder groß, dann lass uns …«

Den Rest konnten sie nicht verstehen, auch nicht die Antwort des Vaters, denn die Stimmen wurden von dem Geräusch eines Stuhls, der zurückgeschoben wurde, übertönt. Die Kinder machten sich auf zum Strand. Filine dachte nicht weiter über die Worte ihrer Mutter nach. »Wenn die Kinder groß sind …« Das war noch unvorstellbar lange hin. Es hatte keine Bedeutung. Oder?

Die traurige Sehnsucht, die in Beekes Stimme geklungen hatte, machte Filine unruhig, aber sie vergaß alles, als sie beim Strand ankamen. Die Ebbe hatte eben erst begonnen, noch brachen sich kleine Wellen.

Und diese Wellen schimmerten blau.

Filines Herz schlug einen Purzelbaum. Sie packte Pinswin am Arm. »Der Töveree! Der Töveree muss hier sein!«

Pinswin sah sich um. »Wie soll der hier sein, wo uns das Wasser nicht mal bis zu den Knien reicht? Der ist doch viel zu groß!«

Filine ließ seinen Arm los, und das Glück, das in ihr zu hüpfen begonnen hatte, fiel in sich zusammen. Er hatte recht. Wo sollte hier ein großer Fisch sein?

»Vielleicht ist er weit draußen vorbeigeschwommen, und die Wellen haben das Schimmern an den Strand getragen. Nein, warte! Die Strömung hat ein Lokkich angespült, und deswegen leuchtet hier alles!«

Fieberhaft begannen sie zu suchen, liefen auf und ab, kreuz und quer, die Nase fast am Boden, bis ihre Rücken schmerzten. Immer wieder fuhren sie mit den Fingern durch den Sand. Dort, wo sie das flache Wasser aufwirbelten, leuchtete es umso blauer. Doch sie fanden nur zerbrochene Muschelschalen und den Panzer einer Krabbe.

»Kinder, was macht ihr nachts hier draußen?« Herr Schirrmacher, ihr Lehrer, spazierte ihnen am Strand entgegen.

»Wir haben ein Leuchten gesehen und wollten wissen, was es ist!«, sagte Pinswin.

»Aha, aha. Nun, Neugier ist gut. Wissensdurst. Aber ihr müsst nach Hause, nach Hause«, sagte Herr Schirrmacher, der dazu neigte, alles zweimal zu sagen. Wahrscheinlich, weil seine Schüler nicht immer zuhörten. »Das ist Meeresleuchten. Gar nicht so ungewöhnlich.«

»Wer macht es denn?«, fragte Filine unwillig. Sie mochte die Hoffnung nicht aufgeben, dass das Leuchten etwas mit dem Töveree zu tun hatte.

»Es sind winzige Lebewesen, die nur aus einer einzigen Zelle bestehen. *Noctiluca.* Eine Art Plankton. Sie gedeihen nur unter besonderen Bedingungen. Bedingungen. Zum Beispiel Hitze. Und wenn es windstill ist. Windstill. Es ist ein chemischer Vorgang in den Zellen. Chemisch. Man nimmt an, es soll die Feinde verjagen, die die kleinen Lebewesen fressen wollen.«

»Herr Schirrmacher, haben Sie vom Töveree gehört?« Filine musste es einfach fragen. Er war Lehrer. Lehrer sollten alles wissen.

»Der Töveree Fisk, jaja. Eine putzige Legende. Jetzt, wo du es sagst, mein Kind, gut möglich, dass das Meeresleuchten einst der Ursprung dieser Mär war. Ein Bildungsmangel. Die Menschen konnten sich das Leuchten nicht erklären, und schon entstand eine wilde Spukgeschichte.« Herr Schirrmacher betrachtete das Wasser nachdenklich. »Ich muss die biologische Ursache morgen der Klasse erklären. Erklären. Nun aber nach Hause, Kinder!«

Sie waren gezwungen, sich zu trollen, denn Herr Schirrmacher machte keine Anstalten zu gehen.

Filine wollte ihm nicht recht glauben. Eher glaubte sie Oma Hilla, der sie am nächsten Tag von dem blauen Leuchten erzählte.

»Nein, Kind, mit dem Töveree hat das nichts zu tun. Und wer behauptet, ihn gesehen zu haben, hat ihn immer nur im Winter erblickt. Im Herbst und im Winter, wenn es kalt ist. Das Meeresleuchten gibt es immer mal, aber nur im Sommer, an den heißen Tagen. Das gibt es auch anderswo in der Welt. Viel öfter als hier kommt es in den warmen Ländern vor.«

Pinswin kam mit seinem zerlesenen Lexikon in die Küche. »Diese kleinen Lebewesen, die bestehen wirklich nur aus einer einzigen Zelle. Und auf Wissenschaftlich nennt man sie Dinoflagel-laten«, las er mit etwas Mühe vor. »Toll, oder? Klingt fast wie Dinosaurier. Glaubt ihr, man kann die im Aquarium halten?«

»Glaubst du, wir hätten hier noch Zeit für solchen Unsinn?« Oma Hilla schlug spielerisch mit dem Besen nach ihm. »Aquarien! In Zeiten wie diesen! Wo wir nicht mal wissen, was morgen auf den Tisch kommt!«

Filine hörte nur mit halbem Ohr zu. Ob Skem diese Dinodinger auch leuchten sehen würde? Skem war jetzt bei der Marine. Das bedeutete, irgendwo auf einem Schiff. Da konnte das doch sein. Es würde ihm hoffentlich Mut machen.

Skem fehlte ihr. Und er wusste etwas, das er nicht verraten wollte.

Sie hatte das Gefühl, dass Skem ihre einzige Verbindung zum Töveree war.

Rhea

1979

8

Am Ende des Sommers

»Liebe Rhea, spielen Sie mit mir zusammen eine Abschiedsrunde?« Herr Tilmans sah sie bittend an. »Ich bin inzwischen durch die viele Übung so gut geworden, dass ich meine Fähigkeiten gern mit Ihren messen würde.«

Rhea war erleichtert, dass er nur das verlangte. Sie hatte befürchtet, er würde sie noch einmal auf den Job ansprechen. So willigte sie gern ein.

»Geh beiseite, Björn«, sagte Herr Tilmans zu dem Fasan, der sich am Start von Bahn zwei breitgemacht hatte. Rhea musste lächeln. Er war schon fast zu Hause hier, so wie es ihr Vater gewesen wäre, wenn …

»Sie und Filine haben mir geholfen, wieder gesund zu werden und meine Zuversicht zurückzugewinnen.« Herr Tilmans beförderte den Ball mit einem sicheren Schlag direkt ins Ziel und blickte zu Rhea auf, während er sich bückte, um den Ball aufzuheben. »Ich danke Ihnen dafür! Und für all die schönen Geschichten über Land und Leute und Geheimnisse.«

»Ich weiß nicht, wie Sie es fertiggebracht haben, dass meine Mutter Ihnen vom Töveree Fisk erzählt hat. Das macht sie sonst nie. Mist!« Der letzte Ausruf galt ihrem eigenen verrutschten Schlag, der den Ball statt ins Ziel gegen ein Hindernis gejagt hatte.

»Stört Sie das?«

»Ich weiß nicht«, sagte Rhea ehrlich. »Es war halt bisher Familiensache. Es fühlt sich an wie etwas Kostbares, Zerbrechliches, wie ein altes Kristallglas, das man über Generationen vererbt und nicht einfach einem Fremden schenkt.«

»Das Geheimnis ist bei mir gut aufgehoben. Nehmen Sie es Ihrer Mutter nicht übel. Übrigens hat mir auch Skem Rossmonith davon erzählt. Ich hätte es also ohnehin erfahren.«

Nur zwanzig Zentimeter bis zum Ziel, und Rhea versemmelte auch den zweiten Schlag. Unfassbar.

»Skem? Skem hat Ihnen davon erzählt? Er redet sonst nie mit Fremden!«

»Es war nicht einfach, aber ich habe so lange mit ihm vor seiner Hütte im Wind gesessen, den Möwen gelauscht und der Ebbe zugesehen, bis er von selbst anfing, das Schweigen mit Worten zu füllen. Ich habe auch eine geheime Geschichte, wissen Sie? Sie hängt mit einem Ort zusammen, mit einem Ort in meiner Heimat. Wenn Sie mein Angebot annehmen, zeige ich Ihnen diesen Ort und vertraue Ihnen die Geschichte an.« Seelenruhig bewältigte er mit einem punktgenauen Schlag auch die Bahn Nummer fünf, bei der sie inzwischen angelangt waren und bei der man den Ball über eine Rampe aus Kieselsteinen in eine offene Muschel schießen musste. Er richtete sich auf, stützte sich auf seinen Schläger und sah Rhea direkt in die Augen. »Tatsächlich stelle ich mir vor, dass Sie diese Geschichte auf einer Minigolfbahn verewigen, und zwar auf einer nagelneuen, von Ihnen allein gestalteten Minigolfanlage im Park meines Hotels. Was sagen Sie?«

Rhea sagte gar nichts. Jetzt hatte er sie völlig überrumpelt. Aus dem Hinterhalt, wie der Fasan. Seine Augen leuchteten vor

Unternehmungsgeist und kindlicher Freude, wie die eines Jungen, der von einem Weihnachtsgeschenk träumt. Rhea legte ihren Ball auf den Startpunkt und zielte ihrerseits auf die Muschel. Der Ball flog gegen die Bande, aus der Bahn und landete hinter Björn im Sand, der einen erschrockenen Hüpfer machte und einen ärgerlichen Ruf ausstieß, bevor er sich einen sicheren Platz suchte.

»Ich gebe auf.« Rhea lehnte ihren Schläger gegen eine Kiefer. »Heute treffe ich nichts mehr.«

Er stellte seinen Schläger daneben. »Dann hoffe ich, dass Sie über mein Angebot wenigstens nachdenken. Dafür haben Sie Zeit, denn nun kommt der Winter. Der ist in den Bergen nicht geeignet für solche Projekte. Ich würde Sie einladen, im Frühling zu kommen und den Sommer über zu bleiben. Sagen wir von Mai bis Oktober. Ich glaube, das würde Ihnen genug Zeit geben, das Projekt zu verwirklichen. Hier.« Er zog ein Notizbuch aus der Tasche, schrieb etwas auf einen Zettel, riss ihn heraus und reichte es Rhea. »Diese Summe würde ich Ihnen dafür insgesamt anbieten.«

Rhea starrte auf die Zahl, blinzelte und las noch einmal.

Eine solche Gelegenheit würde wahrscheinlich nie wiederkehren. Das würde sie ihrem Traum von einem richtigen eigenen Haus wesentlich näher bringen! Noch längst nicht ans Ziel, aber es wäre doch ein ordentlicher Anfang. Nie hätte sie es für möglich gehalten, dass man so viel Geld in einem einzigen Sommer verdienen konnte.

»So viel ist Ihnen das wert? Eine Minigolfanlage?«

»Nicht nur die Minigolfanlage. Ich habe gesehen, wie die Familien hier zusammen lachen, wie sie all ihre Sorgen für eine

Weile vergessen, wie sie lernen, sich auf ein Ziel zu konzentrieren, Hindernissen auszuweichen und die Freude zu genießen, wenn sie das Ziel erreichen. Wenn etwas gelingt. Und außerdem ist das ja keine normale Minigolfanlage, sondern eine voller Träume und Geschichten. Ich dachte an Geschichten aus dem Ort. Und wir könnten eine Art Wettbewerb unter den Gästen veranstalten. Die Gewinner können ihre eigene Geschichte verewigen lassen.«

Das war eine schöne Idee. Wider Willen begann Rhea sich für den Gedanken zu erwärmen. Aber …

Herr Tilmans schüttelte Sand aus seinem Schuh. »Ich weiß. Sie möchten Ihre Mutter nicht allein lassen, und außerdem können Sie in den Bergen ihre Suche nach der Schuppe des erstaunlichen Fisches und seiner Geschichte nicht fortsetzen. Aber es geht nur um einen einzigen Sommer.« Er verlor fast das Gleichgewicht, als er seinen Schuh wieder anzog, und hielt sich an Rheas Schulter fest. »Bei der Suche nach Ihrem Fisch kann ich nicht helfen, aber bei der nach Ihrem Vater. Ich würde Sie unterstützen. Wir können Ihre Postkarten im Hotel verkaufen. Und was den Fisch angeht, wissen Sie«, er drückte ihre Schulter kurz, bevor er sie losließ, »wenn man fort gewesen ist und zurückkehrt, sieht man die Dinge mit einer neuen Schärfe im Blick. Dann bemerkt man oft, was man vorher übersehen hat, weil alles in einem neuen Licht erscheint. Denken Sie darüber nach! Im neuen Jahr werde ich Sie um eine Antwort bitten.«

Ihr hatte er nie das Du angeboten. Natürlich nicht. Er wollte ja ihr Arbeitgeber werden, da gehörte sich das nicht.

Im neuen Jahr, dachte sie, als er sich endgültig verabschiedet hatte, um seine Fähre nicht zu verpassen. Das klingt noch so beruhigend lange hin. Jetzt kommt der Winter, und der Winter ist lang, und danach wird er sein Angebot und mich vergessen haben. Ich ihn auch, und alles bleibt, wie es ist.

Sie freute sich auf den Frühling, in dem sie vielleicht die eine oder andere Bahn ganz neu gestalten würde und noch mehr Gäste anlocken konnte. Und wer weiß, vielleicht würde sie sogar einmal mit Björn ausgehen – mit dem ohne Federn, nur um ihm einmal die Meinung zu sagen.

Ihr Leben war hier. Nur hier.

Doch Rhea hatte nicht mit dem Auftauchen von Lucas Lichtwarck gerechnet.

Die Saison näherte sich unerbittlich ihrem Ende. Rhea und Filine waren gerade damit beschäftigt, verwitterte Bretter am Schuppen auszuwechseln. Ein übermütiger Herbstwind pfiff um die Ecke und warf eine Latte um, die an den Zaun gelehnt stand und dabei noch drei andere mitriss.

»Kann ich helfen?«, fragte eine unbekannte Stimme in das Gepolter hinein.

Rhea versuchte sich umzudrehen, ohne die Nägel oder den Hammer fallen zu lassen. Filine, die ihr die Nägel angereicht hatte, nahm ihr den Hammer ab. Beide betrachteten verwundert den Mann, der so unvermittelt vor ihnen stand, als hätte ihn die Bö mitsamt den Pappelblättern durch die Hecke geblasen.

Ehe sie antworten konnten, bückte er sich nach den Latten und richtete sie wieder auf. Er stellte sie säuberlich an die Wand, wo sie vor dem Wind geschützt waren, und nahm Filine den Hammer ab und Rhea die Nägel.

»Wo sollen die rein, da?«

Rhea nickte. So schnell konnte sie ihre Worte nicht sortieren.

»Sind Sie Rhea und Filine Jessen?«, fragte er, während er den ersten Nagel mit drei wohlgesetzten Schlägen durch das neue Brett trieb. »Man hat mich zu Ihnen geschickt, weil Sie etwas von Geschichten verstehen sollen. Weil Sie sie anders erzählen als andere. Auf Minigolfbahnen.«

»Ja, das sind wir. Was haben Sie mit Geschichten zu tun?« Filine lehnte sich zurück und betrachtete interessiert seine schlanken, geschickten Hände, die so braungebrannt waren, als hätte er den ganzen Sommer nichts anderes getan, als mit sonnenheißen Nägeln zu hantieren.

Er tippte sich mit dem Stiel des Hammers an eine imaginäre Mütze.

»Gestatten, Lucas Lichtwarck. Geboren 1946 in Braunlage, seit vorgestern hier Inselschreiber.«

Er hat nette Ohren, dachte Rhea. Aber die Ohren waren nicht das Einzige, was an Lucas Lichtwarck nett wirkte. Da war auch sein etwas schiefes, lausbubenhaftes Lächeln und die behände Art, mit der er seine langen Glieder bewegte. Wie ein Fohlen, das man gerade auf die Weide gelassen hat.

Und dann war da noch etwas Merkwürdiges. Rhea war fasziniert und überlegte, ob es unhöflich wäre, ihn darauf anzusprechen.

»Das kann nicht sein. Einen Inselschreiber haben sie nur auf Sylt«, sagte Filine. »Die vergeben jedes Jahr ein Stipendium dafür. Hier gab es das noch nie.«

»Stimmt … Aber dies Jahr … gibt es hier auch … einen. Das lief ein … wenig anders. Es gab einen Literaturwettbewerb …

für eine Geschichtensammlung ... zu dem Thema Insel. Ich habe ihn ... gewonnen, und der Gewinn ... war ein Aufenthalt auf einer deutschen Insel eigener Wahl.« Er sprach abgehackt, weil er dabei nicht aufhörte zu arbeiten und einen Nagel nach dem anderen in die Wand trieb, bis das Brett so fest saß, dass es kein Wintersturm mehr lösen würde.

Filine rollte um die Ecke und griff eine Flasche Wasser aus dem Kasten, die sie ihm reichte. »Und mit was für einem Text haben Sie gewonnen?«

»Danke.« Er nahm einen tiefen Schluck. »Er befasst sich mit der Ähnlichkeit zwischen Wattwürmern und Menschen. Viele von uns haben die Eigenschaft, ebenfalls enge Röhren um sich zu bauen und bei jeder unbekannten Störung sofort den Kopf einzuziehen.«

Irritiert nahm sich Rhea auch ein Wasser. Dieser fremde Mensch war noch keine fünf Minuten hier, und schon fühlte sie sich von ihm analysiert. Dabei konnte er nicht wissen, dass sie sich gerade eben noch gewünscht hatte, Herr Tilmans wäre nie aufgetaucht und hätte ihre kleine Welt nicht durcheinandergebracht. War sie etwa auch ein Wattwurm?

Filine lachte hellauf. »Aber die Wattwürmer bewegen mehr, als man ihnen zutrauen würde«, erklärte sie. »Ein einziger Wattwurm filtert fünfundzwanzig Kilo Sand im Jahr.«

»Und warum haben Sie sich ausgerechnet für Amrum entschieden?«, fragte Rhea.

Der Inselschreiber griff sich die nächste Latte. »Ich habe in einem Kalender Bilder von dem unendlich breiten Strand gesehen. Vom Kniepsand. Da wusste ich sofort: Dort muss ich hin! Als Kind habe ich immer davon geträumt, auf einem Kamel durch die Wüste zu reiten und eine Fata Morgana zu finden. Ich wollte der Erste sein, der in eine Fata Morgana hineinspaziert und aus einer Oase trinkt, die es nicht gibt. Die Grenze zwischen Wirklichkeit und Einbildung überschreiten, das war schon immer mein unbedingtes Ziel.«

»Aha. Das erklärt, warum Sie schreiben.« Filine kam kaum damit nach, ihm die Nägel anzureichen.

»Kamele sind auf Amrum aber ziemlich dünn gesät«, bemerkte Rhea.

Er grinste sie an. »Wenn ich mich genau umsehe, finde ich bestimmt eins.«

Warum er wohl an einem seiner langen Beine eine ganz normale Sandale trug, während das andere vom Knie abwärts bis zu den Zehen in einer Art Gummihülle steckte? Sie sah aus, als hätte man sie aus einem alten Schlauchboot hergestellt. Nur dass das Material mit van Goghs Sonnenblumen bedruckt war.

Filine kannte wie immer keine Scheu. »Kann es sein, dass sich unter Ihrer sympathisch einseitigen Verkleidung eine Behinderung verbirgt? Wenn jemand das fragen darf, dann ich.«

»Das darf jeder fragen. Aber ich erkläre es lieber, wenn wir hier fertig sind. Ist dies das letzte Brett?«

»Ja.« Rhea reichte es ihm.

»Während Sie das befestigen – vielen Dank für Ihre große Hilfe übrigens –, bereiten wir einen kleinen Imbiss vor. Wenn Sie fertig sind, finden Sie uns auf der anderen Seite der Hütte.« Als sie um die Ecke waren, packte Filine Rhea mit überraschender Kraft am Handgelenk. Sie hatte nicht immer Kraft in ihren Händen. Heute schon. »Hast du seine Augen gesehen?« Ihr Flüstern war fast ein Zischen.

»Ja, sie sind ungewöhnlich. Wunderschön dunkelblau.« Rhea fragte sich, warum ihre sonst so gelassene Mutter so aufgeregt war.

»Nicht irgendein Blau! Schöne blaue Augen haben viele. Das ist ganz genau das Blau, das das Lokkich hatte! Die Schuppe vom Töveree Fisk. Ich habe genau diese Farbe seitdem nie wiedergesehen. Aber das ist sie!«

Rhea wusste nicht, wie sie mit dieser Feststellung umgehen sollte. »Dann verstehe ich, warum dich das Lokkich sofort fasziniert hat.«

Während sie Brötchen mit Krabben belegte, starrte Filine auf den Postkartenständer, wo der Satz von Rheas Vater seine dicken Buchstaben trotzig in die letzten Sonnenstrahlen hielt, obwohl die Farbe der Wörter jetzt am Ende des Sommers etwas ausgeblichen war. »Weißt du, was?« fragte sie und zeigte darauf. Sie merkte gar nicht, dass sie das Glas mit den Krabben noch in der Hand hielt und etwas daraus auf den Boden schwappte. »Ich glaube, zum ersten Mal weiß ich genau, was er damals gemeint hat! Und ich dachte immer, man kann das auch allein.«

Lucas Lichtwarck hatte einen gesegneten Appetit. Nach drei Krabbenbroten und einem Stück Friesentorte schob er den Teller von sich. »Verzeihung«, sagte er. »Aber als Schriftsteller weiß ich, dass es gut ist, die Neugier ein wenig zu vertrösten. Umso spannender ist dann die Antwort.« Er löste ein Gummiband, das mit seinem Gürtel verbunden war, und zog die Hülle mit den Sonnenblumen darauf nach unten ab. Zum Vorschein kam unterhalb des Knies eine Prothese.

Rhea blickte auf die Konstruktion aus Metall, Schaumgummi

und Plastikteilen und schluckte. So steif und leblos. So künstlich. Es passte überhaupt nicht zu diesem Mann, der vor Lebendigkeit und Lebenslust geradezu funkelte. Und dann doch, dachte sie nach der ersten Schrecksekunde. Irgendwie passt das doch, dass genau das ihn überhaupt nicht einengt! Er ist wie Filine. Weder die Prothese noch der Rollstuhl ändern etwas an dem Leuchten, das in ihnen ist und einem immer das Gefühl gibt, dass man von ihnen lernen kann. Dass sie im Inneren etwas besitzen, an dem man gern teilhaben würde.

»So etwas habe ich mir gedacht«, sagte Filine. »Und die geniale Verkleidung ist dazu da, dass sie damit im Watt herumwandern und im Schlick einsinken können, ohne dass etwas kaputtgeht.« Sie zeigte auf schwarze Schlammspuren auf der Blüte einer Sonnenblume.

»Richtig. Salzwasser ist nicht gut für die Prothese, und das mit dem Gummistiefel hat nicht funktioniert, weil ich ihn ja nicht mit den Zehen festhalten kann, sozusagen. Aber so geht es.«

»Und die Sonnenblumen?«, wollte Rhea wissen.

»Ach, diese Bezüge halten nicht allzu lange. Ich mag die Abwechslung, deswegen lasse ich Kunst daraufdrucken, die mir gerade gefällt. Wer sagt, dass eine Leinwand immer an der Wand hängen muss?« Er zog den Gummischlauch wieder hoch und befestigte ihn. »So ist das bewegte Kunst. Ich denke, van Gogh hätte es gefallen.«

»Ganz sicher«, sagte Filine. »Wie ist das passiert?«, fragte sie sanft. »Oder sind Sie schon zu oft gefragt worden, um das noch beantworten zu wollen?«

»Bei Ihnen stört es mich nicht.« Er sah sie lange an. Rhea hatte plötzlich das Gefühl, überflüssig zu sein.

Er räusperte sich und schenkte Wasser nach. »Ich hatte einen guten Freund, der ein Sportflugzeug besaß. Auf einem unserer Flüge setzte die Maschine aus, und wir sind abgestürzt. Er hat es nicht überlebt.« Lucas schloss für einen Moment die Augen. Es war zu spüren, dass er gerade alles noch einmal vor sich sah. Als er sie wieder öffnete, traf sein Blick Filines.

»Er ist tot, aber ich spreche noch immer mit ihm. Ich habe das Gefühl, ich bin ihm schuldig, so lebendig wie möglich zu sein. Er hat mich noch nach seinem Tod gelehrt, was für eine unglaublich große Sache ein einziger Tag sein kann und was man alles darin findet. Und wenn ich das einmal vergesse, dann erinnert er mich streng daran. Das klingt vielleicht merkwürdig, aber ...«

Filine beugte sich so aufgeregt vor, dass sie fast aus ihrem Rollstuhl stürzte. »Nein! Nein, das klingt überhaupt nicht merkwürdig!«

Rhea wusste, was Filine dachte. Und was sie gleich erzählen würde.

Stillschweigend stand sie auf und trug das leere Geschirr in die Hütte, wo auf dem Boden noch die Krabben vor sich hin trockneten, die Filine vorhin verschüttet hatte. Während draußen die Herbstdämmerung vom Meer her über die Insel schlich und Filine dem eben noch fremden Inselschreiber mit den dunkelblauen Augen einfach so ihr Leben anvertraute, ohne zu merken, wie kühl es wurde, wischte Rhea auf.

Dabei beschlich sie das unangenehme Gefühl, dass der Winter nicht so ruhig werden würde, wie sie es gehofft hatte. Und dass ihre eigenen Tage als Wattwurm, der bequem in seiner engen Welt lebt und den Kopf einzieht, gezählt waren.

Filines Krabbenbrote

4 Scheiben Roggenbrot
200 g Nordseekrabben
2 hartgekochte Eier
Zitrone
Butter
Mayonnaise
Kräutersalz
Dill

Roggenbrote schön dick mit Butter beschmieren. Mit Kräutersalz bestreuen.
Eier in Scheiben schneiden und jede Brotscheibe mit einem halben Ei belegen.
Etwas Mayonnaise auf die Eischeiben streichen. Jeweils mit 50 g Krabben belegen.
Ein paar Zitronenspritzer darübergeben. Mit frischem Dill bestreuen.

Filine

1945

9

Nathan

Der Krieg kam kurz vor seinem Ende doch noch nach Amrum.

Der Dampfer, der für die Insulaner die Verbindung zum Festland schuf, war stetig hin- und hergefahren, morgens und abends, im Krieg und im Frieden, jeden Tag. Es sei denn, allzu heftiges Wetter hatte es verhindert. Man hielt diese Gegebenheit für so unerschütterlich wie den Sonnenauf- und -untergang.

Doch dann kam der Tag, an dem die Engländer mitten auf See den Kapitän erschossen. Einfach so.

Der Dampfer fuhr bald wieder, aber die Insel war in ihren Grundfesten erschüttert. Auch Filine und Pinswin hatten den Kapitän gekannt. Er hatte ihnen manchmal Zuckerwürfel zugesteckt, sogar jetzt noch, wo es die eigentlich nicht mehr gab. Und ihnen dazu sein Lächeln geschenkt, das mit der Zahnlücke. Es war so breit und voller Zuversicht unter seiner Kapitänsmütze gewesen, dass es einem das Gefühl gab, alles wäre gut, egal, ob Sturm war oder Krieg.

Nun war er einfach nicht mehr da. Sie hatten das Gefühl, der Dampfer könnte ohne diesen Kapitän nie wieder fahren. Es war im ersten Augenblick, als wäre die Verbindung zum Festland für immer abgerissen.

Doch es kamen neue Tage, was zuerst überraschend erschien, und der Dampfer war bald wieder unterwegs, mit einem fremden, ernsten Kapitän. Nicht lange danach war auch der ferne, sinnlose Krieg, der es doch noch gewagt hatte, der Insel nahe zu kommen, verloren und vorüber.

Eines Morgens wollte sich Filine in der Schule in ihre Bank schieben wie immer, doch da war kaum Platz. Erst jetzt fiel ihr auf, dass das Stimmengewirr im Raum viel dichter war als sonst. Dichter, aber nicht lauter. Es war wie ein allgegenwärtiges Flüstern, in dem Angst und Neugier und Geheimnisse mitschwangen. Auf ihrer Bank saßen zwei ängstlich blickende Mädchen mit langen Zöpfen und ein Junge, der einen Kopf größer war als Filine und sie mit einem Lächeln betrachtete, das dem des alten Kapitäns in nichts nachstand. Die Augen des Jungen waren von demselben warmen, lichten Braun wie seine etwas zu langen Haare.

Filine sah sich um. Überall fremde Kinder!

Fort war die gewohnte Ordnung von fünfundvierzig vertrauten Inselkindern, neun Klassen, einem Lehrer, alles säuberlich sortiert in einem Raum.

Sie fing an zu zählen, gab aber schnell auf.

»Wie heißt du?«, fragte der Junge und streckte ihr die Hand hin. »Ich bin Nathaniel. Nathaniel Paleske. Ich will dir deinen Platz nicht wegnehmen. Ich mache mich klein, versprochen!« Filine sah, wie er sich vergeblich bemühte, seine breiten Schultern und langen Arme und Beine zusammenzufalten. Sie kannte das Problem mit den langen Armen und Beinen selbst und musste lachen. Auch, weil Nathaniel ein so ernstes Gesicht machte und dabei doch ein so schelmisches Zwinkern in den Augen hatte.

»Ich bin Filine, und das hier ist mein Zwilling. Pinswin. Wo kommt ihr denn bloß alle her?«

Der Herr Schirrmacher tat sein Bestes, seinen Schülern zu erklären, wo die fremden Kinder herkamen. Statt fünfundvierzig Schulkindern gab es auf einmal zweihundert. Flüchtlinge, die der Krieg hierher verschlagen hatte. »Sie sind heimatlos. Heimatlos«, sagte Herr Schirrmacher. »Sie wissen nicht, wohin, wohin.« Also hatte man sie verteilt, und dabei waren diese Familien eben auf die Insel geschickt worden.

Heimatlos klang schlimm, fand Filine. So, als hätten diese Menschen einen Körperteil verloren.

Auf einmal war die Schule überall. Wo es ging, wurden Räume umfunktioniert. Filine und Pinswin hatten Glück und konnten in dem alten Klassenzimmer bleiben, nur mit weniger Platz auf der Bank, denn Nathaniel Paleske und eine Menge anderer Kinder blieben auch. »Du kannst meine Tafel mitbenutzen«, sagte Filine, als sie merkte, dass er nichts zum Schreiben hatte. Er hatte auch sonst nichts, nicht einmal richtige Schuhe. Filine fand zu Hause im Keller ein Paar, das einmal Skem gehört hatte. Die Schuhe von Pinswin waren zu klein für Nathan.

»Wo kommst du her, Nathaniel?«, fragte Beeke, als ihre Zwillinge den großen, mageren Jungen mit den hungrigen Augen und dem offenen Lächeln zum Mittagessen anschleppten. Sie füllte ordentlich Suppe in seinen Teller.

»Aus Ostpreußen. Mein Vater war Verwalter auf dem Gut Lengnick. Das schmeckt aber toll, Frau Jessen! Vielen Dank!«

»Nathaniel ist nicht gerade ein ostpreußischer Name«, wunderte sich Beeke.

»Mein Großvater war Engländer. Er war Porzellanhändler und verkaufte seine Ware auf dem Gut. Meine Mutter hat mich nach ihm benannt.«

»Ist deine ganze Familie hier?«

Sie hörten, wie er die Suppe schluckte. Das Geräusch war auf einmal seltsam laut in der Stille. Filine sah, wie sich sein Kehlkopf mühsam auf und ab bewegte, als müsse er viel mehr schlucken als nur die Suppe.

»Mein Vater ist tot«, sagte Nathan schließlich leise. »Sie haben ihn erschossen, als sie das Gut geplündert haben. Und meine kleine Schwester Katja ... sie ist auf dem Treck gestorben. Wir konnten nichts tun. Es war kalt, und es gab nichts zu essen. Sie war so erschöpft. Sie ist einfach nicht mehr aufgewacht.«

Filine legte ihre Hand auf seine. Nur für einen Moment.

Beeke strich dem Jungen eine Haarsträhne aus dem Gesicht. »Aber deine Mutter ist hier?« Sein Blick hellte sich auf. »Ja. Sie ist hier. Und mein Onkel auch.«

Nathan und seine Familie waren bei Herrn Schirrmacher und seiner Frau untergebracht worden. Und auch in Alriks Kwaas waren die Zimmer nun wieder voll belegt, allerdings nicht mit Feriengästen. Jetzt waren es Flüchtlingsfamilien. So viele Menschen hatte das alte Haus noch nie beherbergt. Im Flur kam man kaum vorwärts, und die Gaststube war voller Wäscheleinen und spielender Kinder.

»Diese vertriebenen Menschen sind wie die Schwärme von Zugvögeln, die auf ihrer Reise jedes Jahr im Watt und auf der Insel landen, um zwischen Winter und Sommer zu rasten, sich vom Leben und vom Tod auszuruhen und sich wiederzufinden«, sagte der Kioskbetreiber Drees am Strand zu seiner Frau Lentje. Filine, die das zufällig hörte, fragte sich, was es bedeutete, sich selbst wiederfinden zu müssen. Dass diese Fremden alle etwas suchten, so wie sie die Schuppe des Töveree, hatte Filine schon gespürt. Aber sie hatte das dunkle Gefühl, dass dies noch viel schwerer zu finden sein würde.

»Was suchen sie denn genau, Drees?«, fragte sie und kam hinter dem alten Strandkorb hervor, hinter dem sie gesessen hatte.

Drees sah nur kurz auf und fuhr dann fort, mit seinen großen, schwieligen Händen das Loch in einem anderen Strandkorb auszubessern.

»Ach, Kind. So vieles. Erinnerung. Vergessen. Frieden. Einsamkeit. Gesellschaft. Respekt. Essen. Arbeit. Ein neues Zuhause …«

Filine biss sich auf die Lippen. Das klang nicht wie ein Problem, das man lösen konnte, wenn man elf war. Das war wohl so eine Erwachsenensache.

Aber Nathan ein wenig helfen konnte sie trotzdem. Sie brachte ihm das Schwimmen bei und fand, immer wenn er mit ihr in den Wellen getobt hatte, sah er leichter aus, seine Schultern gerader und die Ringe unter seinen Augen heller.

Der Krieg war vorüber und der Himmel weit, das Meer kühl und voller Licht und Farben, und das Leben breitete sich ebenso weit vor ihnen aus. Mit dem Zwinkern in Nathans Augen, wenn er nicht gerade traurig blickte, war es spannender geworden, voller Abenteuer.

Ihr war, als ob sie Nathan schon seit langer Zeit kannte, als ob er aus einer der Geschichten gestiegen wäre, die ihr Oma Hilla erzählt hatte oder Drees und Lentje.

Drees und Lentje betrieben zusammen den Kiosk am Strand, wo man Strandkörbe mieten, einen Kaffee trinken und Tabak und selbstgemachte Brote mit Marmelade kaufen konnte, manchmal auch Kuchen und »Knerken«. Tabak und Kaffee gab es kaum noch, und Strandkörbe mietete auch keiner mehr, aber immerhin konnte man noch Zeitungen kaufen und vor allem Neuigkeiten austauschen. Drees und Lentje bemühten sich, so zu tun, als sei alles wie immer. Sie waren ein ebenso felsenfester Anker, wie es der Kapitän vom Dampfer gewesen war. Seit er tot war, freute sich Filine immer, wenn sie Drees' und Lentjes braungebrannte Gesichter sah, darüber, dass sie noch da waren, wo sie hingehörten. Diesen beiden würde sicher keiner ihre Heimat wegnehmen, und es würde auch niemand wagen, sie einfach zu erschießen.

Drees und Lentje waren beide hier aufgewachsen. Sie kannten jeden und somit auch jede Sage und Geschichte, die im Umland erzählt wurde.

Filine liebte es, ihnen zuzuhören und dabei einen der »Knerken« möglichst lange zu kauen, die eigentlich mittlerweile nur noch aus Mehl und Wasser bestanden und doch auf geheimnisvolle Weise süß und nach guten Zeiten schmeckten.

Nathan mit seinen zu langen Haaren und den Schatten unter den Augen hätte gut ein Sohn der Strandräuber aus alten Zeiten sein können, von denen Lentje erzählte, einer von der Sorte, die Schiffbrüchige rettete und dann trotzdem die Kisten mit der Ladung stahl, um seine Kinder ernähren zu können.

Pinswin betrachtete die schnelle Freundschaft zwischen dem fremden Jungen und seiner Schwester zuerst argwöhnisch, aber auch er mochte Nathan. So wurden die drei in diesem Sommer unzertrennlich und blieben es, während die Kindheit so langsam und beinahe unmerklich endete wie ein Sommertag auf dem

Watt und die Jugend sich anschlich, ohne dass sie recht wussten, wann und wie das geschah.

Nathans Mutter und sein Onkel halfen wie die anderen Flüchtlinge in der sogenannten Krabbenfabrik aus. Nathan machte mit beim Krabbenpulen, und Filine setzte sich gelegentlich dazu und half ebenso. Man konnte gut nachdenken dabei. Einmal erzählte sie Nathan die Geschichte vom Töveree. Alle redeten durcheinander, und in dem Stimmengewirr brauchte sie nicht zu befürchten, dass sonst noch jemand zuhörte, der sie hätte auslachen können.

Nathan lachte sie nicht aus. Das hatte sie vorher gewusst. Seine Augen leuchteten. »Filine, was für eine schöne Geschichte! Ein Fisch, der den Menschen Licht in das Dunkel bringt und sie vor Unglück bewahrt. Sie macht Hoffnung, diese Geschichte. Wenn es den Töveree nicht gibt, dann sollte es ihn geben. Zu gern würde ich ihn einmal sehen!«

»Ich auch«, stimmte Filine aus tiefstem Herzen zu. Von Skem hatten sie immer noch nichts gehört. Und auch viele andere Männer der Insel wurden vermisst. Wenn der Töveree lebte, wäre es ein guter Zeitpunkt für ihn, zurückzukehren und ein wenig Hoffnung zu bringen.

Wenn sie wenigstens endlich eine Glücksschuppe finden könnten! Sie wandte sich wieder dem Krabbenpulen zu und erzählte Nathan dabei von dem Pakt, den sie damals mit Pinswin geschlossen hatte. Er erschien ihr inzwischen etwas kindisch. Man konnte nicht schwören, etwas zu finden, das es vielleicht gar nicht gab. Aber sie hatte das Lokkich doch gesehen, damals in der Kneipe! Sie sah das Leuchten noch immer deutlich vor sich.

Billiges Metall, hatte Oma Hilla gesagt.

Warum denn hatte der kleine Gegenstand ein solches Licht ausgestrahlt und eine solche Anziehungskraft gehabt?

»Ich helfe euch! Wie suchen gemeinsam. Gleich heute Nacht!«, sagte Nathan. Seine Augen leuchteten wie damals das Lokkich.

Filine befürchtete, Pinswin würde verärgert sein, dass sie Nathan eingeweiht hatte, aber der zuckte nur mit den Schultern. »Wir können jede Hilfe gebrauchen«, sagte er. »Wir haben ja bisher kein Glück gehabt. Obwohl, ein paar interessante Sachen haben wir schon gefunden. Kennst du das Museumsregal schon?«, fragte er Nathan.

Auf dem Heimweg beschrieb er Nathan die Scherben und den Hornhecht. Filine bummelte hinter den beiden her. Sie bemerkte die Freude in Pinswins Stimme, als er von den alten Scherben erzählte, die er zu einem Krug zusammengeklebt hatte, an dem nur ein kleines Stück vom Rand fehlte. Diese alten Sachen faszinierten ihn, vor allem seit Drees ihm erzählt hatte, dass hier sogar schon spanische Keramik gefunden worden war, mit der die Siedler früher Handel betrieben hatten. Ob sie das Lokkich nun fanden oder nicht, es würde Spaß machen, mal wieder auf Schatzsuche zu gehen. Diesmal zu dritt.

Nathan sah sich nach ihr um und fasste ihre Hand. »Fili, wir werden den Glücksbringer für dich finden!« Sie mochte es, wenn diese Begeisterung in seinen Augen lag.

Aber etwas anderes mochte sie nicht. »Sag nicht immer Fili zu mir!«

»Warum? Es klingt doch so nett.«

»Ich mag nicht abgekürzt werden.«

Verblüfft sah er sie an.

»Es fühlt sich falsch an, als ob ein Stück von mir fehlt.«

Er lächelte. »Ist gut. Aber ich mag es. Manchmal bin ich Nat, manchmal Nathan, und in besonderen Augenblicken Aniel. Das ist jedes Mal jemand anderes und trotzdem ich selber.«

Dieser Gedanke war ihr neu. »Thani ginge auch«, sagte sie versonnen.

Nathan blieb stehen, seine Augen wurden dunkel. »Thani hat mich meine Schwester genannt.«

Sie erschrak. »Oh. Dann sollte ich das nicht benutzen. Es tut mir leid.«

»Doch«, meinte er nach einer Pause und fasste ihre Hand fester. »Doch, du darfst es. Dann bleibt es lebendig.«

»Dann darfst du auch Fili sagen.«

Sie zog ihn vom Strand weg hinaus ins Watt, wo der Sand nass war und alles voller Licht. In den knöchelhohen Prielen spiegelte sich der Himmel so blau, als wäre er um sie herum und sie könnten hindurchwaten. Dann fiel die Sonne tiefer, und Gold ersetzte das Blau in den Fluttümpeln, so hell, dass sie die Augen zukneifen mussten. Schließlich glühte der Sand kupferfarben, als die Wolken am Horizont sich flammend rot färbten.

Filine spürte, wie ihre Füße in dem weichen Sand versanken. Das war angenehm. Für sie hatte es sich immer angefühlt, als ob sie der Erde willkommen war, als ob der Boden zu ihr sagte: Ja, hier gehörst du hin, das ist dein Zuhause. Immer, wenn sie auf dem Festland gewesen war, tat es so wohl, das weiche feuchte Watt wieder unter den Sohlen zu wissen.

Sie hatte es immer für selbstverständlich gehalten, dass man ein Zuhause hatte.

Nun, da sie Nathan kannte und die anderen, die vertrieben

worden waren, wurde ihr undeutlich bewusst, dass es nicht immer so war.

Sie sah, wie Nathan sein Bein aus einem Schlickloch zog, in das er fast bis zum Knie eingesunken war. Er konnte Sand und Schlick noch nicht so gut unterscheiden wie die Inselkinder. Was fühlte Nathan wohl, wenn seine Füße hier einsanken, in der Fremde? Fühlte er sich auch willkommen, oder war ihm, als ob der Boden ihn festhalten wollte?

Und wann würde Skem zurückkehren? Filine wusste nicht, warum, aber ohne ihn fehlte ihrem Zuhause etwas Entscheidendes. Skem war die Seele des Watts, niemand kannte sich besser aus mit allem, was hier lebte, kämpfte und sich wandelte, mit allem, was hier geschah. Niemand anderem konnte man so viele Fragen stellen und so ehrliche, kurze und wissende Antworten bekommen. Niemand war so brummig und so vertraut wie Skem. Erst wenn er zurück war, würde der Krieg wirklich zu Ende sein und ihre Heimat sich nicht mehr anfühlen, als wäre ein unverzichtbares Stück davon verlorengegangen.

Wenn er nicht längst in irgendeinem fernen Land in einem Grab lag oder in einem U-Boot auf dem Grund des Meeres.

Filine

1949

10

Freundschaft und Suche

Sie fanden die Schuppe des Töveree nicht in jenem Sommer und auch nicht in den darauffolgenden, aber das Watt enttäuschte sie nie. Es gab so viele andere Wunder.

Die Stimmen und die Schwärme der Vögel waren dort, die balzten, riefen, jagten, auf den launigen Winden segelten und dabei interessant gemusterte Federn verloren, die Nathan sammelte und Filine wie einen Strauß Blumen überreichte. Sie durchforsteten mit täglich neuer Spannung die Tang- und Miesmuschelhaufen, in denen sich winzige Seesterne versteckten, Seepocken wie Miniaturvulkane an den Schalen saßen und daumennagelgroße Krebse und Seeanemonen Zuflucht fanden. Sie hielten sich die breiten, durchscheinenden Blätter des Meersalats vor die Augen und betrachteten eine verwunschene, hellgrüne Welt. Sie jagten den leeren Laichballen der Wellhornschnecke nach, die der Wind wie Gedanken über den Sand trieb, sammelten Seeigel und ihre versteinerten Ahnen.

Manchmal erschufen sie Muster aus den schwarzen Nymphentaschen mit den vier Zipfeln, den Eiern des Nagelrochens. Das war eine Idee von Nathan. Er ordnete sie auf dem Sand zu immer größeren Sternen und Blumen, indem er die weißen, ovalen Sepiaschalen dazwischenlegte, die ebenso häufig zu finden waren. Schwarz und weiß, Tag und Nacht, hell und dunkel. Gegensätze, die einander ergänzten und leuchten ließen. Junge und Mädchen. Inselkind und Fremder.

»Ein Garten für dich, Filine«, sagte er mit einer Geste, die sein Werk und den gesamten Himmel umfasste.

Während sie noch die Muster bewunderte, legte er eine tote Meerspinne auf ihr braungebranntes Knie. Das waren die einzigen Geschöpfe des Watts, die sie gruselig fand, wegen ihrer langen Beine.

»Heee«, schrie sie und sprang auf.

»Du hast doch selber lange Beine«, neckte er sie.

»Thani, du Schuft!« Lachend verfolgten sie sich gegenseitig über den Kniepsand und bewarfen sich mit Blasentang. »Weißt du, was? Ich freu mich wie ein Itsch, dass ihr hierhergekommen seid und ich dich kennengelernt habe!«, rief Filine.

Er lachte hellauf. »Ein Itsch? Was ist das?«

»Keine Ahnung. Mein Urgroßvater Garrelf sagte das früher, ›Ich freu mich wie ein Itsch‹. Aber nur, wenn es großen Grund zur Freude gab. Ich glaube, es hat was mit Fröschen zu tun. Ein Itsch ist vielleicht ein Frosch oder eine Unke, die sehen oft aus, als ob sie lachen.«

Er zog sie am Ohr. »Du siehst nicht aus wie ein Frosch. Aber der Itsch, der klingt nett. Ich hoffe, du kannst dich noch oft freuen wie ein Itsch.«

Wenn die Flut da war, hüpften sie mit den anderen Kindern in den Wellen. Sie rannten mit den Schaumkronen, die der Wind über den Strand jagte, schwammen um die Wette bis zur Boje hinaus und balancierten gefährlich auf den Buhnen.

Im Winter entdeckte Nathan das leise Klirren, wenn man in die leicht überfrorenen Priele trat. »Filine, das macht Musik, hör mal! In jeder Pfütze ist ein anderer Ton!« Mit schiefgelegtem Kopf stand er unter dem kalten Himmel im Wind, der ihm die langen Haare um die Ohren schlug, und lauschte auf die feine, helle Melodie, die seine Schritte in die Frostluft zauberten.

»Ich zeig dir was! Komm!« Filine nahm ihn mit an den Wriakhörnsee, wo die Minusgrade um jeden verdorrten Schilfhalm vom Vorjahr einen kleinen Ring aus Eis gelegt hatten. Der Wasserspiegel war danach abgesackt, und nun schlug der Wind die Halme und damit die Eisringe aneinander. Ein Klang wie von einem Glockenspiel trieb durch das Dünental. Nathan lauschte fasziniert. Durch seine Augen sah Filine, wie schön ihre Heimat war. Ihr Fleckchen Erde, das kaum einer kannte und das doch immer mehr Feriengäste anzog, vor allem jetzt, da die Flüchtlinge nach und nach umgesiedelt wurden. Immer mehr von ihnen verließen die Insel, und in Filine saß dunkel die Angst, Nathan und seine Familie würden auch bald gehen müssen.

Sie beobachtete die kleinen, weißen Wolken, die sein Atem über den See trieb, bis sie sich auflösten. So würde er aus ihrem Leben verschwinden. Jeder Tag war jetzt kostbar und so kurz, anders als die unendliche Weite von Himmel und Watt. Klein, so klein war ein Tag im Gegensatz zu dieser Weite. Filine war entschlossen, jeden davon so groß wie möglich zu machen. Sie hätte ewig hier liegen können, um mit Nathan neben sich, der sie vor dem Wind schützte, der Eismusik zu lauschen.

Aber sie sehnte sich auch nach dem Sommer, wenn sie wieder nachts ins Watt laufen konnten auf der Suche nach dem Lokkich. Wenn sie es fänden, bevor Nathan fortmusste, würde vielleicht alles gut.

Ob die Schuppe auch die Sehnsucht und die Unzufriedenheit aus den Augen ihrer Mutter vertreiben würde? Filine hatte gehofft, ihre Mutter jetzt fröhlicher zu sehen, da wieder mehr Feriengäste in Alriks Kwaas wohnten und nicht nur Flüchtlinge. Es gab mehr Einnahmen, dadurch wurde manches leichter.

Zwei Kaninchen hoppelten über die Dünen. Ganz nahe bei Nathan hielten sie an. Das eine richtete sich auf und legte den Kopf schief. Filine musste lachen. »Es sieht aus wie du, wenn du den Tönen zuhörst«, sagte sie. Das andere Kaninchen schnupperte neugierig an Nathans Schuhen.

Alle mochten Nathan, sogar die scheuen Tiere hatten Vertrauen zu ihm.

»Erzähl mir von deiner Heimat«, sagte Filine.

»Der Himmel hat ein anderes Blau dort. Um Gut Lengnick herum war alles voller Felder. Es war fast wie das Meer, denn wenn das Korn reif war, drückte der Wind Wellen hinein.« Nathan malte mit einem Finger nachdenkliche Kringel in den Sand. »Aber ich weiß nicht, ob das meine Heimat ist. Ich bin hier ebenso glücklich! Und ich möchte die Welt sehen. Der Herr Lengnick, der Gutsbesitzer, der war so eine Art Erfinder. Er hat Dampfmaschinen gebaut und komische kleine Autos mit einem Segel. Ich durfte ihm oft helfen. Ich will auch Erfinder werden.«

Sie beneidete ihn um die Sicherheit in seiner Stimme. Er würde sie verlassen und in die Welt reisen und Dinge erfinden, und Pinswin hatte vor, mehr über seine alten Scherben zu lernen und auch noch mehr davon zu finden. Vielleicht würde er einmal studieren. Alle wussten, was sie werden wollten, nur Filine hatte keine Ahnung.

Als Nathan aufstand und ihr die Hand reichte, um sie hochzuziehen, fiel ihr Blick auf den kleinen braunen Fleck im Weiß seines Auges, der wie ein Fragezeichen aussah.

Wie sollte sie jemals ohne dieses Fragezeichen auskommen, an das sie so gewöhnt war? Es stand für alle Neugier und Aufregung, die er in ihr Leben gebracht hatte, und auch für die Antworten, die er stets für sie fand.

Die kalten, kurzen Tage vergingen und wurden wieder länger. Eine Flüchtlingsfamilie nach der anderen wurde umgesiedelt und verließ Amrum. Nathan gehörte zu den wenigen, die noch da waren, als die Luft wieder sanft wurde und der Boden wärmer. Filine, Pinswin, Nathan und die anderen waren schon schwimmen gewesen und liefen seit Wochen barfuß herum, als ein später Frühlingssturm drei Tage lang um die Insel tobte. Im Hafen knallte die Gischt gegen die Hafenmauer. Wer sich hinauswagte, wurde vom Wind auf die Knie gezwungen. Auf Alriks Kwaas zeigte Pinswin den Gästen seine Scherben und erzählte vom Hornhecht und den Tieren im Watt, um die Gäste von ihrer Angst und dem Ärger über das Wetter abzulenken, während Beeke ihnen Friesentorte und Pharisäer mit reichlich Rum servierte.

Filine langweilte sich und verkroch sich mit einem Buch früh in ihrem Bett.

Irgendwann wachte sie auf. Etwas war anders. War es ein Geräusch gewesen, das sie geweckt hatte? Sie blinzelte den Schlaf aus ihren Augen und sah auf die Uhr. Zehn Minuten vor Mitternacht.

Kein Geräusch. Die Stille war es, die ungewöhnlich war! Der Sturm musste vorbei sein. Filine stand auf und zog den Vorhang zurück. Draußen lag silbernes Mondlicht auf den Dünen, und am Himmel hingen die Sterne so hell und so tief, als hätte der Sturm sie neu angeordnet. Wenn sie so aussahen, als ob man sie greifen könnte, lag es daran, dass die Luft so klar war. Das wäre eine gute Nacht, um das Lokkich zu suchen. So ein Sturm hatte schon manches an die Oberfläche gebracht.

Ping. Da war doch ein Geräusch, diesmal direkt vor ihrer Nase. Jemand warf Steinchen gegen die Scheibe. Filine öffnete das Fenster. Unten stand Nathan und winkte ihr. Er hatte wohl dieselbe Idee gehabt.

Es kam immer öfter vor, dass sie dasselbe dachten oder er ihre Gedanken lesen konnte. Pinswin wurde ihr unmerklich fremder, seit sie beide vierzehn geworden waren. Nathan dagegen war ihr nahe wie ein Bruder. Ihr fiel ein, dass sie nur ihr dünnes Nachthemd trug. Hastig bedeutete sie ihm, dass sie herunterkommen würde, schloss das Fenster und zog den Vorhang zu.

Fünf Minuten später war sie angezogen und schlüpfte zu Pinswin ins Zimmer. Auch er trug schon kurze Hosen, eine Jacke und den Rucksack, den er immer mitschleppte, falls sie mehr Scherben oder anderes finden würden. Sie kletterten den gewohnten Ast vor seinem Fenster herunter. Zwar waren sie beide schwerer als einige Jahre zuvor, aber auch der Ast war dicker geworden.

»Es ist die richtige Nacht, um etwas zu finden!«, flüsterte Nathan. »Ich spüre es!« Seine Augen glänzten.

War der Mond jemals so hell gewesen?, fragte sich Filine. Jeder Priel fing dieses Licht ein und machte es noch stärker. Das ganze Watt war ein Schimmern unter dem Sternenhimmel. Es roch nach dem Schlick, den der Sturm aufgewirbelt hatte, nach Jod und Salz und Tang und Abenteuer. Filine atmete tief ein und wusste kaum, wohin mit diesem Gefühl. Jede Zelle in ihr kribbelte vor Lebendigkeit.

Sie war glücklich, jetzt und hier, im Watt in dieser verzauberten Nacht, mit Nathan und mit ihrem Bruder, mit dem Mond und dem jungen Sommer und diesem Duft, der ihr so viel lieber war als alles Parfüm der feinen Feriendamen. Man braucht gar kein Lokkich, um glücklich zu sein, dachte sie. Aber Thani hat recht, es ist eine gute Nacht, um etwas zu finden – egal, was.

Und dann fanden sie mehr, als sie wollten.

Filine hüpfte durch Priele und scheuchte das Licht auf, vergaß Pinswins und sogar Nathans Anwesenheit und war allein mit sich und ihrer seltsamen Stimmung, mit dem Flüstern der Wellen weit hinter dem Kniepsand und den vom vergangenen Regen so frisch gewaschenen Sternbildern. An die Suche dachte sie in diesem Augenblick nicht mehr und fuhr zusammen, als Pinswin rief: »Schaut! Schaut doch mal! Kommt her, hier ist was!«

Fast widerwillig trennte sich Filine von einem Tümpel, in dem die Strömung Kreise in das Licht malte, und wanderte zu ihm hinüber. Nathan war schon dort. Beide Jungen standen und betrachteten etwas, das nicht silbern schimmerte, sondern anders – matter, dunkler.

Hier war ein tiefer Priel, der sich neu gebildet hatte, da war sich Filine sicher. Sie kannte ihr Watt und wusste, wie es sich von heute auf morgen verändern konnte. Nach so einem Sturm sah alles anders aus. Hier hatte er einen tiefen Graben ausgespült und dabei an der flacheren Westseite ein Stück Boden freigelegt, das wohl seit langer Zeit kein Licht gesehen hatte.

Irgendwo rief eine Möwe, die sie aus dem Schlaf aufgeschreckt hatten.

Die Jungen betrachteten etwas, das auf den ersten Blick wie ein verlorenes Kleidungsstück aussah, merkwürdig lebendig. Als Filine näher trat, sah sie, dass das Teil alt war, uralt. Schwarz an manchen Stellen, an anderen noch braun. Eine Ecke war abgerissen und ragte ein Stück weiter entfernt aus dem Sand. Als Filine sich hinabbeugte, konnte sie Nähte erkennen und Fäden, dann den Rest eines Ärmels. Vorsichtig berührte sie das Ding mit dem Finger. Das musste Leder gewesen sein. Nun war es steif und aufgequollen zugleich von dem Salzwasser und dem Schlick, in dem es gelegen hatte. Und trotzdem – so wie die Wellen es auf den Sand geworfen hatten, hatte sie das Gefühl, der Besitzer könnte jeden Augenblick auftauchen und es anziehen, als wäre nichts gewesen.

Ein Gunger vielleicht, schoss ihr ein Gedanke durch den Kopf. Auch die Jungen waren schweigsam, und Pinswin blickte sich unwillkürlich um.

»Da ist noch ein Knopf dran«, stellte Filine fest.

»Das könnte ein ledernes Wams gewesen sein«, sagte Pinswin. »Ich habe solche in den Geschichtsbüchern gesehen. Und guckt mal, diese dunklen Kreise im Sand hier, und da die parallelen Striche! Was glaubt ihr, kann das gewesen sein?«

»Keine Ahnung«, sagten Nathan und Filine gleichzeitig.

»Sie sehen aus wie aus Erde, richtige Erde, nicht Sand oder Schlick.« Filine wunderte sich. »Vielleicht hat der, der das Wams getragen hat, hier etwas gebaut? Glaubst du, das ist wirklich alt? Meinst du, Leder bleibt so lange erhalten?«

»Das kann schon sein. Es war von der Luft abgeschlossen. Denk an die Mumien, die man im Moor findet. «

Filine bekam eine Gänsehaut. Hoffentlich lag der Wamsträger nicht auch hier als Mumie herum.

Vielleicht hatte er ja ein Lokkich besessen? Es als Amulett um den Hals getragen? Sie sah sich den Boden um die Lederreste herum genauer an.

»Was ist das denn?« Da war etwas Rundes, Dunkles, das an einer Stelle glänzte. Sie fuhr mit dem Finger drum herum, doch der Sand war sehr hart hier und hielt den Gegenstand fest. Filine griff nach einer großen Miesmuschelschale und grub damit ihren Fund aus. »Pinswin, Nathan, seht!«

Der Gegenstand war schwer und eindeutig aus Metall. Er war verkrustet und mit Seepocken besetzt, doch Filine erkannte eine runde Form mit einem Loch in der Mitte.

Pinswin pfiff leise durch die Zähne. Auch er griff nach einer Muschelschale und kratzte vorsichtig an dem Objekt herum. Kalk und Schlammbrocken lösten sich. Darunter kam etwas Blauschwarzes und Glänzendes zum Vorschein.

»Ich glaube, es ist aus Kupfer«, sagte Pinswin aufgeregt. »Oder Bronze? Jedenfalls könnte es eine Armspange sein. So was habe ich in meinen Büchern gesehen, das haben sie früher getragen. Und sieh mal hier, da ist irgendein Ornament eingeritzt. Man kann es nicht erkennen, ich muss es erst vorsichtig saubermachen.« Er holte ein weiches Tuch aus seinem Rucksack und wickelte den Gegenstand sorgfältig ein, ehe er ihn verstaute.

Nicht umsonst hatte Pinswin oft mit Drees über die Geschichte des Watts und die Dinge, die man darin finden konnte, gefachsimpelt. Drees war schon lange daran interessiert und kannte außerdem einen Fachmann aus Hamburg, mit dem er befreundet war und über den er Bücher für Pinswin besorgt hatte.

Eine Armspange. Ob sie der Mann mit dem Wams getragen hatte? Filine hatte das Gefühl, als würde er jeden Moment hier auftauchen. Was er hier wohl gemacht hatte? Sie deutete auf einen langen dunklen Strich, der im rechten Winkel zu einem weiteren stand. »Was meint ihr, könnte das einmal ein Haus gewesen sein? Mauern oder so etwas?«

Pinswin schritt an den Strichen entlang und bückte sich plötzlich. »Da könntest du recht haben«, sagte er und hielt einige tönerne Scherben hoch.

»War das mal eine Schüssel?«

»Nein. Sie sind zu flach. Aber …«

»Dachziegel«, sagte Nathan entschieden. »Das sieht aus wie ein Dachziegel.«

Filine wischte inzwischen an einem Stein herum, der aus dem Schlick ragte. Auf den ersten Blick war es ein ganz normaler Stein, wie sie öfter im Watt auftauchten. Aber er war ungewöhnlich groß, und er hatte eine flache Seite, die aussah, als hätte sie jemand bearbeitet. Ja, er sah aus wie …

»Ein Grabstein!«, sagte sie laut. Die Rillen, aus denen sie mit dem Finger Schlamm und Algen gewischt hatte, waren Buchstaben, ungelenk eingemeißelt und zum Teil unleserlich verwittert. »M…rta« entzifferte sie. »Marta? Marta Gös…i…g. Geboren 1604. Das Sterbedatum ist weggebrochen.«

Pinswin betrachtete ihren Fund, sah sich aufgeregt um, dann

auf seine Uhr. »Leute, das hier könnte wichtig sein! Und wenn die Flut aufläuft, dann ist alles vielleicht wieder im Meer verschwunden. Wir sollten uns beeilen. Wir müssen Drees holen, mit seiner Kamera. Er muss das wenigstens im Bild festhalten und vermessen und kann uns bestimmt etwas darüber sagen.«

Er steckte auch die Ziegelscherben behutsam ein und schulterte den Rucksack. »Helft mir, dass wir uns die Stelle merken können.« Er hob die Hand, peilte mit dem Zeigefinger den Leuchtturm an und mit dem Daumen eine Boje im Watt. »Los, nun kommt!«

Im Laufschritt liefen sie auf den Strand zu. Filine fiel wieder auf, wie unheimlich still es war nach den drei Tagen Sturm.

Ihre bloßen Füße platschten hörbar durch die Priele. Nach der langen Zeit im Haus tat es gut, wieder einmal zu rennen. Aufgeregt sprangen sie über Muschelhaufen und Tangklumpen hinweg. Filine stellte sich vor, sie wäre der Töveree und könnte auf gewaltigen Seitenflossen durch diese Nacht segeln.

Jäh wurde sie aus dieser angenehmen Traumvorstellung gerissen, als sie über ein dunkles Hindernis sprang, das sie für ein Stück Treibholz mit angespülten Tangklumpen gehalten hatte.

Neben ihrem Fuß schimmerte etwas Helles. Es sah aus wie ein großer toter Seestern … Nein …

Filine schrie auf.

11

Wache im Watt

»Was ist? Hast du dir weh getan?« Die Jungen blieben stehen.

Filine versuchte, ihren Atem und ihre Stimme wiederzufinden, aber es gelang ihr nicht. So wies sie nur mit einem zitternden Finger auf das, was sie für einen Seestern gehalten hatte.

Es war eine Hand.

»Fili, was ist denn?« Nathan war als Erster an ihrer Seite. »Oh!«

Dann war auch Pinswin neben ihnen. Zu dritt starrten sie auf das, was da im Sand lag.

Für einen Augenblick hatte Filine gedacht, ihre Phantasie hätte ihr einen Streich gespielt und den Wamsträger mit der Armspange aus einem längst vergangenen Jahrhundert in die Gegenwart geschickt.

Doch der Mann, der hier lag, trug modernes Ölzeug und ein Matrosenhemd. Sie sahen jetzt auch seine linke Hand, die sich in einem Stück Tang verfangen hatte, als ob er sich daran festhalten wollte. Am Handgelenk trug er eine Uhr.

»Die Zeiger. Die Zeiger bewegen sich noch!« Alle drei sahen wie gebannt auf das Ziffernblatt. Hinter dem getrockneten Schlamm auf dem Glas wanderte der Sekundenzeiger Schritt für Schritt vorwärts. Die Nacht war so still, dass sie nun sogar das leise Ticken hören konnten.

Pinswin beugte sich interessiert über die Uhr. »Er hat sie selbst mit Kautschuk abgedichtet«, sagte er.

Das Schluchzen stieg von ganz unten aus Filines Bauch auf. Sie versuchte, es zu unterdrücken. Das Ergebnis war ein Schluckauf, für den sie sich schämte. Es kam ihr so respektlos vor. Wer auch immer der Mann war, er hatte es nicht verdient, dass sie hier stand und nicht wusste, was sie tun sollte, und Schluckauf hatte.

Nathan legte den Arm um ihre Schultern. »Es ist schon gut«, sagte er. »Weine ruhig.«

Ihre Tränen galten dem Mann, den der Sturm ertränkt und hierhergeweht hatte, und auch dem Töveree, den es wohl wirklich nicht mehr gab, denn er hatte ja diesem Mann in seiner Seenot nicht geholfen. Sie stand hier mitten im Watt unter dem Mond und weinte in Nathans Arm um alle, denen weder der Töveree noch sonst jemand geholfen hatte: um den Kapitän des Dampfers und um Skem, von dem sie immer noch nichts gehört hatten, um Nathans kleine Schwester Katja, die auf dem Treck gestorben war, und um alle anderen, die nicht mehr da waren.

Die silberne Stille der Nacht war auf einmal nicht mehr leer und friedlich. Sie schien erfüllt von der stummen, traurigen Gegenwart aller verlorenen Seelen.

Nathan reichte ihr ein Taschentuch und drückte sie noch fester. Pinswin berührte widerstrebend die Hand, deren Gelenk die Uhr trug.

»Kalt«, sagte er und fühlte nach einem Puls, von dem er wusste, dass er nicht vorhanden sein würde.

Das Gesicht des Toten lag teils unter seinem Kragen, teils von einem Büschel Tang verborgen. Keiner sprach es aus, aber sie waren erleichtert deswegen.

Pinswin riss sich als Erster zusammen und blickte unruhig auf seine eigene Uhr. »Wir müssen es anders machen. Ich hole Drees mit seiner Kamera und zeige ihm, wo wir die Sachen gefunden haben. Und ihr holt die Polizei, damit sie sich um den – um ihn kümmern können.«

»Nein.« In Filine war es jetzt merkwürdig ruhig, nachdem ihre Tränen den Schrecken und die Trauer ins Watt gespült hatten. Ihre Angst war fort. Sie war auf der Suche nach dem Lokkich so oft nachts im Watt unterwegs gewesen, dass es ihr nicht mehr unheimlich war. Und wie oft hatten sie dabei tote Fische oder Möwen gefunden, Kaninchen und Seehunde! Im Grunde war es völlig natürlich, dass tote Lebewesen Teil des Watts waren, des ewigen Rhythmus von Ebbe und Flut, Leben und Tod. Nur dies hier war einer ihrer eigenen Art. Sie konnte den Gedanken nicht ertragen, dass der Unbekannte hier noch länger ganz allein liegen musste, nur mit dem Ticken seiner Uhr als Gesellschaft. Was, wenn die Krabben kamen und anfingen, ihn aufzufressen? Unvorstellbar. Im Übrigen hatte sie schon öfter Tote gesehen. Alte Leute, ordentlich aufgebahrt in ihrer Stube, damit man sich vor dem Begräbnis von ihnen verabschieden konnte. Nein, es gab keinen Grund, Angst zu haben.

»Ich bleibe hier bei ihm, bis Nathan mit der Polizei kommt.«

Nathan verstand sie wie so oft ohne viele Worte. »In Ordnung.« Er sprintete los.

Pinswin war unschlüssig. »Bist du sicher?«

»Ganz sicher. Geh schon, es eilt doch!«

Das hastige Platschen seiner Schritte und seine kleiner werdende Silhouette wurden rasch von der Nacht verschluckt.

Filine hockte sich zu dem Toten. Die Uhr tickte immer lauter, so schien es ihr. Sie fragte sich, ob er die Uhr abgedichtet hatte, weil es ihm so überaus wichtig war, immer zu wissen, wie spät es war. Oder ob er womöglich gewollt hatte, dass sie im Falle seines Ertrinkens eine Weile länger leben würde als er?

Filine dachte an ihre lebhafte Mutter, an deren Handgelenk alle Uhren stets immer schneller gingen, je länger sie sie trug. Gerade so, als ob ihr Temperament darauf abfärbte. Ob Uhren immer eine Geschichte über ihren Besitzer erzählten? Skem fiel ihr ein, der gesagt hatte, die Geschichten machten den wahren Wert der Dinge aus. So waren die Geschichten vielleicht stärker als die Zeit, sogar stärker als der Tod, denn diese Uhr sprach noch von ihrem Besitzer, obwohl sein Leben zu Ende war. Ebenso wie der versunkene und nun wieder aufgetauchte Grabstein der unbekannten Marta, die vor Hunderten von Jahren hier irgendwo gelebt hatte.

So regungslos wie dieser Mann hier im Sand wird Nathans kleine Schwester im Schnee gelegen haben, als sie sie zurücklassen mussten, ging ihr durch den Kopf. Da, aber nicht mehr anwesend.

Doch er lag nicht ganz still. Seine Hand, diejenige, die sie zuerst gesehen hatte und die zum Himmel hin geöffnet war, trieb im Wasser, in einem flachen Priel, und der leichte Wind, der jetzt aufkam, bewegte sie sanft auf und ab. Filine blickte auf seine Füße und sah, dass der eine in einem Stiefel steckte, der andere nur in einer dicken Socke.

Es war eine geringelte, selbstgestrickte Socke, die an der Ferse von einer unkundigen Hand gestopft worden war, die sie nicht wegwerfen wollte, nur weil sie ein Loch hatte. Diese Socke gab dem Toten etwas von seiner Lebendigkeit zurück, weil sie ebenfalls eine Geschichte erzählte. Eine Socke, die von einer Mutter oder Oma oder Freundin für ihn gestrickt worden war. Für ihn, der nun nicht einmal mehr einen Namen hatte. Die Socke nahm ihm seine letzte Unheimlichkeit. Filine fühlte behutsam in den Taschen seiner Jacke, doch dort fand sie nichts, außer einem abgerissenen Knopf und einem Bleistiftstummel. Ganz vorsichtig schob sie eine Locke beiseite und berührte seinen kalten Nacken über dem Kragen, um zu sehen, ob er eine Erkennungsmarke um den Hals trug wie die Soldaten. Nichts. Kein Hinweis auf seinen Namen.

Wenn die Polizei nicht feststellen konnte, von welchem Schiff der Mann stammte, dann würde die Frau, die die Socken gestrickt hatte, nie erfahren, was mit dem Mann passiert war. Dann würde er hier auf dem Friedhof der Heimatlosen begraben werden, den man auch den Friedhof der Namenlosen nannte, unter einem Holzkreuz, nur mit dem Datum des Tages, an dem man ihn gefunden hatte. Mit dem heutigen Datum also. Und sie, Filine, hatte ihn gefunden. In ein paar Jahren würde das nur noch sie selbst wissen – und der Tote.

Der Friedhof der Heimatlosen. Es war ein trauriger und doch sehr friedlicher Ort, der sie immer fasziniert und angezogen hatte. Doch bis jetzt hatte sie keinen der Toten gekannt. Bei diesem hier hatte sie nun das Gefühl, dass sie ihn tatsächlich kannte, denn sie teilten hier und heute die Gegenwart, eine Stunde in der weiten Einsamkeit zwischen Himmel und Erde und Meer.

In ihrer Heimat. Sie war so froh, dass sie eine Heimat hatte. Viele waren fern ihrer Heimat gestorben, wahrscheinlich auch dieser Fremde. Nathan und so viele andere hatten ihre Heimat verloren und wussten nun nicht mehr, wohin sie gehörten. Wie dankbar konnte sie sein, dass sie ganz sicher wusste, wohin sie gehörte, nämlich genau hierher. Hier, wo die Uhr des Toten tickte und sie selbst lebendig sein durfte. Man wusste nicht, wie lange ein Leben dauerte, aber solange es dauerte, würde sie immer hierbleiben. Früher hatte sie das für selbstverständlich gehalten, nun wusste sie, dass es ein Geschenk war, eine Heimat zu haben. Als die Flüchtlinge auf die Insel gekommen waren, war sie noch zu jung gewesen, um zu begreifen, was Heimat, Vertriebensein und Heimatlosigkeit bedeuteten. Spätestens seit heute Nacht war es ihr glasklar bewusst. Sie blickte zum Leuchtturm hinüber, der wie ein regelmäßiger Herzschlag seine Lichtsignale von der Insel herüberschickte.

Der Leuchtturm blinkte, die Uhr tickte, und Filine dachte an die leuchtenden Wellen, die sie im Sommer gesehen hatten. Vielleicht nahmen die Lebewesen darin etwas von ihrem Licht aus den Träumen und Hoffnungen der Ertrunkenen. Irgendwo musste doch ein Rest davon bleiben, wenn jemand im Meer starb. Filine nahm sich vor: Wenn sie wieder einmal leuchtende Wellen sah, würde sie eine Gießkanne davon auf den Friedhof der Namenlosen bringen.

Als Nathan mit einem Polizisten und zwei Sanitätern zurückkehrte, ärgerte sich Filine beinahe, dass sie gestört und der Tote seiner Ruhe beraubt wurde. Er lag doch so friedlich unter dem Himmel! Seine Hand bewegte sich noch immer auf und ab wie zum Abschied, und auch wenn die Uhr tickte, spielte die Zeit gerade gar keine Rolle.

Der Polizist weckte die Zeit leider auf. »Was habt ihr zu dieser Stunde hier draußen getrieben?«, fragte er und sah misstrauisch von einem zum anderen.

Am Horizont war schon der allererste Schimmer des neuen

Tages zu ahnen. Der Priel war voller geworden. Die Flut kehrte zurück. Ob Pinswin und Drees inzwischen am Fundort waren und das erste Licht ausnutzen konnten, um Bilder zu machen?

»Die Nacht war so schön«, sagte Nathan ein wenig herausfordernd zu dem Polizisten und legte den Arm um Filines Schultern. »Wir wollten ein wenig zusammen sein. Sie wissen schon.«

Filine mochte dem Polizisten auch nichts von dem Grabstein und den anderen Funden erzählen. Drees und Pinswin sollten in Ruhe Bilder machen und dann selbst entscheiden, was sie wegen ihrer Entdeckung unternehmen wollten. Daher lehnte sie sich an Nathan und spielte sein Spiel mit. Sie schenkte dem Polizisten ein treuherziges Lächeln. Der richtete seine Taschenlampe schnell wieder auf sein Notizbuch und brummte etwas Unverständliches, während er ihre Namen und ihre Adresse notierte.

Es fühlte sich nach den Aufregungen der Nacht gut an, sich an Nathan zu kuscheln.

Die Sanitäter hoben den Toten auf die Bahre, die sie mitgebracht hatten, deckten ihn zu und transportierten ihn ab.

»Und ihr geht jetzt schnurstracks nach Hause«, sagte der Polizist zu Filine und Nathan und leuchtete ihnen hinterher, bis er sich sicher war, dass sie auf den Strand zuhielten. Dann folgte er den Sanitätern.

Nathan ließ den Arm um ihre Schultern gelegt, solange er glaubte, dass der Polizist sie noch sehen konnte. Erst hinter den Dünen blieb er stehen, drehte sich zu ihr um, legte beide Hände auf ihre Schultern und sah sie mit hochgezogenen Brauen an.

»Was war das gerade? Eine Lüge? Haben wir *wirklich* Theater gespielt?«

Sie legte ihre Hände um seine Taille und blickte ihm in die

Augen. Nach der seltsamen Totenwache in der Weite des nächtlichen Watts war in ihr alles still und klar.

»Das zwischen uns ist etwas ganz Besonderes. Du bist neben Pinswin der wichtigste Mensch in meinem Leben. Ich möchte, dass das für immer so bleibt. Aber …«

Er zog sie sanft am Ohr, wie er es schon oft getan hatte. »Aber?«

»Wir gehören zusammen, aber anders. Besser.«

»Beste Freunde also? Hmm. Wenn du meinst.«

»Jedenfalls erst mal. Was später kommt, weiß man nie.« Sie fuhr mit dem Zeigefinger über seine Stirn, als würde sie dort ein unsichtbares Zeichen hinterlassen.

Er zog sie für einen Moment an sich, und diesmal fühlte es sich richtig an.

»Meine kleine Schwester konnte ich nicht beschützen. Aber für dich werde ich immer da sein, wenn du mich brauchst«, sagte er schließlich.

»Ich weiß, Thani. Wir werden beide füreinander da sein, egal, wo wir gerade sind.«

»Heute Nacht war ich nicht Thani. Auch nicht Nathaniel oder Nathan. Heute Nacht war ich Aniel. Das bin ich nur ganz selten.«

Sie sah das Glänzen in seinen Augen.

»Was ist das Besondere an Aniel?«

»Aniel hat Ideen. Eingebungen. Ich weiß jetzt, was ich später machen möchte. Ich erzähle es dir ein andermal. Es muss noch reifen.«

Ein Kaninchen kam in vollem Lauf zwischen den Dünen hindurchgerast, hielt erschrocken inne, als es die beiden Menschen sah, und setzte sich auf. Fragend legte es den Kopf schief und taxierte die Eindringlinge in seinem Revier mit der stummen Frage, ob sie eine Gefahr bedeuteten.

Nathan lachte. »Es fragt: Was macht ihr denn hier?«

Filine nahm ihn bei der Hand. »Es hat ganz recht. Lass uns Pinswin suchen. Sicher ist er bei Drees. Ich möchte wissen, was sie herausgefunden haben.«

Der Kiosk am Strand lag verlassen. Filine dachte nach. Drees und Lentje hatten bei der Arbeit tagsüber so viel Kontakt mit Menschen, dass sie auf ihre Privatsphäre achteten und nicht gern Besuch in ihrem Haus hatten. Doch Filine wusste, wo sie wohnten, und dies war sicher eine Ausnahme. »Wir können zumindest nachsehen, ob Licht brennt. Wenn nicht, ist Pinswin sicher schon zu Hause.«

Das alte Haus lag in einer winzigen Seitenstraße nicht weit hinter den Dünen. Es war schon über Generationen im Familienbesitz und der Grund dafür, dass Drees so interessiert an historischen Dingen war. Tatsächlich brannte Licht in der Küche, und aus dem angelehnten Fenster drangen Stimmen. Filine klopfte an die Scheibe. Pinswin erschien sofort und ließ sie ein.

»Ihr kommt gerade richtig«, sagte er. »Drees hat mit seinem Expertenfreund, dem Professor Westerberg in Hamburg telefoniert. Er hat einen Verdacht, was wir da gefunden haben.«

»Setzt euch. Ich habe Kakao gemacht«, sagte Lentje und verteilte dampfende Tassen und Gebäck. Filine merkte erst jetzt, wie sehr ihr Magen knurrte. Selten hatten ihre »Knerken« so gut geschmeckt, und die Wärme von Lentjes berühmtem Spezialkakao für alle Fälle fühlte sich himmlisch an. Filine lehnte sich zurück und lauschte Drees' tiefer Stimme.

»Also, wir müssen natürlich warten, bis die Bilder entwickelt sind, die ich heute Nacht gemacht habe. Zum Glück habe ich mir neulich erst ein starkes Blitzlicht angeschafft. Die Bilder wird mein Hamburger Freund auswerten und mit dem Archiv vergleichen. Aber aufgrund meiner Beschreibung ist er ziemlich sicher, dass es Spuren der Siedlung Greenjölk sind, auf die ihr gestoßen seid.« Drees nahm einen Schluck Kakao und räusperte sich. »Sicher habt ihr alle von dem versunkenen Rungholt gehört. Es war eine Siedlung um einen bäuerlichen Handelshafen und ging im 14. Jahrhundert in einer Sturmflut unter. Der Reichtum, den man ihm später angedichtet hat, sowie die Behauptung, dass man manchmal nachts die Glocken des Kirchturms hören kann, sind natürlich Legenden. Teile der Gegend um Rungholt wurden wieder neu besiedelt, aber in der großen Sturmflut von 1634 gingen sie endgültig unter.« Drees machte eine bedeutungsvolle Pause. »Diese Sturmflut zerstörte dabei auch eine unbedeutendere Siedlung namens Greenjölk, was so viel wie ›kleines grünes Schiff‹ bedeutet.«

»Warum grünes Schiff?«, fragte Pinswin.

»Tja, auch um Greenjölk ranken sich natürlich Geschichten. Es ist weniger über diesen Ort bekannt, dafür hat die Überlieferung wohl eher einen wahren Kern. Die Leute dort lebten hauptsächlich von der Salzsiederei. Meernasser Torf wurde getrocknet und verbrannt, und aus der Asche konnte man das Salz heraussieden. In Greenjölk jedoch war die Erde besonders fruchtbar, anders als in der übrigen Gegend. Dort gediehen viel mehr Pflanzen. Ein grünes Schiff auf einem Meer aus Sand, sozusagen. Es gab dort ein kleines Kloster mit einem berühmten Garten und einem besonders begabten Gärtner. Er kümmerte sich um den Klostergarten und den Friedhof, und es heißt, die Früchte und die Kräuter, die er geerntet hat, wären nicht nur besonders schön gewesen. Sie hätten auch heilende Kräfte gehabt. Und es gab Menschen, die ihre Angehörigen unbedingt auf dem Friedhof in Greenjölk bestatten lassen wollten, weil dort so wunderbare Blumen zu finden waren, dass es sie tröstete.«

»Was für eine schöne Geschichte«, sagte Lentje. »Aber woher wollt ihr wissen, dass es sich bei dem Fund von heute Nacht ausgerechnet um Greenjölk handelt? Es wurde doch bestimmt schon oft gesucht.«

»Natürlich. Doch auch nach Rungholt wurde sehr lange gesucht, bevor man anhand einer alten Schleuse, die das Meer freigab, entdeckte, wo es einmal war. Das Meer bestimmt, wann man etwas findet und wann nicht. Mein Freund, der Experte, ist ganz aus dem Häuschen vor Aufregung. Unser Glück ist, dass einige alte Karten erhalten geblieben sind und sogar eine Abschrift vom Teil eines Kirchenbuchs. Was uns weiterhilft, sind einmal die Fundamente, die ich vorhin fotografiert habe, und zweitens der Name auf dem Grabstein. Gössling. Marta Gössling.« Drees wechselte einen bedeutungsvollen Blick mit Lentje, die dabei Kakao neben seine Tasse goss, ohne es zu bemerken.

»Gössling heißt es? Ich konnte nicht alle Buchstaben lesen.« Filine war froh, dass der Name nun vollständig war. Es hatte ihr keine Ruhe gelassen.

»Ja. Laut der Abschrift aus dem verschollenen Kirchenbuch hieß der Gärtner Willem Gössling, und Marta war seine Tochter.«

»Vielleicht hat er das Wams getragen?«, dachte Filine laut. In ihrer Phantasie tauchte ein deutliches Bild von einem Mann mit Bart auf, der die lederne Weste trug und auf dem Friedhof sorgfältig die Wurzeln frisch gepflanzter Blumen festdrückte.

»Das werden wir wohl nicht mehr feststellen können. Wir haben noch ein paar andere Grabsteine entdeckt, aber es waren nur noch wenige Buchstaben darauf zu entziffern. Tatsache ist, dass die schwarzen Linien und Kreise, die ihr gefunden habt, wohl Reste von dem Kloster und den Nebengebäuden sowie den Fischteichen und Brunnen sind. Man baute die meisten Häuser damals aus Grassoden, deshalb sind die Linien schwarz. Was hingegen sicherlich eine Legende ist, ist die Geschichte von Willem Gösslings Schaufel. Die soll einen Griff aus Elfenbein und Silber mit seinen Initialen gehabt haben. Ein reicher Kaufmann, dessen kranke Frau Willem mit seinen Kräutern gerettet haben soll, hat sie ihm angeblich zum Geschenk gemacht. Mit dieser Schaufel soll man Schätze heben können, die man mit keinem anderen Werkzeug bergen kann. Bei diesen Schätzen handelt es sich aber nicht um Reichtümer.«

»Worum dann?«, fragte Pinswin.

»Tja, das ist nicht überliefert. Und da die Schaufel verschollen ist, wird man es wohl nie herausfinden. Falls sie überhaupt jemals existierte. Ich glaube nicht daran. Ach, ehe ich es vergesse, Pinswin. Während ich auf den Rückruf meines Freundes wartete, habe ich deinen Fund gesäubert.« Er reichte Pinswin etwas über den Tisch.

»Als wir Drees' Stativ aufgestellt haben, habe ich noch etwas Merkwürdiges im Sand gefunden«, erklärte Pinswin den anderen. »Was ist das denn, Drees?« Er drehte das Ding hin und her. Es hatte eine seltsame, längliche Form, einige Löcher und oben eine Art Auswuchs mit einem weiteren Loch. »Es sieht fast aus wie eine ganz merkwürdige Flöte.«

»Ist es auch. Es ist eine spanische Okarina. Spanische Keramik wird im Watt öfters gefunden. In den versunkenen Häfen wurde reger Handel getrieben. Seht mal, hier. Da hat jemand die Buchstaben M. G. hineingekratzt.«

»Dann hat sie Marta gehört«, sagte Filine. »Sicher lag sie mit im Grab.«

Nathan nahm die Okarina und blies vorsichtig hinein. Ein merkwürdiges Quietschen ertönte. Er legte die Finger auf die Löcher und versuchte es noch einmal. Während er langsam einen Finger nach dem anderen hob, hallten drei tiefe, geheimnisvolle Töne durch die niedrige Stube, in denen die Ahnung einer längst vergangenen Zeit lebendig wurde.

Marta, dachte Filine wieder. Bestimmt hat der Gärtner Gössling seiner Tochter dieses Instrument geschenkt. Sie hat darauf gespielt, wenn sie ihrem Vater im Garten zusah und der Wind von der See kam und Sehnsucht und Gefahren mit sich trug. Marta legte ihre Gefühle in diese seltsamen, wehmütigen Töne und schickte sie dem Wind als Antwort zurück über das Meer.

Dieses Instrument hatte jahrhundertelang geschwiegen. Tief geschlafen, verborgen unter Sand und Wellen.

Und nun weckte Nathan Paleske es wieder auf.

Lentjes Spezialkakao für alle Fälle

1 l Landmilch
4 Kardamomkapseln
4 Nelken
1 Zimstange
1 Vanilleschote
200 g Zartbitterschokolade
200 g Sahne
4–5 TL Zucker, je nach Geschmack

Milch in einen Topf geben. Die Kardamomkapseln mit einem Messer leicht zerdrücken. Vanilleschote längs aufschneiden und das Mark mit einem spitzen Messer herauskratzen. Beides mit den Gewürzen zur Milch geben. Alles einmal aufkochen lassen, dann zugedeckt bei schwacher Hitze etwa 15 Minuten ziehen lassen.

Inzwischen die Schokolade grob hacken. Die gewürzte Milch durch ein feines Sieb gießen und zurück in den Topf geben. Die Hälfte der Sahne und den Zucker unterrühren. Die gehackte Schokolade dazugeben und bei schwacher Hitze unter Rühren vollständig schmelzen lassen. Währenddessen die übrige Sahne steif schlagen. Die heiße Schokolade auf vorgewärmte Tassen verteilen, mit geschlagener Sahne und etwas Kakaopulver dekorieren, sofort servieren.

Rhea

1980

Kärnten, Österreich

12

Über dem Tal

»Rhea Jessen? Sind Sie noch da? Verursachen Sie diese exotischen Töne? Wo sind Sie denn?«

Die Stimme klang von dem Weg herauf, an dessen Kreuzung Rhea vorhin das Warten aufgegeben hatte. Der Mann, mit dem sie verabredet war, würde wohl nicht kommen. Rhea fand das nicht schlimm. Sie wusste ohnehin nicht, weshalb sie Julian Tilmans brauchen sollte, um ihren Auftrag in die Tat umzusetzen. Sie kannte ihn ja nicht einmal. Eine halbe Stunde hatte sie am Treffpunkt verbracht und sich dann auf Entdeckungstour begeben.

Diese Landschaft war so fremd, dass sie es noch nicht fassen konnte. Es lag nicht daran, dass sie zum ersten Mal für längere Zeit auf dem Festland war, und auch nicht daran, dass sich dieses Festland im Ausland befand. Nein, es lag daran, dass sie sich Österreichs Berge bisher nicht vorzustellen vermocht hatte.

Severin Tilmans hatte ihr Bilder gezeigt, als er ihr den Auftrag anbot. Von dem Ort, Lupinengrund, und seinem Hotel, dem Lupinenhof. Doch er hatte nicht erwähnt, wie nahe man hier am Himmel war und wie weit entfernt von der Welt, die Spielzeugdörfern gleich unten im Tal lag. Er hatte nichts gesagt von diesem dichten, geheimnisvollen Duft nach Kräutern und Erde. Nichts von den gewaltigen Schatten und nichts von dem ebenso gewaltigen Schweigen der kahlen Gipfel, neben denen Rhea sich so winzig vorkam.

Das Schweigen war das, was ihr am merkwürdigsten erschien. Das Meer hatte niemals geschwiegen. Selbst bei Windstille war da ein Flüstern und auch bei Ebbe das Knistern der kleinen Lebewesen im Watt, der Muscheln und der Krebse, die den Sand durchwühlten.

Wie weich das Gras unter ihren nackten Sohlen war, so ganz anders als das harte, spärliche Dünengras. An einigen geduckten Kiefern vorbei stieg sie weiter nach oben. Sie staunte über die Vielfalt der kleinen Blüten, von denen sie keinen einzigen Namen kannte. Dann legte sie sich auf den Rücken in dieses umwerfend sattgrüne Gras und betrachtete den fremden Himmel mit den fremden Vögeln darin.

Diese weltferne Stille hier oben war ihr unheimlich. Es war eine Stille ohne Boden, ohne das Gespräch der Wellen, das die stete Hintergrundmelodie ihres Lebens gewesen war. Rhea zog die Okarina aus ihrer Tasche und legte die Hände um die Keramik, bis sie warm wurde. Es war so vertraut, dieses Gefühl.

»Nimm sie mit«, hatte Filine gesagt. »Sie ist eine Stimme deiner Heimat. Eine Stimme, die so alt ist, dass sie sich von den Wirrungen der Gegenwart nicht durcheinanderbringen lässt. Hör ihr zu, wenn dich etwas nervös macht. Ich glaube, so tat es auch Marta Gössling vor Hunderten von Jahren. Jedenfalls habe ich mir das immer so vorgestellt.«

Rhea blies in das Mundstück, erst vorsichtig, dann kräftiger, bewegte die Finger auf den wenigen Löchern, wie sie es als Kind schon getan hatte, wenn sie in Herbstnächten oder in einer Frühlingsdämmerung auf dem Fensterbrett saß und die geheimnisvollen Töne über das Meer schickte. Es hatte sich damals schon wie eine Verbindung angefühlt, mit den Wattweiten, mit dem Ein- und Ausatmen von Flut und Ebbe, mit dem abendlichen Horizont. Und auch jetzt, da sie sich so weit weg in einem anderen Land befand, das an keiner Stelle an ein Meer grenzte, auch jetzt stellten diese Töne eine Verbindung her, ein unsichtbares Band, das sie ankerte.

Doch die Töne klangen nicht nur vertraut, sondern gleichzeitig erstaunlich anders. Rhea öffnete die Augen und stellte sich vor, wie sie über die saftigen Bergwiesen den Hang hinunter ins Tal kullerten und dabei immer leiser wurden. Aber da war noch etwas. Sie lauschte. War das etwa ein Echo? Davon hatte sie gehört, dass es in den Bergen manchmal ein Echo gab. Sie blies noch einen lauten Ton, der sich warm und rund auf die Reise in die Ferne machte. Doch, mit einer Verzögerung glaubte sie wirklich, irgendwo einen zweiten zu hören! Als ob er zu ihr zurückkehrte. Aber das Echo war so leise und verschwommen, dass sie sich nicht sicher war, ob sie es sich nur eingebildet hatte.

Unheimlich war das! Und trotzdem schön. Sie dachte an Marta Gössling. Wenn diese damals vor Jahrhunderten genau dieselben Töne losgeschickt hatte, war sie, Rhea, dann nicht auch eine Art Echo über die Zeit hinweg?

»Rhea Jessen!«

Sie überlegte, ob sie jetzt noch Lust hatte zu antworten. Sie fand es viel schöner allein hier, und Herr Tilmans hatte gesagt, sie solle sich erst einleben, ehe sie mit der Arbeit begann. Er hatte sie allerdings auch gebeten, sich mit seinem Sohn zusammenzusetzen, der ihr bei allen Fragen zur Seite stehen würde.

»Er hat durchaus Zeit übrig. Sie können beide voneinander lernen«, hatte Herr Tilmans gesagt. Rhea hätte ihn gern gefragt, warum er dabei so die Stirn runzelte, aber sie wagte es nicht. Sie wusste nicht, wie man mit Arbeitgebern umging, denn sie hatte noch nie einen gehabt. Schließlich war sie selbständig gewesen. Ein Wort, das sich gut anhörte, wie sie fand.

»Bitte, Rhea Jessen, verstecken Sie sich nicht! Es tut mir leid, dass ich mich verspätet habe.« Die Stimme klang sympathisch.

»Hier oben!« Sie ließ die Okarina sinken und schlang die Arme um die Knie.

Wenige Augenblicke später tauchte er zwischen den Kiefern auf. Er war schlank, größer als sie und bewegte sich leichtfüßig. Auf Rhea wirkte sein Gang, als ob er das Leben nicht ernst nehmen würde. Sie schämte sich im gleichen Moment für diesen Gedanken. Sie wusste doch gar nichts von ihm!

Er blieb vor ihr stehen und lächelte sie an. Es war ein Lächeln, das sie unwillkürlich erwiderte, denn es saß nicht nur in seinen Mundwinkeln, sondern auch in seinen blauen Augen. Die waren nicht so tiefdunkelblau wie die von Lucas Lichtwarck, eher wie der Sommerhimmel, nur nicht so wolkenlos. Tilmans junior sah Rhea so lange an, dass sie sich fragte, ob mit ihrem Anblick etwas nicht stimmte. Lag es an den Grasflecken, die sie zum ersten Mal in ihrem Leben auf ihren Jeans hatte, aus denen sonst der Sand rieselte? Oder an dem schlichten grauen T-Shirt, auf das sie selbst einmal bunte Flicken genäht hatte, die eine angedeutete Dünenlandschaft mit Gräsern und einen Leuchtturm darstellten? Sie hatte es angezogen, um das Heimweh abzuwehren.

Oder lag es daran, dass die zwei Wirbel in ihren Haaren wie immer dafür sorgten, dass ihre Locken unfrisiert wirkten, als wäre der Wind gerade darin unterwegs gewesen?

»Hallo, Rhea Jessen«, sagte er schließlich und setzte sich neben sie auf den Rasen. »Ich bin es gewohnt, dass Frauen auf mich warten und nicht weglaufen.« Der Schalk in seinen Blick nahm seiner Bemerkung die Arroganz.

»Ach, wirklich?«

»Nun ja, nicht meinetwegen«, ergänzte er. »Sie wollen alle einen Job im Hotel meines Vaters. Ich platze vor Neugier, wie Sie es geschafft haben, einen zu bekommen. Mein Vater ist extrem wählerisch. Selbst mich möchte er eigentlich nicht im Betrieb haben.«

Rhea runzelte die Stirn. »Ich habe Herrn Tilmans um keinen Job gebeten. Er hat ihn mir von sich aus angeboten. Erst wollte ich nicht annehmen. Aber …« Sie brach ab. Es ging diesen Fremden nichts an, dass sie auf der Suche nach ihrem Vater war. Schon gar nicht, da er offensichtlich wenig von Vätern hielt. Und auch der andere Grund, warum sie sich auf einmal doch entschieden hatte herzukommen, war allein ihre Sache. Stattdessen wartete sie ab.

Ihr Gegenüber schien verwirrt. Anscheinend war er es nicht gewohnt, dass eine junge Frau einfach nur dasaß und ihn betrachtete, als wäre er ein Teil der Landschaft.

»Ich bin höchstens ein paar Jahre älter als Sie«, sagte er schließlich. »Ich finde, wir können uns duzen, oder? Das würde es einfacher machen.«

»Wenn du möchtest. Klar. Aber Arbeitgeber soll man nicht duzen, oder?«

Er raufte sich die Haare, was nicht funktionierte, denn er trug einen jungenhaften dunkelblonden Bürstenhaarschnitt. »Ich bin nicht dein Arbeitgeber! Mein Vater ist dein Arbeitgeber. Er betrachtet mich höchstens als deinen Assistenten. Du bist der Profi.«

»Und was bist du?«, erkundigte sich Rhea.

»Ich habe natürlich Hotelfach gelernt. Mein Vater allerdings ist der Meinung, dass ich so gut wie gar nichts darüber weiß.«

»Das ist komisch. Ich habe gar nichts gelernt und trotzdem hat er mir einen Job gegeben.«

»Wenn er will, dass du eine Minigolfanlage für das Hotel baust, dann ist er sich sicher, dass du es kannst.«

»Das kann ich auch. Du musst mir nicht helfen, wenn du keine Lust hast und lieber über deinen Vater jammerst.«

Er konnte nichts dafür, aber er erinnerte Rhea an Björn, der sie als Kind so oft grob gepiesackt hatte, aber schon bei einem Mückenstich in Tränen ausbrach.

Jetzt drehte er sich zu ihr hin und betrachtete sie interessiert. »Du gibst nicht viel darauf, was man von dir hält, oder? Du bist mir ein Rätsel, Rhea.«

Sie hatte es tatsächlich schon in der Schule aufgegeben, Gleichaltrigen gefallen zu wollen. Was passieren würde, würde passieren. Seit sie den Satz ihres Vaters zum ersten Mal gelesen hatte, glaubte sie fest an das Versprechen darin und hütete diesen Glauben wie einen Schatz in ihrem Inneren. Der Satz würde sich auch für sie erfüllen, irgendwann.

So wie es Filine im Herbst geschehen war.

Vielleicht lag es an der Stille hier, dass so viele Gedanken in ihrem Kopf aufstiegen wie zu Hause Luftblasen aus dem Schlick. Mühelos dehnte Rhea die Zeit, wechselte innerlich den Ort, wie Filine sie es einst gelehrt hatte. Sie blickte an Julian vorbei, ohne ihn zu sehen.

Stattdessen sah sie Filine vor sich und Lucas Lichtwarck, den Inselschreiber. Seit er mit seinen dunkelblauen Augen und seinen abstehenden Ohren aufgetaucht war, erkannte Rhea ihre Mutter nicht wieder. Filine, die immer praktisch veranlagt und selbst im Rollstuhl mit den Füßen auf dem Boden geblieben war, Filine, die spöttisch und trocken die Welt betrachtete, Filine, die von Romantik nie viel gehalten hatte – diese Filine wirkte auf einmal so federleicht, als hätte sie jede Bodenhaftung verloren. Wenn sie mit Lucas zusammen war, war sie ein unbekümmertes Kind, war sie Lachen pur, war sie wie ein Schmetterling, der über der Amrumer Heide im Sonnenlicht gaukelt – und das während der erste Frost die letzten Blätter von den Bäumen nahm, den Boden hart machte und den Wriakhörnsee blind vor Eis.

»Wie kann das sein?«, hatte Filine Rhea gefragt. »Er ist viel jünger als ich, und er stellt mein Leben auf den Kopf. Er verzaubert alles, als wäre er der Töveree persönlich! Findest du das falsch?«

»Falsch? Warum, weil er jünger ist als du? Weil die Leute tuscheln? Hast gerade du mir nicht beigebracht, dass es egal ist, was die Leute sagen?«, fragte Rhea.

»Ich hätte nicht gedacht, dass mir das einmal passiert«, sagte Filine, und sie klang so rührend verwundert und so ungewohnt verletzlich, dass Rhea sie spontan in die Arme nahm. Filine lehnte sich einen Augenblick in die Umarmung hinein und schwieg.

»Weißt du, die Freundschaft mit Nathan, die war immer so besonders und ist es heute noch. Ich dachte, das genügt mir. Ich dachte, besser kann es nicht werden. Und jetzt das! Ein junger Inselschreiber. Und auf einmal, nach all diesen Jahren, verstehe ich, was dein Vater gemeint hat, und muss ihm recht geben. Ich weiß nicht, ob dieser Zustand mit Lucas andauert, aber so lange will ich jeden Tag genießen!«

»Das sollst du auch. Ich freue mich so für dich!«

»Hast du wirklich kein Problem damit?« Filine sah sie forschend an. »Du wirkst bedrückt in letzter Zeit. Liegt es daran, dass dir das Kellnern im Winter keinen Spaß macht?«

»Es ist nicht mein Traumjob«, gab Rhea zu. »Mir fehlt die frische Luft.«

»Dann denk doch noch einmal über das Angebot von Herrn Tilmans nach!«

»Selbst wenn. Das würde mir jetzt im Winter auch nichts nützen.«

»In diesem nicht. Aber wer weiß«, sagte Filine. »Es wäre der Anfang von etwas Neuem. Man weiß nie, wo das hinführt.«

Eben. Genau das war es ja, was Rhea Angst machte. Dass man nicht wusste, wo so etwas hinführte.

Aber während das Eis auf dem See dicker wurde und die verbliebenen Vögel stiller, während der Wind Schneemuster auf dem Sand malte und der Frost Eiskristalle im Watt wachsen ließ, die die kalte Flut wieder löschte, während die Tage erst kürzer und dann wieder länger wurden, fühlte sich Rhea seltsam leer und überflüssig.

Manchmal wachte sie in der Nacht bei Drees, der einen Herzinfarkt hinter sich hatte, damit Lentje schlafen konnte. Dabei übte sie sich in den Handarbeiten, die ihr Lentje beigebracht hatte. Das Stricken und Häkeln gab ihr das Gefühl, auch die Fäden ihres Lebens noch in der Hand zu halten. Doch je länger der Winter dauerte, desto leerer schien ihr das Schweigen der Nacht, obwohl der Sturm um das Haus brauste und Schneekristalle gegen die Scheiben trieb. Die Zukunft schien auf einmal nicht mehr so vielversprechend. Sie fühlte sich selbst wie eingefroren, in einem Stillstand gefangen. Besonders wenn sie an den klaren, himmelblauen Frosttagen zusah, wie Filine und Lucas im Schnee tollten. Filine benutzte den Rollstuhl mit den breiten Reifen, den Nathan für sie angefertigt hatte, und Lucas, der sie schob, hielt sich daran fest und war froh darüber, dass er das Bein mit der Prothese nicht voll belasten musste. Die beiden passten zueinander wie zwei Puzzlestücke. Als hätte es schon immer so sein sollen.

Rhea fühlte sich ausgeschlossen und überflüssig. Sosehr sie ihrer Mutter das Glück gönnte, so fragte sie sich doch, ob auch sie einmal mit jemandem so ausgelassen und glücklich sein würde. Eine nie gekannte Sehnsucht brachte sie um ihre gewohnte Ruhe und Zufriedenheit. Das wurde nicht besser, als das Eis zu schmelzen begann und die ersten Vögel zurückkehrten. Als der Brief mit einer erneuten Anfrage von Herrn Tilmans tatsächlich eintraf, lief sie damit zu Skem. Noch wohnte er nicht wieder in seiner Hütte auf dem Kniepsand, sondern in seinem alten Haus an der Wandelbahn mit Blick über das Watt, auf dem die ersten Vogelpärchen balzten.

Skem machte nie viele Worte um etwas, aber sein Rat war Rhea der wichtigste.

»An deiner Stelle würde ich es tun«, sagte er. »Manchmal muss man fortgehen, um zurückkehren zu können.«

Filine ermutigte sie noch einmal. »Ich komme hier wunderbar zurecht. Lucas ist doch da.« Als wäre er die Antwort auf sämtliche denkbaren Probleme.

Herr Tilmans war hocherfreut und organisierte alles so erschreckend schnell und effizient, dass Rhea in seiner Hotelhalle stand, bevor sie es sich hatte anders überlegen können.

Und nun war sie erst zwei Tage hier und dachte doch nur daran, wie es wäre zurückzukehren. Vielleicht mit ihrem Vater, wenn sie ihn gefunden hatte. Sie würde mit ihm durch das Watt streifen, ihm das Licht in den Prielen zeigen und die Krabben und die Wellenmuster im Sand.

»Hallo! Du bist meilenweit weg, Rhea Jessen. Komm zurück!«

Sie zuckte zusammen. Es war Julian, den sie ganz vergessen hatte und der sie jetzt mit einem Grashalm im Ohr kitzelte. »Wo warst du bloß? Das war ja unheimlich.«

»In meiner Geheimen Zeit. Das verstehst du nicht.« Aber weil er so besorgt aussah, lächelte sie ihn an.

»In deiner Geheimen Zeit? Was ist das denn? Erklärst du es mir?«

»Geheim ist geheim.«

Er seufzte. »Du bist mir vielleicht eine Nuss. Schwer zu knacken. Ich wüsste dieses Geheimnis gern, das dir so ein Lächeln ins Gesicht zaubert. Vielleicht würde es mich auch fröhlicher machen. Na gut, eine andere Frage: Was ist das für ein Instrument, auf dem du da gespielt hast?«

Um nicht zu unfreundlich zu erscheinen, erzählte sie es ihm in Kurzform. Erstaunt stellte sie fest, dass er gut zuhören konnte.

»Kann es sein, dass es hier ein Echo gibt?«, fragte sie.

»Ja. Komm mit, ich zeig dir, wo es noch besser ist!« Er sprang auf und bot ihr die Hand an, um sie hochzuziehen. Seine war warm, und er ließ ihre nicht gleich wieder los. Er zog Rhea weiter den Hang hoch um eine Ecke zu einem Felsen.

»Jetzt versuch's noch einmal. Dort, in diese Richtung!«

Rhea versuchte es. Sie lauschten beide. Nichts. Und dann, als Rhea nicht mehr daran glaubte, näherte sich der Ton wieder. Deutlich, und doch anders. Schwerer, dunkler, mit einem Schwingen darin, als hätte er unterwegs etwas erfahren, das er jetzt erzählen wollte.

»Uiiih! Toll!« Rhea wusste selbst nicht, warum sie diese Tatsache so mit Freude erfüllte.

»Es wird noch toller. Setz dich.« Einladend klopfte er neben sich auf den sonnenwarmen Felsen, auf den er sich gehockt hatte. Eine kleine grüne Eidechse huschte empört fort.

»Sieh mal!« Rhea war entzückt von dem zarten Wesen und wäre ihm gern gefolgt, um es näher zu betrachten.

»Die sind zu flink. Die erwischst du nicht.« Julian nahm seinen Rucksack von den Schultern und hob etwas heraus. Rhea hielt es auf den ersten Blick für eine Gitarre, aber dafür war es viel zu klein. Außerdem war es knallblau gestrichen. Es sah aus wie ein Kinderspielzeug.

»Was ist das denn?«

Er hielt das Ding zärtlich, strich mit dem Daumen sanft über die vier Seiten. »Eine Ukulele. Hör mal.« Er zauberte eine kleine Melodie, die sich auf den Weg zu den gegenüberliegenden Bergen machte und wenig später leise zurückkehrte, um sich mit den neuen Tönen zu mischen, die er ihr entgegenschickte. Es klang exotisch und weich und wollte überhaupt nicht in diese

Landschaft passen, nicht zu den schroffen Felsen oben auf den Gipfeln, auf denen noch Schneereste schimmerten, nicht zu dem Wind, der aufgekommen war und Rhea kühl um die Ohren blies. Und eigentlich auch nicht zu Julian Tilmans. Oder doch?

»Wie kommst du zu einer Ukulele? Gehören die nicht nach Hawaii?« Rhea strich mit dem Finger über das blaue Gehäuse, tippte eine Saite an.

Er lehnte sich zurück. »Wenn ich dir ein persönliches Geheimnis verrate, erzählst du mir dann etwas über deine Geheime Zeit?«

»Mal sehen.« Auch Rhea lehnte sich zurück. Der Felsen fühlte sich beruhigend fest an. Es hatte sie ein bisschen schwindelig gemacht, die ganze Zeit ins Tal zu blicken. Sie war es nicht gewohnt, dass ihr die Welt zu Füßen lag. Aber es gefiel ihr immer besser. Alle Grübeleien waren unvermutet in den tiefen Schatten dort unten verschwunden, während sie hier oben in der Sonne saß und nur die Wiese um sie war mit ihren Blumen und Eidechsen und die würzige Luft, in der sich die Töne vermehrten, die man hineinschickte.

»Als ich klein war und meine Mutter starb, war ich oft traurig«, sagte Julian. »Ich bin dann manchmal hier heraufgekommen, obwohl ich das noch nicht alleine durfte. Einmal ist mir ein Hotelgast gefolgt. Ein Geschäftsmann aus Hawaii. Er hieß Nakoa, das bedeutet ›Der Mutige‹. Er spielte mir auf der Ukulele vor. Ich hörte ihm zu und fühlte ich mich leichter und stärker. Die Melodie war traurig und lustig zugleich, sie spendete mir Trost und wärmte mich förmlich. Ich stellte mir Hawaii als ein fröhliches Land vor, in dem niemand sterben muss, niemand sich streitet und alle miteinander tanzen. Er brachte mir bei, mit dem

Instrument umzugehen, und als Nakoa abreiste, schenkte er mir die Ukulele. Seitdem spielte ich immer darauf, wenn es mir nicht gutging. Mein Vater sagt, ich würde dauernd tasig in meiner Käscha sitzen, aber so ist das nicht. Ich mache es nur nach der Arbeit.«

Er sah so melancholisch aus, dass Rhea ihm am liebsten über die bürstig geschnittenen Haare gestrichen hätte. Wie sich das wohl anfühlte?

»Eine Käscha ist eine alte Hütte, das hat mir dein Vater schon beigebracht. Aber was heißt ›tasig‹?«

»Tasig bedeutet so viel wie niedergeschlagen, in sich gekehrt. Wenn mein Vater es sagt, bedeutet es wohl eher faul. Und meine Käscha ist mehr als eine alte Hütte. Ein Stück von hier entfernt habe ich eine kaputte Hütte wieder aufgebaut, als ich so ungefähr fünfzehn war. Ich verbessere sie ständig. Dort verbringe ich gerne Zeit. Ich zeige sie dir mal, wenn du möchtest.« Julian verstaute die Ukulele wieder in seinem Rucksack.

Rhea strich mit ihren nackten Füßen über das Gras und beobachtete einen Falken, der unter ihnen vorbeisegelte. Wie seltsam und großartig, einen fliegenden Vogel von oben sehen zu können! Das ging sonst nur vom Leuchtturm aus, aber das hier war etwas anderes.

»Weißt du, was? Ich wollte nicht herkommen, aber jetzt freue ich mich wie ein Itsch, dass ich hier bin!« Sie war selbst erstaunt über diese Erkenntnis.

Er lachte auf. »Anscheinend haben nicht nur wir merkwürdige Wörter. Was um Himmels willen ist ein Itsch?«

»Das sagt meine Mutter immer, die hat es von ihrem Urgroßvater. Es ist nicht genau überliefert, was ein Itsch ist. Ich habe ihn mir früher wie einen großen, grünen, glänzenden Käfer vorgestellt, der hüpfen kann und vor Freude mit seinen Antennen wedelt.«

»Ich sehe ihn deutlich vor mir. Und ich würde mich eindeutig freuen wie ein Itsch, wenn du mir jetzt etwas über deine Geheime Zeit erzählst!«

»Sollten wir nicht über die Minigolfanlage sprechen?«

»Ja. Morgen. Weich mir nicht aus. Warum möchtest du es mir nicht erzählen?«

»Es ist sehr persönlich. Genau wie deine Ukulele mit deiner, hat es mit meiner Kindheit zu tun. Interessiert dich das wirklich?«

Er rutschte vom Felsen und setzte sich ins Gras. »Unbedingt!« Seine Augen leuchteten. »Erstens hat mir schon lange niemand mehr eine Geschichte erzählt. Und zweitens möchte ich mir vorstellen können, wie du als kleines Mädchen warst.«

»Du wirst mich auslachen.«

Er runzelte die Stirn. »Warum sollte ich?«

»Ich weiß nicht. Viele tun es einfach.«

»Gib mir eine Chance.« Er sah so bittend und so ernst aus, dass sie nachgab.

Und während die Schatten der Berge länger wurden und das Tal füllten, die Bienen um sie herum schläfriger summten und die Eidechse sich noch einmal auf einen warmen Stein wagte, weil die beiden Menschen jetzt so still saßen, erzählte Rhea von ihrem zehnten Geburtstag. Von dem Tag, als Filine sie in der Schule wegen der vergessenen Schuhe verteidigt und danach mit nach Hause genommen hatte, um ihr ein Geschenk zu geben.

Ohne es richtig zu merken, erzählte sie Julian dabei auch vom Töveree. Und das, obwohl sie kürzlich noch verblüfft gewesen war, dass Filine diese Geschichte, die jeder als ein Märchen oder eine Sage abtun würde, einfach einem Fremden wie Severin Tilmans anvertraut hatte.

Rhea

1967

Amrum

13

Das Geschenk

Rhea konnte rennen wie eine Bachstelze. Das hatte sie gelernt, so oft, wie sie von anderen Kindern gejagt wurde. Aber Filine hatte dafür sehr lange Beine. So kamen sie gleichzeitig zu Hause an. Filine hielt nichts davon, Kinder gewinnen zu lassen. »Ein Sieg ist nichts wert, wenn man ihn geschenkt bekommt. Das weiß auch ein Kind«, war ihre Meinung.

Völlig außer Atem, ließen sie sich aufs Sofa fallen, das nachts zu Filines Bett wurde. Man konnte es ausklappen, und dann kamen so viele Füße hervor, dass Rhea sich davor gefürchtet hatte, als sie noch klein war. Sie hatte Angst, das Bett könnte mit Filine in der Nacht weglaufen, und dann wäre sie ganz allein, weil ja kein Vater da war. Jetzt war sie natürlich viel zu alt für solche Ängste. Zehn! Die Doppelzahl schützte sie. »Wo ist das Geschenk?«

»In Urgroßvater Garrelfs Truhe.«

Urgroßvater Garrelfs Truhe?

Filine stand auf und ging zu dem Tisch hinüber, auf dem ihre Nähmaschine stand, mit der sie manchmal Rheas Hosen flickte oder verlängerte. Der Tisch war eigentlich nur ein Holzbrett, und unten herum hing ein Vorhang, hinter dem sich Schachteln voller Scheren, Garnrollen, Stoffreste und ähnliche Dinge stapelten. Filine schob diesen Vorhang mit geheimnisvoller Miene beiseite und fing an, die Schachteln herauszunehmen und auf einen Haufen zu stellen. »Hilf mir mal!«

Was würde dahinter wohl zum Vorschein kommen?

»Ich dachte, mein Uropa hieß Alrik?«, fragte Rhea.

»Stimmt. Das hast du dir gut gemerkt. Aber *mein* Uropa, der Vater vom Alrik, der hieß Garrelf. Der war viel netter als Alrik. Das war der, der immer sagte, ›Ich freu mich wie ein Itsch!‹. Ich kann mich dunkel daran erinnern, dass er tolle Geschichten erzählte. Er fuchtelte dabei mit seinem Stock herum. Aber er starb, als ich noch klein war. Guck mal.« Hinter den Schachteln lugte auf einmal Holz hervor. Sie schoben die letzten Hindernisse beiseite, und da stand wirklich eine Truhe! Rhea ärgerte sich ein bisschen. So ein Geheimnis in diesem winzigen Zimmer, und sie hatte nichts davon gewusst, wo sie doch eigentlich jede Ecke kannte!

»Fass mal mit an.« An jeder Seite der Truhe war ein Griff aus Eisen, der sich kalt anfühlte. Filine packte den einen und Rhea den anderen mit beiden Händen. Mit Mühe ruckelten sie an dem Möbelstück herum, bis es unter der Tischplatte hervorrutschte. Die Truhe war nicht so schwer, wie sie aussah. Aber nun, da sie mitten in dem engen Zimmer stand, wirkte sie beeindruckend groß. Rhea wischte mit den Händen den Staub von dem gebogenen Deckel. Verschnörkelte Eisenbeschläge kamen zum Vorschein.

»Wie aus einer Abenteuergeschichte«, staunte Rhea. »In einem von Onkel Pinswins alten Büchern ist ein Bild von so einer. Warum hast du sie versteckt, Filine?«

»Ich wollte nicht, dass sie einer klaut. Und außerdem musste ich nie dran. Da sind nur alte und besondere Sachen drin.«

Rhea versuchte, den Deckel aufzumachen. »Das klemmt aber.«

»Sie ist abgeschlossen.« Filine lächelte. »Du glaubst doch nicht, dass ich eine Schatzkiste einfach so offen rumstehen lasse?«

»Aber wo ist der Schlüssel?« Rheas Herz klopfte vor Schreck. Filine verbummelte manchmal Sachen. Was, wenn sie vergessen hatte, wo der Schlüssel war?

Filine kratzte sich am Kopf. »Wo habe ich den nur hingelegt?« Rhea hielt den Atem an, um sie nicht beim Nachdenken zu stören.

»Ach ja, jetzt weiß ich es wieder. Mach bitte die Augen zu. Es ist ein Geheimnis, wo der Schlüssel liegt, weißt du. Es gibt immer nur einen Hüter der Truhe.«

Rhea gehorchte. Aber Filine traute ihr wohl nicht. Sie band Rhea einen Schal um die Augen. Rhea wurde immer aufgeregter. Sie versuchte herauszufinden, welchen Schrank Filine öffnete, aber Filine konnte sehr leise sein. Nur ein Rascheln war zu hören, dann ein Geräusch, als ob Papier zerriss, dann ein Klirren, dann gar nichts mehr.

»Filine? Filine!« War sie überhaupt noch da, oder stand Rhea hier blind und allein mit Uropas alter Truhe, in der alles Mögliche sein konnte – Knochen vielleicht?

»Jetzt darfst du gucken!«

Rhea riss sich den Schal vom Gesicht und sah Filine triumphierend einen Schlüssel hochhalten, der größer war als alle Schlüssel, die sie je gesehen hatte. Er war dick und schwarz und so lang wie Filines Hand. Dort, wo bei anderen Schlüsseln der runde Teil mit dem Loch war, an dem man sie anfasste, war hier ein flaches, leicht gebogenes – es sah aus wie ein kleines dunkles Segel mit einem merkwürdigen Muster. Ehrfürchtig fuhr Rhea mit dem Finger darüber.

»Darf *ich* sie aufmachen?«

Schwer war der Schlüssel auch. Rhea steckte ihn vorsichtig in das Schlüsselloch, das wie ein kleines Tor aussah. Aber er wollte und wollte sich nicht drehen!

»Versuch es noch mal. Du musst ein bisschen rütteln. Nicht so. Mit Gefühl«, ermunterte sie Filine. »Stell dir vor, der Schlüssel ist ein Wurm und muss den Weg durch sein Loch finden.«

Mit Würmern kannte sich Rhea aus. Wie oft hatte sie die Wattwürmer beobachtet! Auf einmal ging es. Der Schlüssel drehte sich, und es machte erstaunlich laut *klick*.

Rhea versuchte gespannt, den Deckel anzuheben, aber er war schwer.

»Das mache ich«, sagte Filine hastig, »da kann man sich doll die Finger einklemmen. Außerdem bekommst du ja heute nur EIN Geschenk.«

Rhea sah zu, wie ihre Mutter den Deckel nur ein wenig hob und mit ihrem langen Arm in der Truhe herumfischte. Es roch nach altem Stoff, Holz und irgendwas Kräuterigem – Rosmarin vielleicht? Filine zog einen in Leinen gewickelten Gegenstand heraus, legte ihn beiseite und schloss die Truhe wieder. Sie drehte den Schlüssel um und steckte ihn in ihre Tasche.

»Die schieben wir jetzt erst wieder zurück.«

Ungeduldig half Rhea ihr, die Truhe wieder unter den Tisch zu bugsieren. Filine bestand darauf, dass auch die Kästchen wieder an ihren Platz kamen. Dabei fiel Rhea etwas auf.

Die Beschläge der Truhe bestanden aus metallenen Bändern, die das Holz zusammenhielten und hier und da breitere, schnörkelige oder runde Verzierungen hatten. Aber am Schlüsselloch hatte das Metall eine andere Form.

Es war ein Fisch! Warum hatte sie das nicht gleich gesehen? Und hier ... wenn man den Schlüssel hineinsteckte, dann war das flache Teil, das sie für ein Segel gehalten hatte, die Seitenflosse vom Fisch, die nach vorn herausstand! Rhea war nur zu beschäftigt damit gewesen, den Schlüssel zu drehen, um das gleich zu sehen.

»Filine! Filine, ist das der – der Töveree?« Rhea flüsterte es fast.

Das Metall war vor Alter schwarz angelaufen, aber hier, um das Schloss herum, hatten es wohl über die Jahre immer wieder Hände berührt, denn da war es zwar ebenso dunkel, aber glatter, so dass es selbst in dem gedämpften Licht unter dem Tisch bläulich schimmerte.

Der Töveree Fisk! Als Rhea klein war, hatte ihr Filine als Gutenachtgeschichte von dem märchenhaften großen Fisch erzählt, den es in den alten Zeiten gegeben habe sollte.

Rhea hatte mit großen Augen gelauscht und dabei vor Aufregung unter der Bettdecke die Arme um die Knie geschlungen. Sie sah alles vor sich: die Angst der Matrosen auf einem Schiff, das der Sturm umherwarf, und dann der riesige Fisch, der aus dem Dunkel auftauchte und das Wasser mit blauem Licht erfüllte. Wie er mit ruhigen Flügelschlägen neben dem Schiff entlangschwamm und den Menschen die Angst nahm. Manchmal soll er sogar aus dem Wasser gesprungen sein, so dass es aussah, als würde er unter dem Nachthimmel ein Stück fliegen, und sein blaues Schimmern spiegelte sich im Meer.

»Ist das wahr, Filine? Gibt es den Töveree?«, fragte sie, als die Geschichte zu Ende war, und fürchtete sich gleichzeitig vor der Antwort. Was, wenn Filine nein sagte? Meistens war Rhea froh, dass die Märchen, die man ihr erzählte, nur Märchen waren oder Sagen, so wie die von den Gungern. Aber diesmal war es anders. Nichts wünschte sich Rhea in diesem Moment so sehr, als dass es gerade diesen Fisch wirklich gab!

Filine schwieg lange. »Die meisten glauben, dass es nur ein Märchen ist«, sagte sie schließlich.

»Aber hat ihn denn nie einer gesehen?«

»Die Schiffsleute, die von ihm erzählten, werden ihn wohl gesehen haben. Ich glaube ihnen.« Filine malte mit dem Zeigefinger Muster auf die Bettdecke. »Es heißt, Skem hat ihn gesehen, als er ein Kind war, jedenfalls sein Licht. Skem sagt, es ist kein Märchen. Aber Skem sagt auch, der Töveree ist tot.« Filine sah auf und bemerkte wohl, dass Rhea gleich anfangen würde zu weinen. »Weißt du, was?«, sagte sie schnell. »Ich weiß nicht, ob er noch lebt, aber als ich klein war, habe ich einmal eine Schuppe vom Töveree gesehen. Deshalb glaube ich daran, dass es ihn gegeben hat.«

Rhea schluckte die Tränen herunter. »Wirklich, Filine? Wie sah sie aus? Hat sie geleuchtet?«

»Und wie! Sie schimmerte wunderschön blau. Sie hatte eine Form wie ein Ring, weißt du, und man sagt, die Schuppen bringen demjenigen Glück, der sie besitzt. Man nennt sie *Lokkich*. Diese gehörte einem Matrosen, und er hatte immer Glück. Behauptete er jedenfalls. Ich habe mir damals so sehr gewünscht, eine zu finden.« Filine lächelte. »Aber wir haben andere Dinge gefunden, Pinswin und ich. Und weißt du, was? Seit ich dich habe, bin ich riesig glücklich, ganz ohne Töveree.«

»Aber du würdest dich freuen, wenn du eine finden würdest, oder?«

»Na klar. Unbedingt. Und jetzt wird geschlafen!«

Die Geschichte vom Töveree wurde Rheas Lieblingsgeschichte, und Filine musste sie noch oft erzählen.

»Filine, wenn er wirklich tot ist, vielleicht hat er aber doch Kinder?«, fragte Rhea später einmal.

Filine hörte auf, die Bettdecke festzustopfen. »Das habe ich damals auch gedacht. Aber niemand hat je eins gesehen.«

»Aber meinen Vater hat auch keiner gesehen, und den gibt es auch. Hast du gesagt.«

»Das stimmt nicht. *Ich* hab ihn ja gesehen«, erklärte Filine.

Rhea schwieg und nahm sich vor, auf jeden Fall fleißig zu suchen. Eines Tages würde sie so eine Schuppe für Filine finden. Und vielleicht freute ihre Mutter sich dann so sehr, dass sie etwas über ihren Vater verriet.

Das war bisher nicht gelungen, aber nun würde Rhea trotzdem ein Geschenk bekommen, das mit ihrem Vater zu tun hatte. Und es kam aus einer Truhe, deren Schloss ein Töveree aus Eisen war!

Filine kroch zu ihr unter den Tisch. »Ja, ich glaube auch, da hat jemand versucht, den Töveree darzustellen. Aber es gibt auch Möbelstücke mit Drachen drauf, und niemand hat je einen gesehen. Trotzdem – schön, oder?«

Gemeinsam betrachteten sie den Fisch, der stumm blieb bis auf das feine Glänzen, und nichts über seine Geheimnisse verriet.

»Was ist denn jetzt das Geschenk, Filine? Darf ich es auspacken?«, fragte Rhea schließlich.

»Ja, darfst du.«

Rhea setzte sich an den Tisch, damit ihr das Geschenk nicht

herunterfallen konnte. Wenn es so lange in der alten Truhe gelegen hatte, war es sicher kostbar und vielleicht auch zerbrechlich.

Das Leinentuch war steif geworden von der Zeit und wollte sich erst nicht von dem runden Gegenstand lösen, der etwa so groß war wie der Kuchen mit den zehn Kerzen, den Filine gebacken hatte und jetzt vor Rhea hinstellte. Die kleinen Flammen der Kerzen flackerten und ließen die Schatten tanzen, als wären auch sie ungeduldig zu sehen, was das Geschenk war.

Endlich fielen die Falten auseinander. Eine silberne Rundung kam hervor, auch ein wenig dunkel angelaufen.

Eine Uhr! Eine Wanduhr. Aber eine so schöne Uhr hatte Rhea noch nie gesehen.

Das silberne Metall außen herum umschloss ein Ziffernblatt, das die Farbe von trockenem Sand an einem Sommertag hatte. Fünkchen blitzten darin auf, wenn man die Uhr bewegte, genau wie in solchem Sand. Auch die Zeiger waren silbern, und auf ihnen war ein filigranes Muster eingeritzt. Rhea beugte sich ganz dicht darüber, um es zu betrachten. »Da sind ja Garnelen drauf! Und Quallen! Und Fische. Und Seesterne!« Tatsächlich waren, wie mit einer feinen Feder gezeichnet, dicht an dicht die zarten Lebewesen des Meeres in das Metall geritzt.

Das Schönste aber waren die Ziffern. Es waren gar keine Zahlen. An ihrer Stelle waren echte Muscheln auf dem Ziffernblatt befestigt! Muscheln, wie sie Rhea noch nie gesehen hatte. Eine war rot, eine orange, eine rosa, eine sah aus wie ein Fuß, eine andere wie ein Fächer, wieder eine andere wie ein Häufchen Sahne. Eine wirkte wie ein hellgelber Schmetterling, eine andere trug ein Muster wie aus Buchstaben.

»Oooh!«, staunte Rhea und berührte die Schmetterlingsmuschel vorsichtig mit einem Finger. »Wo kommen die denn her, Filine?«

»Ich habe es nachgeschlagen. Die da ist wahrscheinlich aus Hawaii und die aus Afrika und die aus Tahiti und die hier von den Bahamas. Ich zeige dir das später auf dem Atlas, wenn wir den Kuchen gegessen haben. Uhren sind etwas Besonderes, weißt du. Jedenfalls finde ich das. Sie erzählen etwas über den Hersteller und etwas über den Besitzer oder Betrachter.«

»Aber wie kommt die Uhr in die Truhe? Und was hat sie mit meinem Vater zu tun?«

Filine fuhr mit dem Zeigefinger zärtlich um den Rand. »Diese Uhr stammt von dem Schiff, das deinen Vater zu mir gebracht hat.«

Rhea machte große Augen. So viele Fragen sausten in ihrem Kopf herum, dass sie nicht wusste, welche sie zuerst stellen sollte. »Wie hieß das Schiff? Wann war das? Hat er dir die Uhr geschenkt?«

»Das war natürlich vor etwas mehr als zehn Jahren.« Filine lächelte. »Es ist schließlich dein zehnter Geburtstag.«

»Hat mein Vater dir die Uhr geschenkt?«, fragte Rhea noch einmal.

»Nein. Sie stammte aus der Kapitänskajüte. Das ist eine andere Geschichte. Heute bekommst du die Uhr. Die Geschichte heben wir für einen anderen Geburtstag auf. Aber diese Uhr ist eine besondere Uhr mit einer besonderen Eigenschaft, und die zeige ich dir. Das ist das eigentliche Geschenk.« Filine sah sich suchend um. »Wir müssen sie erst mal aufhängen. Hmm. Das wird schwierig, was?« Mit gerunzelten Brauen betrachtete sie die Wände der engen Stube, an denen kein Zentimeter Platz mehr war. Wo kein Schrank stand, war ein Regal, und wo kein Regal war, hing ein Bild oder ein Haken mit etwas Wichtigem daran wie Jacken oder Werkzeug.

»Dann schaffen wir eben Platz«, sagte Filine entschlossen und nahm kurzerhand einen Kalender von der Wand. Für diese Woche war dort »Elternabend« eingetragen. »Kalender machen sowieso nur Stress«, meinte Filine und ließ ihn unter einem Schrank verschwinden. »Möchtest du die Uhr selbst aufhängen? Es ist ja jetzt deine. Und vorher ziehen wir sie auf. Hier! Der gehört nun auch dir.« Sie überreichte Rhea einen Schlüssel. Er war viel kleiner als der von der Truhe. Und so blank, dass er wie aus Silber schien. Filine hatte eine blaue Schleife darangebunden mit einem kleinen Steuerrad aus Holz. »So verlierst du ihn nicht so leicht«, erklärte sie und drehte die Uhr behutsam um. »Hier, in dieses kleine Loch musst du ihn stecken und dann vorsichtig drehen, bis es nicht mehr geht. Einmal die Woche, am besten immer dienstags.«

»Warum denn dienstags?«

»An einem Dienstag habe ich sie … gefunden. Ich glaube, Dienstage mag sie am liebsten.«

Der Schlüssel drehte sich nur schwer.

»Das geht nach einer Weile besser«, sagte Filine. »Die Uhr hat lange geschlafen. Da dauert es ein wenig, bevor ihre Zeit wieder in Gang kommt. Vor allem, weil ein bisschen Zauberzeit dabei ist.«

»Was denn für eine Zauberzeit?« Rhea hatte Herzklopfen. Noch nie hatte sie einen Gegenstand in der Hand gehabt, der mit ihrem Vater zu tun hatte. Es war ein bisschen, als wäre er ihr nähergekommen.

»Häng sie an den Nagel, wenn du fertig bist, dann zeige ich es dir.«

Beim Drehen machte der Schlüssel ein Geräusch, oder war es das Uhrwerk, das er aufzog? Es klang wie ein fragendes Lied mit einem Rhythmus. Schließlich drehte er sich nicht mehr weiter. Filine half ihr mit der Schraube, die die Zeiger an den richtigen Platz brachte, so dass die Zeit mit der auf Filines Armbanduhr übereinstimmte. Feierlich schob Rhea nun die Öse oben an der Uhr über den Nagel in der Wand.

»Das ist ein guter Platz«, fand Filine. »Da fällt genug Licht drauf. Das ist sehr wichtig für den Zauber.«

Tatsächlich fielen die Strahlen der Nachmittagssonne durch das Fenster über dem Esstisch genau auf die Wand mit der Uhr.

Rhea betrachtete die Muscheln. Jede warf einen anderen Schatten, und ihre Farben waren jetzt noch schöner.

Ganz leise fiel ein Ticken in den Raum und schwebte zwischen den silbernen Staubkörnchen in der Luft.

Filine wies auf den langen Zeiger, der die Minuten anzeigte. Jetzt gerade näherte er sich der Neun – jedenfalls der Muschel, die für die Neun stand. »Siehst du, wie der Zeiger das Licht fängt und spiegelt und dadurch ein leuchtendes Dreieck auf das Zifferblatt wirft?«, fragte Filine.

Ja, jetzt sah Rhea es. Wie ein Kuchenstück sah das helle Dreieck aus. An der breiten Stelle reichte es ein Stück vor die Neun und ein Stück dahinter, so dass es mindestens drei Minuten ausleuchtete.

Filine zeichnete es mit dem Finger nach. »Das hier drin, in dem hellen Stück, das ist die Helle, Geheime Zeit. Weil die Zeiger etwas angelaufen sind, leuchtet sie bläulich wie die Wellen, wenn der Töveree unterwegs ist. Man sieht sie nur selten, so wie jetzt, und niemand außer uns weiß davon, aber sie ist immer da. Du kannst sie dir nehmen, wann immer du sie brauchst. In dieser Zeit bist du frei. Niemand kann dir etwas tun oder von dieser Freiheit etwas wegnehmen. Sie gehört nur dir. Niemand weiß davon, nur du. Sie bedeutet, dass du immer ein wenig mehr Zeit hast als andere. Mit ihr kannst du machen, was du willst. Wenn die anderen Kinder dich ärgern, hast du diese Zeit, in der du in Sicherheit bist und überlegen kannst, was du jetzt am besten machst. Wenn dich die Lehrerin an die Tafel ruft, hast du diese Zeit, um dir zurechtzulegen, was du sagen willst. Wenn du dich über etwas freuen möchtest, hast du diese Zeit, um dich länger und ungestört zu freuen. Diese Helle, Geheime Zeit ist dein Schatz!«

»Helle, Geheime Zeit«, wiederholte Rhea aufgeregt. Wenn dieser Zauber funktionierte, war es wirklich ein besonderes Geschenk. Wie Elvars Kugel, nur noch besser.

Eine Weile beobachteten sie zusammen, wie das helle Dreieck mit dem Zeiger mitwanderte.

»Fast hätte ich deinen Geburtstagskuchen vergessen. Du musst noch die Kerzen ausblasen!«, sagte Filine schließlich.

Als Rhea sie auspustete, wünschte sie sich, dass sie in der Hellen, Geheimen Zeit irgendwann ihren Vater finden würde. Und den Töveree sehen könnte.

Aber sie war sich nicht sicher, ob man sich zwei Dinge wünschen durfte, auch wenn die Zehn aus zwei Zahlen bestand. Oder passte in die Geheime Zeit einfach alles hinein?

Vor dem Einschlafen stellte sie sich vor, wie sie auf dem

Töveree ritt und mit ihm unter dem Sternenhimmel über das Meer flog. Niemand würde davon wissen, weil niemand von der Zauberzeit auf Vaters Uhr wusste.

Vaters Uhr, so nannte sie sie, auch wenn beide nur auf demselben Schiff gewesen waren.

Irgendwann würde sie erfahren, wie das Schiff hieß.

Rhea

1980

Kärnten

14

Herrn Tilmans Ort

Es klopfte so energisch an ihrer Zimmertür, dass Rhea vor Schreck den Kamm fallen ließ. Vor dem Fenster lag noch watteweicher Morgennebel im Tal.

»Rhea? Sind Sie da?« Herrn Tilmans Stimme drang durch das Holz. Der Anhänger des Schlüssels im Schloss erzitterte.

Hatte sie sich verspätet? Hätte sie dienstlich irgendwo auftauchen sollen? Rhea versuchte vergeblich, ihre widerspenstigen Haare zu glätten, gab es auf und öffnete hastig. »Ja. Hier.«

»Sehr gut. Haben Sie schon gefrühstückt?«

»Ich … nein.«

»Dann tun Sie das. Wir treffen uns in einer halben Stunde vor der Tür. Ich möchte Ihnen etwas zeigen. Sie haben doch bestimmt keine Angst vor einem Fußmarsch?«

»Ich muss nicht unbedingt frühstücken.« Herr Tilmans strahlte so viel geballte Energie aus, dass Rhea schon vom bloßen Anblick vollends wach wurde.

»Reden Sie keinen Unsinn. Ich muss ohnehin noch etwas erledigen. In einer halben Stunde!«

Er schien wieder völlig genesen zu sein. Wenn er so auftrat, nahm man ihm den Hoteldirektor sofort ab. Rhea begann zu ahnen, warum Julian neben diesem übermächtigen Vater Schwierigkeiten haben könnte.

Kritisch musterte ihr neuer Chef vor dem Aufbruch ihre Schuhe. Fast fühlte sie sich in die Schule zurückversetzt, als die Lehrerin ebenso streng auf Rheas nackte Füße geblickt hatte. Doch heute trug sie feste Turnschuhe. Herr Tilmans hatte nichts daran auszusetzen. »Kommen Sie!«

Der Pfad war schmal, so dass sie hinter ihm gehen musste. Er legte ein zügiges Tempo vor und schmunzelte bei einem prüfenden Blick über die Schulter anerkennend, als sie ihm mühelos folgte. Nicht umsonst war sie ihre ganze Kindheit lang in schwerem Sand die Dünen auf und ab gerannt.

Der Weg war steil. Rhea musste aufpassen, wohin sie ihre Füße setzte. Nach einer Weile bemerkte sie, dass es in ihr ganz ruhig geworden war, weil sie sich so sehr auf ihre Schritte konzentrieren musste, dass sie an nichts anderes mehr gedacht hatte. Um sie herum blühte und summte es, und an den Felsen glitzerte Quarz in der Sonne. Schweiß lief ihren Nacken herunter. Die Häuser im Tal wurden klein, dann winzig. Am liebsten wäre Rhea für immer so weitergelaufen.

Doch nach etwa einer Stunde blieb Herr Tilmans stehen. Sie waren schweigend gegangen, da sie ihre Luft zum Atmen gebraucht hatten. »Wir machen Rast«, verkündete er, ließ sich auf einem flachen Stein nieder und winkte Rhea, sich neben ihn zu setzen. »Hier.«

Er reichte ihr eine Wasserflasche und nahm auch für sich eine aus dem Rucksack. Ohne Rucksack schien hier niemand unterwegs zu sein. Rhea war mit nichts als einem Taschentuch in der Hosentasche aufgebrochen und nahm sich vor, das nicht zu tun, wenn sie hier einmal allein spazieren ging. Wasser und Proviant waren auf jeden Fall eine gute Idee.

Zufrieden streckte Herr Tilmans die Füße von sich. »Ich habe eine Überraschung für Sie!« Er griff in die Brusttasche seines Hemdes und zog eine Postkarte hervor, die er ihr reichte. »Ich habe mir erlaubt, Ihre Idee zu übernehmen und eine Postkarte mit dem Satz Ihres Vaters zu drucken. Wie gefällt sie Ihnen?«

Sprachlos drehte Rhea die Karte hin und her. Anders als bei jenen, die sie zu Hause verkaufte, war der Hintergrund hier nicht weiß, sondern die großen, gut lesbaren Wörter standen vor einem zarten Sonnenaufgang, der einen schönen Tag versprach. Ein Tag, der überall sein könnte, denn man sah keine Berge darauf, sondern nur den Himmel.

Die Postkarte lud den Blick ein, und einmal eingeladen, verweilte er auf den Wörtern.

»Aber … Das wollen Sie wirklich für mich tun? Es ist ja kein großartiger Satz. Jeder könnte diesen Satz sagen. Er ist nur für mich besonders, weil er das Gefühl ausdrückt, das meine Mutter in meinem Vater ausgelöst hat. Und weil es die einzigen Worte sind, die ich von ihm habe.«

»Das ist genau der Punkt. Der Satz drückt ein Gefühl aus, nach dem sich jeder sehnt. Gleichzeitig verspricht er dem Leser, dass genau das eintreffen wird. Er macht Hoffnung. Deswegen werden die Leute die Karte kaufen. Ich tue es nicht nur für Sie. Ich tue es, weil es ein Geschäft ist. Sie müssen mir noch eine Einwilligung unterschreiben.«

Sie war sich sicher, dass er auf dieses Geschäft auch gut hätte verzichten können. Aber sie rechnete es ihm hoch an, dass er ihr diesen Gefallen tat. Sie war gerührt.

»Julian erzählte mir gestern beim Abendessen, dass Sie Informationen über Ihren Vater bruchstückweise in unregelmäßigen

Abständen zum Geburtstag bekommen haben. Da hatten mein Sohn und ich wenigstens mal ein Gesprächsthema«, sagte Herr Tilmans. »Dabei kam die Frage auf, ob Sie das nicht als grausam empfunden haben?«

Rhea war verblüfft. »Grausam? Nein, überhaupt nicht. Ganz im Gegenteil. Die wenigen Dinge, die wir von ihm wissen, wurden dadurch zu etwas Kostbarem, zu einem wirklichen Geschenk. Es war ein bisschen, als ob er an meinen Geburtstagen zu Besuch käme. Je älter ich wurde, desto mehr erfuhr ich von ihm, als würde er mein Aufwachsen begleiten. Gefehlt hat er mir trotzdem, aber wenigstens war da keine große Leere, sondern er bekam über die Jahre Kontur.«

Herr Tilmans wies auf die Postkarte. »Verraten Sie mir, wann Sie diesen Satz zum ersten Mal gelesen haben?«

»Müssen wir nicht weiter?«

»Ich habe heute nicht mehr viele Termine. Ab und an nehme ich mir eine kleine Auszeit, um meinen Lieblingsort aufzusuchen.«

Rhea betrachtete die Karte in ihrer Hand.

»Es war an meinem achtzehnten Geburtstag. Eine warme Frühlingsnacht. Man konnte die Milchstraße gut sehen. Meine Mutter konnte damals noch laufen, wenn auch nicht mehr sehr gut. Sie gab mir einen Rucksack und ging mit mir auf den Kniepsand hinaus. Dort zündete sie eine Laterne an und schenkte uns Sekt in zwei Whiskygläser. Der Wind ließ die Flamme tanzen und warf seltsame Schatten in den Sand, als ob wir nicht allein wären.« Rhea erinnerte sich genau. Ihre Mutter hatte in jener Nacht wie eine Medizinfrau aus alten Zeiten gewirkt, die ein magisches Ritual beging.

»Sekt in Whiskygläsern?«, fragte Herr Tilmans. »Wie ich Ihre Mutter kenne, gab es dafür einen Grund.«

»Ja. Sie hatte diese Gläser an dem Tag im Watt … sagen wir, gefunden, als sie meinen Vater kennenlernte.«

Im schweren Fuß der Gläser war eine Luftblase eingeschlossen, in der sich die Kerzenflamme und die Silhouetten von Rhea und Filine vielfach und umgekehrt spiegelten, als wäre jede Luftblase eine winzige Welt für sich. Rhea erinnerte sich genau, wie es an jenem Tag gerochen hatte, nach Salz und Frühling. »Und dann gab sie mir ihre Taschenlampe und einen Brief meines Vaters. Es war eigentlich nur ein Zettel. Er hatte ihn unter das Kirschmarmeladenglas gelegt, an dem Tag, an dem er fortging. Seitdem sie das erzählt hat, muss ich immer an meinen Vater denken, wenn ich Kirschen esse. Dann stelle ich mir vor, wie es gewesen wäre, sie mit ihm zusammen zu ernten. Albern, oder?«

»Nein, warum? Es ist eine schöne Vorstellung. Ich schäme mich gerade ein wenig, weil ich mich nicht daran erinnern kann, mit Julian jemals irgendetwas geerntet zu haben. Ich fürchte, das habe ich nie getan. Glauben Sie, das kann man nachholen?«

Überrascht sah sie ihn an. »Bestimmt.«

»Und Ihre Mutter fand den Zettel erst, als Ihr Vater fortgegangen war?«

»Ja. Für mich war es ein tolles Geburtstagsgeschenk, seine Handschrift zu sehen. Seine Worte zu lesen. Auf einmal war er ganz nah, obwohl ich ihn nie gesehen habe und noch nicht einmal ein Foto existiert. Er hatte dieses Papier berührt. Seine Hand hatte diese Buchstaben geschrieben.

Liebe Filine,

seit ich Dir begegnet bin, glaube ich daran, dass dieser Satz für jeden gilt:

Eines leuchtenden Tages wirst Du jemandem begegnen, der Dich meerestiefhimmelweitsommerhell lebendig macht. Du musst es nur zulassen.

Ich war es nicht, der Dir dieses Gefühl geben konnte, aber es wird Dir noch geschehen. Mir aber hast Du dieses Gefühl geschenkt, und es wird mir für immer bleiben. Für meinen Dank gibt es keine Worte, aber Du wirst ihn jeden Tag in der Erinnerung sehen, wenn Du im Watt den Krabben begegnest und das Mondlicht in den Prielen schwimmt.

Dein Orpheus.«

Rhea hatte diesen Zettel seitdem so oft gelesen, dass sie ihn auswendig kannte. Er verriet so viel über ihren Vater und doch so wenig.

Sie betrachtete die Postkarte, auf der in klaren Druckbuchstaben vor dem Sonnenaufgang seine Worte standen und so neu aussahen, als hätte er sie gestern erst geschrieben:

Eines leuchtenden Tages wirst Du jemandem begegnen, der Dich
meerestiefhimmelweitsommerhell lebendig macht.

Auch wenn sie ihren Vater damit nicht finden sollte, war es doch schön, dass sich seine Worte auf den Weg in die Welt machten. Das Hotel war groß und beliebt, es fanden Kongresse darin statt. Viel mehr Menschen würden diese Postkarte sehen und kaufen und verschicken, als es auf dem Minigolfplatz jemals möglich gewesen wäre. »Orpheus?«, fragte Herr Tilmans.

»So nannte sie ihn. Es gab einen Grund dafür. Aber das ist eine andere Geschichte.«

»Ich hoffe, Sie erzählen sie mir eines Tages. Nun lassen Sie uns aufbrechen. Es ist nicht mehr weit.«

Eine halbe Stunde und zwei Blasen an Rheas Füßen später führte der Pfad um scharfkantige Felsen herum durch eine Ansammlung krummer Kiefern. Rhea hörte ein geheimnisvolles Flüstern und Plätschern. Unvermutet standen sie im Freien.

»Ohhh!«

»Das war den Marsch doch wert, oder?« Herr Tilmans setzte sich auf einen Stein und betrachtete zufrieden Rheas leuchtendes Gesicht.

Es war ein breiter Bach, der hier flüsterte und plätscherte und erzählte, während er über die von Zeit und Wasser rundgeschliffenen Kiesel und Findlinge sprang und floss und sprudelte. Es funkelte und blitzte in manchen Ecken, schäumte weiß in anderen und drehte sich dazwischen in Strudeln. An anderen Stellen stand das Wasser beinahe still, und silberne Fische huschten wie winzige Blitze zwischen den Steinen und Wurzeln der Farne am Rand. Manche Steine glänzten dunkel, andere so hell, dass es blendete.

Oben floss der Bach über eine Anhöhe, so dass es wirkte, als ob er direkt aus dem Himmel kam. Unten verschwand er um eine Biegung in dem Schatten des Tales. Das wilde, weiße Schäumen erschien Rhea wie ein Wellenkamm, der nicht bricht, sondern zeitlos fließt und fließt wie eine Geschichte ohne Ende.

Sie setzte sich neben Herrn Tilmans. Schweigend lauschten sie dem Rauschen und blickten auf das Fließen. Rhea merkte, wie es ganz ruhig und klar in ihr wurde.

»Das ist der Karjannbach«, sagte Herr Tilmans schließlich. »Er ist nach Karjann benannt, einer Frau, die zu den Letzten gehörte, die noch als Hexe verfolgt wurden. Man behauptete, sie hätte das Wetter beeinflusst, indem sie Kräuter verbrannte, und das Vieh verhext, so dass die Kälber tot geboren wurden. Dabei war sie eine Heilerin, die mit ihren Kräutern Menschenleben rettete! Natürlich gelang das nicht immer, und das nahm man ihr übel. Sie floh aus dem Gefängnis, bevor man ihr den Prozess machen konnte. Niemand hat sie je wiedergesehen. Vielleicht ist von ihrem Geist etwas hiergeblieben. Der Ort hat etwas Wohltuendes für mich.«

Sinnierend blickte er auf einen klaren Tümpel, der am Rande des munteren Wassers entstanden war. »Denken Sie immer daran: Wenn die Menschen Sie enttäuschen, gibt es immer noch Orte, die heilen.« Er zog die Schuhe und Strümpfe aus und stellte die Füße ins Wasser. Rhea tat es ihm nach. Wie eisig das Wasser war! Nach kurzer Zeit prickelte ihre Haut, dann ihre ganzen Beine. Alle Müdigkeit war schlagartig verschwunden.

»Übrigens wollte ich Ihnen danken«, sagte Herr Tilmans. »In den paar Tagen, seit Sie hier sind, haben Julian und ich uns mehr unterhalten als in den letzten drei Monaten. Sie haben frische Themen in unser Leben gebracht. Und er hat bessere Laune.«

»Das freut mich.«

Kameradschaftliches Schweigen hing eine Weile zwischen ihnen, unterbrochen nur vom Flirren einer Libelle.

»Ich möchte, dass Sie auf der Bahn eins der Minigolfanlage die Geschichte von Karjann darstellen«, erklärte Herr Tilmans schließlich.

»Eine Heilerin. Wie Marta Gössling«, sagte Rhea mehr zu sich selbst.

»Marta Gössling?«

»Auch das ist eine andere Geschichte. Erzählen Sie mir mehr über Karjann? Damit ich mir vorstellen kann, wie die Bahn aussehen müsste?«

»Ich habe Ihnen eine Mappe zusammengestellt.«

Jetzt war er wieder ganz der Chef.

»Ich habe Sie nicht nur hierhergebracht, um Ihnen meinen Lieblingsort zu zeigen. Ich finde auch, er macht deutlich, warum ich Ihre Idee so gut finde. Ein Bach sucht sich seinen Weg, indem er Hindernisse überwindet oder umgeht oder mit Geduld schleift. Ein Menschenleben verläuft genauso. Das ist das Prinzip Ihrer Minigolfbahnen. Es gibt viele erstaunliche Menschen in der Region, die ich gerne ehren und meinen Gästen näherbringen möchte. Aber ein Bild in den Speisesaal hängen? Eine Statue in den Park stellen?« Er breitete die Arme aus. »Nein, das ist nicht lebendig, das erzählt nichts über die Persönlichkeit. Das ist statisch. Aber Ihre Bahnen haben einen Verlauf! Wie der Bach. Sie zeichnen den Lebensweg nach. Man kann ihn spielerisch nacherleben und begreifen, was für Hindernisse überwunden werden mussten und wie schwer und unerwartet das sein kann. Es wird spürbar, wie sehr selbst ein kleines Ereignis ein Leben beeinflussen kann.«

Er hob ein paar Steine auf, Äste, Moos. »Sehen Sie. Das haben wir als Kinder alle am liebsten gespielt.« In wenigen Minuten hatte er einen Staudamm gebaut, der den Bach veranlasste, Ausweichwege zu finden.

Rhea half mit. »Das habe ich im Watt auch gemacht! Da ist es nur anders. Kleiner. Die Priele haben nicht so viel Schwung. Aber das war es, was mir die Idee für die Bahnen gab. Es hört nie auf, mich zu faszinieren, wie der Wind Muster um eine winzige Muschel baut und dass diese Muster wiederum die Strömung ändern. Alles beeinflusst alles. Und man kann es ändern.«

»Sehen Sie. Deswegen verstehen wir uns so gut.«

Er zog seine Schuhe an. »Wir treffen uns um fünfzehn Uhr auf der Caféterrasse. Julian weiß Bescheid. Dann besprechen wir unsere Vorgehensweise.«

Rhea hatte es genossen, diesen lockeren Vormittag mit ihm hier oben zu verbringen.

Er hat es besser verstanden als alle zuvor, was ich ausdrücken möchte, dachte sie. Wie Minigolfbälle stoßen die Menschen gegen die Ränder ihrer Welt, begegnen Hindernissen und Ereignissen, und diese schleudern sie aus der Bahn oder lenken sie ab und verändern ihren Weg. So ist es meinem Vater passiert, sonst gäbe es mich nicht.

Und so müsste es auch sein, wenn Vaters Satz in Erfüllung geht. Für jeden. Auch für mich.

Herr Tilmans schulterte seinen Rucksack. »Wir werden den Satz Ihres Vaters auch hinten auf die Eintrittskarten drucken, so wie Sie es gemacht haben. Ich finde, das passt gut zusammen. Die Begegnung, die er beschreibt, sollte ein Punkt auf der Bahn jeden Lebens sein. Es ist gut, die Menschen daran zu erinnern, dass sie danach Ausschau halten und ihren Ball nicht achtlos daran vorbeispielen. Auf geht's!«

Unheimlich. Manchmal war es, als ob er ihre Gedanken sehen konnte.

Nachmittags saß sie mit Julian und Herrn Tilmans im Garten des Hotels. »Hier«, sagte Herr Tilmans, kaum dass die Kellnerin den Kaffee auf den Tisch gestellt hatte. Er schob Rhea einen dicken Ordner zu. »Ich habe den Winter über eine Ausschreibung laufen lassen. Jeder Gast konnte seine Lebensgeschichte einreichen, auf zwei Seiten zusammengefasst. Das Thema für Bahn eins steht schon fest. Ihr wählt die siebzehn anderen aus, die am geeignetsten sind, um eine interessante Minigolfbahn daraus zu konstruieren. Die schreiben wir dann an, bitten sie um schriftliche Erlaubnis und schenken ihnen einen Gutschein für ein Wochenende im Hotel. Dann können Sie, Rhea, diese Menschen kennenlernen, wenn Sie mögen, und mit ihnen über die Bahn reden.«

Beeindruckt blätterte Rhea die vielen Seiten durch. Herr Tilmans lehnte sich zurück und nahm einen großen Schluck aus seiner Tasse. »Rhea, morgen stelle ich Sie einem Holzschnitzer vor. Der fertigt sonst die üblichen Herrgottsfiguren, aber er ist gern bereit, einmal etwas anderes zu machen und Hindernisse für die Bahnen aus Holz herzustellen, die dann wetterfest gemacht werden können. Auch der Steinmetz vom Friedhof würde Aufträge übernehmen. Betongießer und einen Landschaftsgärtner habe ich ebenfalls zur Hand. Sagen Sie mir einfach, was Sie noch brauchen.«

»Ähm … ja. Danke. Wir werden erst mal das Material sichten«, sagte Rhea etwas überwältigt. Worauf hatte sie sich da nur eingelassen? War das Projekt nicht drei Nummern zu groß für sie? Aber sie hatte ja Hilfe.

Doch Julian lümmelte mit verschränkten Armen auf seinem Stuhl und sagte nichts.

»Ich würde gern das dafür vorgesehene Gelände sehen«, sagte Rhea.

»Ach ja. Das zeige ich Ihnen morgen, und Sie bekommen selbstverständlich einen Grundriss, auf dem Sie Ihre Bauzeichnungen anfertigen können. Keine Angst, die müssen nicht professionell sein.« Er stand auf. »So, auf mich wartet der Küchenchef. Bis dann!«

Rheas Blick folgte ihm, wie er eilig dem Seiteneingang zustrebte. Dann betrachtete sie Julian. »Warum schmollst du? Er hat dir doch nichts getan.«

Julian stopfte grimmig seine Hände in die Taschen. »Eben. Er hat mich nicht mal angesehen. Ich bin nur Staffage. Merkst du nicht, dass er alles schon durchgeplant hat? Was soll ich da noch machen? Ich bin überflüssig! Er traut mir nichts zu.« Er sprang auf und lief um den Tisch wie ein Verfolgter. »Ich kenne einen Künstler im Dorf, der kann mit Kunststoff und Metall umgehen wie kein anderer. Der hat Ideen. Der könnte dir wundervolle Hindernisse bauen, Abschussrampen, Tunnel, bewegte Ziele, was du willst. Aber fragt mich jemand? Nein! Ich komme nicht mal so weit zu Wort, dass ich einen bescheidenen Vorschlag machen kann.«

»Beruhige dich mal. Ich bin die Projektleiterin. Du kannst *mir* Vorschläge machen. Dafür bin ich dankbar. *Ich* brauche dich. Ich kenne mich hier überhaupt nicht aus! Du glaubst doch nicht, dass ich das alles allein schaffe? Setz dich bitte hin, du machst mich schwindelig.«

Widerwillig ließ Julian sich auf seinen Stuhl fallen. »Ja, du! Aber ich fände es schön, wenn mein Vater mich wenigstens zur Kenntnis nehmen würde.«

»Vielleicht solltest du dich einfach mal durchsetzen, anstatt immer nur über ihn zu jammern! Das bringt dich doch nicht weiter. Sei froh, dass du überhaupt einen Vater hast!«

Er sprang wieder auf. »Ach ja? Und was ist mit *deinem* Gejammer, dass du *keinen* Vater hattest? Du hast wenigstens eine Mutter, die immer für dich da war!« Julian drehte sich abrupt um und stapfte davon, den Berg hoch.

Rheas Ärger verwandelte sich in Mitleid. Jetzt würde er sich in seine Hütte zurückziehen und Ukulele spielen. Sie blätterte noch eine Weile in dem Ordner und sah nebenbei zu, wie die Schatten aus dem Tal heraufstiegen und der Tag sich auf die Berggipfel zurückzog, wo er die Felsen rötlich schimmern ließ. Dann schlug sie den Ordner entschlossen zu, klemmte ihn sich unter den Arm und marschierte zu Severin Tilmans Büro. Einen Augenblick zögerte sie, dann klopfte sie an.

»Ja, bitte?«

Sie hatte Herrn Tilmans sich hinter einem großen Schreibtisch vorgestellt. Stattdessen stand er an einem Stehpult und kritzelte etwas auf einen Notizblock.

»Ach, Rhea. Setzen Sie sich. Was haben Sie auf dem Herzen? Ist in dem Ordner genug brauchbares Material?«

»O ja. Ein unerschöpflicher Fundus. Wir bauen Ihnen eine Minigolfanlage, die jede Menge Gäste anlocken wird.«

Und einer davon konnte ihr Vater sein oder jemand, der ihn kannte. Die Wahrscheinlichkeit war gering, aber größer als auf Amrum. Die teure Annonce, die sie im Winter heimlich in einer bundesweiten Tageszeitung geschaltet hatte, war erfolglos geblieben. Also musste sie weiter alles versuchen. Schließlich gab es auch Leute, die im Lotto gewannen. Warum sollte sie nicht auch Glück haben, und der richtige Zettel würde irgendwann an den richtigen Menschen geraten?

»Aber?«

»Mit der Betonung auf *wir.*« Rhea setzte sich gerade. »Julian und ich.«

»Spucken Sie es aus«, ermunterte er sie. »Was habe ich nun wieder falsch gemacht?«

»Sie haben schon alles durchorganisiert, weil Sie das gut können und gewöhnt sind. Sie haben zwar gesagt, Julian soll mir helfen. Aber haben Sie ihn einmal nach seinen Ideen gefragt? Er hat gute Vorschläge. Sie geben ihm das Gefühl, dass Sie das nicht interessiert oder Sie es ihm nicht zutrauen. Sie lassen ihm keine Luft. Ich wollte Sie bitten, uns beiden freie Hand zu lassen. Ich werde Ihnen regelmäßig Bericht erstatten, wie es läuft.«

»Mich nicht einmischen soll ich, was?« Er sah sie mit zusammengezogenen Brauen an, dann lächelte er. »Wunderbar. Solche Mitarbeiter mag ich.« Seine große Hand spielte beinahe verlegen mit einem Gegenstand. Elvars Stillekugel, bemerkte Rhea. »Aber warum hat der Junge nicht den Mumm, mir das selbst zu sagen?«

»Also, diese Frage kann ich Ihnen wirklich nicht beantworten. Aber ich denke, wir werden Sie nicht enttäuschen. Vielen Dank. Bis morgen.« Rhea holte sich eine Jacke und machte sich auf den Weg zu Julians Käscha hinauf.

Wie vermutet, hörte sie schon von weitem die Ukulele. Er saß auf der schiefen Holzbank vor der Tür. Rhea sagte nichts und setzte sich daneben.

Julian spielte eine Weile weiter, nicht mehr so wild, während

Rhea die Aussicht genoss, und ließ schließlich das Instrument sinken.

»Nanu«, sagte er und starrte den Hang herunter. »Das gab es noch nie.«

»Was denn?« Sie folgte seinem Blick. »Oh! Dein Vater kommt!«

»Und ich dachte, er weiß gar nicht, wo meine Hütte ist. Was hast du mit ihm gemacht?«

»Geredet«, sagte Rhea trocken. »So was ist tatsächlich möglich, weißt du.«

Julian fing wieder an zu spielen. Rhea bemerkte einige Misstöne.

Schwer atmend blieb Severin Tilmans vor seinem Sohn stehen und stützte die Hand auf sein Knie. »Ich glaube, ich werde alt.« Er sah sich anerkennend um. »Ein schöner Platz. Ich begreife, warum er dir gefällt. Gerade ich hätte verstehen müssen, was er dir bedeutet.«

Julian hörte nicht auf zu spielen, aber die Töne wurden leiser.

»Mach es mir doch nicht so schwer, Junge. Ich bin diesen verflixt steilen Hang heraufgekraxelt, um mich bei dir zu entschuldigen. Das fällt mir nicht leicht. Der Aufstieg nicht, und das Entschuldigen auch nicht. Der Schatten, über den ich dazu springen muss, ist mindestens so lang wie eine Minigolfbahn.«

Julian brach die schräge Melodie mittendrin ab. Nach einem Moment der Stille kam das Echo zurück und baute eine Brücke durch das Schweigen zwischen Vater und Sohn.

»Meinst du das ernst?«

»Ja. Ich habe geglaubt, das Projekt interessiert dich nicht. Es tut mir leid. Ich will ernsthaft versuchen, mich zu bessern.« Verlegen streckte er seinem Sohn die Hand hin.

Rhea musste schmunzeln über die Verblüffung in Julians Gesicht, als er die Hand seines Vaters ergriff.

»Ich habe Kaffee, Striezel und Orangenmarmelade mitgebracht«, sagte Herr Tilmans. »Ich dachte, wir könnten hier zusammen picknicken und die Sonne untergehen sehen.« Er förderte eine Thermoskanne, Tassen, drei noch warme und köstlich duftende Hefezöpfe und ein Glas Marmelade aus seinem Rucksack zutage.

»Helene ist ein Goldstück. Sie hat eine neue Sorte Marmelade ausprobiert und dazu einen ganzen Ofen ihrer berühmten Striezel gebacken.«

»Du tust es schon wieder. Stell dir vor, ich habe Tassen in meiner Hütte.« Aber Julian lächelte.

Herr Tilmans blickte betreten.

»Schluss jetzt. Julian, hol Teller aus der Hütte.« Rhea schenkte Kaffee ein und verteilte die Striezel. »Die Marmelade duftet köstlich. Setzen Sie sich, Herr Tilmans.«

Eine Weile lang sagte niemand etwas. Alle genossen das frische, duftende Hefegebäck und bewunderten die Sonne, die hinter den Bergen ein feuriges Gemälde an den Himmel zauberte, bevor die Dämmerung über die Wiese schlich.

»Was meinst du, Julian, jetzt, da wir hier so gemütlich beisammensitzen, könnte Rhea uns eine Geschichte schenken, findest du nicht?«, fragte Herr Tilmans schließlich.

»Da du mich tatsächlich nach meiner Meinung fragst – ja, unbedingt. Du kennst jetzt Vaters Lieblingsort und meinen, Rhea. Jetzt möchten wir etwas über einen Ort hören, der *dir* viel bedeutet. Den Ort, an den du dich träumst, wenn du in deiner Geheimen Zeit bist. Stimmt's, Vater?«

Herr Tilmans lehnte sich behaglich zurück. »Absolut.«

Rhea sah belustigt von einem zum anderen. »Und ich kann mich nicht herausreden?«

»Nein!« Es kam gleichzeitig.

Hinter den Bergen stieg der Mond in die silberblaue Dämmerung, als hätte er kein Gewicht. Rhea wunderte sich darüber, dass ihr hier oben in der klaren Luft und in der Gesellschaft gerade dieser beiden Menschen die Worte ebenso leicht kamen. Denn von diesem Ort hatte sie noch niemandem erzählt.

Und so begann der Sommer, von dem Rhea später nicht wusste, ob er auf der Bahn ihres Lebens ein Hindernis darstellte, an dem sie nicht richtig vorbeikam, oder eine Sprungschanze, die sie direkt ins Ziel trug.

Helenes Striezel mit Orangenmarmelade

500 g Mehl
100 g weiche Butter
100 g Puderzucker
40 g frische Hefe
3 Eigelbe
200 ml lauwarme Milch
1 Eigelb zum Bestreichen

Das Mehl in eine Schüssel sieben, in die Mitte eine Mulde drücken. Hefe mit 3 EL der warmen Milch sowie 1 EL Zucker und 2 EL Mehl zu einer glatten Masse verrühren und in die Mehlmulde gießen. Mit ein wenig Mehl bestäuben und zugedeckt an einem warmen Ort 20 Minuten gehenlassen.

In der Zwischenzeit die Eigelbe mit dem restlichen Zucker und der Butter mit dem Mixer verquirlen. Mit dem Vorteig vermischen und den Teig auf einer Arbeitsfläche gut durchkneten. Mit wenig Mehl bestäuben und gut 1 Stunde an einem warmen Ort ruhen lassen.

Wenn der Teig das doppelte Volumen erreicht hat, noch einmal durchkneten und einen großen oder mehrere kleine Zöpfe flechten. Auf ein Backblech legen und etwa 30 Minuten gehenlassen. Danach mit dem Eigelb bestreichen. Den Ofen auf ca.

200 Grad bei Ober- und Unterhitze vorheizen und dann ca. 45 Minuten backen. Die kleineren Zöpfe natürlich entsprechend weniger.

10–15 Holunderblütendolden
10 g Zitronensäure
1 Liter Orangensaft (frisch gepresst)
1 kg Gelierzucker

Holunderblütendolden zusammen mit der Zitronensäure und dem Orangensaft 24 Stunden lang in einem großen Topf mit Deckel ziehen lassen.
Nach den 24 Stunden die Holunderblüten vom Saft trennen und den Saft mit Gelierzucker kochen lassen. Noch heiß in vorbereitete Gläser füllen, evt. eine Dolde hinzufügen und sofort verschließen.

Rhea

1969

15

Lentjes Geheimnis

Widerstrebend packte Rhea ihre Schulsachen ein, die auf dem Teppich in Lilanis Zimmer verstreut lagen. Die Hausaufgaben waren fertig.

Rhea war gern in Lilanis Elternhaus. Es war hell und luftig. Jeder hatte ein Zimmer für sich, und sogar die Möbel hatten Platz und waren nicht übereinandergestapelt.

Das war zu Hause anders. In dem kleinen Gartenhaus, in dem Rhea und Filine wohnten, konnte man sich kaum rühren. Rhea schlief oben auf dem Hängeboden. Filine schlief auf dem Klappsofa mit den vielen Beinen.

Draußen regnete es. Der salzige Aprilwind pfiff Rhea um die Ohren. Sie liebte solches Wetter, solange es nicht ewig dauerte.

»Willkommen!«, rief Elvar, als sie an das Scheunentor klopfte. Mühsam schob sie es auf und drückte es rasch mit aller Kraft wieder zu, denn der Wind wollte unbedingt mit hereinkommen.

»Hier«, sagte Rhea außer Atem, »eine Bestellung von Lilanis Mutter.« Sie überreichte ihm den Umschlag und hockte sich vor den Ofen, in dem ein Feuer bullerte. Das Salz auf dem Treibholz sorgte dafür, dass die Flammen manchmal grün oder blau oder violett flackerten, und die Feuchtigkeit ließ das Feuer zischen und knacken und Geschichten erzählen.

Elvar las den Brief und legte ihn auf seinen Arbeitstisch. Seit er Rhea die Kugel geschenkt hatte, die die Stille und die Stimme der Dünen beherbergte, hatte er angefangen, solche Kugeln zu verkaufen. Immer mehr Menschen fragten danach. Er stellte sie inzwischen in verschiedenen Größen her, es gab Wind- und Sandkugeln und sogar Wellenkugeln mit Wasser darin. Tatsächlich jedoch verkaufte er von den Stillekugeln am meisten.

»Den Menschen ist die Stille viel wichtiger, als sie es oft selbst wissen«, sagte Elvar. »Wir lieben zum Beispiel im Herbst das Rascheln der Blätter unter unseren Füßen, aber ich glaube, wir lieben es hauptsächlich deshalb, weil dieses Rascheln der Rahmen für die geheimnisvollen kleinen Momente der Stille ist, die dazwischenliegen. Die Seele braucht Räume, in denen sie sich erholen kann.«

Das ist so ähnlich wie bei der Geheimen Zeit, dachte Rhea. »Wie bist du auf die Idee mit den Kugeln gekommen, Elvar?«

Er deutete auf die silberne Kette, die immer an seinem Revers festgemacht war und deren anderes Ende in der Brusttasche seines Sakkos verschwand. Elvar war bis auf den Pfarrer der einzige Mann, den Rhea kannte, der stets einen Anzug trug, selbst wenn er barfuß im Sand lief. »Weißt du, was das für eine Kette ist?«

»Nein.« Rhea hatte immer gedacht, dass diese Kette zu seinem Anzug gehörte wie die silbernen Ketten auf der Friesentracht, die die Frauen zu besonderen Festen trugen.

»Es ist eine Uhrkette. Als es noch keine Armbanduhren gab, trugen die Männer ihre Uhren daran. Diese stammt von meinem Vater. Er war sehr streng. Pünktlichkeit ging ihm über alles. Wenn ich auch nur eine einzige Minute zu spät kam, gab es Prügel. Pünktlichkeit und Disziplin waren ihm wichtiger, als wirklich zu leben.«

»Das klingt nicht schön«, sagte Rhea. Elvars Vater hatte wohl nichts über Geheime Zeit gewusst.

»Genau. Als mein Vater starb und ich die Uhr geerbt habe, habe ich sie darum an jemanden verschenkt, der sie zu schätzen wusste. Ich wollte nichts mit ihr zu tun haben! Aber die Kette habe ich behalten, zur Erinnerung an meinen Vater, der auch seine guten Seiten hatte. Und auch, um mich stets daran zu erinnern, dass die Freude am Leben wichtiger ist als Ordnung, Disziplin und Pünktlichkeit. Obwohl«, Elvar hob einen Zeigefinger, »Ordnung, Disziplin und Pünktlichkeit sind sehr nützliche Eigenschaften, wenn man sie beherrscht. Aber sie dürfen nicht uns beherrschen.«

Rhea verstand nicht ganz, wie er das meinte, aber sie merkte sich seine Worte für später. Elvar sagte nie etwas ohne Grund, und seine Worte hatten ihr schon oft geholfen. Wenn sie einmal nicht weiterwusste, kramte sie sie aus ihrer Gedankenschatzkiste. »Und was hängt dann jetzt am Ende der Kette?«

Er zog sie aus der Tasche. »Die erste Stillekugel, die ich je gefertigt habe. Sie war ein Protest gegen die Uhr. Die Kugel tickt nicht und hat keinen Zeiger. Sie befiehlt mir nichts, und sie macht mir kein schlechtes Gewissen. Sie lässt mich frei sein. Sie ist einfach nur da. Ein Ruhepunkt.«

»Gute Idee.« Rhea überlegte. »Aber Elvar, wenn du nicht sein willst wie dein Vater, warum trägst du dann immer einen Anzug?«

»Das ist eine gute Frage. Ich bin es einfach ein Leben lang gewohnt. Ich glaube auch, ich zolle meiner langen Ahnenreihe von Schlossherren dadurch Tribut und Anerkennung. Ich bin dermaßen froh, dass ich ihr Erbe aufgrund des Krieges nicht antreten musste und wir das kalte, riesige Schloss verloren haben, dass ich diese kleine Sentimentalität bezüglich meiner Herkunft beibehalten habe. Außerdem steht es mir, findest du nicht?«

»Doch.«

»Sieh mal, ich habe etwas Neues ausprobiert.« Er gab ihr eine Kugel in die Hand. Die Oberfläche war mit Sandkörnern bedeckt und trotzdem glatt. »Ich habe Lack darübergesprüht, mehrere Schichten, und sie dann poliert. Wie findest du das?«

Wenn man genauer hinsah, waren die einzelnen Sandkörner zu einem Muster angeordnet. »Toll. Wie hast du das gemacht?«

»Ich habe die Sandkörner mit einer Pinzette unter dem Mikroskop sortiert und dann die Kugel mit Klebstoff besprüht und die Sandkörner darauf angeordnet.« Elvar deutete auf das Mikroskop, das wie ein gutmütiger Dinosaurier auf dem Tisch hockte. »Es ist erstaunlich, wie viele unterschiedliche Farben die Quarzkörner haben und zu welchen Formen Meer, Wind und Brandung sie geschliffen haben. Wusstest du, dass jedes Sandkorn wie ein bewohnter Planet ist? Bis zu tausend biologisch wichtige Bakterien können darauf siedeln. Sie bauen den organischen Abfall ab, den wir und andere Lebewesen an den Stränden hinterlassen.«

Rhea staunte. Gegen so winzige Wesen waren ihre kleinen Krabbenfreunde ja wahre Riesen. Es war wie mit der Zeit: Nichts hatte eine bestimmte Größe oder Länge. Das änderte sich immerzu, je nachdem, wie es mit anderen Dingen zusammenhing. In der Schule brachte ihr niemand so was bei. Ein Glück, dass sie Elvar hatte. Und Skem.

Während der Regen auf das Scheunendach prasselte und es drinnen nach Stroh und Kakao duftete, half Rhea eine Weile dabei, die Sandkörnerplaneten nach Farbe und Größe zu sortieren.

Später musste Elvar fort. Er schloss die Scheune zu und verschwand in die eine Richtung, während Rhea sich auf den Weg nach Hause machte. Eigentlich war der Nachmittag zu schade dafür. Es hatte aufgehört zu regnen, und Rhea war glücklich über das Funkeln des Sonnenlichts an den Kiefern und in den Gräsern. Jeder Tropfen zitterte im Wind und glitzerte in Regenbogenfarben. Nachdenklich blieb sie mitten auf dem Weg stehen und kaute auf einem Stück Tang. Das tat sie gern, wenn sie nachdachte. In dem Tang war der ganze Geschmack der Landschaft enthalten, Jod, Salz, Meer.

Es war doch seltsam. Elvar war erleichtert, dass er nicht mehr mit seinem Vater zusammen in dem alten Schloss leben musste. Rhea aber wusste, obwohl sie erst zwölf wurde, ganz genau, was sie wollte, nämlich genau das Gegenteil von Elvar. Sie wollte unbedingt ihren Vater finden und kennenlernen! Und wenn sie erwachsen war, wollte sie genug Geld verdienen, um in einem richtigen Haus leben zu können. Nicht in einem Schloss natürlich. Auch nicht in einem so großen und hässlichen Haus wie der Pension »Alriks Kwaas«, die einmal ihre Großeltern geführt hatten. Es musste noch nicht einmal so groß sein wie das von Lilani. Nur ein richtiges Haus sollte es sein, mit einer Küche und einem Badezimmer und einem eigenen Zimmer für jeden, der darin wohnte.

»*Buuuh!*«

Rhea zuckte zusammen, aus ihren Träumen gerissen.

Hinter einem Busch sprang ein Junge hervor. »Habt ihr gesehen, das Kraabninje war bei dem irren Adligen. Zwei Blöde zusammen!«

Der Rest der Bande kam nun auch hinter den Büschen hervor und umzingelte sie. Rhea stand ruhig da und sah die anderen an, obwohl ihr das Herz bis zum Hals klopfte. Sie war solche Überfälle gewöhnt, aber sie hatte in diesem Moment nicht damit gerechnet. Doch seit Filine ihr die Uhr geschenkt hatte, gelang es ihr immer besser, den Trick mit der Geheimen Zeit anzuwenden. Sie nahm sich einfach diese Zeit, um zu überlegen, was sie tun sollte, und um sich daran zu erinnern, dass sie etwas besaß, von dem die anderen nichts ahnten. Seit Filines Geschenk hatte sie entdeckt, dass sie mit dieser magischen Zeit allerhand anfangen konnte. Sie wusste nun, dass sie diese Zeit in die Länge ziehen oder stauchen konnte. Jetzt dehnte Rhea sie, bis ihr Herz aufhörte zu klopfen und sie beschlossen hatte, in welche Richtung sie rennen würde. Oder sollte sie stehen bleiben und warten, bis es den anderen langweilig wurde?

Sie konnte die Geheime Zeit auch nutzen, um sich schöne Sachen auszudenken oder Dinge zu bemerken, die die anderen nicht sahen. Manchmal stellte sie sich vor, sie würde in diesem kostbaren hellen Stückchen Zeit, das nur ihr gehörte, ihrem Vater begegnen und mit ihm durch das Watt laufen, zwischen all den leuchtenden Prielen hindurch, in denen sich der Himmel spiegelte. Sie war in der Lage, ihre Geheime Zeit mit verschiedenen Inhalten zu füllen, wie Elvar seine Kugeln.

»Steh nicht so blöd da! Ich rede mit dir«, befahl einer der Jungen erbost und trat einen Schritt näher an sie heran. Rhea verschränkte die Arme und blickte an ihm vorbei. Sie wusste, dass er es nicht leiden konnte, ignoriert zu werden. Und gerade als es so aussah, als würde sie ewig dort stehen bleiben und ins Leere schauen, rannte sie los. Ihre Quälgeister waren so überrascht, dass sich der Kreis öffnete und sie durch die Lücke schlüpfte. Ehe die anderen folgen konnten, hatte sie die Dünen erreicht. Doch statt sich dort zu verstecken, wie es die anderen erwarten würden, lief sie weiter in das Inselinnere.

Als sie anhielt, um zu verschnaufen, stellte sie erschrocken fest, dass sie vor dem Haus von Lentje und Drees stand. Sie wusste, dass die beiden gern für sich blieben. Filine hatte ihr erzählt, dass sie früher einen Kiosk am Strand geführt und so viel mit anderen Leuten zu tun gehabt hatten, dass sie nun, da sie zu alt für den Kiosk waren, gern ihre Ruhe hatten. Auch war Drees körperlich angeschlagen, er hatte einen Schlaganfall hinter sich und konnte nicht mehr gut sprechen.

Doch Rhea kannte Drees und Lentje, denn Filine hatte für Lentje eingekauft, als es Drees so schlechtging.

»Lentje, woher kommen die schönen bunten Kleckse auf deinem Dach?«, hatte Rhea damals gefragt, während sie half, die Tüten in die Küche zu tragen. Das Dach faszinierte sie. Die dunklen Schindeln waren voll roter, gelber, bläulicher und grüner Kreise, manche perfekt rund, andere unregelmäßig. Als hätte ein übermütiger Maler mit seinem Pinsel gespritzt.

»Das sind Flechten, Kind. Drees sagte immer, Zugvögel hätten sie aus Island mitgebracht. Aus irgendeinem Grunde fühlen sie sich bei uns besonders wohl«, sagte Lentje und fügte mit einem Augenzwinkern an: »Ich kann mir auch denken, warum. Aber das ist ein Geheimnis.«

Bald darauf ging es Drees besser, Lentje kaufte wieder selbst ein, und Filine schärfte Rhea ein, die zwei nicht zu stören.

Manchmal dachte sie über das Geheimnis der Kleckse nach, fand aber keine Antwort.

»Da ist sie, die Doofe!« Ein Kiefernzapfen traf Rhea an der Schulter. Die Meute hatte sie fast eingeholt. Anscheinend hatten die anderen Kinder heute nichts Besseres zu tun, als wieder einmal das Kraabniinje zu jagen.

Rhea wollte gerade weiterlaufen, da riss jemand die Haustür auf.

»Komm rein, Kind!« Lentje stand in der Tür und drohte Rheas Verfolgern mit einer dünnen Faust. »Schämt euch! Feiglinge.« Überrascht folgte Rhea ihr ins Haus. Hier war es kühl und dämmrig.

»Magst du etwas trinken? Die Lausejungs werden sich bald verkrümeln. Es wird ihnen schnell langweilig, auf dich zu warten.« Lentje zog sie in die Küche. »Ich habe Kakao. Und Knerken.«

»Ich wollte nicht stören«, sagte Rhea etwas verlegen.

»Oh, du störst nicht. Wie du da eben gestanden hast, hast du mich so an deine Mutter erinnert, als sie nur wenig älter war als du. Du siehst ihr nicht ähnlich, aber du hattest denselben Blick. So als wärest du in deiner ganz eigenen Welt zu Hause.«

»Ich war in meiner Hellen, Geheimen Zeit«, sagte Rhea und wunderte sich über sich selbst. Sie hatte noch niemandem davon erzählt, nicht einmal Elvar. Aber Lentje war besonders. Rhea war sich sicher, dass man ihr Geheimnisse anvertrauen konnte.

»Aha. Das ist schön. Dann passt dein Name gut zu dir.«

»Mein Name? Warum?«

»Rhea war eine griechische Göttin, wusstest du das nicht? Sie und ihr Mann bestimmten den Lauf der Zeit. Außerdem war sie unter anderem die Mutter vom Meeresgott Poseidon, und sie lebte auf der Insel der Seligen. Ich finde, da hat deine Mutter für dich den richtigen Namen ausgewählt. Du lebst auf einer Insel, du liebst das Meer, und du hast eine Geheime Zeit, über die du allein bestimmst.« Lentje hatte ein besonders liebes Lächeln, fiel Rhea auf. »Ich habe auch etwas Geheimes. Komm mit. Ich zeige dir meinen geheimen Raum. Wenn ich Trost brauche oder Zeit für mich, dann ist das der richtige Ort, schon seit ich noch jünger war als du.«

Rhea folgte Lentje gespannt durch einen schmalen Flur. Ganz am Ende öffnete Lentje eine Tür.

»Oooh!«, entfuhr es Rhea. Der Raum war größer, als man es in diesem Haus erwartete. Auf den ersten Blick schien er leer bis auf zwei blaue Schaukelstühle mit sandfarbenen Kissen. Der Boden bestand aus braunen Fliesen, die ein wenig uneben waren vom Alter und den vielen Füßen, die darübergelaufen waren. Ihre Oberfläche glänzte, so dass sich die Fenster darin spiegelten.

Diese Fenster waren es, die Rhea so verzauberten, dass sie nur dastand und schaute. Es waren drei. Sie reichten vom Fußboden bis fast zur Decke und befanden sich alle am Ende des Raumes, wo es einen Erker gab. In der Mitte war das größte Fenster und rechts und links zwei schmalere. Zusammen bildeten sie ein Halbrund, und auch oben endeten sie in halbrunden Bögen.

Doch es waren keine normalen, durchsichtigen Fenster! Es waren Bleiglasfenster, genau wie in der Kirche. Nur waren sie heller in den Farben und ließen mehr Licht durch, das in den Raum fiel und die Wände und den Boden verzauberte. Auch waren keine Heiligen oder Engel darauf zu sehen.

»Geh ruhig näher heran und betrachte alles genau«, ermunterte Lentje sie.

Rhea folgte ihrer Einladung unwillkürlich auf Zehenspitzen. Je genauer sie hinsah, desto mehr entdeckte sie die einzelnen Bilder in den bunten Scheiben, die aus unendlich vielen kleinen Glasstücken zusammengesetzt waren.

Unten gab es einen Streifen, in dem Osterglocken und Rittersporn und Mohn blühten. Der Streifen darüber war breiter und stellte eine Dünenlandschaft dar, mit Gras auf den Hügeln, in dem man den Wind sah. Sogar ein Kaninchen saß dort mit gespitzten Ohren. Der große Rest der Scheibe darüber war blau und bestand unten aus tiefblauem Meer und oben aus hellerem Himmel. Im Wasser gab es Muscheln, Seepferdchen, Quallen, Fische und Eiderenten, und im Himmel flogen Möwen, Austernfischer und Seeschwalben.

»Ist das toll! So etwas Schönes habe ich noch nie gesehen«, flüsterte Rhea.

»Schön, dass es dir gefällt.« Lentje lächelte. »Du brauchst nicht zu flüstern! Das hier ist keine Kirche.« Erst jetzt bemerkte Rhea, dass noch eine leise Stimme durch den Raum klang, die etwas murmelte, das man nicht verstehen konnte. Suchend sah Rhea sich um.

In dem einen Schaukelstuhl saß ein kleiner alter Mann und erzählte vor sich hin. Als er Rheas Blick bemerkte, lächelte er. »Das ist mein Mann, Drees«, sagte Lentje. »Du weißt sicher, dass es ihm nicht mehr so gutgeht. Aber hier, in diesem Raum, ist er glücklich.«

»Das verstehe ich. Wer hat die Fenster bloß gemacht?«, fragte Rhea.

»Das war mein Vater. Er war Glaser. Er ist es geworden, weil er unbedingt Kirchenfenster bauen wollte. Doch gerade als er ausgelernt hatte, geschah ihm etwas Furchtbares. Seine erste große Liebe starb durch einen Unfall, und er verlor seinen Glauben an Gott und an die Kirche. Glaser blieb er trotzdem und reparierte meistens ganz normale Fenster, die kaputtgegangen waren. Seinen Traum aber setzte er hier in seinem eigenen Haus um.« Lentje schmunzelte. »Nicht mit Themen, die mit der Kirche zu tun haben, vielmehr mit der Insel, der Landschaft und den Tieren, die er liebte. Ich kann mich noch genau erinnern, wie ich ihm als kleines Mädchen geholfen habe, die bunten Glasscherben zu sortieren! Für mich war es, als ob die Welt aus bunten Scherben besteht, die man nur richtig zusammensetzen muss.« Sorgsam stopfte sie die Decke um Drees' Beine fest. »Die Scherben, die für andere ein Ende sind und bedeuten, dass etwas kaputt ist, waren für mich ein Anfang, aus dem man machen kann, was man will. Es gab nichts Schöneres für mich, als mit Vater an diesen Fenstern zu arbeiten. Manchmal nahm er mich mit hinaus in die Dünen, und wir überlegten, was das nächste Motiv sein könnte. So kam es zum Beispiel zu dem Kaninchen, das wir an einem ganz besonderen Tag trafen.«

Rhea fiel etwas ein. »Ist das das Geheimnis? Fühlen sich die bunten Flechten auf deinem Dach so wohl, weil es in diesem Haus so viele Farben gibt?«

»Das denke ich gern.« Lentje nickte. »Es könnte doch sein, oder?«

Rhea trat wieder einen Schritt zurück und legte den Kopf in den Nacken. Alle dargestellten Lebewesen kannte sie. Aber ganz da oben, an der Linie, die das dunklere Meer von dem hellen Himmelsglas trennte, entdeckte sie jetzt erst eines, das sie noch nie gesehen hatte. Jedenfalls nicht in Wirklichkeit.

Es war ein sehr großer Fisch, dessen Haut blau schimmerte. Deswegen hatte sie ihn nicht gleich vor dem blauen Hintergrund erkannt. Er hatte einen langen, spitzen Oberkiefer, fast wie ein Schwertfisch. Er besaß eine Rückenflosse, die in dornenartigen Fortsätzen auslief. Und er hatte zwei große Seitenflossen, die wie Schwingen wirkten. Sie trugen ihn aus dem Wasser ein Stück in den Himmel, da er gerade zum Sprung angesetzt hatte. Andächtig blickte Rhea zu ihm hinauf. Sie wusste die Antwort auf ihre Frage, bevor sie sie gestellt hatte.

»Ist das … ist das der Töveree?«

»Ja, das ist er. Mein Vater wollte eigentlich nur wirkliche Lebewesen darstellen. Aber ich habe als Kind die Erzählung vom Töveree so sehr geliebt, dass er für mich eine Ausnahme machte.«

»Hat er denn nicht an den Töveree geglaubt?«

»Einerseits ja. Andererseits war er Realist, und ich glaube, er zweifelte. Doch als man den Grabstein von Marta Gössling fand, da war er auf einmal überzeugt, dass es diesen sagenhaften Fisch wirklich gegeben hat. Ich habe nie ganz verstanden, warum.«

»Wer war denn Marta Gössling?« Rhea war verwirrt.

Lentje setzte sich in den zweiten Schaukelstuhl. Sie reichte Rhea eines der Kissen und bedeutete ihr, sich damit auf den Boden zu setzen. »Hat dir deine Mutter nichts von ihr erzählt? Sie war doch diejenige, die den Grabstein im Watt gefunden hat, damals nach dem Sturm.«

»Nein, davon weiß ich nichts. Erzählst du es mir?« Rhea biss in eine Brezel. Der Kakao schmeckte nach Gewürzen und wärmte herrlich im Bauch.

»Mein Vater war ein Nachfahre von Marta Gössling. Und Marta war die Tochter eines Gärtners, der vor etwa vierhundert

Jahren lebte, in einer Siedlung namens Greenjölk, so geht die Sage. Diese Siedlung ging später in einer Sturmflut unter. Der Gärtner, Willem hieß er, hatte einen grünen Daumen, und das in diesem kargen Land. Die Kräuter, die er zog, hatten angeblich besonders heilsame Kräfte und machten ihn bekannt. Leute kamen von weit her, um sich helfen zu lassen.« Lentje rückte sich behaglich in ihrem Stuhl zurecht. »Und diese heilenden Kräfte sollen etwas mit dem Töveree zu tun gehabt haben. Alle hielten es nur für eine gute Geschichte, bis eben deine Mutter diesen Grabstein fand. Es kam dann auch ein Experte aus Hamburg, ein Freund von Drees, der alles fotografierte und untersuchte und für echt befand. Einige Sachen kamen ins Museum, bevor das Meer alles wieder verschluckte.« Lentje hatte die Angewohnheit, beim Erzählen ihre Finger auf merkwürdige Weise zu bewegen. Als sie Rheas erstaunten Blick bemerkte, erklärte sie: »Ich habe Arthrose, weißt du. Meine Gelenke werden steif, wenn ich sie nicht ständig bewege. Lass dich davon nicht stören.«

Rhea fand nicht, dass es störte. Es wirkte, als würde Lentje beim Erzählen etwas herbeizaubern. Dazu passte gut, dass das Gemurmel von Drees im Hintergrund wie eine Beschwörungsformel klang. Draußen war die Sonne tiefer gerutscht und warf durch die Fenster hindurch noch mehr bunte Lichter auf die Wände.

Sie betrachtete die Fenster noch einmal genauer. Die Blumen im unteren Streifen wollten nicht so recht zum Rest der Landschaft passen. »Warum sind da so viele Osterglocken?«

»Gefallen sie dir nicht?«

»Doch, sehr. Aber die wachsen doch nicht auf den Dünen.«

»Der Streifen stellt auch nicht die Dünen dar. Es ist unser Garten. Osterglocken waren die Lieblingsblumen meiner Mutter.« Lentje stand mühsam auf. »Komm mit, ich zeige dir noch etwas.«

Zu Rheas Überraschung öffnete sie das mittlere große Fenster. Es war gar kein Fenster. Es war eine Tür mit zwei Flügeln! Sie führte in einen Garten. Er war nicht groß, aber rund um eine kleine Rasenfläche blühten Osterglocken und Narzissen golden in der Nachmittagssonne. Hin und wieder stand auch eine weiße dazwischen. Es wirkte, als ob die Fensterscheiben lebendig geworden wären und die dort dargestellten Blumen sich nach draußen in den Garten ausgebreitet hätten.

»Meine Mutter nannte es den Garten der tausend Osterglocken. Inzwischen sind das natürlich mehr als tausend«, sagte Lentje. »Und hier ist noch etwas, das zu den Fenstern passt, sieh mal.« Sie führte Rhea über die Rasenfläche, dorthin, wo die Osterglocken am dichtesten standen.

Hier war ein eckiges Wasserbecken in den Boden eingelassen, nicht tief, vielleicht so, dass es Rhea bis zum Knie gehen würde. »Jemand schenkte meinem Vater einmal eine Kiste Fliesen, die vom Wagen gestürzt war. Sie waren alle in Scherben zerbrochen. Niemand konnte etwas damit anfangen, außer uns.«

»Weil Scherben auch ein Anfang sein können«, sagte Rhea. »Wie wunderschön, Lentje!« Das Wasser in dem Becken war klar, und der Wind spielte auf der Oberfläche, so dass es aussah, als ob die Bilder darunter lebendig wären. Denn das Becken war mit unregelmäßigen blauen Scherben gefliest, die durch ihre Form wirkten, als wären überall Wellen. Dazwischen gab es Bilder von Kraken, Muscheln, Quallen und Delphinen, so ähnlich wie in den Fenstern und doch ganz anders, weil sie diesmal nicht durchsichtig waren.

Das Becken war wie ein Echo der Fenster, aber eben nicht vor dem Himmel, sondern in der Erde.

»Du darfst ruhig die Füße hineinstecken und ein wenig darin herumwaten. Das erfrischt den Kopf«, sagte Lentje.

Rhea folgte dieser Aufforderung nur zu gern. Lentje ließ sie in Ruhe und entfernte inzwischen hier und da verwelkte Osterglockenblüten. Sie hatte recht. Das Waten in dem Becken machte Rheas Füße munter und ihren Kopf ruhig und glücklich.

Jetzt erst sah sie, dass der Garten ganz von einer Mauer umschlossen war. An der Mauer wuchsen wilder Wein und Kletterhortensien, so dass sie noch höher aussah, als sie ohnehin war. In diesen Garten konnte niemand von außen hineinsehen. So blieb Lentjes geheimer Raum geheim.

»Ich glaube, du musst jetzt nach Hause, sonst vermisst deine Mutter dich«, sagte Lentje schließlich. »Grüße sie von mir.«

»Danke, dass du mir das alles gezeigt hast«, sagte Rhea.

»Ich habe mich gefreut, dass du hier warst. Ich habe deine Mutter gern. Ich sehe sie noch vor mir, wie sie in jener Nacht, als sie Greenjölk entdeckten, mit Pinswin und ihrem Nathan bei uns in der Küche saß und Drees zuhörte, der ihnen erklärte, was sie da gefunden hatten.«

Filine und ihr Nathan? Rhea spitzte die Ohren. »Was denn für ein Nathan, Lentje?«

»Hat sie von dem auch nie erzählt? Nathaniel Paleske. Er war ein Flüchtlingsjunge, ein Vertriebener aus Ostpreußen. Er und Filine waren unzertrennlich. Ich weiß gar nicht, was aus ihm geworden ist. Frag deine Mutter. Du kannst gern einmal wiederkommen, Kind.«

Rhea lief nach Hause, den Kopf voller Gedanken. Das magische Zimmer mit den Glasfenstern und dem Töveree und den Garten der tausend Osterglocken vergaß sie ganz in der Aufregung über diese neue Information.

Es hatte einen Nathan gegeben, mit dem Filine eng befreundet war!

Ganz bestimmt war dieser Nathan Paleske ihr Vater.

Filine hatte zwar gesagt, niemand hier hätte ihn gesehen, außer ihr selbst. Und Lentje hatte Nathan gesehen. Aber Lentje hatte ihn als Jungen gekannt. Filine hatte sicher gemeint, dass niemand ihn als Erwachsenen gesehen hatte.

Filine und er waren als Kinder befreundet gewesen, und dann war er fortgegangen, und später war er sicher heimlich wiedergekommen und mit Filine zusammen gewesen. Warum heimlich, konnte Rhea sich nicht genau vorstellen, aber die Erwachsenen hatten ja immer komische Gründe.

Nun wusste sie seinen Namen. Dann würde sie ihren Vater auch finden!

16

Ein Geschenk

»Skem?« Rhea saß auf der Bank vor Skems Hütte und baumelte mit den Beinen. Sie hatte Skem ein Stück Kuchen mitgebracht. Rhea war sich nicht sicher, was er für eine Laune hatte. Er war nie gesprächig. Doch Rhea musste ihn unbedingt etwas fragen, und sie wollte den langen Weg heraus auf den Kniepsand nicht umsonst gemacht haben. »Skem, weißt du, wer Nathan Paleske ist?«

Er sah auf und zog die Brauen zusammen. »Nein. Nie gehört.«

»Lentje sagt, er war ein Freund von Filine.«

Skem beschäftigte sich wieder mit seinem Holz. »Nun, wenn Lentje das sagt, dann wird es wohl so sein. Du weißt ja, ich war lange fort.«

»Lentje sagt, er war ein Flüchtlingsjunge.«

»Siehst du, dann kann ich ihn nicht kennen. Ich war nicht da, als die Flüchtlinge hier waren. Warum fragst du nicht deine Mutter?«

»Sie erzählt mir nicht alles.«

Skem blies Holzstaub von seiner Hand. »Dann wird sie einen Grund dafür haben. Menschen haben Geheimnisse. Das ist nun mal so.« Er klang ärgerlich. Rhea wechselte hastig das Thema. Sie mochte Skem, hatte aber auch eine Menge Respekt vor ihm. Er war ihr manchmal unheimlich. Mit Elvar war es einfacher. »Elvar lässt dich grüßen. Er würde sich freuen, wenn du wieder einmal vorbeikommst.«

»Mhm. Er weiß ja, wo er mich findet.«

»Er wollte dich nicht stören.«

»Diese Angst hattest du offenbar nicht.«

Rhea rutschte von der Bank. »Doch«, gab sie zu. Skem hatte etwas an sich, das bewirkte, dass jeder ehrlich zu ihm war. »Ich geh jetzt wohl lieber.«

Skem sah auf und lächelte plötzlich. Wenn er lächelte, sah er so aus, dass man ihn am liebsten in den Arm nehmen wollte. »Du wolltest unbedingt eine Antwort auf deine Frage, richtig?«

Rhea nickte.

»Nun«, sagte Skem, »wenn es dir so wichtig ist, wirst du es wohl auch herausfinden. Mein Rat bleibt, frage deine Mutter.«

Erleichtert, dass er nicht wirklich böse auf sie war, hüpfte Rhea über die silberglänzenden Priele nach Hause.

Skem hatte wahrscheinlich recht, aber es war jetzt nicht mehr so einfach, ihre Mutter in dieser Sache zu fragen. Rhea hatte es vorgehabt. Aber als sie von dem Besuch bei Lentje zurückkehrte, war Filine nicht zu Hause gewesen. Rhea hatte daraufhin in Filines vollgekritzeltem Adressbuch geblättert und war tatsächlich in dem Durcheinander von Namen auf den Namen Nathan gestoßen. Aus unerfindlichen Gründen stand er unter dem Buchstaben T. Der Nachname Paleske war nicht vermerkt, aber den kannte sie ja. Mehrere Adressen standen darunter, alle durchgestrichen bis auf die letzte. *Thessaloniki*, entzifferte Rhea mühsam.

Filine war immer noch nicht da. Es war nicht verboten, in dem Adressbuch zu lesen, im Gegenteil, Filine hatte sie oft schon gebeten, ihr eine Adresse daraus zu diktieren, wenn sie die Post erledigte. Warum sollte sie diesem Nathan nicht einfach schreiben und ihn fragen, ob er ihr Vater war?

Denn wenn sie Filine fragte, waren die Chancen groß, dass Rhea keine Antwort bekommen würde. Und dann könnte Nathans Adresse vielleicht verschwinden, oder Filine würde ihr verbieten, sich an ihn zu wenden.

Kurz entschlossen hatte sie einen Brief geschrieben und am nächsten Tag eingeworfen, ehe sie der Mut verließ. Sie wusste nicht genau, was für Briefmarken man auf einen Brief nach Griechenland kleben musste, und nahm einfach ziemlich viele.

Seitdem hatte sie ein schlechtes Gewissen, obwohl sie nichts Verbotenes getan hatte. Wie hatte Skem doch vorhin gesagt? *Menschen haben Geheimnisse, das ist nun mal so.* Jetzt hatte sie eben auch eines. »Filine ist doch selber schuld. Sie hätte mir ja einfach längst sagen können, wer mein Vater ist, dann wäre das alles nicht nötig gewesen«, erklärte sie den Krabben.

Das war nun schon über eine Woche her, und wenn Rhea aus der Schule kam, konnte sie es kaum erwarten, die Post aus dem Kasten zu holen.

Filine war in diesen Tagen sehr beschäftigt, und Rhea sollte ihr helfen. Hinter dem winzigen Gartenhaus, in dem sie wohnten, gab es einen windschiefen Anbau, in dem Gartengeräte, Werkzeuge und allerhand Gerümpel lagerten. Filine wollte nicht sagen, weshalb, aber sie war entschlossen, den Raum zu leeren. So schleppten sie jede Menge Dinge hinaus. Danach durfte Rhea den Raum nicht mehr betreten. Schon wieder ein Geheimnis! Rhea hoffte, dass es mit ihrem bevorstehenden zwölften Geburtstag zu tun hatte.

Während sie Filine nebenan rumpeln hörte, betrachtete sie verträumt die Uhr vom Schiff ihres Vaters, tauchte in die Geheime Zeit des hellen Lichtdreiecks vor und hinter dem Zeiger ein und stellte sich vor, dieser fremde Nathan wäre ihr Vater und würde an ihrem Geburtstag vor der Tür stehen. Vielleicht hatte Filine ihm nur nichts erzählt, und er wusste gar nicht, dass er eine Tochter hatte!

Doch am Tag vor ihrem Geburtstag lag ein dicker Brief im Kasten. Ein sehr dicker Brief mit fremden, bunten Marken und einer ulkigen Schrift, mit Schlaufen an den Buchstaben, die sich in alle Himmelsrichtungen reckten.

Rhea nahm ihn mit klopfendem Herzen mit an ihren Lieblingsplatz in den Dünen. Eines der Kaninchen, denen sie manchmal eine Mohrrübe mitbrachte, hoppelte neugierig näher und stieß mit der Schnauze erst gegen Rheas Knie, dann gegen den Umschlag.

»Nicht anknabbern!«, sagte Rhea hastig und zog ihn weg. An eine Mohrrübe hatte sie in ihrer Aufregung nicht gedacht. Ärgerlich riss das Kaninchen an ihrem Schnürsenkel, während sie den Umschlag vorsichtig öffnete. Ein Brief in derselben interessanten Handschrift und ein flaches, in grünes Seidenpapier eingewickeltes Päckchen kamen zum Vorschein.

Liebe Rhea,

ich habe mich sehr über Deinen Brief gefreut! Es wäre mir eine große Ehre gewesen, Dein Vater zu sein. Leider hast Du Dich geirrt. Filine und ich waren und sind sehr gute Freunde, auch wenn wir uns lange nicht gesehen haben.

Hast Du schon einmal etwas von Seelenverwandtschaft gehört? So ist es bei mir und Deiner Mutter. Und weil sie und ich seelenverwandt sind,

sind Du und ich ja auch trotzdem irgendwie verwandt, findest Du nicht? Ich bin nur nicht Dein biologischer Vater. Du denkst jetzt vielleicht, Filine hat mir bloß nichts von Dir erzählt, aber so ist es nicht. Da bin ich mir hundertprozentig sicher!

Eines Tages wirst Du Deinen Vater bestimmt finden. Bis dahin wäre ich gern Dein väterlicher Freund. Klingt komisch, oder? Nennen wir es lieber Vaterfreund, wenn Du willst. Oder sag einfach nur Nathan.

Du kannst Dich jederzeit an mich wenden, wenn Du mich brauchst oder Lust dazu hast, genau wie Deine Mutter. Die Adresse kennst Du ja jetzt. Kann sein, dass die sich öfters ändert, aber dann werde ich es euch beiden mitteilen. Vielleicht lernen wir uns bald einmal persönlich kennen. Das würde mich freuen.

Anbei ein kleines Geschenk. Wenn Du interessante Gedanken hast, schreibe sie ruhig auf, man kann nie wissen, was daraus wird.

Ich wünsche Dir einen wundervollen Sommer auf Deiner zauberhaften Insel. Für mich wird sie immer der schönste Ort auf der Welt sein.

Dein Nathan

Rhea ließ den Brief sinken. Sie hatte gar nicht gemerkt, dass das Kaninchen ein Stück von ihrem Schnürsenkel abgefressen hatte, so vertieft war sie in die netten Zeilen gewesen. Sie war tief enttäuscht, aber gleichzeitig freute sie sich doch. Sie mochte diesen Nathan und seine tanzende Schrift. Ein Vater wäre toll gewesen, aber so ein Freund draußen in der Welt, das fühlte sich auch sehr gut an, neu und spannend.

Rhea steckte den Brief sorgfältig in ihre Tasche, damit ihn der Wind nicht stahl, und wickelte das Päckchen aus. Darin war ein Notizbuch. Als sie es öffnete, entfalteten sich zwischen den leeren Seiten kleine Papierfiguren. Einmal war es ein Fahrrad, einmal ein Blumenstrauß, ein andermal ein Vogel, eine Bank oder sogar ein Leuchtturm. Als sie mit dem Umblättern und Staunen fertig war, war ihre Enttäuschung fast verflogen. In dieses Buch würde sie alles eintragen, was ihr Wichtiges oder Verrücktes einfiel, und vielleicht würde ihr das am Ende sogar helfen, auf die Lösung des Vaterrätsels zu kommen.

Zu Hause wartete Filine schon mit dem Essen. Zwischen den Spaghetti und dem Pudding beichtete Rhea ihr, dass sie an Nathan geschrieben hatte, und zeigte Filine den Brief und das Notizbuch. »Bist du jetzt böse auf mich?«

Filine blätterte bewundernd in dem Buch. Dann sah sie auf. »Ich hätte es viel besser gefunden, wenn du mich gefragt hättest. Aber Nathan ist ein sehr guter väterlicher Freund für dich. Es gibt keinen anderen, dem ich so bedingungslos vertraue. Wie kommst du nur darauf, dass er dein Vater sein könnte?«

»Lentje hat erzählt, dass ihr früher gut befreundet wart. Ich hatte seinen Namen noch nie gehört, deshalb dachte ich, vielleicht ist er das Geheimnis.« Erleichtert streute Rhea reichlich Nüsse auf ihren Pudding.

»Weißt du, das ist so: Nathan und ich sind wirklich seelenverwandt. Das ist etwas sehr Kostbares. Einem Seelenverwandten begegnet man nicht oft im Leben. Seelenverwandtschaft ist einfach und klar und wunderschön. Mit der Liebe ist das viel komplizierter. Liebe kann kaputtgehen und verletzen, so schön sie auch sein kann. Deswegen haben Nathan und ich damals beschlossen, unbedingt nur beste Freunde zu bleiben. Damit es niemals kaputtgehen kann.«

Rhea rührte nachdenklich in ihrem Pudding. Irgendwie klang das einleuchtend. Aber traurig war sie schon, dass sie nun immer noch nichts Neues über ihren Vater wusste.

Filine sah wohl dieses Bedauern in ihrem Gesicht, denn sie schob ihre leere Schüssel zurück und verschränkte die Arme vor der Brust. »Weißt du, was?«, sagte sie entschlossen. »Du hast zwar erst morgen Geburtstag, aber aus gegebenem Anlass verrate ich dir heute schon etwas über die Überraschung, die du bekommst. Es ist nämlich etwas, das genau wie die Uhr von dem Schiff stammt, das deinen Vater hergebracht hat. Aber diesmal ist es tatsächlich ein Geschenk, das er mir gemacht hat. Jetzt sollst du es bekommen. Und nicht nur das, es gehört auch noch etwas dazu. Etwas Großes!«

Rhea war so aufgeregt, dass sie kaum einschlafen konnte.

Beim Frühstück fiel es ihr schwer stillzusitzen.

Endlich stand Filine auf und kam mit einem Seidentuch wieder, mit dem sie Rhea die Augen verband. Dann nahm sie sie an die Hand. »Dein Geschenk ist nämlich draußen. Und auch wieder nicht. Es ist gleichzeitig draußen und drinnen.«

Wie konnte das sein? Rhea versuchte, das Rätsel zu lösen, während sie sich von Filine führen ließ. Der Weg war zu lang für ihre Ungeduld. Erst später bemerkte sie, dass Filine mit ihr einmal rund um Alriks Kwaas gegangen war, um sie in die Irre zu führen. »Vorsicht, hier kommt eine Tür! So, nun darfst du gucken.« Filine nahm ihr das Tuch ab.

Staunend sah sich Rhea um. Sie stand in einem kleinen, aber sehr gemütlichen fremden Raum. Unten um die Wände herum liefen hellblaue Wellen, über denen Möwen flogen, und oben war alles sonnengelb gestrichen, auch die Decke. In der Mitte hing eine Lampe in Form eines großen Ballons aus Papier, auf den Krabben gemalt waren. In einer Ecke stand ein Bett, daneben ein Schrank und ein kleiner Schreibtisch.

Das Beste aber war ein sehr merkwürdiger und ziemlich großer Stuhl, nein, ein Sessel.

Rhea lief hin und sah ihn sich genauer an. Er war aus unregelmäßigen Ästen zusammengezimmert. Der Sitz war eine merkwürdige Holzscheibe, die oben schön glatt und glänzend war, aber außen herum Zacken und Dellen hatte, wohl weil der Baumstamm, aus dem sie geschnitten worden war, nicht ganz rund gewesen war. Die Beine und die Armlehnen und die äußeren Streben der Rückenlehne waren voller Schnitzereien. Als Rhea das genauer betrachtete, entdeckte sie Libellen und Käfer, Schmetterlinge und Raupen, winzige Vögel und eigenartige Blüten, Samen und Früchte.

»Sieh mal hier«, sagte Filine und zeigte auf die rechte obere Ecke der Rückenlehne. »Da ist ein kleiner Halter, und darin ist eine Lupe versteckt. Mit der kannst du die Schnitzereien ganz genau betrachten. Diese Lupe gehört zum Stuhl, sie war immer schon dort. Ihr Griff ist aus demselben Holz und auch geschnitzt. Ich nehme an, der Künstler wollte, dass jeder sieht, wie viel Liebe er in die Details gesteckt hat. Wenn man lange genug hinsieht, denkt man, die Käfer fangen an zu krabbeln und die Blüten zu duften. Der Stuhl ist sogar bequem, auch wenn er nicht so aussieht. Dein Vater sagte, er würde sich darauf wie auf einem Thron fühlen.« Filine schmunzelte. »Er hat dieses merkwürdige Möbel weit geschleppt, um es mir zu schenken. Er hatte sogar blaue Flecken auf den Schultern deswegen. Du siehst also, es ist ein wertvolles Geschenk, das jetzt dir gehört.« Filine lächelte über Rheas offenen Mund. »Setz dich doch mal!«

Mit angehaltenem Atem setzte sich Rhea auf den Stuhl ihres Vaters.

Es fühlte sich wirklich wie ein Thron an. Jedenfalls stellte sie es sich so vor, wenn sie den alten Märchen lauschte. »Aber Filine, wo sind wir denn hier?«

»Ach ja, das ist das Große, das zu dem Stuhl gehört. Es ist höchste Zeit, dass du ein eigenes Zimmer bekommst. Ich habe den Anbau isoliert und tapeziert und gestrichen und eine Heizung installiert. Nun hast du sogar einen eigenen Eingang. Ab jetzt ist dies dein eigenes Reich. In unser Wohnzimmer hätte der Stuhl auch nicht hineingepasst. Deswegen stand er bis jetzt gut versteckt in Alriks Kwaas auf dem Dachboden. Nun darf er wieder am Leben teilnehmen. Freust du dich?«

Ob sie sich freute? Rhea war sprachlos. Als Erstes würde sie gleich nachher an dem neuen Tisch etwas darüber in Nathans Notizbuch schreiben.

»Deine Uhr können wir jetzt auch hier aufhängen, wenn du möchtest.«

»Au ja.« Wenn zwei Dinge von ihrem Vater in diesem Zimmer waren, war es fast, als hätte er es mit eingerichtet. Ihr fiel ein, was Lentje gesagt hatte. »Filine, warum hast du mich Rhea genannt?«

»Rhea hieß bei den alten Griechen die Göttin, die den Lauf der Zeit bestimmt. Ich fand schon immer, dass Zeit eine spannende Sache ist, und ich finde es gut, wenn man ihr nicht hilflos ausgeliefert ist, sondern sich einmischen kann. Außerdem passt der Name zu dem deines Vaters.«

Rhea wäre fast vom Stuhl gefallen. »Wie hieß er denn?«

»Du weißt doch, Geschichten bekommt man nicht einfach nur so. Die wichtigen Geschichten sind ein Geschenk. An diesem Geburtstag hast du genug Geschenke erhalten. Alles andere ist eine Geschichte für einen anderen Tag. Was meinst du, wollen wir deinen Geburtstagskuchen nachher mit Skem und Elvar teilen? Du könntest sie hierher in dein neues Zimmer einladen.«

An Filines Tonfall erkannte Rhea, dass das Thema Vater für heute unwiderruflich beendet war.

Doch ab jetzt konnte sie in ihres Vaters Stuhl sitzen und an ihn denken und überlegen, wie er sich dort gefühlt hatte, während die Zeiger der Uhr von seinem Schiff ihr die Helle, Geheime Zeit zeigten, mit der sie inzwischen so viel anzufangen wusste.

Mit dieser Zeit konnte sie machen, was sie wollte.

Denn sie war Rhea, die den Lauf der Zeit bestimmte. Und so würde die Zeit am Ende auch ihre Geheimnisse preisgeben, zum Beispiel, wer Rheas Vater war und wo der Töveree sich versteckte, davon war sie überzeugt.

Rhea

1980

Kärnten

17

Abenteuersommer

Der letzte Widerschein vom Sonnenuntergang war längst vom Himmel verschwunden. Rhea konnte Julian und Herrn Tilmans kaum noch sehen. Das Windlicht, das sie inzwischen angezündet hatten, warf einen flackernden Kreis auf den rohen Holztisch, alles andere konnte man nur als Silhouette erahnen.

Sie hatte vorhin schon aufhören wollen zu erzählen. Doch ihre beiden Zuhörer baten unbeirrbar um mehr. Es war so gemütlich hier oben, eine kleine Insel in der Weite. Es gab nur sie drei, und der Rest der Welt ging sie nichts an. Es war eindeutig Geheime Zeit, die sie sich hier und heute genommen hatten, doch zum ersten Mal war Rhea in dieser nicht allein.

Einen Augenblick herrschte Stille, als sie geendet hatte, dann bewegte sich Herr Tilmans. Rhea hörte es nur daran, dass das Holz der Bank unter ihm knackte. »Danke, Rhea! Die Vorstellung, dass Ihr Vater Ihnen einen Thron hinterließ, finde ich beeindruckend. Es ist, als ob er sagen wollte: *Du kannst mit deinem Leben tun, was du möchtest. Es ist deines, und du bist seine Königin!* Auch wenn er Ihnen nicht viel hinterlassen hat, so doch immerhin dies und einen Satz, der ein Versprechen ist. Ich finde, das ist eine ganze Menge.«

»Mir gefällt dieser Elvar, der als Protest gegen seinen Vater eine Kugel statt einer Uhr trägt«, kam Julians Stimme leise durch die Dunkelheit.

Herr Tilmans blickte seinen Sohn eine Weile an und nickte dann. »Ich mochte Elvar auch, als ich mit ihm sprach. Seine kluge Gelassenheit hat mich beeindruckt.«

»Ich möchte auch mal auf diese Insel und diese Menschen kennenlernen«, sagte Julian mehr zu sich selbst.

Herr Tilmans knipste seine Taschenlampe an und zielte mit dem Lichtkegel den Abhang hinunter, auf dem Tautropfen glitzerten. Der Berg wirkte viel steiler als bei Tag, und der Lichtkegel reichte nicht weit. »Wir sollten uns auf den Weg machen, Rhea. Bleibst du hier, Julian, oder kommst du mit?«

Auch Julian knipste eine Lampe an. »Wollt ihr wirklich da hinunter? Jetzt? Ich habe vier gute Matratzen und Decken anzubieten. Meine Skatfreunde übernachten gelegentlich hier oben. Wenn es euch genügt, gibt es außerdem Käse, Knäckebrot und Kaffee zum Frühstück. Ich habe sogar ein paar neue Zahnbürsten auf Vorrat. Deinen Standards wird es wahrscheinlich nicht genügen, Vater. Dafür kann ich einen erstklassigen Sonnenaufgang anbieten.«

»Hast hier ein eigenes Hotel aufgemacht, was?« Herr Tilmans klang belustigt. »Nun, da ich mir sowieso gerade vorkomme wie im Pfadfinderlager, was eine durchaus angenehme Erinnerung ist, warum nicht? Rhea, was meinen Sie?«

Rhea war erleichtert, nicht im Dunkeln den Berg hinunterkraxeln zu müssen. Das Erzählen hatte sie müde gemacht. »Sehr gerne!«

Es war kühl, aber die Decken waren dick und die Matratzen überraschend bequem. Rhea lag in ihrer Ecke und hörte Julian zu, der der Ukulele noch eine kleine, zärtliche Melodie entlockte, bevor er das Licht löschte. »Gute Nacht, liebe Gäste.«

Es dauerte, bis Rhea einschlief. Eine Weile lauschte sie den beiden unterschiedlichen Atemzügen in den anderen Ecken. Sie war nie in einem Pfadfinderlager gewesen, aber ein ausgelassenes Feriengefühl erfüllte sie. Sie war voller Energie und konnte es kaum erwarten, mit den Plänen für die Minigolfbahnen anzufangen.

Draußen musste der Mond aufgegangen sein, denn vor der Ritze unter der hölzernen Tür lag ein blausilbernes Schimmern auf den Brettern. War das ein gutes Zeichen? Fast schuldbewusst fiel ihr der Töveree ein.

Die Geschichte vom Töveree hatte Filine und Rhea all die Jahre verbunden, ihnen Kraft gegeben und sie getröstet, wenn sie sich einsam fühlten. Allein das Gefühl, dass da draußen ein freundliches Wesen sein könnte, das Hoffnung gab, hatte ihnen geholfen.

Aber nun war Rhea nicht mehr allein. Da war Her Tilmans, der sich beinahe wie ein Vater benahm, und Julian, mit dem sie reden und lachen konnte wie noch nie mit jemandem in ihrem Alter.

Der Töveree war schon so lange verschollen, die Suche nach seiner Schuppe und was aus ihm geworden war konnte warten.

Tatsächlich hatte sie in den darauffolgenden Wochen keine Gelegenheit, um an den Töveree Fisk auch nur zu denken. Wenn sie wirklich einmal etwas Zeit übrig hatte, wanderte sie zum Karjannbach, baute dort Staudämme und probierte so aus, wie sie sich den Verlauf der jeweils nächsten Minigolfbahn vorstellte. Allein mit dem Rauschen, dem Duft nach Kräutern und den hohen, hellen Berggipfeln, fühlte sie sich hier an einem Ort, der weit über der Welt schwebte, dem Himmel ebenso nahe wie der Erde.

Nie würde sie das Aroma dieses Wassers vergessen, das wie

das Leben selbst schmeckte. Auch nicht dessen absolute Klarheit. Dass überhaupt etwas so rein und durchsichtig sein konnte! Hier war die Helle, Geheime Zeit flüssig geworden, so dass Rhea sie sehen, trinken und darin waten konnte und ihr Prickeln auf der Haut, im Bauch und in der Seele fühlen.

Nicht weit vom Bach entfernt, entdeckte sie zusammengefallene Bretter, die wohl auch einmal eine Hütte gewesen waren. Nun reichten sie gerade aus, um im Schutz einiger Felsen eine einfache Bank damit zu bauen, auf der Rhea sitzen und träumen konnte. Was ihr diesen Ort so lieb machte, war, dass es um die Hütte herum einmal einen Garten gegeben hatte. Hier und da waren Reste von Beeten zu erkennen, und es wuchsen neben Enzian und Edelweiß, die es hier ohnehin gab, auch Rittersporn und Mädchenauge und Schleifenblumen. Selbst ein paar Erdbeeren reiften. Roter Klee duftete beinahe zu süß, wenn sich die Wärme zwischen den Steinen fing, nun, da die Sonne immer höher stieg und die Tage länger wurden. Eine der Eidechsen wurde so zutraulich wie zu Hause die Krabben. In ihrer stillen Gesellschaft ruhte sich Rhea gern nach einem Arbeitstag aus.

Sie nahm ihren Proviant mit hinauf in ihren Schlupfwinkel, und Briefpapier.

Liebe Lilani,

Stell Dir vor, Julian und ich haben ein eigenes Büro bekommen. Hättest Du geglaubt, dass ich einmal ein Büro in einem großen Hotel haben würde? Es fühlt sich komisch an und trotzdem toll. Wir brauchen viel Platz, denn wir müssen ja unsere Pläne sortieren. Das Angebot von Geschichten für die Minigolfbahnen war riesig. Ich habe von Arbeitern in den Goldminen gelesen, von Musikern, Schauspielern, Bildhauern und Architekten. Von Fremdenführern in Tropfsteinhöhlen, von Weinbauern und Viehhirten, Konditoren und Kaffeehausbesitzern. Von Liebespaaren, die der Krieg trennte und die sich wiederfanden. Es war unglaublich schwer, eine Auswahl zu treffen!

Aber Du glaubst nicht, was für einen Spaß es gemacht hat, das mit Herrn Tilmans und Julian zu diskutieren und zu durchdenken und zu sortieren und schließlich ein Konzept zu finden. Wir haben uns mit dem Künstler getroffen, den Julian kennt, und der hat ungewöhnliche und tolle Ideen. Wenn ich einmal nicht mit dem Projekt beschäftigt bin, dann zeigen mir Herr Tilmans und Julian das Hotel. Ich darf den Küchen- und den Zimmermädchen über die Schulter schauen und zum Glück auch der wundervollen Köchin Helene. Außerdem bekomme ich Einblicke in die Buchführung. Jedes Zimmer ist so schön eingerichtet. Und was man dabei alles bedenken und beherrschen muss! Ich habe nie gewusst, dass es so spannend und so beängstigend kompliziert ist, ein Hotel zu führen.

Ich habe oft Heimweh. Manchmal denke ich, ich kann es ohne Wellenrauschen keinen Tag länger aushalten. Sogar nach den Kaninchen in den Dünen sehne ich mich! Und Du fehlst mir auch.

Und trotzdem, weißt Du, was mir Freude macht? Mit Herrn Tilmans und Julian so viel Zeit zu verbringen! Das ist wie die Familie, die ich immer vermisst habe. Wie ein Bruder und ein Vater. Es ist eine richtig enge Kameradschaft zwischen uns dreien entstanden. Julian und sein Vater reden plötzlich über alles miteinander. Na ja, nicht alles, aber es ist doch, als wären sie Freunde. Und ich gehöre dazu! Sie sagen, sie haben es mir zu verdanken, dass sie sich so gut verstehen, aber sie geben mir viel mehr als ich ihnen. Es ist eine geliehene Familie, aber sie füllt ein Loch in mir. Jetzt weiß ich wenigstens, wie es sich anfühlen könnte, einen Vater zu haben.

Und weißt Du, was mir noch gefällt? Mit Julian zusammen bin ich richtig gut in meinem Job! Am Anfang hatte ich Angst, dass ich das alles nicht schaffe. Hier arbeiten nur Leute mit einer großartigen Ausbildung, und ich habe nichts gelernt. Ich habe noch nicht mal die mittlere Reife, weil ich es in der Schule nicht mehr ausgehalten habe, weißt Du noch? Aber das hier kann ich, und ich mache es gut, sogar die Gespräche mit all den fremden Leuten fallen mir leicht. Sie haben so viel zu erzählen, und ich darf daraus Minigolfbahnen machen. Neben jede Bahn kommen der Name und die Geschichte des betreffenden Menschen auf eine Tafel. Es ist wie das dreidimensionale Notizbuch, das Nathan mir geschenkt hat. Ich denke, die Gäste werden viel Freude daran haben.

Stell Dir vor, Herr Tilmans hat schon Flyer gedruckt, die mit Vaters Satz Werbung dafür machen und jetzt im Hotel ausliegen, obwohl wir erst Ende September eröffnen. Beim ersten Schnee wird die Anlage bis zum Frühling geschlossen, aber Herr Tilmans möchte trotzdem gern einen ersten Eindruck vom Betrieb haben. Dann kann man den Winter über noch etwas verbessern, wenn es nötig ist.

Bis dahin will ich die Zeit mit Julian, Herrn Tilmans und den Bergen genießen. Auch wenn ich oft hundemüde bin von den langen Nächten. Es gibt noch so viel zu besprechen nach Feierabend, dass ich mit Julian noch lange vor seiner Hütte sitze. Jetzt sehe ich Dich lächeln … Ich wüsste gern, was Du auf deine Tafel schreiben würdest zu all dem, was Du jetzt weißt, und freue mich sehr auf Deine lieben Neuigkeiten von zu Hause.

Es umarmt Dich
Deine Rhea

Die Kirschbäume und die Apfelbäume blühten auf, streuten weißes Konfetti in den Wind, trugen erst kleine grüne Kugeln und dann dicke rote. Die Fohlen auf den Weiden, die ungelenk auf ihren dünnen Beinen über das Gras gestakst waren, lernten das Galoppieren. Das junge grüne Getreide erhob sich bald dicht und golden auf den Feldern, wo der Wind Wellen hineindrückte, die Rhea an zu Hause erinnerten. An den Hängen reifte der Wein.

Filine schrieb davon, wie gut die Saison lief und wie viele Feriengäste auf die Minigolfanlage kamen. Dass das Buch, das Lucas über die Insel schrieb, Gestalt annahm und dass Nathan einen Bootsbauer gefunden hatte, der mit ihm an seinem Lieblingsprojekt tüftelte, einem Boot, das mit der Kraft von Sonnenlicht fuhr. Die Großeltern meldeten sich aus Indien. Dort waren sie, weil sie das plötzliche Bedürfnis gehabt hatten, etwas über den Teeanbau zu erfahren. Der August schließlich legte am Ende Hitze über das Land und auf die nagelneuen Minigolfbahnen, die immer mehr Gestalt annahmen.

Befriedigt betrachtete Rhea die Kräuter, die auf der Bahn eins die Hindernisse darstellten. Echte Heilkräuter, wie sie Karjann benutzt hatte. Sie waren gut angewachsen und bildeten ein duftendes Labyrinth, durch das die Gäste bald Bälle manövrieren würden.

Bahn für Bahn kontrollierte sie und machte sich Notizen, was hier noch gestrichen und dort noch glattgeschliffen werden musste.

Bei Bahn sieben kniete sie sich hin und korrigierte den Sitz der kleinen Hängebrücken, die an bizarren Felsen entlangführten. Hier wurde die Geschichte eines Arbeiters erzählt, der den Wanderweg durch die Flüsterklamm gebaut hatte. Rhea war mit Julian selbst in der Klamm gewesen und wusste, dass sie dieses Erlebnis nie vergessen würde. Tief hatte sich ein Fluss in den Felsen gegraben. Die steilen Wände rechts und links waren feucht und moosig, der schmale Pfad mit den Brücken glitschig und unheimlich, und das Tosen des Wassers ebenso gewaltig wie der schmale Himmel oben fern und kaum erkennbar war. Rhea hatte sich noch nie so klein und zerbrechlich gefühlt. Dieses Gefühl auf der Minigolfbahn nachzustellen war besser gelungen, als sie gedacht hatte. Sie freute sich jetzt schon darauf, zu beobachten, wie die Gäste die Bälle die Brücken entlangrollen ließen. Eine anspruchsvolle Herausforderung.

»Sagen Sie, dieser Satz! Der Slogan auf Ihrer Werbung. Der ist doch aus einem Gedicht, oder? Ein Zitat. Müssten Sie da nicht die Quelle angeben?«

Rhea zuckte zusammen und drehte sich verblüfft um. Sie war so in ihre Arbeit vertieft gewesen, dass sie nicht bemerkt hatte, wie eine ältere Frau und ihr Mann herbeigeschlendert waren. Stirnrunzelnd betrachtete die Frau das Plakat, das an dem neuerrichteten Zaun hing. Herr Tilmans hatte es bei Baubeginn dort befestigt.

Eines leuchtenden Tages
begegnest du jemandem, der dich
meerestiefhimmelweitsommerhell
lebendig macht.

Um Ihnen zu zeigen, wie unterschiedlich die
Lebenswege sind, auf denen dies passieren kann,
laden wir Sie ein, hier spielerisch die Geschichten
einiger Menschen unseres Landes zu erfahren.

Eröffnung der neuen Minigolfanlage
am 20. September

Rhea stand auf. Ihr Herz fing an zu klopfen. Nervös wischte sie sich die Hände an ihrer Hose ab. »Guten Tag. Sie kennen diesen Satz?«

»Ich meine, ihn in einem Gedicht gelesen zu haben. Ich komme nur gerade nicht auf den Titel und den Autor. Aber den hätten Sie doch hinschreiben müssen! Es ist nicht richtig, zu einem Zitat keine Quelle anzugeben.«

»Lass doch, Sigrid. Ist nicht wichtig. Wir wollten nur Kaffee trinken gehen.« Der Mann versuchte, seine Frau weiterzuziehen.

»Ich kenne die Quelle nicht«, sagte Rhea. »Ich wusste nicht, dass es eine Zeile aus einem Gedicht ist. Den Satz hat einmal ein – ein Freund an meine Mutter geschrieben. Könnte es sein, dass Sie ihn einfach mal von jemandem gehört haben?«

Die Frau runzelte die Stirn. »Nein. Ich komme noch darauf. Ich werde nachschlagen.«

»Wohnen Sie im Hotel?«, fragte Rhea. »Wenn Ihnen die Quelle einfällt, wäre ich Ihnen sehr dankbar, wenn Sie sie mir mitteilen.«

»Worauf Sie sich verlassen können«, sagte die Dame. »Schließlich muss alles seine Richtigkeit haben!«

Rhea sah ihnen nach. Trotz der Hitze fröstelte sie. Darauf war sie nie gekommen, dass ihr Vater diesen Satz irgendwo abgeschrieben haben könnte!

»Warum siehst du so traurig aus?« Sie hatte Julian nicht kommen hören.

»Ach, da war eine Dame, die behauptet, dass der Satz nicht von meinem Vater, sondern aus einem Gedicht ist. Wenn das stimmt, dann ist es völlig sinnlos, ihn zu suchen! Dann werde ich ihn niemals finden, denn dann habe ich gar keinen Anhaltspunkt mehr.«

Julian sah sie bestürzt an. »Du hast mir meinen Vater wiedergegeben. Ich wünschte, ich könnte etwas tun, um dir bei der Suche nach deinem zu helfen.«

»Ihr streitet euch doch immer noch.«

»Ja, aber wir reden darüber. Und wenn wir nicht streiten, vertragen wir uns prima. Das ist neu.«

Na, immerhin. Rhea wies auf die Anlage. »Das hier sieht schon phantastisch aus, findest du nicht? Wir sind bald fertig. Termingerecht! Sind wir nicht großartig? Das beste Team aller Zeiten!« Sie beschloss, vorerst nicht mehr an ihren Vater zu denken.

Julian betrachtete ebenfalls zufrieden die Minigolfbahnen, von denen nur noch die letzten drei im Bau waren. »Ja, tatsächlich. Ich hätte nie gedacht, dass wir das so gut hinbekommen. Stell dir vor, sogar mein Vater hat nichts daran auszusetzen. Ganz im Gegenteil. Ein Wunder. Ich glaube, du bist auch eine Art Hexe. Im positiven Sinne. Der Geist der alten Karjann lebt in dir weiter!« Neckend zog er sie am Ohrläppchen.

Doch abends im Bett konnte Rhea nicht einschlafen. Der Gedanke, dass sie die letzte Verbindung zu ihrem Vater verloren hatte, weil es sie nie gegeben haben könnte, quälte sie.

Außerdem begann sie sich zu fragen, was sie im Winter auf Amrum mit sich anfangen sollte, außer wieder zu kellnern. Und was im Frühling, wenn Lucas sich doch so wunderbar mit Filine um die Minigolfanlage kümmerte? War sie dort etwa überflüssig geworden?

Das Gefühl der Leere verstärkte sich am nächsten Tag, als sie mit Herrn Tilmans und Julian am gewohnten Tisch im Hotelcafé saß. Sie hatten eine Lagebesprechung hinter sich und dabei festgestellt, dass es nicht mehr viel zu tun gab. Um die Eröffnungsparty kümmerte sich das Catering. Unlustig schob Rhea ihre Kärtner Kasnudeln, die sie sonst so gerne aß, auf dem Teller hin und her.

»Chef, die Post.« Ein Page tauchte auf, deponierte einen Stapel Briefe zwischen Vater und Sohn und huschte wieder davon. Herr Tilmans blätterte sie durch. »Nanu, was ist das? Das ist für Sie, Rhea. Von Ihrer Mutter. Aber was ist das für ein interessantes Siegel? Dass überhaupt noch jemand Siegellack benutzt! Wie schön und ungewöhnlich. Es zeigt einen Schmetterling über einer Kerze. Was bedeutet das?«

Rhea betrachtete beklommen den Abdruck auf dem Siegel. »Das ist eine Warnung. Es bedeutet: *Verbrenn dir die Flügel nicht.* Meine Mutter hat das alte Siegel in Urgroßvater Garrelfs Truhe gefunden. Es hat einen hohlen Griff, in dem mehrere Plättchen sind, die man benutzen kann. Ein Löwe steht für Kraft und ein Hund für Treue. Ein kleiner Brief heißt: Schreib mir bald zurück. Ein Schiff bedeutet Sehnsucht.«

»In der Truhe, in der die Uhr mit der Geheimen Zeit aufbewahrt war?«, fragte Julian.

Herr Tilmans bestellte noch eine Runde Kaffee und Streuselkuchen.

»Und wovor möchte Ihre Mutter Sie warnen?«, fragte er.

Rhea war in den Brief vertieft und hörte ihn nicht.

»Warum siehst du so besorgt aus? Ist etwas passiert?«, fragte Julian schließlich, als sich das Schweigen dehnte.

»Der Pächter unseres alten Familienhotels hat gekündigt. Aus Altersgründen. Das ist nicht gut! Meine Mutter braucht die Pacht. Von der Minigolfanlage allein kann sie nicht leben.«

»Wie bitte? Ihr besitzt ein Hotel? Warum führt ihr es dann nicht selbst?« Die Frage kam von Julian, aber in Herrn Tilmans Gesicht stand überdeutlich dieselbe zu lesen, als Rhea aufsah.

Zwei entgeisterte Augenpaare blickten sie an, als hätte sie eine schwerwiegende Sünde begangen.

Kärtner Kasnudeln

500 g Mehl
5 Eier
Salz
1 TL Öl
500 g mehlige Kartoffeln, gekocht
500 g Quark (bröselig: Topfen)
1 Bund Minze, gehackt
1 TL Majoran
1 TL Thymian
1 große Zwiebel
2 Zehen Knoblauch
Mehl zum Ausrollen

Für den Teig Mehl, Eier, etwas Salz und Öl zu einem glatten Teig verkneten, abgedeckt mindestens 1 Stunde, besser noch über Nacht ruhen lassen.

Für die Füllung Kartoffeln durch die Presse drücken oder grob reiben, mit Topfen, gehackten Kräutern und Salz gut vermengen. Die Zwiebel fein würfeln und gemeinsam mit gehacktem Knoblauch in Öl glasig andünsten, zur Kartoffelmasse geben und gut unterrühren.

Aus der fertigen Masse Kugeln in Walnussgröße rollen.

Den Teig dünn rechteckig ausrollen, in Bahnen von ca. 15 cm Breite schneiden und die Kugeln mit einem Abstand von ca. 4 cm auf die Bahnen legen, den Teig über die Kugeln zusammenklappen, dass sich die Teigränder wieder treffen, mit den Händen festdrücken und teilen. In siedendem Salzwasser kochen, bis die Nudeln an der Oberfläche schwimmen.
Mit brauner Butter servieren.

Filine

1951

18

Rückkehr

»Sag mal, macht dir das Spaß?« Pinswin verteilte Teebeutel in Teekannen und betrachtete dabei seine Zwillingsschwester. Sie setzte sorgfältig Eier in Eierbecher, versah sie mit bunten Eierwärmern in Segelschiffgestalt und verteilte sie auf Frühstückstabletts, zusammen mit säuberlich gefalteten Papierservietten.

Filine hielt erstaunt inne. »Ich habe nicht darüber nachgedacht. Es hat sich richtig angefühlt, unseren Eltern diesen Urlaub zu schenken, findest du nicht?«

»Doch. Schon. Irgendwie ist es auch toll, hier für vier Wochen Boss in der Pension zu sein.« Pinswin prüfte kritisch die Farbe des Tees. »Aber dass sie gleich bis Südafrika wollten, hat mich schon überrascht. Wo sie doch sonst noch nie weg waren.«

»Gerade deswegen haben sie es verdient.« Filine ließ die Tabletts Tabletts sein und verschränkte die Arme. »Pinswin, ich mach mir Sorgen. Hast du nicht das Gefühl, dass Mutter immer unzufriedener wird? Ich meine, sie ist lieb und nett wie immer und zieht ihre Routine durch, aber sie …« Filine zögerte.

»Sie ist nicht mit dem Herzen dabei, und sie hat eine Sehnsucht in den Augen. Ich weiß. Und Vater macht seinem Spitznamen Boje alle Ehre, er trägt immer buntere Hemden, als ob er vom Süden träumt.« Pinswin runzelte die Stirn. »Deswegen fand ich deine Idee mit der Reise genial. Glaubst du nicht, dass es helfen wird?«

»Doch. Wahrscheinlich. Und jetzt, da wir mit der Schule fertig sind, kann wenigstens ich ihr helfen und sie entlasten. Dann hat sie mehr Zeit für sich.«

»Ich bin gespannt, was sie damit anfängt. Übrigens, das Praktikum bei der Post ist nicht so langweilig, wie ich dachte. Trotzdem möchte ich dort nicht mehr lange bleiben.«

»Was willst du dann tun?«

»Wusstest du, dass man in Amerika, in Arizona, wieder 190 Millionen Jahre alte Spuren von Dinosauriern gefunden hat? Und Knochen! Wäre es nicht toll, wenn dein Töveree Spuren hinterlassen hätte? Dann wüssten wir, wo wir seine Schuppen suchen sollten. Und wenn es ihn wirklich gegeben hat, dann müssten auch seine Knochen zu finden sein. So was ist unendlich spannend. Ich würde gern lernen, wie man das macht. Meinst du, man kann ein Praktikum bei den Wissenschaftlern in Arizona machen?«

»Du hast nicht mal Abitur. Und so eine Reise muss man bezahlen. Trotzdem, aufregend wäre es bestimmt.« Früher oder später würde Pinswin etwas von der Welt sehen wollen. Das war Filine stets klar gewesen. Er war wie alle Amrumer Männer. Sie gingen auf Reisen, und irgendwann kehrten sie zurück. Das war immer so gewesen, und sie fand es in Ordnung.

»Na ja. Jetzt halten wir erst mal die Pension am Laufen, bis unsere abtrünnigen Eltern zurück sind, und dann werde ich schon noch eine Weile hierbleiben. Ich möchte auch mehr von Drees und seinem Freund lernen. Drees nimmt mich bald mal mit nach Hamburg, da darf ich ins Museumsarchiv.«

»Das ist gut. Hilfst du mir zu servieren?«

Während sie die Tabletts in den Frühstücksraum trugen,

dachte Filine über Pinswins Bemerkung zu den Knochen des Töveree nach. Sie konnte sich kein Bild machen. In ihrer Vorstellung war und blieb der Zauberfisch lebendig, auch wenn Skem mit Überzeugung behauptet hatte, dass er nicht mehr existierte.

Zwei Wochen später kam Pinswin mit einem dicken Umschlag von der Post nach Hause. »Hier, für dich. Aus Belgien!«

»Belgien?« Erstaunt betrachtete Filine die fremde Briefmarke. Neugierig öffnete sie die fest verklebte Lasche. Ein kleines Päckchen fiel ihr in die Hände, umwickelt von einem Zettel. Diese Handschrift kannte sie, auch wenn sie sie nur selten gesehen hatte. Sie war nicht direkt unordentlich, aber ihre Haken und Schlaufen wiesen in alle Richtungen, als wollten sie vor Unternehmungslust vom Papier springen.

Nathan! Aniel.

Sie stand da, hielt das Päckchen fest und dachte an das letzte Mal, als sie ihn gesehen hatte. Es war gegen Ende jenes Sommers gewesen, in dem sie Greenjölk gefunden hatten. Ein überraschend warmer Abend. Im Garten zirpten letzte Grillen. Die Wehmut ihres Liedes passte zu Nathans Worten. Er hatte Steinchen gegen Filines Fenster geworfen, wie schon so oft, und sie war den Baum heruntergeklettert.

»Nun werden auch wir umgesiedelt. Nach Bayern. Ich bin gekommen, um mich zu verabschieden«, sagte Nathan. Er griff nach ihren Händen und sah ihr eindringlich in die Augen. Die Mondsichel am Himmel war nicht hell genug, aber die Laterne an der Haustür warf warmes Licht in sein Gesicht und vertraute Schatten. »Sei nicht zu traurig, Fili! Du weißt, wir werden uns nicht verlieren.«

»Nein. Wir werden uns nicht verlieren. Weil wir nur Freunde sind.«

»Ja. Beste und besondere Freunde. Weißt du noch, als wir Marta Gösslings Grabstein gefunden haben? Sie soll unser Schutzgeist sein. Sie wird für immer da draußen im Watt über unsere Freundschaft wachen. In jener Nacht war ich Aniel, weißt du. Ich habe es dir damals schon gesagt. Das geschieht nicht oft. Und während ich auf dem Weg zur Polizei war, hat mir das Meer eine Idee zugeflüstert. Da wusste ich, was ich einmal erreichen will.«

»Was denn, Thani?« Sie machte es wie der Tote im Watt, der es geschafft hatte, dass seine Uhr weitertickte, obwohl er nicht mehr lebte. Sie zögerte den Augenblick des Abschieds hinaus. Solange Nathan einfach immer weiterredete, mit dieser Begeisterung, war er noch hier.

»Eines Tages werde ich Schiffe bauen, die mit der Kraft des Sonnenlichts fahren. Das Mondlicht, das wir so gern mögen, ist dafür zu schwach. Es treibt die Seelen an und die Träume, weil es mehr Zauber hat und mehr Geheimnis. Aber in der Sonne liegt diese Kraft, und ich werde lernen, wie man sie nutzt. Meine Schiffe werden auf Licht über das Wasser fliegen, ein wenig wie der Töveree.« Er beugte sich dichter zu ihr. »Fili, ich glaube an deinen Töveree.« Sie prägte sich ein letztes Mal seinen Geruch ein und den Klang seiner Stimme. »Wenn dich jemals irgendein Luntrus piesackt, sag mir Bescheid. Dann bekommt er es mit mir zu tun«, sagte er streng.

Sie musste lachen. »Ein Luntrus? Was ist das?«

»So nennt man da, wo ich herkomme, einen gemeinen Menschen. Wirklich, Fili, wann auch immer du von dir hören lässt, ich werde mich freuen wie ein Itsch!« Er lächelte sie ein wenig schief an und umarmte sie fest. »Wir sehen uns wieder, und wenn du mich brauchst, werde ich für dich da sein«, flüsterte er in ihr Ohr.

Und dann war er fort, nur noch ein langer Schatten, der zwischen den nächtlichen Dünen in seine Zukunft verschwand.

In der Zeit danach fühlte Filine sich leer. Anders als sonst machte es ihr nichts aus, auf den Feldern zu helfen. Sie sammelte geduldig Kartoffeln, verzog Radieschen, schnitt Kräuter zum Trocknen und half beim Strohdreschen. Der feste Boden unter den Füßen und die Hitze auf ihrem gebeugten Rücken, der Duft nach Erde und Ernte waren so beruhigend lebendig, hell und fest.

Einmal konnte sie nicht schlafen und lief allein an den Strand, diesmal ohne Pinswin zu wecken. Ihr Gefühl hatte sie nicht getäuscht. Heute Abend leuchteten die Wellen, wie an jenem Abend, als sie ihrem Lehrer begegnet waren. Filine hatte eine Flasche mitgebracht und füllte sie mit dem schimmernden Wasser. Wie sie es einmal versprochen hatte, wollte sie es auf den Friedhof der Namenlosen bringen, wo sie den Toten hatten begraben müssen, bei dem sie in jener Nacht der Geheimnisse gewacht hatte. Es war nicht möglich gewesen festzustellen, mit welchem Schiff er verunglückt war und wo er herkam. Seitdem besuchte Filine ihn gelegentlich, legte Blumen auf sein Grab und erzählte ihm ihre Sorgen. Schließlich konnte er sie nicht verraten. Sie hatte ihm einen Namen geben wollen und nannte ihn Tempus. Dass dies das lateinische Wort für »Zeit« war, wusste sie vom Pfarrer, der gern lateinische Wörter in seine Predigt streute. Sie fand, dass es zu dem verlorenen Seemann passte, der es geschafft hatte, dass seine Uhr nicht mit ihm ertrunken war und länger lebte als er selbst.

Als sie die Flasche verschloss, bemerkte sie, dass von dem Planktonteppich, der das Leuchten ins Wasser zauberte, etwas an ihren Unterarmen hängen geblieben war und dort noch schimmerte, als wäre sie ein Teil des Zaubers. Filine zögerte. Dann stellte sie die Flasche in den Sand und sah sich um. Nur in der Ferne waren einige versprengte Feriengäste zu ahnen, die das seltene Phänomen wohl auch bewunderten. Sie konnte nicht widerstehen, streifte Bluse und Hose ab und stürzte sich in die Wellen. Von ihr aufgescheucht, begann das Plankton in einem noch stärkeren Blau zu glühen, wo auch immer sie das Wasser berührte und in Bewegung brachte. Sie stellte sich vor, sie wäre der Töveree und könnte mit ihrem Licht den Menschen Hoffnung und eine Richtung schenken. Lange tobte und tanzte sie mit dem Leuchten, warf Fontänen Richtung Mond, betrachtete ihre eigene schimmernde Silhouette und fühlte sich wie aus Sternenstaub und Träumen geschaffen.

Ihr ganzer Körper prickelte von der Kälte, und das Schimmern lag noch warm auf ihrer Haut, als sie danach das verzauberte Wasser feierlich auf Tempus' Ruhestätte goss und sich einen Augenblick neben das Kreuz hockte. Mit einem Finger wischte sie behutsam die Spinnweben herunter.

»Egal, was kommt«, sagte sie leise, »ich verspreche dir, jeden Tag ganz lebendig zu sein, auch ohne Nathan und ohne Lokkich. Außerdem werde ich nie allein sein. Pinswin ist ja da.«

Seitdem aber waren zwei Jahre vergangen, und sie ahnte, dass Pinswin nicht immer da sein würde. Ihr Versprechen konnte sie trotzdem halten. Gerade jetzt, da sie das Päckchen von Nathan in der Hand hielt, fühlte sie sich wieder durch und durch lebendig. Das Leben war aufregend, auch in einer kleinen Pension, in der man Frühstückseier mit Eierwärmern auf Tabletts verteilen musste, um die Gäste bei Laune zu halten.

Doch was machte Nathan in Belgien? Sie hatte nur ganz selten von ihm gehört, seit er fort war. Ein- oder zweimal im Jahr kam eine Postkarte, erst aus Bayern, dann aus Portugal, einmal aus Italien. Sie runzelte die Stirn und versuchte, den Zettel zu entziffern.

Für Dich, Fili. Ich arbeite gerade bei einem Tüftler, der völlig verrückte Ideen hat, genau wie ich. Diese Uhr musst Du nie aufziehen. Du musst sie nur oft genug in der Sonne tragen. Sie ist kein Schiff, aber sie läuft durch Sonnenlicht. Ein guter Anfang, findest Du nicht? Sie soll Dich immer daran erinnern, dass unsere Freundschaft nie stehen bleibt und dass es sich lohnt, verrückte Dinge zu tun. Wenn Du gut auf die Uhr und Deine Zeit aufpasst, wird auch Deine Seele genug Licht bekommen. Ach übrigens: Sie ist auch wasserdicht! Aniel

»Ist sie das wirklich? Wasserdicht?«, fragte Pinswin zwei Wochen später mit einem Blick auf die Uhr an Filines braungebranntem Handgelenk. Sie waren zum Kniepsand hinausgeschwommen und ruhten sich aus.

»Ja, das ist sie.« Zuerst hatte Filine sich nicht getraut, Nathans kostbares Geschenk tatsächlich ins Wasser zu tauchen, doch dann wollte sie an seinen Worten nicht mehr zweifeln und versuchte es. Die Uhr tickte fröhlich weiter und blieb innen völlig trocken. Dann wollte Filine die Sache mit dem Licht auch auf die

Probe stellen und ließ die Uhr drei Tage in einer Schublade. Da blieb sie tatsächlich stehen und lief erst wieder weiter, nachdem sie eine Weile auf der Fensterbank an der Sonne gelegen hatte.

»Toll«, sagte Pinswin. »Ich bin gespannt, was unser Nathan noch so alles austüfteln wird.«

»Ich bin ganz sicher, dass er eines Tages seinen Traum wahr machen und Schiffe bauen wird, die mit der Sonnenkraft fahren«, behauptete Filine.

»Wahrscheinlich wird er sein Leben lang durch die Welt gondeln«, meinte Pinswin. Filine war sich nicht sicher, ob er neidisch oder abschätzig klang.

Filine genoss das Gefühl des Sandes unter ihrem Rücken und das Kribbeln des trocknenden Salzes auf ihrer Haut. Das Wetter war umgeschlagen, der Himmel jetzt grau, und ein warmer Nieselregen breitete sich aus. Feriengäste waren darum kaum zu sehen. Das war einer der Gründe, warum Filine und Pinswin dieses Wetter mochten. Filine liebte es aber auch, weil man in dem verträumten weichen Grau nicht wusste, wo der Himmel endete und das Wasser anfing. Die nebelig verschwommene Welt um sie herum schien endlos und zeitlos und irgendwie nicht völlig real. Bis auf ein paar Möwen waren sie allein hier draußen. Hatte sie jedenfalls gedacht – bis sie aus dem Augenwinkel eine Bewegung wahrnahm, dort hinten, wo die offene See gegen den Kniepsand brandete. Filine setzte sich kerzengerade und kniff die Augen zusammen. »Pinswin! Guck mal! Ist das nicht …« Sie sprang auf.

Pinswin stand auch auf. »Das kann doch nicht sein. Kann das sein? Filine, ich glaube, du hast recht. Das könnte Skem sein! Skem und noch jemand. Lass uns nachsehen.« Sie rannten über den Sand, der unter der oberen regennassen Schicht pulvertrocken war und das Laufen mühsam machte. Wie immer auf dem breiten Kniepsand schien es, als ob sie keinen Meter vorwärts kamen, doch endlich wurden die beiden kleinen Figuren in der Ferne größer.

»Skem! Skem!«, rief Filine.

Die eine der beiden gebückten Gestalten richtete sich auf, verharrte einen Moment und winkte schließlich.

»Er ist es wirklich! Du hast gute Augen, Schwester. Er ist dünner geworden, findest du nicht?«, sagte Pinswin.

»Ja. Aber er lebt!« Filine musste einen Kloß im Hals hinunterschlucken.

Langsam kamen die Dinge wieder in Ordnung. Sie hatte kaum noch erwartet, dass Skem zurückkehren würde. Und doch hatte sie ihn mehr und mehr vermisst, ohne so recht zu wissen, warum. So ein enges Verhältnis hatten sie nie gehabt. Skem blieb gern für sich. Er war kein Familienmensch. Aber er gehörte nun mal zu ihrem Leben und vor allem zu dieser Landschaft, die sie liebte. Er war die Seele des Watts.

Ja, er war schmaler geworden, er hatte Schatten unter den Augen und mehr Falten auf der Stirn, und als er einige Schritte auf sie zuging, sahen sie, dass er hinkte. Aber dafür war sein Lächeln wärmer geworden. Etwas hatte ihn verändert. Filine spürte es sofort, noch ehe er sie umarmte. Hatte er das jemals vorher getan?

Was auch immer ihm im Krieg geschehen war, es hatte ihn weniger unnahbar gemacht.

»Wenn das nicht so eine dämliche Bemerkung wäre, würde ich sagen, was seid ihr groß geworden, Kinder«, sagte Skem. »So sage ich lieber, ich freue mich, euch zu sehen! Es tut mir leid, dass ich mich nicht sofort bei euch gemeldet habe.« Er sah zu Boden. »Um ehrlich zu sein, ich musste mir selbst erst glauben, dass ich hier bin. Nach der langen Gefangenschaft erscheint es mir noch wie eine Halluzination. Übrigens«, er sah sich um, »ich habe einen Freund mitgebracht, den ich euch vorstellen möchte. Elvar?«

Die zweite Gestalt, die weiter im Sand gegraben hatte, richtete sich nun ebenfalls auf und schritt zu ihnen herüber. Der Mann war groß, größer als Skem, und trug zu Filines Überraschung einen dunklen Anzug mit einem weißen Hemd darunter und eine Krawatte. Obwohl er gerade noch im Sand gebuddelt hatte, war nirgends eine Spur von Schmutz an seiner Kleidung zu entdecken. Nur seine Füße waren bloß und sandig. Er reichte den Zwillingen höflich die Hand.

»Gestatten, Elvar von Sommerreich. Sehr erfreut, euch kennenzulernen.«

Etwas in seiner Stimme, in seiner Art zu sprechen, diese eigenartige, musikalische Klangfärbung kam Filine bekannt vor.

»Elvar ist aus Ostpreußen. Seine Familie hatte ein altes Schloss dort. Nun ist er heimatlos. Da habe ich ihn eingeladen, mich zu begleiten«, erklärte Skem. »Er hat mir im Krieg sehr geholfen.«

Ostpreußen. Heimatlos. Natürlich! Elvar von Sommerreich sprach wie Nathan! Auch sonst erinnerte er sie an Nathan, mit seiner hohen, schlanken Gestalt und einer gewissen sorglosen Ausstrahlung. Filine erwärmte sich sofort für diesen unpassend gekleideten Fremden. Und wie gut, dass Skem endlich einen Freund hatte.

»Herzlich willkommen! Können wir etwas für euch tun? Wohnt

ihr wieder in deinem Haus? Was treibt ihr hier eigentlich?« Filine hätte ihn gern andere Dinge gefragt. Was ihm geschehen war im Krieg, wie er es geschafft hatte zurückzukommen und warum erst jetzt, und sie hätte ihm gern gesagt, wie sehr er ihr gefehlt hatte. Aber das konnte warten. Es wollte jetzt nicht so recht passen, und wenn Skem noch so war, wie sie ihn kannte, würde er es ohnehin erst erzählen, wenn ihm danach zumute war.

»Ihr sucht das Material für das *Sanrig*, richtig?«, sagte Pinswin.

Natürlich! Die Holzhütte hier draußen, in der Skem im Sommer wohnte. Jedes Jahr wieder hatte er sie aus Treibholz aufgebaut. Im Herbst vergrub er das kostbare Holz tief im Sand, damit er es im nächsten Frühling wiederfand und es nicht ein Raub der Wellen oder Unbefugter wurde. »Sanrig« bedeutete so viel wie »besonders, anders als andere, schwierig«. Da das alles mehr oder weniger auf Skem zutraf, hatte jemand die Hütte irgendwann so getauft.

Pinswin sah sich stirnrunzelnd um, blickte zum Leuchtturm hin und dann zum Quermarkenfeuer, zeichnete etwas mit den Fingern in die Luft. »Ihr sucht an der falschen Stelle. Ihr müsst drei Meter weiter nördlich graben. Ich habe mir die Kreuzpeilung genau gemerkt.«

Skem sah ihn zweifelnd an. »Das ist aber lange her. Da warst du noch sehr jung.«

»Trotzdem. So was weiß er«, versicherte Filine, die in dieser Hinsicht ehrlich stolz auf ihren Bruder war. »Los, wir helfen euch.« Es gab zwar nur zwei Schaufeln, aber Filine schnappte sich einen flachen Stein und Pinswin ein Brett. Zu viert gruben sie an der Stelle, die Pinswin meinte. Filine geriet rasch ins Schnaufen, aber sie war glücklich. Die Wellen der offenen See rauschten hinter ihnen gegen den Kniep, Austernfischer rannten am Flutsaum entlang und bohrten ihre roten Schnäbel in den Sand, Möwen zankten sich kreischend um einen toten Fisch, es roch nach Jod, Salz und wildem Wind, wie sie es am liebsten hatte, und vor allem: Skem war zu Hause!

»Wartet! Vorsichtig jetzt. Pinswin hatte recht. Das sind meine Bretter!« Skems Augen leuchteten, als er das erste Stück Holz aus der Grube zog. Es folgten noch mehr Bretter, Stangen und Äste, die er alle wie alte Freunde begrüßte. Eines war zerbrochen, ein anderes durchgefault, aber im großen Ganzen war alles dort, wo er es vor seiner Einberufung vergraben hatte. Filine konnte förmlich sehen, wie seine Seele mit jedem Fundstück ein Stück zu heilen begann. Schließlich standen sie neben einem Haufen Baumaterial. Skem klopfte den Sand von seinen Händen. »Ihr wisst gar nicht, was mir das bedeutet. Ich kann jetzt nicht in einem Haus wohnen.« Ein wenig verlegen blickte er an ihnen vorbei zum Horizont. »Ich brauche Luft und Wind und Weite um mich herum. Und möglichst keine Menschen. Außer euch natürlich«, beeilte er sich zu sagen. »Filine, Pinswin, wie geht es euren Eltern?«

»Sie sind unterwegs. Wir haben ihnen eine Reise geschenkt. Sie wollten nach Südafrika. Ich glaube, sie brauchten auch ein bisschen Weite um sich.«

»Oh. Aha?« Skem schien verwundert, ließ es aber auf sich beruhen.

»Wird Herr von Sommerreich auch hier im Sanrig wohnen?«, fragte Pinswin hörbar skeptisch.

»Nein. Ich habe mir ein Zimmer in einer Pension genommen, aber ich habe bereits ein Kaufinteresse an einem Objekt angemeldet.« Elvar von Sommerreichs etwas gestelzte Ausdrucksweise passte zu seinem Anzug und auch zu ihm, deshalb machte sie ihn nur noch sympathischer.

Pinswin spähte unternehmungslustig in einen Beutel, der auf dem Sand lag. »Aha. Seil, Hammer, Nägel. Alles da. Dann lasst uns mal loslegen, ehe wir zurück in die Pension müssen, weil die Gäste Abendbrot fordern. Mit acht Händen geht das wesentlich besser als mit vieren. Was ist los, Skem?«

Skem stand seltsam regungslos. »Es ist verrückt, dass ausgerechnet ich den Krieg überlebt habe. Eigentlich wollte ich nie zurückkehren. Ich habe es doch nicht verdient.« Er sprach leise, wie zu sich selbst. Oder sprach er mit dem Meer? Filine war es unheimlich.

»Aber warum denn, mein Freund?« Elvar hob fragend die Brauen.

»Ich habe meiner Heimat als Junge große Schande gemacht.«

Elvars Mundwinkel kräuselten sich. »Haben wir das nicht alle als Jungen? Ich war der größte Unnussel und habe gewiss keinen dummen Streich ausgelassen.«

Skem schüttelte betrübt den Kopf. »Es war mehr als ein dummer Streich. Viel mehr. Es war Verrat.«

Filine wusste nicht, wovon er sprach, aber sie wünschte, sie hätte inzwischen ein Lokkich gefunden.

Damals hätte sie das Gefühl nicht beschreiben können, das sie überkam, als sie die Schuppe in der Hand des Matrosen sah. Sie war viel zu klein, kannte die Worte nicht. Doch sie erinnerte sich sehr genau an dieses Gefühl. Es war, als ob sie das Licht ganz erfüllte. Es machte sie leicht und froh. So, als ob alles gut war, als ob sie sich am richtigen Ort befand und das Richtige tat, weil nichts falsch war oder zu wenig oder unvollkommen oder unnütz. Sie war eins mit sich und hatte sich noch nie so tief und lebendig und so frei gefühlt.

Das hätte sie nun Skem gewünscht, in dessen Blick so viel hilflose Traurigkeit lag, und sie hätte ihm den Glücksbringer gern um den Hals gelegt.

Wer weiß, vielleicht fand sie ihn ja doch eines Tages, im Watt oder auf irgendeinem anderen Weg.

»Nun, die Welt steht noch, und ich bin mir sicher, dass es keine böse Absicht war, mein Freund«, sagte Elvar. »Im Übrigen ist es ferne Vergangenheit. Nur die Gegenwart zählt. Steh hier nicht rum, lass uns dein Domizil errichten, ehe die Dunkelheit uns überfällt.«

Elvar rammte einen Pfosten in den Sand und klopfte ihn mit einem Stein fest. Filine stellte bewundernd fest, dass er wesentlich kräftiger war, als er aussah.

Nein, als ein Labommel wollte sie auch nicht dastehen und griff nach einem Brett.

Skem stand noch einen Moment grübelnd da, doch als er bemerkte, wie die anderen arbeiteten, sammelte er sich und packte mit an. Schließlich wusste er allein, welcher Pfosten und welches Brett an welche Stelle kam, damit die Hütte ihre richtige Gestalt annahm.

Während sie hämmerten, klopften und knüpften, überlegte Filine, was um Himmels willen Skem als Junge angestellt haben konnte und ob es das war, was ihn stets so unnahbar und eigenartig gemacht hatte.

Ob Drees und Lentje etwas darüber wussten – und ob es richtig wäre, sie zu fragen?

Nein. Solange er es für sich behalten wollte, ging es sie nichts an. Sie beschloss, die Angelegenheit zu vergessen. Hauptsache, er war wieder da. Sie würde auch ohne Tövereeschuppe schon dafür sorgen, dass er wieder ein paar Kilo zunahm und der Hunger aus seinem Blick verschwand.

Trotzdem ließ sie das Gefühl nicht los, dass an Skems Geheimnis eine Bedeutung haftete, die noch wichtig werden würde. Eines Tages würde sie herausfinden, was geschehen war.

Filine

1956

19

Unvorhergesehenes

Nachmittags hatte es einen Schneeschauer gegeben. Doch es war mild für einen einundzwanzigsten Februar. Die dünne weiße Schicht auf dem Dach verschwand sofort wieder. Filine, die am Schreibtisch über die Abrechnungen gebeugt saß, hörte das Schmelzwasser gemütlich auf das Fensterbrett tropfen, während die Abendsonne schon wieder in die Stube schien.

»Gut machst du das, mein Mädchen«, sagte ihre Mutter, als sie vorbeikam und ihr über die Schulter blickte. »Ich bin so froh, dass du mir das abgenommen hast. Ich bin stolz auf dich!«

Filine blickte auf. »Na ja, auch wenn ich sonst in der Schule keine Leuchte war, das mit den Zahlen hat mir Freude gemacht.«

Beeke war mit Lob sparsam, wie es hierzulande üblich war. Umso mehr freute sich Filine. Ihr Vater, der mit Pinswin am Tisch gesessen hatte, stand auf und stopfte seine Pfeife. »Pinswin hat mir gerade die Fotos von den neuesten Funden im Wikingergrab gezeigt«, sagte er. »Wusstet ihr, dass man dort Spielsteine und Würfel aus Bernstein gefunden hat? Das macht mir die Leute von damals sympathischer. Langsam verstehe ich, was meinen Sohn daran fasziniert.« Er kam herüber und legte einen Arm um Beekes Schultern. Mit zusammengekniffenen Augen betrachtete er die ordentliche Handschrift seiner Tochter im Abrechnungsbuch. »Wir können wirklich stolz auf unsere beiden sein, Schatz, da hast du recht.«

Pinswin stapelte seine Fotos säuberlich und steckte sie zurück in einen Ordner. »Was ist denn mit euch los?«

Beeke lehnte sich an Bojes Schulter. »Es liegt bestimmt am Datum. Das Biikebrennen nachher. Der Abschied vom Winter. Neubeginn. Wir müssen bald los, bist du fertig, Filine?«

»Ja. Bin ich.« Filine schlug das Buch zu.

Warm eingemummelt, stapften sie zu viert in dieselbe Richtung wie alle anderen, die ihnen auf dem Weg begegneten. Das Biikebrennen war ein Ereignis, das sich niemand entgehen ließ. Das ganze Jahr über hatten sie Holz dafür gesammelt. Nun war der Haufen riesig. Hoch loderten die Flammen in den inzwischen klaren Sternenhimmel. Der Rauch trieb in geheimnisvollen Schwaden auf das Watt hinaus. Gelegentlich flog eine Möwe mit ärgerlichem Kreischen davon.

Filine stand zwischen Familie und Freunden und sah verträumt zu, wie die Glut zwischen den Holzscheiten umherwanderte, merkwürdige Bilder malte und Funken in die Luft warf. Es roch nach Qualm und Grog und Holz und See. Das Knistern und Knallen des Feuers mischte sich mit den Stimmen der Menschen und den Rufen der Vögel im Watt.

Zeit ist etwas Merkwürdiges, dachte Filine. Das hier ist jedes Jahr dasselbe Ritual. Es war schon so, bevor ich geboren wurde, und wird noch ewig so sein. So wie der Zeiger einer Uhr nach zwölf Stunden immer wieder auf zwölf Uhr steht, so ist das mit dem Biikebrennen. Es ist ganz egal, in welchem Jahr es passiert. Es ist wie eine Wegkreuzung, an die man immer wieder kommt, weil man im Kreis gelaufen ist. Ich mag es. Es ist so … frei. Und gleichzeitig ein Fixpunkt. Unerschütterlich.

Das Feuer markierte auch die Zeit, in der früher jährlich die

Heuerverträge geschlossen wurden. Kurz danach verließen die Walfänger und andere Seeleute die Insel. Böse Zungen behaupteten, die Inselfrauen hätten durch diese Feuer anderen Männern auf dem Festland signalisiert, dass sie nun für einige Monate allein waren und Hilfe bei der einen oder anderen Sache gebrauchen konnten. Filine überlegte, ob die wärmende Helligkeit des Feuers den Frauen beim Abschied von ihren Männern wohl ein Trost gewesen war. Wohl kaum. Schließlich kehrten viele nie zurück.

Jemand hatte eine mannsgroße Puppe aus Stroh gebastelt, die nun unter Gejohle ins Feuer geworfen wurde. Sie stand für den Winter, der hier verbrannt wurde. Es war Zeit für den Frühling. Für einen neuen Sommer. Für die Zukunft.

Filine war froh, dass sie ihrer Mutter so gut helfen konnte, denn sie war noch immer unschlüssig, was sie mit dieser Zukunft anfangen sollte. Niemand außer ihr schien das merkwürdig zu finden. Sie half in der Pension, würde irgendwann heiraten, und alles ging seinen Gang. Das galt als gegeben.

Sie sah zu, wie die Flammen die Füße der Puppe erfassten, die sich krümmten und wanden, und wie die Flamme weiterwanderte und auch die Arme und Hände anfingen, sich zu bewegen, ehe sie verglühten. Filine fröstelte. Sie fand den Anblick gruseliger als damals ihre Wache bei dem Toten im Watt. Der Winter tat ihr leid. Er war so schön gewesen. Jedes Jahr wieder freute sie sich über die bizarren Muster, die der Raureif in den nassen Sand zeichnete, über die Klarheit in der Luft, wenn der Frost den Himmel mit seinem gläsernen Leuchten färbte und das Watt mit Stille überzog. Sie erinnerte sich daran, wie sie mit Nathan dem Eisglockenspiel am Wriakhörnsee gelauscht hatte.

Auf den Frühling freute sie sich natürlich auch. Wieder über Priele springen, schwimmen gehen, mit Drees und Lentje einen Plausch am Kiosk halten und ab und zu mit Pinswin auf die Suche nach dem Lokkich und anderen Dingen gehen, wenn er nicht gerade bei dem Professor in Hamburg weilte.

Das gewaltige Feuer brannte herunter, die Stimmen wurden leiser, und in dem Qualm konnte man kaum noch erkennen, wer wer war. Alle wurden zu Silhouetten, die allein oder in Gruppen herumstanden oder am Fuß der Dünen saßen. Jemand hatte Filine ein Glas Punsch in die Hand gedrückt. Sie fror längst nicht mehr. Wohlige Wärme breitete sich in ihr aus, und die Gewürze lagen angenehm auf ihrer Zunge. Nelken und Honig, Rotwein, Ingwer und Kandis, zusammen mit Rauch und dem Aroma von Tang, den jemand ins Feuer geworfen hatte. Sie hatte nicht das Bedürfnis, sich zu unterhalten, sondern genoss es, Teil dieses merkwürdigen, zeitlosen Bildes zu sein.

Einer nach dem anderen bummelte nach Hause, nur ein paar Unentwegte konnten sich nicht losreißen. Auch Filine und Pinswin saßen zusammen mit Elvar noch im Schutz einer Düne, als der allererste Hauch von Morgen silberblau am Horizont zu ahnen war. Skem war nicht aufgetaucht. Er betrachtete die Feuer lieber aus der Ferne. Menschenmengen waren ihm ein Gräuel.

Schließlich stand Elvar auf und klopfte sich den Sand von seinen makellosen Bügelfalten. »So, für einen alten Mann reicht das. Wir haben lange genug plachandert für heute. Ich wünsche euch einen schönen Tag.« Er machte seine elegante Verbeugung, die er bei keinem Abschied ausließ, und schlenderte davon.

»Alt!« Filine schüttelte den Kopf. »Elvar ist gerade Mitte vierzig. Glaubst du, er fühlt sich wirklich alt?« Mit einundzwanzig konnte sie sich das zwar mit Mühe vorstellen, aber Elvar wirkte in keiner Weise alt.

»Ach was.« Pinswin sprang ebenfalls auf. »Der kokettiert nur. Lass uns auch nach Hause gehen. Ich muss heute noch mit Drees aufs Festland und die Bilder und ein paar Fundstücke abgeben. Wir sollten ein paar Stunden schlafen, und außerdem habe ich Hunger.«

»Na, zu Hause wartet ja der traditionelle Grünkohl auf uns. Der hat vorhin schon so appetitlich gerochen, als Mutter ihn vorbereitet hat.«

»Glaubst du, sie haben uns etwas übriggelassen?« Pinswin sah sich um. »Ich glaube, sie sind schon vor Stunden gegangen.«

In der Küche brannte Licht, das Beeke für sie angelassen hatte. Eine sorgsam abgedeckte Schüssel Grünkohl wartete auf dem Tisch und strömte einen verlockenden Duft aus.

Zwei Teller mit zu Schiffen gefalteten Servietten standen daneben.

An der Schüssel lehnte einen Brief.

Pinswin und Filine sahen sich an.

»Was das wohl soll?« Der sonst so wissbegierige Pinswin zögerte, sich zu setzen und den Brief zu öffnen.

In Filines leerem Magen, der eben noch geknurrt hatte, schien auf einmal ein Stein gelandet zu sein. »Ich fand, sie waren vorhin unheimlich. Dass sie stolz auf uns sind und so. Aber dann habe ich wegen des Biikebrennens vergessen, darüber nachzudenken.«

Pinswin sah sich um. »Findest du auch, dass es hier so aufgeräumt aussieht?«

»Das tut es doch immer. Dafür sorgt Oma Hilla.«

»Die war heute nicht da. Außerdem meine ich etwas anderes. Es wirkt irgendwie leer.«

»Nun mach ihn schon auf.« Filine setzte sich und starrte den Brief an.«

»Warum ich?«

»Du bist der Ältere. Das muss ja endlich mal einen Vorteil haben.«

»Die fünf Minuten.« Pinswin setzte sich ebenfalls. »Wollen wir einen Schnaps trinken?« Sein Blick wanderte zu dem Regal, auf dem Boje die Flasche Danziger Goldwasser aufbewahrte, die Elvar ihm einmal geschenkt hatte.

»Unsinn. Kneifen gilt nicht. Mach schon auf.«

Sie lauschten dem *Ratsch*, das Pinswins Finger unter der Klappe verursachte, als er den Umschlag aufriss. Das Geräusch fiel in die Stille der Küche und schien über die alten Fliesen zu springen wie ein abgerissener Knopf, der zu Boden fällt. Pinswins Stimme wurde zunehmend leiser und ungläubiger, während er vorlas.

Liebe Kinder,

Ihr wisst, viele Worte und große Abschiede haben uns nie gelegen. Dass wir stolz auf Euch sind, haben wir Euch heute gesagt. Das galt immer und wird für immer gelten. Ihr seid nun volljährig. Die Pension habt Ihr gut im Griff. Wir haben sie Euch überschrieben, die Papiere liegen in der Schublade. Eine Kontovollmacht habt Ihr ja.

Jürgen hat uns aufs Festland gebracht. Wenn Ihr das hier lest, sitzen wir schon fast in einem Flugzeug. Wir melden uns von unterwegs, aber in den nächsten Jahren werden wir nicht zurückkehren. Unsere Pflicht ist erfüllt, und wir folgen nun endlich unserem Abenteuerdrang. Argumente dagegen gibt es immer, warum also noch länger warten und diskutieren? Diese Art des Abschieds mag nicht anständig sein, doch Euch ist ja bekannt, dass wir alle von Strandräubern abstammen.

Wenn Ihr Hilfe braucht, wendet Euch an Skem oder an Lentje und Drees, und Oma Hilla ist auch da. Aber Ihr seid selbständig und tüchtig und klug, und wir zweifeln nicht daran, dass Ihr gut zurechtkommen werdet.

In Liebe,
Beeke und Boje

»Sie haben mit ihren Namen unterschrieben. Nicht mit *eure Eltern*«, sagte Pinswin heiser, während er den Brief in den Umschlag zurückschob, als könnte er ihn damit ungeschehen machen. »Als ob sie das Elternsein abgelegt haben wie eine alte Haut.«

»Ich glaube, es fiel ihnen leichter so.« Filine stand auf und holte nun doch die Flasche Danziger Goldwasser herunter. Ihre Hand zitterte, als sie jedem ein Glas eingoss und Pinswin seines hinüberschob. In der Flüssigkeit wirbelten die Flocken echten Goldes, fingen das Licht und unterstrichen die Unwirklichkeit des Moments. Filine schluckte entschlossen. Der Likör war so eklig süß, dass sie spürte, wie der Zucker ihr wieder Energie gab. »Ich wusste es. Ich wusste, dass Mutters Fernweh irgendwann zu groß werden würde! Die Pension war nicht ihr Glück. Und als Vater anfing, Hawaiihemden zu tragen, da ahnte ich, dass früher oder später etwas passieren würde. Aber ich dachte eher an später. Und bestimmt nicht, dass es so plötzlich … so …«

»Dass sie sich einfach davonmachen würden, ohne ein Wort und ohne uns eine Wahl zu lassen!« Pinswin kippte den Likör in einem Zug herunter und verzog das Gesicht. »Ist das widerlich.« Sein Tonfall ließ offen, ob er den Schnaps oder das Benehmen seiner Eltern meinte.

Filine wies auf den Brief. »Worte sind das eine Menge für ihre Verhältnisse. Und eine Wahl hat man immer, sagt Elvar.«

»Ach ja?« Pinswin sprang auf und schlug mit der Faust gegen die Wand. »Das ist eine Katastrophe!«

»Ach komm. So schlimm ist es nun auch wieder nicht. Sie waren immer für uns da. Und sie haben recht. Wir sind erwachsen. Wir werden es schon schaffen.«

»Du hast ja keine Ahnung! Lass uns ins Bett gehen. Ich habe Kopfschmerzen.«

»Und der Grünkohl?«

»Mir ist der Appetit vergangen, dir nicht?«

Schweigend stellte Filine die Schüssel in den Kühlschrank. Einträchtig gingen sie hinauf. Pinswin öffnete die Tür zu seinem Zimmer und stürmte hinein, kann dann wieder heraus und legte die Arme um seine Zwillingsschwester. »Es tut mir leid. Ich wollte dich nicht anschreien.«

Tröstend erwiderte sie seine Umarmung und fühlte sich auf einmal älter als er.

»Tja, wenn einen Amrumer das Fernweh packt, ist da nix zu machen. Mit Rücksichtnahme braucht da keiner rechnen.« Oma Hilla klapperte unnötig laut mit dem Geschirr, während Filine die Frühstückstabletts richtete. Pinswin war schon mit Drees zum Festland aufgebrochen.

Filine hatte Oma Hilla kurzerhand den Brief gezeigt. »Du hast also auch nichts gewusst?«

»Nee. Geahnt vielleicht, dass sie das hier nicht ewig machen werden. Aber nicht, dass sie einfach von heute auf morgen türmen! Nee, das nicht. Aber nu lass man den Kopf nicht hängen, Mädchen. Wir packen das hier schon.«

»Aber Oma Hilla, du bist auch nicht mehr die Jüngste. Hast du nicht neulich gesagt, dass dir das alles zu viel wird und zu schwer? Was ist mit deiner Arthrose?«

»Ach was. Man schwadroniert dies und das, wenn der Tag lang ist. Du weißt doch, Mädchen, ich brauch immer was zu tun. Nenn mich einfach nicht mehr Oma, dann werde ich gleich jünger.« Mit Schwung klatschte Hilla den Scheuerlappen auf die Fliesen. Filine hatte den Verdacht, dass sie den Lappen lieber ihren Eltern um die Ohren gehauen hätte.

Sie trug die Tabletts in den Frühstücksraum. Zum Glück war jetzt, Ende Februar, die Pension noch nicht ausgebucht. Ein kurzer Plausch mit den drei Gästen, und sie konnte sie ihren Eiern und ihrer Marmelade überlassen.

»Ich gehe dann einkaufen, Hilla.«

»Geh du nur. Ich mach das hier schon. Bring uns die Zutaten für eine Friesentorte mit, die haben wir uns auf den Schreck verdient.«

Das war eine gute Idee. Filine war sich sicher, dass es sich bei einer der Zutaten von Hillas Friesentorte um zweihundert Gramm Zuversicht handelte. Immer wenn man ein Stück aß, fühlte man sich besser und hatte wieder den Mut, Probleme anzupacken.

Die frische Luft tat gut nach der merkwürdigen langen Nacht. Filine besorgte Butter, Vanillezucker, Kirschen und alles andere auf dem Einkaufszettel und beschloss, am Strand zurückzulaufen. Dort fummelte Lentje in ihrem Kiosk herum. Um diese Jahreszeit war er immer nur wenige Stunden geöffnet, aber es gab dieses und jenes zu säubern und festzuzurren. Auch Lentje musste sich täglich den Wind um die Nase wehen lassen. Ein Stubenhocker war sie nie gewesen. Als sie Filine sah, winkte sie sie heran.

»Kind, wie geht es dir? Pinswin hat mir alles erzählt, als er Drees abholte.« Zweifelnd betrachtete sie Filines Gesicht. »Wenn du Hilfe brauchst, kannst du jederzeit zu uns kommen.«

»Danke. Das hat meine Mutter auch im Brief geschrieben. Es ist gut zu wissen. Aber wir kommen schon klar. Hilla ist ja noch da.« Filine wunderte sich, wie überzeugt sie klang. In Wahrheit hätte sie sich am liebsten in Lentjes Arme geworfen. Oder wäre wenigstens den ganzen Tag hier stehen geblieben und hätte mit ihr geplaudert. Bei dem Gedanken, dass Alriks Kwaas auf sie wartete, das große, dunkle, hässliche Haus mit den vielen Zimmern und den fremden Gästen darin, stiegen ihr die Tränen in die Augen. Sie musste heftig schlucken, damit Lentje nichts merkte. Es war, als ob die Kälte in den alten Mauern unsichtbare Finger nach ihr ausstreckte. Nein, keine Finger, eher Tentakel, wie die einer Qualle, an denen man wie Beute kleben blieb und sich darin für immer verfing!

Lentje räusperte sich. »Da ist noch was.« Sie zog etwas Helles aus ihrer Tasche. »Das hat Pinswin für dich hiergelassen.«

»Warum hat er es mir nicht selbst gegeben?«

»Das hat er in der Eile wohl vergessen. Viel Schlaf hatten wir ja alle nicht.«

Noch ein Brief! Filine widerstand der Versuchung, ihn gleich in den Papierkorb neben dem Kiosk fallen zu lassen. Im Augenblick hatte sie keine Lust auf Briefe. Aber sie steckte ihn ein, straffte die Schultern und beschloss, dass sie ebenso gut nach Hause gehen konnte. Irgendwann musste sie es tun. Und Oma Hilla wartete auf die Tortenzutaten.

Zu Hause wollte der eine Gast ein Fahrrad mieten, der andere hatte Zahnschmerzen und brauchte einen Arzttermin. Im dritten Zimmer leckte der Wasserhahn und drohte, eine Überschwemmung zu verursachen, so dass sie den Klempner rufen mussten. Als sie sich schließlich hinsetzen und die Torte noch im Ofen war, waren Hilla und Filine völlig erschöpft. Den Brief in ihrer Tasche hatte Filine längst vergessen.

Friesentorte

4 Eier
150 g Butter
300 g Zucker
1 geh. EL Zucker
2 Pck. Vanillezucker
Salz
150 g Mehl
2 TL Backpulver
100 g Mandeln, gehobelt
1 Glas (720 ml) Sauerkirschen/ Schattenmorellen
1 Pck. Tortenguss, rot
500 ml Schlagsahne
2 Pck. Sahnesteif
Puderzucker

Springform (Ø 26 cm) fetten. Eier trennen. Butter, 100 g Zucker, 1 Päckchen Vanillezucker und 1 Prise Salz schaumig rühren. Eigelbe nach und nach unterrühren. Mehl und Backpulver mischen und mit 1–2 EL Wasser portionsweise dazugeben.
Eiweiß mit 1 Prise Salz steif schlagen, dabei 200 g Zucker einrieseln lassen. Weiterschlagen, bis sich der Zucker ganz gelöst hat.

Die Hälfte Teig in eine Form streichen. Hälfte Eischnee daraufgeben, mit 50 g Mandeln bestreuen. Im heißen Ofen (E-Herd 200 °C/ Umluft 175 °C / Gas Stufe 3) ca. 30 Min. backen lassen. Aus der Form lösen. Auskühlen lassen.
Den zweiten Boden genauso backen. (Wenn man Umluft und 2 gleich große Backformen hat, kann man beide Böden gleichzeitig backen.)
Den Formrand um einen Boden legen. Die Kirschen gut abtropfen lassen, Saft auffangen. Kirschen auf dem Boden verteilen. Saft evtl. mit Wasser auf ¼ l auffüllen. Gusspulver und 1 geh. EL Zucker mischen. Mit dem Saft verrühren. Unter Rühren aufkochen, über die Kirschen geben. Auskühlen lassen.
Sahne steif schlagen, dabei 1 Päckchen Vanillezucker und das Sahnesteif einrieseln lassen. Auf die Kirschen streichen. 2. Boden daraufsetzen und evtl. mit Puderzucker bestäuben.

20

Umbruch

Hilla war gegangen. Filine hatte noch den Flur gewischt, durch den ein Gast mit Schlick an den Füßen gestapft war. Draußen schien eine unentschlossene Nachmittagssonne auf die Dünen, und Filine sah zu, wie ein Kaninchen ein anderes jagte. Nach all dem Chaos war ihr Kopf angenehm leer. Sie musste nur noch die Ausgaben von heute früh in das Haushaltsbuch eintragen. Es war jetzt ruhig im Haus, die Gäste unterwegs. Pinswin kam immer erst abends von seinen Festlandfahrten mit Drees zurück.

Pinswin. Der Brief!

Liebe Filine, liebste Zwillingsschwester,

es ist furchtbar, aber ich bin kein bisschen besser als unsere Eltern.

Der Professor Westerberg, dem Drees mich empfohlen hat und dem ich schon oft assistieren durfte, hat mir angeboten, mich auf eine Expedition nach Arizona mitzunehmen. Ich erhalte keinen Lohn dafür, schließlich habe ich – noch – keine richtige Ausbildung, aber immerhin wird mir Unterkunft, Essen und die Reise bezahlt.

So eine Gelegenheit bekomme ich niemals wieder, und ich werde unendlich viel dabei lernen! Beim Biikebrennen habe ich mich entschlossen, zuzusagen. Ich wollte es Euch heute allen mitteilen. Für Dich ist es sicher keine große Überraschung, dass ich mir endlich den Wind um die Nase wehen lassen muss. Bei unserem Freund Nathan hast Du es ja auch verstanden. Deswegen aber ist es so eine Katastrophe für mich, dass unsere Eltern uns ausgerechnet jetzt im Stich gelassen haben! Ich bin ein Schuft, dass ich Dich nun gerade heute auch verlasse. Ein Luntrus, würde Nathan sagen. Doch ich kann nicht anders. Jetzt oder nie! Wenn ich bleibe, komme ich nicht mehr fort. Dann hänge ich in der Verantwortung mit drin. Mach mit der Pension, was du möchtest, mir ist alles recht! Gehe auch auf Reisen, wenn Du willst. Du hast jedes Recht der Welt, Deinen Launen zu folgen, so wie wir anderen es auch tun.

Es scheint, dass die Jessens eine gehörige Portion Egoismus besitzen. Oder kommt das von den Rossmoniths? Übrigens habe ich unseren Pakt, die Schuppe des Töveree Fisk zu finden, nicht vergessen! Sicher, es war eine kindliche Spielerei. Trotzdem, die Suche hat mich auf den Weg geführt, den ich jetzt gehe, und mein Interesse an den alten Dingen geweckt. Du wirst es nicht glauben, aber in der Bibliothek des Instituts bin ich auf zwei verschiedene Hinweise gestoßen, dass Wissenschaftler sich schon einmal mit dem Töveree Fisk beschäftigt haben und nicht ausschließen, dass es ihn gegeben hat. Sie nennen ihn den »Blauen Eisfisch«. Neben meiner Assistenz für den Professor werde ich versuchen, mehr darüber zu erfahren und der Sache auf den Grund zu gehen. Vielleicht finden wir auf diese Art eine Spur, und ich kann Dir eines Tages doch noch zu dem Lokkich verhelfen.

Eine gute Ausrede oder Entschuldigung ist das natürlich nicht. Es gibt keine. Ich hoffe, Du wirst mir verzeihen. Pass gut auf Dich auf, bis wir uns wiedersehen. Ich schreibe Dir bald.

In Liebe
Dein unmöglicher Bruder Pinswin.

Filine zerknüllte den Brief und warf ihn gegen die Wand. Dann hob sie ihn wieder auf, strich ihn glatt und las ihn ein zweites Mal. Pinswin hatte recht. Sie verstand ihn nur allzu gut. Schon lange hatte sie damit gerechnet, dass er gehen würde. Aber der Zeitpunkt war eine Schweinerei. Und auch, dass er zu feige gewesen war, ihr das persönlich zu sagen.

Briefe! Immer nur Briefe! Warum redete niemand mit ihr?

Die Leute hier sind anders als bei euch, hatte Nathan aus Bayern geschrieben, kurz nachdem er umgesiedelt worden war. *Sie reden und reden über alles, es gibt nichts, über das nicht ausgiebig plachandert wird.* Später hatte er ergänzt: *Die Franzosen und die Italiener reden noch mehr als die Bayern. Es scheint, dass Ihr Norddeutschen ungewöhnlich schweigsam seid. Es ist kein Wunder, dass Elvar die Stillekugeln erfunden hat, als er bei Euch heimisch wurde. Ich mag Euch zwar so, wie Ihr seid, aber es macht die Dinge nicht einfacher, wenn man über sie schweigt.*

Filine seufzte. Sie schob den Brief unter die Flasche Danziger Goldwasser. Morgen musste sie ihn Hilla zeigen, die würde Filine sonst nicht glauben, dass auch Pinswin von Bord gegangen war.

Und nun? Sie hatte das Gefühl, im Haus zu ersticken. Sie griff sich eine Jacke, lief hinaus und schlug den Weg zum Feld ein. Normalerweise ging sie an den Strand, wenn sie Sorgen plagten. Aber sie hatte gerade das dringende Bedürfnis, etwas anders zu machen, egal, was. Hauptsache, anders als sonst!

In den letzten Jahren hatte sie so viel in der Pension geholfen, dass nur noch Pinswin bei der Ernte mitgearbeitet hatte. Die anderen Felder hatte Boje längst verkauft, so dass nur dieses eine übrig war, wo sie hauptsächlich Kartoffeln anbauten, Tomaten und Mohrrüben, Kohl und Salat, und auch ein verfrorener Apfelbaum stand noch dort.

»Hoppla! Entschuldigung!« Aus einem Tor am Feldweg stürmte ein Mann heraus und hätte Filine fast umgerannt.

»Nichts passiert.« Filine betrachtete ihn. »Rudi Malteson, bist du das?«

»Genau der.« Er grinste sie an. »Lange nicht gesehen, was?«

»Sag mir nicht, du bist unter die Bauern gegangen. Was machst du hier?« Filine kannte Rudi aus der Schule. Er war mindestens sieben Jahre älter als sie, aber bevor die Flüchtlinge kamen, hatten sich ja alle Klassen einen Raum geteilt. Später hatte er die Milch ausgetragen und auch Alriks Kwaas beliefert. Meist war er freundlich zu ihr und hatte sie nicht geneckt wie die anderen großen Jungs. Aber er war König darin gewesen, den Lehrern Streiche zu spielen.

In seinen Augen blitzte auch jetzt Humor und Unternehmungslust. Er lachte schallend. »Ich? Bauer? Du weißt doch, ich habe nur Unfug im Kopf.«

»Und was für Unfug treibt dich hier aufs Feld?« Filine war dankbar für jede Ablenkung.

»Da steht's.« Er wies auf ein Schild über dem Tor hinter ihm. Rechts und links von dem Tor wuchs eine Hecke, die so dicht war, dass man nichts dahinter erkennen konnte.

MINIATUR-GOLF, las Filine. »Was soll das denn sein? Stimmt, ich habe schon munkeln hören, dass jemand auf den Feldern irgendwas Neumodisches, Seltsames im Schilde führt. Aber ich konnte mir unter den Gerüchten nichts vorstellen.«

»Komm mit, ich zeige es dir.« Er winkte sie herein. Filine sah sich staunend um. Auf dem Feld, auf dem früher jemand Rüben gezogen hatte, wuchs nun Rasen. Zumindest war es der Versuch eines Rasens. Auf der sandigen Erde war das nicht einfach. Und außerdem stand der Frühling erst bevor. Aber immerhin konnte man die Absicht erkennen. Scheinbar wahllos verteilt auf der Fläche, gab es außerdem Betonstreifen, auf denen merkwürdige Dinge standen, auf dem einen eine Spirale, auf dem anderen eine seitliche Schnecke, wieder woanders eine Wippe oder ein senkrechtes Netz. Am Ende befand sich jeweils ein Loch.

»Spielt man Golf nicht auf Rasen?«

»Schon. Aber eben nicht Miniaturgolf. Das ist brandneu. Vor zwei Jahren hat das ein Schweizer Gärtner erfunden. Die Leute sind ganz verrückt danach, und es gibt immer mehr von solchen Anlagen. Die erste in Deutschland ist letztes Jahr in Rheinland-Pfalz eröffnet worden, und daraufhin habe ich hier eine gebaut.«

»Glaubst du, die Leute hier haben Interesse an so was?« Filine konnte sich das nicht recht vorstellen.

»Ja. Es ist so schön verrückt! Vor zwölf Jahren lag Deutschland noch in Trümmern, und die Leute hatten nichts zu essen. Und jetzt schlagen sie kleine Bälle in kleine Löcher und finden es wunderbar. Das ist wie Ebbe und Flut. Und ehe die nächste Ebbe kommt, werde ich Deutschland mit Minigolfbahnen überziehen und dafür sorgen, dass im ganzen Land dieser grandios sinnlose Unfug getrieben wird. Warte, ich zeige dir, wie es funktioniert.«

So verbrachte Filine den Rest des Nachmittags damit, zu lernen, wie man mit dem Schläger, der angenehm in ihrer Hand lag, die kleinen bunten Bälle entlang der Betonbahnen über die Hindernisse und in das Loch beförderte.

»Du hast Talent«, sagte Rudi anerkennend, als sie schon bei der vierten Bahn nur drei Schläge benötigte.

»Ich hätte nicht gedacht, dass es solchen Spaß macht.« Filine holte aus und schmetterte den Ball mit einem einzigen Schlag in das senkrechte Netz am Ende einer Bahn. Das war seltsam befriedigend.

»Toll! Ein Ass!« Rudi trug eine Eins in die gelbe Karte ein, auf der eine Tabelle gemalt war und die gleichzeitig als Eintrittskarte galt. Am Ende konnte man alle Schläge zusammenrechnen, und je weniger Punkte man hatte, desto besser war man. Es war nicht schwer zu verstehen.

Filine spielte alle achtzehn Bahnen durch und gab Rudi den Schläger zurück, der ihn in einem kleinen Schuppen verstaute, wo es jede Menge andere Schläger und Bälle gab. »Mensch, Rudi. Danke! Es ging mir überhaupt nicht gut heute Nachmittag. Aber jetzt fühle ich mich tausendmal besser.«

Er sah erfreut aus. »Siehst du. Das ist genau der Punkt. Man vergisst alles dabei. Deswegen lieben es die Leute. Es macht den Kopf frei. Man kümmert sich für eine kurze Weile um nichts als nur den Ball, den Schläger und das Ziel. Wo gibt es das im Leben? Nichts sonst ist so einfach. Und trotzdem ist es eine Herausforderung. Man wird von Mal zu Mal besser und hat das Gefühl, etwas erreicht zu haben.«

»Du willst also woanders weitere Anlagen bauen? Aber was wird dann aus dieser hier? Willst du nicht erst mal abwarten, wie es läuft?«

»Ich bin nicht dafür gemacht, hier herumzusitzen und auf Kunden zu warten. Ich will bauen. Auf anderen Inseln. Ich brauche eine neue Herausforderung, und außerdem hat mich die Wanderlust gepackt. Ich muss mal raus hier!« Rudi schloss den Schuppen ab.

»Noch jemand«, murmelte Filine.

»Wie bitte?«

»Das Fernweh scheint gerade eine Seuche zu sein. Wirst du die Anlage verkaufen oder jemanden einstellen?«

»Verpachten oder verkaufen, ja. Das mit deinen Eltern tut mir übrigens leid.« Rudi sah sie mitleidig an.

»Sie sind ja nicht gestorben. Woher weißt du das denn schon?« Filine wunderte sich. Weder Hilla noch Lentje waren Klatschbasen.

»Irgendjemand hat sie irgendwo getroffen. Keine Bange, Amrumer kommen und gehen, das hat doch Tradition. Sie kehren fast immer zurück. Denk an Hark Olufs.«

»Hark Olufs wurde als Jugendlicher von Piraten entführt. Der ist nicht abgehauen.«

»Siehst du, und er kam trotzdem wieder. Als reicher Mann. Was werdet ihr jetzt tun?«

»Keine Ahnung. Pinswin hat sich ebenfalls davongemacht.«

»Oh. Und du wirst die Pension nun allein führen?«

»Ja. Sicher. Werde ich wohl. Was sonst? Und genau deswegen muss ich jetzt zurück. Irgendein Gast hat bestimmt schon wieder irgendein Bedürfnis. Mach's gut, Rudi. Vielen Dank für die Lehrstunde und die Ablenkung. Wenn ich Zeit finde, komme ich mal wieder spielen.«

»Jederzeit gerne.«

Doch Filine lief nicht direkt nach Hause. Die Gäste konnten warten. Stattdessen öffnete sie die weiße Pforte und betrat den Friedhof der Heimatlosen, einen Zweig mit roten Beeren vom Vorjahr in der Hand, den sie unterwegs gefunden hatte.

Auf dem efeubewachsenen Grab von Tempus lagen alte Blätter, die sie sorgsam mit der Hand fortnahm, ehe sie den Zweig vor dem Kreuz aufrecht in die Erde steckte.

Nachdenklich kniete sie auf dem kühlen Sand und beneidete die stummen Anwesenden ein wenig um ihren Frieden. Sie mussten keine Entscheidungen mehr treffen. »Hätte ich doch nur die Glücksschuppe gefunden, dann wüsste ich jetzt vielleicht, was ich tun soll«, sagte sie leise.

Der Himmel hatte sich bewölkt. Ein leiser Nieselregen fiel. Filine dachte an die magische Nacht zurück, in der sie bei Tempus im Watt gewacht hatte. Sie erinnerte sich an den Klang seiner tickenden Uhr, wie laut er gewesen war unter dem Mondlicht und zwischen den silbern schimmernden Prielen in der weiten Einsamkeit. In ihrer Erinnerung hörte sie es genau, und es war ihr, als wäre es ihre eigene Lebensuhr, ihre eigene Zeit, die immer schneller lief, deren Schläge ins Leere fielen und schließlich verstummten, weil sie abgelaufen war. Sie blickte auf die Uhr an ihrem eigenen Handgelenk, Nathans Uhr, die mit Licht angetrieben wurde. Sie tickte nicht hörbar, aber die Zeiger bewegten sich. Vorwärts, immer tapfer vorwärts.

»Ich werde mich auch bewegen!«, sagte Filine entschlossen. »Tempus, ich habe dir einmal versprochen, keine Zeit zu verschwenden und immer so lebendig zu sein wie möglich. Ich weiß noch nicht, wie, aber ich werde dieses Versprechen halten.«

Später, als die Gäste versorgt waren, die Küche aufgeräumt und die Wäsche zusammengelegt, saß sie oben in ihrem Zimmer am offenen Fenster, lauschte auf den Regen und roch einen Hauch von Frühling in der feuchten Nachtluft. Am Horizont lag noch ein feiner violetter Nachklang von Tag auf dem Meer, und die Dünen waren als helle Silhouetten davor gerade zu erkennen. Filine dachte an die wirren letzten vierundzwanzig Stunden, die ihr Leben auf den Kopf gestellt hatten. Dann daran, wie sie die kleinen Bälle die Bahnen entlang über die Hindernisse vorangebracht hatte. Wie in dem Moment alle Sorgen und Gedanken, Ort und Zeit verschwunden waren und es nur noch sie selbst, die Bewegung und das Ziel gab. Nur den einen entschlossenen Schlag, nicht zu stark und nicht zu schwach, perfekt wie eine Welle, die im richtigen Augenblick bricht und der Schwerkraft entgegen den Strand hinaufschäumt.

Und wie gut sie sich dort gefühlt hatte, wie leicht! So viel Platz um sie herum. Nur die flachen Golfbahnen, hinter der Hecke die Felder, in der Ferne ein Stück Deich auf der einen Seite und Dünen auf der anderen, dahinter das Watt und dann das Meer. Über alldem nur Himmel, Möwen und Wind und sie selbst mittendrin ohne alte graue Wände um sie herum, ohne ein schweres Dach darüber und ohne dass irgendjemand etwas von ihr erwartete.

In diesem Augenblick fühlte sie, wie sich etwas in ihr löste, befreite und sich diesen Himmel und die Weite zu eigen machte.

Du hast alles Recht der Welt, deinen Launen zu folgen, so wie wir es auch tun, hatte Pinswin geschrieben.

Aber es war keine Laune, was in diesem Moment in ihr reifte. Es war ein Plan. Eine Gewissheit.

Wenn es verrückt ist, tue es, hörte sie Thanis Stimme lautlos in der Dämmerung flüstern, als stünde er da unten und wartete, dass sie den Baum herunterkletterte.

Sie würde noch mit Hilla reden müssen. Ganz allein konnte sie den Plan nicht durchziehen. Aber sie war sich ziemlich sicher, dass Hilla sich über diese Abwechslung freuen würde. Schonender für ihre Altersbeschwerden würde das bestimmt sein.

Filine atmete die frisch gewaschene Luft tief ein, mitsamt dem Geschmack von Salz und Jod und Tang und Frühling und neuen Tagen, die sie in sich trug. Ihr Entschluss stand fest und fühlte sich so richtig an wie bisher noch nichts außer der Freundschaft mit Nathan.

Deshalb war ihr nie klargeworden, was sie mit ihrem Leben anfangen sollte. Ihre Eltern wussten, was sie wollten, nämlich hinaus in die Welt. Pinswin wusste ebenfalls, was er wollte, nämlich forschen, auf der Spur von alten Geschichten.

Und sie wusste nun endlich auch, was sie wollte. Sie hatte nichts von der Unruhe der anderen, keine Abenteuerlust, keinen Ehrgeiz und kein Fernweh. Sie gehörte einfach nur hierher, auf diese kleine Insel im Meer am Rande eines Landes, unter diesen Himmel mit all seinem Licht und all seinen Stürmen.

Hier wollte sie bleiben, aber nicht eingesperrt in Alriks Kwaas mit all den Verpflichtungen. Sie würde die Pension verpachten und nur das kleine Gartenhaus behalten, in dem sie wohnen konnte. Es würde ihr Rettungsboot sein und genügte ihr völlig.

Mit dem Geld würde sie den Miniaturgolfplatz von Rudi Malteson übernehmen. Dort konnte sie die Tage im Freien verbringen. Sie würde keine Minuteneier mehr kochen müssen und keine muffigen Matratzen lüften. Die Menschen, die kamen, würden für eine Weile ihre Sorgen vergessen, durchatmen und Ziele ansteuern mit einem perfekten Schlag, der sich brach wie eine Welle und ein wenig Schaum und Brandung in ihr Leben brachte und ein Stück Himmel.

»Ja, es ist verrückt, und ja, ich mache es, Thani«, flüsterte sie. »Und ich freue mich wie ein Itsch darauf.«

Das alte Haus um sie herum war erschreckend still und trotz der schlafenden Gäste unangenehm leer. Sie war allein. Keine Eltern, kein Bruder. Keine Familie. Niemand da, dem sie ihren Plan erzählen konnte. Niemand, der mit ihr aufgeregt war, der sich begeisterte oder stritt oder ihr Vorhaltungen machte.

Sie kannte es nicht, so allein zu sein.

Aus der Schublade ihres Schreibtischs nahm sie die Okarina aus Greenjölk. Filine setzte das Instrument an die Lippen und blies. Uralt klangen die Töne und einsam, doch sie wurde mutiger und blies stärker, und die Töne wurden höher und kräftiger und fröhlicher und hüpften über das Fenstersims hinaus, trieben mit der sanfter werdenden Brise über die Dünen fort hinaus aufs Watt, wo vor Jahrhunderten Marta Gössling die seltsame Flöte in den Händen gehalten hatte.

Je länger Filine spielte, desto stärker entdeckte sie ein ganz neues Gefühl in sich. Keine Familie, doch das bedeutete auch, dass sie zum ersten Mal in ihrem Leben allein entscheiden konnte! Sie war so frei wie der Seewind und die Töne, die sich ungehindert auf den Weg machten, wie es ihnen gefiel.

Diese Unabhängigkeit war ein großes Gefühl, und es passte ihr zu ihrer eigenen Überraschung so gut, dass sie es nie wieder aufgeben wollte.

Diese neue, unbekannte Freude, die sie immer mehr erfüllte, fand ihren Weg in die Okarina und blies die Töne auf, so dass auch sie größer wurden und höher flogen.

Die Töne rufen nach dem Töveree, schoss es Filine durch den Kopf, aber wenn er nicht kommt, werde ich mein Glück selbst machen.

Rhea

1980

Kärnten

21

Severins Bäume und ihre Folgen

»Jetzt verstehe ich deine Mutter! Ich finde sie sogar mutig. Trotzdem, schade um das Hotel. Haben die Pächter etwas Schönes daraus gemacht? Wie lief es denn bisher?« Julian war überraschend neugierig.

»Natürlich verstehst du Filine. Sie ist ein Rebell, so wie du.« Herr Tilmans lächelte seinen Sohn ungewöhnlich verständnisvoll an. Rhea freute sich darüber.

»Ich weiß nicht genau. Ich habe mich nie wirklich damit befasst. Das war ja alles vor meiner Geburt. Die Pächter mochten es nicht, wenn wir Inselkinder ins Hotel kamen. Im Übrigen ist das nach heutigen Standards wirklich nur eine große Pension, kein Hotel. Es ist ein dunkler, zugiger Bau. Mir war er unheimlich. Da muss eine Menge investiert werden. Wer macht das schon auf einer kleinen Insel im Norden? Es wird bestimmt schwierig, neue Pächter zu finden. Das kann dauern.«

»Du bekommst doch dein Gehalt für diesen Sommer. Kannst du damit nicht deiner Mutter helfen?«, fragte Julian.

»Schon.« Rhea legte den Brief beiseite. »Aber das war doch für meinen Traum gedacht! Natürlich reicht das nicht dafür, aber es wäre ein Anfang gewesen.«

»Was ist das für ein Traum, Rhea?«, fragte Herr Tilmans.

Rhea nahm einen Schluck Kaffee und verbrannte sich die Zunge. »Ein Haus! Ein eigenes kleines Haus, irgendwann. Ich habe noch nie in einem richtigen Haus gewohnt. Das Gartenhaus, na ja, Filine hat sich immer Mühe gegeben, es uns gemütlich zu machen. Aber im Grunde war es kaum mehr als eine Hundehütte. Ihr hat das nie etwas ausgemacht.«

»Gefällt Ihnen Ihr Zimmer hier nicht?«, fragte Herr Tilmans erstaunt.

»Doch, natürlich. Ihr Hotel ist wunderschön. Aber es ist ein Hotel, und ein Hotel ist kein Zuhause.«

Rhea wusste nicht, was sie Filine antworten sollte. Und auch die nächsten Tage kam sie nicht dazu, ihr zu schreiben. Auf einmal gab es noch so viel zu tun, dass Hektik ausbrach. Auf der einen Bahn wollte die Farbe nicht trocknen, auf der anderen ein Hindernis nicht in seiner Verankerung halten. Die Schläger wurden nicht pünktlich geliefert, und von den Einladungen kamen zu wenige aus der Druckerei.

Alle waren dermaßen beschäftigt, dass Rhea und Julian höchst erstaunt waren, als Herr Tilmans mit einem Eimer in der Hand an der Minigolfanlage auftauchte. Es war ein milder Tag, durch den Libellen flirrten. »Libellen sind der Triumph des Sommers«, sagte Herr Tilmans. »Wenn sie fliegen, werde ich unruhig. Wir haben alle eine Pause verdient. Julian, Rhea hat mir erzählt, sie hat sich als Kind vorgestellt, wie es gewesen wäre, mit ihrem Vater Kirschen zu ernten. Rheas Vater war nicht da. Aber ich war da und habe trotzdem nie mit dir etwas geerntet. Das tut mir leid.« Er sah Julian bittend an. »Würdest du das heute mit mir nachholen? Sie natürlich auch, Rhea. Habt ihr Lust? Ich kenne da zwei ganz besondere Bäume.«

»Wir können doch jetzt nicht einfach einen freien Nachmittag nehmen.« Rhea hatte lange Listen im Kopf, was noch zu tun war.

»Doch, können wir! Wenn die Libellen so fliegen wie heute und ihre Flügel in der Spätsommersonne glänzen, dann muss man tun, was man schon lange am allermeisten wollte. Das könnte der letzte warme Tag des Jahres sein.«

Ehe sie wussten, wie ihnen geschah, folgten sie Herrn Tilmans einen schmalen Pfad entlang. Rhea musste an den Tag kurz nach ihrer Ankunft denken, als sie genauso mit ihm gewandert war, damals das erste Mal zum Karjannbach. Kaum zu glauben, wie viel Zeit seitdem verflogen war! Wehmut beschlich sie. Ob sie jemals wieder einen so sorglosen, kameradschaftlichen Sommer erleben würde?

»Ich bin gespannt, wie es den Bäumen geht und ob sie überhaupt noch da sind. Früher bin ich jeden Herbst dort gewesen, aber in den letzten Jahren bin ich nicht dazu gekommen. Ein Fehler.« Herr Tilmans klang beinahe nervös.

»Was sind das für Bäume?« Rhea versuchte, mit ihm Schritt zu halten.

»Als ich klein war, hatte mein Großvater einen Obstgarten. Den gibt es schon lange nicht mehr. Einmal hatte er eine neue Sorte Apfelbäume gekauft. Sie wurden angeliefert und gepflanzt, aber einer davon war schief und mickrig und hatte nur wenige Wurzeln. Sie warfen ihn auf den Komposthaufen. Er tat mir so leid, wie er da lag, mit drei welken grünen Blättern, die wie kleine Fahnen im Wind hingen. Es schien mir nicht in Ordnung, dass er keine Chance bekommen sollte. Ich habe ihn eingewickelt und in meinen Rucksack gesteckt. Dazu habe ich noch einen zweiten geklaut, vom Rand der Pflanzung, denn Apfelbäume müssen immer mindestens zu zweit stehen, sonst tragen sie nicht. Ist ja auch verständlich.« Herr Tilmans ging unwillkürlich langsamer, in seine Erinnerung vertieft. »Ich lieh mir eine Schaufel und habe die beiden mitten auf einer Lichtung in einem Wäldchen eingegraben, das ich kannte. Ich dachte mir, dort würde sie niemand stören. Erst fürchtete ich, der mickrige würde nicht anwachsen, aber ich habe sie regelmäßig gegossen und einen Zaun gegen die Rehe darum gebaut. Schon im ersten Frühling trug der kleine fünf Blüten! Und der andere noch mehr. Ich war stolz wie Oskar.«

»So was hätte ich dir gar nicht zugetraut«, sagte Julian erstaunt.

»So viel Sentimentalität, meinst du?«

»Und, haben sie Äpfel getragen?«, wollte Rhea wissen.

»In dem Frühling noch nicht, aber zwei Jahre danach. Da waren sie schon fast doppelt so groß. Merkwürdigerweise hat der mickrige Baum den anderen überholt und ist seitdem der größere mit den schöneren Früchten. Irgendein Reh fraß anfangs die meisten, aber einige bekam ich ab, und ich glaube, es waren die besten, die ich je gekostet habe. In späteren Jahren habe ich dann beobachtet, wie müde Wanderer erstaunt auf die Früchte trafen und sich mit Genuss unter den Baum setzten, um einen Apfel zu essen. Im Grunde ist es wie ein Hotel: Der Baum spendet Schutz und Geborgenheit, einen Platz zum Ausruhen und zum Essen. Für mich wurde er ein Symbol dafür, dass das, was man erreichen möchte, manchmal ganz einfach ist. Man muss den meisten Dingen nur eine Chance geben und sie wachsen lassen. Seht mal, hier ist schon das Wäldchen! Es ist mittlerweile so dicht, dass man das Geheimnis der Apfelbäume von außen nicht sehen kann.«

Im Wäldchen war es dunkel, doch dann traten sie auf eine Lichtung.

»Es geht ihnen gut!«, rief Herr Tilmans beglückt. Rhea aber betrachtete vor allem Herrn Tilmans Gesicht, auf dem ein Leuchten lag wie bei einem Kind unter dem Weihnachtsbaum.

»Donnerwetter. Tragen die viele Äpfel – und so schöne!« Auch Julian blickte bewundernd zu den schwerbeladenen Ästen auf.

»Ja, sie sind nicht besonders groß, aber diese gelbrote Farbe hat etwas Besonderes. Und das Aroma auch.« Herr Tilmans pflückte mit jeder Hand einen und reichte sie an Rhea und Julian weiter. »Hier, kostet!«

Rhea biss in die sonnenwarme Frucht und wusste, dass sie diesen würzig süßen Geschmack, in dem der ganze Sommer enthalten schien, nie wieder vergessen würde. Der Apfel war wie ein Ausrufezeichen hinter allem, das sie in den letzten Monaten erlebt und kennengelernt hatte.

»Ich mag es, wie sie zusammenstehen«, sagte sie. »Sie neigen sich ein wenig zueinander, und ihre Äste verschränken sich.«

»Ich habe sie zu dicht nebeneinandergepflanzt, aber mir gefällt das Bild auch, das sie abgeben«, gestand Herr Tilmans.

»Du hast nicht zufällig irgendwo eine Leiter versteckt?«, erkundigte sich Julian im Scherz.

»Doch.« Herr Tilmans verschwand zwischen den Bäumen und kehrte kurze Zeit später mit einer alten Leiter unter dem Arm zurück, die er an den Stamm des größeren Baumes lehnte. Doch als Julian die erste Sprosse besteigen wollte, hob Herr Tilmans die Hand. »Warte bitte! Ich wollte dir noch etwas sagen.« Er räusperte sich.

»Ja?« Julian sah ihn verwundert an.

»Ich bin wirklich stolz auf dich, das heißt, auf euch beide natürlich. Wie ihr für die Minigolfbahn geschuftet und das hinbekommen habt. Deswegen möchte ich dir zu deinem normalen Gehalt dieselbe Prämie überweisen, wie sie auch Rhea bekommt. Ist das in Ordnung für dich? Es soll ein Dankeschön für deine Leistung sein«, fügte er hastig hinzu, als er Julians ungläubigen Blick sah.

Rhea war gerührt über den beglückten Ausdruck auf Julians Gesicht. Sie wusste, dass es nicht das Geld war, über das er sich freute. Geld bedeutete ihm nicht viel, hatte sie festgestellt. Anders als sein Vater, hielt er nichts von Markenkleidung und teuren Armbanduhren. Er trug Jeans und ausgeleierte T-Shirts und war in seiner schlichten Hütte vollkommen zufrieden. Nein, es war die unerwartete, offene und ehrliche Anerkennung seines Vaters, die ihn so verletzlich wirken ließ.

»Danke«, sagte er schließlich, und dann lächelte er ebenso offen und ehrlich zurück. So hatte Rhea ihn noch nie gesehen. Sie stellte fest, dass es wirklich ein außerordentlich schöner Tag war, eine würdige Krönung ihres Abenteuers, mit ebenso viel Glanz darin wie auf den Flügeln der Libellen.

»So, nun rauf mit euch. Ich halte die Leiter fest«, sagte Herr Tilmans ein wenig barsch, um seine eigene Rührung zu überspielen.

Der Baum hatte breite, knorrige Äste, auf denen man gut sitzen konnte, wenn man einmal oben war. Die Bäume auf Amrum waren wenig geeignet zum Klettern. Rhea vergaß die Zeit völlig, während sie mit Julian in der Krone herumturnte, auf der Jagd nach nur den allerbesten Früchten, denn mehr als eine Tüte pro Person wollten sie im Rucksack nicht hinunterschleppen.

Herr Tilmans stand freudestrahlend darunter, aß zu viele Äpfel und freute sich an dem Lachen, das mit ein paar losen Blättern zusammen von oben herunter ins herbstlich duftende Gras fiel.

»Schau mal, Wildgänse!« Julian wies nach oben. Ein ordentlicher Pfeil wie eine Strichzeichnung war unterwegs nach Süden.

Am liebsten wäre Rhea für immer oben sitzen geblieben, bis sie ein Teil des Baumes wurde, der hier unbekümmert stand und die Jahreszeiten an sich vorüberziehen ließ. Sie hätte sich nie wieder Gedanken zu machen brauchen. Nicht um Filine, nicht um ihre Zukunft, nicht um ihren Vater.

Doch dann drehte sie sich um und sah, dass eine Wolke einen der Berggipfel verschluckt hatte. Nur Grau blieb, ein watteweiches Nichts, unheimlich. Sie öffnete den Mund, um Julian darauf hinzuweisen, doch dann schloss sie ihn wieder.

Denn die Wolke rutschte den Berg herab, und über ihr kam der Gipfel wieder zum Vorschein, jetzt seitlich vom Sonnenlicht getroffen, das zusätzlich von der Wolke reflektiert wurde. Blendend silberweiß schien der Gipfel auf der Wolke zu schweben, als hinge der Berg im Himmel, ohne jeden Kontakt zur Erde. Märchenhaft war dieser Anblick. Er traf Rhea mitten in die Seele.

Seltsamerweise weckte er dort, gerade als sie das Schönste erblickte, das sie unter all dem Beeindruckenden in Österreich gesehen hatte, brennendes Heimweh in ihr. Vielleicht war es das Glänzen in der Ferne, das dem Sonnenlicht auf Prielen ähnelte, wenn man durch das Watt lief. Rhea wusste in diesem Augenblick, dass sie nach Hause musste und niemals etwas anderes gewollt hatte. Sofort nach der Eröffnungsfeier würde sie sich auf den Heimweg machen. Nicht wegen Filine. Sondern weil es das war, was sie wollte und brauchte.

»Schau mal, auf den Gipfeln liegt schon Schnee. Möchtest du nicht den Winter über bleiben? Ich könnte dir das Skilaufen beibringen«, sagte Julian ausgerechnet in diesem Moment hinter ihr.

»Das ist lieb, Julian, aber ich gehöre nach Amrum. Ich muss nach Hause«, sagte Rhea mit einer Gewissheit, die sie vor zehn Minuten nicht aufgebracht hätte. Julian hörte diesen Tonfall wohl, denn er sagte nur enttäuscht: »Schade.«

Herr Tilmans, der den Wortwechsel gehört hatte, sagte nichts.

»Hier, Vater, nimmst du mir den Eimer ab? Er ist voll!« Julian lehnte sich weit hinunter. »Warte, Rhea, ich helfe dir.«

Rhea war gerade im Begriff, ihren Fuß auf einen tieferen Ast zu setzen, doch Julian hielt ihn fest. »Warte. Da sitzt eine Raupe.« Sie sah, wie Julian das kleine grüne Wesen mit den roten Streifen behutsam auf den Finger nahm und auf einen anderen Ast setzte. »Jetzt komm herunter, Rhea.«

Die Hände fest am oberen Ast, ließ Rhea sich langsam auf den unteren herunterrutschen. »Oh, bin ich dir auf die Finger getreten? Entschuldigung. Habe ich dir weh getan?« Jetzt saß sie ihm gegenüber.

Mitten in dem Duft von reifen Äpfeln, dem Schimmern von Tropfen in der feuchten Wiese unten um den Baum herum, dem herbstlichen Gold des Septembertages und dem fernen Glanz von Schnee auf Gipfeln in der tiefstehenden Sonne begegnete Rhea Julians Blick, der ihren einfing und ihn hielt. Und hielt.

Sie waren für den Moment in eine Helle, Geheime Zeit geraten, in der keine andere mehr galt.

Erstaunt glaubte sie, weiße Strähnen in Julians feinen blonden Haaren zu entdecken, dann sah sie, dass es Spinnweben des Altweibersommers waren, die silbern darin schimmerten und vermutlich auch in ihren eigenen wirren Locken hingen.

»Es wird mir weh tun, wenn du fortgehst«, sagte er ernst und legte die Hände auf ihre Arme. Seine Hände waren warm und braungebrannt und zärtlich.

Eines leuchtenden Tages begegnest du jemandem, der dich meerestiefhimmelweitsommerhell lebendig macht.

Rhea hatte die Stimme ihres Vaters nie gehört, und trotzdem hallten seine Worte jetzt in ihr wider.

Das also hatte er gemeint!

Hier und heute war zweifellos ein leuchtender Tag.

Sie war Julian zwar schon vor Monaten begegnet. Aber den ganzen Sommer lang hatte er sie lebendiger gemacht, als sie es je gewesen war. Sie hatte es nur nicht gemerkt, weil sie keinen Vergleich hatte zu dem Umgang mit anderen Gleichaltrigen. Mit niemandem hatte sie so viel lachen und diskutieren und schweigen können, mit niemandem so wunderbar Ideen aushecken und verwirklichen können und glücklich darüber sein. Mit keinem anderen hatte sie Musik machen können und Echos lauschen und Nächte hindurch von Enttäuschungen und Hoffnungen reden.

Julian lehnte sich nach vorn und küsste sie. In diesem Moment verschwand Rheas Heimweh, denn sie fühlte sich vollkommen zu Hause.

Sie war sich nicht sicher, wie lange diese Geheime Zeit gedauert hatte, als er sich zurücklehnte und etwas hochhielt, was sie im Schatten der Blätter nicht gleich erkennen konnte.

»Sieh mal, was ich oben im Baum gefunden habe! Er ist aus einem Astloch gefallen.« Julian legte einen gemusterten Ring aus Holz in ihre Hand, wie sie manchmal in Astlöchern entstehen, wenn der Ast schon lange abgefallen ist und das Holz schrumpft. »Was hältst du davon – meinst du nicht – also, wollen wir uns nicht vielleicht verloben?«

Überrumpelt starrte sie ihn an und versuchte, ihre Gedanken zu ordnen.

Er lächelte sie entschuldigend an. »Der Ring ist ja nur aus Holz. Er passt sowieso nicht an deinen Finger. Aber er ist eine schöne Erinnerung an diesen besonderen Tag. Betrachte meine Frage als einen Vorschlag, wenn du möchtest.« Das sonnenwarme Holz lag warm in ihrer Hand. Als Julian sie noch einmal küsste, dachte sie: Ja! Ja, ich möchte immer so meerestiefhimmelweitsommerhell lebendig sein wie heute!

Sie fädelte den Ring auf die Kette mit Elvars Stillekugel, die sie noch immer trug. Der Ring fügte sich genau um die Kugel, als hätte er schon immer dorthin gehört.

»Wo bleibt ihr zwei denn? Es wird bald dunkel! Im Tal liegt schon der Nebel.« Herr Tilmans Stimme stieg zusammen mit dem Spätsommerabendgeruch und dem Zirpen einer späten Grille vom Waldrand herauf.

»Nach dir«, sagte Julian und ließ Rhea widerstrebend los.

Während sie die Leiter hinunterkletterte, fiel ihr ein, dass Herr Tilmans nun möglicherweise doch irgendwie ihr Vater wurde.

Ihr Schwiegervater.

Sie fragte sich, warum sie gerade jetzt an das Siegel auf Filines Brief denken musste. Der Schmetterling über der Kerze, der eine Warnung davor war, sich die Flügel zu verbrennen.

Julian sprang so übermütig von der vorletzten Sprosse, dass die Leiter seitlich umstürzte und dabei eine Wolke goldener Blätter von den Ästen schlug, die auf die Menschen herabsegelten wie Konfetti.

»Ich freue mich wie ein Itsch!«, verkündete er.

Darüber, wie es nun weitergehen sollte, da sie gerade beschlossen hatte, dass sie nach Amrum gehörte, wollte Rhea im Moment nicht nachdenken.

Sie wollte einfach nur den Rest ihres ganz eigenen leuchtenden Tages genießen, der endlich gekommen war.

Zum Nachdenken kam sie in dieser Woche gar nicht mehr, denn die Eröffnung der Minigolfanlage war ein verblüffender Erfolg. Herr Tilmans wusste eben, wie man so etwas organisiert. Die Menschen kamen wegen des kalten Buffets und des freien Champagners und blieben, weil nach den ersten misstrauischen Schlägen auf die kleinen Bälle das Interesse wuchs, der Spieltrieb und der Ehrgeiz geweckt wurden und das Gelächter dabei ansteckend wirkte.

Schnell sprach sich die neue Attraktion herum, nicht nur unter den Hotelgästen. Die charmante Silke, die Herr Tilmans eingestellt hatte, um die Eintrittskarten zu verkaufen und die Schläger und Bälle auszugeben, hatte bald fast mehr zu bewältigen, als sie schaffen konnte.

Rheas Arbeit war getan und ihre Bahnkarte für die Rückfahrt reserviert. Sie räumte gerade ihr Büro und besprach ein paar letzte Dinge mit Herrn Tilmans, als Julian sichtlich aufgeregt hereingestürmt kam. »Rhea, ich habe eine Idee! Vater, das sollst du auch hören. Bitte kommt doch heute Nachmittag auf meine Hütte, ja? Bis dann, ich besorge noch einen Wein und was zu essen aus der Hotelküche. Ihr braucht nichts mitzubringen.«

Erstaunt sah Herr Tilmans Rhea an, als sein Sohn wieder weg war. »So temperamentvoll kenne ich ihn ja gar nicht. Was er wohl ausgeheckt hat? Ich bin gespannt. Weißt du etwas darüber?«

Über die Verlobung, auch wenn es nur ein Vorschlag war, war Severin Tilmans hocherfreut gewesen. »Da ich jetzt nicht mehr dein Chef bin, kann ich dich endlich duzen, und als Beinahe-Schwiegervater sowieso.«

»Nein, keine Ahnung was er meint, aber eine Idee wäre gut. Ich weiß überhaupt nicht, wie es mit uns weitergehen soll«, sagte Rhea.

»Ach, übrigens, die Frau, die sich über die fehlende Quelle des Zitats aufgeregt hat, war bei mir«, sagte Severin.

Rhea verschluckte sich vor Schreck. Er klopfte ihr auf den Rücken. »Keine Sorge. Sie hat sich entschuldigt. Sie hat den Satz mit einer Gedichtzeile verwechselt, die ganz anders lautet.«

»Gott sei Dank.« Auf einmal wirkte alles wieder heller um sie herum. Vielleicht würde sie eines Tages ihren Vater doch noch finden. Und irgendwie würde es auch mit Julian funktionieren.

»Es tut mir leid, dass sich noch niemand auf den Satz hin gemeldet hat, aber so schnell hatte ich ohnehin nicht damit gerechnet. Es ist ja nur ein Versuch«, sagte Herr Tilmans. »Ich werde die Ohren offen halten.«

»Es hat sich trotzdem schon gelohnt«, sagte Rhea. »Ganz viele Menschen haben mich angesprochen, wie sehr er ihnen gefällt und dass er genau das ausdrückt, was ihnen entweder schon passiert ist oder wonach sie sich sehnen. Viele haben mir von ihrer Liebe erzählt, wie sie ihre Frau getroffen haben oder ihren Freund kennengelernt oder wovon sie träumen. Sie haben mir ihre Geschichten geschenkt und gesagt, der Satz mache ihnen Hoffnung. Allein das war die Sache wert.«

Severin legte ihr den Arm um die Schultern und drückte sie kurz an sich. »Das freut mich. Das freut mich sehr.«

Julian war so nervös, dass er beim Einschenken den Wein verschüttete und fast den Teller mit den feinen Häppchen vom Tisch fegte, den er Helene abgeschwatzt hatte.

»Setz dich hin, ich mache das«, sagte Herr Tilmans und nahm ihm die Flasche ab.

Rhea horchte auf die leisen Echos ihrer Stimmen und das Gläserklingen. Das würde sie vermissen.

Aber dafür warteten das Meeresrauschen, das Flüstern der Lebewesen im Watt und die Rufe der Möwen.

»So, nun schieß los, Junge.«

Julian rutschte noch immer auf der Bank hin und her und griff nach Rheas Hand, um sich Mut zu machen.

»Also, Rhea, du machst dir doch solche Sorgen, weil deine Mutter keinen neuen Pächter für das Hotel finden und ihr das Geld fehlen wird.«

»Es ist ja nur eine alte Pension, und es wird sich niemand dafür interessieren, jedenfalls nicht so schnell.«

»Falsch! *Ich* interessiere mich dafür!«, verkündete Julian.

Erstaunt blickten ihn beide an.

»Es ist doch ganz einfach. Wir hätten auch eher darauf kommen können. Deine und meine Prämie für diesen Sommer, das ergibt eine hübsche Summe! Davon können wir deiner Mutter für ein Jahr die Pacht bezahlen. Und dann machen wir beide das Hotel wieder zu einem Erfolg! Wir sind zusammen, und zusammen sind wir unschlagbar, das haben wir doch bewiesen. Was meint ihr?«

Verblüfft sahen sich Rhea und Severin an.

»Aber Junge, ich wünsche mir doch, dass du genau das tust, was du möchtest! Du musst kein Hotel führen, um mich zu beeindrucken oder mir etwas zu beweisen. Du kannst auch etwas völlig anderes tun.«

Unnötig heftig stellte Julian sein Glas ab. »Vater, so glaube mir doch endlich, dass es genau das ist, was ich tun möchte! Ein Hotel führen! Meinetwegen auch eine Pension. Das wollte ich schon, seit ich klein bin.«

»Ich weiß nicht, ob es das ist, was ich tun möchte«, sagte Rhea. »Ich habe nie darüber nachgedacht. Ich verstehe nichts davon. Das Haus war mir auch nie besonders sympathisch.«

Julian nahm auch ihre andere Hand. Die Begeisterung sprühte aus seinen Augen. »Wir machen es sympathisch! Ein neues Projekt für dich und mich. Du wirst dich wundern, wie es hinterher aussieht. Du musst nichts davon verstehen. Ich weiß, wie man so was macht, ich habe das gelernt, und du hast ein gutes Gespür. Unsere Gäste werden es lieben, und du auch!« Seine Energie war ansteckend. Auf einmal hatte Rhea Bilder vor ihrem inneren Auge von hell gestrichenen Zimmern, selbstgenähten Kissen und fröhlichen Ferienkindern.

»Aber mit der Pacht wäre es nicht getan. Wir müssten investieren, und dafür reicht das Geld nicht!«

»Was haltet ihr von einem stillen Teilhaber?«, sagte Severin. »Ich würde investieren.«

Julian runzelte die Stirn. »Aber ich möchte es doch allein schaffen. Ohne deine Ratschläge.«

»Ein stiller Teilhaber zeichnet sich dadurch aus, dass er still ist«, sagte Severin trocken.

Der Schatten auf Julians Gesicht verflog. »Dann wäre das toll. Wenn du es durchhältst. Danke. Was sagst du, Rhea?«

Wenn wir dieses Abenteuer wagen, werden wir ganz bestimmt Severin hin und wieder um Rat fragen müssen, dachte Rhea bei sich, aber sie sprach es nicht aus. Sie nahm einen Schluck Wein und drehte und wendete die Idee in ihren Gedanken hin und her.

Was sagst du?, flüsterten die Echos ringsumher.

Die Idee war zu gut. Julian und sie würden zusammen sein, sie würden den alten Familienbetrieb wieder zum Leben erwecken und konnten obendrein Filine helfen. Besser, als in einem fremden Restaurant zu kellnern war es allemal.

Und wenn es bedeutete, dass Julian dann immer so strahlte wie heute Abend, dann konnte es nicht falsch sein.

»Heißt das, du kämest gleich mit mir, wenn ich jetzt nach Amrum fahre?«

»Erst mal ja. Ich muss doch unser Projekt besichtigen. Wenn du mich beurlaubst, Vater.«

»Selbstverständlich. Junge, es ist eine wunderbare Idee, wenn es wirklich das ist, was du möchtest. Ich freue mich für euch. Und ich werde öfter euer Gast sein, als euch lieb ist.«

»Unbedingt.« In seltenem Einverständnis lächelte Julian seinen Vater an und hielt Rhea dabei ganz fest.

Später spielte er zur Feier des Abends auf seiner Ukulele. Das treue Windlicht warf einen vertrauten Kreis in die Dämmerung. Rhea klaubte einen Krümel Bienenwachs aus der Kerze und polierte damit ihren Ring. Das Wachs verlieh dem Holz eine warme Farbe und brachte seine Maserung zum Vorschein, die von Jahren des Wachstums erzählte.

Ob die Liebe zwischen Julian und mir auch so wachsen wird, Jahr für Jahr?, überlegte Rhea.

In eine Lücke zwischen zwei Gipfeln hob sich der Mond in einem Nebelschleier. »Liebe Rhea, an diesem letzten Abend wünsche ich mir eine letzte Geschichte«, sagte Severin. »Wir wissen noch immer nicht, wie es damals war, als deine Mutter deinen Vater traf! Zu welchem Geburtstag hat sie dir diese Begegnung geschenkt?«

»Zum sechzehnten. Da war sie der Meinung, ich wäre alt genug, um es zu verstehen.«

»Wir haben bis jetzt nur erfahren, dass er mit einem Schiff kam«, sagte Severin. »Fuhr er damit wieder fort? Und warum nur?«

»Nein. Er kam mit einem Schiff, aber fortgegangen ist er zu Fuß.« Rhea lehnte sich an Julians Schulter.

»Ich denke, Amrum ist eine Insel?«, fragte der erstaunt. »Konnte dein Vater über das Wasser laufen wie Jesus, oder war er doch ein Wassermann?«

»Bei Ebbe gibt es einen Weg durch das Watt. Wollt ihr wirklich die ganze Geschichte hören?«

Ihr war es recht. Es wäre ihr am liebsten gewesen, wenn die

letzte Nacht dieses denkwürdigen Sommers niemals endete, denn wer wusste schon, was danach kam.

»Ja, bitte!« Es schien, dass es ihrer neuen Familie ebenso ging, und die Echos flüsterten dasselbe in die Dunkelheit. *Ja, bitte. Schenk uns noch eine Geschichte …*

Filine

1956

22

Fest mit Havarie

Filine betrachtete sich prüfend im Spiegel, soweit dieser es erlaubte. Er war nicht groß genug, denn in dem engen Gartenhaus, in dem sie nun wohnte, war für solchen Luxus kein Platz. Für Rudis Abschiedsparty hatte sie ihr bestes Kleid angezogen, aber nach einem Blick auf den Augustabendhimmel nahm sie lieber noch die Öljacke vom Haken und legte sie sich über den Arm, auch wenn das ein gewaltiger Stilbruch war.

Sie war zufrieden mit sich und nach den vielen Wochen harter Arbeit absolut in der Laune für einen geselligen und ausgelassenen Abend. Tatsächlich war sie selbst verblüfft, was sie alles geschafft hatte! Nachdem sie sich einmal entschlossen hatte, die Pension zu verpachten, ging alles erstaunlich schnell. Nachrichten verbreiteten sich rasch auf der Insel. Auch wenn es reichlich Getuschel gab und offene Vorwürfe – »Mädchen, die Pension ist seit Generationen in der Familie, glaubst du wirklich, du tust das Richtige?« –, so kannte natürlich irgendjemand jemanden, der jemanden in Lübeck kannte, der schon lange eine Pension auf Amrum eröffnen wollte. Auf einmal unterschrieb Filine einen Pachtvertrag und überließ damit Alriks Kwaas mit all seinen Verpflichtungen dem Ehepaar Hans und Gerlinde Grotjahn. Sie bestand nur auf dem Wohnrecht im Gartenhaus und der Nutzung eines der kleineren Kellerräume, von denen es unter dem Haus reichlich gab. Die Grotjahns waren freundlich, tüchtig und distanziert. Sie gaben zu verstehen, dass sie von Filine keinerlei Einmischung wünschten. Da dies ganz in Filines Sinn war, störte sie das nicht.

Mit der Hilfe Rudis und ein paar seiner Freunde entrümpelte sie das Gartenhaus, isolierte, renovierte und bezog es. Übriggebliebene persönliche Dinge ihrer Familie räumte sie sorgfältig in den Keller.

»Soll ich die Minigolfanlage wirklich kaufen?«, fragte sie Nathan am Telefon. Es war ein Ferngespräch, und in der Leitung knisterte und knackte es. Doch sie glaubte zu verstehen, dass er genau das sagte, was sie erwartet hatte.

»Es ist verrückt, aber du möchtest es tun, also tu es! Mir gefällt die Idee. Ich glaube, du wirst einen Haufen Spaß haben.«

Wenige Tage nach dem Gespräch landete ein dicker Brief in ihrem Kasten. Darin fand sie knallbunte künstliche Haarsträhnen zum Anstecken.

Liebe Fili,

wenn Dir der Mut fehlt, soll Dich das aufmuntern. Du hast das Gefühl, etwas Verrücktes zu tun, dann steh dazu und zeig es auch. Die hier sind aus Brasilien.

Liebe Grüße, Dein Thani.

Filine lachte. Auf Nathan war Verlass. Schon fühlte sie sich unbekümmerter. Schnurstracks ging sie zum Waschbecken und knotete in ihre Frisur eine blaue Strähne für den Himmel, eine dunkelblaue für das Meer und eine violette für die Heide, die im

Sommer wieder an ihren Lieblingsstellen im Wäldchen und auch auf dem Minigolfplatz blühen würde.

Und dann eröffnete sie ihre Minigolfanlage. Die Ratenzahlungen, auf die sie sich mit Rudi geeinigt hatte, waren zum Glück nicht allzu beängstigend. Sie würde es schon schaffen.

Die Leute kamen, schüttelten den Kopf über Filine, ihr buntes Haar und ihren Mut, etwas völlig anderes zu tun, als jeder erwartet hatte. Sie kamen aus Neugier und aus Freude am Skandal, und sie blieben und kamen wieder. Weil man sich mit Filine gut unterhalten konnte und sie zuhörte und die richtigen Fragen stellte. Weil man es nicht gewohnt war, etwas einfach aus der Freude am Spiel heraus zu tun, und weil dieses Neue gefiel. Und auch weil Filine es verstand, den Platz mit Blumen und Farben gemütlich zu machen. Man traf sich auf ein Schwätzchen und einen Tee und wusste hinterher nicht, wo die Zeit geblieben war. Und weil es so wunderbar sinnlos war, kleine Bälle in Löcher zu schlagen, hatte man ein angenehmes Gefühl von lässlicher Sünde, denn so etwas hatte es zuvor noch nie gegeben.

Mit der Zeit stieg die Anerkennung, denn man sah, dass auch die Feriengäste kamen. Am Anfang hatten sie Zweifel, dann brachten sie ihre Familien mit. Die Einheimischen nahmen zur Kenntnis, wie das Kleingeld in Filines Kasse klimperte.

Auch Rudi war mehr als zufrieden angesichts dieser Entwicklung und beschloss, seinen Plan noch in diesem Jahr umzusetzen und auf anderen Inseln andere Anlagen zu eröffnen. Und da Rudi eben Rudi war, ging dies natürlich nicht ohne eine angemessene Abschiedsfeier. Er hatte dafür ein Bootshaus am Hafen von einem Bekannten geliehen und großzügig dekoriert. Sogar eine kleine Liveband hatte er organisiert. Es wurde getrunken und getanzt und geraucht, und Filine trat schließlich nach draußen, um frische Luft zu atmen. Erst dachte sie, es läge an dem Rauch und dass ihre Augen davon tränten, aber auch als sie heftig zwinkerte, blieb der trübe Ausblick. »Das ist aber eine mächtige Nebelwand, die sich da angeschlichen hat«, sagte sie zu Rudi, der ihr gefolgt war. »Vorhin dachte ich, es sieht nach Regen aus, aber das hier ist einfach nur Nebel.«

»Deshalb liebst du es doch so, unser Meer. Wegen seiner Launen.«

»Die Fischer, die draußen sind, werden weniger begeistert sein.«

»Stimmt. Jan und Lars wollten eigentlich auch kommen, die sind aber noch mit dem Boot unterwegs. Da ist bestimmt der Nebel dran schuld. Vielleicht haben sie Anker geworfen, bis er vorbei ist. Lass uns wieder hineingehen.«

Filine vergaß den Nebel und ließ sich in die ungewohnte Sorglosigkeit hineinfallen, einfach mal an nichts zu denken als an den Augenblick. Nichts organisieren, nichts renovieren, nichts planen, einfach nur das Gefühl genießen, dass sie ihr Leben erfolgreich in die eigene Hand genommen hatte und frei war. So frei!

Sie kostete die seltsamen Drinks, die Rudis Freund mit dem merkwürdigen Spitznamen Murks zusammenrührte, und tanzte mit Leuten, die sie noch nie gesehen hatte. Rudis Bekanntenkreis war endlos. Auf die Uhr hatte sie schon lange nicht mehr gesehen, als die Tür aufflog, zwei Seeleute hereinstürmten und nach Rudi riefen.

»Jan, Lars, da seid ihr ja endlich! Ihr habt Glück, dass noch Rum da ist und Würstchen.« Rudi schwenkte eine Flasche.

»Vergiss den Rum. Leute, seid still. Es ist etwas passiert!« Mit einer Handbewegung brachte Jan die Band zum Schweigen. Später dachte Filine daran, wie der Mann an dem selbstgebauten bizarren Schlagzeug mitten in der Bewegung angehalten hatte, die Trommelstöcke erhoben wie ein Dirigent, der im nächsten Augenblick mit seinen Gesten nicht mehr Musik, sondern Schicksale lenkt.

»Draußen ist ein Frachter auf Grund gelaufen. Er bricht auseinander. Der Seenotrettungskreuzer ist gerade zu einer anderen Havarie unterwegs und kann nicht schnell genug hier sein. Wir müssen den Leuten helfen! Beeilung!«

Minuten später saß Filine mit der Öljacke über ihrem Kleid mit Rudi, Murks und Jan in einem Fischerboot auf dem Weg zum Horizont, wo ein merkwürdiger Umriss zu erahnen war, der dort nicht hingehörte. Der Nebel hatte sich fast aufgelöst, dafür sorgte nun der Wind, der ihn vertrieben hatte, für starken Wellengang.

»Er muss aus dem Rütergat abgetrieben sein«, sagte Jan. »Vermutlich hat er in dem Nebel die Orientierung verloren.«

Später stellte sich heraus, dass der Kapitän so betrunken gewesen war, dass er wahrscheinlich auch ohne den Nebel das Leuchtfeuer von Amrum mit einem Scheinwerfer auf seinem eigenen Schiff verwechselt hätte.

Der Töveree war ihm jedenfalls nicht zu Hilfe gekommen, dachte Filine, als das Wrack vor ihnen auftauchte. Die Ebbe setzte gerade erst ein, doch der Frachter war so heftig auf eine Sandbank aufgelaufen, dass die Kraft der Gezeiten ihn nun buchstäblich in zwei Hälften brach. Zwischen Schornstein und Brücke wurde der Riss immer breiter, und das Schiff klappte auseinander, so dass die eine Hälfte auf bestem Wege war, sich neben die andere zu legen. Hätte Filine nicht alle Hände voll zu tun gehabt, hätte sie sich gern die Ohren zugehalten, denn das Knallen und Kreischen des berstenden Metalls war ohrenbetäubend und fuhr allen bis ins Innerste. Die Rufe der Seeleute, die ins Wasser gesprungen oder gestürzt waren oder sich noch an die Reling oder irgendwelche Aufbauten klammerten, waren dabei kaum auszumachen. Wenn Filine nicht gerade mit einer Stange dafür sorgte, dass Jans Boot nicht zu nahe an das Wrack geriet oder auch auf die Sandbank lief, half sie den Männern, die Seeleute an Deck zu ziehen. Sie brachte ihnen Decken und Handtücher und verteilte Grog aus der riesigen Thermosflasche, die sie geistesgegenwärtig von der Feier mitgenommen hatte.

Sie waren nur eines von vielen Ruder- und Fischerbooten, die zur Unglücksstelle geeilt waren. So waren bald alle Schiffbrüchigen gerettet, in Decken gewickelt und in die Kajüten ins Trockene gebracht worden.

Ganz uneigennützig war diese Hilfsbereitschaft nicht. Auf Amrum war es seit Jahrhunderten Tradition, dass man solche Hilfe zwar gern und großzügig leistete, aber ebenso großzügig die Frachtgüter und Schiffsteile an sich nahm, die man bergen konnte, entweder direkt vom Wrack oder später als Strandgut. Wimpel, Seekarten, Instrumente und kleines Mobiliar verschwanden so auf geheimnisvolle Weise. Das war natürlich strafbar, es sei denn, man lieferte alles ordentlich ab und kassierte nur den Bergelohn, der einem zustand.

»Filine! He, Filine! Fang auf!« Filine blickte hoch und sah Jan gefährlich auf dem schiefen Deck des Frachters balancieren.

Murks tauchte neben Filine auf und richtete den Strahl seiner Taschenlampe auf Jan, der begann, kleine Säcke und Dosen zu Filine und Murks herunterzuwerfen. Ohne nachzudenken, fing Filine, was sie fangen konnte, und gab es an Murks weiter, der das Raubgut in einem kleinen Laderaum verschwinden ließ.

»Mensch, spinnt ihr?«, flüsterte Filine. »Das Polizeiboot und der Zollkreuzer werden jeden Moment hier sein.«

»Deswegen müssen wir uns beeilen«, raunte Murks. »Aber Jan hat das auf dem Radar geprüft. Die sind beide noch bei der anderen Havarie und brechen gerade erst in unsere Richtung auf.«

»Was ist das überhaupt für ein Zeug?« Filine versuchte, das Etikett einer Dose zu lesen. »Lachs. Norwegischer Lachs. Nicht schlecht.« Sie wanderte mit dem Strahl ihrer eigenen Taschenlampe über die Bruchstücke des Frachters und versuchte, den Namen am Bug zu entziffern. »*Orpheus* heißt der Frachter.«

»Richtig. Aber er fährt unter norwegischer Flagge und war auf dem Weg von Norwegen nach Hamburg. Er hat Fischkonserven und Holz geladen. Schau!« Murks zielte mit der Lampe jetzt nach unten ins Wasser. Da trieben Bretterstapel und Balken.

Oben pfiff Jan. »Hier, vorsichtig!« Filine empfing ein rundes Ding, das sich als Barometer herausstellte. Sie wickelte es in einen Lappen und versteckte es unter einer Taurolle. Der Instinkt ihrer Vorfahren erwachte nun auch in ihr. Sie stieg auf eine Kiste und schaffte es, ein Stück Reling des weiter in den Sand einsinkenden Frachters zu erwischen und sich hochzuziehen. Schon stand sie neben Jan. »Ich sehe mich mal um.«

»Pass bloß auf!«

Ein paar Schritte weiter war das Deck aufgerissen und nach

unten weggeknickt. Auf allen vieren kroch Filine daran entlang und landete auf einem schrägen Boden, auf dem noch ein blauer, nasser Teppich lag. Sie zielte mit der Taschenlampe in die Ecken des Raumes. War dies die Kapitänskajüte gewesen? Hier standen ein paar umgefallene Whiskygläser, dort lag ein durchweichtes Buch. Die dickwandigen Gläser mit der bläulichen Luftblase unten im Fuß gefielen ihr, und sie steckte sie in die große Tasche ihrer Öljacke. Nur kurz verspürte sie Gewissensbisse. Natürlich gehörten die Dinge dem Eigentümer des Schiffes beziehungsweise dem Versicherer. Aber in kurzer Zeit würde das hier alles für immer im Meer verloren sein, und wen interessierten da ein paar Whiskygläser?

Ein noch lauteres metallenes Kreischen als zuvor fuhr ihr in die Ohren, und der schräge Boden unter ihr erzitterte. Sie sah sich hastig noch einmal um, ehe sie sich schnell wieder emporhangelte. Ihr Blick fiel auf etwas Rundes, das neben ihr schief an der Wand hing.

Eine Uhr! Filine dachte sofort an Tempus. Hier war heute Nacht zum Glück wohl kein Mensch gestorben, zumindest bestand diese Hoffnung, denn sie waren alle sehr schnell vor Ort gewesen. Gestorben war nur das Schiff. Sie neigte den Kopf und lauschte. Es war kein Ticken zu hören, aber im Schein der Lampe sah sie, dass der Zeiger Sekunde für Sekunde vorrückte. Das Schiff starb, doch die Uhr ging noch. Es war eine ungewöhnliche Uhr, die keine richtigen Ziffern hatte. Waren das Muscheln? Kurz entschlossen nahm Filine sie von ihrem Haken und verstaute sie in der anderen Tasche ihrer Jacke. Mit Mühe passte sie gerade hinein.

Nicht einmal Rudi erzählte sie von ihrer Beute. Die Ebbe kam schnell, und sie mussten rasch das Ufer ansteuern. Um dem Zollkreuzer nicht in die Arme zu fahren, nahm Jan seinen eigenen Weg.

»Lässt du mich hier raus?«, fragte Filine, als sie nahe der Spitze des Kniepsandarmes vorbeikamen. »Ich bin müde. Ich möchte am liebsten von hier durch das Watt nach Hause laufen.«

»Klar. Nimm das hier mit.« Jan drückte ihr noch einen Beutel Fischkonserven in die Hand.

Filine lächelte vor sich hin, als sie losmarschierte. Zoll und Polizei würden in den folgenden Tagen jedes Haus und jeden Schuppen durchsuchen, doch das änderte nichts daran, dass die Amrumer in diesem Jahr erstaunlich viel Lachs essen würden. Auch würde es Holz geben, mit dem man die Schuppen und Boote reparieren und mit dem die Kinder und Leute wie Skem ihre Strandhütten errichten konnten. Selbstverständlich mochte man die eine oder andere Dose und das eine oder andere Bündel Holz folgsam bei der Polizei abliefern und den bescheidenen Bergelohn einkassieren. Doch der Großteil der Fracht würde verschwunden bleiben und jeder mit Überzeugung behaupten, dass das Meer eben nicht alles wieder hergab, was es nahm.

Filine genoss die Ruhe nach all dem Lärm, betrachtete das Schimmern in den Prielen und fühlte dankbar den weichen Sand unter ihren müden Füßen. Die Öljacke mit den vollen Taschen trug sich unbequem. Entschlossen zog Filine sie aus und band sie wie einen Rucksack über ihre Schultern. Der Wind hatte wieder nachgelassen. Die Nacht war mild. Von dem Nebel war nichts übriggeblieben, die Luft war glasklar und der Himmel voller Sterne. Fast schon ein wenig herbstlich. Filine dachte über den

Sommer nach und was alles passiert war. Das Gefühl der Zufriedenheit, das sie am Nachmittag gehabt hatte, als sie sich für die Feier zurechtmachte, war jetzt noch stärker. Sie hatten gefeiert, Menschen gerettet, eine Tradition aufrechterhalten. Sie verstand nicht, welche Sehnsucht ihre Familie dermaßen weit in die Ferne getrieben hatte. Niemand konnte sagen, dass hier nichts passierte! Sie, Filine, war genau dort, wo sie sein wollte. Der Himmel war doch überall derselbe und die Erde auch.

Verträumt wanderte sie vor sich hin, bis sie aus dem Augenwinkel ein merkwürdiges Gebilde und eine Bewegung wahrnahm. War sie etwa schon bei Skems Hütte angekommen? Die war doch viel weiter nördlich. Die lag gar nicht auf ihrem Weg. Sie kniff die Augen zusammen. Hatte sie denn so viel Grog getrunken? Nein, sie fühlte sich inzwischen vollkommen nüchtern.

Doch dort, nachts um zwei, mitten auf dem Kniepsand, zwischen dem Watt und dem Meer, stand ein großer, merkwürdig geformter Stuhl, und in dem Stuhl saß ein Mann und hielt unter lebhafter Gestik einem unsichtbaren Publikum einen Vortrag.

23

Ein Wunsch im Wind

Filine stapfte auf die bizarre Figur zu, von purer Neugier getrieben. Der Mann sah auf, als sie näher kam. Er schien nicht überrascht, sie zu sehen.

»Ich erzähle ihnen von Odysseus und seiner Begegnung mit einer Riesenkrabbe, und sie folgen der Bewegung meiner Hände. Ist das nicht erstaunlich?« Mit dem Kinn wies er auf den Boden zu seinen Füßen, wo Filine drei Strandkrabben entdeckte, die wirkten, als würden sie sich zu etwas bewegen und dabei den Fremden betrachten. Tatsächlich hielten sie sich nur an einem Stück Seetang fest, das von der Strömung im Priel hin und her bewegt wurde, aber Filine machte sich nicht die Mühe, den Mann darauf hinzuweisen.

»Vielleicht könnte ich mich mit einer von ihnen anfreunden und mit ihr an der Leine in der Stadt spazieren gehen wie einst Oscar Wilde mit seinem Hummer«, sinnierte er.

»Oscar Wilde ging mit einem Hummer Gassi?« Ungeniert knipste Filine ihre Taschenlampe an und leuchtete dem Fremden ins Gesicht.

»Ja, er fand, ein Hummer hätte weniger Flöhe, würde nicht bellen und wüsste mehr über die Geheimnisse des Meeres als ein Hund.«

Er hatte große, rauchgraue Augen mit einer erstaunlichen Wärme darin und dunkle Haare, die sich leicht lockten und aussahen, als zauste der Wind daran, obwohl im Moment kein Wind mehr zu spüren war. Viel älter als sie selbst war er wohl nicht, vielleicht zwei, drei Jahre.

Er nahm ihr die Lampe aus der Hand und richtete seinerseits den Lichtstrahl auf sie.

»Trägst du immer so schöne Kleider, wenn du Schiffbrüchige rettest?«, erkundigte er sich. Seine Stimme klang sachlich, als wollte er einer wissenschaftlichen Tatsache auf den Grund gehen.

Filine sah an sich herunter. Sie hatte immer noch ihr bestes Kleid an, aus weichem Stoff mit einem blaugrünen Muster, das zu ihren drei bunten Haarsträhnen passte. Sie hatte den Rock hochgezogen und in den Bund gesteckt, bevor sie vom Boot ins Wasser heruntergeklettert war.

Von den Knien bis zu den Füßen waren ihre Beine jetzt schwarz von getrocknetem Schlick. Sie war tiefer eingesunken als sonst, weil die Konservendosen und die andere Beute in ihren Taschen so schwer wogen.

»Was um Himmels willen machst du hier draußen?«, fragte sie. Und woher wusste er, dass sie bei dem Wrack gewesen war? Da er sie einfach geduzt hatte, tat sie es ihm nach.

»Ich bin einer von den Schiffbrüchigen, aber ich habe mich lieber selbst gerettet. Niemand darf wissen, dass ich auf dem Frachter war.«

»Und ich dachte schon, ich hätte zu viel getrunken und Hark Olufs erblickt.«

»Wer ist Hark Olufs?«

»Ein berühmt-berüchtigter Sohn der Insel. Er soll ein Wiedergänger sein. Aber ich glaube nicht, dass er mit einem Stuhl unterwegs ist. Warum darf niemand wissen, dass du auf dem Frachter warst?«

»Ich bin ein blinder Passagier. Das heißt, ich war es«, korrigierte er sich. »Der Stuhl trieb im Wasser zwischen dem anderen Holz. Ich dachte, wenn ich mich schon an etwas festklammern muss, dann mit Stil. Ein schönes Stück, findest du nicht? Woher es wohl stammt? Gewiss nicht aus Norwegen. Viel zu exotisch. Hawaii vielleicht? Was meinst du?«

Stand sie jetzt wirklich hier draußen und sprach mit einem Fremden über Möbel? Filine überlegte sich ernsthaft, ihn einfach sitzen zu lassen und nach Hause zu gehen. Hier auf dem Kniepsandarm würde ihm nichts geschehen, selbst wenn die Flut zurückkehrte.

Aber nun war sie wieder hellwach, und das Absurde der Situation gefiel ihr immer besser.

»Erzählst du mir, wie es dazu kam, dass du als blinder Passagier auf dem Frachter warst?«

»Wenn du mich nicht verrätst.«

»Warum sollte ich? So sind wir hier nicht. Ich habe selbst etwas mitgehen lassen. Das ist Familientradition.«

Er lächelte sie an. Sein melancholisches Lächeln war so breit wie der Kniepsand, und es erschien ein Grübchen neben seinem rechten Mundwinkel, stellte Filine fest. Jetzt sprang er auf und bot ihr mit einer galanten Handbewegung seinen Stuhl an. »Bitte sehr! Nimm Platz und höre.«

Filine setzte sich. Der Stuhl war bequemer, als er aussah, auch wenn er ziemlich feucht war. Die Schnitzarbeit war exquisit.

Der blinde Passagier mit den schönen Augen ließ sich zu ihren Füßen im Sand nieder. »Das war so: Ich habe mit einem alten

Freund eine Wette abgeschlossen. Ich behauptete, ohne einen Pfennig Geld und ohne Namen bis zum Nordkap und zurück reisen zu können. Er nagelte mich darauf fest. Nun habe ich es fast geschafft und muss nur noch nach Hamburg. Niemand hat mich auf dem Frachter bemerkt, auch wenn es manchmal knapp war. Aber wenn ich mich jetzt hätte retten lassen, müsste die Polizei meinen Namen aufnehmen, und meine Anonymität wäre futsch. Und eine Strafe fällig, weil ich illegal mitgefahren bin.«

»Und diese Wette ist dir dermaßen wichtig?«, fragte Filine amüsiert.

»Schon. Ich hatte es mir vorgenommen, und was ich mir vornehme, bringe ich zu Ende. Es ist jedoch wohl mehr die Reise selbst, die mir wichtig wurde. Es war unfassbar groß, die Nordlichter zu sehen und darunterzustehen ohne Namen, einfach nur als Mensch.«

Während er sprach, formte er mit seinen Händen eine Landschaft im Sand, einen Berg mit einer geschwungenen Rinne darin, und ließ ein Schneckenhaus hinunterrollen.

»Dann wirst du auch mir wohl deinen Namen nicht verraten?«, erkundigte sich Filine.

»Das darf ich nicht. Außerdem habe ich ihn selbst fast vergessen.«

»Dann nenne ich dich nach Hark Olufs, für den ich dich im ersten Augenblick hielt.«

Er runzelte die Stirn. »Ach nein! Hark klingt nicht schön. Oluf schon eher, das ist weicher. Oder taufe mich Orpheus nach dem Frachter.«

»Also schön, Oluf Orpheus. Was willst du nun machen?«

»Am liebsten hier sitzen bleiben und mit dir plaudern für alle Zeit.« Er breitete die Arme aus, wie um den Horizont zu umfangen.

»Du bist mindestens so verrückt wie Oscar Wilde. Es wird bald hell, und wenn man dich sieht, wird man Fragen stellen, vor allem, da der Zoll bald Kontrollgänge machen wird«, sagte Filine sachlich.

Er legte den Kopf schief. »Könntest du mir nicht helfen?«

»Sollte ich?«

Er zwinkerte ihr zu. »Ja. Du bist genauso verrückt wie Oscar Wilde und ich. Deine Haare und deine Strandräubertradition verraten dich.«

»Und wenn nicht?«

»Dann werde ich hier sitzen bleiben, bis der Schlick mich mitsamt dem Stuhl verschlingt und mich zu einer rätselhaften Moorleiche macht, die irgendwann ein Historiker ausgräbt.«

Filine lachte. »Das kann ich nicht riskieren. Mein Bruder ist so ein Ausgräber. Du würdest seine Ergebnisse verfälschen. Ist das dein Magen, der da knurrt?«

Er rollte theatralisch mit den Augen. »Sicher. Es war nicht so einfach, unbemerkt an Mahlzeiten zu kommen.«

Filine fischte eine Dose aus ihrer Tasche und hielt sie hoch. »Du hast nicht zufällig einen Dosenöffner?«

»Nein. Aber ich kann improvisieren.« Er nahm ihr die Dose aus der Hand und scheuerte die Oberseite kräftig an einem der flachen Kiesel. Nach kurzer Zeit ging der Deckel sauber ab.

»Schlau«, gab Filine zu.

Sie aßen den Lachs mit den Fingern, und Filine dachte, dass ihr selten etwas so gut geschmeckt hatte.

»Ein passend feierliches Mahl. Wir sollten dazu anstoßen, auf unsere Begegnung«, bemerkte er.

Filine wühlte in ihrer Tasche und hielt die Whiskygläser hoch. Im Licht des heller werdenden Horizonts spiegelte sich die Welt kopfüber in den bläulichen Luftblasen, die im Fuß der Gläser eingeschlossen waren, samt Filine und Oluf Orpheus als winzige Figuren. »Gläser habe ich, aber kein Getränk.«

»Kein Getränk? Unsinn.« Er nahm in jede Hand ein Glas und schwenkte sie im Halbkreis. »Ich schöpfe den Morgenhimmel für dich und die Luft über der See mit all ihrem Salz und Licht und dem Echo der Sterne obendrein. Kann es ein berauschenderes Getränk geben?« Er reichte ihr eines und stieß mit ihr an. »Auf das Leben, seine Schiffbrüchigen und seine Überraschungen!«

»Ja. Darauf stoße ich gern an.« Es mussten hochwertige Gläser sein, die sie stibitzt hatte, denn sie klangen glasklar aneinander, und der Wind trug den Klang weit über das Watt hinaus. Vielleicht war er auch nur so rein, weil die Gläser leer waren. Die Krabben machten sich davon, sicher weil es ein Ton war, den sie noch nie gehört hatten.

Es wäre ein guter Moment, um das Lokkich zu finden, dachte Filine. Magisch. Sie sah sich verstohlen um, ob irgendwo im Sand etwas blau schimmerte. Da war nichts, aber dort hinten, auf dem Meer, war da nicht für einen Moment ein blaues Leuchten durch die Wellen gelaufen?

»Jetzt verstecke ich dich erst mal, bevor es hell wird«, beschloss Filine nach einer Weile. »Sobald es mit der Ebbe und einer unauffälligen Tageszeit zusammenpasst, bringe ich dich auf die Nachbarinsel. Nach Föhr. Ich kenne den Weg dorthin, den man bei Niedrigwasser zu Fuß gehen kann. Mein Cousin

Skem hat ihn mir gezeigt. Ich habe dort eine Bekannte, die dich aufs Festland bringen kann. Dann sieht dich niemand auf der Fähre.«

»Ich werde ewig in deiner Schuld stehen.«

»Blödsinn. So wichtig kann diese Wette wirklich nicht sein. Aber ich habe Verständnis dafür, wenn man Dinge zu Ende bringen will, die man begonnen hat. Den Stuhl müssen wir wohl hierlassen. Ein Denkmal für diese Nacht.«

»Nein! Der ist zu schade, um ihn dem Meer zu überlassen. Er ist nicht so schwer, wie er aussieht. Ich trage ihn für dich nach Hause und mache ihn dir zum Geschenk, damit du unsere Begegnung niemals vergisst.«Er schulterte das sperrige Möbelstück und watete damit durch die Priele, als wäre es das Natürlichste auf der Welt.

Filine wollte die neugierigen Blicke der Grotjahns und das Getuschel der Nachbarn nicht riskieren und nahm den blinden Passagier nicht mit in ihr Gartenhaus, sondern brachte ihn im Schuppen auf dem Minigolfplatz unter. Dort bewahrte sie eine Matratze auf, zwischen den Schlägern, Bällen, Getränkekisten und Besen, weil sie hier auch schon übernachtet hatte, als es noch so viel zu tun gab.

So begannen die Spätsommertage, die ein besonderes Kapitel in Filines Leben darstellen sollten. Und sie gingen so merkwürdig sorglos und schwebend leicht weiter, wie sie begonnen hatten. Niemand stellte Fragen. Die erste Neugier der Insulaner bezüglich der Anlage war befriedigt. Es tauchten fast nur noch Feriengäste auf dem Minigolfplatz auf. Wenn jemand Oluf Orpheus auf der Bank sitzen sah, hielt man ihn für einen Kurgast. Außerdem verbrachte er die Tage meist auf Filines Lieblingslichtung im Wäldchen. In der Mittagspause und nach Feierabend schlich sich Filine mit einem Picknickkorb zu ihm. Manchmal verbrachten sie sogar die Nacht dort, wenn es milde war, zählten Fledermäuse und Nachtfalter und redeten über die Welt, die Menschen und die Geschichten.

Orpheus hatte unendlich viele Bücher gelesen und erzählte ihr von Odysseus, Moby Dick und Tom Sawyer, aber auch von Marco Polo und den Brüdern Lilienthal, von Indianern und Eskimos, von Termiten und Alligatoren. »Wusstest du, dass Krokodile ihre Lunge verlagern können? Sie können auf- und abtauchen, ohne ihre Beine und Arme und ihren Schwanz zu bewegen, nur indem sie die Lunge nach vorn oder hinten schieben. Ein automatischer Aufzug. Genial, oder?«

Es gab nichts, was Orpheus nicht interessierte, und Filine stellte fest, dass es, anders als früher in der Schule, nicht langweilig wurde, ihm zuzuhören.

Aber auch er lauschte ihrer Stimme, wenn sie vom Töveree erzählte, von ihren Gefühlen, als ihre Familie sie verlassen hatte, von ihrer Liebe zum Watt und wie sie Greenjölk gefunden hatten. Nur von Tempus erzählte sie ihm nichts. Und auch von Nathan nicht. Diese Erinnerungen waren zu persönlich, und sie bewahrte sie für sich im Geheimen wie einen Schatz.

Jetzt war sie doppelt froh, dass niemand auf sie wartete und sie sich nirgends rechtfertigen musste, wenn sie nachts nicht nach Hause kam. Bei schlechtem Wetter blieben sie im Schuppen, rührten Punsch über einem Spirituskocher zusammen und aßen Würstchen aus der Dose. Sie machten die Nacht zum Tag und die Tage zum Geheimnis, und die Zeit verging wie ein Traum, der wacher macht.

Keiner von beiden war traurig darüber, dass sie die Wanderung zur Nachbarinsel immer wieder verschieben mussten. Wann so etwas möglich war, hing von den Gezeiten, von Wassertemperatur und Wasserstand, von den Windverhältnissen und der Wettervorhersage ab, denn es gab zwei tiefe Priele auf dem Weg, die durchquert werden mussten.

Filine hatte ihre Freundin Elke auf Föhr bereits informiert. Die war für jedes Abenteuer zu haben. »Schick mir deinen Helden, sobald es möglich ist. Ich muss ohnehin mit dem Boot zum Festland und etwas erledigen.«

Das Wetter aber blieb launisch, und so mussten sie Geduld haben. Aus drei Tagen wurden sechs und aus sechs Tagen vierzehn. Und in Filine keimte ein Wunsch.

Sie war verliebt und genoss jede Minute mit Orpheus, der auch in ihrem Leben eine Art blinder Passagier war.

Einmal ging sie abends zum Strand, ohne Orpheus.

»Du Lokkich da draußen, muss ich dich eigentlich in der Hand halten, damit du funktionierst? Egal, wo im Sand du liegst, vielleicht wirkt der Zauber trotzdem, und mein Wunsch geht in Erfüllung.« Sie sprach ihre Worte leise in den Wind, vertraute sie dem Wellenrauschen an, das um ihre Füße spülte und ihren Wunsch hinaustragen würde. »Ich möchte ein Kind! Ein Kind, so wissbegierig wie dieser Orpheus, den mir das Meer in den Weg geworfen hat. Ein Kind mit Haaren, die aussehen, als ob der Wind darin wohnt, und mit großen grauen Augen voller Geheimnisse und Begeisterung, so wie bei diesem Mann ohne Namen. Ein Kind, dem ich das Watt zeigen kann und die Lebewesen darin und die Wellenzeichnungen im Sand, die Seehunde und die Launen des Wetters und das Glockenspiel am See.«

Eine Krabbe spazierte über den Sand und sah Filine aus schwarzen Knopfaugen nachdenklich an.

Schon im Gehen blickte sie noch einmal zurück und hätte schwören können, dass in der Ferne am Kniepsand die Gischt wieder für einen Moment blau leuchtete.

Drei Tage später ging in der Nacht ein Gewitter nieder. Filine und Orpheus lagen auf der Matratze im Schuppen und lauschten dem Herzschlag des anderen, dem Donner und dem Prasseln der Tropfen auf dem Wellblechdach. Es war wie ein Orchester, das nur für sie beide spielte. Irgendwann stießen sie gegen ein Tischbein. Der Korb mit den Minigolfbällen fiel um. Die Bälle rollten vom Tisch, stürzten um Filine und Orpheus herum auf den Boden und fügten dem Konzert schräge Klänge und neue Dramatik hinzu, indem sie über die Holzdielen hüpften und gegen Werkzeuge und eine leere Gießkanne schepperten.

In diesem Moment spürte Filine, dass ihr Wunsch genau jetzt in Erfüllung gegangen war.

Man könnte auch sagen, wir haben ein neues Leben ins Rollen gebracht, schoss es ihr durch den Kopf. Filine versuchte, es zurückzuhalten, aber sie konnte nicht anders: Sie musste kichern, während die Bälle um sie herumsprangen. Zum Glück ging es Orpheus nicht anders. Sie merkte, wie das Lachen in seinem Bauch begann und aufstieg, bis seine Schultern zuckten und Filine es in seinem warmen Atem an ihrem Hals spürte.

Wenn es verrückt ist, ist es genau richtig, klang Nathans Stimme in ihren Gedanken.

Orpheus und Filine hielten sich aneinander fest, und Filine war sich sicher, dass selbst die Fledermaus, die im warmen, merkwürdig plötzlich nachlassenden Regen über der Dachluke Mücken fing, ihr Gelächter hören konnte. Vielleicht sogar die Krabben auf dem Kniep, denen Orpheus in jener Nacht eine Geschichte erzählt hatte.

Und wenn der Töveree kein Märchen war und er entgegen Skems Behauptung irgendwo da draußen doch noch lebte, dann fand es seinen Weg möglicherweise mit dem Wind bis zu ihm, und er mochte den Wellen eine Schuppe mitgeben, die ihnen Glück bringen würde.

Während sie zusammen lauschten, wie die Bälle in den Ecken ausrollten, mit einem metallenen Geräusch gegen den einen oder anderen Schläger prallten und schließlich verstummten, fragte sich Filine, ob ihr vielleicht der nötige Ernst fehlte, ein Kind großzuziehen. Oder ob dies nicht das Beste war, was einem Kind passieren konnte: dass die beiden Zellen, aus denen es entstand, in dem Moment, als sie zusammentrafen, von einem Lachen seiner Eltern erschüttert wurden.

Ein stabiles Spätsommerhoch fiel kurz danach mit einer Nipptide zusammen. Der Weg nach Föhr war frei, und Filine und Orpheus machten sich frühmorgens auf den Weg, ihn zurück in sein eigenes Leben zu bringen. Niemand sah sie fortgehen.

Während Filine vorauslief und sich auf den Weg konzentrierte, wartete sie auf das Bedauern, auf den Abschiedsschmerz, auf die Traurigkeit. Nichts davon kam. Da war nur das Gefühl, dass alles richtig und gut gewesen und nun die Zeit gekommen war, es zu beenden.

Mitten zwischen beiden Inseln blieb Orpheus stehen, nahm ihre Hände und sah ihr in die Augen.

»Filine, soll ich bleiben? Soll ich wiederkehren? Willst du mitkommen?«

»Nein. Ich habe die Tage mit dir geliebt, aber es war eine Liebe auf Zeit. Wie das Leben einer Libelle, gemacht für Licht und Höhenflüge, aber nur ein paar Sommertage lang. Sie ist vollständig, so, wie sie ist.« Filine wusste, dass sie ihm gegenüber ehrlich sein konnte. Nur die Hoffnung, nein, Ahnung, die sie hatte, verschwieg sie. »Auch wenn es seltsam klingt, der Boden unter meinen Füßen fühlt sich auf dem Festland nie fest an, nur hier auf der Insel und im Watt. Ich könnte nicht mit dir gehen, selbst wenn du es wolltest. Aber du willst es nicht.«

»Ich bin verlobt, weißt du. Das mit uns hätte nie passieren dürfen, auch wenn es sich angefühlt hat, als sollte es sein. Und außerdem, was ich angefangen habe …«

»… das bringst du zu Ende. Ich weiß.«

Er zog sie ein letztes Mal an sich. »Ich glaube, wir sind uns in manchen Dingen ohnehin zu ähnlich, um auf Dauer miteinander leben zu können.«

»Durchaus möglich. Nun komm, die Flut wartet nicht auf uns!«

Elke hielt Wort, und als die Morgensonne anfing zu wärmen, war der vorübergehende blinde Passagier in Filines Leben nur noch ein Punkt in einem kleinen Boot auf den Weg zum Festland.

Wie die Zeit danach verging, wusste sie später selbst nicht mehr. An dem Tag, als sie endlich schwarz auf weiß die Bestätigung hatte, dass sie schwanger war, löste sie wie immer Hilla auf der

Minigolfbahn ab, sprach freundlich mit den Feriengästen, die zum Spielen auf die Anlage kamen, verkaufte Eis und Tee und arbeitete, bis sie das Tor hinter dem letzten Kunden schloss. Erst dann überfielen sie die Zweifel aus dem Hinterhalt wie die Mücken aus dem Wäldchen.

Es wurde nun schon früher dunkel. Eine späte Grille zirpte irgendwo im Dünengras. Bald würde die Anlage ganz schließen müssen, die Saison neigte sich dem Ende zu. Filine hatte sich schon nach einem Job für den Winter umgehört. Sie würde kellnern und in der Küche aushelfen, in einem Lokal, das einem Freund Rudis gehörte. Gelernt hatte sie das ja.

Wenn dann im Mai das Kind geboren wurde, war der Minigolfplatz wieder geöffnet. Das Kleine würde im Kinderwagen den ganzen Tag an dieser einmaligen würzigen Luft sein können. Auch ohne Vater würde es hier auf der Insel ein wundervolles Leben haben. Dafür würde sie schon sorgen.

Filine legte einen Ball auf den Startpunkt einer Bahn und schlug ihn mit absichtlich großem Schwung Richtung Ziel. Er rollte ordnungsgemäß in die Spirale, flog aber in der ersten scharfen Kurve aus der Bahn und landete weitab genau auf einem Grasbüschel, das mitten im Sand wuchs.

Genauso ging es Orpheus, dachte Filine. Er wurde durch den Untergang des Frachters aus der Bahn geschleudert und landete auf dieser Insel, um der Vater meines Kindes zu werden, das ich mir so sehr gewünscht habe. Und nun muss er zurück in seine Bahn, in sein Leben. So sind die Regeln. So stehen sie auf jedem Spielschein.

Sie bückte sich und legte den Ball zurück in die Bahn auf den vorgeschriebenen Punkt, von wo aus sie ihn problemlos ins Ziel beförderte. Mit einem befriedigenden Plumps landete er im Loch.

Die Regeln besagten aber auch, dass man einen Strafpunkt bekam, wenn ein Ball aus der Bahn flog, fiel ihr ein, als sie den Schläger im Schuppen verstaute.

Ob ihr das Leben ebenfalls Strafpunkte für das anrechnen würde, was geschehen war?

Rhea

1981

Amrum

24

Alriks Kwaas

Rhea öffnete den Deckel der Truhe, die sie gerade mit Lucas Lichtwarck zwei Treppen hochgeschleppt hatte, und schnupperte. »Wie vertraut das riecht!« Sie betrachtete den Namen, den jemand einst mit einem Bleistift in Großbuchstaben innen auf das Holz gekritzelt hatte: GARRELF ROSSMONITH.

»Ja, so hat mein Urgroßvater gerochen, wenn ich auf seinem Schoß gesessen habe. Holz und Stoff und Tabak. Ich kann mich dunkel daran erinnern«, sagte Filine. Lucas hatte sie zur Feier des Tages ebenfalls heraufgetragen. Auch sie sollte das neu eingerichtete Dachzimmer in Alriks Kwaas sehen, in dem Rhea und Julian jetzt wohnten.

Sie schmunzelte vor sich hin, als sie nach einem nicht mehr ganz weißen Zylinder in der Truhe griff. »Den habe ich auf seinem Kopf damals sehr bewundert. Opa Garrelf kam mir vor wie ein Zauberer.«

Lucas setzte ihn auf und stolzierte ein paar Schritte durch das enge Zimmer. »Und ich?«

Filine lächelte zu ihm auf. »Du bist immer mein Zauberer. Aber dein buntes Piratenkopftuch ist mir lieber. Im Gegensatz zu Garrelf bist du eindeutig ein Kind der Gegenwart.«

»Ich hatte ganz vergessen, was alles in dieser Truhe ist«, sagte Rhea und wühlte neugierig darin herum. Ein alter Mantel und ein paar Hosenträger kamen zum Vorschein. Auch ein Stock, von dem Filine sich erinnern konnte, dass Opa Garrelf damit herumfuchtelte, wenn er Geschichten erzählte. Der Knauf war ein silbernes Seepferd, das sie damals gern berührt hatte. Jetzt war er schwarz angelaufen.

»Den könntest du doch eigentlich benutzen«, sagte Rhea zu Filine, die an guten Tagen mit einer Stütze manchmal noch ein paar Schritte gehen konnte.

»Stimmt! Gib ihn mir, ich nehme ihn mit nach unten. Eine schöne Idee.«

Ehe sie den Stock weiterreichte, lehnte Rhea sich für einen Moment darauf und fühlte sich seltsam ermutigt, so als würde ihr Urgroßvater ihr seine Unterstützung anbieten. Einen alten Füllfederhalter entdeckte sie noch und eine Schachtel mit der altmodischen Aufschrift *Dresdner Gartenbaukasten.* Darin waren Figuren aus Gips, Teile von Wegen und Wasserbecken, Blumen, Büsche und Rasen, die man im Inneren der Schachtel beliebig zu einem Garten zusammenstellen konnte.

»Damit habe ich gern gespielt«, sagte Filine. »Ich habe mit Urgroßvater so manchen Märchengarten entworfen.«

Rhea räumte die Teile wieder ein und legte den Baukasten zurück. Vielleicht würde ihr Kind einmal damit spielen.

Suchend sah sie sich um. »Ich weiß, ich wollte die Truhe gern hier oben haben. Aber ich glaube, sie ist zu groß für den Raum. Es ist eben nicht ganz das, was ich mir unter einem Zuhause vorgestellt habe.«

»Ach was. Hier in diesen Winkel passt sie hervorragend.« Lucas schob das Möbelstück unter eine Dachschräge, wo Licht durch eine Luke darauffiel. »Wenn Erinnerungen unter einem Dach geborgen sind, ist das ein guter Anfang für ein Zuhause.«

»Alles andere kommt noch«, sagte Filine und sah ihre Tochter forschend an. »Bist du nicht glücklich über eure Entscheidung? Wo ist Julian eigentlich?«

»Unten in der Küche. Es gab ein Problem mit dem neuen Herd. Doch, ich freue mich riesig, wie schön alles geworden ist! Am Anfang hatte ich Bedenken, das stimmt. Es schien einfach alles zu viel.« Sie öffnete die Dachluke, denn es roch noch immer im ganzen Haus nach Farbe. »Aber Julian hat mich wirklich beeindruckt. Ich hätte nie gedacht, dass er so wunderbar organisieren und so viel in so kurzer Zeit auf die Beine stellen kann. Severin kann es gar nicht fassen, wie sehr er seinen Sohn unterschätzt hat.« Die Zusammenarbeit mit Julian war noch aufregender gewesen als in Österreich. Es war ein kreativer Rausch, in den sie sich gegenseitig hineinsteigerten. Jeder befeuerte mit seinen Ideen den anderen, und manchmal hatten sie auch gleichzeitig denselben Gedanken. Rhea war beglückt, wie groß der Einklang war. Mit jeder Wand, die sie strich, stieg ihre Zuversicht. Julian und sie waren zwei Zahnrädchen, die ineinandergriffen, als hätten sie schon immer zusammen Dinge geschaffen. Gleichzeitig entdeckten sie einander immer neu.

»Dabei hattest du schon am ersten Tag die Befürchtung, dass Julian sofort wieder nach Österreich zurückfahren würde«, erinnerte sich Filine.

»Warum das denn?«, fragte Lucas.

»Als die Fähre anlegte, rümpfte Julian die Nase und fragte mich, was das für ein übler Geruch in der Luft sei. Ich musste erst nachdenken, bevor ich darauf kam, was er meinte. Es war ein warmer Tag, und irgendwo gärte der Schlick. Für mich roch es nach Heimat. Für Julian war es Gestank. Und außerdem fehlen ihm die Berge am Horizont. Anfangs meinte er, ihm würde schwindelig, weil er sich an nichts orientieren konnte.« Rhea lächelte. »Aber als wir das erste Mal zusammen schwimmen waren, meinte er, er könnte sich an die Insel gewöhnen.«

»Muss er ja wohl«, meinte Filine. »Er wollte ja unbedingt diesen alten Kasten führen.«

Ihr Tonfall kam Rhea merkwürdig vor.

»Magst du Julian nicht?« Sie hatte diese Frage schon lange stellen wollen, aber sie hatte sich nicht getraut, weil sie nicht sicher war, ob sie die Antwort hören wollte. Filine war nett zu Julian, und Julian betete Filine förmlich an. Rhea aber kam Filines Verhalten hin und wieder seltsam vor, ohne dass sie hätte sagen können, was es war.

»Doch. Er ist ein guter Junge«, sagte Filine. »Und ich muss sagen, ihr zwei habt wirklich etwas aus der Pension gemacht. Großvater Alrik wäre begeistert.«

»Na, dann hoffen wir mal, dass die Gäste auch begeistert sein werden.« Rhea beschloss, nicht mehr nachzugrübeln. »Als Nächstes soll der Fotograf kommen und ein Bild vom Haus machen, damit die Prospekte gedruckt werden können. Julian meint, in vier Wochen können wir eröffnen. Das ist zwar spät in der Saison, aber er hat viele Ideen, wie wir Gäste auch im Winter anlocken könnten. Nanu? Was ist das denn?« Rhea hob ein Buch auf, das auf dem Boden lag. Ein Notizbuch mit ledernem Einband, schwarz vor Alter und mit einer Lasche verschlossen. »Das muss aus der Truhe gefallen sein.«

»Zeig mal«, sagte Filine und drehte das Büchlein hin und her. »Das habe ich noch nie gesehen. Ich habe damals die Uhr vom Schiff nur oben hineingelegt, um sie gut aufzubewahren. Das alte Siegel ist dabei aus der Manteltasche gefallen. Aber ich hatte keine Zeit, mir alles genau anzusehen. Vielleicht war das Buch auch in Garrelfs Mantel?«

Die Lasche bröckelte, als Filine sie öffnete. Rhea setzte sich neben sie und sah ihr über die Schulter. Lucas zog sich einen Hocker heran und gesellte sich dazu.

In verblasster Tinte lasen sie Einträge über Abdrift und Nebelsignale, Ankern und Anker lichten, Kompasskurse und Lotmessungen. Von Ladung war die Rede und vom Fischfang und dem Anheuern eines Matrosen, von Sturm und Niedrigwasser und einer ungewöhnlichen Strömung. Die Einträge begannen im Mai 1875 und endeten im November 1879. Sie waren kurz und sachlich. Filine blätterte flüchtig bis nach hinten. Es war zu unpersönlich, um spannend zu sein. Doch dann blieb sie kurz vor Schluss an einem Eintrag vom elften Januar 1879 hängen. »Seht mal, hier!« Unwillkürlich begann sie, vorzulesen, obwohl die Augen der beiden anderen ebenso gebannt an den vergilbten Seiten hingen.

Ich habe ihn erblickt! Am heutigen Tage habe ich ihn höchstpersönlich zu Gesichte bekommen! Zuvor habe ich stets die Meinung kundgethan, dass es sich bei dem Töveree Fisk um eine angenehme, aber lediglich ausgedachte Mär handelt. Mein Großvater hat sie mir erzählt, als ich auf seinem Schoße saß. Sein eigener Großvater, Brin Rossmonith, war einst Steuermann auf dem Frachter Thalea. *Brin soll behauptet haben, die* Thalea *sei im Jahre 1748 in einen Sturm geraten und wäre nur durch das blaue Licht des Töveree Fisk davor bewahrt worden, auf Grund zu laufen und auseinanderzubrechen. Er habe dem Thier direkt ins Auge geblickt. Ich war der Überzeugung, es wäre ein Seemannsgarn von der*

Art, wie es gern Kindern und Kindeskindern zu deren Erbauung überliefert wird.

Doch nun muss ich zugeben, dass dieser Fisch in der That als ein lebendiges Wesen existhieret! Vor Sylt ist er mir erschienen, wie er sich in der frühen Nacht aus dem Wasser erhob und einen blauen Schimmer auf die Eisschollen warf, die sich am Rande der Fahrrinne gebildet hatten. Seine Gestalt und seine Ausstrahlung waren derart, dass sie meine Seele berührten und mein Denken erschütterten und ich diese Erscheinung in aller Demuth gewiss niemals vergessen werde. Ich war müde und erschöpft von der Reise an jenem Tage und einem Sturm, der uns Sorgen bereitete und nicht schlafen ließ. Doch der Schimmer des Wunderfisches verlieh mir auf eigenartige Weise Mut und Stärke, und ich fühlte mich jung und wie von allen Gewichten befreiet. Ich bin im Zweifel, ob ich dieses Ereignis meinem Weibe erzählen werde, denn sie wird der Meinung sein, ich hätte dem Grog übermäßig zugesprochen. Doch ich will es hier nothieren, da es die Wahrheit ist und als ungewöhnliche Begebenheit pflichtgemäß in dieses Logbuch gehöret und auch, damit ich es mir in späterer Zeit selbst noch glauben werde.

Filine ließ das Büchlein sinken. Eine stille Freude lag wie ein Leuchten auf ihrem Gesicht.

Rhea war sich sicher, dass sie genau das Gleiche dachte wie ihre Mutter. Es gab den Töveree! Dass dieser Eintrag gerade zwischen all den sachlichen Vermerken über die Schifffahrt stand, machte ihn unzweifelhaft glaubwürdig. Ja, Ururgroßvater Garrelf war ein guter Geschichtenerzähler gewesen, aber er war ebenso ein pflichtbewusster Kapitän, und er konnte das eine vom anderen sehr wohl unterscheiden. So viel wussten sie über ihn, und so viel ging auch aus diesem Buch hervor.

Er hatte den Töveree gesehen, obwohl er nicht an ihn geglaubt hatte! Er hatte ihn gesehen, und der Fisch hatte seine Seele berührt.

Das zu wissen gab ihnen für den Augenblick allen Mut, den sie brauchten. Filine, um mit ihrer Krankheit umzugehen. Rhea, um sich der Zukunft mit Julian und Alriks Kwaas zu stellen. Dafür war es nicht nötig, dass sie die Schuppe des Zauberfisches in der Hand hatten. Es gab ihn! Und wenn es ihn gab oder jedenfalls gegeben hatte, war alles möglich.

»Huiii!«, lachte Julian später am Tag, als eine Welle, die höher war als die anderen, Rhea von den Füßen riss und direkt in seine Arme spülte. Er hielt sie fest und küsste sie. Seine Lippen schmeckten nach Salz und Algen, als wäre er auch hier aufgewachsen. Trotzdem hätte sie schwören können, dass seine Haut noch immer nach den Kräutern auf den Bergwiesen duftete. Sie klammerte sich an ihn, als die nächste Welle sie beide umwarf. In seinen Armen fühlte sie sich sicher vor allen Stürmen und allen Björns dieser Welt.

»Hast du eigentlich inzwischen ja gesagt?«, fragte er sie in einer Pause zwischen dem Rauschen, als die Brandung für einen Augenblick Atem schöpfte.

»Wozu?« Rhea wischte sich Salzwasser von den Wimpern.

»Na, zur Verlobung! Es ist ja immer noch nur ein Vorschlag, weißt du nicht mehr? Du hast noch keinen Ring. Weil du noch nicht ja gesagt hast.«

Hatte sie das nicht? Für Rhea war es seit jenem Tag in Severins Apfelbaum klar gewesen, dass sie zusammengehörten. Was brauchten sie da noch Worte?

»Ich sage ja, aber ich brauche keinen Ring. Ich mag meinen Holzring. Fingerringe stören nur bei der Arbeit oder gehen beim Schwimmen verloren.«

»Dann sind wir jetzt richtig verlobt?«

»Ja! Und viel schöner als jeder Ring ist, dass wir heute endlich einmal Zeit für uns haben«, sagte sie.

»Ich fand auch, es war Zeit für einen freien Nachmittag. Was möchtest du jetzt tun? Mir wird kalt.« Er hat schon blaue Lippen, stellte Rhea fest. Julian war eben kein Inselkind.

»Was hältst du von einem warmen Kakao bei Lentje? Ich würde dir so gern den Raum mit den bunten Fenstern zeigen.«

»Deinen Lieblingsort? Von dem du uns erzählt hast? Unbedingt. Darum wollte ich dich schon lange bitten.«

Sie rubbelten sich gegenseitig trocken und machten sich Hand in Hand auf den Weg.

»Wie schön, Kinder!« Lentje lächelte Julian an. Jeder, der Rhea glücklich machte, war ihr willkommen.

»Lentje macht den besten Kakao auf Amrum«, erklärte Rhea.

»Geht schon durch, Kinder, ich bringe euch welchen. Knerken habe ich auch gebacken!«

»Donnerwetter!« Julian blieb gleich hinter der Tür stehen und sah sich mit großen Augen um. Der Sommerabend neigte sich seinem Ende zu. Die Sonne stand tief. Es war der Zeitpunkt, an dem die leuchtenden Farben der Glasbilder am besten zur Geltung kamen und ein Echo davon auf den Fußboden und über die Menschen im Raum wanderte. Die Meerestiere in den Scheiben wirkten lebendig.

»Du hast einen gelben Seestern im Gesicht«, stellte Rhea fest.

Er sah sie an. »Und du einen blauen Fisch. Was für ein Zauber!« Er wandte sich zu Lentje, die mit dampfenden Tassen hereinkam. »Und das hat wirklich Ihr Vater gemacht?«

»Ja, Lentje hat ihm geholfen, die Glasscherben zu sortieren. Ich kann stundenlang in diesem Raum sitzen. Man wird ganz ruhig, und alle Gedanken sortieren sich neu und fangen an zu leuchten wie die Bilder«, sagte Rhea, beglückt, wieder hier zu sein. Diesmal nicht allein, sondern mit Julians Hand warm um ihre. »Schläft Drees?«, fragte sie.

Ein Schatten flog über Lentjes Gesicht. »Ja. Er kann nicht mehr oft herunter. Aber er hat keine Schmerzen. Und ich glaube, auch in seinen Träumen sieht er noch die Lichter, die er so geliebt hat.«

»Danke, dass du mir das gezeigt hast«, sagte Julian wenig später, als sie sich von Lentje verabschiedet hatten. »Ein wirklich einmaliger Ort. Noch schöner, als du ihn beschrieben hast! Und satt und zufrieden bin ich auch. Du musst Lentje einmal nach dem Rezept von ihrem Kakao und diesen »Knerken« fragen. Wir sollten sie in der Pension anbieten. Was machen wir jetzt?«

»Jetzt steigen wir auf den Leuchtturm. Du hast die Insel noch nie von oben gesehen.«

»Ach ja. Das wollten wir schon lange machen. Wie hoch ist der noch mal?«

»Zweiundvierzig Meter. Und da er auf einer sechsundzwanzig Meter hohen Düne steht, befindet sich das Leuchtfeuer in achtundsechzig Metern Höhe und ist etwa dreiundvierzig Kilometer weit sichtbar. Es blinkt alle sieben Sekunden.«

»Ich bin beeindruckt. Du kannst für unsere Gäste den professionellen Fremdenführer geben. Aber mir schwant Übles! Wie viele Stufen müssen wir da hochklettern?«

»Zweihundertsiebenundneunzig«, sagte Rhea mit ein wenig Schadenfreude. »Du wirst doch jetzt nicht kneifen? Ich bin eure Berge auch hinaufgekraxelt. Das war viel anstrengender.«

»Ich war doch schon mit dir schwimmen. Reicht das nicht?«

»Nichts da!« Streng schob sie ihn auf die erste Stufe.

»Wenigstens hat es sich gelohnt«, sagte er, als sie schwer atmend auf der Galerie ankamen. Es waren einige Feriengäste oben, aber sie fanden noch Platz. Julian stand hinter Rhea und schützte sie vor dem scharfen Wind, der aufgekommen war. Staunend blickte er hinunter. Auf die Ketten weiß und grün leuchtender Dünen, den endlosen Strand, den Wald und die Heide und die Dörfer, alles umringt von sommerblauem Meer und dem Glitzern, das die untergehende Sonne auf das Wasser warf.

»Kein Wunder, dass du diese Insel liebst. Man muss sie lieben, wenn sie einem so zu Füßen liegt«, murmelte Julian durch das Pfeifen des Windes in Rheas Ohr. »Vor allem, wenn man dich dabei im Arm halten darf. Die Zukunft liegt vor uns, Rhea, weit und hell wie dieses sagenhafte Stück Erde.«

Sie lehnte sich an ihn.

Meerestiefhimmelweitsommerhell lebendig.

Ja, o ja. Wann, wenn nicht hier und jetzt?

Schweigend standen sie zusammen und füllten den Moment mit Geheimer Zeit. Der Turm war die Achse ihrer Welt und sie selbst der Mittelpunkt von allem.

Das Meer zog sich inzwischen zurück, und die Sonne näherte sich dem Horizont.

»Die Priele sehen aus wie flüssiges Silber«, sagte Julian.

»Ja. Skem sagt, bei Ebbe ist es ein Land aus Spiegeln, daher kann hier niemand vor sich selbst weglaufen.«

An diese Worte hatte sie lange nicht gedacht und fragte sich, warum sie nun, da diese ihr wieder einfielen, auf einmal ein Gefühl der Beklommenheit beschlich.

»Sieh mal, da unten ist Lentjes Haus. Von hier kann man die bunten Flechten auf dem Dach gut sehen. Wie schön.«

»Ja. Und dort, zwischen den langen Schatten, liegt Alriks Kwaas! Beeindruckend, findest du nicht?«

Rheas Blick folgte seinem ausgestreckten Finger. Ja, nun da das klotzige alte Haus hell gestrichen worden war, schien es noch größer. Aber eigenartigerweise fand sie nicht, dass es dadurch freundlicher wirkte.

»Die Eröffnung wird ein Riesenerfolg, genau wie bei der Minigolfanlage«, sagte Julian voller Stolz.

Das bedrückende Gefühl in Rheas Magen blähte sich auf und wurde zu Angst. Wo kam das nur her? Rhea fröstelte.

»Dir ist kalt«, sagte Julian und nahm ihre klamme Hand. »Lass uns hinuntergehen.«

Auf jeder der zweihundertsiebenundneunzig Stufen verschlimmerte sich Rheas Gefühl ein wenig mehr. Als sie unten ankam, war sie von einer stummen Panik erfüllt, die sie den ganzen Abend nicht mehr verließ.

»Unsinn«, sagte Filine, als Rhea ihr und Lucas etwas von dem Essen hinüberbrachte, das sie gekocht hatte. »Das ist ganz normal. So wie viele Frauen kurz vor der Hochzeit Panik bekommen, hast du sie nun vor einer Eröffnung. Das sind ja auch ähnliche Umstände. Für die nächsten Jahre bist du mit Alriks Kwaas so gut wie verheiratet. Eine Pension führt man nicht nebenbei. Aber das schafft ihr schon, so tüchtig, wie ihr seid.«

Erst als sie ins Bett schlüpfte, hatte Rhea einen Einfall. Schlagartig ging es ihr besser. Sie setzte sich kerzengerade auf. »Julian, ich habe einen ganz großen Wunsch! Ich möchte nicht, dass ein Fotograf das Bild für die Prospekte macht. Ich möchte, dass meine Freundin uns besucht. Sie ist Künstlerin. Wenn sie ein Bild von der Pension malt, dann werden viel mehr Gäste kommen. Ihre Bilder haben eine Ausstrahlung, die die Herzen der Menschen sofort einfängt.«

Wenn sie das Haus malen würde, würde alles gut. Unter ihren Händen würde es ein liebenswertes Gesicht erhalten. Diese Gewissheit tröstete Rhea. Daran hielt sie sich fest. So wie diese Frau es sehen würde, so wollte sie es auch sehen. Ein Haus, in dem man leben konnte und lachen und willkommen sein, ein Haus, in dem man innerlich niemals frieren würde, selbst wenn der Winterwind durch die alten Balken fegte.

»Hmmm«, Julian dachte nach. »Ist das nicht unnötig umständlich? Ein gutes Foto tut es auch.«

»Nein! Bitte! Ich wünsche es mir so sehr!« Rhea wusste selbst nicht, warum sie den Tränen nahe war.

»Ist ja gut! Wenn du es so sehr möchtest. Das wäre tatsächlich etwas Besonderes. Fotos kann jeder. Woher kennst du sie?«

»Sie war Feriengast hier und hat mir einmal geholfen. Das war, als ich mit sechzehn die Schule geschmissen und die Idee mit den neuen Minigolfbahnen entwickelt habe. Da hatten wir gerade erfahren, dass Filine das alles gesundheitlich nicht mehr lange alleine schaffen würde. So wurde ich die leidige Schule los, und Filine hatte Unterstützung.«

»Deine Mutter ist toll. So sachlich und ohne jede Angst und jeden Zweifel. Immer voller Lebensmut, trotz allem. Ich wollte dich schon lange fragen, wie das kam, dass sie nun im Rollstuhl sitzt.« Julian legte den Arm um Rheas Schultern und stopfte die Decke um sie beide fest. »Ich bin noch gar nicht müde. Schenkst du mir eine Geschichte? Erzähl mir, wie es damals war. Erzähl mir von Filine und von dieser Künstlerin. Und dann entscheiden wir, ob diese Frau unser Baby malen soll.«

»Unser Baby?«

»Na, das sagt man doch neuerdings so. Schließlich hat es auch neun Monate gedauert, bis wir jetzt fast fertig sind.«

In Rhea sträubte sich alles dagegen, dieses Haus auch nur im Entferntesten mit einem Baby zu vergleichen.

Julian streichelte ihr Ohr. »Bitte, erzähl! Wir tun so, als würden wir wieder oben vor meiner Hütte sitzen. Manchmal habe ich Heimweh, aber deine Stimme schlägt es in die Flucht.«

Der Sommer, in dem sich so viel für sie geändert hatte, stand sofort wieder lebendig vor Rheas Augen. Sie kuschelte sich an Julian und beschwor bereitwillig den einzigen Menschen aus der Dunkelheit herauf, der Alriks Kwaas für sie ins rechte Licht rücken konnte.

Lentjes Knerken

500 g Dinkelmehl
150 g Zucker
1 EL Kardamom
1 TL Hirschhornsalz
250 g Butter
2 Eier
1 Eigelb

Zur Dekoration:
Ganze Haselnüsse
Getrocknete Apfelringe

Butter schmelzen lassen.
Mehl, Zucker, Kardamom und Hirschhornsalz mischen. Eier und flüssige Butter dazugeben und zu einem Teig kneten.
Den Teig eine Stunde zugedeckt im Kühlschrank ruhen lassen.
Danach Teig zu Rollen formen und Taler (Dicke ca. 1 cm) abschneiden. Die Taler dann auf ein mit Backpapier belegtes Backblech legen. Mit Eigelb bestreichen. Auf Wunsch mit je einer Haselnuss oder/und einem Apfelring dekorieren.
Bei 175 °C im Backofen bei Ober- und Unterhitze ca. 15 bis 20 Minuten backen.

Rhea

1972

25

Die Künstlerin

»Und wie geht es dir jetzt, Kind, da dir deine Mutter deine Fragen bezüglich deines Vaters beantwortet hat?«, fragte Lentje und betrachtete Rhea forschend. Rhea saß im Schneidersitz zu ihren Füßen und knabberte nachdenklich an einem Knerken, während die Nachmittagssonne durch die Fenster fiel und bunte Lichter über den Boden wandern ließ. Auch die Schatten mancher der abgebildeten Tiere konnte man auf dem Boden erkennen, so dass es aussah, als ob eine Meeresschildkröte genau zwischen Rhea und Lentje entlangschwamm.

»Als mir klar wurde, dass sie den Namen meines Vaters gar nicht kennt, war ich stinksauer«, gab Rhea zu. »Aber trotzdem ist es jetzt anders. Jetzt hat mein Vater ein Gesicht. Filine sagt, ich sehe ihm so ähnlich, dass ich nur in den Spiegel gucken muss und sein Gesicht sehen würde. Aber das meine ich nicht. Es ist, weil die Geschichte so schön war. Ich kann mir genau vorstellen, wie er da auf dem Kniepsand im Stuhl saß und mit den Krabben gesprochen hat. Jetzt weiß ich, warum ich mich so gut mit denen verstehe. Es ist, als ob er mir ein bisschen nahe ist und ich ihn doch kenne. Vorher war da nur ein Loch, Leere, kein Bild, nichts. Nur früher die Angst, dass die anderen Kinder recht haben könnten und er doch ein Wassermann ist. Das habe ich natürlich schon lange nicht mehr geglaubt, aber dass ich gar nichts von ihm wusste, war mir unheimlich. Jetzt ist das Loch weg, und ich habe wenigstens einen Vater, auch wenn ich seinen Namen nicht weiß. Er ist mir sogar sympathisch. Sag mal, Lentje«, Rhea blickte über ihre Schulter auf die Bleiglasfenster und wieder zurück auf die Schatten zweier Vögel, die jetzt über den Fußboden wanderten, ganz langsam, mit dem Sonnenstand, »je öfter ich hier bin, desto mehr habe ich das Gefühl, dass mir die Tiere in den Fenstern etwas sagen wollen. Geht dir das auch so? Glaubst du, dein Vater hat vielleicht ein Bilderrätsel darin versteckt?«

Lentje schien überrascht. »Wie kommst du denn darauf, Kind? Davon weiß ich nichts. Als ich klein war, habe ich ihm erzählt, was für Tiere ich mir wünsche. Immer wieder ist uns ein neues eingefallen, und dann hat er es einfach gemacht. Da ist nichts versteckt. Du hast einfach nur sehr viel Phantasie. Das ist eine schöne Gabe. Bewahre sie dir, aber lies nicht zu viel hinein.«

Rhea runzelte die Stirn, sagte aber nichts weiter. Sie würde schon noch dahinterkommen. Sie hatte mit Elvar und Skem bereits so viele Rätsel gelöst, dass sie ganz sicher war, dass es sich hier um eines handelte. Seit sie das erste Mal in diesem Zimmer gestanden hatte, spürte sie, dass es eine Botschaft für sie hatte. Vielleicht nicht speziell für sie, aber für irgendjemanden.

Bei den richtig schwierigen Rätseln dauerte es immer eine Weile, bis man dahinterkam. Und hier dies schien besonders schwierig zu sein.

Fast noch schwieriger war es, das letzte Schuljahr bis zum Ende zu ertragen. Nun, da die Erlösung so nahe war, hielt Rhea es kaum noch im Klassenzimmer aus. Sie erschien grundsätzlich barfuß, war unaufmerksam und vergesslich und malte Entwürfe für Minigolfbahnen in ihr Heft, statt sich den Mathematikaufgaben zu widmen. Der Lehrer ignorierte sie entweder oder traktierte sie an der Tafel. Nur dank Lilani brachte Rhea diese Monate hinter sich. Lilanis Ruhe und ihr Lächeln waren immer noch eine Rettungsleine für sie.

Dann kam der letzte Tag, und sie war frei. Sie steckte ihr Zeugnis klein zusammengefaltet in die Hosentasche, weil Filine gesagt hatte, das bräuchte man für diese und jene Dinge wie anderen lästigen Papierkram eben auch. Aber ihre Schultasche mitsamt den Heften und Schulbüchern beerdigte sie als Allererstes feierlich in den Dünen unter der Aufsicht zweier Kaninchen. Es erfüllte sie mit großer Befriedigung, ein tiefes Loch dafür zu graben. »Grabt das ja nicht wieder aus!«, sagte sie mit einem streng erhobenen Zeigefinger zu ihren vierbeinigen Zeugen.

Dann sprang sie auf, rannte zum Strand und geradewegs durch sämtliche Priele im Watt bis zu Skems Hütte. Das Wasser um ihre Füße stob nur so auf, als wollte es mit ihr jubeln, die Möwen und sogar die Krabben nahmen erschrocken Reißaus.

»Was ist denn mit dir los?«, fragte Skem, der ihr Kommen mit der Pfeife in der Hand beobachtet hatte und amüsiert Rauchringe blies.

»Frei, frei, frei! Keine Schule mehr! Jetzt ist es *mein* Leben, nur meins!«

»Bewahre dir diesen Glauben, solange du kannst.« Ihr Onkel blickte skeptisch und etwas wehmütig. Sicher dachte er an den Krieg, in den er gemusst hatte.

»Ach, du weißt schon, wie ich das meine! Ich weiß, dass man erwachsen werden muss und Pflichten hat und Geld verdienen und Steuererklärungen machen muss und all so einen Kram.

Aber trotzdem! Erst mal will ich mich freuen. Und gleich morgen fange ich an, die erste Minigolfbahn zu einer Geschichte zu machen.« Übermütig schöpfte sie mit beiden Händen Wasser aus den Wellen um ihre Füße und bespritzte Skem, der die Pfeife weglegte und sie überraschend behände verfolgte, um sie ebenso nass zu spritzen. Jetzt lächelte er auch. Rhea fiel auf, wie jung er noch wirkte, wenn er die Melancholie abschüttelte, die ihn sonst umgab.

Skem ist auch ein Rätsel, dachte sie, genau wie das im Glasbilderhaus.

Eigentlich war ihre ganze Familie ein Rätsel. Schade, dass sie ihren Onkel Pinswin noch nie kennengelernt hatte. Er schrieb aus Amerika zwar zu Geburtstagen und Weihnachten und schickte schicke Badeanzüge, die Rhea nicht passten, oder kluge Gesellschaftsspiele mit schlauen Fragen auf Englisch, die Rhea nicht verstand, aber er war noch nie zu Besuch gekommen. Auf Fotos sah er nett aus.

»Pinswin hat verschiedene Gründe, warum er nicht kommt. Ist schon in Ordnung, ich verstehe ihn«, sagte Filine vage, wenn Rhea nach ihm fragte.

Die nächsten Tage verbrachte sie bei Elvar in der Scheune. Der hatte alles nötige Werkzeug, und wenn sie mit etwas nicht weiterkam, hatte er immer den passenden Rat oder Kniff auf Lager. Aus Ästen und Holzscheiben baute sie den Stuhl in Miniatur nach, auf dem ihr Vater damals gesessen hatte. Aus Metallteilen und Blech formte sie den Frachter. Aus Holz und Plastikfolie entstanden kleine Fischerboote und aus wetterfest lackiertem Pappmaché die Sandbank, auf die der Frachter aufgelaufen war.

Aus alten Frühstücksbrettchen und einem Stück Wellblech schließlich wurde der Schuppen, in dem sich Rheas Vater versteckt hatte.

All diese Dinge baute sie auf der ersten, nun meeresblau gestrichenen Minigolfbahn so auf, dass man den Ball um die Fischerboote herumschlagen musste, durch den Riss im Frachter hindurch über die Sandbank, dann an dem Stuhl vorbei, in dem nun eine Figur aus Modelliermasse saß, bis in das Ziel, nämlich die offene Tür des Schuppens.

Für die Gäste war es eine Geschichte von einem Schiffbruch und einer Rettung, für Filine eine Erinnerung, die sie lächeln ließ, und für Rhea eine Botschaft an ihren fernen Vater und ein Denkmal für die Begegnung ihrer Eltern.

»Das macht aber Spaß. Können Sie nicht alle Bahnen so gestalten?«, erkundigten sich die ersten Gäste, die das ausprobierten.

Ermutigt durch den Erfolg, beeilte sich Rhea, für die verbleibenden siebzehn Bahnen auch Geschichten zu finden, die sie darauf erzählen konnte, damit es für die Besucher spannend und abwechslungsreich wurde.

»Ich habe gedacht, jetzt, da alles so neu ist, sollten wir auch neue Schilder machen, die auf den Strandwegen angebracht werden und in unsere Richtung zeigen«, schlug Filine vor.

Das war eine gute Idee, fand Rhea. Elvar hatte jede Menge alte Bretter und Pfähle übrig. Darum würde sie sich gleich morgen kümmern. Filine hatte vor, demnächst zwei Tage auf dem Festland zu verbringen, weil sie da Behördengänge zu erledigen hatte. In dieser Zeit würde Rhea die Schilder aufstellen und Filine damit überraschen.

Eine Woche später stand Rhea auf der Minigolfanlage und betrachtete stirnrunzelnd ihr Werk. Hinter ihr spielte eine Familie eine Bahn nach der anderen herunter, und ihr Lachen trieb zu Rhea hinüber, während sie grübelte, was noch fehlte.

Sie hatte zusammen mit Elvar und Skem fünfzehn Pfähle zurechtgesägt, angespitzt, geschliffen und glattpolierte Bretter darangenagelt, die vorn spitz zugeschnitten waren wie ein Pfeil. Sie hatte sogar vom Amt die Genehmigung eingeholt, sie aufzustellen. Nun hatte Rhea sie in einer Reihe an den Zaun gelehnt und mit verschiedenen Resten von bunter Ölfarbe in schöner Schrift mit einem Pinsel daraufgeschrieben: *Zur Minigolfanlage*. Es gefiel ihr richtig gut, und trotzdem fehlte noch etwas! Unter der Schrift und auch dahinter war auf den Brettern noch Platz. Es sah langweilig aus.

»Guten Tag«, sagte eine sympathische Stimme hinter ihr. »Darf ich eine Runde spielen? Ich habe das noch nie gemacht, aber es sieht interessant aus. Oder kann ich bei einem Problem helfen?«

Rhea drehte sich um. Vor ihr stand eine Frau mit langen rotbraunen Locken, blaugrünen Augen und einem Lächeln, das sofort Rheas eigenes Lächeln weckte. Sie war zierlich und trug ein langes Baumwollkleid mit einem Möwenmuster.

»Natürlich können Sie spielen. Ich überlege nur gerade, was auf diesen Schildern noch fehlt. Sie scheinen mir irgendwie unvollständig, aber mir fällt nichts ein, was ich besser machen könnte.«

Die Frau stellte sich neben sie. »Also, es ist vielleicht eine Berufskrankheit, aber ich finde, es fehlen Bilder. Bilder sprechen die Menschen direkt an.«

»Hmmm. Bilder. Aber ich kann überhaupt nicht malen. Ich hatte schon mit den Buchstaben Schwierigkeiten.« Trotzdem war es eine gute Idee. Rhea konnte sich vorstellen, dass das gleich ganz anders wirken würde.

»Ich kann malen! Ich male den ganzen Tag Bilder, weißt du? Deswegen komme ich drauf.« Die Frau reichte ihr eine schmale, feste Hand. »Ich bin übrigens Henrike Badonin. Nenn mich einfach Henny.«

»Sie sind Malerin?« Die Frau nickte. Sie war ungefähr so alt wie Filine, vielleicht ein wenig älter. Rhea hatte sie noch nie gesehen. »Wohnen Sie hier?«

»Nein, ich lebe an der Ostsee, auf einer Halbinsel. Aber seit ich vor vielen Jahren einmal hierherkam, um mir einen anderen Wind um die Nase wehen zu lassen und einen großen Kummer zu verarbeiten, komme ich regelmäßig. Die Luft ist unvergleichlich, die macht mich jedes Mal wieder wacher. Trotzdem würde ich meine Heimat um nichts auf der Welt tauschen wollen. Hast du einen Pinsel und Farben für mich? Normalerweise male ich mit Kreide und Aquarellfarben, aber so ein paar einfache Bilder müsste ich hinbekommen. Natürlich nur, wenn du möchtest!«

»Oh, würden Sie das tun? Das wäre toll! Ich bringe Ihnen auch einen Saft. Ich will nämlich meine Mutter mit den Schildern überraschen, wenn sie morgen vom Festland zurückkommt.«

Henny krempelte ihre Arme auf. »Na, dann nichts wie an die Arbeit.«

»Aber eigentlich wollten Sie doch spielen«, fiel Rhea ein.

»Das kann warten. Malen macht mich immer am glücklichsten.« Hennys Augen leuchteten.

Wenn diese Frau Malerin war, dann war sie sicher gewohnt,

dafür auch bezahlt zu werden, fiel Rhea siedend heiß ein. »Ich kann Ihnen aber nichts … ich meine, ich habe kein …«

»Kein Geld?« Henny lachte. »Ich habe dir doch gesagt, es macht mich glücklich. Das ist viel besser als irgendeine Bezahlung. Außerdem bin ich im Urlaub. Da arbeite ich nicht, also bekomme ich auch kein Geld. Und wenn wir dann noch deine Eltern überraschen können und sie sich freuen und du dich freust, dann ist das Lohn genug.«

»Nur meine Mutter. Meinen Vater kenne ich nicht.« Es war ihr so herausgerutscht. Warum sie das dieser fremden Frau erzählte, wusste Rhea selbst nicht. Vielleicht lag es daran, dass diese Henny Badonin so war, wie sie war. Man musste sie einfach mögen! Fast war es, als ob sie von innen ein wenig leuchtete.

Rhea musste traurig geklungen haben, denn Henny sah sie mit hochgezogenen Brauen an, während sie den Pinsel in rote Farbe tauchte. »Tatsächlich? Ich meinen auch nicht. Aber ich habe mich trotzdem nie unvollständig gefühlt. Na ja, außer … Aber das ist eine andere Geschichte. Der Mann, den ich liebte, ist eines Tages ohne ein Wort gegangen. Ich habe ihn nie wiedergesehen und nie herausgefunden, warum er das getan hat. Das hat eine Leere in mir hinterlassen. Aber dass ich meinen Vater nicht kenne, war nie schlimm für mich. Ich kannte so viele wunderbare Menschen, die für mich da waren, dass er mir nie gefehlt hat.«

Rhea schenkte Henny Saft ein. Das musste furchtbar sein, wenn einen der geliebte Mann einfach so verließ! So etwas wollte sie niemals erleben. Auf einmal schien ihr das Vaterproblem gar nicht mehr so groß zu sein.

Bewundernd sah sie zu, wie Henny mit sicheren Strichen

einen Seestern auf ein Schild malte, der so lebendig aussah, als ob er gleich herunterkrabbeln würde. Auf dem nächsten Schild entstand eine Möwe, auf einem anderen eine Garnele und auf wieder einem anderen eine Tellmuschel. Ein Fisch, eine Robbe, ein Kaninchen und eine Qualle folgten.

»Das wird den Leuten so gut gefallen, dass sie den Schildern hierher folgen, nur um alle Bilder zu sehen. Wie machen Sie das nur?«

Henny spülte energisch einen Pinsel aus. »Wir waren doch schon beim Du, oder? Ich kenne hier niemanden. Eine Freundin zu haben wäre schön.« Wieder dieses Lächeln, das von innen her zu leuchten schien. Das brachte Rhea auf eine Idee. Henny Badonin mochte nicht von hier sein, aber sie wirkte in dieser Landschaft, als wäre sie ein Teil von ihr, ein Teil von Wind, Sand und Dünen.

»Kennen Sie … Kennst du die Geschichte vom Töveree Fisk?«, fragte Rhea.

Henny zeichnete mit Schwung ein Fischerboot. »Nein, aber es klingt interessant. Erzählst du sie mir?«

»Sehr gern. Aber nicht hier. Ich kenne da einen besonderen Ort, den würde ich dir gern zeigen. Es sind keine Feriengäste mehr hier. Wenn du mit dem letzten Schild fertig bist, können wir die Anlage für heute schließen. Hättest du Zeit?« Rhea wusste selbst nicht, was mit ihr los war. Fremden gegenüber war sie meist schüchtern. Mit Henny war alles anders. Vielleicht waren sie seelenverwandt, so wie Nathan und Filine, auch wenn der Altersunterschied viel größer war.

Henny breitete die Arme aus. »Zeit? Jede Menge. Zeit hat mir noch nie viel bedeutet. Ich lebe einfach.«

Während Henny die letzten drei Schilder bemalte, erzählte Rhea ihr von ihren Ideen, die Minigolfbahnen umzugestalten. »Früher habe ich überall Murmelbahnen in den Sand gebaut. Es hat mich fasziniert, wie Wege und Hindernisse einen Gegenstand beeinflussen, der sich darauf bewegt. Wie im Watt. Wenn eine Muschel auf dem Sand liegt, dann bläst der Wind Muster und kleine Wege um sie herum, es gibt Dellen und erhöhte Punkte und Kurven. Wenn ein Tangblatt angespült wird oder eine Qualle, muss das Wasser drum herum fließen und baut auch seine eigenen Muster und Wege.« Rhea blickte besorgt zum Himmel auf. Es durfte jetzt nicht regnen, damit die Farbe auf den Schildern gut trocknen konnte. Doch es war nur eine einzelne Wolke, die einen Schatten warf. »Aber jetzt, wo ich erwachsen bin, na ja, beinahe, da fasziniert mich, dass es mit den Menschen genauso ist. Sie treffen auf ein Hindernis wie eine Prüfung, die sie nicht bestehen können, oder eine verlorene Arbeit. Und plötzlich ändert sich ihr Weg. Oder es passiert etwas Gutes. Sie haben eine wunderbare Idee oder verlieben sich, und plötzlich funktioniert es wie eine Sprungschanze, und sie fliegen weiter, als sie dachten.«

»Das Schicksal als Murmelbahn?« Henny hielt einen Moment inne, den Pinsel in der Luft erhoben wie ein Ausrufezeichen. »Das leuchtet mir ein. Und es gefällt mir! Und aus dieser Erkenntnis heraus möchtest du die Minigolfbahnen anlegen? Eigentlich willst du ein Bild malen, so wie ich, nur dreidimensional.«

Rhea war verblüfft. »Ja, irgendwie schon. Auf einer möchte ich zeigen, wie Hark Olufs als Junge von Piraten entführt und an den Bey von Constantin verkauft wurde. Dort war er erst Schatzmeister, und dann kämpfte er als Führer der Reiterei.

Schließlich wurde er freigelassen und kam als reicher Mann zurück. Da kann ich tolle Hindernisse bauen. Ein Piratenschiff, eine Schatzkiste, einen Reiter und noch andere Sachen. Das wird spannend. Ja, und eine andere Bahn könnte zeigen, wie meine Mutter und ihr Zwillingsbruder eine versunkene Siedlung wiederfanden.« Rhea nahm Henny die Pinsel ab und half ihr, sie auszuwaschen und die Farbdosen wieder zu verschließen.

»Das hört sich wunderbar an. Ich glaube, ich komme nächstes Jahr wieder und sehe mir alles an.« Henny betrachtete befriedigt ihr Werk. »Ich hoffe, die Schilder gefallen deiner Mutter ebenso gut wie dir.«

»Da bin ich mir ganz sicher.« Rhea sah sich um. Die letzten Gäste waren gegangen. Sie konnte die Anlage abschließen. »Lass uns gehen, jetzt zeige ich dir, was ich versprochen habe.«

Unterwegs kamen Rhea Bedenken, was Lentje zu dem unbekannten Besuch sagen würde. Aber auch sie schien Henny sofort zu mögen. »Setzen Sie sich doch«, sagte sie und bot Henny ihren Schaukelstuhl an.

»Vielen Dank, aber nein«, sagte Henny. »Das ist doch Ihr Platz. Ich setze mich hier in die wundervollen Kissen und betrachte diese Offenbarung von Farben in Ihren Fenstern. Es ist ein Geschenk, dass ich sie sehen darf. Ich liebe Kirchenfenster, aber von den Motiven und den Farben her kommt mir dieses viel mehr entgegen. Das sind dieselben Themen, die ich gerne male. Aber natürlich kann ich auf Papier das Licht nicht so verwerten, wie es Ihr Herr Vater getan hat. Ich glaube, ich könnte hier tagelang sitzen und nur betrachten, wie sich die Farben mit dem Sonnenstand und dem Wetter verändern.«

Rhea betrachtete Henny bewundernd. Das Licht ließ auch ihre rotbraunen Haare leuchten und brachte das lebendige Funkeln in ihren Augen noch besser zur Geltung. Rhea fiel auf, wie leicht Henny wirkte, als wäre sie zum Teil aus Luft und Wind. Und das trotz des schweren Kummers, den sie hinter sich hatte.

»Hast du dich eigentlich noch einmal verliebt, nachdem dich deine große Liebe verlassen hat?«, platzte es aus Rhea heraus.

»Ich liebe jetzt umso mehr die Landschaft, die ich male, und ihre Bewohner und das Malen selbst«, sagte Henny, ohne den Blick von den Fenstern zu wenden. »Das erfüllt mich völlig, und ich kann es nicht verlieren.«

Rhea bemerkte, wie Lentje und Drees in stillem Einverständnis einen Blick wechselten. Drees konnte nicht mehr sprechen und gelegentlich war er verwirrt, aber er hatte auch viele klare Momente. Von seiner jahrzehntelangen Liebe zu Lentje hatte er kein bisschen vergessen. Die Liebe zwischen ihnen war niemals gealtert und in diesem Raum allgegenwärtig wie das Licht und die Farben. Deswegen mochte Rhea ihn auch so, weil er voller Liebe war. Auch die Liebe von Lentjes Vater zu seiner Frau, für die er den Garten der tausend Osterglocken angelegt hatte, und zu seiner Tochter, für die er die Glasfenster erschaffen hatte, all dies erfüllte dieses ungewöhnliche Zimmer.

»Hat Ihr Vater eine Botschaft in diesem Bild versteckt?«, fragte Henny.

Lentje blickte überrascht. »Nun, er wollte natürlich seine Liebe zu dieser Landschaft, dieser Insel und ihren Lebewesen zum Ausdruck bringen und festhalten. So wie Sie in Ihren Bildern, wenn ich Sie richtig verstanden habe. Und mir und meiner Mutter eine Freude machen.«

»Natürlich. Das ist offensichtlich. Aber das meine ich nicht. Auf mich wirkt es so, als würde darunter noch eine andere Aussage liegen. Ein Rätsel möglicherweise. Aber vielleicht bilde ich mir das auch nur ein. Meine Phantasie geht gelegentlich mit mir durch.« Henny lächelte Lentje entwaffnend an.

Lentje lächelte zurück. »Rhea hatte diese Vermutung auch schon. Aber wenn, dann weiß ich nichts davon. Zuzutrauen wäre es ihm. Vater war ein sehr kreativer Kopf. Ein Tüftler. Er verstand von Zahlen ebenso viel wie von Kunst.«

»Hmmm.« Henny legte den Kopf schief und betrachtete die Fenster mit gerunzelter Stirn. »Vielleicht hat eine Berechnung damit zu tun. Etwas mit den Himmelsrichtungen oder etwas Astronomisches.«

Rhea hatte sich vor Aufregung kerzengerade gesetzt. Ein Rätsel! Eine Botschaft! Henny hatte ausgesprochen, was Rhea selbst seit langer Zeit fühlte, aber nicht einordnen konnte.

Wenn es allerdings etwas mit Zahlen und Berechnungen zu tun hatte, würde sie es nie lösen.

»Ich komme nicht dahinter, aber ich werde darüber nachdenken«, sagte Henny. »Rhea, wolltest du mir nicht eine Geschichte erzählen?«

Während draußen die Sonne gemächlich hinter die Mauer sank, es im Raum immer dunkler wurde und das letzte Glitzern über das bunte Glas wanderte, erzählte Rhea die Sage vom Töveree, an manchen Stellen ergänzt durch Lentje, während Drees beifällig nickte und hin und wieder etwas murmelte.

»Liebe Rhea, ich danke dir für diesen Nachmittag«, sagte Henny, als sie durch die Dämmerung zurück zum Strand gingen und sich auf der Wandelbahn trennten. »Es hat mir gutgetan, einen jungen Menschen voller Ideen kennenzulernen, eine magische Geschichte zu hören und obendrein noch kreativ sein zu dürfen. Ich reise morgen ab, aber ich würde mich freuen, wenn wir hin und wieder voneinander hören würden.« Sie kramte in ihrer Tasche. »Hier. Ich habe keine richtigen Visitenkarten, aber ich habe ein paar gemalt. Du findest meine Adresse auf der Rückseite. Gibst du mir deine auch? Du kannst sie hier draufschreiben. Warte, ich habe einen Bleistift. Vielleicht besuchst du mich eines Tages sogar, wenn du dir einmal einen anderen Wind um die Nase wehen lassen möchtest. Dann zeige ich dir ein anderes Meer. Meine Ostsee. Dann wirst du sehen, wie inspirierend der Unterschied zwischen beiden ist.«

Wochen später, als Hennys Schilder entlang der Wege mit ihrem Charme bereits viele Menschen zur Minigolfbahn gelockt hatten, klopfte der Postbote an die Tür des Gartenhauses. Es regnete in Strömen. Rhea und Filine hatten die Anlage schließen müssen, weil an Spielen für keinen Gast zu denken war. »Ein Paket für Sie, Fräulein Rhea!«

»Für mich? Was kann das sein?« Verwundert drehte Rhea das große, flache Ding hin und her.

»Vielleicht von Nathan?«, vermutete Filine.

Jetzt hatte Rhea den Absender entdeckt. »Nein, von Henny Badonin!«

»Die Künstlerin? Das habe ich ganz vergessen, ich wollte ihr doch schreiben und mich für die schönen Schilder bedanken. Das werde ich gleich tun. Ich will ihr erzählen, was die Schilder für ein Erfolg sind.«

Rhea löste vorsichtig das braune Packpapier, auf das Henny ähnlich zierliche Schwalben gezeichnet hatte wie auf ihrer selbstgemachten Visitenkarte zu sehen waren. Sie wirkten so leicht wie Henny selbst und flogen über eine angedeutete Sommerwiese.

Zum Vorschein kam ein Bilderrahmen aus verwittertem, sonnengebleichtem Holz. Das feingezeichnete Bild darin strahlte in allen Blautönen. Filine und Rhea betrachteten es schweigend. Es schien ihnen, als wäre es in dem regendunklen, engen Wohnzimmer heller geworden.

Auf dem Bild sprang der Töveree aus einem nächtlichen Meer und segelte majestätisch über die Wellen, in denen sich sein blaues Schimmern spiegelte. Der riesige Fisch wirkte so lebendig, dass der Rahmen zu eng für ihn schien. Wenn man lange genug hinsah, hätte man schwören können, dass er sich bewegte und jeden Moment wieder eintauchen und unter die Schaumkronen gleiten würde, um das Meer von innen heraus zu erleuchten.

Als Rhea nach einer Weile aufsah und ihre Mutter betrachtete, fiel ihr auf, dass Filine noch immer das Bild anstarrte und zum ersten Mal seit langer Zeit gelöst wirkte.

Denn seit Filine an jenem Tag, als Rhea Henny Badonin kennengelernt hatte, vom Festland zurückgekehrt war, spürte Rhea, dass etwas sie bedrückte. Immer wieder fragte sie ihre Mutter, was denn los sei. Doch Filine winkte ab und murmelte etwas von Behördenkram. »Dabei kannst du mir nicht helfen. Umso froher bin ich, dass du jetzt die Minigolfbahn so großartig betreust. Mach dir keine Sorgen.«

Aber Rhea machte sich Sorgen, und nun war sie glücklich, dass das Bild vom Töveree Filine wieder lächeln ließ.

Wenn sie doch nur endlich eine Glücksschuppe finden könnte, vielleicht würde Filines Lächeln dann wieder bleiben.

Filine

1973

26

Angst und Wahrheit

Lieber Thani,

Du hast mir einmal versprochen zu kommen, wenn ich Dich brauche.

Jetzt brauche ich Dich. Da du ja in Holland und damit für Deine Verhältnisse fast in der Nähe bist, habe ich kein schlechtes Gewissen, Dich darum zu bitten. Rhea wird sich auch freuen, Dich zu sehen.

Bis bald und lieben Dank,
Filine

Warum sollte sie unnötige Worte machen? Er würde kommen, daran gab es keinen Zweifel. Dann war Zeit genug zu reden. Filine faltete das schmucklose Blatt ordentlich zusammen, schob es in den Umschlag und suchte ein Streichholz für das rote Wachs, das ihr Drees gegeben hatte, nachdem sie Garrelfs Siegel in der Truhe gefunden hatte. Seitdem benutzte sie dieses Siegel immer für die Korrespondenz mit Nathan. Wenn er wieder einmal wilde Pläne hatte, wählte sie den Kerzenleuchter mit Schmetterling darüber, der bedeutete »sei nicht zu leichtsinnig«. Oft nahm sie auch das mit dem Hund, das von Treue sprach, denn in aller Freundschaft treu geblieben waren sie sich immer. Diesmal aber entschied sie sich für den Löwen, der für Stärke stand.

Sie lauschte dem *Ratsch* des Streichholzes, als sie es an der

Schachtelseite anzündete. In diesen Tagen fand sie Trost in den merkwürdigsten Dingen, auch in dem kleinen vertrauten Geräusch. Gemächlich tropfte das schmelzende Wachs in einer kleinen Pfütze auf den Umschlag. Filine drückte den Löwen in das Wachs und sah zu, wie das Siegel erkaltete. Auch im Haus fand sie es auf einmal kühl. Sie beschloss, den Brief sofort in den Briefkasten zu werfen. Worauf sollte sie warten? Rhea betreute den Minigolfplatz. Filine hatte mehr Zeit zum Grübeln, als sie gebrauchen konnte, seit sie vorgestern wieder einmal nach einem Tag auf dem Festland zurückgekehrt war.

Draußen war es grau und windig. Normalerweise mochte sie gerade solches Wetter, aber heute sprach es ihr zu sehr vom Herbst und passte allzu gut zu ihrer ungewöhnlichen Stimmung. Sie kämpfte gegen den Wind an, als wäre er ihr Feind und nicht ihr alter Freund seit Kindertagen. Sie würdigte nicht einmal die Kaninchen in den Dünen eines Blickes.

Als der Brief mit einem befriedigenden Plumps im Kasten gelandet war, ging es ihr besser. Ja, Rhea würde sich auch freuen, Nathan zu sehen. Seit die beiden sich bei einem Besuch von Nathan kennengelernt hatten, hoffte Filine, dass Rhea ihren Vater weniger vermisste.

Aber was machte sie sich vor? Sie hatte nicht um Rheas willen an Nathan geschrieben. Sie selbst, Filine, brauchte ihren alten Freund und Seelenverwandten, um mit dem Sturm in ihrem Inneren fertig zu werden! Mit dem Unwetter, das sich schon seit bald einem Jahr in ihrer Seele zusammenbraute. Es wirbelte die Gedanken in ihrem Kopf durcheinander, ließ den Boden unter ihren Füßen schwanken, ballte Angst und Wut wie Hagelkörner zusammen und überflutete ihre Seele mit Ratlosigkeit.

Filine zog ihre Jacke noch enger zusammen und bog auf den Weg zum Friedhof der Namenlosen ab. Sie pflückte Goldrute, Schafgarbe, Heide und Gräser am Wegrand und steckte ein paar der ersten bunten Blätter dazu, die sie dazwischen liegen sah. Um sich selbst aufzuheitern, versuchte sie ein Lied zu pfeifen, doch Pfeifen war nicht ihre Stärke, und sie wünschte, sie hätte Marta Gösslings Okarina dabei.

Wie immer war die Stille auf dem Friedhof der Namenlosen hinter der weißen Gartenpforte tiefer als anderswo. Es war an diesem besonderen Ort stets, als ob der Wind sich nicht auf das kleine Gelände wagte, sondern lieber einen Weg drum herum nahm, ebenso wie die Vögel, deren Stimmen man hier selten hörte. Nur eine einzelne Grille zirpte hinter einem der Holzkreuze. Die Regentropfen in den Spinnweben, die sich über die efeubewachsenen Hügel zogen, schimmerten silbern. Auch an den Kreuzen hingen sie wie ein letzter Vorhang, der bald fällt. Filine streifte sie nicht ab, es sah zu schön aus. Tempus hätte es gewiss gefallen. Sie kniete sich neben sein Grab und legte ihren Strauß vor das Kreuz.

Filine saß lange ganz still und spürte, wie an den Knien die Feuchtigkeit durch ihre Hosen zog.

»Ach, Tempus«, sagte sie schließlich leise. »Dass unsere Vorfahren zu einem großen Teil von der Strandräuberei lebten, weil sie ihren Lebensunterhalt auf dieser Insel früher sonst nicht hätten bestreiten können, ist ein offenes Geheimnis. Eine geduldete Tradition. Aber ich habe mir nicht nur Dosenlachs und eine Uhr genommen, sondern auch ein Kind! Glaubst du, dafür werde ich nun bestraft?« Nervös ordnete sie die Blumen in ihrem Strauß neu, wendete die Blätter einmal hierhin, einmal dorthin. »Nein, das kann nicht sein! Die eine Möwe zerschmettert der Sturm, die andere nicht. Was ist das, Zufall? Das Schicksal wirft dich aus der Bahn, weil du auf ein Hindernis triffst, aber es ist deine Sache, wie du damit umgehst. Das Hindernis ist keine Strafe, es liegt nur da, weil es eben gerade da liegt. Oder?« Sie sprang auf und lief auf dem engen Pfad hin und her. »Ich werde mich lebendig begraben fühlen! Nichts wird sein wie früher. Ich werde nicht mehr frei sein, nie mehr zwischen Himmel und Erde durch das Watt laufen können. Meine Heimat wird hier und doch nicht für mich erreichbar sein. Was soll ich da noch mit einem Leben? Ich weiß wohl, ich habe dir damals versprochen, das Leben jeden Tag zu nutzen, weil ich es noch hatte und du nicht mehr. Du hast mir gezeigt, wie wertvoll es ist. Aber wie viel davon wird mir noch bleiben? Ich weiß nicht, ob ich mein Versprechen halten kann!« Wie ein Aufschrei hatte das geklungen, und Filine sah sich erschrocken um, ob auch niemand in der Nähe war. Doch da waren nur die anderen stummen Zeugen ihres Ausbruchs.

Ein Rascheln lief durch die Efeublätter, vom Kreuz bis zum Fußende wie ein Schauer. Filine erstarrte, doch ehe der Schreck richtig in ihrem Magen landete, huschte schon eine Maus davon.

Filine lächelte. »Du findest immer einen Weg, mir eine Antwort zu geben, Tempus, nicht wahr? Ich glaube, das war eine Mahnung. Ein erhobener Zeigefinger, sozusagen.« Sie atmete tief durch. »Ich werde darüber nachdenken. Nathan wird mir helfen!«

Das Tor wollte sich nicht hinter ihr schließen. Sie musste mit aller Kraft dagegendrücken, damit es ins Schloss fiel. Wahrscheinlich hatte sich der Pfosten verzogen. Oder wollte Tempus sie nicht gehenlassen, weil er sich nun um sie sorgte?

»Wenn wir bloß damals das Lokkich gefunden hätten. Vielleicht wäre das dann nicht passiert«, murmelte Filine in den Kragen ihrer Jacke und kam sich selbst albern dabei vor. Wie sollte eine alte Fischschuppe ihr helfen können? Aber in ihrer Verzweiflung klammerte sich etwas ganz tief in ihr an den alten Kindheitsglauben, weil ihr jeder Strohhalm willkommen war.

Drei Tage später war Nathan da. Wie gut es tat, seine große, vertraute Gestalt mit wehenden Haaren und Mantelzipfeln von der Fähre herabeilen zu sehen! Die Arme ausgebreitet, lief er auf sie zu, und im gleichen Moment fühlte sie sich schon leichter und stärker zugleich. Nathan war ihr Hafen, wurde ihr wieder bewusst, als er seine langen Arme um sie schlang und sie unter seinem Pullover ganz dicht an ihrem Ohr sein Herz schlagen hörte. Das war die Uhr ihres Lebens. Solange diese tickte, war auch ihr eigenes Leben nicht zu Ende. Wie hatte sie nur so töricht sein können, dass sie sich am liebsten zu Tempus ins Grab gelegt hätte, ehe alles schlimmer kam? Sie war noch nie ein Feigling gewesen.

Jetzt hielt er sie auf Armeslänge von sich und betrachtete sie von oben bis unten. »Fili, jedes neue Jahr steht dir noch besser. Wie wundervoll, dich wiederzusehen, auch wenn dein Brief mir Sorgen bereitet hat. Wo ist meine Wahltochter?« Er sah sich suchend um.

»Jemand muss sich ja um das Geschäft kümmern.« Filine bekam bei seinem Anblick das Lächeln gar nicht mehr aus ihrem Gesicht und ließ es gerne dort, weil es sich nach den letzten Tagen und Wochen neu und ungewohnt anfühlte.

Bald saßen sie am Wriakhörnsee auf einem Bohlenweg, baumelten mit den Beinen und beobachteten die Wolkenbilder, die sich darin spiegelten und hin und wieder von Enten und Wildgänsen durcheinandergewirbelt wurden. Sie brauchten nur die Füße zu bewegen, und schon rührten sie den Himmel um, der im Wasser kopfstand. Wenn es doch mit dem Schicksal auch so einfach wäre, dachte Filine.

Das Schilf färbte sich schon gelb. Der Winter würde wieder Eisringe darumlegen, die wie ein Glockenspiel klangen, wenn der Wind sie bewegte. Doch jetzt war es noch still, und die Stille wartete auf Worte.

»Spuck es aus, Fili.« Nathan siebte mit seinen langen Fingern einen Kieselstein aus dem Sand und warf ihn in den See. »Es wird nicht besser, wenn du wartest. Es ist Rhea, die mit der Geheimen Zeit umgehen kann. Sie kann die Minuten in die Länge ziehen und für sich verwerten. Du nicht. Du bist anders. Du bist immer auf die Dinge zugegangen, ohne zu zögern. Du nimmst deine Kraft aus Ungestüm und Ungeduld. Jetzt, da du diese Kraft wahrscheinlich am meisten brauchst, solltest du das nicht ändern. Spring mitten hinein wie in die Nordsee an einem kalten Tag. Das bist du! Vergiss es nicht.« Nun hatte er fast streng geklungen. Filine entspannte sich. Er hatte recht. Genau das war es, was sie jetzt brauchte und warum sie nach ihm gerufen hatte.

»Vielleicht war das schon alles, was ich hören musste.« Sie holte tief Luft. »Ich habe eine Muskelkrankheit. Seit vorgestern steht die Diagnose fest. Es gibt schlimmere Sorten davon. Meine ist nicht tödlich. Aber sie wird mir das Laufen nehmen und die Geschicklichkeit meiner Hände, und ich werde irgendwann vielleicht nur noch denken und mit Glück auch sprechen können. Es wird nicht schnell passieren, aber Stück für Stück wird meine Freiheit verlorengehen. Ich weiß nicht, wie ich damit umgehen soll, Thani.«

Er hatte zugehört, wie nur er zuhören konnte, mit schiefgelegtem Kopf, Wärme in den Augen und vollständiger Aufmerksamkeit. Sie wusste, dass er in diesem Augenblick ganz bei ihr war.

Er fing sie auf. Wie die Nordsee an einem kalten Tag.

Nun legte er die Arme um sie und hielt sie einfach nur fest.

»Ich habe Angst, Thani«, flüsterte sie an seiner Schulter.

Er lehnte sich zurück und sah ihr in die Augen. »Das ist gut. Angst macht manche schwach, aber ich kenne dich! Dich macht sie wütend, und Wut macht dich stark.« Doch in seinen Augen standen Tränen, und nun wagte sie es auch, endlich zu weinen. Mit den Tränen lösten sich die Erstarrung und die Kälte, die sie seit Wochen geschmerzt hatten. Sie fühlte sich bei aller Trauer und Angst wieder lebendig. Sie wischte erst ihm, dann sich die Tränen mit dem Handrücken fort und lächelte. »Wie gut du mich kennst.«

Er stand auf und reichte ihr die Hand, zog sie hoch. »Lass uns schwimmen gehen. Wir schwimmen weit raus zur alten Boje. Hast du noch meine Badehose?«

Eine Schublade in ihrem Schrank beherbergte noch immer ein paar Dinge von ihm, die er als Anker auf der Insel gelassen hatte. Damit er sie hatte, wenn er sie brauchte, und damit er wusste, wo er im Grunde seines Herzens zu Hause war.

Sie grinste ihn an. »Die ist in meinem Rucksack. Mit meinem Badeanzug.«

»Dann lass uns ein Wettrennen zum Strand machen.«

Ehe sie denken konnte »solange das noch geht«, sagte er es:

»Solange das noch geht, werden wir es tun.« Er strich ihr eine Haarsträhne aus den Augen, die der Wind verweht hatte. »Wenn du es aussprichst, verliert es seinen Schrecken. Lauf, aber lauf nicht davon!«

Er hatte recht. Nun da sie darüber sprachen, war die Krankheit nicht mehr so ein unfassbares Gespenst, das sie nicht einordnen konnte, das keine Gestalt hatte und überall im Hintergrund lauerte. Jetzt war sie ein Gegner. Mit Gegnern konnte sie es aufnehmen.

»Du hast gut reden«, murmelte sie trotzdem.

»Ich kann auch nicht davonlaufen, wenn die Albträume kommen oder die Erinnerungen. An den Treck. An Katja im Schnee. Und die anderen, die ins Eis eingebrochen und im Haff versunken sind. Nur ein paar Schritte neben uns. Die Stimmen. Die Augen. Die Angst. Wenn das kommt, nützt es mir nichts, dass ich laufen kann.« Die Nachmittagssonne fiel über den Dünenkamm direkt in sein Gesicht, und doch war es voller Schatten.

Filine strich ihm über die Stirn. »Und ich werde immer für dich hier sein. Auch wenn ich nicht mehr laufen kann.«

Für einen Augenblick standen sie und hielten sich fest, dann machte Filine sich los. »Wer zuerst am Strand ist!«

Jeden einzelnen Schritt spürte sie bewusst, den Sand an den Füßen, das Dünengras, die kleinen Kiesel, die Heidezweige, ein Ästchen, eine Muschel. Alle Zehen, ihre Sohle, die Bewegung ihrer Knie, ihrer Muskeln. Sie prägte es sich ein, sie wollte sich für immer erinnern, wie es war. Dann wäre sie bereit für das, was danach kam. Nur einmal stolperte sie, als ihr Bein sich für einen Augenblick taub anfühlte, doch es wachte wieder auf und trug sie sicher. Nathan ließ Filine nicht gewinnen. Sie kamen gleichzeitig an, zogen sich hinter einem leeren Strandkorb um und rannten gemeinsam in die kühlen Wellen. Noch war nicht ganz Flut, sie mussten hinauswaten, ehe das Wasser tief genug war.

»Ich muss es Rhea sagen. Hilfst du mir? Ich wollte gern, dass du dabei bist.«

»Selbstverständlich. Gern.«

»Ich will nicht, dass sie sich für mich verantwortlich fühlt. Schlimm genug, dass sie mit der Schule so früh aufgehört hat. Ich möchte nicht, dass sie mich als Ausrede benutzt, ihr ganzes Leben auf der Insel zu verbringen.«

»Noch ist sie nicht volljährig, und im Augenblick ist das, glaube ich, genau das, was sie gern möchte. Sie ist an der frischen Luft und in der Landschaft, die sie liebt.« Nathan breitete die Arme aus und umfing den Horizont und das Meer und die Insel mit dem Leuchtturm. »Wenn ihr das eines Tages nicht mehr genügt, könnte sie ihr Abi immer noch nachholen. So wie ich. So wie Pinswin. Mach dir nicht so viele Sorgen.«

Und dann ließen sie sich fallen, und die Wellen trugen sie.

Filine wusste, dass das Wasser sie immer tragen würde. Dafür müsste sie nicht laufen können. Es gab Schwimmhilfen, wenn es einmal schlimm wurde, doch tragen würde es sie immer.

Als sie beide keuchend an der Boje hingen, um sich auszuruhen, Wasser in den Ohren und Salz auf der Zunge, war es, als hätte Nathan ihre Gedanken gelesen. »Wenn es nötig ist, baue ich dir mit Elvar einen Rollstuhl, dessen Räder so breit sind, dass du im Watt damit fahren kannst. Oder einen Schlickschlitten! Und eine Luftmatratze, die mit Licht fährt. Es gibt für alles eine Lösung, Fili!«

»Ich weiß. Bei dir immer.« Sie hatte in jeden ihrer Schwimmstöße ihre ganze Angst und Wut und Hilflosigkeit, ihre Fragen und ihre Zweifel gelegt, und mit jedem Meter war etwas von ihr abgefallen und hatte sich in den Wellen gelöst. Wenn sie dabei hin und wieder die Schwäche im linken Bein spürte, die ihr zuerst gezeigt hatte, dass etwas nicht stimmte, so war die bei der nächsten Bewegung wieder fort, oder Filine glich sie mit ihren Armen aus.

Angekommen war sie jedenfalls.

Zurück am Strand, griff Nathan eine Handvoll Muscheln aus dem Flutsaum und ließ sie zurück ins Meer rieseln. Eine nach der anderen verursachte einen fröhlichen kleinen Platsch und trudelte als Kreisel in dem klaren Wasser aus, bevor sie auf dem Sand zu ruhen kam, wo das Sonnenlicht auf ihnen spielte. »So wirst du mit allem fertig werden, Fili. Ein Tag nach dem anderen, immer einen auf einmal.«

Wie weiß sie leuchteten auf dem nassen Sand.

»Vielleicht finde ich ja auch noch die Schuppe vom Töveree«, sagte sie gedankenverloren, mehr zu sich als zu Nathan.

Er tippte auf ihre Brust. »Das brauchst du nicht. Du hast sie hier in deinem Herzen, seit du sie als Kind gesehen hast. Das Leuchten deiner Erinnerung gehört dir.«

Sie genoss für einen Augenblick das vertraute Jucken auf ihrer Haut, als das Salzwasser darauf trocknete. Dann rubbelte sie sich ab und warf Nathan das Handtuch zu. »Du hast gesagt, ich soll nicht weglaufen. Ich sag dir was. Wir gehen gleich jetzt zu Rhea und sagen ihr alles. Ich glaube, sie hat ohnehin mitbekommen, dass mich seit Monaten etwas bedrückt. Heute Abend aber feiern wir eine Party. Eine Trotzdem-Party!«

»Das ist verrückt. Genau das Richtige! Ich bin dabei.«

Rhea nahm es besser auf, als Filine befürchtet hatte. Sie saßen zu dritt in der Hollywoodschaukel, während im Hintergrund das Klappern der Bälle zu hören war, die die Feriengäste über die Bahnen schossen.

»Wenigstens weiß ich jetzt, was los ist! Ich habe mir die ganze Zeit Sorgen gemacht und wusste nicht, was ich denken sollte oder wie ich dir helfen kann.« Rhea sah von einem zum anderen. »Dann ist es doch gut, dass ich die Schule geschmissen habe. Ich kann für dich da sein und dir alle Arbeit abnehmen.«

»Bloß nicht!«, sagte Filine. »Ich würde mich zu Tode langweilen. Selbst wenn ich einmal nicht mehr laufen kann, kann ich zum Glück noch immer den Papierkram machen. Und Eintrittskarten ausgeben. Und bis dahin ist es noch sehr lange hin.«

»Wenn es einmal so weit ist, habe ich mir schon jede Menge Blödsinn ausgedacht, wie wir deiner Mutter trotzdem ins Watt helfen können.« Nathans Lächeln verscheuchte fast die unsichtbare dunkle Wolke, die sich für einen Augenblick über die drei in der Schaukel gelegt hatte.

»Skem und Elvar sind ja auch noch da. Zusammen schaffen wir das!«, sagte Rhea.

»Ja. Aber bitte, Rhea, wenn du einmal fort von hier willst, dann sagst du es mir, ja?«

»Versprochen, Filine. Mach dir keine Sorgen. Im Moment bin ich genau da, wo ich sein will. An der frischen Luft, zwischen Meer und Himmel.«

»Ach, Niinje. Manchmal glaube ich, ihr seid doch Vater und Tochter.« Filine musste schmunzeln, während ihr schon wieder Tränen in die Augen stiegen.

In dieser Sache schienen sich Nathan und Rhea jedenfalls

einig zu sein. Als sie ihre Tochter betrachtete, wurde ihr klar, dass die beiden recht hatten. Wie selbstsicher und in sich ruhend Rhea wirkte, seit sie nicht mehr in die Schule musste! Möglicherweise gehörte sie wirklich zwischen Himmel und Sand, nicht unter ein Dach und auch nicht auf das Festland irgendwo in der Welt. Sie war ein Inselkind, gezeugt in einem Gewitter und mit einem Lachen.

»Und jetzt laden wir die anderen ein und feiern eine spontane Party«, erklärte Filine. »Sagst du Skem, Elvar und den anderen Bescheid, Rhea? Lade sie ein für heute gegen Abend, hier auf der Anlage.«

»Eine Party?« Rhea war jetzt völlig verwirrt.

»Ja, eine Trotzdem-Party. Ich möchte, dass alle Bescheid wissen, denn es sind unsere Freunde, und sie haben alle gespürt, dass etwas nicht stimmt. Und ich möchte, dass wir feiern! Trotz der Krankheit werde ich das Leben genießen. Trotz der Krankheit werden wir uns nicht unterkriegen lassen, nicht den Mut verlieren, nicht die Freiheit aufgeben. Lauf los, Rhea, Nathan und ich kümmern uns um die Deko und das Essen.« Ihre Augen blitzten. Zum ersten Mal seit Wochen fühlte sie sich wieder wie sie selbst. Nun war die Wahrheit heraus und lauerte nicht mehr in einer dunklen Ecke. Nun konnte Filine den Tagen wieder ins Gesicht sehen, und die Tage waren voller Freunde und Salz, Licht und Wind.

Rhea

1985

27

Die Falle der Zeit

»So, hier ist der Schlüssel zum Zimmer. Wir haben alles eingepackt. Vielen Dank für den netten Aufenthalt!« Die Frau aus München sagte nicht: »Auf Wiedersehen.«

Rhea nahm den Schlüssel entgegen. »Danke. Ich wünsche Ihrer Familie eine gute Heimreise. Wenn Sie im nächsten Jahr wiederkommen wollen, kann ich das gern vormerken.«

Die Frau zögerte und sah zu dem Auto hinüber, das mit laufendem Motor wartete. »Vielen Dank, aber ich glaube nicht. Sie haben sich große Mühe gegeben, aber wissen Sie, das Haus wirkt so anders als auf dem Prospekt, wenn man darin wohnt.«

»Darf ich fragen, was Ihnen gefehlt hat? Oder unangenehm war?« Wenn sie doch nur endlich einmal von jemandem eine Antwort auf diese Frage bekäme!

»Nichts, überhaupt nichts. Es ist ja üblich, dass man auf Bildern ein wenig beschönigt. Nichts für ungut. Vielen Dank noch einmal. Ich muss jetzt gehen.« Der Mann im Auto hupte, die Frau beeilte sich einzusteigen.

»Immer dasselbe, was?«, sagte Filine.

Rhea seufzte. »Es ist ja nicht so, dass die Pension nicht läuft. Wir sind meist fast ausgebucht. Aber nur, weil so viele Feriengäste auf die Insel kommen. Wir haben einfach keine Stammgäste! Niemand kommt wieder.«

»Macht das einen Unterschied, ob es Stammgäste sind oder

Laufkundschaft?«, fragte Lucas. Sie saßen auf der neuen Terrasse von Alriks Kwaas und aßen den ersten Kirschkuchen des Jahres.

»Wirtschaftlich kaum. Aber wir haben ständig das Gefühl, etwas falsch zu machen. Das wird einfach nicht anders. Vielleicht sollten wir neue Prospekte drucken lassen. Mit einem ganz normalen Foto, das keine falschen Hoffnungen weckt.«

»Das würde das Problem nicht lösen, das weißt du auch«, sagte Filine. »Ich weiß noch genau, was deine Henny gesagt hat, als sie dieses Bild malte.«

Henny hatte an einem strahlenden Sommertag mit ihrer Staffelei genau hier gestanden und irritiert zum Himmel aufgesehen.

»Die Beleuchtung ist seltsam. Als ob eine Wolke vor der Sonne ist.«

»Aber es ist schönstes Sommerwetter! Nordseelicht ist nur anders als bei dir an der Ostsee«, hatte Rhea protestiert.

»Vielleicht liegt es daran, dass ich normalerweise keine Auftragsarbeiten annehme.« Henny runzelte die Stirn und konzentrierte sich auf ihre Pinselstriche.

»Bist du mir böse, dass ich dich darum gebeten habe?«, fragte Rhea besorgt.

»Nein, ganz im Gegenteil. Es ist eine echte Herausforderung. Normalerweise male ich Landschaften oder Tiere. Die verstehe ich. Aber dieses Haus gibt seine Seele nicht preis.« Henny zeigte anklagend mit dem Pinselstiel auf Alriks Kwaas. »Dieses Haus verschweigt etwas!«

»Interessant«, sagte Filine, die aufmerksam zusah. »Ich hätte es nicht so ausdrücken können, aber das ist genau das Gefühl, das ich schon als Kind hatte.«

Rhea dachte an Lilani, die es vermied, das Haus zu betreten. Selbst bei der Eröffnungsfeier hatte sie nur mit einem Besen ganz groß in den Sand auf der Einfahrt geschrieben: VIEL GLÜCK! Dann hatte sie Rhea umarmt und war gegangen.

»Aber das Bild ist doch zauberhaft. So freundlich hat die Pension noch nie ausgesehen«, fand Rhea. Genauso hatte sie es sich vorgestellt.

»Ja, ich musste mogeln. Der Garten und die Landschaft drum herum haben durchaus eine Seele, und ich habe sie mit über das Haus gelegt. Vielleicht genügt das.« In Hennys Stimme lag gerade so viel Zweifel, dass sowohl Rhea als auch Filine sich jetzt, vier Jahre später, noch immer daran erinnerten.

Im zweiten Jahr hatten sie Severin zu Rate gezogen.

»Ich kann keinerlei Mängel feststellen«, sagte er, nachdem er prüfend durch das Haus gegangen war. Sie hatten auf seine Bitte hin sogar getan, als wäre er ein Fremder und ihn behandelt wie jeden anderen Gast. »Alles ist vorbildlich. Ihr braucht euch keinerlei Vorwurf zu machen. Es ist leider in diesem Gewerbe so, dass es manchmal Dinge gibt, die sich nicht erklären lassen. In einem Haus fühlen sich die Gäste wohl, in einem anderen nicht, und niemand findet jemals den Grund heraus. Manchmal verschwindet dieses Phänomen mit den Jahren von selbst. Dann bekommt das Haus Persönlichkeit, es wohnt sich sozusagen ein. Da ihr keine wirtschaftlichen Schwierigkeiten habt, würde ich einfach abwarten.«

Rhea war wenig zuversichtlich. Dies war wahrhaftig kein neues Gebäude, dem es an Persönlichkeit fehlte! Im Gegenteil, es hatte zu viel davon, nur behielt es sie, wie Henny richtig bemerkt hatte, für sich. Und das mit einer Art unbeugsamem Trotz, den die Menschen spürten.

Einmal war ein Architekt zu Gast und fragte, ob er sich das Haus genauer ansehen dürfe. Julian und Rhea stimmten gerne zu. Er spazierte durch alle Räume, klopfte Wände ab, maß Winkel aus, leuchtete in Ecken und murmelte vor sich hin. Auch von außen umkreiste er das Haus mehrfach, nur um wieder hineinzugehen und sich oben gefährlich weit aus den Fenstern zu lehnen. Kopfschüttelnd malte er auf einem Blatt Papier herum.

»Was ist?« Rhea konnte ihre bange Neugier nicht mehr zügeln.

»Wenn ich das wüsste!« Nachdenklich zupfte er an seinem Ohrläppchen. »Die Statik ist in Ordnung, das haben Sie ja bestimmt auch prüfen lassen. *Alles* scheint in Ordnung. Und trotzdem wirkt das Gebäude so, als ob es gar nicht stehen bleiben dürfte! Es ist optisch nicht im Gleichgewicht. Vielleicht entsteht dadurch das Gefühl leichten Unbehagens, wenn man es betrachtet oder darin weilt.«

»Mein Großvater Alrik hatte kein Geld für einen professionellen Architekten«, sagte Filine. »Vielleicht liegt es daran. Das Haus ist auf jeden Fall sturmerprobt, Gleichgewicht oder nicht.«

Ja, sturmerprobt war es zweifellos, genau wie sie und Julian inzwischen, dachte Rhea jetzt, während sie Filine Kaffee einschenkte. Mit den Jahren und mit jedem Tag der Mühe, die sie zusammen in die Pension gesteckt hatten, waren sie enger zusammengewachsen. Wenn einer den Mut verlor, fand ihn der andere wieder.

»Hat jemand Hunger auf Blinis?« Eine große Gestalt kam um die Hausecke gebogen.

»Valentin! Hunger auf deine Blinis, immer! Du könntest mich sogar nachts wecken, um sie zu essen«, sagte Filine. »Her damit. Valentin, wie machst du es eigentlich, dass dein Restaurant immer ausgebucht ist, obwohl du es mit diesem seltsamen Namen versehen hast? Wer einmal bei dir war, kommt immer wieder.«

Valentin Karallus lächelte durch seinen eisengrauen Vollbart und zwinkerte ihr mit einem seiner fast schwarzen Augen zu. »Liebe Filine, du weißt, meine Küche niemand kann widerstehen.« Valentin hatte vor einigen Jahren das heruntergekommene Restaurant übernommen, in dem Filine und später Rhea einst in den Wintern gekellnert hatten. Er nannte es *Die Miesmuschel*. »Die Gäste sollen nicht kommen wegen Namen, sondern meine Küche lieben«, sagte er. »Außerdem Miesmuscheln sein wie ich. Sie machen feste Fäden, mit denen sie sich an Ort von ihre Wahl halten fest, damit man sie nie wieder kann fortspülen. So ich auch mache. Ich gekommen, um zu bleiben.« Darum baute er im Obergeschoss auch einige Zimmer aus, um sie zu vermieten. Damit außer ihm noch hierbleiben konnte, wer bleiben wollte.

Valentin hatte russische Wurzeln und wollte nicht darüber sprechen, was ihn auf diese Insel verschlagen hatte. Filine und Rhea hatte er ins Herz geschlossen und kam oft auf einen Sprung vorbei. Auch, um sein Deutsch zu verbessern. »Rhea, wann darf ich kochen für euer Hochzeit? Es gibt viel zu wenig Hochzeite auf diese Insel. Ich liebe Hochzeitsessen machen.«

Rhea lachte ihn an. Man musste Valentin mögen. Valentin mit seinen Pranken, die wunderbar zarte Desserts zaubern konnten, und mit seiner Donnerstimme, die mitten beim Kochen manchmal unversehens so feurige Lieder anstimmte, dass die Deckel auf den Töpfen vibrierten. »Ein wenig Geduld musst du noch haben, lieber Valentin. Als wir die Pension eröffneten, haben wir gesagt, wir warten fünf Jahre, bis alles läuft. Es sind aber erst vier um.«

»Aber warum so lange warten auf die Kinder?« Valentin breitete ratlos die Arme aus. »Wer soll probieren denn meine Eiscremes, wenn ich erfinde sie?«

»Wir«, sagten Rhea und Filine gleichzeitig.

»Kinder im Dachzimmer eines Hotels geht nicht, Valentin«, ergänzte Rhea. »Wir haben Zeit genug. Wir wollen erst eine Wohnung haben. Oder besser ein Haus.«

»Rhea liebt ihre Unabhängigkeit, genau wie ich«, sagte Filine. »Die Blinis schmecken wie immer grandios, Valentin.«

»Habt ihr schon gesucht nach eine Wohnung? Oder eine Haus?«, erkundigte sich Valentin.

»Ja, wir haben die eine oder andere angesehen«, sagte Rhea vage. »Aber es muss alles passen, und wir können es uns auch eigentlich noch nicht leisten.«

»Ich halte Ohren offen«, sagte Valentin. »Gäste reden viel, wenn gutes Essen bekommen.«

»Wann habt ihr das letzte Mal etwas angesehen?«, fragte Filine, als Valentin fort war.

»Das ist gar nicht lange her. Aber die Wohnung war viel zu teuer.«

»Lucas' Bücher verkaufen sich recht gut. Und die Minigolfbahn läuft jedes Jahr besser. Ihr müsst keine Rücksicht mehr auf mich nehmen«, sagte Filine.

Rhea steckte sich ein Blini in den Mund, um nicht antworten

zu müssen. Die Wahrheit war, dass sie keine Wohnung wollte. Mehrfach hatten sie welche besichtigt, die geeignet gewesen wären. Aber Rhea wollte ein Haus, wie sie es sich schon als kleines Mädchen erträumt hatte. Und das kam finanziell noch nicht in Frage. Julian war überrascht von ihrer Entschlossenheit in dieser Sache, aber er gab ihr nach, denn er selbst war im Grunde sehr zufrieden, so wie es war. Es war leichter, sich jederzeit um Probleme in der Pension zu kümmern, wenn sie vor Ort waren. Und die wenige Freizeit, die sie zusammen hatten, konnten sie genießen, statt sich um eine große Wohnung zu kümmern. In den Wellen toben, in den Dünen liegen, auf der Heide picknicken. Für Rhea gab es kein größeres Glück: Julian und sie und eine Stunde der Ruhe, in der man sich über nichts Gedanken machen musste. Nur zwischen Himmel und Sand unterwegs sein, sich von kühlem Wasser tragen lassen, mit Julian lachen und den Möwen lauschen. Mehr brauchte sie nicht.

Manchmal war Rhea zumute, als wären Julian und sie dauerhaft in der Geheimen Zeit zu Hause, die sich dehnte und endlos war, unberührt von der Welt, die sich um sie her weiterdrehte.

In dieser Welt außerhalb der Insel fand man das Wrack der *Titanic*. Die Raumfähre Challenger explodierte und ebenso ein Atomreaktor in Tschernobyl. Man machte sich Sorgen um die Ozonschicht, und in Alaska verseuchte ein ausgelaufener Tanker die Küste. In einem Gletscher tauchte die fünftausend Jahre alte Leiche eines Mannes aus der Bronzezeit auf. Sie erzählte der Menschheit etwas über ihre Geschichte, ebenso wie die dreißigtausend Jahre alten Felsmalereien, die in einer Tropfsteinhöhle entdeckt wurden.

Während all dieser Jahre spülten der Wind und das Meer

Sand von der Nachbarinsel Sylt nach Amrum. Der Kniepsand wuchs. Die Dünen wanderten. Die Vögel zogen fort und wieder her und brüteten, und auch die Seehunde vermehrten sich. Bis auf die Tatsache, dass es von ihrem Vater noch immer keine Spur gab, war Rheas Welt in Ordnung, und doch beschlich sie ganz allmählich das beklemmende Gefühl, dass sie sich aus der bequemen Blase ihrer Geheimen Zeit nicht mehr befreien konnte.

Wie so oft schien Julian ihre Gedanken lesen zu können. »Soll das noch weitere zehn Jahre so gehen? Langsam kennen wir von Norddorf bis Wittdün alle Häuser auf Amrum«, sagte er, als sich die Tür des Hauses, das sie sich gerade angesehen hatten, hinter ihnen schloss.

»Vielen Dank, es ist ein sehr schönes Haus, aber es kommt für uns nicht in Frage«, hatte Rhea zu der Besitzerin gesagt, die sie hindurchgeführt hatte.

Julian sah sie eher hilflos als verstimmt an. »Das ist doch perfekt für uns! Was hast du daran auszusetzen? Jetzt haben wir dermaßen lange gewartet, jetzt können wir es uns leisten, besonders da wir offenbar keine Kinder bekommen! Alriks Kwaas steht gut da, auch wenn es noch immer nicht bei Stammgästen beliebt ist. Und wenn doch noch ein Kind kommt, wird es nur schwieriger mit dem Umzug.«

Irgendwann hatten sie aufgehört zu verhüten und angefangen, auf ein Kind zu warten. »Spätestens wenn du schwanger bist, heiraten wir«, sagte Julian. Es hörte sich vernünftig an. Doch nun war sie achtunddreißig. Einen Grund hatte kein Arzt gefunden, es sollte offenbar einfach nicht sein.

»Macht dich das traurig?«, hatte Filine einmal gefragt, als sie und Rhea an einem Spätsommernachmittag allein bei der Minigolfanlage saßen und eine Familie mit drei kleinen Kindern beobachteten.

»Ein bisschen. Aber nicht sehr. Ich wundere mich selber darüber, dass ich es nicht schlimmer finde.«

Traurig war Rhea nur darüber, dass sie immer noch im Dachzimmer der Pension hausten. Dabei war es ihre eigene Schuld! Auch jetzt wieder. Kein Wunder, dass Julian die Geduld verlor. »Ich weiß auch nicht. Es ist einfach nicht das richtige Haus!«

Julian seufzte. »Also gut. Lass uns nach Hause gehen. Ich muss mich an den Durchlauferhitzer in Zimmer drei kümmern, der muckt schon wieder.«

In jener Frühlingsnacht träumte Rhea von Tempus, Filines ungewöhnlichem Freund auf dem Friedhof der Namenlosen. Er, der nie ein Gesicht gehabt hatte, sah sie plötzlich aus dunklen, vorwurfsvollen Augen an. Was wollte er ihr sagen? Dass sie ihre Zeit verschwendete? Rhea erwachte kurz nach Mitternacht mit einem Gefühl der Panik. Sie hatte sich verrannt! Ausgerechnet sie, die als Kind so stolz darauf gewesen war, nach der Göttin der Zeit benannt worden zu sein!

Sie hatte das Geschenk der Geheimen Zeit, das ihr Filine gemacht hatte, missbraucht. Damals war es eine Hilfe gewesen, jetzt aber hatte sie völligen Stillstand daraus gemacht. Etwas musste dringend in Bewegung geraten! Sie war nicht mehr meerestiefhimmelweitsommerhell lebendig.

Julian schlief. Rhea stand leise auf, zog eine Jacke über und schlich die Korridore hinaus nach draußen. Hinter jeder Tür schnarchte oder wälzte sich ein fremder Mensch hin und her.

Selbst die frisch eingeschraubten Glühbirnen im Flur wirkten trüb. Nein, das war kein Zuhause!

Draußen war es windstill und ungewöhnlich mild. Die Aprilnacht duftete nach Frühling und Erneuerung. Rhea trat auf die Terrasse und atmete die klare Luft tief ein.

Das Licht hinter den Dünen war seltsam. Rhea wanderte barfuß durch den kühlen Sand und stolperte fast über ein verschlafenes Kaninchen. Mit jedem Schritt wurde sie ruhiger. Ihr aufgeschreckter Herzschlag passte sich dem leisen Plätschern der kleinen Wellen an.

Als sie oben auf der Düne angekommen war, sah sie es.

Das Meeresleuchten! Ungewöhnlich früh im Jahr, aber nach dieser warmen Wetterperiode konnte das vorkommen.

Jede Welle brachte die winzigen Tierchen zum Leuchten. Rhea rannte zum Strand hinunter und geradewegs in das Wasser. Um sie herum wurde es heller, leuchtete und blitzte immer stärker auf, je mehr sie planschte und spritzte. »Siehst du das, kleiner Kamerad?«, sagte sie übermütig zu einer halbwüchsigen Strandkrabbe, die mit erhobenen Scheren auf einem angespülten Tangbüschel saß und Rhea aus wachen Stielaugen beobachtete.

Wie lange war es her, seit sie diesen Zauber das letzte Mal erlebt hatte! Sie rannte den Flutsaum entlang wie früher als Kind, und ihre Füße jagten die blauschimmernden Tropfen in den Himmel.

Wenn das kein Zeichen war! Auch wenn es nichts mit dem Töveree zu tun hatte, gab ihr das leuchtende Meer wie damals das sichere Gefühl, dass etwas passieren würde, etwas Großes, Aufregendes.

»Julian! Julian, wach auf!« Sie küsste ihn ohne Rücksicht auf die Uhrzeit wach, bis er sie anblinzelte.«

»Rhea – was ist passiert?«

»Lass uns das Haus nehmen. Unbedingt. Es tut mir leid, dass ich so schwierig war!«

Er setzte sich auf. Als sie sah, wie seine Augen leuchteten und sich sein Gesicht erhellte, wurde ihr schlechtes Gewissen noch stärker. Sie entdeckte eine neue graue Strähne an seiner Schläfe und fuhr zärtlich mit dem Finger darauf entlang. »Wirklich? Wie wunderbar! Ein neues Projekt für uns beide. Es wird Zeit dafür, findest du nicht? Wenn es um ein Projekt geht, sind wir zwei unschlagbar.«

Sie hatte nicht bemerkt, wie sehr er sich nach neuen Aufgaben sehnte. Sicher schon seit Jahren. Sie schämte sich. »Ja! Ein neues Projekt. Ich freue mich darauf.«

Er zog sie in seine Arme und flüsterte ihr verrückte Ideen ins Ohr.

Am Morgen warteten die Gäste auf ihr Frühstück und konnten sich nicht erklären, warum die sonst so zuverlässigen Wirtsleute nicht auftauchten.

Der Frühlingswind war voller Versprechen und wirbelte rosa Konfetti von den Kirschbäumen auf die Terrasse, wo Julian und Rhea ihren Gästen Kuchen servierten. »Für uns auch ein Stück, zur Feier des Tages«, sagte Julian, als alle versorgt waren, und zog Rhea auf die alte Steinbank an der Seite des Hauses. Wann hatte sie dieses jungenhafte, Lächeln das letzte Mal gesehen? »Schau mal, ist das Lentje?« Er zeigte zum Gartentor. »Ich bin ihr seit Drees' Beerdigung nicht mehr begegnet.«

»O ja. Ich wollte sie schon längst besuchen«, sagte Rhea schuldbewusst und sprang auf, um einen bequemen Stuhl für Lentje zu holen.

»Ach, Kinder«, seufzte Lentje und setzte sich. »Wie schön es bei euch ist. Und wie gut der Frühling tut. Die richtige Zeit für Veränderungen.«

»Aber nicht alle Veränderungen sind gut«, sagte Rhea traurig. »Ich vermisse Drees.«

»Er war sehr müde, Kind. Es war jetzt sein Wunsch. Und ich, ich habe nun auch einen.«

»Alles was du willst, Lentje. Hier, ein Tee für dich.«

Lentjes dünne Finger schlossen sich um die Tasse. Sie beobachtete die Dampfwölkchen, die in den Kirschbaum stiegen.

Dann nahm sie einen entschlossenen Schluck. »Ich bin zu alt für lange Reden. Ich möchte euch etwas fragen. Habe ich dir je von meiner Freundin auf Sylt erzählt, Rhea?«

»Die auch im Rollstuhl sitzt und die du seit der Kindheit kennst?«

»Genau die. Ich habe eine uralte Abmachung mit ihr. Wenn wir beide eines Tages allein sein sollten, wollten wir zusammenziehen und gemeinsam unsere letzten Tage verleben. Dieser Zeitpunkt ist nun da. Sie kann nicht zu mir kommen, da mein Haus nicht rollstuhlgerecht ist, also werde ich zu ihr ziehen. Ob du es glaubst oder nicht, ich habe sogar Lust, mich noch einmal zu verändern. Sosehr ich das Haus liebe, in dem ich mein ganzes Leben verbracht habe, ohne Drees ist es mir zu einsam dort.« Lentje räusperte sich ein wenig mühsam. »Rhea, Julian, ich weiß, dass ihr ein Haus sucht. Und ich weiß, dass du gerade mein Haus immer geliebt hast, Rhea. Und ihr wisst auch, dass ich keine Kinder und keine Verwandten habe. Viel Geld brauche ich nicht, eine regelmäßige kleine Ratenzahlung würde mir genügen. Sehr wichtig dagegen ist mir zu wissen, wer darin wohnen wird! Deshalb möchte ich *euch* fragen – oh … das fühlt sich ja fast an wie ein Heiratsantrag!« Ein Lächeln huschte über Lentjes Gesicht.

Rhea beugte sich mit klopfendem Herzen vor, griff nach Julians Hand und umklammerte sie fest. In diesem Moment wusste sie, warum ihr in all den Jahren keine Wohnung und kein Haus gefallen wollte!

Für Rhea hatte es nie ein anderes Haus gegeben, seit sie das erste Mal in dem Raum mit den bunten Fenstern gestanden hatte.

Das Glasbilderhaus mit dem Garten der tausend Osterglocken.

Valentins Blinis aus der »Miesmuschel«

500 ml Milch (nicht zu kalt)
25 g frische Hefe
300 g Buchweizenmehl
25 g weiche Butter
100 ml Sahne
2 Eier
2 TL Zucker
1 TL Salz
Öl

Hefe mit Milch verrühren, die Hälfte vom Mehl und weiche Butter hinzufügen und vermischen. Ca. 30 Minuten gehen lassen. Eigelb vom Eiweiß trennen. Eigelbe mit Zucker verquirlen. Sahne steif schlagen. Eiweiß steif schlagen und vorsichtig in geschlagene Sahne unterrühren.
Den Teig umrühren, das restliche Mehl, Salz, Eigelb mit Zucker hinzufügen und alles gut durchmischen. Die Sahne-Eiweiß-Mischung unterrühren. Den Teig noch mal ziehen lassen. Öl in einer Pfanne erhitzen. Mit einem Schöpflöffel den Teig nehmen und dünn auf der Pfanne verteilen. Die Pfannkuchen von beiden Seiten goldbraun braten.

Blinis z.B. mit Hackfleisch-Zwiebel-Mischung füllen und in Sauerrahm dippen.
Man kann sie auch süß füllen, z.B. mit einer Quark-Ei-Füllung.
Die feine Variante ist natürlich die mit Kaviar.

Rhea

1996

28

Schwarz auf weiß

»Sie passt! Die neue Tür von der Küche in den Garten ist eingesetzt. Sie wird dir gefallen. Willst du sie ausprobieren?« Julian kam in den Flur und sah zu Rhea hinauf, die gerade mit Hingabe das Fenster auf halber Höhe der Treppe polierte.

Da sie sich als Kind nur im Erdgeschoss aufgehalten hatte, waren die anderen Fenster im Haus eine Entdeckung gewesen, die sie erst mit Julian zusammen machte.

Das Treppenhausfenster war eine Sonnenuhr. Jede Stunde bestand aus einer andersfarbigen Glasscheibe, die wie Tortenstücke zusammen ein Rund ergaben. Der metallene Zeiger war draußen angebracht, so dass man den wandernden Schatten, den die Sonne auf die Stunden warf, von drinnen ablesen konnte. Geheime Zeit gab es auf dieser Uhr nicht, aber jede Stunde hatte ihr eigenes Leuchten. Es gab nicht nur die blaue Stunde, sondern auch die gelbe, die orangefarbene, die türkise. Als sie diese Uhr entdeckte, spürte Rhea einen Glücksschauer, der durch ihren ganzen Körper lief. Dies war nun ihr Haus, in dem sie wohnen durften! Mit dieser bunten Zeit konnte man bestimmt eine Menge anfangen.

Darunter gab es eine kleine Fensterbank, auf der man sitzen konnte. Rhea hatte ein Kissen in allen Farben der Uhr dafür genäht.

»Wunderbar! Ich komme!« Die letzten Stufen sprang sie hinunter in Julians Arme. »Danke, dass du die Tür eingebaut hast. Jetzt kommen sicher nicht mehr so viele Ameisen in die Küche.«

Er fing sie auf und wirbelte sie im Kreis. »Ich bin so froh, dass ich die endlich gefunden habe. Zu diesem Haus passt einfach nicht jede Tür.«

Diese aber war perfekt. Rhea lief vor Freude ein paarmal hinaus und hinein, während Julian ihr zufrieden zusah.

»Jetzt müssen wir nur noch überlegen, wie wir das Zimmer mit den großen Meeresfenstern einrichten. Das ist immer noch leer bis auf die alten Schaukelstühle. Sonst sind wir eigentlich fertig, was meinst du?« Er klang wehmütig.

Rhea schob ihren Arm durch seinen. »Wir waren wieder ein Spitzenteam, findest du nicht? Niemand sonst hätte diesem Haus sein Gesicht wiedergeben können, ohne es zu verfremden.«

»Ja, es hat großen Spaß gemacht. Dennoch sehe ich ein *Aber* in deinen Gedanken. Was ist?«

»Ich … Wärst du mir böse, wenn ich dir sage, dass ich diesen Raum gern lassen möchte, wie er ist? Leer bis auf die alten Schaukelstühle und die Kissen und den kleinen Tisch? Und natürlich möchte ich den alten Stuhl meines Vaters hineinstellen. Das ist der einzig richtige Platz für ihn. Weißt du, ich fand diesen Raum immer so schön, gerade weil er so leer ist. Man hat Platz und kann zusehen, wie die Lichter und die Schatten über den Fußboden wandern. Es ist ein Raum, in dem so viele Gedanken wohnen und spielen können, dass er keine Möbel braucht, meinst du nicht? Komm, sieh ihn dir an. Hier fehlt doch nichts!«

Julian sah sich um und runzelte die Stirn. »Schon. Aber es ist doch ein Jammer, ein so großes und ungewöhnliches Zimmer zu verschwenden. Wir könnten ein Büro daraus machen oder ein Gästezimmer oder ein Fernsehzimmer mit Musikanlage.«

»Vielleicht irgendwann«, sagte Rhea diplomatisch. »Aber eine Weile könnten wir es doch so lassen, oder?«

»Wenn dir so viel daran liegt. Klar.«

Er wirkte bedrückt. Sicher war er müde von dem vielen Renovieren und Einrichten in den letzten Monaten. Davor hatten sie Lentje mit dem Umzug geholfen. Das alles zu schaffen, ohne die Pension zu vernachlässigen, forderte ihnen alles ab. Und doch war es genau wie damals in Österreich gewesen! Ein kreativer Rausch, bei denen sie sich gegenseitig zu Höhenflügen angespornt hatten.

Rhea hatte eine Idee, um Julian aufzuheitern. Sie öffnete die Tür zum Garten und drückte ihn sanft in einen der Schaukelstühle. »Warte, ich bin gleich wieder da.«

Wenig später kehrte sie zurück, mit seinen geliebten Knerken und einer Flasche österreichischem Rotwein. Severin hatte ihnen eine Kiste mitgebracht. Unter dem Arm trug sie die Ukulele und die Okarina.

»Hier!« Sie reichte ihm sein Instrument und schenkte ihm ein. »Lass uns gemeinsam spielen wie damals vor deiner Hütte. Das haben wir seit Ewigkeiten nicht mehr gemacht. Damals habe ich dir von diesem Raum erzählt, und du wolltest ihn unbedingt einmal sehen, weißt du noch? Und jetzt sitzen wir beide hier mit so vielen gemeinsamen Erinnerungen.«

Ein Lächeln erhellte sein Gesicht, zusammen mit dem warmen Licht, das die gläsernen Dünen im Fensterbild über ihn warfen. Die Sonne stand jetzt gegen Abend so, dass sie die Fenster am besten zur Geltung brachte und alle Farben das Zimmer erfüllten. »Stimmt. Das wollte ich unbedingt.« Seine Finger strichen über die Saiten. Wie vertraut seine Hände waren. Die Töne mischten sich in die Farben und in den Duft nach Jasmin und Abendkühle, den der Wind aus dem Garten hereintrug.

Rhea wärmte die alte Keramik der Okarina mit ihrem Atem. »Nur Echos gibt es hier nicht.«

»Nein. Echos gibt es hier nicht«, wiederholte er. »Hier verläuft alles im Sand.«

Sie wollte ihn fragen, was er damit meinte, doch da war er schon mitten in der Melodie, und sie beeilte sich, in den Refrain zu finden.

Flüchtig dachte sie an Marta Gössling und daran, dass der Mann, der dieses Haus gebaut hatte, von ihr abstammte. Da war es gut und richtig, ihr Instrument auch in diesem Raum zu spielen.

Sicher hätte Marta auch die Ukulele gefallen, die einen Hauch von fernen Ländern hereinbrachte. Wie die alten Seefahrer, wenn sie heimkehrten.

So spielten sie zusammen, bis die Farben, die durch die Glasscheiben auf Rhea und Julian und den Fußboden fielen, verblassten und schließlich Grautönen wichen, als die Dämmerung einsetzte.

»Ich habe euch Obstsalat mitgebracht«, sagte Rhea am nächsten Tag zu Filine, die auf der Minigolfanlage die Tickets verkaufte, während Lucas unter einer Birke an einem Klapptisch saß und schrieb. Filines Arme funktionierten zum Glück noch immer einigermaßen, wenn sie sie abstützen konnte. Rhea stellte die Schüssel auf den Tisch und sah sich um. »Hier ist ja mächtig was los.«

Filine angelte sich mühsam mit beiden Händen eine Erdbeere aus der Schüssel und kostete genüsslich. Rhea unterdrückte den Impuls, ihr zu helfen. Sie wusste, dass Filine das nicht mochte, wo es nicht unbedingt nötig war.

»O ja. Jedes Jahr kommen mehr Menschen. Sie lieben deine Bahnen! Immer wieder sagen sie, es wäre viel spannender, sich durch eine Geschichte zu spielen, als mit den normalen Standardhindernissen zu kämpfen.«

Ja, das hatte Spaß gemacht. Es erschien Rhea eine Ewigkeit her, seit sie diese Bahn und dann die Anlage in Österreich entworfen und fertiggestellt hatte. Jeder Tag war aufregend gewesen. Man wusste morgens nie, was man abends geschaffen haben würde.

»Wo ist Julian?«, fragte Filine. »Lucas wollte ihn etwas fragen. Über Österreich. Ihm fehlt eine Information für sein Buch.«

»Einkaufen. Ich sag es ihm, wenn er nach Hause kommt. Dann kann er morgen bei euch vorbeischauen.«

Sie plauderten eine Weile. Rhea genoss die vertraute Atmosphäre auf der Anlage. Wie einfach hier alles war! Und auch der Heimweg machte sie glücklich. Endlich wartete das Haus auf sie, von dem sie immer geträumt hatte. Sie würde barfuß durch den Garten gehen, die Füße in das Wasserbecken hängen und sich darüber freuen, wie die geputzten Glasfenster glänzten und wie hell die frisch gestrichenen Fensterrahmen im Obergeschoss wirkten. Jedes Quietschen der Treppenstufen würde ihr sagen: *Du bist zu Hause. Du bist angekommen!*

Als ihre Füße im Wasser kalt geworden waren, ging sie hinein und fragte sich, wo Julian blieb. Aber er hielt oft noch einen Plausch mit jemandem, den er am Hafen traf, oder stöberte lange in der Buchhandlung. Eine Weile später klingelte es.

»Da bist du ja. Hast du den Schlüssel vergessen? Ach, du bist es, Lucas! Tut mir leid, Julian ist immer noch nicht da.«

»Macht nichts. Ich wollte dir sowieso etwas vorbeibringen. Ich komme gerade von Hannes aus dem Zeitungsladen. Der hat mich gebeten, dir einen Brief zu geben, der für dich abgegeben wurde.«

Rhea betrachtete den Brief, und ihr Herz klopfte schneller. Der Zeitungsladen verkaufte auch ihre Postkarten. Hatte etwa nach all dieser Zeit jemand den Satz ihres Vaters wiedererkannt? Oder war vielleicht sogar ihr Vater selbst endlich auf der Insel und wollte vorfühlen, ob sie ihn sehen mochte? Nein, das konnte nicht sein! Er würde sich bei Filine melden. Von Rheas Existenz wusste er ja nichts.

»Danke, Lucas. Möchtest du hereinkommen? Julian muss jeden Moment hier sein.«

»Ich, äh, nein, danke. Es sei denn, dass …«

Seltsam. Lucas war normalerweise niemand, dem die Worte fehlten.

»Filine hat gesagt, wenn du etwas brauchst, sollst du dich unbedingt melden«, endete er schließlich.

»Danke. Es ist doch alles in Ordnung«, sagte Rhea verwundert.

Zurück in der Küche, setzte sie Teewasser auf und öffnete den Umschlag, der keinen Absender trug.

Eine engbeschriebene Seite fiel heraus. Das war Julians Schrift! Warum um Himmels willen schrieb er ihr einen Brief? Rhea setzte sich, weil ihre Knie merkwürdig weich wurden. Der Wasserkocher fing an zu blubbern, dann heftig zu brodeln, stieß Dampfwolken aus, schaltete sich ab, verstummte. Das Wasser kühlte wieder ab. Rhea bemerkte nichts davon.

Liebe Rhea,

ich weiß, dass das, was ich jetzt tue, unverzeihlich ist.

Mein Vater wird von meinem Verhalten nicht überrascht sein. Du schon, denn Du hast immer nur das Beste in mir gesehen. Dafür danke ich Dir und auch für die vielen gemeinsamen Jahre. Vielleicht werde ich später einmal sagen, dass es die beste Zeit meines Lebens war. Wer weiß das schon? Aber genau das muss ich herausfinden. Ich weiß nicht, ob Du mich verstehen wirst.

Ich kann den Geruch Deiner Insel nicht mehr ertragen. Keinen Tag länger kann ich den Gestank nach Schlick in der Nase aushalten, der für Dich ein Duft nach Heimat ist. Er haftet in meiner Seele und erstickt mich, genau wie Deine Zufriedenheit. Deine Vorstellung von Glück ist einfach zu eng für mich und die Insel zu klein. Es tut mir sehr leid. Lange ging alles gut, es fühlte sich richtig an mit uns, auch hier, aber in letzter Zeit ist es mir immer deutlicher geworden. Vor allem seit wir in Dein Traumhaus gezogen sind. Es ist Dein Glücksort, nicht meiner. Mein Vater hat seinen Glücksort gefunden und Du auch, aber ich muss mich nun auf die Suche nach meinem eigenen machen.

Glücklich gemacht hat es mich, mit Dir zusammen an einem Projekt zu arbeiten. Die Anlage in Österreich, dann Alriks Kwaas, ja und schließlich auch Dein Traumhaus, solange es hergerichtet werden musste. Aber nun ist es fertig. Meine Arbeit daran war mein Abschiedsgeschenk für Dich. Es war das Beste, was ich Dir zu geben hatte.

Dass wir all die Jahre unsere Hochzeit aufgeschoben haben, hat, glaube ich, einen Grund. Wir haben beide tief im Inneren gewusst, dass dies das letzte gemeinsame Projekt gewesen wäre.

Am Ende war es gut, dass wir nie dazu gekommen sind.

Vielleicht habe ich Dich damals auch aus dem Grund gefragt, ob wir uns verloben wollen, um meinen Vater einmal im Leben zufriedenzustellen. Jetzt wird er zutiefst enttäuscht sein, aber das nehme ich in Kauf.

Deine Mutter bewundere ich. Sie ist, wie sie ist, sagt, was sie denkt, und handelt, wie sie es für richtig hält. Daran nehme ich mir jetzt ein Beispiel und mache es ihr nach, auch wenn es nicht richtig scheint.

Ich habe schon vor einigen Monaten auf der Messe, die mir mein Vater empfohlen hatte, eine Frau aus Island kennengelernt. Sie führt dort ein Hotel und hat mir angeboten, dass ich mit einsteigen könnte. Neulich habe ich sie wiedergesehen, als ich in Hamburg war, um die neuen Tapeten für Alriks Kwaas einzukaufen. Gudrun und ich verstehen uns so gut, als hätten wir uns schon immer gekannt! Und nein, sie ist nicht jünger als Du. Aber sie hat eine Aura von Weite um sich – ich kann es nicht gut beschreiben. Frische isländische Luft. Wenn Du das hier liest, sind wir schon fast auf dem Weg nach Island. Ich werde Nordlichter sehen und in heißen Quellen baden, und wir werden ihr Hotel umkrempeln und ihm ein völlig neues Gesicht geben. Stell Dir vor, Gudruns Bruder hat ein Hotel auf Hawaii! Vielleicht komme ich auf diese Art noch in das Land, aus dem meine Ukulele stammt.

Ich werde nicht wiederkommen. Noch einmal hätte ich nicht den Mut zu gehen. Was ich brauche, habe ich mitgenommen, die anderen Sachen kannst du verschenken oder auf den Dachboden stellen.

Du hast mich geliebt, weil ich sanft bin und nicht auf Krabben trete, aber dazu gehört wohl auch, dass ich ein Feigling bin und einen Abschied nicht ertragen kann. Ich wusste nie, wie ich es Dir sagen sollte. Gestern Abend aber, als wir zusammen gespielt haben, schloss sich für mich ein Kreis, und ich fand, es wäre ein gutes Ende unserer Geschichte.

Verstehe mich bitte nicht falsch. Ich habe Dich geliebt! Sehr sogar. Aber nicht wie in Deines Vaters Satz. Wir haben uns nicht gegenseitig lebendiger gemacht. Wir waren zusammen lebendig. Das war schön, aber es reicht nicht für ein ganzes Leben. Nicht für immer. Du hast es wahrscheinlich auch gefühlt.

Dass Du nun wütend auf mich sein wirst, macht es Dir vielleicht leichter. Du bist zu loyal, um diesen Schnitt zu machen, also tue ich es für uns. Ich wünsche Dir das Allerallerbeste und dass Du jemanden findest, der auf Dauer besser zu Dir passt und für den Dein kleines Glück und Deine kleine Insel groß genug sind.

Danke für alles.
Julian

Draußen wurde es dunkel. Rhea saß erstarrt und kam nicht darauf, das Licht einzuschalten, obwohl sie die Zeilen schon lange nicht mehr erkennen konnte.

Eine davon hämmerte in ihrem Kopf wie in einer Endlosschleife.

Deine Vorstellung von Glück ist zu eng für mich und die Insel zu klein.

Er hat es nie verstanden, dachte sie. Er hat nie begriffen, dass gerade hier alles unfassbar groß ist, weit und groß, der Himmel, das Meer und das Leben! Wie viel Platz und Energie hier ist, um ganz man selbst zu sein!

Das Telefon klingelte irgendwo in der Dunkelheit. Rhea rührte sich nicht.

Ihr Vater hatte in seinem Satz versprochen, dass sie jemandem begegnen würde, der sie meerestiefhimmelweitsommerhell lebendig machte.

Aber er hatte nichts davon geschrieben, wie man damit umgehen sollte, wenn dieses Gefühl auf einmal zu Ende war!

Im Moment war genau das Gegenteil seiner Prophezeiung die Wahrheit. Rhea war steif vom Sitzen und fühlte sich innerlich winterkaltschneckenhauskleinvulkankraterdunkel tot. Ihr Vater hatte ihr fast nichts hinterlassen, aber immerhin seine Gene. Er war nicht der Einzige, der Wörter erfinden konnte. Sie schaltete das Licht ein und schrieb verzweifelt dieses Wort wieder und wieder auf die Rückseite eines Kassenbons, den Julian auf dem Küchentisch hatte liegenlassen. Fester und fester drückte sie auf den Kugelschreiber, bis das dünne Papier beim Schreiben in Fetzen riss und das Ende des Wortes auf der hölzernen Tischplatte landete, die Julian noch vor wenigen Tagen liebevoll poliert hatte.

…vulkankraterdunkel tot stand da jetzt anklagend mit schwarzer Tinte.

Wie hatte sie nur so blind sein können und nichts davon gemerkt, wie es in Julian aussah? Sie hatte immer gedacht, sie wüssten alles voneinander.

Sie hätte merken müssen, dass es ihm nicht gutging. War sie egoistisch gewesen?

Aber er hatte sie im Stich gelassen! War einfach verschwunden. Zu feige, es ihr zu sagen.

Warum saß sie dann hier und hatte ein schlechtes Gewissen?

Dass Du nun wütend auf mich sein wirst, macht es Dir vielleicht leichter, hatte er geschrieben. Rhea suchte nach der Wut in sich und fand keine. Da war nur Kälte und Lähmung und dieses vage Gefühl von Schuld.

Es klingelte. Rhea nahm es kaum wahr und blieb sitzen, bis jemand an die Haustür hämmerte.

»Rhea! Mach auf. Wir wissen, dass du da bist!« Lucas. Rhea

stand mühsam auf, bewegte sich wie in Zeitlupe zur Tür und öffnete. Lucas schob Filines Rollstuhl die Rampe herauf, die Julian für sie an die Seite der Treppe gebaut hatte.

»Was ist los?«, fragte Filine direkt.

Rhea setzte sich wieder auf ihren Küchenstuhl. Es war, als wäre der im Augenblick die einzig sichere Zuflucht. Sie sah in zwei besorgte Gesichter. Wortlos reichte sie Filine den Brief. Lucas las über ihre Schulter.

»Ihr habt es gewusst, oder?«, fragte Rhea leise, als Filine nach einem langen stillen Moment den Brief fest zusammenfaltete und mit spitzen Fingern über den Tisch schob wie etwas Widerliches.

»Nein. Aber ich habe seit damals einen siebten Sinn für diese Art Briefe. Seit ich innerhalb von zwei Tagen einen von meinen Eltern und einen von meinem Zwillingsbruder bekam, rieche ich sie zehn Meilen gegen den Wind«, sagte Filine. »Ich hasse Briefe, wenn sie nicht von Nathan sind.« Sie räusperte sich. »Und dann war da noch etwas. Ich habe diesen Blick in Julians Augen wiedererkannt. Schon seit einiger Zeit. Es war derselbe Blick, den meine Mutter hatte, bevor sie fortging. Unruhe. Fernweh. Was weiß ich. Das Wissen, nicht bleiben zu können oder zu wollen. Ich habe Julian darauf angesprochen, aber er ist mir ausgewichen. Was natürlich auch eine Antwort war.«

»Warum hast du mir nichts gesagt?«

»Was hätte ich denn sagen sollen? Es war ja nur eine Vermutung. Hätte ich sagen sollen, leg deinen Mann an die Leine?«

»Er war ja nicht mein Mann«, sagte Rhea tonlos. »Du hast ihn nie wirklich gemocht, oder?«

»Schon. Manchmal. Er hat dich oft glücklich gemacht, dafür

mochte ich ihn. Aber ihm fehlte der Biss. Und ich hatte nie das Gefühl, dass er auf die Insel gehört. Nicht auf Dauer.«

Rhea stand auf. »Es ist lieb, dass ihr nach mir gesehen habt. Aber ich wäre jetzt gern allein.«

Filine blickte sich um. »Bist du sicher, Niinje? Hier in diesem alten Haus? Möchtest du nicht mitkommen und bei uns schlafen?«

»Bei euch? Wo denn da?«

In Filines Gartenhaus war nicht ein Meter Platz für Gäste. Und in Rheas altem Anbau stand kein Bett mehr, da arbeitete jetzt Lucas.

»Oder in Alriks Kwaas.«

»Mein Zuhause ist jetzt hier. Es war schon hier, lange bevor ich eingezogen bin. Ihr müsst euch keine Sorgen machen.«

Die Stille tat ihr wohl, als die anderen endlich fort waren. In diesem Haus würde sie sich niemals allein fühlen. Sie lief in das Glasbilderzimmer, wickelte sich in eine Decke und rollte sich im Stuhl ihres Vaters zusammen. Die geschnitzten exotischen Wesen an den Lehnen flüsterten ihr mit seiner Stimme Trost zu. Sie meinte, Drees' Stimme aus der Vergangenheit undeutliche Worte murmeln zu hören, wie eine Beschwörungsformel, und im Halbdunkel Lentjes Hände zu sehen, die sich bewegten, während sie erzählte. Draußen im Wasserbecken malte der Wind kleine Muster auf die Oberfläche, wie er es schon immer getan hatte und immer tun würde. Der Mond sorgte dafür, dass undeutliche Schatten wie Traumbilder über die Steinfliesen im Zimmer und über Rhea im Schaukelstuhl huschten, als wollten sie eine Botschaft schreiben, rätselhafte stumme Worte der Trauer und des Trostes.

Rhea schrak mehrmals auf, fand aber nicht die Kraft, ins Bett zu gehen. Wenn sie sich nicht rührte, würden die Schatten vielleicht bleiben und ihr für immer Gesellschaft leisten und den Morgen fernhalten, vor dem sie sich fürchtete. Den Morgen ohne Julian.

Tatsächlich löschten später schwere Wolken das Mondlicht aus, und ein heftiger Sommersturm zog herauf, ehe der Tag hell werden konnte.

29

Seezeichen

Irgendwann war Rhea vor Erschöpfung eingeschlafen. Es war mitten am Vormittag, als ein Donnerschlag sie weckte. Der Sturm jagte Regen gegen die Fenster. Eine leere Gießkanne trudelte klappernd durch den Garten.

Rhea erklomm die Treppe und kam sich dabei so alt vor wie Lentje. Eine lange heiße Dusche später fühlte sie sich leer, aber merkwürdig wach und in der Lage, sich einen Tee zu kochen. Als das Telefon klingelte, überlegte sie lange, ob sie den Hörer abnehmen sollte, aber schließlich ging ihr das Schrillen auf die Nerven. Es war Severin. Er war außer sich vor Ärger und Enttäuschung.

»Sag nichts! Ich habe auch einen Brief bekommen. Ich muss mich entschuldigen für meinen Jungen. Ich kann ihn absolut nicht verstehen.«

Rhea war unendlich froh, dass er Bescheid wusste und sie ihm die Lage nicht erklären musste.

»Sei ihm nicht so böse, Severin. Ich glaube, er kann nicht anders.«

»Kann ich irgendetwas für dich tun, Rheakind? Irgendetwas? Bitte sag etwas! Wenn ich etwas tun könnte, würde ich mich besser fühlen. Soll ich kommen? Oder magst du zu mir nach Österreich …?«

Rhea klammerte sich an den Hörer. Es tat gut, seine Stimme

zu hören. Sie sah ihn vor sich, breitschultrig und kompetent, ihr Fels in der Brandung.

Und dann wusste sie es, als hätte diese Antwort schon lange in ihr gelegen und nur darauf gewartet, aus ihrem Loch zu schlüpfen wie eine Krabbe aus ihrem Versteck.

»Severin, du bildest doch in deinem Hotel so viele Leute aus. Kannst du mir wen schicken, der die Pension übernimmt? So schnell wie möglich? Bestimmt kennst du jemanden, der sich ausprobieren möchte und gern einmal selbst eine Pension führen würde. So wie … wie Julian damals.« Es tat weh, seinen Namen auszusprechen. Aber sie musste sich daran gewöhnen.

Sie sah Severins Gesichtsausdruck vor sich, wie seine Gedanken ratterten und er systematisch Namen und Zeugnisse durchging.

»Ja. Selbstverständlich. Da wüsste ich zwei oder drei Leute, die sich hervorragend eignen und dich nicht enttäuschen würden. Wenn du es wirklich möchtest, werde ich sie sofort anrufen. Einer ist sogar gerade im Hause. Bist du dir sicher?«

»Vollkommen sicher. Ich wollte nie eine Pension oder ein Hotel. Mit Julian hat mir das Freude gemacht, aber so, wie das Glasbilderhaus nicht sein Glücksort ist, so war das Hotelfach nie meine Leidenschaft. Ich wäre dir sehr dankbar, wenn du mir so bald wie möglich einen Pächter schicken kannst.«

»Verlass dich auf mich, Rheakind.«

Rhea legte auf, überrascht, wie befreit sie sich fühlte.

Dann rief sie bei Filine an. »Könnt ihr euch heute um Alriks Kwaas kümmern? Wir sind ohnehin nicht ausgebucht.«

»Schon geschehen«, sagte Filine. »Lucas sieht mit seiner Schürze richtig süß aus. Und du?«

»Der Sturm hat nachgelassen. Ich muss raus, an den Strand. Gedanken sortieren.«

»Das ist gut. Nimm dir alle Zeit, die du brauchst.«

Draußen trieben blaue Lücken zwischen den grauen Wolkenfetzen. Rhea zog einen Pullover an, ließ aber die Schuhe zu Hause. Sie rannte so schnell durch die Dünen, dass die Kaninchen erschrocken davonstoben. Kann man schneller sein als Traurigkeit?, dachte sie. Kann man ihr davonrennen?

Auf dem Dünenkamm hielt sie keuchend an. Vor ihr lag das Watt, dahinter das ablaufende Meer und in der Ferne der Kniepsandarm. Die Brandung schäumte noch vom Sturm und warf Tangfetzen auf den Sand. Die weißen Wellenkämme leuchteten ebenso wie die silbernen Fluttümpel, wenn die Sonne durch die Wolken drängte.

»Es ist ein Land der Spiegel. Hier kann man nicht vor sich selbst fortlaufen«, hatte Skem einmal gesagt. Das wollte sie auch nicht. Nicht mehr! Sie wollte zu sich hinlaufen.

»Wenn dich die Menschen enttäuschen, heilen die Orte«, waren Severins Worte gewesen, damals am Karjannbach.

Wenn ein Ort sie heilen konnte, dann war es dieser hier. Ihr Ort. Ihr Watt, ihr Meer, ihr Kniepsand, der Himmel darüber und das Licht darin.

Wie angenehm kühl das Wasser an ihren Knöcheln war, als sie hineinwatete. Sie bückte sich und hob einen Klumpen Miesmuscheln auf, drehte ihn um. Wie erwartet, saßen zwei kleine Krabben darunter, erhoben ihre winzigen Scheren und blickten Rhea aus schwarzen Augen an.

»Ich hatte zu wenig Zeit für euch. Und für mich. Ich habe das alles hier fast vergessen, so viel hatte ich zu tun.«

Ihr fiel ein, was Lentje ihr einmal über die Entstehung der Glasbilderfenster erzählt hatte. Lentjes Vater hatte sie aus Glasscherben zusammengesetzt, die Lentje für ihn sortierte. *Scherben, die für andere ein Ende sind, weil sie bedeuten, dass etwas kaputt ist, waren für mich ein Anfang, aus dem man machen kann, was man will,* hatte Lentje gesagt.

Jetzt stand Rhea vor einem Scherbenhaufen, aber gleichzeitig war es, als ob alle Menschen, die ihr lieb waren, sich unsichtbar um sie versammelten und ihr die Erinnerung an ihre Worte schenkten. Skem, Severin, Lentje, wie ein stummer Chor in ihrem Kopf. Jeder Satz ein Rettungsring, damit sie nicht unterging,

Der Gedanke an Julian schmerzte, als hätte sie sich verbrannt. Kein Julian mehr, der sie in den Arm nahm, der mit ihr lachte, mit ihr Pläne schmiedete, mit ihr aufwachte und einschlief und den Dreck an seinen Sohlen bis ins Schlafzimmer trug, der jeden Tag das Kaffeepulver auf dem Boden verstreute, der ihr Blumen mitbrachte und dafür die Kartoffeln vergaß. Nie mehr abends mit ihm einen erfolgreichen Tag Revue passieren lassen, nie wieder zusammen morgens hinausschwimmen, ehe der Tag überhaupt begann.

Und doch wurde ihr jetzt, da die Trauer und das Erschrecken am tiefsten war, bewusst, was und wen sie alles noch um sich hatte und wie fern ihr manches davon in den Jahren mit Julian unmerklich gerückt war, weil Julian und Alriks Kwaas ihre gesamte Kraft und Aufmerksamkeit gefordert hatten.

Doch wie sollte es nun weitergehen? Die Pension war sie bald los. Und jetzt? Die Raten an Lentje mussten bezahlt werden.

Ob sie aus den Scherben ihres Lebens, die wie ein bunter Haufen vor ihr lagen, etwas Neues machen konnte, etwas, das leuchtete und schimmerte wie die Glasbilderfenster und sich am Ende zu einem sinnvollen Ganzen zusammenfügen würde?

In Gedanken versunken, wanderte sie weiter am Spülsaum entlang, bis sie auf eine Menschenmenge stieß, die gestikulierte und nach draußen aufs Meer zeigte.

»Hallo. Was ist los?«, fragte sie Valentin, der auch dort stand. Er ging einen Schritt zur Seite, damit sie etwas sehen konnte. »Das Sturm hat mal wieder eine alte Wrack freigespült. Sie sagen, es sein der alte Frachter, der vor vierzig Jahre dort aufgelaufen und zergebrochen ist.«

Rhea erstarrte. »Etwa der Frachter, der *Orpheus* hieß?«

»Das weiß ich nicht. Ich damals noch nicht hier. Kann sein. Rhea, wenn ich etwas für dich kann tun, du weißt, wo du mich findest! Ja? Jederzeit!«

Natürlich. Nicht einmal vierundzwanzig Stunden vorbei, und schon wusste die ganze Insel Bescheid.

Rhea wurde rot und ärgerte sich darüber, dass sie sich schämte. Warum eigentlich?

»Danke, Valentin.«

Sie wanderte weiter und warf dabei immer wieder einen Blick auf die undeutliche, gezackte Form, die sich in der Ferne aus dem flachen Wasser erhob. Sollte das wirklich das Schiff sein, das ihren Vater hergebracht hatte? Das Gefühl war seltsam und unheimlich – gerade so, als ob wirklich der Geist von Hark Olufs vor ihr stünde.

Irgendwann setzte sie sich auf einen Stein und schlang die Arme um ihre Knie. Eine Weile beobachtete sie die Seeigel, die unter der Wasseroberfläche die Algen abweideten, damit sie nicht zu dem Wrack in der Ferne hinübersehen musste. Es war warm, obwohl die Sonne noch immer verhangen war. Ein Schatten fiel auf sie.

»Hallo, Rhea.«

Die Stimme war ihr fremd. Aber als sie zu ihm aufsah, erkannte sie ihn sofort, an seiner markanten Nase, an seiner Haltung. Der alte Fluchtinstinkt sprang an, ehe sie darüber nachdenken konnte. Sie löste die Arme um ihre Knie und stand auf. Fast hätte sie die Balance auf dem schlüpfrigen Stein verloren.

»Bitte bleib, Rhea!«

Unschlüssig blieb sie stehen. »Björn.«

Die Jahre standen ihm gut, stellte sie widerwillig fest. Er war ein paar Jahre älter als sie gewesen, als sie Kinder waren, also musste er nun jenseits der vierzig sein. Das Wetter und die Zeit hatten seine Züge noch ausgeprägter gemacht. Seine Augen, die damals voller Wut und Hass gewesen waren, wirkten anders, als sie sie in Erinnerung hatte. Sanft. Sogar angenehm. Erstaunt hielt sie seinem Blick stand.

»Ich weiß, es kommt dreißig Jahre zu spät. Aber ich möchte mich entschuldigen. Für alles, was ich dir angetan habe.«

Darauf war sie nicht vorbereitet. »Ich habe einen Fasan nach dir benannt. Einen dicken, frechen Fasan, der meine Gäste ärgerte und über den ich täglich gestolpert bin«, war das Einzige, was ihr als Antwort einfiel.

Ein Lächeln huschte über sein Gesicht, aber er versuchte, es zu unterdrücken. »Das habe ich verdient. Ich meine es ernst, Rhea.

Es tut mir von Herzen leid, und ich warte schon lange auf eine Gelegenheit, es dir zu sagen.«

»Es ist mir egal, dass du mich gequält hast. Aber du bist auf Krabben getreten. Tust du das noch?«

»Nein. Ich weiß. Auch das tut mir leid. Ich war es von zu Hause gewohnt. Ich wollte wie mein Vater sein. Wollte ihm imponieren. Das war ein Fehler. Immer, wenn ich eine Krabbe sehe, muss ich an dich denken.«

Sie wusste nichts über ihn und seine Familie. Aber er hatte ihre Schwachstelle getroffen. Das Problem mit dem Vater konnte sie verstehen. Wer, wenn nicht sie?

»Warum warst du gerade auf mich so wütend?«

»Setz dich doch bitte wieder.« Er hockte sich neben sie. »Ich war wütend auf dich, weil ich dich beneidet habe. Selbst wenn alle gegen dich waren, du warst im Einklang mit dir selbst und mit deiner Umgebung. Wenn du da im Watt mit deinen Krabben gesprochen hast, hat dich ein besonderer Zauber umgeben. Ich hatte den Eindruck, du könntest dich jederzeit in eine Möwe verwandeln und davonfliegen, wenn du wolltest. Oder in eine Krabbe, und unter Wasser in die Tiefen wandern. Du warst frei. Das hätte ich mir auch gewünscht. Wenn man neben dir saß, wurde alles ruhig in einem. Das ist immer noch so.«

Sie war so überrascht, dass sie ihn nur anstarren konnte.

»Du solltest dir diesen Zauber zurückholen. Lass ihn dir nicht von Julian nehmen. Er hat das nie verstanden. Er ist ein netter Kerl, aber er hat nicht verstanden, was dich ausmacht.«

»Du weißt also auch schon, dass er weg ist.«

»Rhea.« Er stand auf. »Ich will dich nicht bedrängen. Du möchtest bestimmt allein sein. Aber wenn du mich brauchst, wenn ich etwas für dich tun kann, dann melde dich bitte. Ich kann zum Beispiel gut schreinern. Das ist *meine* Stärke. Viele habe ich nicht.« Sein Lächeln war ein wenig schief. »Mach's gut, Rhea. Hoffentlich bis bald.«

Sie sah ihm nach, wie er etwas ungelenk über die Steine zurückkletterte und auf den Strand sprang.

Er hatte recht. Sie sollte sich auf ihre Stärken besinnen, auf das, woran sie glaubte. Dann könnte sie niemand verletzen. Jedenfalls nicht so tief, dass sie daran zerbrach. Ihre Freiheit war nicht verlorengegangen. Sie hatte immer noch die Geheime Zeit. Und ihre Freunde, die Krabben, die für alles standen, was das Watt und das Meer ihr bedeuteten. Wenn die Menschen enttäuschen, heilen die Orte.

Aber auch die Menschen enttäuschten nicht immer.

Rhea sprang auf und legte die Hände an den Mund. »Björn!«

Er war schon klein in der Ferne, aber er hörte sie und blieb stehen, wartete, bis sie ihn einholte.

»Björn«, sagte sie atemlos, »habt ihr immer noch das alte Ruderboot?«

»Ja. Inzwischen ist es noch älter, aber immer noch seetüchtig. Dort vorn am Steg liegt es. Warum?«

»Würdest du mich hinausrudern? Zu dem Wrack?«

»Wenn du das möchtest. Gern. Das Wasser ist noch sehr flach. Nachher, wenn die Flut kommt, werden alle anderen Neugierigen auch hinausfahren.«

»Eben. Ich möchte jetzt gleich hinaus. Ehe alle dort sind. Bitte.«

»Dann komm.«

Das Ruderboot, in dem sie früher nie hatte mitfahren dürfen, war breit und zuverlässig. Mit kräftigen Schlägen steuerte Björn direkt auf das Wrack zu. Ein paarmal liefen sie auf Sand auf, dann stiegen sie aus und schoben das Boot wieder an.

Björn fragte nicht, warum ihr der untergegangene Frachter so wichtig war. Und gerade weil er nicht fragte, sagte sie es ihm.

»Dieser Frachter hat meinen Vater auf die Insel gebracht.«

Björn sah sie erschrocken an. »Oh. Aber er ist nicht ertrunken, als das Schiff unterging, oder? Soweit ich weiß, kam niemand ums Leben.«

»Nein. Es ging ihm prächtig. Er setzte mich in die Welt und verschwand dann wieder in sein eigenes Leben. Ich kenne nicht einmal seinen Namen.«

»Dann war er also kein Wassermann.« Björn lächelte sie an.

»Nein.« Sie schöpfte eine Handvoll Wasser und spritzte es in seine Richtung.

»Schade eigentlich. Es hätte zu dir gepasst«, meinte er. »Vorsicht! Jetzt sind wir ganz nahe. Verletz dich bitte nicht an dem scharfen Metall.« Er ließ die Ruder ruhen. Auch die See war ruhig. Rhea hörte, wie die Tropfen von den Ruderblättern einer nach dem anderen auf die Oberfläche trafen. Plong – Plong – Plong. Wie ihr Herzschlag.

So viele Jahre waren vergangen. Der Frachter hatte Holz und Konserven und ihren Vater gebracht, und dann war er untergegangen, und Sand, Wasser und die Jahre hatten ihn geschliffen und zerbrochen und zersetzt und wieder freigespült. Dieselben Jahre würden Spuren im Gesicht ihres Vaters hinterlassen haben. Vielleicht würde nicht einmal Filine ihn erkennen, sollte er wirklich noch einmal wiederkehren. Rhea streckte die Hand aus und fasste nach einem Stück der dünnen Wand, die aus dem

Wasser ragte. Es brach sofort ab. Sie betrachtete es. Rost, Kalkröhrenwürmer, Seepocken und Tang hatten einen Garten darauf geschaffen, ein Bild aus Farben und Mustern und Unebenheiten. Der Frachter hatte ihnen Platz zum Leben geschenkt, so wie ihr Vater ihr selbst das Leben geschenkt hatte.

Sie legte das Stück behutsam auf den Boden des Bootes. Zu Hause würde sie es in einen Rahmen montieren und in das Glasbilderzimmer hängen.

Björn machte einige vorsichtige Ruderschläge um das Wrack herum. »Sieh mal!« Er zeigte auf ein Bruchstück, in dem ein zerbrochenes Bullauge zu erkennen war und darunter verblasste weiße Buchstaben auf den Resten schwarzer Farbe.

»…pheus«, entzifferte Björn. »Orpheus«, flüsterte Rhea. »So hat meine Mutter meinen Vater genannt, weil er seinen Namen nicht verraten wollte. Das macht es irgendwie noch wirklicher. Noch greifbarer. Dies war tatsächlich das Schiff, auf dem er kam!«

»Wie ist das für dich? Das jetzt so zu sehen?«

»Ich glaube, es hilft mir«, sagte Rhea langsam. »Ich glaube, das macht es leichter zu akzeptieren, dass ich ihn niemals kennenlernen werde. Danke, dass du mich hergebracht hast.«

Oben auf dem Dünenkamm drehte sie sich ein letztes Mal um. Die nächste oder übernächste Flut würde das Wrack wieder verschwinden lassen. So war das hier. Immer wieder tauchten Wracks oder historische Dinge auf und verschwanden wieder, wie Seehunde im Meer der Zeit.

Dass dieses Schiff gerade jetzt zu sehen gewesen war und sie ihm begegnen durfte, erschien ihr wie ein Zeichen. Ein Zeichen, das ihr Vater geschickt hatte. Ein Zeichen, dass ein Aufbruch nötig war. Dass eine neue Reise in ihrem Leben begann, selbst dann, wenn sie auf der Insel blieb.

Die Sonne hatte sich jetzt, am Spätnachmittag, durch die Reste der Sturmwolken gekämpft. Die Gräser zeichneten feine Schatten auf die Dünen. Rhea wollte sich noch ein wenig in ihrem Lieblingsdünental ausruhen, nur in der Gesellschaft der Kaninchen.

Doch die waren nicht allein. Lilani saß im Schneidersitz dort und fütterte sie mit einer Mohrrübe. Aha. Lilani musste die Neuigkeit auch schon erfahren haben.

»Hallo, Lilani.« Rhea setzte sich. »Du hast Julian auch nie gemocht, stimmt's? Du warst fast nie bei uns.«

Ich mag das Haus nicht. Alriks Kwaas, schrieb Lilani in den vom Regen noch feuchten Sand.

»Und was sagst du zu Julians Abgang?«

Lilani war schon lange mit einem Krankengymnasten glücklich, der tagsüber so viel mit seinen Patienten reden musste, dass er Lilanis Schweigsamkeit ebenso mochte wie alles andere an ihr.

Du warst Freundschaft nicht gewöhnt. Daher hast du Freundschaft mit Liebe verwechselt.

Rhea sah auf die entschiedenen Buchstaben.

So hatte sie es noch nie gesehen.

Und du wolltest seinen Vater auch als Vater haben.

Ja. Diese Erkenntnis, um die Rhea selbst schon herumgeschlichen war, wurde blitzartig klar und wahr, als sie da zwischen den Kaninchenspuren zu lesen stand.

Julian hatte endlich seinen Vater zufriedenstellen wollen, der zu übermächtig war.

Und Rhea hatte einen Vater gewollt, weil sie keinen hatte.

Aus unerfindlichen Gründen erschien ihr der Beginn ihrer Beziehung mit Julian im Rückblick so komisch, dass ein Lachen in ihr aufstieg, ganz tief aus dem Bauch heraus. Sie ließ sich auf den Rücken fallen und lachte Tränen, bis ein Schluchzen daraus wurde. Sie weinte, bis sie sich leicht fühlte, bis die Stille kam und Rhea den Himmel einatmen konnte. Sie spürte den warmen Sand unter ihren Händen und den Wind im Haar und fühlte sich neu. Sie steckte ein Stück Tang in den Mund und genoss den Geschmack, hörte auf die Rufe der Wattvögel in der Ferne.

Vielleicht war es, weil sie gezeugt worden war, während Filine und ihr Vater von einem gemeinsamen Lachen geschüttelt worden waren, einem Lachen, das, wie Filine erzählt hatte, den Himmel so erschüttert hatte, dass es aufhörte zu regnen.

Lilani saß ruhig neben ihr im Sand und wartete.

Schließlich setzte sich Rhea auf.

»Julian und ich hatten gute Jahre, Lilani.«

Ja, aber es konnte nicht für immer reichen.

»Nichts ist für immer. Selbst die Dünen wandern, und die Küste verändert sich mit jedem Wind, der auf sie trifft.«

Es hängt nie von jemand anderem ab, ob man glücklich ist.

Rhea sah auf die Worte im Sand.

Die Jahre mit Julian waren hell und schön gewesen. Wie ein langes Spiel auf einer Sommerwiese, ohne Höhen und Tiefen.

Doch jeder Sommer geht zu Ende und weicht einer neuen Jahreszeit.

Ihr fiel das Siegel mit dem Schmetterling über der Kerze ein, mit dem Filine sie damals zur Vorsicht gemahnt hatte, als Rhea Julian kennenlernte. Jetzt gerade fühlten sich ihre Flügel versengt an. Aber sie würde wieder fliegen! Sie dachte daran, wie oft sie nachts durch die Wellen getobt war, wenn das blaue Meeresleuchten alles verzauberte. Hatte sie sich da nicht auch meerestiefhimmelweitsommerhell lebendig gefühlt?

Ihr Vater hatte geirrt. Dafür brauchte man keinen anderen Menschen. Nur das Meer, das Licht, das Rauschen und den Geschmack von Salz und Tang.

Rhea glaubte an das Meer. Und an den Töveree. Von klein auf hatte ihr und Filine die Geschichte vom Töveree etwas bedeutet, und sie hatte sich geschworen, mehr über ihn herauszufinden. Ob es ihn gegeben hatte, wo er herkam, ob er wirklich tot war oder irgendwo noch lebte. Und sie wollte seine Schuppe für Filine finden.

Viel zu lange hatte sie vernachlässigt, was ihr wichtig war und sie nie losgelassen hatte, ohne dass sie hätte erklären können, warum.

Jetzt würde es sie ablenken und ihr etwas zu tun geben.

Gleich morgen würde sie sich mit der Suche befassen.

Sie hatte einen Plan.

30

Auf der Suche

»Wenn es darum geht, ein Rätsel zu lösen, denke ich immer zuerst an Licht.« Nathans Stimme am Telefon klang so nahe und vertraut, als wäre er im Nebenzimmer. Dabei saß er in Italien in der Sonne, auf der Terrasse seiner bescheidenen Unterkunft. Er lebte wie immer aus dem Koffer und arbeitete mit einem Bootsbauer zusammen an seinem aktuellen Projekt. »Fast alles Erstaunliche und Wunderbare hängt auf irgendeine Weise mit dem Sonnenlicht zusammen, genau wie das Leben selbst. Du vermutest dein Rätsel in einem Fenster aus buntem Glas. Frage dich, was das Licht mit ihm macht! Das ist der einzige Tipp, der mir momentan aus der Ferne einfällt. Halte mich auf dem Laufenden. Ich werde weiter darüber nachdenken.«

»Danke, Nathan! Pass auf dich auf und lass dich mal wieder sehen.« Rhea war dankbar, dass er sie nicht auf Julian ansprach.

Nathan war der Erste, der ihr eingefallen war, den sie um Rat fragen konnte. Sie hatte beschlossen, diesmal anders an die Suche nach der Schuppe heranzugehen. Rhea hatte nicht ernsthaft die Hoffnung, sie zu finden. Es war wie mit einem Kreuzworträtsel, das man löst, um sich abzulenken oder zu entspannen.

Bisher hatten sie stets im Watt und am Strand gesucht wie nach einer Muschel, erst Filine, Pinswin und Nathan, später sie selbst. Sie dachten, dass man die Schuppe bei Nacht entdecken könnte, wenn sie leuchtete. Aber so viel man auch im Watt sammeln konnte, einen so kleinen Gegenstand gezielt in der endlosen, wandelbaren Weite zu finden war ein Ding der Unmöglichkeit.

Die einzige andere Spur, die Rhea einfiel, war Lentjes Vater. Lentjes Vater war ein Nachkomme von Marta Gössling. Und Marta Gössling hatte auf jeden Fall zu einer Zeit gelebt, in der auch der Töveree der Überlieferung nach noch gelebt haben musste. Warum Rhea das Gefühl hatte, dass Marta Gössling etwas mit dem Töveree zu tun hatte, konnte sie nicht sagen. Aber fest stand, dass Lentjes Vater den Töveree auf dem Fenster abgebildet hatte, zwischen all den anderen Tieren, die es wirklich gab. Außerdem hatte Lentje Rhea erzählt, dass ihr Vater an den Töveree geglaubt hatte, jedenfalls seit Marta Gösslings Grabstein aufgetaucht war.

Richtige Spuren waren das natürlich nicht, es gründete alles auf einer Eingebung. Auch die Vermutung, dass in den Glasbildern ein Rätsel versteckt war, war nur ein Gefühl, allerdings eines, das die Künstlerin Henny Badonin mit ihr teilte.

Rhea saß im Schaukelstuhl, strickte dabei und dachte fieberhaft nach. Das Handarbeiten, das Lentje ihr einst beigebracht hatte, half ihr jetzt. Das Klappern der Nadeln und das ordentliche Aufreihen der Maschen beruhigte sie.

»Henny!« Sie hatte es versehentlich laut gesagt. Nun war es, als ob der Name zwischen den Lichtern in der Luft hing, die das erste Herbstlaub goldgelb durch die Fenster warf. Wenn es einen Menschen gab, den sie jetzt sehen wollte, so war es Henny Badonin! Henny würde mit ihren Pinseln und ihren Worten wieder Farbe in Rheas Leben bringen. Henny würde sie verstehen wie niemand sonst, denn sie war selbst von ihrem Verlobten verlassen worden, auch wenn das Jahrzehnte her war.

»Das ist ja eine Gedankenverbindung, dass du anrufst!«, sagte Henny am anderen Ende. Ihre Stimme klang heiser. »Mein Arzt hat mir zu einem Aufenthalt an der Nordsee geraten, weil ich mal wieder eine Erkältung verschleppt habe. Gerade habe ich überlegt, ob ich zwei Wochen nach Amrum kommen soll. Wenn du mich brauchst, hilft es mir, mich aufzuraffen. Aber kannst du mir vielleicht eine andere Unterkunft empfehlen? Ich weiß, es ist unhöflich, aber das Haus – also, Alriks Kwaas – ich fühle mich nicht wohl dort. Bei Häusern bin ich sehr empfindlich. Für mich sind es lebendige Wesen. Mit einigen kann ich mich anfreunden, mit anderen eben nicht.«

»Du kannst sehr gern hier schlafen. Es gibt ein Gästezimmer.«

»Du meinst in diesem märchenhaften Glasbilderhaus? Da muss ich nicht länger überlegen! Ich bin in ein paar Tagen bei dir. Ich gehe nicht gern so viel unter Menschen, das weißt du ja. Aber deine Nähe ist mir angenehm. Es ist, als ob es dann ganz ruhig in mir wird.«

»Seltsam. Das hat mir kürzlich schon mal jemand gesagt.«

Dabei war seit Julians Weggang eine schwer erträgliche Unruhe in ihr.

Noch am selben Tag ging Rhea zu Valentin. Als sie die junge Kellnerin nach ihm fragte, deutete diese augenrollend und wortlos auf die Schwingtür zur Küche, bevor sie mit zwei übervollen Tabletts davoneilte. Sie war eindeutig überfordert. Das kam Rheas Anliegen entgegen.

Valentin stand am Herd und rührte in zwei Töpfen gleichzeitig. Sein Lächeln war so breit wie der Kniepsand, als er sie sah. »Du kommst wie gerufen! Würdest du bitte kosten?« Schon hatte sie einen Löffel Suppe im Mund.

»Mmmh. Keine Ahnung, was das ist, aber es schmeckt himmlisch.« Irgendein Gewürz füllte ihren Magen mit feuriger Wärme und machte ihr Mut. »Valentin, ich muss Geld verdienen, und ich muss mich ablenken. Kann ich wieder bei dir kellnern?«

Er legte die Kochlöffel beiseite, verschränkte die Arme vor seiner mächtigen Brust und betrachtete sie kritisch. »Kellnern ist nicht deine Leidenschaft.«

»Es wäre nur für eine Weile. Bis ich etwas anderes gefunden habe. Bis ich weiß, was ich will. Bitte, Valentin!«

»Sehr schön, gerne. Meine Gäste haben dich immer sehr gemocht. Aber du fängst hier nicht an, ehe du nicht Farbe wieder in Gesicht hast und mehr auf deine Rippen! Wie viel Urlaub hast du in letzte Jahre gehabt, Mädchen?« Er kämpfte noch immer mit seinem Deutsch, aber es klang so lebendig. Rhea liebte es, ihm zuzuhören.

Sie stibitzte noch einen Löffel Suppe aus dem Topf. »Dafür hatten wir keine Zeit. Wozu auch, wenn man Meer und Strand vor der Tür hat?«

»Vor der Tür nutzen sie null. Wir schließen eine Geschäft. Du arbeitest vier Wochen gar nichts außer Ferien, und danach kannst du kellnern. Bis dahin ist die Aushilfe noch da. Brauchst du Vorschuss?«

»Nein, auf gar keinen Fall. Danke dir, Valentin. Das hilft mir sehr! In vier Wochen ist prima.«

»Und erinner dran!«, rief er ihr hinterher und drohte mit dem Kochlöffel. »Ferien!«

So begann für Rhea ein goldener September, den sie mit Henny verbrachte und der sie Tag für Tag ein Stückchen mehr von ihrer inneren Lähmung befreite.

»Abgesehen von meinem eigenen Haus, ist dies das wunderbarste, das mir je begegnet ist«, sagte Henny, nachdem Rhea ihr von oben bis unten jeden Winkel gezeigt hatte. »Das Licht darin und die Persönlichkeit, die es ausstrahlt. Man merkt, dass hier gelebt und geliebt worden ist.«

»Und erzählt und zugehört«, ergänzte Rhea.

»Nur an den Wänden, da fehlt etwas«, meinte Henny. »Die Fenster sind ein Traum, aber an den Wänden wären ein paar Bilder gut, findest du nicht?«

»Dein Bild vom Töveree ist doch ein guter Anfang. Seit es im Flur hängt und die Uhr von Vaters Schiff oben im Schlafzimmer fühle ich mich erst richtig zu Hause hier.«

»Ja, aber es ist gut, dass ich meine Aquarellfarben mitgebracht habe. Zeigst du mir alle deine Lieblingsplätze auf der Insel? Ich brauche neue Motive. Ich habe große Lust zu malen.«

So spazierte Rhea mit ihr um die Odde, das lange schmale Schutzgebiet. Sie zeigte Henny die alte Vogelkoje, in der man früher Enten in Reusen gefangen hatte und die jetzt ein verwunschener Platz zum Verweilen war. Zusammen betrachteten sie die Spiegelungen des Himmels auf dem Wriakhörnsee, lagen zwischen Kiefern in der blühenden Heide, wanderten die Bohlenwege in den weiten Dünentälern entlang und beobachteten die Kaninchen. Die bizarren Spuren der Schnecken und Muscheln, der Wellen und des Windes im Watt faszinierten Henny. Sie wusste kaum, was sie zuerst malen sollte. Ihr Husten verschwand rasch.

»Ein Atelier mit solchem Licht hatte ich noch nie«, bemerkte sie. »Es inspiriert mich zu ganz neuen Perspektiven.« Rhea hatte ihr eine provisorische Staffelei im Glasbilderzimmer aufgebaut. Die Tür zum Garten stand offen und ließ die Herbstluft herein.

Henny malte, während Rhea im Schaukelstuhl saß und strickte, häkelte oder nähte. Eine Jacke für Henny, eine für Filine. Ein Pullover für Lucas, eine Weste für Valentin.

»Über Weihnachtsgeschenke musst du dir dies Jahr wohl keine Gedanken machen«, stellte Henny fest.

»Es hilft mir. Es ist, als ob ich mich mit jedem Stück selbst wieder zusammennähe.«

»Ich verstehe das. Als ich jung war, sagten mir mehrere Witwen, dass sie sich nach dem Tod ihres Mannes nur noch wie ein halber Mensch fühlten. Da habe ich mir geschworen, dass ich mich niemals wie ein halber Mensch fühlen würde, egal, was geschieht. Aber als Nicholas mich dann ohne ein Wort verlassen hat, da ging es mir genauso.« Henny rührte heftig mit dem Pinsel im Glas. »Ich habe es aber nicht akzeptiert! Ich habe gemalt, bin geschwommen und gewandert, habe noch mehr gemalt, und Stück für Stück habe ich mir mein Leben zurückgeholt, bis ich mich wieder ganz fühlte. Das Meer hat mir geholfen. Dort habe ich meine Kraft wiedergewonnen, im Meer und in der Landschaft. Seitdem weiß ich, dass man es nie von einem anderen Menschen abhängig machen darf, ob man selbst ein ganzer, ein ganz lebendiger Mensch ist.«

»So etwas Ähnliches hat Lilani auch gesagt.«

»Siehst du. Und alles, was dabei hilft, ist gut. Ob Malen, Handarbeiten, Kochen oder im Handstand einen Berg besteigen, spielt keine Rolle.«

»Deine Bilder helfen übrigens auch. Je mehr wir davon aufhängen, desto leichter fühlt sich das Haus an. Das war das Einzige, was ihm gefehlt hat – ein bisschen Leichtigkeit.« Das war Rhea vorher nicht bewusst gewesen. Jetzt bemerkte sie, dass sie noch lieber durch das Haus ging. Hennys Aquarellzeichnungen hatten keinen geraden Rand, sondern verliefen verschwommen nach außen, so als gäbe es in jede Richtung eine Fortsetzung und eine Zukunft, die nur nicht mehr aufs Papier gepasst hatte und trotzdem spürbar vorhanden war.

Es machte Rhea Hoffnung, dass das auch für ihr Leben galt.

»Ich sehe die Trennung von Julian inzwischen als ein Hindernis auf der Minigolfbahn meines Lebens«, sagte sie, schnitt einen Faden ab und vernähte ihn sauber. »Ein Hindernis, das ich überwinden muss – und Minigolf spielen kann ich! Ich weiß, wie man entweder darüber oder darum herumkommt.«

»Bravo«, sagte Henny.

Fast hätte Rhea in diesen Tagen mit Henny ihre Suche vergessen. »Henny, weißt du noch, dass du auch der Meinung warst, in diesen Fenstern könnte ein Rätsel verborgen sein?«, fragte sie, als es ihr wieder einfiel.

»Ich denke schon die ganze Zeit darüber nach. Dieses Gefühl ist noch stärker geworden. Ich bin mir ganz sicher, dass der Künstler eine Botschaft darin versteckt hat. Aber mir scheint, dass ein Teil davon fehlt.«

Rhea ließ vor Erstaunen eine Masche fallen. »Darauf bin ich noch gar nicht gekommen! Wie bei einem Puzzle? Meinst du, die anderen Fenster könnten dazugehören? Die Sonnenuhr im Treppenhaus und die Fenster oben und unten im Badezimmer?«

Henny schlug sich an die Stirn. »Na klar! Das kann gut sein!« Sie legte den Pinsel weg. »Lass sie uns genau ansehen.«

Zu zweit standen sie in dem winzigen Badezimmer unten im Flur, das für Gäste gedacht war. Auch das Fenster war klein. Im Gegensatz zu den Fenstern im großen Zimmer, in denen Meeresfarben überwogen, bestand dieses aus warmen Rot- und Gelbtönen. Es zeigte eine Sonne, dahinter war ein Abend- oder Morgenhimmel angedeutet.

»Mir ist hier schon von Anfang an aufgefallen, dass die Sonne in der Mitte zur Hälfte dunkelrot und zur Hälfte gelb ist«, sagte Rhea. »Aber ich nahm an, dass das Bild dadurch plastischer wirken soll. Ein Glaser kann ja nicht so fein arbeiten wie du mit deinem Pinsel.«

»Mhm, ja, aber das kann er nicht gemeint haben. Dann hätte er die Linie zwischen den Hälften runder gestaltet.« Henny blickte nachdenklich. »Ich glaube, er könnte die Sonnenwende meinen. Dann könnte es ein Hinweis auf einen Zeitpunkt sein.«

In Rhea prickelte Aufregung. Das war der erste brauchbare Vorschlag, der zu etwas führen könnte. »Wenn es darum geht, dann weiß ich auch, was das Fenster oben bedeutet. Komm mit.«

Das halbrunde Fenster im oberen Badezimmer hatte eine ganz andere, kühle Ausstrahlung. Es war in Weiß und Blau gehalten und zeigte ein winterliches Meer, mit Eisschollen und einem schneeverhangenen Himmel.

»Wenn das Fenster unten auf eine Sonnenwende hinweist, dann sagt uns dieses, dass die Wintersonnenwende gemeint ist. Oder?«

Henny fuhr bewundernd mit dem Finger die Umrisse der fein

zugeschnittenen Glasscheiben nach. »Ja! Das ergibt Sinn. Du sagtest doch, der Töveree wurde meist im Winter gesichtet.«

»Und die Sonnenuhr im Treppenhaus?«

Sie setzten sich in die Nische und untersuchten die Uhr genau. Das letzte Abendlicht fiel hindurch und malte ihre Gesichter bunt. »Außer dass es ein wunderschöner Einfall ist, dass man die Uhr von innen lesen kann, sehe ich nichts Außergewöhnliches«, sagte Henny schließlich. »Vielleicht soll es einfach nur eine schöne Sonnenuhr sein.«

»Oder es ist noch mal ein Hinweis darauf, dass man die Zeit beachten muss. Lass uns Abend essen und dabei nachdenken. Ich kann nicht denken, wenn mein Magen knurrt.«

»Es ist ein gutes Zeichen, dass du wieder Appetit hast«, bemerkte Henny und folgte ihr in die Küche.

Rhea schnitt Obst und belegte Brote mit Kräutern aus dem Garten und ihrem Lieblingskäse.

»Dieses Haus ist phänomenal«, sagte Henny. »Selbst das Glas in den Türen der Schränke hat Lentjes Vater wohl selbst montiert. Blau und Weiß, passend zu den Delfter Kacheln.«

»Ja, die Kacheln hat irgendein Urahn für seine Frau aus Amsterdam mitgebracht. Eine Liebeserklärung. Als Kind habe ich mir oft Geheime Zeit genommen und mich in diese ruhige blaue Landschaft mit den Windmühlen und den Tulpen hineingeträumt.« Rhea blickte nicht von den Radieschen auf, die sie schnitt. »Sogar neulich, als ich hier den Brief von Julian gelesen habe, habe ich mich im ersten Moment dort hineingeflüchtet.«

»Dafür brauchst du dich nicht schämen. Wie oft habe ich mich in meine eigenen Bilder versetzt! Warum sollen wir unsere Phantasie nicht dazu benutzen, uns zu heilen oder wenigstens Erleichterung zu verschaffen? Meinst du nicht, dafür ist sie den Menschen gegeben worden?«

Wie gut, dass Henny hier war!

Rhea trug das Tablett ins Glasbilderzimmer und schob das Tischchen zwischen die Schaukelstühle. »So, lass uns noch einmal überlegen«, sagte sie kauend. »Zeit ist also ein Hinweis, und zwar die Wintersonnenwende. Das ist leider noch eine Weile hin, aber bis dahin müssen wir herausgefunden haben, worum es geht. Nathan hat gesagt, Licht könnte ein Hinweis sein. Ich soll mich fragen, was das Licht mit den Fenstern macht. Also, je nach Wetter und Tageszeit ändert das Licht die Farben vom Glas. Was noch?«

»Es wirft Schatten. Es ist eine der charmanten Eigenschaften dieses Zimmers, dass die Schatten der dargestellten Tiere im Laufe des Tages über den Fußboden wandern. Sie beschreiben einen Bogen. Es gibt einem das Gefühl, dass sie lebendig sind, dass etwas geschieht und man mitten in diesem Geschehen steht.«

Rhea legte ihr Brot zurück auf den Teller. »Stimmt! Im Sommer, wenn die Sonne hoch steht, verläuft dieser Bogen nahe am Fenster entlang. Je tiefer die Sonne steht, desto weiter wandert er zur Tür hin.«

»Könnte dann nicht einer dieser Schatten am Tag der Wintersonnenwende auf etwas hinweisen?«, fragte Henny.

Sie sahen sich an.

»Der Töveree Fisk! Der Töveree ist die größte Figur in Bild«, sagte Rhea leise.

»Und der spitz zulaufende Kiefer ist wie ein Zeiger«, ergänzte Henny.

Rhea sprang auf. »Wenn der Schatten im Winter wandert, dann müsste der Schatten vom Töveree irgendwo hier mit der Spitze an die Wand stoßen!« Sie begann, die Wand über dem Fußboden an der vermuteten Stelle abzuklopfen. Nichts. Nichts, was auf einen Hohlraum schließen ließ, und auch kein Zeichen an der Wand. Auch nicht auf dem Boden. Aber unter den schweren Steinfliesen konnte ohnehin nichts liegen. Die waren da schon lange bevor die Fenster entstanden sind. »Die Frage ist ja auch: Wenn Lentjes Vater hier wirklich etwas versteckt hat, auf das die Fenster hinweisen, was ist es? Suchen wir ein Dokument über den Töveree? Oder etwas Größeres? Aber was könnte das sein?«

»Irgendein Hinweis fehlt immer noch«, sagte Henny. »Du solltest vielleicht jemanden fragen, der logisch denkt und nicht künstlerisch oder bildlich wie wir beide.«

Rhea setzte sich wieder. »Das ist eine gute Idee. Skem! Skem kann das.«

Nachdem Henny wieder abgereist war, suchte Rhea Skem auf. Er hatte sich den Fuß vertreten, so dass sie ihn nicht in seiner Hütte auf dem Kniepsand fand. Er war schon in seinem Winterquartier, seinem engen alten Elternhaus an der oberen Wandelbahn. Auf ihr Klingeln antwortete er nicht, aber Rhea betrat das Grundstück durch das Gartentor. Der Garten lag tief und windgeschützt, daher blühte und gedieh manches, das woanders auf der Insel dem rauen Klima nicht standhalten konnte. Skem war damit beschäftigt, seine geliebten Zitronenbäume einzuwintern, die sein ganzer Stolz waren. Viele hatten ihn gefragt, wie er es fertigbrachte, ausgerechnet hier so unglaublich große und saftige Zitronen zu ziehen, doch er weigerte sich, sein Geheimnis preiszugeben.

»Ein Rätsel? Glaubst du wirklich, dass Lentjes Vater solche Flausen im Kopf hatte?« Er zog nachdenklich an seinem Ohr. »Nun ja, wenn dir so viel daran liegt, werde ich mir die Sache mal ansehen. Sind ja noch ein paar Wochen bis zur Wintersonnenwende. Erinnere mich bitte zu gegebener Zeit daran.«

Rhea beschloss, bis dahin nicht weiterzugrübeln. Stattdessen kellnerte sie täglich bei Valentin. Es war gut, beschäftigt zu sein. Bei Valentin tobte das Leben. Der Duft von Braten und Grog mischte sich mit dem Gelächter der Gäste und dem sporadischen Gesang Valentins in der Küche, während erst der Herbst- und dann der Winterwind an den Fenstern rüttelte. Nach ihrer Schicht genoss Rhea die Stille im Haus und nähte und strickte dabei noch immer wie besessen. Im Gästezimmer stapelten sich Jacken und Pullover in allen Größen, und langsam reifte eine Idee in ihr, während die Tage stetig kürzer und dunkler und die Nächte länger wurden.

Ein paar Tage vor der Sonnenwende erinnerte sie Skem an seine Zusage. Sein Fuß war wieder geheilt, aber sie musste ihn dennoch mit einem Topf von Valentins unwiderstehlicher neuer Suppenkreation bestechen, bevor er sich bereit erklärte, ihrem »Hirngespinst«, wie er meinte, seine Aufmerksamkeit zu schenken.

»Dann aber gleich«, sagte er, als sie ihm erklärt hatte, wie weit sie in ihren Überlegungen bisher gekommen war. »Auf ein paar Tage kommt es wohl nicht an. Die Sonnenwende ist übermorgen, da ist Sturm angesagt. Da gibt es keine Schatten.«

Als Skems Blick auf das Bild des Töveree fiel, das Henny einst gemalt hatte und das nun im Flur über Garrelfs Truhe hing, zuckte er zusammen. Er hatte es noch nie gesehen. Es wirkte geradezu unheimlich in seiner Lebendigkeit. Wie versteinert stand Skem da und konnte den Blick nicht wieder davon lösen. Rhea sah Gefühle wie einen ganzen Schwarm Fische über Skems Gesicht huschen, eines nach dem anderen. Freude. Wehmut, Angst, Traurigkeit. Hoffnung. Schuldbewusstsein.

Schuldbewusstsein?

Skem wusste etwas über den Töveree, etwas, das er all die Jahre verschwiegen hatte! Diese Vermutung hatten Filine und Rhea schon früher gehabt, aber jetzt war sie sich sicher.

Doch es war nicht der Zeitpunkt, ihn nach etwas zu fragen, was er ohnehin weiter für sich behalten würde.

Sie schob ihn sanft ins Glasbilderzimmer. Kritisch sah er sich um. Der Schatten des Töveree war dabei, in einem Bogen über die Steinfliesen zu wandern. Bald würde er die Wand erreichen. Rhea servierte Skem einen Kaffee. Er hatte ein Stück blaue Kreide mitgebracht. Damit vervollständigte er die Bahn des Schattens, bis er an der Wand landete. »Hier. In zwei Tagen müsste die Spitze des Schattens genau hier ankommen.« Skem markierte den Punkt. »Aber was sagt uns das?« Auch er klopfte gegen die Wand. »Hier ist nichts.« Er trat zurück und sah sich im Raum um. »Linien«, murmelte er. »Ein Handwerker, einer, der so präzise Bilder aus Glas zusammenfügen kann, der arbeitet mit Linien. Hast du eine Schnur? Und Reißnägel?«

»Sicher.« Gespannt holte Rhea beides aus der Küche.

»Der Schatten gehört zum Bild«, dachte Skem laut. Mit einem Stock setzte er eine gedachte Linie von dem spitzen Kiefer des

Tövereebildes im Fenster fort, bis auch diese auf die Wand traf, und markierte die Stelle, etwa auf Höhe seiner eigenen Nase, dann spannte er eine Schnur von diesem Punkt zu dem am Boden, auf den der Schatten traf. »Die Verbindung zwischen Bild und Schatten!«, erklärte Skem. Die Schnur bildete eine Diagonale. Skem klopfte an ihr entlang die Wand ab. Nichts. Suchte nach einer Markierung. Nichts.

»Hmm. Falscher Ansatz. Also nicht auf der Diagonalen. Dann möglicherweise der rechte Winkel?« Er nahm die Schnur wieder ab und spannte eine von dem Bodenpunkt gerade nach oben zur Decke und eine zweite Schnur von dem Fensterpunkt parallel zum Boden. Nun trafen sich beide Schnüre an einem bestimmten Punkt im vorderen Drittel der Wand.

»Das ist genial«, staunte Rhea. »Auf einmal bekommt das Sinn. Das Bild und sein Schatten gemeinsam führen zur Wintersonnwende auf einen bestimmten Punkt hin.«

»Nur, da ist auch nichts.« Skem klopfte, sah sogar mit einer Lupe nach. »Ich glaube, das ist doch alles nur eine schöne Einbildung. Obwohl – warte! Lentjes Vater wollte es nicht zu einfach machen, sonst hätte er sich nicht so viel Mühe gemacht. Dies ist ein Raum. Er liebte Räume. Er würde ihn ganz ausnutzen. Diese Wand hier trägt den Hinweis – dann trägt die andere Wand das Ziel! Gegenüber!« Skem spannte eine weitere Schnur von dem gefundenen Punkt quer durch das Zimmer. »Da!« Er klopfte wieder und blickte enttäuscht. »Nein. Hier ist nichts. Alles Quatsch.«

»Doch. Halt! Da war ein anderer Klang.« Rhea klopfte selbst, legte das Ohr an die Tapete. »Hier! Es klingt weicher. Nein, es knistert!«

Skem nahm einen Kaffeelöffel vom Tablett und klopfte damit noch einmal, prüfte die Umgebung der Stelle. »Du hast recht! Aber es ist nichts Großes.« Sie sahen sich an. Skem zeichnete mit einem Bleistift ein Rechteck. »Dann müssen wir jetzt wohl der Tapete zu Leibe rücken«, sagte er. Die Tapete war in einem warmen, verhaltenen Gelbton gestrichen und trug ein zartes weißes Gräsermuster.

»Das macht nichts. Da hängen wir hinterher ein Bild drüber.« Rheas Herz klopfte. Fieberhaft suchte sie in der Küche nach einem scharfen Messer.

Skem nahm es ihr aus der Hand und trennte vorsichtig drei Seiten des Rechtecks auf. Dann tat er zurück. »Bitte schön! Jetzt du!«

Kurz dachte Rhea daran, wie schön es gewesen wäre, dies zusammen mit Julian zu tun. Oder wenn wenigstens Henny da wäre. Oder sollte sie Filine anrufen? Doch dann holte sie tief Luft.

Dies war etwas, was sie allein tun musste. Außerdem konnte sie unmöglich warten.

Valentins feurige Soljanka

200 g gewürfelten Schinkenspeck
200 g Jagdwurst am Stück
200 g Salami am Stück
4 mittelgroße Zwiebeln
4 rote und gelbe Paprikaschoten
4 geh. EL Tomatenmark, evtl. mehr
5 große Gewürzgurken mit Gurkenwasser
1–1 ½ l Fleisch- oder Gemüsebrühe
1 Lorbeerblatt
2 Chili- oder Peperonischoten
1 TL Senf
1 EL Paprikapulver (nach Geschmack edelsüß oder rosenscharf)
3 Knoblauchzehen
1 Becher saure Sahne

Den Speck anbraten, die gewürfelte Jagdwurst dazugeben, unter Rühren alles anbraten lassen. Dann die Salami zufügen, kurz weiterbraten, die Zwiebel mit in den Topf geben und alles schön brutzeln lassen, bis die Zwiebeln glasig sind. Falls es ansetzen sollte, ein wenig Wasser angießen.
Nun die gewürfelten Paprikaschoten, das Tomatenmark und den zerdrückten Knoblauch dazugeben, wieder unter Rühren

etwas anbraten. Dann die kleingeschnittenen Gurken, etwas Gurkenwasser und sämtliche Gewürze hinzufügen.
Fleisch- oder Gemüsebrühe angießen und 30 Minuten leicht köcheln lassen.
Die Soljanka sollte ein paar Stunden stehen, bevor man sie isst. Im Idealfall kann man sie am Vorabend zubereiten, dann zieht sie schön durch und schmeckt noch besser. Am nächsten Tag nur noch aufwärmen.
Auf jeden Teller einen Klecks saure Sahne zum Einrühren, dazu Brot reichen.

31

Winterwunder

Filine berührte das flache Päckchen auf Rheas Handfläche ungläubig mit einem Zeigefinger. Das blaue Seidenpapier war nicht verblasst. Es hatte ja seit fast einem halben Jahrhundert kein Licht gesehen. Ein wenig modrig roch es wohl nach seinem Dornröschenschlaf, sicher vor der Welt und all dem wirren Geschehen darin.

»Mach du es auf. Ich habe sie immer für dich gesucht. Seit ich denken kann«, sagte Rhea bestimmt.

»Und du meinst, sie ist wirklich da drin? Sie war all die Jahre hier hinter der Tapete? Schon als Drees uns Greenjölk erklärt und von Marta Gössling erzählt hat?«

»Ich dachte auch erst nur, das Rätsel im Glasbilderzimmer könnte auf ein Dokument hinweisen, das vielleicht etwas über den Töveree verrät – wo man ihn gesehen hat, wo und wann und wie man eine Schuppe finden könnte. Ich habe nie erwartet, dass sie selbst dort versteckt ist! Aber es steht hier drin.« Rhea hatte Filine und Lucas angerufen und sie gebeten zu kommen, nachdem sie den Brief aus seinem Versteck gezogen und gelesen hatte. Es schien ihr das einzig Richtige, den Fund hier im Glasbilderhaus zu überreichen.

»Aber dann gehört sie doch Lentje!«

»Ich habe mit Lentje telefoniert. Sie sagt, ihr Vater hat recht. Sie braucht keinen Glücksbringer. Ich habe das Versteck gefunden – mit Hilfe von Henny und Skem – und ich soll mit dem Fund machen, was ich möchte, weil Lentjes Vater es so gewollt hätte.«

»Lucas, liest du uns vor, was er geschrieben hat?«, bat Filine mit einem ehrfürchtigen Blick auf das vergilbte Papier.

»Ja, bitte, Lucas. Du kannst so gut vorlesen«, bat Rhea.

Bereitwillig nahm er den Brief entgegen und sprach die alten Worte mit seiner angenehmen Stimme so, dass alle fast meinten, den Mann im Raum stehen zu sehen, der sie einst geschrieben hatte.

An den geschätzten Finder! Ich, Sierk Westrup, hinterlasse dies für eine empfängliche und stille Seele, die die Hinweise meiner gläsernen Bilder spürt und ihnen folgt.

Er wird diesen Fund gebrauchen können, denn nur wer sucht, findet, und nur wer nicht glücklich ist, sucht. Ich gehe davon aus, dass es nicht meine geliebte Tochter Lentje sein wird, denn sie hat in Drees ihr Glück gefunden. Ich verstecke dieses Familienerbstück so sicher, weil wieder einmal ein sinnloser Krieg begonnen wurde, und niemand weiß, was geschehen wird.

Die Aufzeichnungen meines Vorfahren Renke Westrup, der vor zweihundert Jahren Kapitän auf dem Frachter Thalea *gewesen ist, sind leider bei einem Brand des Hauses meiner Großeltern verlorengegangen. Doch als Kind habe ich sie noch mit meinem Vater zusammen entziffern können. Renke Westrup berichtet dort von einem Amulett in Gestalt einer ringförmigen Scheibe, das seit Generationen in der Familie hoch geschätzt wurde. Es sollte schützen und Glück bringen. Es bestand aus einem seltsamen Material, leicht und hart wie Knochen, und glich doch von Gefühl und Aussehen her eher einem Metall. Ein bläulicher Glanz ging mitunter davon aus. Kapitän Westrup wusste nicht, was es war, denn die Kunde, woher es stammte, war irgendwann zwischen den Generationen verlorengegangen. Bis zu jenem Tage, als ein Sturm die* Thalea *in gefährliche Gewässer trieb und Renke Zeuge wurde, wie ein gewaltiger, blauschimmernder Fisch mit seinem Licht das Schiff rettete, indem er die Untiefen erhellte und dem Kapitän ermöglichte, einen sicheren Weg zu finden. Ein Matrose an Bord nannte das Wesen in seinem Erstaunen »Töveree Fisk«, den Zauberfisch. Auf der Haut des Tieres gewahrte Renke ringförmige Schuppen, von denen ein blaues Schimmern ausging. So erkannte er, woher sein Amulett stammen musste.*

Renke war laut seinen Aufzeichnungen ein Nachfahre Marta Gösslings. Ich selbst habe als Kind von ihr gelesen und gehört, dass sie eine Heilerin war und mit den geheimnisvollen Wesen der Tiefe sprach. Ich hielt sie für eine Legende, eine Märchenfigur, bis Pinswin und Filine Jessen ihren Grabstein fanden. An Renkes Geschichte hatte ich dieselben Zweifel. Doch nachdem ich herausgefunden hatte, dass Marta Gössling tatsächlich gelebt hat, mag es wohl sein, dass sie den Töveree gesehen und womöglich eine Schuppe gefunden hat, die seitdem weitergegeben wird.

Meine Lentje kann keine Kinder bekommen. So möge die Schuppe an jemanden fallen, der Glück verdient hat und es zu schätzen weiß. Einer von der ehrlichen Überzeugung, dass das Leben ein Wunder ist und ein Geschenk. So wie dieses Amulett und das Wesen, von dem es stammt.

Sierk Westrup, im August 1940

Lucas ließ den Brief sinken.

Filine sah auf das Päckchen, das Rhea in ihre Hand gelegt hatte. Schließlich atmete sie tief durch und löste mühsam mit ihrer linken Hand, die noch mehr Kraft hatte als die rechte, den Bindfaden, der es zusammenhielt.

Draußen war es längst dunkel geworden. Die Stehlampe im Zimmer warf einen hellen Kreis auf die Steinfliesen. Filine saß ein wenig außerhalb.

Sie sahen es alle. Skem, Lucas, Filine und Rhea, alle blickten gebannt auf das bläuliche Schimmern, das in demselben Moment aufschien, als Filine mit zitternden Fingern das Papier andächtig auffaltete.

Die Schuppe war etwa so groß wie ein Fünfmarkstück, mit einem pfenniggroßen Loch in der Mitte und einem feinen Muster aus Kreisen auf der Oberfläche.

»Sie ist leicht«, flüsterte Filine. »Wie Knochen, aber ganz glatt. Und sie leuchtet noch schöner als jene, die ich vor so langer Zeit gesehen habe.« Sie blickte eine Weile darauf, dann reichte sie den Fund an Lucas weiter, der ihn untersuchte und dann an Skem gab. Es sah aus wie eine Szene aus einem Traum, dachte Rhea. Und doch fühlte es sich wirklicher an als ihr ganzes Leben bis zu diesem Punkt, als hätte jemand einen Scheinwerfer auf genau diesen Augenblick gerichtet. In den Schatten der Ecken spürte sie die Anwesenheit von Lentje und Drees, von Pinswin und Nathan. Und dahinter Sierk und Renke Westrup. Ja, sogar Marta Gössling schien von irgendwoher aus den Tiefen der Zeit Zeugin zu sein, dass hier ein besonderes Licht des Meeres und der Hoffnung nie verlöschen würde.

In Skems Auge glaubte sie eine Träne zu entdecken, als er sich räusperte, die Schuppe hastig in Rheas Hand legte, als wäre sie zu heiß, und sagte: »Nun habt ihr ja gefunden, was ihr gesucht habt. Ich muss los. Müsst mich nicht rausbringen.«

Rheas »Danke für deine Hilfe« hörte er schon nicht mehr, da fiel die Tür ins Schloss, und sie hörten ihn davonstapfen.

»Eines Tages wird ihm jemand sein Geheimnis entlocken«, sagte Filine. »Aber ich fürchte, das wird dauern.«

»Ich hole eine Kette«, sagte Rhea, »dann kannst du es um den Hals tragen. Oder ist ein Lederband besser?« Sie wollte Filine die Schuppe zurückgeben, doch die hob abwehrend die Hand.

»Nein, Niinje, *du* sollst sie tragen! Du hast sie gefunden, und du brauchst sie jetzt. Ich glaube daran, dass sie dir Glück bringen wird. Ich weiß, ich weiß, ich habe sie mir immer gewünscht und du wolltest sie für mich finden. Ich habe mich immer so darüber gefreut, dass du mir diesen Herzenswunsch erfüllen wolltest. Das war das schönste Geschenk, viel wichtiger als das Lokkich selbst!« Sie lächelte Lucas zu. »Weißt du, Rhea, seit Lucas mir gesagt hat, dass er meine Liebe erwidert, brauche ich keinen Glücksbringer mehr. Besser kann mein Leben nicht werden. Trotz der Krankheit. Aber«, sie griff mit ihrer freien Hand nach Rhea, »es bedeutet mir sehr viel zu sehen, dass ein Kindertraum, den kaum jemand für wahr gehalten hat, in Erfüllung gehen kann. Und dass es tatsächlich Dinge gibt, denen ein zauberhafter Schimmer eigen ist, ohne dass es eine Erklärung dafür gibt. Ich bin mir aber sicher, dass jemand wie Pinswin eines Tages die Erklärung finden wird und dass diese das Wunder nicht kleiner, sondern größer machen wird.«

»Du möchtest wirklich, dass ich sie behalte?« In Wahrheit konnte Rhea die Schuppe kaum noch loslassen, ein so merkwürdiges, leichtes, helles Gefühl gab ihr die Berührung. Es gab ihr Kraft und Energie und eine Art glücklichen Übermut, wie sie ihn bisher nur gekannt hatte, wenn die Wellen leuchteten und sie in sie eintauchte und zauberblaues Funkeln um sie herum in den Nachthimmel stob.

Sie löste die Kette von ihrem Hals, nahm die Kugel mit dem Holzring ab und legte sie in eine Schublade. Sie hatte schon vor einiger Zeit versucht, den Holzring von der Kugel zu lösen, doch er saß fest, vom Alter ausgetrocknet.

An ihrer Stelle fädelte sie die leichte, leuchtende Scheibe auf. Seltsam kühl lag diese auf ihrer Haut und nahm deren Wärme auch nach einer längeren Weile nicht an, so als wäre neben dem Licht auch die Frische des Meeres in ihr.

Rhea wusste, für sie war es der Anfang einer neuen Zeit.

Es war eine Woche später, in den Tagen zwischen den Jahren, als Valentin ihr ein Tablett in die Hand drückte. »Hier, das bitte für Tisch fünf! Der Mann hat gefragt, wo der Minigolfplatz ist. Er war groß enttäuscht, dass den ganzen Winter geschlossen ist. Dann fragte er nach Besitzer. Ich habe ihn gesagt, dass du ihn seine Essen bringen wirst und ihn seine Fragen sicher antworten kannst.«

Rhea jonglierte das Tablett um die Ecke, warf einen Blick auf den Gast und hätte den heißen Pharisäer fast in den Kragen der Frau am Nebentisch gegossen.

Der Mann blickte ebenso erschrocken auf wie sie und erstarrte, den warmen Sanddornsaft auf halbem Weg zum Mund erhoben. Selbst die Dampfwölkchen über dem Glas schienen auf einmal nicht mehr zu wissen, wo sie hinwollten.

Er war nicht groß. Auf seinem Kopf standen dunkle Locken unregelmäßig in die Höhe, als wäre der Wind selbst in der Gaststube darin unterwegs. Seine Augen unter dunklen Brauen waren groß und grau, von schwarzen Wimpern gesäumt, und links hatte er ein Grübchen.

Noch immer starrte er sie an. Rhea wusste, er sah, was sie sah. Wie jeden Morgen hatte sie sich vergeblich Mühe gegeben, Ordnung in ihre dunklen Locken zu bringen. Ihre großen grauen Augen blickten wahrscheinlich ebenso verblüfft wie seine, und das Grübchen in ihrer linken Wange würde man erst sehen, wenn sie lächelte.

Schließlich setzte er das Glas ab und stand auf.

Nun waren sie auf Augenhöhe, denn er war genauso groß wie sie.

Mein Vater, schoss es ihr durch den Kopf. Mein Vater ist gekommen! Dann wurde ihr bewusst, wie absurd das war, denn dieser Mann war eindeutig nicht alt genug dafür. Nun musste sie über sich selbst lächeln, dass sie noch immer fähig war, jeden fremden Mann für ihren Vater zu halten. Sie sah, wie seine Augen zu ihrem Grübchen huschten und wie ein Lächeln auch über sein Gesicht flog.

Es verschwand sofort wieder. Zögerlich kam er auf sie zu. »Sind Sie Filine Jessen?« Kaum hatte er die Frage gestellt, strich er sich verwirrt über die Stirn und schüttelte den Kopf. »Verzeihung, das kann ja gar nicht sein.«

»Filine«, Rhea brach ab, räusperte sich, versuchte es noch einmal. »Filine Jessen ist meine Mutter.«

»Oh. Und wer – darf ich fragen, wer Ihr Vater ist?«

»Ich dachte für einen Moment, Sie wären es. Aber das kann natürlich auch nicht sein. Warum suchen Sie Filine?«

»Bitte, könnten Sie sich zu mir setzen?«

Rhea war dankbar dafür, denn ihre Knie waren merkwürdig weich. Dem Mann schien es nicht anders zu gehen, denn er sank wieder in seinen Stuhl. Rhea blickte sich um und entdeckte

Valentin, der ihr von der Küchentür aus beruhigend zuwinkte und bedeutete, sie brauche sich um die anderen Gäste nicht zu kümmern. Zum Glück war nicht viel los, nachdem der Weihnachtstrubel hinter ihnen lag.

»Ich heiße Oluf. Oluf Jessen Bredehorn.«

Filines Stimme huschte durch Rheas Erinnerung. *Ich nannte ihn Oluf nach Hark Olufs, weil er da nachts im Watt aussah wie ein Geist*, hatte sie gesagt, als sie an einem lang vergangenen Geburtstag erzählte, wie sie Rheas Vater kennengelernt hatte.

»Oluf. Jessen. Ich verstehe das alles nicht.« Rhea zerriss eine Papierserviette in kleine Fetzen, ohne es zu merken. Sie wünschte, sie wäre draußen am Strand. Sie konnte besser denken, wenn sie den freien Himmel über sich hatte.

»Hier!« Er zog ein Stück Papier aus seiner Brusttasche und strich es glatt. Es war gelb, abgenutzt und verknittert. Rhea erkannte es sofort. Es war eine der ersten Eintrittskarten zur Minigolfbahn, auf deren Rückseite sie den Satz ihres Vaters hatte drucken lassen. Da war sie achtzehn gewesen.

»Ich bin Buchhändler. Ich habe antiquarische Bücher sortiert, da fiel dieser Schein auf den Boden, mit der Rückseite nach oben. Ich bückte mich danach, und da starrte mich der Satz meines Vaters an, den er so oft zu mir gesagt hat! Auf der anderen Seite fand ich die Adresse des Minigolfplatzes auf Amrum. Die Sache ließ mir keine Ruhe. Ich habe mich sofort aufgemacht, um herauszufinden, wer dahintersteckt.«

»*Ich* habe diesen Satz drucken lassen«, Rheas Stimme zitterte. »Weil auch ich auf der Suche war. Nein, bin! Dieser Satz ist praktisch das Einzige, was ich über meinen Vater weiß.« Sie zwang sich, dem Blick dieses Fremden zu begegnen.

Und sah in Augen, die wie ihre eigenen waren.

»Warum haben Sie Ihren Vater nicht gefragt, wie der Satz mit der Minigolfbahn zusammenhängt?«

»Weil …« Oluf Jessen Bredehorn holte tief Luft. »Weil er tot ist. Er starb vor einigen Jahren an einer Lungenentzündung. Es ging ihm schon lange nicht gut.«

Rhea starrte ihn an. Diese Möglichkeit hatte sie nie in Betracht gezogen. Sie hatte sich damit abgefunden, dass sie ihren Vater nie finden würde, aber der Gedanke, dass er nicht mehr am Leben sein könnte, war ihr nicht gekommen.

Sie vergrub den Kopf in den Armen und versuchte damit fertig zu werden.

Stuhlbeine scharrten über den Boden. Oluf war aufgestanden und setzte sich neben sie. Rhea spürte eine vorsichtige Hand auf ihrer Schulter. Dann nahm er sie wieder fort, als wüsste er nicht, wie er sich verhalten sollte.

»Es tut mir leid. Ich habe nicht berücksichtigt, dass ich jemandem eine schlechte Nachricht überbringen könnte. Ich wollte einfach nur die Frau kennenlernen, von der mir mein Vater mein ganzes Leben lang vorgeschwärmt hat. Von der er erzählte wie von einem Märchenwesen. Die Insel, auf der sie lebte, war für mich als Kind ein magischer Sehnsuchtsort. Er hat mir nur nie verraten, wie sie hießen. Die Frau und die Insel.«

Rhea hob den Kopf. Sie weinte nicht. Sie fühlte sich nur völlig leer. Doch dann spürte sie unter ihrer Bluse auf ihrer Haut die leichte, kühle Scheibe. War es wirklich nur Zufall, dass sie die Schuppe des Töveree gefunden hatte und hier wenige Tage später dieser Mann mit ihrem Gesicht und ihrem Namen auftauchte?

Ermutigt, weil sie ihn wenigstens ansah, fuhr er fort. »Ich fragte hier nach dem Minigolfplatz und hörte, dass er im Winter geschlossen ist, aber ich erfuhr auch den Namen der Besitzerin. Filine Jessen. Da wurde mir klar, dass sie die geheimnisvolle Frau sein muss. Warum sonst hätte mein Vater mich mit zweitem Vornamen Jessen genannt? Ich habe mich immer darüber gewundert.«

»Wenn er so von Filine geschwärmt hat, warum ist er nicht bei ihr geblieben?«, fragte Rhea.

»Bevor er zu der Reise aufbrach, auf der er Filine Jessen getroffen hat, hatte er sich mit meiner Mutter verlobt. Und sie war schwanger. Mit mir.« Oluf beugte sich nach vorn und legte eine Hand auf Rheas. »Ich bin 1956 geboren. Und Sie?«

»1957.«

Sie sahen sich an. Rhea nahm ihre Hand nicht fort. Seine fühlte sich gut an. Warm und beschützend und gar nicht so fremd.

»Dann sind Sie – dann bist du meine Halbschwester.«

Schwester. Halbschwester. Bruder. Rhea probierte die Worte in Gedanken an wie neue Kleider. Sie passten noch nicht ganz, aber es schien nicht unmöglich.

»Erzählen Sie – du – mir etwas von Ihrem – unserem Vater?«

»Sehr gerne.«

Valentin näherte sich vorsichtig dem Tisch. »Möchtet ihr etwas trinken?«

»Danke, nein. Ich würde gern, ich würde lieber – also, würdest du mit mir spazierengehen, Oluf? Ich mag geschlossene Räume nicht, wenn es um wichtige Dinge geht.«

Er sah sie verblüfft an. »Das kommt mir bekannt vor. Mein

Vater war genauso. Es war einer der Gründe, warum er keine Arbeit lange behielt.«

Es war ein klarer, kalter Tag ohne Wind. Das Meer hatte sich weit zurückgezogen, und der Frost malte Muster aus Eiskristallen in das Watt. Selbst die bizarren Häufchen, die die Wattwürmer im Sand hinterließen, trugen Frisuren aus Raureif.

Oluf und Rhea wanderten nebeneinander am Flutsaum entlang. Rhea war zumute, als wäre sie mit ihm in eine Geheime Zeit geraten, in der sie sich schon immer gekannt hatten.

»Was für eine klare, lichterfüllte, großartige Landschaft«, sagte Oluf. »Kein Wunder, dass mein Vater zeitlebens davon geschwärmt hat.«

»Warum ist er dann nie zurückgekommen?«

»Ich glaube, dass er sein Traumbild nicht durch die Wirklichkeit gefährden wollte. Unser Vater war ein Träumer. Ein liebenswerter Träumer, der Schwierigkeiten mit der Realität hatte.«

»Bitte erzähl mir von ihm«, bat Rhea. »Du glaubst nicht, wie lange ich darauf gewartet habe, mehr von ihm zu erfahren. Es tut so unendlich weh, dass er tot ist. Mach ihn lebendig für mich!«

»Er hieß Franz. Franz Bredehorn. Die Reise trat er mit dem Einverständnis meiner Mutter an. Sie war schwanger, aber sie wusste, wie wichtig es ihm war, Wetten zu gewinnen. Ich denke aber, es ging ihm gar nicht so sehr um die Wette. Es war die Reise, die ihn lockte. Er hatte noch nie eine größere Reise gemacht. Sie hat ihn geprägt, aber ich glaube, es war hauptsächlich deine Mutter, die ihn für immer verändert hat. Er hat die Frau auf der Insel nie vergessen.« Oluf steckte die Hände tiefer in die Manteltaschen und blickte versonnen in die Ferne, wo die Sonne sich dem Horizont näherte und das Wasser glänzend kupfern färbte. »Vater heiratete meine Mutter, meinetwegen und weil er seiner Verpflichtung nachkommen wollte. Ich denke, ihr ging es ähnlich. Am Anfang funktionierte es einigermaßen. Als ich ungefähr zehn war, hing dann der Haussegen immer öfter schief, und eines Tages war meine Mutter weg. Mit einem Kollegen meines Vaters verschwand sie nach Italien und kümmerte sich nicht weiter um uns.«

»Das muss schrecklich für dich gewesen sein«, sagte Rhea entsetzt.

»Na ja, ich hatte nie ein enges Verhältnis zu ihr. Ich war meinem, unserem, Vater viel näher. Er tat dann auch sein Bestes, mich anständig großzuziehen. War bestimmt nicht einfach für ihn, du weißt schon, Pubertät und so. Wir haben uns oft gestritten. Aber wir hatten auch tolle Zeiten miteinander. Immer wieder hat er mir von der Frau auf der Märcheninsel erzählt. Und als ich älter wurde, sagte er auch mir diesen Satz: *Eines leuchtenden Tages begegnest du jemandem, der dich meerestiefhimmelweitsommerhell lebendig macht.*

»Und? Hast du so jemanden getroffen?«

»Nein. Noch nicht. Und du?«

»Ich dachte es. Aber da muss ich wohl etwas verwechselt haben. Wie war er sonst, unser Vater? Was hat er beruflich gemacht?«

»Er war Lehrer. Lehrer aus Leidenschaft. Für Geschichte, Deutsch und Biologie.« Oluf stieß mit der Fußspitze gegen einen Kiesel, der in hohem Bogen ins Wasser flog und mit einem dumpfen Platsch verschwand. »Aber er hielt es nicht gut längere Zeit in geschlossenen Räumen mit vielen Menschen aus.«

»Wie ich«, sagte Rhea.

»Er ging mit den Schulklassen hinaus in die Parks. In den Wald. Immer wieder stieß er auf Kritik. Schließlich brach sich ein Kind ein Bein. Ein komplizierter Bruch mit Folgeschäden. Da mein Vater sehr beliebt war, konnte man ein Verfahren wegen Verletzung der Aufsichtspflicht abbiegen. Da er aber ohnehin oft krank war, machten sie ihn zum Frühpensionär. Es war das Einzige, was sie für ihn tun konnten. Oder wollten. Er war beliebt, aber unbequem. Er war anders, und das machte vielen Angst. Sie wollten nicht, dass ihre Kinder auch anders wurden.«

»Und dann?«

»Es hat ihn tief getroffen, dass er nicht mehr Lehrer sein konnte. Etwas in ihm zerbrach. Er ging weiterhin in den Wald und die Parks und hielt Reden. Manchmal hörte ihm jemand zu, aber meistens hielten sie ihn für einen Spinner. Eigentlich wollte er nur seinen Lehrstoff unter die Leute bringen, und seine Geschichten, aber die Leute waren nicht begierig darauf. Manchmal schlief er sogar im Park. Er brauchte die frische Luft und den Platz um sich herum, sagte er, und dass es ihn an die Insel mit der Frau erinnern würde. Er aß nicht richtig, las zu viel und wurde ganz allmählich ein bisschen wirr im Kopf. Schließlich starb er an einer verschleppten Lungenentzündung. Ich saß an seinem Bett und habe ihm vorgelesen. Er schlief mit einem Lächeln ein. Ich bin mir ziemlich sicher, dass er dabei an deine Mutter gedacht hat. Die Frage nach ihrem Namen oder dem der Insel hat er mir bis zuletzt nicht beantworten wollen. Ich glaube, er wollte sie einfach für sich behalten, wie einen Schatz in seinem Herzen.«

Oluf blieb stehen und sah Rhea an. »Ich habe mich danach furchtbar einsam gefühlt. Deswegen war ich so glücklich, als ich den Satz auf der Karte gefunden habe. Ich wollte mit der geheimnisvollen Frau sprechen. Dass ich eine Schwester finden würde, habe ich mir im Traum nicht einfallen lassen! Aber Rhea, ich finde es wunderschön. Ich hoffe, es ist in Ordnung für dich. Es ist natürlich ein bisschen plötzlich, aber ich betrachte es als ein Geschenk und hoffe, dass du dich nicht überrumpelt fühlst.«

»Plötzlich? Überrumpelt? Hast du eine Ahnung, wie lange ich schon nach meinem Vater suche? Das nenne ich nicht plötzlich. Das ist endlich!« Rhea konnte vor Aufregung nicht stillstehen und lief wieder los. »Ich bin zutiefst traurig, dass ich Vater nicht mehr kennenlernen kann, und muss das noch eine Weile verdauen. Aber durch dich ist er auf einmal ganz nahe. Jetzt kann ich ihn mir vorstellen. Und einen Bruder habe ich mir so sehr gewünscht! Ich habe Filine immer schrecklich beneidet, weil sie mit ihrem Zwillingsbruder Pinswin aufwachsen durfte.« Sie lächelte ihn verschmitzt an. »Du kommst zwar ein paar Jahrzehnte zu spät, um Björn zu verprügeln. Aber immerhin bist du jetzt da.«

Er sah sich in der stillen Weite des Watts um. »Zeig mir diesen Björn! Ich verprügelte ihn sofort für dich.« Er legte den Kopf schief und zwinkerte ihr zu, eine Geste, die sie von sich selbst kannte. Rhea lachte auf.

»Er hat sich entschuldigt. Kürzlich. Aber sollte mir wieder einmal ein Björn in die Quere kommen, melde ich mich bei dir. Versprochen. Doch es gibt ein paar andere Dinge, mit denen wir die verlorenen Jahre aufholen können.« Sie rannte los und rief: »Wer zuerst am Leuchtturm ist!«.

Er konnte sie nicht einholen, versuchte es aber heldenhaft. Schwer atmend ließen sie sich schließlich im Schutz der Dünen in den Sand fallen.

»Eins zu null für dich«, schnaufte Oluf. »Die passende Rache fällt mir noch ein. Wer ist das denn?« Staunend betrachtete er ein Kaninchen, das zutraulich an seiner Schuhsohle schnupperte.

»Dein Stellvertreter. Da ich keine Geschwister hatte und kaum Freunde in meinem Alter, habe ich mit den Kaninchen und den Krabben gesprochen.«

»Die Krabben! Davon hat Vater auch erzählt. Er schwor, sie hätten ihm zugehört und mit ihren Scheren applaudiert. Sag mal, diesen Hark Olufs – gab es den wirklich, oder ist er tatsächlich nur ein Geist? Ich fand es etwas beängstigend, nach einem Geist benannt zu sein. Zumal ich mich in letzter Zeit selbst wie einer gefühlt habe. Irgendwie nicht ganz wirklich.«

»Hark Olufs war ein tüchtiger Mann, der nie aufgab, egal, was ihm zustieß. Ich zeige dir später seinen Grabstein. Darauf ist seine ganze Geschichte gemeißelt. Und ich finde dich sehr wirklich.« Rhea nahm seine Hand und legte ihre eigene daneben. »Wir sind uns so verrückt ähnlich. Selbst deine Haare sind so unordentlich wie meine, obwohl du nur einen Wirbel hast. In unserer Familie haben alle zwei, Pinswin sogar drei. Deswegen heißt er so. Es bedeutet Igel.«

»Stellst du mir jetzt deine Mutter vor? Die Frau, mit der mein Vater so lachen konnte, dass es aufhörte zu regnen?«

»Das hat Filine auch erzählt. Komm!« Rhea sprang auf und bürstete sich mit der Hand den Sand von der Hose. Sie war gespannt, was Filine sagen würde.

Sicher würde sie zum zweiten Mal in ihrem Leben glauben, einen Geist zu sehen.

Filine

1997

32

Mit der Kraft der Sonne

Filine rollte ganz bis zum Ende des Bohlenweges, der zum Glück bis fast an das Wasser reichte. Auf ihren Antrag hin war er für Behinderte wenigstens hier endlich verlängert worden. Ein Stück des Weges war schon wieder vom Meer fortgerissen worden. Aber immerhin hatte der Wind heute nicht zu viel Sand daraufgeweht. Filine ignorierte die Schmerzen, die ihr das Rütteln der Reifen auf den Holzplanken in den Rücken schoß. Erst im letzten Moment zog sie die Handbremsen des Rollstuhls an. Dazu reichte ihre Kraft gerade noch aus. Beglückt betrachtete sie das Meer, das sich im ersten Junimorgenlicht golden vor ihr ausbreitete, genau wie der neue Tag. Die Flut war beinahe vollständig aufgelaufen.

Dieser Moment gehörte ihr. Lucas hatte ihr mit dem Aufstehen und der Morgentoilette geholfen und sich danach wieder hingelegt. Oft arbeitete er bis spät in die Nacht. Er würde erst später den Minigolfplatz für die Besucher öffnen. Sie hatte Zeit. Die brauchte sie auch, um ihre Schwimmweste ordnungsgemäß zu schließen, wie sie es ihm versprochen hatte. Ihre Hände waren langsam und ungeschickt, aber was machte das schon? Mit dem Ergebnis war sie zufrieden. Sie prüfte den Sandboden vor ihr, ob auch keine größeren Steine oder Äste angeschwemmt worden waren oder jemand eine zerbrochene Glasflasche hinterlassen hatte. Alles war sauber. Sie senkte den Kopf, legte ihre

Hände schützend davor und ließ sich aus dem Rollstuhl gleiten. Einen Moment lag sie dort, streckte sich und genoss das Gefühl des weichen Sandes unter sich, in dem noch die Kühle der Nacht war und gleichzeitig eine erste Ahnung von Sonnenwärme. Lange betrachtete sie eine perfekte Tellmuschel, die in allen Farben von Rosa bis Violett schimmerte. Dann hob sie mit Mühe ihren rechten Arm und griff nach der Tüte, die am Rollstuhl hing und ihr Handtuch enthielt, eine lose Jogginghose und ein T-Shirt, die sie später anziehen konnte. Sie schob ihren Arm durch den Henkel und rollte sich die letzten zwei Meter zum Wasser. Die Tüte ließ sie im Trockenen liegen und rollte sich weiter ohne Zögern in die Wellen, bis sie sie trugen. Nun fühlte sie sich wieder leicht und frei, und es machte ihr nur wenig Mühe, ihre Glieder zu bewegen. Triumphierend schwamm sie auf den Horizont zu. Sie fürchtete sich nicht. Hier war sie zu Hause. Lucas hatte auch keine Angst. Er vertraute ihr und ihrer Schwimmweste. Er wusste, wie wichtig Filine diese Freiheit war.

Irgendein Spaziergänger würde ihr wieder in den Rollstuhl helfen. Filine fühlte sich seltsam alterslos. Ihr Körper mochte schwach geworden sein, als wäre er frühzeitig gealtert, aber ihre Liebe zu Lucas machte sie jung. Hier draußen am Strand und am Meer spielte Alter ohnehin keine Rolle. Zeit hatte keine große Bedeutung mehr für Filine. Nur der jeweilige neue Tag zählte und ihn groß und glücklich zu erleben, mit allen Hindernissen und allem Licht. Wie sie es Tempus einst versprochen hatte.

Als sie müde wurde, ließ sie sich treiben und träumte in den Himmel, wo zwei Möwen nahezu reglos nebeneinander in einem Aufwind segelten. Mit der zunehmenden Wärme tauchten auch die Feriengäste auf, bezogen die Strandkörbe und wagten sich ins Wasser. Sie bemerkte es kaum. Feriengäste gehörten zu der Insel wie die Zugvögel.

»Ich wusste, dass ich dich hier finden würde.«

Sie erschrak nicht, obwohl sie mit dieser Stimme nicht gerechnet hatte. Er war ihr so vertraut. Es schien wie gestern, dass sie nach der Schule zusammen hier herausgeschwommen waren.

»Nathan! Wie schön, dich zu sehen.«

Sein Gesicht war ganz nah an ihrem, als sie den Kopf drehte, und in seinen Augen war das alte Lächeln jung.

»Wie geht es dir? Du hast dich nicht verändert.« Er zog an ihrer nassen blauen Haarsträhne, die sie immer noch trug, um Flagge zu zeigen, egal, was geschah. Eine blaue, eine grüne und eine violette. Jetzt waren sie gefärbt, nicht mehr angesteckt. Ein Teil von ihr.

»Du auch nicht. Was machst du hier?«

»Lucas sagte mir, wo du bist. Ich will dich auf eine Fahrt mit meinem neuen Solarboot einladen. Wir machen Fortschritte. Seit der Solarbootmeisterschaft vor vier Jahren steigt die Nachfrage, und es gibt Sponsoren. Jetzt können wir sie schneller weiterentwickeln. Außerdem wurde es höchste Zeit, einmal nachzuschauen, wie es dir geht! Briefe sind schön und Telefon auch, aber gelegentlich brauche ich eine Dosis Filine in meinem Leben.« Er legte ihr die Hände auf die Schultern und blickte sie prüfend an. »Wie geht es dir, Fili? Bist du glücklich?«

»Glücklicher geht nicht.«

»Wegen Lucas?«

»Ja. Wegen Lucas. Seit er da ist …« Filine breitete im Wasser die Arme aus. Hier ging es, hier wogen sie nichts. »Es gibt keine von den üblichen Wörtern dafür! Außer *meerestiefhimmelweitsommerhell lebendig*. Als Lucas mit seiner verrückt buntbezogenen Prothese hier ankam und mich anlächelte, wusste ich, dass es nichts mehr gab, mit dem ich nicht fertig werden würde. In dem Moment, als er mich ansah, wusste ich, was Oluf Orpheus damals gemeint hat. Franz Bredehorn, meine ich. Jetzt weiß ich ja, wie er hieß.«

»Komm raus, du fühlst dich ganz kalt an.« Nathan packte sie am Kragen ihrer Schwimmweste und begann, sie auf den Strand zu ziehen. Kaum war er hier, passte er schon wieder auf sie auf. »Wie war das für dich, als Rheas Bruder hier auftauchte?«, fragte er.

»Thani, du glaubst gar nicht, wie froh mich das gemacht hat! Es war mir immer so eine Last, ein unerträglich schlechtes Gewissen, dass Rhea ihren Vater nicht kannte. Dass wir damals so unbekümmert und leichtsinnig waren. Ich habe zwar nichts bereut und bin unendlich froh, dass es Rhea gibt, aber ich hatte völlig unterschätzt, wie sehr sie darunter leiden würde. Jetzt kennt sie wenigstens ihre Herkunft, auch wenn sie ihrem Vater nicht mehr begegnen konnte. Und ich glaube, die Tatsache, dass sie einen Bruder hat, macht beinahe alles wieder wett. Sie hat ihren Platz im Leben gefunden. Ich fühle mich befreit. Nicht mehr so schuldig. Jetzt kann ich das Leben noch mehr genießen.«

Am Strand angekommen, hob Nathan Filine aus dem Wasser und setzte sie auf den Bohlenweg. Und das?«, fragte er und wies auf den Rollstuhl.

»Ach, das.« Filine streifte mit einer ausgeklügelten Abfolge von kleinen Bewegungen die Schwimmweste ab und ihre Kleider über. Sie war stolz, als sie es endlich geschafft hatte. Nathan saß geduldig daneben und war klug genug, ihr dabei nicht zu helfen. Vor ihm genierte sie sich nicht. Sie waren oft genug ohne Badesachen schwimmen gegangen. »Äußerlichkeiten! Ärgerliche Hindernisse, manchmal. Wenn ich mich hilflos fühle, fluche ich und schmeiße mit unschuldigen Dingen und schimpfe den nächstbesten netten Menschen an, der mir ungebeten helfen will. Aber ich entschuldige mich immer sofort. Probleme sind dazu da, überwunden zu werden. Wozu bin ich eine wunderbare Minigolfspielerin? Das kann ich auf manchen Bahnen übrigens immer noch. Ich weiß, wie man mit Hindernissen fertig wird.«

Er umarmte sie. »Das ist meine Filine.«

»Ja. Wenn meine Krankheit Lucas nicht stört, warum soll sie mich dann fertigmachen? Ich habe gesunden Menschen auch etwas voraus. Ich weiß, was einfache Fähigkeiten und ganz normale Tage wert sind.« Sie lehnte sich zurück und sah ihn an. »Und du, Thani? Bist du glücklich? Gibt es eine Frau in deinem Leben?«

»Ach, du weißt doch. Ich bin einer, der in jedem Hafen ein Mädchen hat.«

»Jaja. Und die Wahrheit?«

»Ja, es gibt eine Frau. In Italien. Francesca. Aber ich bin halt ein Weltenbummler. Und meine Seele, die ankert für immer hier bei dir auf dieser Insel, auf diesem kleinen verrückten Gedanken der Erde im Meer.«

Ja. Das war die Wahrheit. Sie wusste es, und es fühlte sich gut an, so sicher wie der Boden unter ihren Füßen und das Wissen, dass nach der Ebbe stets die Flut kam. Wie schon zu Marta Gösslings Zeiten, als der Töveree noch durch das Meer zog.

Nathan setzte sie in ihren Rollstuhl und schob sie den Bohlenweg hoch durch die Dünen.

»Was für ein Muster trägt Lucas eigentlich dieser Tage auf dem Überzug seiner Prothese? Das letzte Mal waren es blaue Pferde von Franz Marc.«

»Im Moment sind es knallig bunte Blumen von einer Künstlerin namens Myra Webelhuth. Rheas Freundin Henny hat sie empfohlen. He, zum Hafen hätten wir aber hier abbiegen müssen!«

»Ich weiß. Wir haben vorher noch etwas zu erledigen. Ich habe ein Geschenk für Tempus.«

Auf dem Friedhof der Namenlosen waren sie allein mit der Stille und den Toten. Nathan fischte etwas aus seinem Rucksack.

Es war eine Uhr. Sie sah aus wie ein normaler Wecker mit einem Gehäuse in den Farben des Meeres.

»Kannst du das Ticken hören?« Nathan hielt Filine die Uhr ans Ohr. Ja, sie hörte es. Es war leise, so leise, dass es kein Unbefugter bemerken würde, aber es war da, regelmäßig wie ein Herzschlag, mit einem heiteren, hellen Klang.

Nathan steckte die Uhr vor dem Kreuz ins Efeu, wo sie niemand sehen würde. »Sie ist wetterfest. Kein Regen oder Frost kann ihr etwas anhaben. Und jetzt sieh her.« Nathan zog ein Plättchen aus der Tasche und verband es durch ein zartes, kaum sichtbares Kabel mit der Uhr. Das Kabel führte er unter den Blättern entlang und befestigte es hinten am Kreuz. Das Plättchen klebte er fast an die Spitze. »Niemandem wird es auffallen. Aber dieses Plättchen ist eine Solarzelle. Sie wird die Uhr antreiben, die in den nächsten Jahren nicht stehenbleiben wird, weil sie die Batterie so auflädt, dass sie auch bei Nacht funktioniert. So hat

Tempus, was er sich gewünscht hat. Ich denke, das würde ihm gefallen, meinst du nicht?« Nathan betrachtete sein Werk zufrieden und legte einen Arm um Filine. »Ich muss nur noch die Zeit einstellen. Weißt du, wie spät es ist?«

Filine war so gerührt, dass sie mit den Tränen kämpfte. Das passierte ihr nur sehr selten. Es war so typisch Nathan. Nicht einmal Lucas verstand sie so tief wie er. Sie legte eine Hand auf seinen Arm. »Nein. Stell sie nicht! Er hat seine eigene Zeit. Wie ich. Wie Rhea. Seine Geheime Zeit. Wichtig ist nur, dass sie tickt. Dass sie lebendig bleibt.«

»Du hast deinen Traum also wahr gemacht«, sagte Filine später am Hafen. Das Boot gefiel ihr sofort, leicht und doch zuverlässig. »*Sonnenvogel 3*« stand am Bug.

»Ja, zusammen mit vielen schlauen Leuten. Garantiert umweltfreundlich. Aber am glücklichsten daran macht mich, dass es uns gelungen ist, mit dem Sonnenlicht menschengemachte Dinge in Bewegung zu bringen. Es bewegt die Pflanzen, es bewegt mein Boot. Für mich eine Art wahre Magie.«

»Ich habe immer daran geglaubt. An dich und an deinen Traum.«

»Ich weiß. Sonst hätte ich es nie geschafft.« Nathan legte ihr einen Arm um die Schultern.

Ohne ihn hätte auch sie manches nicht geschafft. Sie war dankbar, dass er immer für sie da gewesen war und es bleiben würde.

»Die Schuppe des Töveree hast du also am Ende gar nicht gebraucht, um glücklich zu werden«, sagte Nathan nachdenklich, als sie über die Wellen glitten, nahe der Stelle, an der sie damals

Orpheus getroffen hatte. Das Wrack des Frachters war längst wieder verschwunden, von Sand und Wasser verschlungen, diesmal vielleicht für alle Zeit.

»Nein. Und doch hat die Suche danach uns alle zusammengehalten. Im Grunde wusste ich schon als Kind, dass das Glück nicht in einem Ding liegt, sondern dass man es in sich selbst finden oder selbst erschaffen muss. Skem hat uns das früh beigebracht und vorgelebt. Die Schuppe war ein Spiel.« Filine lehnte sich gefährlich weit über die Reling, und Nathan zog hastig den Sicherheitsgurt am Rollstuhl fest. »Ein Bild für den Zauber, der in allen Wesen da draußen ist. Mit mehr Wirklichkeit am Ende, als ich dachte. Es muss den Fisch also geben. Wo kommt er her, warum leuchtet er, wo ist er geblieben? Jemand wie Pinswin wird es eines Tages herausfinden.« Filine spähte in die schäumende Tiefe, als könnte der Töveree jeden Augenblick auftauchen. »Aber dass Rhea die Schuppe am Ende tatsächlich gefunden hat, war vorerst der richtige Abschluss. Die Geschichten zu den Dingen und den Menschen sind das wahre Geschenk, hat Skem immer gesagt. Aber Geschichten brauchen ein Ende. Und Rhea scheint der Fund Glück gebracht zu haben. Sie hat ihren Bruder und eine neue Aufgabe. Und das Haus ihrer Träume.«

»Aber keine Liebe. Julian ist ein Luntrus.«

Filine schmunzelte. Wenn Nathan wütend war, kamen immer noch die alten ostpreußischen Schimpfwörter hoch.

»Nein. Er konnte nicht anders. Er war hier nicht zu Hause. Und mit der Liebe dauert es bei Rhea sicher einfach länger, bis es geschieht. So wie bei mir.«

»Nicht schlimm«, sagte Elvar und trat zu ihnen an die Reling. Sie hatten ihn mit an Bord genommen, weil Nathan wusste, wie fasziniert er von aller Technik war. Bewundernd hatte er das Dach aus Solarzellen betrachtet. »Rheas Seele ist rund und ganz wie eine Kugel, seit sie sich von Julians Verschwinden erholt und ihren Bruder gefunden hat. Sie trägt die Stärke der Stille in sich, weil sie ihre Wurzeln kennt und genau am richtigen Ort ist. Und wer mit den Krabben befreundet ist, hat immer ausreichend Gefährten. Der ist niemals allein.« Elvar zog eine Kugel aus der Tasche und hielt sie auf seiner Handfläche in die Sonne. Die Wolken spiegelten sich in dem blanken Metall. Ihnen allen war, als könnten sie die tiefe Stille in ihrer Mitte trotz des Rauschens der Wellen und des Windes hören.

Ja, dachte Filine. Ja, so ist es.

Sie lud Nathan in die Miesmuschel zum Essen ein. Vor der offenen Tür eines Raumes, der neben der Gaststube lag, hielt sie den Rollstuhl an.

»Hör mal«, sagte sie. Von drinnen drangen Rheas Stimme und die von zwei Männern. »Das ist Rheas neuer Verkaufsraum. Oluf und Björn helfen ihr, ihn zu renovieren. Möchtest du sie begrüßen und es dir ansehen?«

»Später. Sie scheinen sehr beschäftigt, und ich habe Hunger.«

Aber er spähte neugierig um die Ecke. »Das ist Oluf? Erstaunlich, wie ähnlich er Rhea sieht. Und der andere? Dieser Björn? Ist das nicht der Junge, der sie früher immer geärgert hat? So wie er sie ansieht, scheint er jetzt aber sehr verliebt in sie zu sein.«

»Er war schon immer in sie verliebt. Deswegen hat er sie ja geärgert. Jetzt sind sie Freunde. Wie wir.«

»Vielleicht sollte sie ihm eine Chance geben.«

»Vielleicht. Wolltest du nicht etwas essen?«

Aber Nathan konnte sich nicht losreißen. »Ich bin froh, dass sie wieder glücklich aussieht. Sag mal, ist das Lilani, die diesem Oluf gerade einen Farbklecks auf die Nase gesetzt hat? Er hat sie geküsst!«

Filine musste schmunzeln. Nathan klang empört. »Du musst Lilani nicht beschützen. Ja, sie sind verliebt. Sie hat sich von ihrem Freund schon vor einiger Zeit getrennt. Er hat ihr nicht mehr zugehört. Er war nicht gut für sie.«

»Zugehört? Spricht sie denn jetzt?«

»Nein. Aber darum kann man ihr doch trotzdem zuhören! Oluf und Lilani sind genau richtig füreinander. Das war in dem Moment klar, als Rhea sie einander vorgestellt hat. Es war, als hätten sie ein Leben lang aufeinander gewartet.«

Endlich folgte Nathan ihr in die Gaststube. Sie bestellten Hillas berühmtes Deichlamm. Als Valentin das Restaurant eröffnete, hatte Hilla sich seiner angenommen und ihm die regionale Küche nahegebracht. Seitdem waren einige ihrer Spezialitäten fester Bestandteil der Speisekarte. »Darauf habe ich mich schon ewig gefreut.« Nathan legte die Speisekarte weg. »Erklärst du mir noch mal Rheas Geschäftsidee?«

»Das hat sich wie von selbst entwickelt. Als Julian sie verlassen hat, hat sie sich doch mit Handarbeiten getröstet. Sie nähte und strickte und häkelte Pullover, Jacken, Mützen und was weiß ich. Sie sagte, es gäbe ihr das Gefühl, ihr Leben wieder zusammenzuflicken. Irgendwann fing sie an, selbst Garn zu färben, in den Farben von Meer und Himmel, Wolken und Sand, Heide und Kiefern. Amrums Farben. Henny beriet sie dabei. Aus Rheas Werken wurden richtige Kunstwerke.« Filine nahm einen tiefen Schluck Sanddornsaft. Die Bootsfahrt hatte ihre Kehle trocken gemacht, und außerdem hatte sie lange nicht mehr so viel geredet. »Eines Tages hörte sie beim Kellnern, wie ein kleiner Junge begeistert von den Kaninchen erzählte, die er in den Dünen getroffen hatte. Rhea hatte eine Idee. Sie suchte einen Pullover in seiner Größe heraus und nähte eine Applikation aus Stoffstücken darauf, ein Kaninchen vor einem Hintergrund aus Dünen. So wie sie es früher schon mit den Kissen für den Minigolfplatz gemacht hatte. Als die Familie am nächsten Tag wieder im Restaurant saß, schenkte sie dem Jungen den Pullover. Er strahlte, und seine Mutter sagte: ›O wie schön, dann wird er sich jetzt immer an diesen Tag erinnern.‹«

»Ich verstehe. Dadurch kam sie darauf, dass man mit Kleidern auch Geschichten erzählen kann, so wie sie es mit den Minigolfbahnen getan hat. Geschichten zum Anziehen.«

»Genau. Sie wusste sofort, das war es, was sie jetzt tun wollte. Sie hörte den Menschen zu, während sie servierte. Der eine schwärmte von einem Sonnenuntergang, der andere vom Drachensteigenlassen, einer von einem Besuch auf dem Leuchtturm. Also brachte sie auf ihren Pullovern und Jacken Applikationen an. Möwen, den Leuchtturm oder einen Drachen im Wind. Wenn sie den Gästen dann eine Jacke oder einen Pullover mit den passenden Motiven anbot, kauften sie es meistens sofort. Eine Erinnerung, in die man sich hineinkuscheln kann, die nicht nur die Seele warm hält, sondern auch den Körper. Bei Gästen, die länger blieben, passte sie ein Motiv auch manchmal genauer an deren persönliches Erlebnis an. Mit diesen Kleidungsstücken voller Erinnerungen schenkte sie den Menschen ein kleines Stück eigene Helle, Geheime Zeit. Rhea hatte damit sofort Erfolg. Und das machte sie glücklich. Sie konnte wieder kreativ sein und den Menschen eine Freude machen. Sie überredete Valentin, ihr einen Raum zur Verfügung zu stellen, der als Lagerraum gebraucht worden war. Das soll jetzt ihr eigener kleiner Laden und ihre Werkstatt werden. Zum Glück hat sie ja tatkräftige Unterstützung.«

Nathan nickte zufrieden. Nachdenklich drehte er sein Glas hin und her.

»Ja, das passt zu ihr. Haben sie sich gleich gut verstanden, Rhea und ihr Bruder? Ich stelle mir das schwierig vor, wenn man sich so spät kennenlernt. Man sollte sich vertraut sein und ist es doch nicht.«

Filine steckte einen Strohhalm in ihr Glas. Es war einfacher, als es zu heben. »Sie sind nicht zusammen aufgewachsen wie Pinswin und ich, aber dafür entdecken sie sich jeden Tag ein Stück mehr. Ich glaube, es ist ein wunderbares Abenteuer. Oluf hat eine Lücke geschlossen. Ich bin so froh, dass sie jetzt einen Bruder hat, so wie ich Pinswin. Ich wüsste nicht, wie es früher ohne ihn gewesen wäre.«

»Ich habe lange nichts von Pinswin gehört. Lebt er noch in Kalifornien? Er hat auch eine Tochter, nicht wahr?«

»Ja, Jessieanna. Sie ist wesentlich jünger als Rhea.«

»Werden sie endlich mal zu Besuch kommen?«

»Pinswin weicht jedes Mal aus. Ich habe aufgehört, ihn zu fragen. Pinswin macht nichts ohne Grund. Eines Tages wird er zurückkehren. Wenn er es für richtig hält.« Sie legte eine Hand auf Nathans. »Du bist ja da. Wenn es nötig ist.«

»Immer. Darauf kannst du dich verlassen. Bist du wütend auf Pinswin?«

»Nein. Das war ich nie. Ganz am Anfang vielleicht, weil es der falsche Moment war, als er ging. Dachte ich damals. Im Nachhinein glaube ich, es war richtig. Auf jeden Fall konnte er nicht anders. Die Insel ist zu klein für seinen Wissensdurst. Er ist doch schon als Junge immer mit einem Lexikon herumgelaufen. Er musste in die Welt hinaus.«

»Er hat Glück, dass du ihn so gut verstehst. Sag mal, was ist jetzt eigentlich mit Alriks Kwaas?«

»Oh, die Familie, die es bewirtschaftet, ist nett und tüchtig. Severin wusste, was er tat, als er sie aussuchte. Sie machen das prima. Es gibt jedoch noch immer ein Problem mit Stammgästen. Aber die Laufkundschaft genügt, um die Pension einigermaßen wirtschaftlich zu machen.«

»Glaubst du, der Architekt hatte recht? Dass es an der zweifelhaften Statik liegt, dass niemand das Haus mag? Hach, das Deichlamm schmeckt nirgends so gut wie hier.«

Filine staunte immer wieder, mit wie viel Genuss Nathan essen konnte. Vielleicht lag es daran, dass er das Hungern auf der Flucht aus Ostpreußen nie vergessen hatte.

»Vielleicht. Aber ich glaube, dass noch etwas anderes dahintersteckt. Dieses Haus birgt ein Geheimnis. Eines Tages wird es jemand herausfinden.«

Nathan zog eine Augenbraue hoch und zwinkerte ihr zu. »Ein Abenteuer für uns beide? Eine neue Suche?«

Filine schüttelte lächelnd den Kopf. »Dafür bin ich zu glücklich mit meinem Leben. Ich möchte die Tage spüren, so wie sie jetzt sind, das Salz und die Möwenrufe, den Sand und den Wind, nur Gegenwart von morgens bis abends. Mit Lucas und hier auf meiner Insel. Alles ist gut. Solange du noch gelegentlich mit mir hinausschwimmst. Nur wir beide. Wenn du mich stütztst, passiert mir nichts. Dorthin, wo das Licht ist, im Himmel und im Wasser, und wo in seiner eigenen Zeit der Töveree unterwegs war.«

»Immer.«

Hillas berühmtes Deichlamm

6 mittelgroße Möhren
1 kleine Sellerieknolle
4 Schalotten oder kleine Zwiebeln
2 Knoblauchzehen
2 EL Olivenöl
4 Lammhaxen (à 400–500 g)
etwas Butter
2 Rosmarinzweige
2 Thymianzweige
Meersalz und Pfeffer
4 TL Senf
2–3 EL Tomatenmark
½ l trockener Rotwein
1 Glas (400 ml) Lammfond
2 Lorbeerblätter
1 kg mehlige gekochte Kartoffeln
50–75 g eiskalte Butter
Salz

Möhren, Sellerie und Zwiebeln putzen und kleinschneiden. Knoblauchzehen schälen und fein hacken.

Öl in einer Pfanne erhitzen. Fleisch von allen Seiten scharf anbraten. Herausnehmen und in einen Bräter geben.

Gemüse in Bratfett anrösten, bei Bedarf noch etwas Butter hinzugeben. Tomatenmark mit anschwitzen und Rotwein angießen. Etwas einkochen lassen. Fleisch auf das Gemüse legen. Olivenöl auf das Fleisch träufeln, mit Meersalz und frischem gemahlenem Pfeffer würzen, mit Senf einstreichen und alles mit Lammfond aufgießen. Kräuterzweige und Lorbeerblätter darauflegen.
Bei 190 Grad ca. 2 Stunden im geschlossenen Schmortopf garen.
Aus Kartoffeln, Butter und Salz ein Kartoffelstampf bereiten.
Aus dem Jus eine Reduktion fertigen, durch ein Sieb geben, kräftig abschmecken und als Sauce anrichten.
Dazu passt Wirsing oder Wurzelgemüse.

Rhea

2004

33

Der Schalttag

Der Gast war am Tisch hinter seinem leeren Teller zusammengesunken. Wenn Rhea ihn nicht gleich weckte, würde er von der Bank rutschen.

»Bring ihm bitte die Rechnung und den hier. Er hat ein Zimmer gemietet. Zeigst du es ihm? Ich kann hier gerade nicht weg.« Valentin hatte sein Deutsch in den letzten Jahren unermüdlich verbessert. Er drückte ihr einen Schlüssel in die Hand.

»Sicher. Hoffentlich schafft er die Treppe noch. Hatte er einen Grog zu viel?«

»Nein. Er ist nur müde. Hat einen langen Weg hinter sich.«

Sie nahm den Teller beiseite, ehe der Mann noch den Kopf darauflegte. Vom Deichlamm hatte er nichts übriggelassen. »Haben Sie noch einen Wunsch?«, fragte sie. »Oder soll ich Ihnen Ihr Zimmer zeigen?«

Er hob mühsam den Blick, traf ihren und erstarrte. Ganz seltsam sah er sie an.

Beinahe fühlte sie sich in den Moment vor einigen Jahren zurückversetzt, als sie genau in dieser Gaststube zum ersten Mal Oluf gesehen hatte. Ihren Bruder. Auch da hatte sich in einem Augenblick alles verändert, und gleichzeitig war die Zeit wie eingefroren gewesen.

Aber dieser Mann war nicht ihr Bruder. Und auch das Gefühl war ein anderes.

Er war schlank und größer als sie. Sie hatte inzwischen selbst ein paar helle Fäden in ihren dunklen Locken, doch seine kurzgeschnittenen Haare waren schon fast überall silbergrau. Seine Augen hingegen – Rhea konnte die Farbe gar nicht bestimmen, so verwirrt war sie davon, wie jung seine Augen blickten! Jung und warm und so, als hätten sie viele Dinge gesehen, die mindestens so erstaunlich waren wie der Töveree.

Als sie den Satz ihres Vaters das erste Mal gelesen hatte, stellte Rhea sich diese unvermutete Sekunde, die einem im Moment einer solchen Begegnung geschieht und den Rest des Lebens beeinflusst, als etwas Gewaltiges, Erschütterndes vor. Wie einen leuchtenden Abgrund, in den man bereitwillig springt. Als einen Moment, in dem sich der schmale Spalt der Hellen, Geheimen Zeit weit öffnet, voller Licht und Freiheit, beängstigend und beglückend, überwältigend und voller Versprechen: wie der Augenblick der Stille vor dem allerersten Ton in einem Konzert.

Als sie sich dann in Julian verliebte, hatte sie gedacht, es könnte wohl auch etwas sein, das sich langsam ins Leben schlich. Wie die ersten warmen Sommertage im Mai, wie ein leichter Wind, der wie ein Versprechen vom Meer kommt und auf den Prielen ganz leicht die Oberfläche kräuselt, dann Muster zeichnet und Strömungen weckt.

Doch jetzt, an diesem Wintertag Ende Februar, der schon eine Ahnung von Frühling in seinem Licht trug, wusste sie, dass ihre erste Annahme genau richtig gewesen war.

Wie Filine im Moment ihrer Begegnung mit Lucas begriff Rhea erst jetzt, was ihr Vater mit seinem Satz einst gemeint hatte.

Dieser erschöpfte Reisende, an dessen Ärmeln Schlamm

klebte, sah Rhea unverwandt an, als hätte er sie schon einmal gesehen und könnte sich nur nicht erinnern, wo.

Und Rhea hätte am liebsten dort gestanden, den Schlüssel und die Rechnung in der Hand, ohne sich jemals wieder zu rühren und diesen Moment womöglich zu verlieren.

Doch schließlich überwog die Sorge, da er sie allzu seltsam ansah. »Ist alles in Ordnung?«, fragte sie.

»J… ja«, stotterte er. »Ich bin nur so müde. Und das Essen war so gut.«

»Dann wäre das Zimmer jetzt doch genau das Richtige für Sie.«

Sie brachte ihn hinauf. Als er auf der engen Treppe stolperte, nahm sie ihm wortlos einen Teil seines Gepäcks ab. Sie zeigte ihm das Badezimmer und schaltete das Licht für ihn ein.

»Schlafen Sie gut«, sagte sie und wollte das Zimmer verlassen, ehe sie dem lächerlichen Impuls nachgab, zu warten, bis sie die Decke um ihn feststopfen konnte.

»Heißen sie Inge?«, fragte er. »Valentin hat gesagt, dass eine Inge mir das Zimmer zeigt.«

»Nein. Ich bin für Inge eingesprungen. Ich heiße Rhea. Rhea Jessen.«

»Ich bin Kalle. Kalle Brennicke.« Sie gaben sich die Hand. Seine fühlte sich warm und fest und sanft an. Er ließ ihre nicht gleich wieder los. »Und was machen Sie, wenn Sie nicht einspringen?«

»Ich bin Schneiderin. Unten habe ich einen kleinen Laden. Den können Sie sich morgen gerne ansehen. Gute Nacht!«

In ebendiesem Laden stand sie noch Stunden später, obwohl es schon weit in der Nacht war. Das Restaurant war geschlossen, Valentin hatte Feierabend, und das Haus schlief. Rhea hatte in den letzten Jahren ihre Nähkünste vertieft, da ihr das Stricken und Häkeln nicht mehr genügte. Daher nannte sie sich jetzt Schneiderin, wenn die Leute nach ihrem Beruf fragten. Es war leichter, als zu erklären, was sie genau tat.

Irgendwann hatte sie entdeckt, dass die Leute die gelben Öljacken satthatten. Der sogenannte Friesennerz war auf Amrum ein unverzichtbares Kleidungsstück, doch die Leute wollten nicht mehr alle gleich aussehen. Rhea hatte einen Anorak entwickelt, aus einem winddichten und trotzdem angenehmen Stoff, der auch Regen eine Weile aushielt. Die Wärme kam von einer ausknöpfbaren Weste. Es gab viele Taschen für alles, was man so am Strand fand oder brauchte, eine warme Kapuze und außen Applikationen. Rheas Wetterjacken waren der Renner. Kellnern musste sie längst nicht mehr. Sie tat es nur noch, wenn sie aushalf wie heute oder den Geschichten der Feriengäste lauschen wollte, um sich zu Motiven inspirieren zu lassen.

Seit der Begegnung mit Kalle Brennicke fühlte sie sich hellwach. Sie hatte keine Lust, nach Hause zu gehen, sondern begann, einen Anorak für ihn zu schneidern. Sie würde ohnehin keinen Schlaf finden. Der Gedanke an ihn ließ sie nicht los. Oben unter dem Dach schlummerte er hoffentlich tief und fest und wurde seine Erschöpfung los. Es fühlte sich gut an, ihm nahe zu sein, auch wenn er davon keine Ahnung hatte. Warum er sie wohl angesehen hatte wie einen Geist? Wahrscheinlich war er so müde gewesen, dass er sich nicht mehr sicher war, ob er Wirklichkeit und Traum unterscheiden konnte.

Rhea ärgerte sich über sich selbst. Da begegnete sie nach all diesen Jahren jemandem, der sie zutiefst erschütterte und den sie so gern kennenlernen wollte, dass sie ihn am liebsten festgehalten hätte, und dann war es ein Reisender. »Er ist nur auf der Durchreise, er muss eigentlich schon wieder in Berlin sein«, hatte Valentin gesagt.

Irgendetwas stimmte mit dieser Bemerkung nicht, denn Amrum war kein Ort, durch den man einfach so hindurchkam. Nach Amrum gelangte man nur, wenn man genau dorthin wollte.

Es sei denn, man strandete hier, wie ihr Vater.

Unnötig heftig zerriss Rhea einen Faden, statt die Schere zu nehmen. Auch ihr Vater war nur ein paar Tage geblieben. Sollte sich jetzt womöglich alles wiederholen? Jetzt endlich war ihr vielleicht dieser eine, besondere Mensch begegnet – und würde nicht bleiben?

Man munkelte ja, wer einmal Valentins Deichlamm genossen hätte, käme immer wieder.

Rhea atmete tief durch und machte sich daran, diesem Kalle Brennicke wenigstens den schönsten Anorak zu schneidern, der ihr bisher gelungen war. Sie wusste nur noch nicht, was für ein Bild darauf gehörte. Aber das konnte sie noch herausfinden, und vielleicht würde Kalle dann ja, wenn er weiterreiste, von einer gemeinsamen Erinnerung gewärmt werden.

Irgendwann nach Mitternacht lief sie am Strand nach Hause. Das Meer hatte sich zurückgezogen. Tiefe Stille herrschte im Watt, bis auf das Flüstern der Lebewesen im Sand. Der Mond spiegelte sich in den Prielen und füllte sie mit Silber. Land der Spiegel, dachte Rhea. Skem hatte recht. Hier konnte niemand vor sich selbst fortlaufen.

Sie hatte die letzten Jahre genossen, allein im Glasbilderhaus. Einsam hatte sie sich nie gefühlt, nicht bei all den Freunden, die sie um sich hatte. Auch auf der Minigolfbahn sprang sie manchmal noch ein. Selbst in Alriks Kwaas half sie gelegentlich aus. Überall kam sie mit Feriengästen in Berührung. Nein, einsam war sie nicht.

Aber die Begegnung mit Kalle Brennicke hatte ihr unvermutet deutlich gemacht, dass sie nun nicht mehr allein sein wollte. Nicht für immer. Im Glasbilderhaus war so viel Raum für gemeinsame Träume, so viele Farben zum Teilen!

Die Helle, Geheime Zeit auf der Uhr aus dem Schiff ihres Vaters würde immer nur ihr selbst gehören. Aber die bunten Stunden auf der Sonnenuhr, die waren für zwei Menschen gedacht.

Sie stellte sich vor, wie es wäre, mit Kalle auf der kleinen Fensterbank darunter zu sitzen. Die Sonne würde durch die Glasscheiben hindurch ein wenig Himmelblau auf seine interessante Charakternase malen und Wiesengrün auf seine Stirn mit den nachdenklichen Falten.

Schon mit den ersten Vogelrufen war sie wieder wach. Eine Zeitlang lag sie still und überlegte, ob alles nur ein Traum gewesen war. Nein, sicher nicht. Doch wie hatte ein Fremder, dem sie lediglich die Rechnung gebracht und sein Zimmer gezeigt hatte, sie derart beeindrucken können, dass sie mit dem Gedanken an ihn einschlief und auch wieder aufwachte? Er hatte nicht einmal die Augen richtig offen halten können vor Müdigkeit. Wahrscheinlich war sie einfach selbst ein wenig schläfrig gewesen.

Dieser Kalle war nur ein sympathischer Gast. Sie würde nachher die begonnene Jacke für ihn zu Ende schneidern. Vielleicht mochte er sie ja kaufen. Rhea konnte ja schlecht einem wildfremden Mann einen selbstgeschneiderten Anorak schenken, nur weil so viel Licht und so viele Träume in seinem Blick waren und er sie ansah, als ob sie sich schon immer gekannt hätten.

Auf dem Weg zur Miesmuschel holte sie beim Bäcker eine große Tüte Brötchen für Valentins Gäste.

Ein Stück lief sie barfuß am Flutsaum, beglückt über das Kribbeln an ihren Füßen. Es war Ende Februar und das Wasser noch eiskalt, aber gerade darum fühlte sie sich nun wie neu. Die Flut lief zusammen mit dem Morgen auf, das Wasser golden, wo es in der Nacht silbern gewesen war. Der Nebel hob sich. Gefrorene Feuchtigkeitspartikel flirrten wie silberner Staub in der Luft.

Und dann sah sie ihn. Er musste im Watt spazieren gegangen sein und die Flut unterschätzt haben. Sie erkannte seine lange Gestalt sofort, die ihr schon seltsam vertraut war. Kalle schien ratlos, wusste wohl nicht mehr, wie er am besten wieder an den Strand gelangen sollte, da die Priele schon so tief waren.

Dabei hatte Valentin ihn gewiss gewarnt! Um nasse Hosen würde dieser leichtsinnige Gast nun wohl nicht herumkommen. Rhea ging ihm ein Stück entgegen und winkte mit der Brötchentüte, um ihn auf sich aufmerksam zu machen. Sie wusste genau, an welchen Stellen er noch durch die Priele waten konnte. Mit ausholenden Gesten dirigierte sie ihn erst zurück und dann auf den richtigen Weg, Stück für Stück. Er begriff rasch und folgte ihren Anweisungen, bis er vor ihr stand, die Hosenbeine tropfend und seine Füße blaugefroren. Die Schuhe musste er am Strand gelassen haben. In diesem Moment knurrte sein Magen vernehmlich. Er sah Rhea verlegen an.

»Guten Morgen! Und danke! Ohne Sie hätte ich nicht so schnell wieder zurückgefunden.«

Rhea grinste. »Jetzt müssen wir Sie erst rasch trocken kriegen, bevor es was zu essen gibt. Ist ja zum Glück nicht weit. Kommen Sie, gehen wir etwas schneller, dann kommt das Blut wieder in Gang!«

Seine Beine waren so steif von der Kälte, dass seine Schritte erst langsam und unbeholfen waren, doch am Ende rannte er mit ihr durch den hellen Morgen. Federwolken schrieben etwas Geheimnisvolles in den Himmel, der Horizont schien noch weiter als sonst, und Rhea wünschte sich, sie könnten ewig so laufen, am besten bis in den Frühling hinein und den Sommer, der dahinterlag. Warum hatte sie gestern nicht bemerkt, dass die Sonne schon so kräftig wärmte?

Unterwegs sammelten sie seine Stiefel ein. In der Gaststätte angekommen, scheuchte sie Kalle die Treppe hinauf und wies ihn an, mindestens zehn Minuten unter der heißen Dusche zu bleiben. Eine Viertelstunde später brachte sie ihm einen dampfenden Tee aufs Zimmer.» Am besten, Sie trinken ihn noch ganz heiß! Und dann kommen Sie runter zum Frühstück.«

Als sie die Tasse auf den Tisch stellte, entdeckte sie Papiere mit Zeichnungen darauf. Einfache Strichmännchen, offenbar mit dicker Kohle gezeichnet. Doch es waren nicht einfach nur Strichmännchen. Es waren Figuren, die trotz ihrer Einfachheit so lebendig wirkten, dass es sie bis ins Innerste traf. Nur Strichmännchen, und doch hörte Rhea sie jubeln, spürte sie nachdenken, ihre Sehnsucht, ihre Trauer und ihre Liebe, sah sie tanzen, spürte die tiefe, unbändige Freude, die in ihnen war, weil sie zwischen Himmel und Erde unterwegs sein durften.

Sie wusste sofort: Sie alle waren Kalle. Kalle Brennickes Innerstes. Das war seine Seele.

»Sind Sie Künstler?«, war das Einzige, was ihr zu sagen einfiel. Was für eine dumme Frage.

Kalle lachte. »Nein, bestimmt kein Künstler. Nur Busfahrer.«

Rhea runzelte die Stirn. »Das schließt sich nicht gegenseitig aus. Ich bin Schneiderin. Und manches von dem, was ich mache, ist Kunst.«

»Ich freue mich schon darauf, es mir nachher anzusehen«, versicherte er. »Darf ich Ihnen eines der Bilder schenken? Suchen Sie sich eines aus.«

Während sie unten in der Küche beim Frühstück half, bildete sie sich ein, dass sich die Schuppe des Töveree auf ihrer Haut ungewöhnlich warm anfühlte. War es wegen der kleinen Zeichnung, die sie sicher in der Brusttasche ihrer Schürze verstaut hatte?

Kalle sah sich ausführlich in ihrem Laden um. Er betrachtete die Sachen eingehend, fuhr sanft über die Stoffe. Rhea mochte es, wie er die Dinge berührte. Behutsam, ehrfürchtig und doch zärtlich. Sie erzählte ihm, wie es zu ihrer Geschäftsidee gekommen war, und zu ihrer Überraschung verstand er sie sofort.

»Ich versuche auch, eine Geschichte zu erzählen«, sagte er. »Auf meiner Reise habe ich die Wörter für die eine, große Geschichte gesucht, die in mir brennt. Die Geschichte über das Leben. Mit dem Fahrrad bin ich rund um Dänemark gefahren und habe im Zelt geschlafen, fast jede Nacht woanders. Ich habe viele Wörter gefunden, aber ich bin noch nicht fertig damit, auch wenn die Reise jetzt zu Ende ist. Ich muss eigentlich schon wieder in Berlin sein, sonst verliere ich meinen Job. Ich war ein halbes Jahr weg.« Sorgfältig wählte er eine Weste aus und bat Rhea, sie so einzupacken, dass er sie auf die Post bringen konnte. »Ein Geschenk an eine Freundin«, sagte er. Rhea spürte einen Stich von Eifersucht, über den sie sich ärgerte.

»Die Sekretärin meines Chefs«, sagte er. »Sie war immer wie eine Mutter zu mir und hat sich um meine Wohnung gekümmert, während ich fort war.«

»Die Geschichten sind das Geschenk«, hatte Skem ihr beigebracht. Und jetzt kam ein Mann, der eine Geschichte schrieb.

Später brachte sie ihn und das Paket zu Oluf, denn in dessen Buchhandlung konnte man auch Post abgeben. Oluf hatte die Buchhandlung schon vor Jahren übernommen. Er wollte ein neues Leben beginnen, mit Rhea und mit Lilani, auf dieser Insel, die ihn ebenso fesselte, wie sie einst seinem Vater gefallen hatte. Nebenbei fotografierte er und veröffentlichte Kalender und Bildbände. Rhea war immer noch ungläubig glücklich darüber, dass er geblieben war.

Jetzt sorgte sie dafür, dass Kalle sich Gummistiefel kaufte, damit er nicht mehr mit nassen Stiefeln oder gar barfuß im kalten Watt herumlief, auch wenn er bald wieder abreiste. Kalle willigte ein, bestand aber darauf, auch noch einen gelbgrünen Kinderdrachen zu kaufen, der in einem Ständer an der Kasse stand.

Rhea musste Kalle versprechen, nach der Mittagsschicht mit ihm an den Strand zu gehen und den Drachen steigen zu lassen.

Beim Servieren erwischte sie sich dabei, dass sie vor sich hin pfiff. Sie konnte sich nicht erinnern, wann ihr dies das letzte Mal passiert war.

Nun trugen sie beide Gummistiefel und dicke Socken. Wie zwei, die zusammengehören. Die Kälte konnte ihnen nichts anhaben. Der gleichmäßige Vorfrühlingswind war genau richtig. Kaum hatte Rhea den Drachen losgelassen, jagte er schon in den Himmel hinauf, dessen Ränder meergrün leuchteten. Sie folgten ihm auf den Horizont zu, hüpften durch Priele, rannten lachend den Kniepsand entlang. Zwischendurch erzählten sie sich Dinge voneinander, unbedeutende Dinge eigentlich, doch an diesem Nachmittag hörte sich alles verrückt und wunderbar an. Rhea erklärte Kalle die Namen der Muscheln und ließ ihn den Seetang kosten. Sie stellte ihm die Krabben vor und zog ihm die Mütze tiefer über die Ohren, als sie davonzufliegen drohte. In diesen flüchtigen Stunden, in denen er bei ihr war, genoß sie es, fürsorglich zu sein. So als ob er bleiben und für immer zu ihr gehören würde und es ein Ding der Alltäglichkeit werden könnte, dass sie sich um seine kalten Ohren kümmerte und er sie an ihre Schuhe erinnerte, wenn es nötig war.

Als sie sich später wieder dem Strand näherten, breiteten sich die Priele schon aus, die Flut stieg und verschlang den Tag, die tiefstehende Sonne goss ihr feuerfarbenes Glühen auf die Wasserflächen, und der Drachen stürzte schließlich in dieses kühle Feuer hinein, als sie die Schnur einholten.

In der Nacht stand Rhea ein weiteres Mal schlaflos in ihrer Werkstatt und beendete die Arbeit an Kalles Jacke.

An diesem Nachmittag war sie so froh wie noch nie über ihre Fähigkeit, mit Zeit umzugehen. Wozu war sie nach Rhea, der Göttin der Zeit, benannt? Sie hatte jede einzelne Sekunde mit Kalle rund und groß gemacht wie die Glasmurmeln, die sie als

Kind so geliebt hatte und mit denen sie Murmelbahnen im Sand gebaut und so die ersten Minigolfbahnen entworfen hatte. Glasmurmeln, die klar waren wie Fluttümpel am Morgen, mit bunten Fäden darin, die sich wie Spiralen hindurchgezogen hatten, wie Wendeltreppen in eine Unendlichkeit. Als Kind hatte sie sich oft in diese kleinen runden Welten hineingeträumt. Nun gab sie jedem Augenblick, den sie mit ihrem besonderen Reisenden geteilt hatte, eine ebensolche Gestalt, jede von einer anderen Farbe durchzogen, und verstaute sie so sicher in ihren Gedanken, wie sie ihre Schätze früher in den Dünen bei den Kaninchen vergraben hatte.

Abends saß sie noch lange im Glasbilderzimmer und beobachtete den Schatten des Töveree in der Fensterscheibe, den der Mond über die Fliesen wandern ließ. Dabei versuchte sie sich vorzustellen, wie eine Zukunft ohne Kalle aussehen würde.

»Seit Oluf da ist und ich den Namen deines Vaters kenne, ist etwas anders geworden«, hatte Filine eine Weile nach Olufs Ankunft einmal gesagt. »Manchmal ist mir nachts, als würde ich ein Echo unseres Lachens damals hören. Dieses Echo ist irgendwo da oben zwischen den Sternen unterwegs und zeigt mir, dass nichts, was gut war, jemals ganz vorbei ist. Die Zeit ist keine Linie. Die Zeit ist eine Kugel, wie Elvars Stillekugeln. Eine Kugel, in der alles gut aufgehoben ist und sich immer wieder begegnet.«

Von dieser Vorstellung getröstet, schlief Rhea irgendwann ein. Wenn das stimmte, würde Kalle niemals ganz fortgehen. Gerne hätte sie ihm das Glasbilderhaus gezeigt, aber sie wusste, wenn er einmal in diesem Raum gewesen wäre, würde es zu sehr schmerzen, ihn gehenzulassen. Ohne ihn würde sich dieser Raum danach nie wieder vollständig anfühlen.

Am nächsten Tag kam er früh in ihren Laden. »Rhea, ich habe Oluf versprochen, ihm mit etwas zu helfen. Aber würdest du mir heute Nachmittag die Insel zeigen? Ich habe noch nicht genug davon gesehen. Eigentlich war ich bisher nur im Watt. Hast du Zeit?«

»Ja, gerne, hol mich nach der Mittagsschicht ab, wie gestern. Warte, ich habe etwas für dich!«

Die Jacke für ihn war fertig. Ein wetterfester Anorak, aber weicher. Die Farben flossen ineinander, Sand- und Erdbraun wie das Watt, an den Schultern leicht in Blau übergehend. Auf der linken Brusttasche flog dezent ein kleiner Drachen, gelb mit bunten Streifen. Der Drachen von gestern.

Kalle war sprachlos. Dann nahm er Rhea in den Arm. Sie hielten sich eine Weile fest.

»So etwas Schönes hat mir noch niemals jemand geschenkt«, sagte er heiser. Einen Augenblick lang dachte sie, er würde sie küssen, aber stattdessen sagte er: »Du weißt, ich muss morgen die Fähre nehmen.«

»Ich weiß«, sagte sie und wandte sich ab, tat so, als müsste sie einen Pullover zusammenlegen. »Bis später.« Als er schon an der Tür war, drehte sie sich um. »Kalle«, fragte sie, »warum siehst du mich manchmal so seltsam an? Wie schon am ersten Abend?«

Er kam noch einmal zurück. »Weil es so merkwürdig ist. Unheimlich. Als ich im Herbst meine Reise in Warnemünde begann, sah ich eine Fähre vorbeifahren. Richtung Schweden oder Dänemark. An der Reling stand eine Frau, eine Frau mit dunklen Haaren, in denen der Wind unterwegs war, mit grauen

Augen und einem Lächeln und Grübchen wie deinen. Ihr Gesicht begleitete mich auf der ganzen Reise und ließ mich nicht wieder los. Als ich dich dann hier sah, dachte ich, dich wiedererkannt zu haben. Aber ich habe Oluf gefragt, und er sagt, du hättest die Insel im letzten Jahr nicht einmal verlassen.«

»Das stimmt.«

Er sah sie lange an. »Dann muss es wohl eine Art Vorahnung gewesen sein. Eine Ahnung von einer Begegnung, die ich niemals vergessen werde.«

An diesem Nachmittag schien die Sonne nicht. Ein weiches, helles Grau bedeckte den Himmel. Rhea lieh sich Olufs Auto. Sie zeigte Kalle die alte Vogelkoje, den Wriakhörnsee und die Spuren einer Steinzeitsiedlung, die Pinswin mit ausgegraben hatte. Sie stiegen zusammen auf den Leuchtturm, aßen Eis am Hafen und besichtigten die alte Kirche und den Grabstein von Hark Olufs, auf dem dessen Geschichte eingemeißelt war. Und sie nahm Kalle mit auf den Friedhof der Namenlosen. Als sie an dem niedrigen weißen Tor standen, beugte er sich vor und küsste Rhea. Er blies sanft in ihr Haar. »Ich möchte, dass mein Atem dort wohnt, wo der Wind auch bei Windstille unterwegs ist, in deinen Locken!«, flüsterte er in ihr Ohr.

Sie pflückte ihm eine Kiefernadel aus der Augenbraue. »Es wird bald dunkel. Wir müssen zurück.« Ihre Worte fielen schwer zwischen ihnen auf den Boden, verloren wie die heimatlosen Toten hinter ihnen.

Bei Valentin war der Teufel los. Zwei Reisegruppen drängten sich in der engen Gaststube. Am Ende sprangen Rhea und Kalle beide ein und kellnerten um die Wette. Der Mann war voller Überraschungen. Wie sich herausstellte, hatte er in Berlin oft in einer Pizzeria gekellnert und auf seiner Reise in einem Lokal an der Ostsee. Rhea und Kalle waren dankbar dafür, dass sie so beschäftigt waren, nur Blicke und Berührungen tauschen konnten, bis die Arbeit und dieser schmerzliche letzte Abend irgendwann zu Ende und sie beide völlig erschöpft waren.

»Ich möchte, dass wir uns jetzt verabschieden«, sagte Rhea, als der letzte Gast gegangen war. Sie standen vor der Haustür. Die Sterne über ihnen schwiegen. Heute war kein Lachen dort unterwegs. Auch der Mond schien nicht.

Morgen würde Kalle in sein eigenes Leben zurückkehren, wie es einst Rheas Vater getan hatte. Und das Wasser würde weiter steigen und fallen im endlosen Rhythmus von Ebbe und Flut. Der Wind würde den Sand von hier nach dort und wieder zurücktreiben, die Vögel aus dem Süden her und im Herbst wieder dorthin zurückfliegen, die Wesen im Watt und im Sand flüstern wie immer, und die Welt würde nicht untergehen.

Dennoch konnte sich Rhea nicht vorstellen, wie sie den nächsten Tag durchstehen sollte. Und den danach, und die tausend Osterglocken in ihrem Garten, die sie ohne Kalle betrachten würde.

»Es tut mir so leid, dass ich nicht bleiben kann«, sagte er, und dann war da Schweigen, ein schweres, hilfloses Schweigen. Als er sie küsste, stellte Rhea fest, dass sie ihre Macht über die Zeit verloren hatte, denn die Helle, Geheime Zeit war gerade so dunkel, dass sie sie nicht mehr finden konnte. Darum dauerten der Kuss und Kalles Arme um sie und seine Wärme an ihrem Ohr nur einen einzigen Atemzug lang, waren nur ein Wimpernschlag in der Nacht, kurz wie der sehnsüchtige Ruf einer Wildgans weit über ihnen, die auch auf Reisen war.

Am nächsten Tag ging Rhea nicht kellnern und auch nicht in ihren Laden. Sie fand bis mittags nicht die Kraft aufzustehen. Danach blieb sie lange unter der Dusche, in der Hoffnung, dass der dumpfe Schmerz mit dem Wasser in den Abfluss rinnen würde, wenn sie nur lange genug dort stand. Mit Julian hatte sie so viele Jahre verbracht, und seinen Fortgang hatte sie leichter überwunden als angenommen.

Mit Kalle hatte sie nur wenige Tage gehabt, doch die nie zuvor gekannte Hoffnungslosigkeit und Trauer, die sie jetzt überkam, traf sie unerwartet und machte sie hilfloser, als sie sich jemals gefühlt hatte.

Eine Weile stand sie vor dem Kalender und überlegte, ob der gestrige Tag vielleicht wiederkehren würde, wenn sie das Kalenderblatt nicht abriss. Doch es half ja nichts, es musste irgendwie weitergehen. Sie entfernte das Papier und stellte fest, dass nun der neunundzwanzigste Februar war. Wenn dieses Jahr kein Schaltjahr gewesen wäre, würde dieser Tag gar nicht existieren.

Dann hätte Kalle heute nicht abfahren können.

Aber dann hätte er bereits gestern abreisen müssen, und der gemeinsame Nachmittag wäre nie geschehen. Kalle hätte sie nie geküsst. Womöglich wäre er gar nicht erst auf die Insel gekommen, weil es sich nicht gelohnt hätte, denn am ersten März musste er seine Arbeit wieder antreten.

Es gab also diesen verflixten Tag, diesen völlig überflüssigen neunundzwanzigsten Februar, und sie musste sich damit abfinden, dass sie für Kalle nur ein abschließendes Erlebnis auf seiner großen Reise gewesen war. Eine Begegnung von vielen. Ein einziges Wort in seiner einen, großen Geschichte.

Rhea konnte nichts essen und nippte mit Mühe an einer Tasse Tee, als sie draußen ein Fahrrad klappern hörte. Sicher der Briefträger. Sie brachte es kaum über sich, zur Tür zu gehen. Doch der Briefträger konnte nichts für ihre Stimmung.

Sie öffnete.

Die Sonne warf einen langen Schatten die Treppenstufen herauf. Rhea erkannte diesen Schatten, bevor sie den Blick hob.

Vor ihr stand Kalle. Er war barfuß und von oben bis unten mit schwarzem Schlamm bedeckt.

»Ich bin noch ein letztes Mal ins Watt gelaufen, bevor die Fähre kam. Ich konnte nicht anders«, sagte er. »Etwas rief mich. Dort bin ich in ein Schlickloch gefallen und stecken geblieben.« Er kam einen Schritt näher. »Und in diesem Augenblick, als die Erde mich gnadenlos festhielt, wusste ich, dass ich genau dort angekommen bin, wo ich immer sein wollte.« Er wischte sich Sand von der Stirn und hinterließ eine Spur wie ein Ausrufezeichen. »Ich habe es nur nicht gewusst! Mein ganzes Leben war eine Reise hin zu diesem Ort.« Fragend blickte er zu ihr auf. Wieder dehnte sich ein Schweigen zwischen ihnen, doch diesmal war es voller Hoffnung. »Wenn du möchtest, bleibe ich.«

Sie kostete diesen Satz aus, wie sie sonst dem Zuckertang nachgeschmeckt hatte, drehte ihn in ihren Gedanken hin und her und betrachtete ihn von allen Seiten. Er schmeckte süß, herb und warm zugleich, und er war hell, heller als die Geheime Zeit, denn er war wirklich. Fast hätte sie in ihrer beglückten Begegnung mit diesem Satz nicht bemerkt, dass Kalle weitersprach.

»Ich stelle mein Zelt in den Dünen am Leuchtturm auf, und wir sehen, wie es mit uns weitergeht. Was hältst du davon?« Er setzte einen Fuß auf die Treppe und stützte sich auf sein Knie, ein wenig außer Atem. Er musste sich sehr beeilt haben, zu ihr zu kommen. Dabei hatten sie noch den ganzen großen Rest ihres Lebens vor sich, der auf sie beide wartete, zusammen mit dem Frühling, der genau morgen begann.

Es gab nur Kalle, Rhea und die Zukunft. Die Zukunft auf dieser Insel, auf der Vergänglichkeit und Ewigkeit gleichermaßen zu Hause waren.

Kalle würde noch bei ihr sein, wenn es warm wurde. Ihr heimlicher Wunsch konnte in Erfüllung gehen. Sie hatte so sehr davon geträumt, ihm das Meeresleuchten zu zeigen und mit ihm in die blauen Wellen zu tauchen.

Sie gehörten zusammen. Sie hatten schon immer zusammengehört. Sie waren sich nur nicht früher begegnet, und das war richtig so. Beide hatten erst ihre eigene Geschichte erleben müssen, bevor sie ein Geschenk füreinander sein konnten.

Ein Kaninchen spähte vorsichtig um die Hausecke. Ob es angesichts des Fremden wohl wagen konnte, sich die Mohrrübe zu holen, die wie jeden Tag auf der unteren Treppenstufe bereitlag? Nach einigem Zögern beschloss es, Kalle zu vertrauen.

»Als ich im Herbst in Berlin aufbrach, war ich nicht nur auf der Suche nach Worten«, sagte Kalle. »Ich erinnerte mich an ein Gefühl, das ich hatte, als ich jung war, und ich wollte es unbedingt wiederfinden. Du kennst es sicher. Das Gefühl, das man auch im Winter haben kann und auch wenn man nicht mehr jung ist: dass man an einem Junimorgen aufwacht, der nach Erdbeeren duftet, an dem die Amseln singen und alles möglich ist.«

»Und? Hast du es gefunden?« Rhea konnte kaum sprechen, so sehr sprudelte Freude in ihr auf.

»Nein. Unterwegs nicht. Aber jetzt! Genau in dem Augenblick, als ich da im Watt feststeckte und wusste, dass ich direkt zu dir gehen würde, wenn ich je wieder aus diesem Loch käme, da habe ich es gefunden. Es war noch größer als damals.«

»Ich weiß, was du meinst.«

Rhea war nicht sicher, ob die Schuppe des Töveree etwas damit zu tun hatte, dass sie immer mehr in ihrem Leben angekommen war, seit diese so wellenkühl auf ihrer Haut lag.

Doch jetzt erst, an diesem neunundzwanzigsten Februar, als Kalle vor ihr stand und ihre Blicke einander trafen und hielten und sich eine Geheime Zeit öffnete, die heller war als je zuvor, in diesem Moment fühlte sie sich zum ersten Mal wirklich so, wie es ihr Vater gemeint und versprochen hatte.

Meerestiefhimmelweitsommerhell lebendig.

Epilog

Eine frische Frühlingsbrise wehte mir die Haare um die Ohren. Ich klingelte nicht, sondern spazierte einfach durch das blaugestrichene Gartentor mit dem weißen Segelschiff. Das gehörte sich nicht, aber wer hatte dieses Recht, wenn nicht ich? Schließlich wusste ich, wo ich Rhea finden würde.

Die Tür war nicht verschlossen, und ich ging durch das Haus in den Garten. Staunend blieb ich stehen. Er war noch schöner, als ich ihn mir vorgestellt hatte. Alle Osterglocken, die vor langer Zeit einmal jemand aus Liebe dort gepflanzt hatte, standen in Blüte. Inzwischen waren es viel mehr als tausend. In jedem Winkel ließ der Wind sie tanzen. Inmitten dieses gelben Meeres, dessen Duft mir in die Nase stieg, saß Rhea am Wasserbecken und ließ die Füße baumeln. Sie trug eine gelbe Bluse, die zu den Osterglocken passte, und sah aus wie der Frühling persönlich. Bei diesem Anblick beschloss ich, dass ich sie gar nicht zu fragen brauchte, ob sie glücklich war. Ich hatte nur nachsehen wollen, ob alles in Ordnung war, bevor ich ging und den letzten Punkt unter die Geschichte setzte, um sie endlich den Lesern zu schenken.

Doch in diesem Augenblick bemerkte sie mich. Sie schien ein wenig erstaunt, mich zu sehen, aber sie ahnte sofort, wer ich war. Schließlich hatten wir eine lange Zeit miteinander verbracht.

»Du bist die Autorin, nicht wahr? Setz dich doch zu mir. Das Wasser ist eiskalt, aber es tut gut.«

O ja. Die Kälte im Wasser erzählte noch vom Winter, auch wenn die Bienen in den Osterglocken summten. Es prickelte herrlich an den Fußsohlen. Auf dem Boden des Beckens sah ich die Fischbilder, die Lentjes Vater dort aus den zerbrochenen Fliesen zusammengesetzt hatte.

Die Sonne ließ den Anhänger an Rheas Hals aufblitzen.

»Darf ich die Schuppe einmal berühren?«, fragte ich sie.

»Gern.«

Wie glatt und kühl sie sich anfühlte! Wie fein das Muster darauf war und wie sie von innen heraus bläulich schimmerte, sogar an diesem hellen Tag.

»Ob irgendwann jemand im Watt auch noch eine finden wird? Oder ganz woanders auf der Welt?« Rhea sah mich fragend an.

»Wo ist Kalle?«, erkundigte ich mich.

»Das weißt du doch ganz genau. Der Campingplatz hat eröffnet, und Kalle baut sein Zelt unter dem Leuchtturm in den Dünen auf. Dann braucht er sein Zimmer bei Valentin nicht mehr. Er hat auch schon hier übernachtet. Aber wir wollen es langsam angehen lassen. Dieser Sommer gehört uns. Wir wollen jeden Tag genießen, an dem wir uns näher kennenlernen dürfen. Kalle sehnt sich nach seinem Zelt. Er liebt es, darin zu schlafen und der Erde und dem Himmel nahe zu sein. Er will mir zeigen, wie das ist.« Sie drehte sich zum Glasbilderhaus um und betrachtete es liebevoll. »Früher oder später wird er hier einziehen. Das Haus freut sich schon auf ihn. Ich möchte, dass es ein gastfreundliches Haus wird. Und ich denke, dass hier noch viele Menschen Antworten auf ihre Fragen finden werden und Licht und Farben für ihre Seele.« Sie plätscherte zufrieden mit den Füßen. »Aber du hast meine Frage nicht beantwortet. Gibt es noch mehr Schuppen vom Töveree? Und was ist nur aus ihm geworden? Skem weiß etwas, aber ich konnte sein Geheimnis nie aus ihm herauskitzeln. Und was ist das Problem mit Alriks Kwaas? He, wohin willst du?«

Ich war aufgestanden und schüttelte das Gras von meinen Hosenbeinen.

»Du brauchst mich doch nicht mehr, Rhea. Ich gehöre gar nicht in diese Geschichte. Ich muss gehen.«

Rhea sprang auch auf und fixierte mich streng mit diesen großen grauen Augen. »Du kannst doch all diese Fragen nicht offenlassen! Unfertige Geschichten verschenken geht nicht. Ich habe doch auch keine halben Minigolfbahnen gebaut! Was glaubst du, was die Gäste sagen würden, wenn es für den Ball keine Ziele gäbe und ihre Bemühungen alle ins Leere laufen würden? So geht das nicht!«

Ich sah sie an. »Fühlst du dich unfertig?«

Sie lächelte. »Nein. Ich habe mich noch nie so vollständig gefühlt wie jetzt, seit Kalle bei mir ist. Aber zu der Geschichte gehören noch andere Menschen. Da hast du noch viel zu tun!«

Ich gab auf. Sie hatte nun mal Filines Hartnäckigkeit geerbt, und ich hatte es so gewollt.

»Bekomme ich wenigstens noch einen Kakao, bevor ich das nächste Buch schreibe?«

Zufrieden stapfte sie auf die Küchentür zu. »Sicher. Komm rein.«

Während sie in der Küche hantierte, setzte ich mich auf die Fensterbank unter der Sonnenuhr aus Glas. Der Nachmittag warf das Licht der bunten Zeit an die gegenüberliegende Wand. Die blaue Stunde spiegelte sich so hell, dass ich geblendet die

Augen schloss. Doch das Blau sah ich hinter meinen Lidern immer noch, und darin erkannte ich zu meiner Überraschung eine Figur. Ein Mädchen, das einen fremden, nebligen Strand entlangrannte und voller Sorge nach jemandem rief.

Danksagung

Geschichten sind ein Geschenk, aber sie kommen nur durch die Geschenke der anderen zustande.

Ich bedanke mich bei den Amrumern Ingeline (Quedens) Kanzler und ihrem Mann Karl-Heinz, die unsere Familie ursprünglich nach Amrum lockten.

Ich danke meinen Eltern, dass sie diesem Ruf folgten und mir viele Kindheitsferien auf der Insel schenkten, voller Staunen, Glück und Weite. Ich danke meiner Freundin Irina Taurit für die Tage, die wir dort im Zelt verbrachten, glücklich und frei zwischen Himmel und Erde.

Danke auch, liebe Ingeline Kanzler, für das interessante Gespräch im Frühling und die vielen hilfreichen Informationen, die mir beim Schreiben der Geschichte geholfen haben.

Ich danke meinem Mann Peter Schneider dafür, dass er der erste Leser meiner Geschichten ist, und für seine Fehlersuche, hilfreiche Kritik und liebevolle Unterstützung.

Ich danke Herrn Dr. Ronald Henss für seine schnellen und stetigen Korrekturen und Verbesserungsvorschläge.

Ich danke der »Patentante« dieser Geschichte, Heike Dewald, dafür, dass sie mir so viel Mut gemacht hat, als es sehr nötig war, und für ihre kreativen und äußerst hilfreichen Ideen, Fragen und Anmerkungen.

Ich danke meiner wunderbaren Lektorin Susanne Kiesow für

ihre Unterstützung, ihren Optimismus und die leckeren Rezepte im Buch.

Vor allem danke ich allen Lesern, die meinen Geschichten ihre Zeit schenken, denn Zeit ist das Kostbarste, was wir haben.

Leseprobe aus dem Roman

Wo die Dünen schimmern

von

Patricia Koelle

1
Solange du was bewegst

»Was fällt Ihnen ein? Ich habe bereits die Polizei gerufen!«

Sie war so in ihr Werk vertieft gewesen, dass sie den Hausbesitzer nicht hatte kommen hören. Gerade hatte sie dem Windrad einen Probeschwung versetzt, um zu sehen, ob es leicht genug lief. Es war eines ihrer besten, die Flügel mit bunten Stoffen in den Farben des Sommers bespannt. Dieses Modell war nicht für die Ewigkeit gemacht, aber umso mehr dafür, einen Winter lang Farbe in die grauen Monate zu bringen. Und in diesen Vorgarten, der so langweilig war wie das dazugehörige Gebäude. Nirgendwo ein bunter Fleck, nicht ein einziger Strauch, nur gerade, langweilige Linien und lebensfeindliche Ordnung.

»Einbruch, Sachbeschädigung und das Hinterlassen von Müll!«, sagte die kalte Stimme des Hausbesitzers hinter ihr. »Da kommt einiges zusammen!«

»Warum denn Einbruch? Sie haben nicht einmal einen Zaun!« Sie drehte sich um und sah erleichtert, dass Bob Deston gerade aus seinem Polizeiauto gestiegen war. Der Mann, der ihr mit verschränkten Armen und wutrotem Kopf genüberstand, konnte nicht wissen, dass Bob ein alter Bekannter war.

»Ich wollte Sie nicht belästigen«, sagte sie höflich zu dem Hausbesitzer, um Zeit zu gewinnen. »Gefällt Ihnen das Windrad nicht? Es ist doch schön und bringt ein wenig Bewegung in Ihren Vorgarten. Oder vielleicht mag Ihre Frau es?«

»Einbruch, Sachbeschädigung und das Hinterlassen von Müll! Nichts sonst.« Der Mann wies empört auf das kleine Loch, das die Stange des Windrads in seinen Rasen gebohrt hatte.

»Na, ganz so schlimm scheint es mir nicht zu sein. Wir werden uns sicherlich einig.« Bob Deston tippte an seine Uniformmütze. »Guten Tag, Mr Piers.«

»Endlich. Gut, dass Sie da sind! Ich hoffe, Sie werden diesem Unfug ein Ende bereiten und die junge Dame mitnehmen.«

Bob seufzte. »Jessieanna Jessen! Natürlich. Wer sonst?«

»Hallo, Mr Deston.« Sie schenkte ihm ein strahlendes Lächeln.

Der Hausbesitzer blickte von ihr zu dem Polizisten. »Wiederholungstäterin, was? Polizeibekannt, ja?«

»Allerdings. Doch Sie sagten ja selbst, es handelt sich um Unfug. Ich bin mir sicher, Miss Jessen wird das störende Objekt sofort entfernen und sich entschuldigen. Aber wir sprechen hier nicht von Müll, wissen Sie. Miss Jessen ist Künstlerin. Die Stadt Lorisville hat ihr gerade eine Menge dafür bezahlt, ein großes Windrad in ihrem Stadtpark aufzustellen.«

»Ach wirklich?« Der Hausbesitzer musterte das Objekt des Anstoßes und schien zu überlegen, ob er es womöglich zu Geld machen konnte, da es auf seinem Grund und Boden stand.

Jessieanna beeilte sich, die Stange aus dem Rasen zu ziehen und das Loch wieder zuzudrücken. Außer ein paar geknickten Grashalmen sah man nichts mehr. Und die hatte die kalifornische Sonne ohnehin längst verbrannt. Aufgrund der Dürre war das Gießen im Sommer oft verboten gewesen.

»Es tut mir leid, dass ich Farbe in Ihren Garten bringen wollte. Einen schönen Tag noch.«

»Also wirklich, Jessieanna.« Bob stemmte die Arme in die Seiten, als sie in der Deckung des Polizeiautos auf der Straße standen. »Du warst zehn Jahre alt, als ich dich das erste Mal aus dem Garten eines Fremden holen musste. Das ist jetzt sechzehn Jahre her, und ich habe aufgehört zu zählen, wie oft es in dieser Zeit vorkam. Bist du nicht endlich zu erwachsen dafür?«

»Ach, Bob. Man kann nie zu alt sein, um ein bisschen Leben und Farbe in der Welt zu verteilen. Du hast doch selbst immer bunte Bonbons in der Tasche, falls jemand Trost braucht.«

»Stimmt. Aber du bekommst jetzt keins! Ich kann das nicht auch noch belohnen.« Jetzt hatte sie ihn endlich zum Lächeln gebracht. »Und nach Hause fahren muss ich dich wohl auch nicht mehr.«

»Nö. Aber danke für das Angebot. Grüßen Sie Ihre Frau, Bob.«

Sie winkte ihm nach und überlegte, wo sie das Windrad jetzt unterbringen sollte. Es war wichtig, eine Stelle dafür zu finden. Je mehr Windräder sie im Städtchen Junco und dem Umland verteilte, desto mehr stieg die Wahrscheinlichkeit, dass Katriona nicht sterben würde. Zumindest redete sie sich das ein, um sich nicht ganz so hilflos zu fühlen. Es war das Einzige, was sie tun konnte.

Sie legte das Windrad vorsichtig auf die Rückbank ihres Autos und fuhr los. Zwei Blocks weiter entdeckte sie einen Garten, der auch keinen Zaun hatte, wie es hier üblich war, aber von Blumenbeeten gesäumt ein ganz anderes Bild bot als der vorhin. Sie stieg aus und steckte das Rad zwischen ein paar letzte Herbstastern. Der kühle Oktoberwind fing sich sofort darin und wirbelte es fröhlich um seine Achse.

Jessieanna betrachtete es zufrieden und stieg wieder ein. Am Haus öffnete sich ein Fenster. Eine weißhaarige Frau beugte sich heraus. »Wie schön! Vielen Dank!«, rief sie und winkte.

»Geht doch«, sagte Jessieanna zu der schimmernden Schnecke, die in der Mitte ihres Steuerrads klebte. Es war ein Fossil, das ihr Vater ihr geschenkt hatte. Ein versteinerter Ammonit, der sich im Laufe der Jahrmillionen in Opal verwandelt hatte, der in allen Regenbogenfarben leuchtete, wenn Licht ihn traf.

Jessieanna gab Gas. Ein weiteres Windrad hatte sie noch im Kofferraum. Ein paar Stunden Tageslicht waren übrig, auch wenn es zunehmend grauer wurde und der Wind auffrischte. Dieses Rad musste unbedingt an den Strand. Dafür war es gemacht.

Außerdem war es eine Gelegenheit, möglicherweise nach Katriona zu sehen. Es war genauso ein Tag, an dem sie am Strand sein würde. Weil das ihr Platz war und weil es, wie sie behauptete, wesentlich besser gegen ihre Krankheit half als alle Chemotherapien, mit denen die Ärzte sie bombardierten.

Die Fahrt zum Strand dauerte eine gute halbe Stunde. Während Jessieanna sich durch den dichter werdenden Nebel um die Kurven kämpfte, dachte sie an Bobs Worte. Ja, es stimmte, sie war gerade zehn gewesen, als sie das erste Mal Windräder verteilte. Schief und krumm waren die noch gewesen und hielten meistens nicht länger als ein paar Windstöße, aber gedreht hatten sie sich alle. Sie konnte kaum glauben, dass das schon so lange her war.

Sie wusste noch haargenau, wie sie sich gefühlt hatte, damals im Krankenhaus. Ein verschrecktes Kind, das gegen seine Leukämie kämpfte, ohne zu verstehen, was das war. Der unsichtbare

Feind im Körper, den man nicht hören konnte und nicht verstehen, füllte sie mit einem Entsetzen, für das es keine Worte gab. Sie hatte die Sorge in den Gesichtern ihrer Eltern gesehen und Schuld gespürt, ohne zu wissen, warum und was sie dagegen tun konnte. Sie hatte sich schwach und hilflos und eingesperrt gefühlt, wütend und traurig zugleich.

Und dann kam Katriona.

Katriona setzte sich neben sie auf die Bank im Krankenhausflur und lächelte sie an, und auf einmal fühlte sich Jessieanna leichter und nicht mehr allein. Katriona war viel älter, damals so alt wie Jessieanna jetzt. Sie war groß und schlank und hatte kein einziges Haar auf dem Kopf, und sie war so wunderschön, dass Jessieanna in diesem Augenblick die Angst davor verlor, die letzten ihrer eigenen Haare zu verlieren. Sie wünschte sich nur, dass das bald so weit war und sie dann so schön wäre wie Katriona.

Diese große Frau sagte kein Wort. Sie lächelte nur, und dann zauberte sie eine Handvoll Strohhalme und Zahnstocher aus ihrer großen Tasche und eine Rolle Garn. Aus einer herumliegenden Zeitschrift riss sie einige bunte Seiten heraus. Während Jessieanna gebannt zusah und die eiligen Schritte der Ärzte im Flur und das unerbittliche Licht der Neonlampen um sich herum völlig vergaß, bastelten Katrionas lange, geschickte Finger ein Windrad. »Hier«, sagte sie schließlich mit einer weichen, melodischen Stimme und drückte Jessieanna ihr Werk in die Hand. »Siehst du, du kannst deinen Arm schwenken oder damit rennen oder einfach pusten. Dann dreht es sich. Dafür musst du nicht auf den Wind warten.« Sie wurde aufgerufen und erhob sich. »Vergiss nie, solange du etwas bewegst, bist du frei und lebendig!«

In den folgenden Wochen gab es keinen Tag, an dem Jessieanna nicht in irgendeiner Form dafür sorgte, dass sich das Rad drehte, egal, wie schlecht ihr war oder wie schwach sie sich fühlte. Es gab ihr das Gefühl, dass etwas weiterging und dass sie nicht hilflos war. Manchmal kam Katriona sie besuchen, oder sie trafen sich im Flur oder sogar im Garten. Sie wurden Freundinnen, und die Jahre, die zwischen ihnen lagen, spielten keine Rolle, denn sie teilten ein Schicksal. Sie teilten auch die Hoffnung, und aus der Hoffnung wurde Wahrheit. Es fand sich ein Knochenmarkspender für Jessieanna, und bei Katriona schlug die Therapie an, und als der Sommer kam, ließen sie beide das Krankenhaus hinter sich, nicht aber ihre Freundschaft. Die Haare wuchsen wieder, dunkelblond bei Jessieanna, schwarz bei Katriona; und auch Jessieanna wuchs. Als Teenager lief sie mit allen Problemen zu Katriona, die man als Teenager nicht mit seinen Eltern besprechen möchte. Katriona war die große Schwester, die sie nie hatte, wurde die Vertraute in allen Lebenslagen und gleichzeitig die Freundin, mit der man den besten Unfug treiben konnte.

Niemand hatte kürzlich auf Jessieannas Verlobungsfeier so lange und so ausgelassen getanzt und sich so sehr mit ihr gefreut wie Katriona. Obwohl sie doppelt so alt war wie die meisten der Partygäste, sah sie hinreißend aus. Alle bewunderten sie. Sie füllte den gesamten Raum mit sprühender Energie.

Zwei Wochen später musste Katriona wieder in die Klinik. Nach all den Jahren war der Krebs zurückgekehrt. Jessieanna besuchte sie und brachte ihr ein Windrad. Doch Katriona hielt es nicht im Krankenhaus. Sie bestand darauf, die Therapie ambulant zu machen, und verbrachte so viel Zeit wie möglich an ihrem Lieblingsplatz. Am Strand.

Jessieanna wollte nicht akzeptieren, dass ihrer Freundin und Ratgeberin diesmal möglicherweise die Zeit ausging. Eine Welt ohne Katriona konnte und mochte sie sich nicht vorstellen. Darum nahm sie sich vor, die Gegend mit Windrädern zu pflastern. Gegen so viel Fröhlichkeit und Bewegung würde der Tod nicht ankommen! Jedes bunte Rädchen war eine Kampfansage, ein Ausrufezeichen der Hoffnung.

Ein Eichhörnchen hüpfte aus den Büschen auf die Straße. Aus ihren Gedanken aufgeschreckt, stieg Jessieanna auf die Bremse und atmete erleichtert auf, als das Hörnchen unbeschadet davonsprang.

Zwei Kurven später parkte sie, zog den Extrapullover über, der auf der Rückbank lag, klemmte sich das Windrad unter den Arm und stieg die steile Holztreppe zum Strand hinunter. Der Wind schlug ihr den Zopf ins Gesicht, und sie stopfte ihn ungeduldig unter ihren Kragen. Tief sog sie den Geruch nach Nebel, Meer, Sand, Tang und nassen Steinen ein. Sie war ein Geruchsmensch. Unter dem Geruch hatte sie damals als Kind in der Klinik am meisten gelitten. Er erzählte von Schmerzen, Tod und Sterilität. Nur Katriona roch anders, auch dort, nach Geißblatt, Zitrone und Leben. Sie hatte der kleinen Jessieanna ein Fläschchen Parfüm geschenkt, damit sie gegen die tote Luft eine Waffe besaß.

In ihrer Tasche vibrierte ihr Handy. Mühsam fischte sie es unter ihrem Anorak hervor und spähte auf das Display, das in der nassen Luft sofort beschlug.

Sehen wir uns heute noch? Love you, Ryan

Jessieanna steckte das Windrad in den Sand, um die Hände frei zu haben und ihre Antwort tippen zu können.

Klar, um acht bei mir. Pizza! Love, J

Erst als sie am Fuß der Treppe angekommen war, fiel ihr ein, dass sie das Windrad oben vergessen hatte. Aber warum sollte es nicht genau dort bleiben? Wind war da genug, und es mochte die Spaziergänger erfreuen. Dieses war das Modell mit langen Bändern, die knatterten, wenn eine Bö damit spielte.

Jessieanna hatte seit damals nie aufgehört, Windräder zu basteln. Je älter sie wurde, desto ausgefeilter wurden ihre Modelle. Sie benutzte Stoff oder Aluminium, Folie, Papier, Glas oder Drahtgeflecht, klebte, lötete, nagelte, nähte oder schweißte, je nachdem, welche Idee und welcher Zweck ihr gerade in den Kopf kam. Sie meldete unter dem Namen *Windfinder* ein kleines Gewerbe an und verkaufte ihre Werke erst selten, dann öfter. Am liebsten aber verschenkte sie sie oder stellte sie an den verrücktesten Orten auf, um Bewegung in die Tage zu bringen. An langweiligen und an traurigen Orten, aber auch an den schönen, um sie zu feiern.

Katriona trieb währenddessen ihr eigenes Spiel mit dem Wind, doch größer und verrückter als Jessieanna.

Die Holztreppe von der Uferstraße hinunter zum tiefer liegenden Strand war gleichzeitig eine Brücke über den Towhee River, der hier ins Meer floss. Der war heute ungewöhnlich breit, der Wind hatte Wasser aus dem Meer heraufgedrückt. Jessieanna musste die Schuhe ausziehen, damit sie nicht nass wurden. Amüsiert betrachtete sie ihre Zehen im schweren Sand, deren

Nägel sie heute Morgen mit der Farbe »Sonnige Erdbeere« lackiert hatte. Sie schienen das einzig Bunte in dieser verwischten Herbstlandschaft zu sein.

»Katriona?«

Keine Antwort, nur die watteweiche Stille des Nebels, die sich gegen das Brandungsrauschen stemmte. Sie spähte in die wabernden Schwaden. Hier unten konnte man kaum erkennen, wo der Strand aufhörte und das Meer begann. Die Felsen waren nur undeutliche Schatten, die in Gruppen auf dem Strand und im Wasser standen wie eine unschlüssige Menschenmenge. Hatte sich da nicht eine Gestalt bewegt? Jessieanna kniff die Lider zusammen, als eine Bö ihr Staub ins Gesicht blies. »Jessieanna hat nicht nur auf der Nase Sommersprossen, sondern auch in den Augen«, hatte ihr Vater einmal gesagt. »Das kommt davon, weil sie immer dort zu finden ist, wo es am meisten Wind und Sand gibt.« Tatsächlich zeigten sich in ihrer graugrünen Iris braune Punkte. »Daddy, warum sind die Sommersprossen denn auch im Winter in meinen Augen?«, hatte sie gefragt, als sie klein war. »Weil immer Sommer ist, wenn du lachst«, hatte er gesagt und ihr mit dem Finger auf die Nase gestupst.

Hoffentlich kam Daddy bald von seiner Dienstreise zurück. Jessieanna vermisste ihn. Wenn er da war, fühlte sich nichts so schlimm an. Er war für sie von klein auf die Achse ihrer Welt gewesen, und er hatte diese Welt zu einem magischen Ort für sie gemacht. Vielleicht weil er auch mit weit über fünfzig nicht nur ein anerkannter Wissenschaftler war, sondern auch ein Peter Pan, der nie ganz erwachsen wurde. »Das ist die Voraussetzung für einen Wissenschaftler«, pflegte er zu sagen. »Du musst leidenschaftlich neugierig bleiben und dich ewig mit verrückten Theorien und scheinbar nebensächlichen Kleinigkeiten beschäftigen können.«

Jessieanna kämpfte sich einige Schritte vorwärts. Merkwürdig, dieser zähe Nebel bei dem Wind, der ihn eigentlich hätte fortblasen müssen.

Ursprünglich hatte man diesen Strand nach einem Heiligen benannt wie so vieles hier, doch im Volksmund hieß er nur Ghost Beach, Geisterstrand, und das aus gutem Grund. An Tagen wie diesen, die nicht selten waren, drehte der Wind die Nebelfetzen zwischen den Felsformationen oftmals in Wirbel, die Geistern ähnelten. Ein Grund, warum hier gern Halloweenpartys gefeiert wurden. Jessieanna liebte es jedoch, wenn niemand hier war. So wie jetzt. Weit und breit nur Nebel und das Rauschen des Pazifiks, dessen Wellen im ewigen Rhythmus gegen die bizarren Steine anrollten.

Katriona war wohl nicht hier. Sehr vernünftig bei diesem feuchten Wetter. Jessieanna wollte gerade umkehren, als sie hastig beiseitespringen musste.

Wie aus dem Nichts tauchte eine riesige Form aus dem Weiß auf, als hätte sich einer der Felsen vom Boden gelöst und wälzte sich mit hoher Geschwindigkeit auf sie zu. Doch das war kein Felsen. Das war …

»Hope!« Eine von Katrionas drei gewaltigen und geliebten Windskulpturen, die sich auf ihren vielen Beinen wie Wesen bewegten.

Wenn sie weiter so auf die Treppe zuraste, würde sie daran zerschellen. Das würde Katriona nie zulassen. Wo war sie nur?

Katrionas Skulpturen waren mehr als mannshoch und bestanden aus leichtem Holz, Kunststoffröhren, Segeltuch und zahlreichen Gelenken aus Gummi. Sie hatte die Idee von einem holländischen Künstler namens Theo Jansen aufgegriffen und auf ihre Art verändert. *Windwanderer* nannte Katriona ihre Werke, und genau das waren sie, denn der Wind ließ sie über den Strand laufen, als wären es lebendige Wesen. Darum hatten sie auch Namen. *Hope*, *Energy* und *Tomorrow*. *Hoffnung*, *Energie* und *Morgen*. Hope war breit. »Sie wälzt alle Zweifel nieder«, sagte Katriona. Energy drehte sich über den Sand wie eine Art Windmühle. Und Tomorrow war hoch und hatte Flügel, mit denen sie zwar nicht fliegen konnte, aber die sich auf und ab bewegten, als würde sie es jeden Augenblick lernen. »Der Zukunft Flügel verleihen, darum geht es«, war Katrionas Erklärung gewesen.

Sie hatte einen Schuppen am Strand gemietet, in dem sie die Skulpturen gebaut hatte und unterbrachte, als sie fertig waren. An geeigneten Tagen brachte sie sie hinaus und sah ihnen zu, wie sie über den Strand wanderten. Es war dasselbe Prinzip wie mit den Windrädern, nur größer. *Solange du etwas bewegst, lebst du.*

Sie waren ein großartiger, majestätischer Anblick. Nur steuern konnte man diese Wesen nicht. Man musste nebenherlaufen oder joggen, je nach Windstärke, und sobald sie drohten ins Meer zu geraten oder auf einen Stein zu prallen, musste man ihnen einen sanften Schubs geben, damit sie die Richtung wechselten.

Genau das tat Jessieanna jetzt mit Mühe und folgte dann Hope zurück in die Richtung, aus der diese gekommen war. Sie wusste, was die Windwanderer Katriona bedeuteten. Freiwillig würde sie sie nie in Gefahr geraten lassen!

»Katriona?« Sie brüllte aufs Geratewohl in den Nebel und wurde von einem schwachen Ruf belohnt.

»Hier! Hast du Hope gefunden?«

Katriona lehnte an einem Stein. Sie war blass und außer Atem.

»Was ist? Ist dir nicht gut?« Jessieanna war erschrocken.

Katriona winkte ab. »Geht schon wieder. Der Wind war nur stärker, als ich dachte, und Hope ist mir entwischt. Ich konnte ihr nicht mehr folgen.«

»Komm, wir bringen sie in den Schuppen, und dann fahre ich dich nach Hause. Du bist doch zu Fuß hier, nicht wahr?«

»Natürlich.«

Gemeinsam steuerten sie Hope in Richtung Schuppen und sperrten sie ein.

»Wie froh bin ich, dass du sie gerettet hast«, sagte Katriona. »Ich hänge an den dreien. Sie sind ein Stück von mir. Wenn ich ihnen zusehe, fühle ich mich frei und gesund. Frei von meiner Sterblichkeit und meinem Körper. Erst an dem Tag, an dem die Ärzte mir keinerlei Hoffnung mehr machen können, werde ich sie freilassen. An einem großartigen stürmischen Tag, und ihnen zusehen wie sie an den Felsen zerschellen oder in den Wellen. Es wird ein großartiges Finale! Wie eine Seebestattung, wild und endgültig. Du musst mir nur versprechen, dass du dann die Kunststoffteile aufsammelst, damit sie nicht ins Meer geraten.«

»Versprochen«, sagte Jessieanna und schluckte den Kloß in ihrem Hals hinunter. »Aber so weit sind wir noch lange nicht!«

»Nein. Ich wollte es nur mal gesagt haben.« Katriona lächelte. In diesem Augenblick kämpfte sich spätes Sonnenlicht durch den Nebel, ließ ihn aufleuchten und traf auf Katrionas Kopf, auf dem sich seit einiger Zeit wieder einmal kein einziges Haar befand. Jessieanna sah ein zweites Mal hin. Etwas glänzte da.

»Kat, was ist das? Das sieht phantastisch aus. Tattoos?«

»Nicht unter der Haut. Nur aufgerubbelt. Klasse, oder?«

Goldene Blumen und Vögel bildeten ein schimmerndes, trotziges, filigranes Muster und wirkten lebendig, sobald Katriona den Kopf drehte.

»Großartig!« Etwas von Jessieannas Bedrückung verflog in diesem Augenblick wieder, und noch mehr, als sie wenig später gemütlich im warmen Auto saßen.

»Weißt du, wovon ich träume?«, fragte Katriona. »Von den Bratäpfeln deiner Mutter zu Weihnachten!«

Jessieanna lachte auf. »Das verstehe ich. Ich freue mich auch schon darauf. Soll ich sie fragen, ob sie uns jetzt schon welche macht?«

»Nein. Auf gar keinen Fall. Die Vorfreude ist fast das Wichtigste daran.«

Jessieanna schmunzelte, als sie an ihre Eltern dachte. Es gehörte zu den Familiengeschichten, die immer wieder gerne erzählt wurden, dass ihr Vater gleich nach seinem Heiratsantrag eine Bedingung daran geknüpft hatte. »Wir können aber nur heiraten, wenn du mir versprichst, dass wir immer Weihnachten nach deutscher Tradition feiern.«

Zum Glück war ihre Mutter, die auch einen deutschen Elternteil hatte, einverstanden gewesen. Und so hatte Weihnachten bei Jessens immer einen Heiligabend und zwei Feiertage statt einem, und es gab echte Kerzen an einem echten Tannenbaum, auch wenn die amerikanischen Freunde die Hände zusammenschlugen über diese Leichtsinnigkeit, die sie für unerhört hielten.

Als Jessieanna Katriona längst abgesetzt hatte und schon fast zu Hause angekommen war, lag ihr noch immer der Geschmack der Bratäpfel auf der Zunge, und das nur, weil Katriona davon gesprochen hatte. Jessieanna überlegte ernsthaft, ob sie für sich und Ryan nach der Pizza zwei Äpfel in den Ofen schieben sollte. Sie konnte ja das Rezept ein wenig verändern und die Äpfel zu Spätherbstäpfeln erklären anstatt Weihnachtsäpfeln.

Ihr Handy klingelte. Bestimmt Ryan. Ungeduldig fuhr sie an den Straßenrand.

Doch nicht Ryans Name stand auf dem Display. *Simon Chadwick* erschien darauf.

Simon! Der Kollege ihres Vaters und ihr Patenonkel. Und ihr Komplize in einer Angelegenheit, auf der ihre ganze berufliche Hoffnung ruhte. Allerdings ruhte sie schon so lange, dass vermutlich nichts zu machen war. Jessieanna hatte aufgehört zu zählen, wie viele langwierige Experimente schon gescheitert waren. Wenn es Simon nicht gelang, würde es niemand hinbekommen.

Jessieanna starrte auf den Namen. So exzentrisch Simon auch war, sein Feierabend blieb ihm heilig. Er telefonierte niemals nach fünfzehn Uhr.

Ein kalter Klumpen formte sich in ihrem Magen. War etwas mit ihrem Vater?

Hastig nahm sie das Gespräch an. »Simon? Was ist?«

»Jessieanna?« Seine helle Stimme dröhnte ungewöhnlich laut in ihrem Ohr. »Du musst sofort herkommen! Ich habe etwas gefunden! Es könnte sein, dass … du musst es dir ansehen! Jetzt!«

Leseprobe aus:

Patricia Koelle
Wo die Dünen schimmern
Roman
FISCHER Taschenbuch
Voraussichtlicher Erscheinungstermin:
Juni 2018

Patricia Koelle

Das Meer in deinem Namen

Roman

Band 03188

Ein Buch wie warmer Sand am Meer.
Wie das Rauschen der Wellen im Ohr.
Wie Sonne auf unserer Haut.

Carly soll ein altes Reetdachhaus an der Ostsee für den Verkauf vorbereiten. Vier Sommerwochen hat sie dafür Zeit. Für Carly die Chance, sich ihrer Angst vor dem Meer zu stellen und Abstand von ihrer unmöglichen Liebe zu gewinnen. Doch schon bald fühlt sie sich der Frau, die in dem Haus gewohnt hat und der sie sehr ähnlich sieht, seltsam nahe …

»Ein Juwel am Bücherhimmel!«
Irve, online-Rezensentin

fi 03188 / 1

Patricia Koelle

Das Licht in deiner Stimme

Roman

Band 03297

Die tiefen Wellen des Meeres.
Die leise Stimme der Sehnsucht.
Die langsame Rückkehr zu dir.

Tiryn wächst an der Küste Floridas auf. Wenn sie Kummer hat, lauscht sie am liebsten den Geschichten ihres Großvaters Nicholas von seiner Heimat, dem schmalen Land an der fernen Ostsee. Bald wünscht sich Tiryn nichts sehnlicher, als dorthin zu reisen. Doch ist es ihre eigene Sehnsucht oder die ihres Großvaters? Und wie wird man sie in Ahrenshoop empfangen, wo Nicholas als Verräter gilt? Das Meer selbst und ein Fremder mit hellen Augen, den sie am Strand trifft, drängen sie zu einer Entscheidung …

Das gesamte Programm gibt es unter
www.fischerverlage.de

fi 03297 / 1